Il viaggio in Occidente

Xi You Ji, Vol. 2

Wu Cheng'en

ISBN: 9798320314235
Daybreak Studios

CONTENUTO

PREFAZIONE

"Il viaggio in Occidente" di Wu Cheng'en è un capolavoro della letteratura cinese che ha incantato lettori di tutte le età e culture per secoli. Scritto durante la dinastia Ming, questo romanzo epico mescola elementi di avventura, mitologia, e spiritualità in un racconto affascinante e profondamente simbolico. La storia segue le avventure di un monaco buddista, Tang Sanzang, e dei suoi tre discepoli – il turbolento e ingegnoso Re Scimmia, Sun Wukong, il bonario e affettuoso Zhu Bajie, e il leale Sha Wujing – nel loro pellegrinaggio verso l'India alla ricerca dei sacri testi buddisti.

Wu Cheng'en ha sapientemente intrecciato leggende popolari, insegnamenti religiosi, e osservazioni sociali per creare un'opera che è tanto educativa quanto divertente. Il personaggio di Sun Wukong, con le sue abilità sovrumane e il suo spirito ribelle, è diventato una figura iconica, rappresentando la lotta per la libertà e la ricerca dell'illuminazione. Zhu Bajie, con le sue debolezze e i suoi desideri terreni, offre un contrasto comico ma umano, mentre Sha Wujing rappresenta la fedeltà e la determinazione.

"Il viaggio in Occidente" non è solo un racconto di avventura, ma anche un profondo viaggio interiore. Ogni personaggio affronta le proprie sfide e tentazioni, offrendo ai lettori spunti di riflessione sulla natura umana, la virtù, e il percorso spirituale. Le descrizioni vivide dei paesaggi, dei demoni, e delle prove che i pellegrini devono superare aggiungono una dimensione fantastica che rende la lettura un'esperienza immersiva e indimenticabile.

Tradurre questo capolavoro in italiano è un'opportunità per aprire una finestra sulla ricca tradizione culturale e letteraria della Cina, permettendo ai lettori italiani di esplorare temi universali attraverso una lente diversa. "Il viaggio in Occidente" continua a essere rilevante oggi come lo era secoli fa, offrendo saggezza e divertimento a chiunque si avventuri nelle sue pagine.

CAPITOLO 21

I Vihārapāla preparano l'alloggio per il Grande Saggio;
Lingji di Sumeru schiaccia il demone del vento.

Ora racconteremo di quei cinquanta piccoli demoni sconfitti, che corsero nella caverna portando i loro tamburi rotti e le bandiere strappate. "Grande Re," gridarono, "l'Avanguardia della Tigre non è stata in grado di affrontare il monaco dal viso peloso. Quel monaco lo ha inseguito giù per il pendio orientale fino a farlo scomparire." Quando il vecchio mostro udì ciò, fu terribilmente contrariato. Mentre chinava la testa in silenziosa riflessione, un altro piccolo demone che stava di guardia alla porta venne a riferire: "Grande Re, l'Avanguardia della Tigre è stata uccisa dal monaco dal viso peloso e trascinata fino alla nostra porta per provocare battaglia." Udendo ciò, il vecchio mostro si arrabbiò ancora di più. "Questo tizio non sa quando fermarsi!" disse. "Non ho mangiato il suo maestro, ma lui ha ucciso la nostra Avanguardia. Che insolente!" Allora gridò: "Portatemi la mia armatura. Ho sentito solo voci su questo Pellegrino Sun, e ora voglio scoprire che tipo di monaco sia realmente. Anche se avesse nove teste e otto code, lo porterò qui per pagare con la sua vita quella del mio Avanguardia della Tigre!" I piccoli demoni portarono subito fuori l'armatura. Dopo essere stato adeguatamente allacciato e allacciato, il vecchio mostro prese un tridente d'acciaio e saltò fuori dalla caverna, guidando il resto dei demoni. In piedi davanti alla porta, il Grande Saggio osservava il mostro emergere con un aspetto veramente aggressivo. Guarda come è vestito. Vedi:

Elmo d'oro che riflette il sole;
Corazza dorata che brilla di luce.
Un fiocco di coda di fagiano vola dall'elmo;
Una veste di seta giallo chiaro sormontata dalla corazza,
Legata con una fascia draconica di colori brillanti.
La sua corazza emette una luce abbagliante.
I suoi stivali di camoscio
Sono tinti dai fiori di locusta.
Il suo gonnellino ricamato
È decorato con foglie di salice.
Tenendo un tridente affilato nelle mani,
Sembra quasi il Ragazzo Erlang di un tempo!

Quando uscì, il vecchio mostro gridò: "Chi è Pellegrino Sun?" Con un piede sul cadavere del Mostro della Tigre e il bastone di ferro obbediente nelle mani, Pellegrino rispose: "Il tuo Nonno Sun è qui! Manda fuori il mio maestro!" Il vecchio mostro guardò attentamente e vide la figura minuta di Pellegrino - meno di quattro piedi, in realtà - e le sue guance giallastre. Disse ridendo: "Peccato! Peccato! Pensavo che fossi una specie di eroe invincibile. Ma sei solo un fantasma malaticcio, con nient'altro che il tuo scheletro rimasto!"

"Bambino," disse Pellegrino ridendo, "come manchi di percezione! Il tuo nonno può essere un po' piccolo di statura, ma se hai il coraggio di colpirmi sulla testa con il manico del tuo tridente, crescerò subito di sei piedi." "Rinforza la tua testa," disse il mostro, "e assaggia il mio manico!" Il nostro Grande Saggio non era minimamente spaventato. Quando il mostro lo colpì una volta, si allungò la vita e crebbe subito più di sei piedi, raggiungendo l'altezza di dieci piedi in totale. Il mostro fu così allarmato che cercò di usare il suo tridente per tenerlo giù, gridando: "Pellegrino Sun, come osi stare alla mia porta, mostrando questa misera magia di protezione del corpo! Smetti di usare trucchi! Vieni qui e misuriamo le nostre vere abilità!" "Mio caro figlio," disse Pellegrino ridendo, "il proverbio dice: 'La misericordia dovrebbe essere mostrata prima che la mano sia alzata!' Il tuo nonno è piuttosto pesante di mano, e teme che non sarai in grado di sopportare neanche un colpo di questo bastone!" Rifiutando di ascoltare qualsiasi discussione, il mostro girò il tridente e pugnalò al petto di Pellegrino. Il Grande Saggio, naturalmente, non era affatto turbato, poiché come si dice, l'esperto non è mai agitato. Alzò il bastone e, usando il movimento del "drago nero che spazza il terreno" per parare il tridente, colpì la testa del mostro. I due iniziarono così una feroce battaglia davanti a quella Grotta del Vento Giallo:

Il Re Mostro si infuriò;
Il Grande Saggio rilasciò la sua potenza.
Il Re Mostro si infuriò,
Desiderando catturare Pellegrino per pagare il suo Avanguardia.
Il Grande Saggio rilasciò la sua potenza
Per catturare questo spirito e salvare il sacerdote.
Il tridente arrivò, bloccato dal bastone;
Il bastone andò avanti, incontrato dal tridente.
Questo, un capitano che governa la montagna con i suoi eserciti.
Quello, il Re Scimmia Bello che difende la Legge.
All'inizio combatterono sulla terra polverosa;
Poi ciascuno si alzò a metà del cielo.
Il fine tridente d'acciaio;
Puntato, affilato e brillante.
Il bastone obbediente:
Corpo nero e cerchi gialli.
Pugnalati da loro, la tua anima ritorna nell'oscurità!
Colpiti da loro, affronterai Re Yama!
Devi fare affidamento su braccia veloci e vista acuta.
Devi avere un corpo robusto e grande forza.
I due combatterono senza riguardo per la vita o la morte;
Non sappiamo chi sarà al sicuro o chi sarà ferito.

Il vecchio mostro e il Grande Saggio combatterono per trenta round, ma nessuno dei due riuscì a prevalere. Premendo per una vittoria rapida, Pellegrino decise di usare il trucco del "corpo oltre il corpo." Strappò da sé una manciata di peli che masticò in pezzi nella sua bocca. Sputandoli fuori, gridò: "Cambia!" Si trasformarono subito in più di cento Pellegrino: tutti con lo stesso aspetto e tutti con un bastone di ferro, circondarono il mostro a mezz'aria. Un po' allarmato, il mostro ricorse anche al suo talento speciale. Si girò verso terra a sud-ovest e apr ì la bocca tre volte per soffiare dell'aria. Improvvisamente un potente vento giallo si alzò nel cielo. Caro vento! Era davvero potente.

Freddo e sibilante, cambiava il Cielo e la Terra,
Mentre la sabbia gialla vorticosa senza forma né figura.
Tagliava attraverso boschi e colline per rompere pini e prugne;
Solleva sporco e polvere, spaccando dirupi e scogliere.
Onde ribollivano nel Fiume Giallo offuscandone il fondo;
Marea e corrente si gonfiavano nel Fiume Xiang.
Il Palazzo della Stella Polare nel cielo blu tremava;
La Sala dell'Oscurità era quasi abbattuta;
I Cinquecento Arhat urlavano e gridavano;
Le Otto Guardie di Akṣobhya piangevano e strillavano.
Il leone dai capelli verdi di Mañjuśrī scappò via;
Viśvabhadra perse il suo elefante bianco.
Serpente e tartaruga di Zhenwu lasciarono il loro recinto;
Le falde della sella del mulo di Zitong svolazzavano.
Mercanti itineranti inviavano i loro gridi al Cielo,
E barcaioli si inchinavano per fare i loro molti voti—
Le loro vite simili a nebbia sommerse dalle onde in tempesta;
I loro nomi, le loro fortune, alla deriva nella marea!
Le caverne sui monti dei geni erano nere come la pece;
L'isola di Penglai era cupa e oscura.
Laozi non poteva curare il suo forno di elisir;
La Stella dell'Età piegò il suo ventaglio di foglie di vite.
Mentre la Regina Madre andava alla Festa delle Pesche,
Il vento le soffiava via gonna e spille.
Erlang perse la strada per la città di Guanzhou;
Naṭa trovò difficile estrarre la sua spada.
Li Jing perse la pagoda nella sua mano;
Lu Ban lasciò cadere il suo trapano dalla testa dorata.
Mentre tre storie del Thunderclap cadevano,
Il ponte di pietra a Zhaozhou si spezzava in due.
L'orbe del sole rosso aveva poca luce;
Le stelle di tutto il Cielo diventavano oscure e fioche.
Gli uccelli delle montagne del sud volarono verso le colline del nord;
L'acqua dei laghi orientali traboccò a ovest.
Gli uccelli con compagni si separarono, cessarono i loro richiami;
Madri e figli si separarono, i loro gridi divennero muti.
I Re Dragone cercavano yakṣa in tutto il mare;
Dei tuoni cacciavano fulmini ovunque.

I Dieci Re di Yama cercavano di trovare il loro giudice;
Nell'Inferno, Testa di Toro inseguiva Faccia di Cavallo.
Questo vento abbatté il Monte Potalaka
E sollevò un rotolo di versi di Guanyin.
I fiori di loto bianchi, tagliati, volarono accanto al mare;
Dodici sale del Bodhisattva furono abbattute.
Da Pan Gu fino ad oggi, da quando il vento era conosciuto,
Non c'era mai stato vento con tale ferocia.
Hu-la-la!
L'universo sembrava quasi spaccarsi!
Il mondo intero era una massa tremante!

Questo vento violento, evocato dal mostro, spazzò via tutti quei piccoli Pellegrino formati dai peli del Grande Saggio e li fece roteare nell'aria come tante ruote che girano. Incapaci persino di brandire le loro aste, come potevano sperare di avvicinarsi per combattere? Pellegrino era così allarmato che scosse il corpo e recuperò i suoi peli. Sollevò quindi l'asta di ferro e cercò di attaccare il mostro da solo, ma fu colpito in pieno viso da una bocca piena di vento giallo. Quei suoi occhi fiammeggianti con pupille di diamante furono così colpiti che si chiusero strettamente e non riuscivano ad aprirsi. Non potendo più usare la sua asta, fuggì in sconfitta mentre il mostro ritirava il vento, di cui non parleremo più.

Ora vi raccontiamo di Zhu Otto Precetti, il quale, quando vide arrivare la violenta tempesta di vento giallo e tutto il cielo e la terra diventare oscuri, condusse il cavallo e prese i bagagli verso la piega della montagna. Lì si accucciò a terra e rifiutò di aprire gli occhi o alzare la testa, la bocca incessantemente invocando il nome del Buddha e facendo voti. Mentre si chiedeva come stesse andando Pellegrino nella sua battaglia e se il suo maestro fosse vivo o morto, il vento cessò e il cielo si schiarì di nuovo. Alzò lo sguardo e scrutò verso l'ingresso della caverna, ma non riusciva né a vedere movimenti di armi né a sentire il suono di gong e tamburi. L'Idiota non osava avvicinarsi alla caverna, poiché non c'era nessun altro a guardia del cavallo e dei bagagli. Profondamente angosciato e senza sapere cosa fare, sentì improvvisamente il Grande Saggio avvicinarsi da ovest, brontolando e sbuffando mentre si avvicinava. Inchinandosi per incontrare il suo compagno, disse: "Fratello Maggiore, che vento possente! Da dove sei venuto?"

Con un gesto della mano, Pellegrino disse: "Formidabile! È veramente formidabile! Da quando sono nato, vecchia Scimmia, non ho mai assistito a un vento così violento! Quel vecchio mostro ha combattuto con me usando un tridente d'acciaio, e abbiamo combattuto per oltre trenta round. È stato allora che ho usato la magia del corpo oltre il corpo e l'ho circondato. Si è spaventato e ha evocato questo vento, che era davvero feroce. La sua forza era così travolgente che ho dovuto sospendere l'operazione e fuggire. Uff! Che vento! Uff! Che vento! Anche la vecchia Scimmia sa come evocare il vento e come richiamare la pioggia, ma non è affatto così feroce come il vento di questo spirito-mostro!" "Fratello Maggiore," disse Otto Precetti, "come sono le abilità marziali di quel mostro?"

"Sono accettabili," disse Pellegrino, "e sa come usare il tridente! È, in effetti, quasi all'altezza della vecchia Scimmia. Ma quel suo vento è feroce, e ciò rende difficile sconfiggerlo." "In tal caso," disse Otto Precetti, "come faremo a salvare il Maestro?"

Pellegrino disse: "Dovremo aspettare per salvare il Maestro. Mi chiedo se ci sia qualche oculista qui intorno che possa dare un'occhiata ai miei occhi." "Che cosa c'è che non va nei tuoi occhi?" chiese Otto Precetti. Pellegrino rispose: "Quel mostro ha soffiato una bocca piena di vento sul mio viso, e i miei occhi sono stati così colpiti che ora lacrimano continuamente." "Fratello Maggiore," disse Otto Precetti, "siamo in mezzo a una montagna, e si sta facendo tardi. Non parliamo nemmeno di oculisti; non abbiamo nemmeno un posto dove stare."

"Non sarà difficile trovare alloggio," disse Pellegrino. "Dubito che il mostro abbia il coraggio di danneggiare il nostro maestro. Troviamo la strada principale e vediamo se possiamo stare con una famiglia. Dopo aver passato la notte, possiamo tornare a sottomettere il mostro domani quando sarà giorno." "Esatto, esatto," concordò Otto Precetti.

Guidando il cavallo e portando i bagagli, lasciarono la piega della montagna e si incamminarono lungo la strada. Il crepuscolo stava calando, e mentre camminavano, udirono il suono di cani che abbaiavano verso sud del pendio della montagna. Fermandosi a guardare, videro una piccola casetta con luci tremolanti. Senza preoccuparsi di cercare un sentiero, i due camminarono attraverso l'erba e arrivarono alla porta di quella casa. Videro:

Gruppi scuri di funghi violacei;
Mucchi grigiastri di pietre bianche;
Gruppi scuri di funghi violacei con molta erba verde;
Mucchi grigiastri di pietre bianche in parte ricoperte di muschio:
Alcuni puntini di lucciole, con la loro flebile luce accesa;
Una foresta di alberi selvatici in file dense;
Orchidee sempre profumate;
Bambù appena piantati;
Un ruscello limpido scorre tortuoso;
Vecchi cedri si piegano su una profonda scogliera.
Un luogo appartato dove non vengono viaggiatori:
Solo fiori selvatici sbocciano davanti alla porta.

Non osando entrare senza permesso, entrambi chiamarono: "Apri la porta! Apri la porta!" Un vecchio all'interno apparve con diversi giovani contadini, tutti armati di rastrelli, forconi e scope. "Chi siete? Chi siete?" chiesero. Con un inchino, Pellegrino disse: "Siamo discepoli di un monaco santo del Grande Tang nella Terra dell'Est. Stavamo andando a cercare le scritture dal Buddha nel Cielo Occidentale quando siamo passati attraverso questa montagna, e il nostro maestro è stato catturato dal Grande Re del Vento Giallo. Non siamo ancora riusciti a salvarlo. Poiché si sta facendo tardi, siamo venuti a chiedere alloggio per una notte nella vostra casa. Vi preghiamo per questo mezzo di convenienza." Restituendo l'inchino, il vecchio disse: "Perdonateci se non siamo venuti a salutarvi. Questo è un luogo dove le nuvole sono più numerose delle persone, e quando vi abbiamo sentito chiamare alla porta poco fa, temevamo che potesse essere qualcuno come una volpe astuta, una tigre o un bandito della montagna. Ecco perché i miei giovani potrebbero avervi offeso con i loro modi piuttosto bruschi. Per favore, entrate. Per favore, entrate."

I due fratelli condussero il cavallo e portarono i bagagli all'interno; dopo aver legato l'animale e deposto il carico, si scambiarono di nuovo i saluti con il vecchio della casetta prima di sedersi. Un vecchio servitore si avvicinò quindi per offrire del tè, dopodiché furono portate diverse ciotole di riso con semi di sesamo. Dopo aver finito il riso, il vecchio chiese di preparare i letti per farli dormire. Pellegrino disse: "Non abbiamo ancora bisogno di dormire. Posso chiedere al buon uomo se nella vostra regione c'è qualcuno che vende medicine per gli occhi?"

"Quale di voi anziani ha una malattia agli occhi?" chiese il vecchio. Pellegrino disse: "A dire il vero, Venerabile Signore, noi che abbiamo lasciato la famiglia ci ammaliamo raramente. In effetti, non ho mai conosciuto alcuna malattia degli occhi." "Se non soffrite di una malattia agli occhi," disse il vecchio, "perché volete la medicina?" "Stavamo cercando di salvare il nostro maestro all'ingresso della Grotta del Vento Giallo oggi," disse Pellegrino.

"Inaspettatamente quel mostro mi ha soffiato una bocca piena di vento, facendo sì che i miei occhi mi facessero male e mi pizzicassero. Al momento, sto piangendo costantemente, e per questo voglio trovare una medicina per gli occhi."

"Mio Dio! Mio Dio!" disse il vecchio. "Un giovane sacerdote come te, perché menti? Il vento di quel Grande Re del Vento Giallo è il più spaventoso, non paragonabile a nessun vento di primavera-autunno, vento di pino-e-bambù, o il vento proveniente dai quattro quarti."

"Suppongo," disse Otto Precetti, "che debba essere un vento che fa scoppiare il cervello, vento dell'orecchio di capra, vento lebbroso, o vento emicranico!" "No, no!" disse il vecchio. "Il suo è chiamato il Vento Divino del Samādhi." "Com'è?" chiese Pellegrino. Il vecchio disse: "Quel vento

Può soffiare per oscurare il Cielo e la Terra,
E rattristare sia i fantasmi che gli dei.
Così selvaggio che rompe rocce e pietre,
Un uomo morirà quando viene soffiato!

Se avessi incontrato quel suo vento, pensi che saresti ancora vivo? Solo se fossi un immortale potresti rimanere illeso."

"Davvero!" disse Pellegrino. "Non posso essere un immortale, ma ci vorrà un bel po' per finirmi! Quel vento, tuttavia, ha fatto sì che i miei bulbi oculari mi facessero male e mi pizzicassero."

"Se puoi dire questo," disse il vecchio, "devi essere una persona con qualche esperienza. La nostra umile regione non ha nessuno che vende medicine per gli occhi. Ma io stesso soffro di occhi lacrimosi quando il vento soffia in faccia, e ho incontrato una persona straordinaria una volta che mi ha dato una ricetta. Si chiama l'unguento dei tre-fiori e nove-semi, capace di curare tutte le malattie degli occhi indotte dal vento." Quando Pellegrino udì queste parole, chinò il capo e disse umilmente: "Sono disposto a chiedervene un po' e provarlo su di me." Il vecchio acconsentì e andò nella camera interna. Prese un piccolo vaso di corniola e ne tolse il tappo; usando un piccolo spillo di giada per prendere un po' di unguento, lo applicò sugli occhi di Pellegrino, dicendogli di chiudere gli occhi e riposare tranquillamente, perché sarebbe stato bene entro mattina. Dopo aver fatto ciò, il vecchio prese il vaso e si ritirò con i suoi assistenti. Otto Precetti sciolse i sacchi, prese la biancheria da letto e chiese a Pellegrino di sdraiarsi. Mentre Pellegrino si muoveva confusamente con gli occhi chiusi, Otto Precetti ridacchiò e disse: "Signore, dov'è il tuo bastone da passeggio?" "Stupido sovrappeso!" disse Pellegrino. "Vuoi prenderti cura di me come se fossi cieco?" Ridendo tra sé, l'Idiota si addormentò, ma Pellegrino si sedette sul materasso e fece esercizi per coltivare il suo potere magico. Solo dopo la terza veglia si addormentò.

Presto fu la quinta veglia e stava per spuntare l'alba. Strofinandosi il viso, Pellegrino aprì gli occhi, dicendo: "È davvero una medicina meravigliosa! Riesco a vedere cento volte meglio di prima!" Girò quindi la testa per guardarsi intorno. Ah! Non c'erano né edifici né sale, solo alcuni vecchi alberi di locuste e alti salici. I fratelli stavano effettivamente sdraiati su un prato verde. Proprio allora, Otto Precetti iniziò a muoversi, dicendo: "Fratello Maggiore, perché stai facendo tutti questi rumori?" "Apri gli occhi e guarda," disse Pellegrino. Sollevando la testa, l'Idiota scoprì che la casa era scomparsa. Fu così sorpreso che si alzò immediatamente, gridando: "Dov'è il mio cavallo?" "Non è laggiù, legato a un albero?" disse Pellegrino. "E i bagagli?" chiese Otto Precetti.

"Non sono lì accanto alla tua testa?" disse Pellegrino. "Questa famiglia è piuttosto sfuggente!" disse Otto Precetti. "Se si sono trasferiti, perché non ci hanno avvisato? Se avessero fatto sapere al vecchio Maiale, avrebbero potuto ricevere qualche regalo di addio di tè e frutta. Beh, suppongo che debbano cercare di nascondersi da qualcosa e temono che lo sceriffo della contea possa venirne a conoscenza; quindi si sono trasferiti durante la notte. Santo Cielo! Dovevamo essere morti al mondo! Come è possibile che non abbiamo sentito nulla mentre smantellavano l'intera casa?" "Idiota, smettila di blaterare!" disse Pellegrino, ridacchiando. "Guarda su quell'albero e vedi che tipo di foglio di carta c'è." Otto Precetti lo prese. Era una poesia in quattro versi che diceva:

Questa umile dimora non è dimora mortale:
Una casetta ideata dai Guardiani della Legge,
Che hanno dato il balsamo meraviglioso per curare il tuo dolore.
Non preoccuparti e fai del tuo meglio per sconfiggere il demone.

Pellegrino disse: "Un gruppo di divinità furfantesche! Da quando abbiamo cambiato il cavallo-dragone, non avevo fatto l'appello di loro. Ora stanno facendo scherzi su di me invece!"

"Fratello Maggiore," disse Otto Precetti, "smettila di fare tante arie! Come potrebbero mai permetterti di controllarli all'appello?" "Fratello," disse Pellegrino, "tu non sai di questo. Questi Diciotto Protettori dei Monasteri, i Sei Dei dell'Oscurità e Sei Dei della Luce, i Guardiani dei Cinque Punti, e i Quattro

Sentinelle sono stati tutti ordinati dal Bodhisattva per dare protezione segreta al Maestro. L'altro giorno mi hanno riferito i loro nomi, ma da quando sei stato con noi, non ne ho fatto uso. Ecco perché non ho fatto l'appello." "Fratello Maggiore," disse Otto Precetti, "se sono stati ordinati per dare protezione segreta al Maestro, avevano motivo di non rivelarsi. Ecco perché hanno dovuto ideare questa casetta qui, e non dovresti incolparli. Dopo tutto, ti hanno applicato l'unguento sugli occhi ieri, e ci hanno curato per un pasto. Puoi dire che hanno fatto il loro dovere. Non incolparli. Andiamo a salvare il Maestro." "Fratello, hai ragione," disse Pellegrino. "Questo luogo non è lontano dalla Grotta del Vento Giallo. Faresti meglio a rimanere qui e a guardare il cavallo e i bagagli nel bosco. Lascia che il vecchio Scimmione entri nella grotta per informarsi sulle condizioni del Maestro. Poi possiamo combattere di nuovo con il mostro."

"Esattamente," disse Otto Precetti. "Dovresti scoprire se il Maestro è morto o vivo; se è morto, ognuno di noi può occuparsi dei propri affari; se non lo è, possiamo fare del nostro meglio per adempiere alle nostre responsabilità." Pellegrino disse, "Smettila di parlare sciocchezze! Vado!"

Con un balzo arrivò all'ingresso della grotta e trovò la porta ancora chiusa e gli abitanti che dormivano profondamente. Pellegrino non fece rumore né disturbò i mostri; facendo il segno magico e recitando l'incantesimo, scosse il corpo e si trasformò subito in una zanzara a zampe macchiate. Era piccola e delicata, per la quale abbiamo una poesia testimoniale:

Una piccola forma fastidiosa con pungiglione affilato;
La sua voce piccola può ronzare come un tuono!
Abile a perforare reti di garza e stanze di orchidee,
Ama il clima caldo e afoso.
Teme l'incenso e i ventagli,
Ma ama le luci brillanti e le lampade.
Aria, agile, troppo intelligente e veloce,
Vola nella grotta del demone.

Il piccolo demone che doveva custodire la porta giaceva lì addormentato, russando. Pellegrino gli diede un morso sul viso, facendo sì che il piccolo demone rotolasse mezzo sveglio. "O mio padre!" esclamò. "Che grosso zanzarone! Con un morso ho già un grosso bernoccolo." Poi aprì gli occhi e disse: "Ma è già l'alba!" Proprio in quel momento, la seconda porta all'interno si aprì con un cigolio, e Pellegrino volò immediatamente dentro. Il vecchio mostro stava dando ordini a tutti i suoi subordinati di essere particolarmente attenti nel custodire le varie entrate mentre preparavano le loro armi. "Se il vento di ieri non ha ucciso quel Pellegrino Sun," disse, "sicuramente tornerà oggi. Quando arriverà, lo finiremo."

Sentendo questo, Pellegrino volò oltre la sala principale e arrivò alla parte posteriore della grotta, dove trovò un'altra porta ben chiusa. Strisciando attraverso una fessura nella porta, scoprì un grande giardino, al centro del quale, legato con delle corde a un palo, c'era il Monaco Tang. Quel maestro versava lacrime abbondanti, chiedendosi costantemente dove potessero essere Wukong e Wuneng.

Pellegrino fermò il suo volo e si posò sulla testa calva del Monaco, dicendo: "Maestro!" Riconoscendo la sua voce, l'Anziano disse: "Wukong, ho quasi creduto di morire pensando a te! Da dove chiami?" "Maestro," disse Pellegrino, "sono sulla tua testa. Calmati e smettila di preoccuparti. Dobbiamo prima catturare il mostro prima di poterti liberare." "Discepolo," disse il Monaco Tang, "quando sarai in grado di catturare il mostro?" "Il Mostro Tigre che ti ha preso," disse Pellegrino, "è già stato ucciso dagli Otto Precetti. Ma il vento del vecchio mostro è un'arma potente. Sospetto che dovremmo essere in grado di catturarlo oggi. Rilassati e smettila di piangere. Me ne vado."

Detto questo, volò immediatamente verso l'entrata, dove il vecchio mostro era seduto in alto, facendo l'appello di tutti i comandanti delle sue truppe. Improvvisamente apparve un piccolo demone, sventolando la bandiera di comando. Corse su per la sala, gridando: "Grande Re, questo piccolino stava facendo la ronda sulla montagna quando incontrò un monaco con un lungo muso e orecchie enormi seduto nel bosco non lontano dalla nostra entrata. Se non fossi scappato velocemente, mi avrebbe preso. Ma non ho visto quel monaco dalla faccia pelosa che è venuto qui ieri." "Se Pellegrino Sun è assente," disse il vecchio mostro, "potrebbe significare che è stato ucciso dal vento. Oppure, potrebbe essere andato a cercare aiuto." "Grande Re," disse uno dei demoni, "sarebbe nostra fortuna se fosse stato ucciso. Ma supponiamo che non sia morto? Se riesce a portare con sé dei guerrieri divini, cosa faremo allora?" Il vecchio mostro disse: "Chi ha paura di qualche guerriero divino? Solo il Bodhisattva Lingji può superare il potere del mio vento; nessun altro può farci del male."

Pellegrino, che riposava su una delle travi sopra di lui, fu felice di questa affermazione. Volò subito fuori dalla grotta e, tornando alla sua forma originale, arrivò nel bosco. "Fratello!" gridò. Otto Precetti chiese: "Fratello Maggiore, dove sei stato? Proprio ora è passato un mostro con una bandiera di comando, e l'ho scacciato." "Grazie! Grazie!" disse Pellegrino, ridendo. "La vecchia Scimmia si è trasformata in una zanzara per entrare nella grotta e vedere come stava il Maestro. L'ho trovato legato a un palo nel giardino, piangente. Dopo avergli detto di non piangere, ho volato intorno al tetto per spiare ancora. È stato quando è entrato il tipo che teneva la bandiera di comando, ansimando, dicendo che lo avevi scacciato. Ha anche detto che non mi aveva visto. Il vecchio mostro ha fatto alcune speculazioni selvagge sul fatto che fossi stato ucciso dal vento, o che fossi andato a cercare aiuto. Poi, senza essere sollecitato, ha improvvisamente menzionato qualcun altro. È meraviglioso, semplicemente meraviglioso!" "Chi ha menzionato?" chiese Otto Precetti. "Ha detto che non temeva nessun guerriero divino," disse Pellegrino, "perché nessun altro potrebbe sopraffare il suo vento tranne il Bodhisattva Lingji. L'unico problema è che non so dove viva questo Lingji." Mentre parlavano così, videro improvvisamente un anziano che camminava lungo il lato della strada principale. Guarda il suo aspetto:

Fortunato, non usa un bastone per camminare,
Con i capelli e la barba simili alla neve in movimento.
Anche se l'ingegno e gli occhi sono un po' offuscati,
Ossa sottili e nervi sono ancora robusti.

Indietro e testa piegata camminava lentamente,
Con sopracciglia spesse e viso rosa, infantile.
Guarda le sue caratteristiche e sembra umano,
Anche se è come la Stella della Lunga Vita!
Molto felice quando lo vide, Otto Precetti disse: "Fratello Maggiore, il proverbio dice:
Vuoi sapere la strada,
Ascolta ciò che dicono i turisti.

Perché non ti avvicini e gli chiedi?" Il Grande Saggio ripose la sua mazza di ferro e raddrizzò i suoi vestiti. Avvicinandosi all'anziano, disse: "Signore Anziano, ricevi il mio inchino." Un po' a malincuore, l'anziano restituì il saluto, dicendo: "Di che regione sei, monaco? Cosa stai facendo qui in questa wilderness?" "Siamo monaci sacri in viaggio per cercare scritture," disse Pellegrino. "Ieri abbiamo perso il nostro maestro qui, quindi mi sto avvicinando a te per chiederti dove vive il Bodhisattva Lingji." "Lingji vive a sud di qui," disse l'anziano, "circa tremila miglia di distanza. C'è una montagna chiamata la Piccola Montagna Sumeru, che ha al suo interno una Terra del Sentiero, la sala Chan dove il Bodhisattva tiene lezioni sui sūtra. Suppongo che tu stia cercando di ottenere scritture da lui." "Non da lui," disse Pellegrino, "ma ho qualcosa che richiede la sua attenzione. Per favore, mi mostri la strada?" Indicando con la mano verso sud, l'anziano disse: "Segui quel sentiero tortuoso." Il Grande Saggio Sun fu ingannato nel voltarsi a guardare il sentiero, quando l'anziano si trasformò in una brezza gentile e svanì. Accanto alla strada rimase un piccolo foglietto, su cui era scritto questo quartetto:
Per dire all'Uguale al Cielo Grande Saggio,
L'anziano è in verità uno Long Life Li!
Su Sumeru il Bastone del Drago Volante.
Lingji in anni passati ricevette questo braccio buddista.

Pellegrino prese il foglietto e tornò indietro per la strada. "Fratello Maggiore," disse Otto Precetti, "di recente la nostra fortuna è stata piuttosto cattiva. Per due giorni abbiamo visto fantasmi in pieno giorno. Chi è quell'anziano che se ne è andato dopo essersi trasformato in brezza?" Pellegrino diede a Otto Precetti il foglietto. "Chi è questo Long-Life Li?" chiese Otto Precetti, dopo aver letto il verso. "È il nome del Pianeta Venere dall'Occidente," disse Pellegrino. Otto Precetti si inchinò rapidamente verso il cielo, gridando: "Benefattore! Benefattore! Se non fosse stato per la Stella d'Oro, che ha personalmente supplicato l'Imperatore di Giada di essere misericordioso, non so cosa sarebbe diventato il vecchio Hog!" "Fratello Maggiore," disse Pellegrino, "hai davvero un senso della gratitudine. Ma non esporti. Riparati in profondità nel bosco e custodisci attentamente i bagagli e il cavallo. Lascia che la vecchia Scimmia trovi la Montagna Sumeru e chieda aiuto al Bodhisattva." "Lo so, lo so!" disse Otto Precetti. "Sbrigati e vai! Il vecchio Hog ha padroneggiato la legge della tartaruga: ritrae la testa quando non è necessario metterla fuori!"

Il Grande Saggio Sun saltò in aria; montando il salto della nuvola, si diresse direttamente a sud. Era veloce, davvero! Con un cenno del capo, coprì tremila miglia; basta una torsione del suo torso lo portò oltre ottocento! In un attimo vide una montagna alta con nuvole auspiciose che pendevano a metà delle sue pendici e sacre nebbie riunite intorno ad essa. Nella piega della montagna c'era davvero un tempio. Poteva sentire i suoni melodiosi delle campane e delle pietre sonore e poteva vedere il fumo vorticoso dell'incenso. Mentre si avvicinava alla porta, il Grande Saggio vide un Taoista con una collana di perle intorno al collo, che recitava il nome di Buddha. Pellegrino disse: "Daoista, per favore accetta il mio inchino." Il Taoista immediatamente restituì il saluto, dicendo: "Da dove viene il venerabile padre?" "È qui che il Bodhisattva Lingji spiega le scritture?" chiese Pellegrino. "Proprio così," disse il Taoista. "Desideri parlare con qualcuno?"

"Posso disturbarti, signore, per fare questo annuncio per me," disse Pellegrino. "Sono il discepolo del maestro della Legge, Tripitaka, che è il fratello reale dell'Imperatore Tang nel Paese dell'Est; sono il Grande Saggio, Uguale al Cielo, Sun Wukong, anche chiamato Pellegrino. Ho una questione che mi richiede di avere un'udienza con il Bodhisattva." Il Taoista rise e disse: "Il venerabile padre mi ha dato un lungo annuncio! Non riesco a ricordare tutte quelle parole." "Basta dire che Sun Wukong, il discepolo del Monaco Tang, è arrivato," disse Pellegrino.

Il Taoista acconsentì e fece quell'annuncio nella sala delle lezioni, dove il Bodhisattva immediatamente mise la sua tunica e chiese di bruciare più incenso per accogliere il visitatore. Poi il Grande Saggio entrò nella porta e guardò dentro. Vide

Una sala piena di broccato e seta;
Una casa molto solenne e grandiosa;
Allievi che recitavano il Sūtra del Loto;
Un vecchio capo che batteva il gong d'oro.
Era posto davanti al Buddha
Tutto frutti e fiori immortali.
Stesi sugli altari
Erano pietanze vegetariane e vivande.
Le luminose candele preziose,
Le loro fiamme d'oro si alzavano come arcobaleni;
Il vero incenso profumato,
Il suo fumo di giada volava su come nebbie colorate.
Così, dopo la lezione uno mediterebbe tranquillamente,
Quando fiocchi di nuvole bianche giravano le punte dei pini.
La spada della saggezza si ritirava, perché Māra si spezzava
In questo spazio della Prajñā-pāramitā.

Il Bodhisattva raddrizzò i suoi abiti per ricevere Pellegrino, che entrò nella sala e prese il posto dell'ospite. Venne offerto del tè, ma Pellegrino disse: "Non c'è bisogno che ti preoccupi del tè. Il mio maestro è in pericolo alla Montagna del Vento Giallo, e supplico il Bodhisattva di esercitare il suo grande potere del dharma per sconfiggere il mostro e salvarlo." "Ho ricevuto il comando del Tathā gata," disse il Bodhisattva, "di mantenere il Mostro del Vento Giallo qui in sottomissione. Il Tathāgata mi ha anche dato una Perla di Sosta del Vento e uno Staff Prezioso del Drago Volante. Al momento in cui l'ho catturato, ho risparmiato la vita al mostro solo a condizione che si ritirasse sulla montagna e si astenesse dal peccato di prendere la vita. Non sapevo che avrebbe voluto nuocere al tuo stimato maestro e trasgredire la Legge. È colpa mia." Il Bodhisattva avrebbe voluto preparare del cibo vegetariano per intrattenere Pellegrino, ma Pellegrino insistette per andarsene. Così prese il Bastone del Drago Volante e montò sulle nuvole con il Grande Saggio.

In poco tempo arrivarono alla Montagna del Vento Giallo. "Grande Saggio," disse il Bodhisattva, "questo mostro mi teme abbastanza. Io starò qui al limite delle nuvole mentre tu scendi là a provocare battaglia. Attiralo a venire fuori in modo che io possa esercitare il mio potere." Pellegrino seguì il suo suggerimento e abbassò la sua nuvola.

Senza aspettare ulteriori annunci, estrasse la sua mazza di ferro e sfondò la porta della grotta, gridando: "Mostro, ridammi il mio Maestro!" I piccoli demoni che facevano la guardia alla porta furono così terrorizzati che corsero a fare il rapporto. "Questa scimmia senza legge," disse il mostro, "è veramente malcreata! Non ha rispettato la gentilezza e ora ha persino rotto la mia porta! Questa volta, quando esco, userò il vento divino per soffiarlo a morte." Si armò come prima e prese la sua tridente d'acciaio. Uscì dalla porta e, vedendo Pellegrino, non disse una parola prima di puntare la tridente al petto di Pellegrino. Il Grande Saggio si schivò di lato per evitare il colpo e poi gli si presentò con la mazza alzata. Prima che potessero combattere per qualche round, il mostro volse la testa verso sud-ovest e stava per aprire la bocca per chiamare il vento. Dal mezz'aria, il Bodhisattva gettò giù il Bastone del Drago Volante mentre recitava una sorta di incantesimo. Si trasformò istantaneamente in un drago dorato con otto artigli, due dei quali afferrarono la testa del mostro e lo lanciarono due o tre volte contro i massi accanto alla scogliera della montagna. Il mostro tornò alla sua forma originale e divenne una donnola con il pelo giallo.

Pellegrino corse verso di lui e stava per colpirlo con la sua mazza, ma fu fermato dal Bodhisattva, che gli disse: "Grande Saggio, non fargli del male. Devo portarlo indietro per vedere Tathāgata. Originariamente era un roditore ai piedi della Montagna dello Spirito che aveva acquisito la Via. Perché ha rubato dell'olio puro nel calice di cristallo, fuggì temendo che i servitori di vajra lo avrebbero arrestato. Tathāgata pensava che non fosse colpevole di morte, ed è per questo che mi è stato chiesto di catturarlo e bandirlo in questa regione. Ma ora ha offeso il Grande Saggio e ha tentato di nuocere al Monaco Tang. Perciò devo portarlo da Tathāgata affinché la sua colpa sia chiaramente stabilita. Solo allora questo merito sarà compiuto." Quando Pellegrino sentì questo, ringraziò il Bodhisattva, che partì per l'Occidente, e non ne parleremo più.

Ora vi parleremo di Zhu Otto Regole, che stava pensando a Pellegrino nel bosco quando sentì qualcuno chiamare giù per il pendio: "Fratello Wuneng, porta qui il cavallo e i bagagli." Riconoscendo la voce di Pellegrino, l'Idiota corse rapidamente fuori dal bosco e disse a Pellegrino: "Fratello Maggiore, come è andata tutto?" "Ho invitato il Bodhisattva Lingji a venire qui," disse Pellegrino, "per usare il suo Bastone del Drago Volante per catturare il mostro. Era una donnola con il pelo giallo che è diventata uno spirito ed è stato ora portato dal Bodhisattva alla Montagna dello Spirito per affrontare Tathāgata. Andiamo nella grotta per salvare il Maestro." L'Idiota fu felice. I due sfondarono la grotta e con la loro rastrello e mazza massacrarono tutte le volpi astute, la volpe, il cervo muschiato e il cervo cornuto. Poi andarono nel giardino sul retro per salvare il loro maestro, che, dopo essere uscito, chiese: "Come avete fatto voi due a catturare il mostro per potermi salvare?" Pellegrino diede un resoconto dettagliato di come fosse andato a cercare l'aiuto del Bodhisattva per sopraffare il mostro, e il maestro lo ringraziò profondamente. Poi i due fratelli trovarono del cibo vegetariano nella grotta, che prepararono insieme a del tè e riso. Dopo aver mangiato, partirono e trovarono di nuovo la strada per l'Occidente. Non sappiamo cosa sia successo dopo; ascoltiamo la spiegazione nel prossimo capitolo.

CAPITOLO 22

Otto Regole combatte furiosamente presso il Fiume della Sabbia Fluida;
Per ordine di Mokṣa, Wujing riceve la sottomissione.

Ora vi raccontiamo del Monaco Tang e dei suoi discepoli, i tre viaggiatori, che sono stati liberati dal loro tormento. In meno di un giorno passarono il Monte del Vento Giallo e procedettero verso Occidente attraverso una vasta pianura livellata. Il tempo passò rapidamente e l'estate cedette all'arrivo dell'autunno. Tutto ciò che videro furono alcune

Cicala fredda canta sui salici morenti
Mentre il Grande Fuoco rotola verso l'Occidente.

Procedendo, giunsero presso un enorme e tumultuoso fiume, con onde che si infrangevano e spruzzavano. "Discepoli," esclamò Tripitaka, "guardate quella vasta distesa d'acqua di fronte a noi. Perché non si vedono barche? Come possiamo attraversare?" Guardando da vicino, Otto Regole disse: "È molto tumultuoso, troppo irruento per qualsiasi barca!" Pellegrino balzò in aria e guardò lontano, proteggendo gli occhi con la mano. Anche lui fu un po' spaventato e disse: "Maestro, è davvero difficile! Davvero difficile! Se la vecchia Scimmia vuole attraversare questo fiume, basta che faccia un solo movimento del corpo e arriva sull'altra sponda. Ma per te, Maestro, è mille volte più difficile, perché non potresti attraversarlo nemmeno in diecimila anni!"

"Non riesco nemmeno a vedere l'altra sponda da qui," disse Tripitaka. "Davvero, quanto è largo?"

"È largo circa ottocento miglia," disse Pellegrino. "Fratello Maggiore," disse Otto Regole, "come fai a determinare la sua larghezza così facilmente?"

"A dirti la verità, Fratello Degno," disse Pellegrino, "questi miei occhi possono distinguere il bene dal male fino a mille miglia di distanza di giorno. Proprio adesso quando ero in aria, non riuscivo a vedere quanto fosse lungo il fiume, ma riuscivo a vedere che la sua larghezza era di almeno ottocento miglia."

Sospirando ansiosamente, l'anziano tirò indietro il cavallo e improvvisamente scoprì sulla riva una lastra di pietra. Quando i tre si avvicinarono per guardarla, videro tre parole scritte in scrittura sigillata sotto le quali c'erano anche quattro versi scritti in stile regolare. Diceva:

Questi metri di sabbia fluttuante, larghi ottocento;
Queste acque deboli, profonde tremila.

Una piuma d'oca non può restare a galla;
Un petalo di giunco affonderà sul fondo.

Mentre il maestro e i discepoli leggevano l'iscrizione, le onde nel fiume si alzarono improvvisamente come alte montagne e con un forte schianto dal mezzo delle acque saltò fuori un mostro. Sembrava feroce e orrendo, aveva

Una testa piena di capelli arruffati e simili a fiamme;
Un paio di occhi luminosi e rotondi che brillavano come lampade;

Un viso indaco, né nero né verde;
Una voce di drago vecchio come il rombo di tuono o di tamburo.
Indossava una mantella di piume di oca giallo chiaro.
Due ciuffi di canne bianche legate intorno alla vita.
Sotto il mento erano appesi nove teschi.
Le sue mani tenevano un terribile bastone sacerdotale.

Come un ciclone, il demonio si precipitò verso la riva e andò dritto verso il Monaco Tang. Pellegrino fu così sorpreso che afferrò il suo maestro e corse verso un terreno alto per scappare. Lasciando cadere il palo, Otto Regole estrasse il suo rastrello e lo abbatté con forza sul mostro. Il demonio usò il suo bastone per parare il colpo e così i due cominciarono a scatenare la loro potenza sulla riva del Fiume della Sabbia Fluida. Questa era una battaglia!

Il rastrello a nove denti;
Il bastone per sconfiggere il demonio;
Questi due si incontrarono in battaglia sulla riva del fiume.
Questo era il Maresciallo delle Canne Celesti:
Quello era il Capitano del Sollevamento della Tenda presso il Trono.
In anni passati si incontrarono nella Sala delle Nebbie Divine;
Oggi combatterono e si impegnarono in una prova di forza.
Da uno il rastrello usciva come un drago che stende le sue artigli;
Da quello il bastone bloccava la strada come un elefante con zanne affilate.
Stavano con le loro membra distese;
Ognuno colpiva la gabbia toracica dell'altro.
Questo rastrellava follemente, senza badare a testa o viso;
Quello colpiva selvaggiamente senza sosta.
Questo era uno spirito cannibale, da lungo tempo signore della Sabbia Fluida;
Quello era un combattente in cerca della Via, che sosteneva Legge e Fede.

Si avvicinarono di nuovo e di nuovo, i due combatterono per venti round, ma nessuno emerse vincitore.

Nel frattempo, il Grande Saggio stava lì a proteggere il Monaco Tang. Mentre teneva il cavallo e custodiva i bagagli, si sentì così eccitato dalla vista di Otto Regole che si agitò e si sfregò le mani vehementemente. Alla fine non poté trattenersi: tirando fuori la mazza, disse: "Maestro, siediti qui e non temere. Lascia che la vecchia Scimmia vada a giocare un po' con lui." Il maestro implorò invano perché rimanesse, e con un forte grido balzò in avanti. Il mostro, vedete, stava solo passando un bel momento a combattere con Otto Regole, i due così strettamente uniti in combattimento che sembrava nulla potesse separarli. Pellegrino, tuttavia, corse verso il mostro e gli diede un colpo terrificante alla testa con la sua mazza di ferro. Il mostro fu così scosso che si scansò: girandosi si tuffò dritto nel Fiume della Sabbia Fluida e scomparve. Otto Regole fu così sconvolto che saltò agitato, gridando: "Fratello Maggiore! Chi ti ha chiesto di venire? Il mostro stava gradualmente indebolendosi e gli stava diventando difficile parare il mio rastrello. Altri quattro o cinque round e l'avrei catturato. Ma quando ha visto quanto fossi feroce, è fuggito sconfitto. Ora, cosa faremo?" "Fratello," disse Pellegrino ridendo, "a dirti la verità, da quando ho sconfitto il Demone del Vento

Giallo un mese fa, non ho giocato con la mia mazza per tutto questo tempo dopo aver lasciato la montagna. Quando ho visto quanto fosse deliziosa la tua lotta con lui, non ho potuto sopportare il prurito sotto i piedi! Ecco perché sono saltato su per divertirmi un po' con lui. Quel mostro non sa giocare, e suppongo che sia il motivo della sua partenza."

Tenendosi per mano e prendendosi in giro, i due tornarono dal Monaco Tang. "Hai preso il mostro?" chiese il Monaco Tang. "Non ha retto la lotta," disse Pellegrino, "e è tornato indietro nell'acqua sconfitto." "Discepolo," disse Tripitaka, "dato che questo mostro probabilmente vive qui da molto tempo, dovrebbe conoscere le parti profonde e basse del fiume. Dopotutto, un tale corpo di debole acqua e nessuna barca in vista - abbiamo bisogno di qualcuno che conosca bene la regione per guidarci attraverso." "Esattamente!" disse Pellegrino. "Come dice il proverbio,

Chi è vicino al cinabro diventa rosso;
Chi è vicino all'inchiostro diventa nero.

Il mostro che vive qui deve avere una buona conoscenza dell'acqua. Quando lo prendiamo, non dovremmo ucciderlo, ma farlo solo portare il Maestro attraverso il fiume prima di disfarcene." "Fratello Maggiore," disse Otto Regole, "non c'è bisogno di ulteriori ritardi. Vai avanti e prendilo, mentre il vecchio Hog protegge il nostro maestro." "Fratello Degno," disse Pellegrino ridendo, "in questo caso non ho davvero nulla di cui vantarmi, perché non mi trovo a mio agio a fare affari in acqua. Se tutto ciò che faccio è camminare laggiù, devo comunque fare il segno magico e recitare l'incantesimo repellente dell'acqua prima di potermi muovere da qualche parte. Oppure devo trasformarmi in una creatura acquatica come un pesce, gambero, granchio o tartaruga prima di entrare. Se si trattasse di gareggiare in astuzia tra alte montagne o tra le nuvole, ne so abbastanza per affrontare la situazione più strana e difficile. Ma fare affari in acqua mi costringe un po'!"

"Quando ero Maresciallo del Fiume Celeste negli anni passati," disse Otto Regole, "comandavo una forza navale di ottantamila uomini, e ho acquisito qualche conoscenza di quell'elemento. Ma temo che quel mostro possa avere alcuni parenti laggiù nella sua tana, e non sarò in grado di sopportarlo se i suoi settimo e ottavo cugini tutti escono. Cosa mi succederà se mi afferrano?" "Se vai in acqua per combatterlo," disse Pellegrino, "non indugiare. Assicurati, infatti, che fingi la sconfitta e lo attiri qui fuori. Allora la vecchia Scimmia ti aiuterà." "Hai ragione," disse Otto Regole. "Mi metto in cammino!" Si tolse la camicia di seta blu e le scarpe; tenendo il rastrello con entrambe le mani, divise le acque per farsi un passaggio. Usando l'abilità che aveva sviluppato negli anni passati, saltò tra le onde e le onde e si diresse verso il fondo del fiume.

Ora vi raccontiamo di quel mostro, che tornò a casa sua sconfitto. Aveva appena ripreso fiato quando udì qualcuno muovere l'acqua, e mentre si alzava per dare un'occhiata, vide Otto Regole farsi strada con il suo rastrello. Quel mostro sollevò il suo bastone e lo affrontò faccia a faccia, gridando: "Monaco, guarda dove vai o riceverai un colpo da questo!" Usando il rastrello per bloccare il colpo, Otto Regole disse: "Che tipo di mostro sei tu che osi sbarrarci la strada?"

"Quindi non mi riconosci," disse il mostro. "Non sono un demone o un malvagio, né mi manca un nome o un cognome." "Se non sei un demone o un malvagio," disse Otto Regole, "perché rimani qui e togli la vita agli umani? Dimmi il tuo nome e cognome, e ti risparmierò la vita." Il mostro disse:

"Il mio spirito era forte fin dalla nascita.
Una volta ho fatto un tour dell'universo,
Dove la mia fama di eroe divenne ben nota—
Un tipo galante da emulare per tutti.
Attraversai innumerevoli nazioni a mio piacimento;
Navigai liberamente su laghi e mari.
Per imparare la Via vagai fino ai confini del Cielo;
Per trovare un maestro attraversai questa grande terra.
Per anni i miei vestiti e la ciotola per le elemosine furono con me:
Nemmeno per un giorno il mio spirito si rilassò.
Per decine di volte vagai come una nuvola sulla terra
E camminai in tutti i luoghi cento volte.
Solo allora incontrai un vero immortale,
Che mi mostrò il Grande Sentiero della Luce Dorata.
Prima presi il Bambino e la Bella Ragazza;
Poi rilasciai la Madre del Legno e lo Scudiero dell'Oro.
Il rene del Brillante Hall inondò la Piscina dei Fiori;
Il fuoco del fegato della Torre si immerse nel cuore.
Fatti tremila meriti, vidi il volto del Cielo
E adorai solennemente il Punto di Luce.
Allora l'Imperatore di Giada mi esaltò;
Mi fece Capitano del Sollevamento della Tenda.
Un onorato alla Porta del Cielo Meridionale,
Ero molto stimato nella Sala delle Nebbie Divine.
Avevo appeso alla vita lo Scudo a Testa di Tigre:
Tenevo nelle mani il Bastone per Scacciare i Demoni.
Proprio come la luce del sole splendeva il mio elmo d'oro;
L'armatura del mio corpo scintillava come nebbie radianti.
Ero il capo dei guardiani del Trono:
Ero il primo come attendente della corte.
Quando la Regina Madre diede la Festa della Pesca—
Servì i suoi ospiti alla Piscina di Giada—
Lasciai cadere e spezzai una coppa di giada simile al vetro,
E le anime di tutti gli ospiti del Cielo fuggirono.
L'Imperatore di Giada si arrabbiò moltissimo;
Con le mani giunte, affrontò il suo consiglio a sinistra.
Spogliato del mio cappello, della mia armatura e del mio rango,
Fui spinto tutto intero al blocco.
Solo il Grande Immortale, Piedi Nudi,
Venne dai ranghi e chiese di liberarmi.
Perdonato dalla morte e con la mia pena sospesa,

17

Fui inviato alle rive della Sabbia Fluente.
Sazio, giacevo stancamente nel ruscello;
Affamato, agitavo le onde per trovare il mio cibo.
Il boscaiolo mi vedeva e la sua vita era finita;
I pescatori mi affrontavano e presto perivano.
Dal primo all'ultimo ho mangiato molti uomini;
Più e più volte ho tolto vite umane.
Poiché osi commettere violenza alla mia porta,
Il mio stomaco oggi ha le sue speranze più care!
Non dire che sei troppo grezzo per essere mangiato ora.
Ti prenderò, e guarda, quella è la mia salsa di carne tritata!"

Infuriato da ciò che aveva sentito, Otto Regole gridò: "Tu cosa sfacciata! Non hai la minima percezione! Il vecchio Maiale è abbastanza invitante da far venire l'acquolina in bocca alla gente, e tu osi dire che sono grezzo, che devo essere tritato per una salsa di carne macinata! Pensandoci bene, vorresti considerarmi un pezzo di vecchia pancetta dura! Tieni a freno i tuoi modi e ingoia questo rastrello del tuo antenato!" Quando il mostro vide il rastrello arrivare, usò lo stile della "fenice che annuisce con la testa" per schivare il colpo. I due combatterono così fino alla superficie dell'acqua, ciascuno camminando sulle acque e sulle onde. Questo conflitto era un po' diverso da quello precedente. Guarda

Il Capitano del Sollevamento della Tenda,
Il Maresciallo delle Canne Celesti:
Ciascuno mostrava molto bene la sua magia.
Questo agitava sopra la testa il bastone per scacciare i demoni:
Quello muoveva il rastrello rapidamente come la sua mano.
Le onde volanti scuotevano colline e fiumi;
La marea in aumento oscurava il cosmo.
Selvaggio come Giove che brandisce stendardi e bandiere!
Feroce come l'inviato dell'Inferno che sconvolge i cime sacri!
Questo custodiva devotamente il Monaco Tang;
Quello, un demone d'acqua, perpetrava i suoi crimini.
Il colpo del rastrello lasciava nove segni rossi:
Il colpo del bastone avrebbe dissolto l'anima di un uomo.
Si sforzarono di vincere la lotta;
Lottarono per prevalere.
Tutto sommato per il bene del pellegrino delle scritture,
Sfogarono la loro furia senza riserve.
Combatterono fino a quando carpe e persici persero le loro nuove squame,
E tutte le tartarughe danneggiarono i loro gusci teneri.
Gamberi rossi e granchi viola persero tutti la vita,
E vari dèi dell'acqua si inchinarono tutti verso l'alto!
Sentivi solo le onde che rotolavano e si schiantavano come tuoni.
Il mondo stupito vide il sole e la luna oscurarsi!
I due combatterono per due ore, e nessuno prevalse. Era come
Una padella di ottone che incontra una scopa di ferro,
Un gong di giada di fronte a una campana d'oro.

Ora vi raccontiamo del Grande Saggio, che stava di guardia accanto al Monaco Tang. Con gli occhi spalancati li osservava combattere sull'acqua, ma non osava alzare le mani. Finalmente, Otto Regole fece un colpo fiacco con il suo rastrello e, fingendosi sconfitto, si voltò per fuggire verso la riva orientale. Il mostro lo inseguì e stava per raggiungere la riva del fiume quando il nostro Pellegrino non poté più trattenersi. Abbandonò il suo maestro, sguainò la verga di ferro, saltò sulla riva del fiume e colpì la testa del mostro. Temendo di affrontarlo, il mostro si tuffò rapidamente di nuovo nel fiume. "Maledizione!" gridò Otto Regole. "Scimmia impulsiva! Non puoi essere un po' più paziente? Avresti potuto aspettare finché non l'avessi condotto su terreno elevato e poi bloccato la sua strada verso il fiume. Lo avremmo catturato allora. Ora è tornato indietro, e quando pensi che uscirà di nuovo?" "Idiota," disse il Pellegrino ridendo, "smetti di gridare! Andiamo a parlare con il Maestro prima."

Otto Regole tornò con il Pellegrino su terreno elevato da Tripitaka. "Discepolo," disse Tripitaka, inchinandosi, "devi essere stanco!" "Non mi lamenterò della mia fatica," disse Otto Regole. "Domiamo il mostro e ti portiamo attraverso il fiume. Solo quel piano è perfetto!" Tripitaka disse, "Come è andata la battaglia con il mostro poco fa?" "Era proprio il mio pari," disse Otto Regole, "e abbiamo combattuto fino a un pareggio. Ma poi ho finto di essere sconfitto e lui mi ha inseguito fino alla riva. Quando ha visto il Fratello Maggiore sollevare la sua verga, tuttavia, è fuggito." "Quindi cosa faremo?" chiese Tripitaka. "Maestro, rilassati!" disse il Pellegrino. "Non preoccupiamoci ora, perché si sta facendo tardi. Siediti qui sulla scogliera e lascia che il vecchio Scimmia vada a chiedere un po' di cibo vegetariano. Riposati dopo aver mangiato, e domani troveremo una soluzione." "Hai ragione," disse Otto Regole. "Vai, e torna rapidamente."

Il Pellegrino montò rapidamente le nuvole e andò a nord a chiedere una ciotola di cibo vegetariano da una famiglia da presentare al suo maestro. Quando il maestro lo vide tornare così presto, disse, "Wukong, andiamo da quella famiglia che ci ha dato il cibo e chiediamo loro come possiamo attraversare questo fiume. Non è meglio che combattere il mostro?" Ridendo, il Pellegrino disse, "Quella famiglia è piuttosto lontana da qui, a circa sei o settemila miglia, non meno! Come potrebbero le persone lì sapere dell'acqua? A cosa serve chiedere loro?" "Stai mentendo di nuovo, Fratello Maggiore!" disse Otto Regole. "Sei o settemila miglia, come potresti coprire quella distanza così rapidamente?" "Non hai idea," disse il Pellegrino, "della capacità del mio salto di nuvola, che con un salto può coprire centotto mila miglia. Per le sei o settemila qui, tutto quello che devo fare è annuire con la testa e allungare la vita, e quello è già un viaggio di andata e ritorno! Cosa c'è di così difficile?"

"Fratello Maggiore," disse Otto Regole, "se è così facile, tutto ciò che devi fare è portare il Maestro sulla schiena: annuire con la testa, allungare la vita e saltare oltre. Perché continuare a combattere questo mostro?" "Non sai cavalcare le nuvole?" chiese il Pellegrino. "Non puoi portarlo tu attraverso il fiume?"

"La natura mortale e le ossa mondane del Maestro sono pesanti come il Monte Tai," disse Otto Regole. "Come potrebbe il mio volo tra le nuvole sopportarlo? Deve essere il tuo salto di nuvola." "Il mio salto di nuvola è essenzialmente come il volo tra le nuvole," disse il Pellegrino, "l'unica differenza è che posso coprire distanze maggiori più rapidamente. Se tu non puoi portarlo, cosa ti fa pensare che io possa? C'è un vecchio proverbio che dice:

Muovi il Monte Tai: è leggero come semi di senape.

Sollevi un uomo e non lasci la polvere rossa!"

Prendi questo mostro qui: può usare incantesimi e chiamare il vento, spingere e tirare un po', ma non può portare un umano in aria. E se si tratta di questo tipo di magia, il vecchio Scimmione conosce ogni trucco, incluso diventare invisibile e accorciare le distanze. Ma è richiesto al Maestro di attraversare tutti questi territori strani prima di trovare la liberazione dal mare dei dolori; quindi, anche un solo passo si rivela difficile. Tu ed io siamo solo i suoi compagni protettivi, che proteggono il suo corpo e la sua vita, ma non possiamo esonerarlo da queste sofferenze, né possiamo ottenere le scritture da soli. Anche se avessimo la capacità di andare a vedere il Buddha per primi, non ci concederebbe le scritture. Ricorda il detto:

Quello che si ottiene facilmente
Si dimentica presto."

Quando Idiot sentì queste parole, le accettò amichevolmente come istruzioni. Maestro e discepoli mangiarono un po' del semplice cibo vegetariano preparato prima di riposarsi sulla riva orientale del Fiume di Sabbia Scorrente.

La mattina successiva, Tripitaka disse: "Wukong, cosa faremo oggi?" "Non molto," disse il Pellegrino, "eccetto che Otto Regole deve andare di nuovo in acqua." "Fratello Maggiore," disse Otto Regole, "tu vuoi solo rimanere pulito, ma non esiti a farmi andare in acqua." "Fratello Degno," disse il Pellegrino, "questa volta cercherò di non essere impulsivo. Ti lascerò ingannarlo per farlo salire qui, e poi bloccherò la sua ritirata lungo la riva del fiume. Dobbiamo catturarlo." Caro Otto Regole! Asciugandosi il viso, si fece coraggio. Tenendo il rastrello con entrambe le mani, si avvicinò al bordo del fiume, aprì un varco nell'acqua e andò a casa del mostro come prima. Il mostro si era appena svegliato dal sonno quando sentì il rumore dell'acqua. Voltandosi rapidamente a guardare, vide Otto Regole avvicinarsi con il rastrello. Saltò fuori immediatamente e sbarrò la strada, gridando: "Rallenta! Attento al mio bastone!" Otto Regole alzò il rastrello per parare il colpo, dicendo: "Che tipo di bastone da lutto hai lì che osi chiedere al tuo antenato di stare attento?" "Un tipo come te," disse il mostro, "non riconoscerebbe questo!"

Per anni il mio bastone ha goduto di grande fama,

All'inizio un albero sempreverde nella luna.

Wu Gang tagliò da esso un enorme ramo:

Lu Ban lo fece poi, usando tutte le sue abilità.

All'interno del mozzo un pezzo solido d'oro:

All'esterno è avvolto da innumerevoli fili di perle.
Si chiama il bastone del tesoro per schiacciare i demoni,
Sempre posto nelle Nebbie Divine per placare gli orchi.
Da quando ho ottenuto il rango di generale potente,
L'Imperatore di Giada lo mise sempre al mio fianco.
Si allunga o si accorcia a mio piacimento;
Diventa spesso o sottile a mio comando.
Andò a guardare il Trono alla Festa delle Pesche:
Servì a corte nel mondo del Cielo sopra.
In servizio vide molti saggi inchinati,
E anche gli immortali, quando il sipario si alzava.
Di potere numinoso un braccio divino,
Non è un'arma mondana dell'umanità.
Da quando sono stato bandito dalla porta del Cielo,
Ha vagato con me a piacimento oltre i mari.
Forse non è giusto vantarsi,
Ma spade e lance degli uomini non possono eguagliare questo bastone.
Guarda quel vecchio, arrugginito rastrello tuo:
Adatto solo a zappare campi e rastrellare erbe!"

"Tu sfrontato sfacciato!" disse Otto Regole, ridendo. "Non importa se è adatto a zappare campi! Un piccolo tocco e non saprai nemmeno come iniziare a mettere bende o unguenti su nove fori sanguinanti! Anche se non vieni ucciso, invecchierai con un'infezione cronica!" Il mostro alzò le mani e di nuovo combatté con Otto Regole dal fondo del fiume fino alla superficie dell'acqua. Questa battaglia era ancora più diversa dalla prima. Guardali

Brandire il bastone del tesoro.
Colpire con il rastrello;
Non parlerebbero come se fossero estranei.
Poiché Madre Legno tratteneva la Spatola,
Questo fece combattere i due con più ferocia.
Nessuna vittoria né sconfitta;
Senza rimpianti.
Rimestarono onde e flutti senza pace.
Come potrebbe questo controllare la sua amara rabbia;
Quello trovava insopportabile il suo dolore.
Rastrello e bastone andarono avanti e indietro per mostrare la loro forza;
L'acqua marciva come veleno nel Fiume di Sabbia Scorrente.
Sbuffavano e soffiavano!
Lavoravano e faticavano!
Tutto perché Tripitaka doveva affrontare l'Ovest.
Il rastrello così feroce!
Il bastone così abilmente usato!
Questo cercava di tirarlo sulla riva;
Quello cercava di afferrarlo e affogarlo nel torrente.
Ruggivano come tuoni, agitando draghi e pesci.

Dei e fantasmi si rannicchiavano mentre i Cieli si oscuravano.

Questa volta combatterono avanti e indietro per trenta round, e nessuno dei due si dimostrò più forte. Di nuovo Otto Regole finse di essere sconfitto e fuggì, trascinando il suo rastrello. Sollevando le onde, il mostro inseguì e raggiunsero il bordo del fiume. "Canaglia!" gridò Otto Regole. "Vieni quassù! Possiamo combattere meglio su terreno solido qui sopra." "Stai solo cercando di ingannarmi per farmi salire lì," rimproverò il mostro, "così puoi portare fuori il tuo assistente. Vieni giù qui, e possiamo combattere nell'acqua." Il mostro, vedi, era diventato saggio; rifiutò di salire sulla riva e rimase vicino al bordo dell'acqua a discutere con Otto Regole.

Quando il Pellegrino vide che il mostro rifiutava di lasciare l'acqua, si irritò molto, e tutto ciò a cui poteva pensare era di catturarlo subito. "Maestro," disse, "siediti qui. Lasciami dargli un assaggio dell''aquila affamata che cattura la preda'." Si capovolse in aria e poi piombò sul mostro, che stava ancora litigando con Otto Regole. Quando sentì il suono del vento, si voltò rapidamente e scoprì il Pellegrino che precipitava dalle nuvole. Riponendo il suo bastone, si tuffò nell'acqua e scomparve. Il Pellegrino rimase sulla riva e disse a Otto Regole, "Fratello, quel mostro sta capendo! Ora rifiuta di salire. Cosa facciamo?" "È difficile, terribilmente difficile!" disse Otto Regole. "Non riesco a batterlo, nemmeno quando ho richiamato la forza dei miei giorni da lattante! Siamo uguali!" "Andiamo a parlare con il Maestro," disse il Pellegrino.

I due salirono di nuovo in alto e raccontarono al Monaco Tang tutto. "Se è così difficile," disse l'Anziano, con le lacrime agli occhi, "come faremo mai ad attraversare?" "Maestro, per favore non ti preoccupare," disse il Pellegrino. "È difficile per noi attraversare con questo mostro nascosto in profondità nel fiume. Quindi, non combattere più con lui, Otto Regole; resta qui e proteggi il Maestro. Io farò un viaggio fino al Mare del Sud." "Fratello Maggiore," disse Otto Regole, "cosa vuoi fare al Mare del Sud?" Il Pellegrino disse, "Questa faccenda della ricerca delle scritture è iniziata dalla Bodhisattva Guanyin; colei che ci ha liberato dalle nostre prove è stata anche la Bodhisattva Guanyin. Oggi il nostro cammino è bloccato a questo Fiume di Sabbia Scorrente e non possiamo procedere. Senza di lei, come possiamo mai risolvere il nostro problema? Lasciami andare a chiederle aiuto: è molto meglio che combattere con questo mostro." "Hai ragione, Fratello Maggiore," disse Otto Regole. "Quando arrivi lì, per favore trasmettile la mia gratitudine per le sue gentili istruzioni in passato." "Wukong," disse Tripitaka, "se vuoi andare a vedere la Bodhisattva, non devi ritardare. Vai, e torna presto."

Il Pellegrino si catapultò in aria con il suo capovolgimento di nuvole e si diresse verso il Mare del Sud. Ah! Non ci volle nemmeno mezz'ora prima che vedesse il paesaggio del Monte Potalaka. In un attimo, scese dal suo capovolgimento e arrivò al bordo del boschetto di bambù viola, dove fu accolto dagli Spiriti delle Ventiquattro Vie. Gli dissero, "Grande Saggio, cosa ti porta qui?" "Il mio maestro affronta un'ordalia," disse il Pellegrino, "che mi porta qui appositamente per vedere la Bodhisattva." "Per favore, siediti," dissero gli spiriti, "e permettici di fare l'annuncio." Uno degli spiriti che era di turno andò all'ingresso della Grotta del Suono delle Maree, annunciando, "Sun Wukong desidera avere un'udienza con te." La Bodhisattva era appoggiata alle ringhiere vicino alla Piscina del Loto del Tesoro, guardando i fiori con la Principessa Drago Portatrice di Perle. Quando sentì l'annuncio, tornò nella grotta, aprì la porta e chiese che fosse fatto entrare. Con grande solennità, il Grande Saggio si prostrò davanti a lei.

"Perché non stai accompagnando il Monaco Tang?" chiese la Bodhisattva. "Per quale motivo volevi vedermi di nuovo?" "Bodhisattva," disse il Pellegrino, guardandola, "il mio maestro ha preso un altro discepolo al Villaggio Gao, a cui avevi dato il nome religioso di Wuneng. Dopo aver attraversato la Cresta del Vento Giallo, ora siamo arrivati al Fiume di Sabbia Scorrente, largo ottocento miglia, un corpo d'acqua debole, che è difficile da attraversare per il Maestro. C'è, inoltre, un mostro nel fiume che è piuttosto abile nelle arti marziali. Siamo grati a Wuneng, che ha combattuto in acqua con lui tre volte ma non ha potuto batterlo. Il mostro, infatti, sta bloccando il nostro cammino e non possiamo attraversare. Ecco perché sono venuto a vederti, sperando che tu abbia pietà e ci conceda la liberazione."

"Scimmione," disse la Bodhisattva, "sei ancora cos ì arrogante e autosufficiente che ti rifiuti di rivelare il fatto che sei al servizio del Monaco Tang?" "Tutto ciò che intendevamo fare," disse il Pellegrino, "era catturare il mostro e fargli attraversare il Maestro il fiume. Non sono molto bravo a fare affari nell'acqua, quindi Wuneng è andato giù da solo nel suo covo a cercarlo, e hanno avuto una conversazione. Presumo che non sia stata menzionata la questione della ricerca delle scritture."

"Quel mostro nel Fiume di Sabbia Scorrente," disse la Bodhisattva, "capita di essere l'incarnato del Capitano Sollevatore di Tendaggi, che è stato portato alla fede anche grazie alla mia persuasione quando gli ho detto di accompagnare coloro che si recavano a ottenere le scritture. Se avessi voluto menzionare che eri un pellegrino delle scritture dal Paese dell'Est, non ti avrebbe combattuto; si sarebbe arreso invece." Il Pellegrino disse, "Quel mostro ora ha paura di combattere; rifiuta di salire sulla riva e si nasconde in profondità nell'acqua. Come possiamo sottometterlo? Come può il mio maestro attraversare questo corpo d'acqua debole?"

La Bodhisattva chiamò immediatamente Hui'an. Prendendo una piccola zucca rossa dalle sue maniche, gliela porse, dicendo: "Prendi questa zucca e vai con Sun Wukong al Fiume di Sabbia Scorrente. Chiama 'Wujing,' e lui uscirà subito. Prima di tutto, fagli sottomettere al Monaco Tang. Poi, metti insieme quei suoi nove teschi e disponili secondo la posizione dei Nove Palazzi. Metti questa zucca al centro e avrai un recipiente del dharma pronto per traghettare il Monaco Tang attraverso il confine formato dal Fiume di Sabbia Scorrente." Obbedendo alle istruzioni del suo maestro, Hui'an lasciò la Grotta del Suono delle Maree con il Grande Saggio portando la zucca. Mentre lasciavano il boschetto di bambù viola in conformità con il comando sacro, abbiamo un poema testimoniale:

Le Cinque Fasi ben abbinate come verità del Cielo,
Il suo vecchio maestro può riconoscere.

Raffina il sé come base per un uso meraviglioso;
Il bene e il male discerniti riveleranno la causa.
Il metallo ritorna alla natura - entrambi dello stesso tipo.
Il legno chiede favore: saranno tutti redenti.
Due-Terre completano il merito per raggiungere il vuoto:
Acqua e fuoco mescolati, senza polvere e puliti.

In poco tempo i due abbassarono le nuvole e arrivarono al Fiume di Sabbia Scorrente. Riconoscendo il discepolo Mokṣa, Zhu Otto Regole condusse il suo maestro a riceverlo. Dopo essersi inchinato a Tripitaka, Mokṣa salutò Otto Regole, che disse: "Sono grato di essere stato istruito dalla Vostra Reverenza così da poter incontrare la Bodhisattva. Ho davvero obbedito alla Legge e sono felice di essere recentemente entrato nella porta del Buddismo. Poiché siamo stati costantemente in viaggio, non ho ancora avuto modo di ringraziarti. Ti prego di perdonarmi." "Lasciamo perdere queste conversazioni formali," disse il Pellegrino. "Dobbiamo andare a chiamare quel tizio." "Chiamare chi?" chiese Tripitaka. Il Pellegrino rispose, "Il Vecchio Scimmione ha visto la Bodhisattva e le ha raccontato ciò che è successo. La Bodhisattva mi ha detto che questo mostro nel Fiume di Sabbia Scorrente era l'incarnazione del Capitano Sollevatore di Tendaggi. Poiché aveva peccato in Cielo, fu bandito in questo fiume e divenne un mostro. Ma fu convertito dalla Bodhisattva, che gli aveva detto di accompagnarti al Cielo Occidentale. Poiché non abbiamo menzionato la questione della ricerca delle scritture, ci ha combattuti ferocemente. Ora la Bodhisattva ha inviato Mokṣa con questa zucca, che quel tizio trasformerà in un recipiente del dharma per portarti attraverso il fiume." Quando Tripitaka udì queste parole, si inchinò ripetutamente a Mokṣa, dicendo, "Ti prego, Vostra Reverenza, di agire rapidamente." Tenendo la zucca e camminando a metà su nuvole e a metà su nebbia, Mokṣa si spostò direttamente sopra la superficie del Fiume di Sabbia Scorrente. Gridò con voce alta, "Wujing! Wujing! Il pellegrino delle scritture è qui da molto tempo. Perché non ti sei sottomesso?"

Ora vi raccontiamo di quel mostro che, temendo il Re delle Scimmie, era tornato in fondo al fiume per riposare nella sua tana. Quando sentì qualcuno chiamarlo per il suo nome religioso, sapeva che doveva essere la Bodhisattva Guanyin. E quando sentì, inoltre, che il pellegrino delle scritture era arrivato, non temeva più né l'ascia né l'alabarda. Rapidamente saltò fuori dalle onde e vide che era il discepolo Mokṣa. Guardatelo! Tutto sorridente, si avvicinò e si inchinò, dicendo, "Vostra Reverenza, perdonami per non essere venuto a incontrarti. Dov' è la Bodhisattva?" "Il mio maestro non è venuto," disse Mokṣa, "ma mi ha mandato a dirti di diventare il discepolo del Monaco Tang senza indugio. Devi prendere i teschi intorno al tuo collo e questa zucca e fare con loro un recipiente del dharma secondo la posizione dei Nove Palazzi, così che possa essere portato attraverso questo corpo d'acqua debole." "Dov'è il pellegrino delle scritture?" chiese Wujing. Indicando con il dito, Mokṣa disse, "Non è forse quello che siede sulla riva orientale?"

Wujing scorse Otto Regole e disse, "Non so da dove venisse quella creatura senza legge! Ha combattuto con me per due giorni interi, senza mai menzionare una parola sulla ricerca delle scritture." Quando vide il Pellegrino, disse di nuovo, "Quel cliente è il suo assistente, ed è anche formidabile! Non vado lì!" "Quello è Zhu Otto Regole," disse Mokṣa, "e quell'altro è il Pellegrino Sun, entrambi discepoli del Monaco Tang e entrambi convertiti dalla Bodhisattva. Perché temerli? Ti scorterò dal Monaco Tang." Solo allora Wujing ripose il suo prezioso bastone e raddrizzò la sua camicia di seta gialla.

Saltò a terra e si inginocchiò davanti a Tripitaka, dicendo, "Maestro, il tuo discepolo ha occhi ma senza pupille, e non ha riconosciuto le tue nobili fattezze. Ti ho gravemente offeso e ti prego di perdonarmi." "Sciocco!" disse Otto Regole. "Perché non ti sei sottomesso subito? Perché volevi solo combattere con me? Cosa hai da dire in tua difesa?" "Fratello," disse il Pellegrino, ridendo, "non rimproverarlo. È veramente colpa nostra per non aver menzionato che stavamo cercando le scritture, e non gli abbiamo detto i nostri nomi." "Sei davvero disposto ad abbracciare la nostra fede?" disse l'anziano. "Il tuo discepolo è stato convertito dalla Bodhisattva," disse Wujing. "Derivando il mio cognome dal fiume, mi ha dato il nome religioso di Sha Wujing. Come potrei essere riluttante a prenderti come mio maestro?" "In tal caso," disse Tripitaka, "Wukong può portare il rasoio sacro e radere i suoi capelli." Il Grande Saggio prese davvero il rasoio e rase la testa di Wujing, dopo di che venne di nuovo a rendere omaggio a Tripitaka, al Pellegrino e a Otto Regole, diventando così il discepolo più giovane del Monaco Tang. Quando Tripitaka vide che si comportava molto come un monaco, gli diede il soprannome di Sha Monaco. "Poiché hai abbracciato la fede," disse Mokṣa, "non c'è bisogno di ulteriori ritardi. Devi costruire subito il recipiente del dharma."

Non osando ritardare, Wujing tolse i teschi dal suo collo e li legò con una corda secondo il disegno dei Nove Palazzi, mettendo la zucca al centro. Poi chiese al suo maestro di lasciare la riva, e il nostro anziano così salì sul recipiente del dharma. Mentre sedeva al centro, lo trovò solido come una piccola barca. Era, inoltre, sostenuto da Otto Regole alla sua sinistra e da Wujing alla sua destra, mentre il Pellegrino Sun, conducendo il cavallo-drago, seguiva dietro, camminando a metà su nuvole e a metà su nebbia. Sopra le loro teste anche Mokṣa prese la sua posizione per offrire ulteriore protezione. In questo modo il nostro maestro della Legge fu traghettato in sicurezza attraverso il confine del Fiume di Sabbia Scorrente: con il vento calmo e le onde tranquille attraversò l'acqua debole. Era davvero veloce come volare o cavalcare una freccia, perché in poco tempo raggiunse l'altra riva, essendo stato liberato dalle poderose onde. Non trascinò né fango né acqua, e felicemente sia le sue mani che i suoi piedi rimasero asciutti. In breve, era puro e pulito senza impegnarsi in alcuna attività. Quando il maestro e i discepoli raggiunsero di nuovo terra solida, Mokṣa scese dalle nuvole auspiciose. Quando riprese la sua zucca, i nove teschi si trasformarono in nove riccioli di vento oscuro e scomparvero. Tripitaka si inchinò per ringraziare Mokṣa e ringraziò anche la Bodhisattva. Così fu che Mokṣa tornò direttamente al Mare del Sud, mentre Tripitaka montò il suo cavallo per andare a ovest. Non sappiamo quanto tempo ci volle loro per ottenere il frutto giusto della ricerca delle scritture; ascoltiamo la spiegazione nel prossimo capitolo.

CAPITOLO 23

Tripitaka non dimentica la sua origine;
I Quattro Saggi mettono alla prova la mente sacerdotale.

Un lungo viaggio verso ovest è il suo decreto,
Mentre i fiori gelati cadono nella lieve brezza autunnale.
Lega l'astuta scimmia, non allentare le corde!
Trattieni il cavallo ostinato, e non usare la frusta!
La Madre del Legno una volta fu fusa con lo Scudiero di Metallo;
La Dama Gialla e il Figlio Nudo non erano mai differenti.
Mordi la sfera di ferro—c'è un vero mistero:
La perfezione della saggezza verrà a te.

Lo scopo principale di questo capitolo è chiarire che il modo per acquisire le scritture non è diverso dal modo di occuparsi dei fondamenti della propria vita.

Ora vi raccontiamo del maestro e dei discepoli, loro quattro, che, risvegliatisi alla talezza di tutte le cose, si liberarono dalle catene della polvere. Saltando liberi dal mare della sabbia scorrente della natura, erano completamente privi di ostacoli e procedevano verso ovest sulla strada principale. Attraversarono innumerevoli colline verdi e acque azzurre; videro erbe selvatiche e fiori incolti in infinite variet à. Il tempo era davvero rapido e presto fu di nuovo autunno.

Vedete:
Le foglie d'acero arrossiscono la montagna;
I fiori gialli resistono al vento notturno.
Il canto della vecchia cicala diventa languido;
I grilli tristi sempre lamentano il loro lamento.
Foglie di loto spaccate come ventagli di seta verde;
Arance profumate come palline d'oro.
Incantevoli, quelle file di oche selvatiche,
In punti si spargono verso il cielo lontano.

Mentre viaggiavano, si faceva di nuovo tardi. "Discepoli," disse Tripitaka, "si sta facendo tardi. Dove andremo a passare la notte?" "Maestro," disse il Pellegrino, "quello che hai detto non è del tutto giusto. Coloro che hanno lasciato la casa cenano sui venti e riposano accanto alle acque; dormono sotto la luna e si adagiano sul gelo; in breve, qualsiasi luogo può essere la loro casa. Perché chiedere dove dovremmo passare la notte?" "Fratello Maggiore," disse Zhu Otto Regole, "sembra che ti preoccupi solo di fare progressi nel viaggio, e non ti interessi dei pesi degli altri. Da quando abbiamo attraversato il Fiume della Sabbia Scorrente, non abbiamo fatto altro che scalare montagne e picchi, e portare questo carico pesante sta diventando piuttosto difficile per me. Non sarebbe molto pi ù ragionevole cercare una casa dove possiamo chiedere un po' di tè e riso, e cercare di recuperare le forze?"

"Idiota," disse il Pellegrino, "le tue parole sembrano suggerire che ti lamenti di tutta questa impresa. Se pensi di essere ancora nel Villaggio Gao, dove puoi

27

goderti il comfort che ti viene senza sforzarti, allora non ce la farai! Se hai veramente abbracciato la fede del Buddhismo, devi essere disposto a sopportare il dolore e la sofferenza; solo allora sarai un vero discepolo." "Fratello Maggiore," disse Otto Regole, "quanto pensi che sia pesante questo carico di bagagli?" Il Pellegrino disse, "Fratello, da quando tu e il Sha Monaco vi siete uniti a noi, non ho avuto occasione di spostarlo. Come potrei sapere il suo peso?" "Ah! Fratello Maggiore," disse Otto Regole, "conta solo le cose qui:

Quattro stuoie di rattan giallo;

Lunghe e corte, otto corde in tutto.

Per proteggersi dall'umidità e dalla pioggia,

Ci sono coperte—tre, quattro strati!

Il palo piatto è troppo scivoloso, forse?

Aggiungi chiodi su chiodi ad entrambe le estremità!

Fuso in ferro e rame, il bastone sacerdotale a nove anelli.

Fatto di bambù e rattan, il lungo e grande mantello.

Con tutti questi bagagli, dovresti avere pietà del vecchio Maiale, che deve camminare tutto il giorno portandoli! Tu sei solo il discepolo del nostro maestro: io sono stato trasformato in un lavoratore a lungo termine!"

"Idiota!" disse il Pellegrino ridendo, "a chi stai protestando?" "A te, Fratello Maggiore," disse Otto Regole. "Se stai protestando con me," disse il Pellegrino, "hai sbagliato! Il Vecchio Scimmione si preoccupa solo della sicurezza del Maestro, mentre tu e il Sha Monaco avete la responsabilità speciale di guardare i bagagli e il cavallo. Se mai rallenti, riceverai una buona frustata alle gambe con questo grosso bastone!" "Fratello Maggiore," disse Otto Regole, "non menzionare la frustata, perché significa solo approfittarsi degli altri con la forza bruta. Mi rendo conto che hai una natura orgogliosa e altezzosa, e non intendi trasportare i bagagli. Ma guarda quanto è grasso e forte il cavallo su cui il Maestro sta cavalcando: sta portando solo un vecchio monaco. Fagli portare qualche pezzo di bagaglio, per amore fraterno!" "Quindi pensi che sia un cavallo!" disse il Pellegrino. "Non è un cavallo terrestre, perché è originariamente il figlio di Aorun, il Re Dragone dell'Oceano Occidentale. Poiché ha incendiato il palazzo e distrutto alcune delle sue perle, suo padre lo ha accusato di disobbedienza ed è stato condannato dal Cielo. È stato fortunato che la Bodhisattva Guanyin gli abbia salvato la vita, e fu posto nel Torrente del Dolore dell'Aquila per aspettare l'arrivo del Maestro. Al momento opportuno, la Bodhisattva apparve anche personalmente per togliergli le squame e le corna e per rimuovere le perle intorno al suo collo. Fu allora che si trasformò in questo cavallo per portare il Maestro ad adorare il Buddha nel Cielo Occidentale. Questo è un problema di ottenere merito per ciascuno di noi individualmente, e non dovresti disturbarlo."

Quando il Sha Monaco udì queste parole, chiese, "Fratello Maggiore, è davvero un drago?" "Sì," rispose il Pellegrino. Otto Regole disse, "Fratello Maggiore, ho sentito un antico detto che un drago può emettere nuvole e nebbie, sollevare polvere e sporco, e ha persino la capacità di saltare sopra montagne e picchi, il potere divino di agitare fiumi e mari. Come mai sta camminando così lentamente in questo momento?" "Vuoi che si muova velocemente?" disse il Pellegrino. "Lo farò muovere. Guarda!" Caro Grande Saggio! Scosse una volta la sua asta dorata con anello e ci furono diecimila raggi di luci colorate! Quando quel cavallo vide l'asta, ebbe tanta paura di essere colpito che si mosse con le quattro gambe come un fulmine e scattò via. Poiché le sue mani erano deboli, il maestro non riuscì a trattenere il cavallo da questa esibizione della sua natura cattiva. Il cavallo corse tutto il percorso fino a una scogliera di montagna prima di rallentare al trotto. Il maestro finalmente riprese fiato, e fu allora che scoprì in lontananza diversi edifici maestosi sotto alcuni pini. Vide

Porte adornate da cedri appesi:
Case accanto a una collina verde;
Pini freschi e diritti.
E alcuni pali di bambù maculato.
Vicino alla recinzione i crisantemi selvatici risplendono al gelo:
Vicino al ponte i riflessi delle orchidee arrossiscono il ruscello.
Muri di intonaco bianco;
E recinzioni di mattoni.
Un grande salone, quanto nobile e augusto:
Una casa alta, così pacifica e pulita.
Non si vedono buoi o pecore, né galline o cani.
Dopo il raccolto autunnale, i lavori agricoli devono essere leggeri.

Mentre il maestro si teneva sulla sella e osservava lentamente il paesaggio, Wukong e i suoi fratelli arrivarono. "Maestro," disse Wukong, "non sei caduto dal cavallo?" "Scimmia sfrontata!" rimproverò l'anziano. "Sei stato tu a spaventare il cavallo! È una fortuna che sono riuscito a rimanere su di lui!" Cercando di placarlo con un sorriso, il Pellegrino disse, "Maestro, per favore non sgridarmi. Tutto è iniziato quando Zhu Otto Regole ha detto che il cavallo si muoveva troppo lentamente: così l'ho fatto accelerare un po'." Poiché cercava di raggiungere il cavallo, l'Idiota corse fino a rimanere senza fiato, borbottando tra sé e sé, "Sono finito, finito! Guarda questa mia pancia, e il torso flaccido! Già il palo è così pesante che riesco a malapena a portarlo. Ora mi viene dato l'ulteriore trambusto e fatica di correre dietro a questo cavallo!" "Discepoli," disse l'anziano, "guardate laggiù. C'è un piccolo villaggio dove possiamo forse chiedere alloggio." Quando il Pellegrino udì queste parole, alzò lo sguardo e vide che era coperto da nuvole propizie e nebbie sacre. Sapeva allora che questo luogo doveva essere una creazione di buddha o immortali, ma non osò rivelare il segreto celeste. Disse solo, "Bene! Bene! Andiamo a chiedere rifugio."

Sceso rapidamente, l'anziano scoprì che il cancello d'ingresso torre era decorato con motivi di loto scolpiti e fenditure nel legno; i suoi pilastri erano scolpiti e le sue travi dorate. Il Sha Monaco mise giù i bagagli, mentre Otto Regole condusse il cavallo, dicendo, "Questa deve essere una famiglia di notevole ricchezza!" Il Pellegrino sarebbe entrato subito, ma Tripitaka disse, "No, tu ed io siamo sacerdoti, e dovremmo comportarci con circospezione. Non entrare mai in una casa senza permesso. Aspettiamo che qualcuno esca, e poi possiamo chiedere alloggio educatamente." Otto Regole legò il cavallo e si sedette, appoggiandosi al muro. Tripitaka si sedette su uno dei tamburi di pietra mentre il Pellegrino e il Sha Monaco si sedevano ai piedi del cancello. Aspettarono a lungo, ma nessuno uscì. Impaziente per natura, il Pellegrino balzò su dopo un po' e corse dentro al cancello per dare un'occhiata. C'erano, in effetti, tre grandi sale rivolte a sud, ognuna con le tende tirate su alte. Sopra la porta c'era un dipinto orizzontale con motivi di lunga vita e ricche benedizioni. E incollato sui pilastri laccati d'oro su entrambi i lati c'era questo distico di capodanno scritto su carta rossa brillante:

I salici fragili fluttuano come ragnatele, il ponte basso al crepuscolo:
La neve punteggia le prugne profumate, un piccolo cortile in primavera.

Nella sala centrale c'era un piccolo tavolo laccato nero, la cui lucentezza era quasi scomparsa, che portava un'antica urna di bronzo a forma di bestia. C'erano sei sedie con schienale dritto nella sala principale, mentre degli schermi appesi erano montati sulle pareti a est e ovest appena sotto il tetto.

Mentre il Pellegrino osservava tutto questo furtivamente, il suono di passi improvvisamente provenne da dietro la porta sul retro, e uscì una donna di mezza età che chiese con voce seducente: "Chi siete voi, che osate entrare senza permesso nella casa di una vedova?" Il Grande Saggio fu così sorpreso che riuscì solo a mormorare la sua risposta: "Questo umile monaco viene dal Grande Tang nella Terra dell'Est, avendo ricevuto il decreto reale per cercare le scritture di Buddha in Occidente. Siamo in quattro. Mentre raggiungevamo la vostra nobile regione, si è fatto tardi, e quindi ci siamo avvicinati al sacro rifugio del vecchio Bodhisattva per chiedere ospitalità per la notte." Sorridendo amichevolmente, la donna disse: "Anziano, dove sono i tuoi altri tre compagni? Per favore, invitali a entrare." "Maestro," gridò il Pellegrino a gran voce, "siete invitati a entrare." Solo allora Tripitaka entrò con Otto Regole e il Sha Monaco, che conduceva il cavallo e portava i bagagli. La donna uscì dalla sala per salutarli, dove fu accolta dagli sguardi furtivi e lascivi di Otto Regole. "Com'era?" chiederete voi.

Indossava un abito verde mandarino e broccato di seta,
Sormontato da un giubbotto rosa chiaro,
A cui era fissata una gonna ricamata giallo chiaro;
Le sue scarpe con tacco alto e a motivi scintillavano sotto.
Un merletto nero copriva la sua acconciatura elegante,
Ben abbinato alle trecce bicolore come draghi arrotolati.
Il suo pettine d'avorio del palazzo, lucente di rosso e blu alcionio,
Sosteneva due fermagli d'oro inclinati.
Le sue ciocche mezzo grigie erano raccolte come ali di fenice;
I suoi orecchini pendenti avevano file di perle preziose.
Ancora bella anche senza cipria o rossetto,
Aveva fascino e bellezza come una giovane fanciulla.

Quando la donna vide i tre di loro, divenne ancora più amichevole e li invitò con grande cortesia nella sala principale. Dopo essersi scambiati i saluti uno dopo l'altro, i pellegrini furono invitati a sedersi per prendere il tè. Da dietro lo schermo apparve una giovane cameriera con due ciuffi di capelli fluenti, che teneva un vassoio d'oro con diverse tazze di giada bianca. C'era

Tè profumato che diffondeva aria calda,

Frutti strani che emanavano un aroma fine.

Quella signora rimboccò le sue maniche colorate e rivelò lunghe, delicate dita come steli di cipollotti; tenendo in alto le tazze di giada, passò il tè a ciascuno di loro, inchinandosi mentre faceva la presentazione. Dopo il tè, diede istruzioni per preparare del cibo vegetariano. "Vecchio Bodhisattva," disse Tripitaka inchinandosi, "qual è il vostro nobile cognome? E qual è il nome della vostra stimata regione?" La donna disse: "Questo appartiene al Continente dell'Ovest Aparagodānīya. Il mio cognome di nascita è Jia, e il cognome della famiglia di mio marito è Mo. Purtroppo, i miei suoceri sono morti prematuramente, e io e mio marito abbiamo ereditato la fortuna ancestrale, che ammontava a più di diecimila tael d'argento e oltre quindicimila acri di terra fertile. Era destino, tuttavia, che non avessimo un figlio, avendo dato alla luce solo tre figlie. L'anno scorso, fu la mia grande sfortuna perdere anche mio marito, e rimasi vedova. Quest'anno il mio periodo di lutto è terminato, ma non abbiamo altri parenti oltre a madre e figlie per ereditare la nostra vasta proprietà e terra. Avrei voluto risposarmi, ma trovo difficile rinunciare a tanta ricchezza. Siamo quindi molto felici che siate arrivati voi quattro, perché noi quattro, madre e figlie, vorremmo molto chiedervi di diventare nostri sposi. Non so cosa penserete di questa proposta."

Quando Tripitaka sentì queste parole, diventò sordo e muto; chiudendo gli occhi per calmare la mente, cadde in silenzio e non diede risposta. La donna disse: "Possediamo oltre trecento acri di risaie, oltre quattrocentosessanta acri di campi secchi, e oltre quattrocentosessanta acri di frutteti e foreste. Abbiamo oltre mille capi di bufali d'acqua gialli, mandrie di muli e cavalli, innumerevoli maiali e pecore. In tutte le quattro direzioni, ci sono oltre settanta fienili e pagliai. In questa casa c'è abbastanza grano per sfamarvi per più di otto o nove anni, seta che non potreste consumare in un decennio, oro e argento che potreste spendere per tutta la vita. Cosa potrebbe essere più delizioso delle nostre lenzuola e tende di seta, che possono rendere la primavera eterna? Senza contare chi indossa fermagli d'oro in fila! Se tutti voi, maestro e discepoli, siete disposti a cambiare idea e ad entrare nella famiglia delle vostre mogli, sarete molto comodi, avendo tutte queste ricchezze da godere. Non sarà meglio del faticoso viaggio verso l'Occidente?" Come un muto e stupido, Tripitaka rifiutò di pronunciare una parola.

La donna disse: "Sono nata nell'ora del Gallo, il terzo giorno del terzo mese, nell'anno Dinghai. Poiché il mio defunto marito era più grande di me di tre anni, ora ho quarantacinque anni. La mia figlia maggiore, di nome Zhenzhen, ha vent'anni; la mia seconda figlia, Aiai, ha diciotto anni; e la mia figlia più giovane, Lianlian, ha sedici anni. Nessuna di loro è stata promessa a nessuno. Sebbene io sia piuttosto brutta, le mie figlie fortunatamente sono piuttosto carine. Inoltre, ognuna di loro è ben addestrata nei lavori di cucito e nelle arti femminili. E poiché non avevamo un figlio, il mio defunto marito le allevò come se fossero ragazzi, insegnando loro alcuni dei classici confuciani quando erano giovani, così come l'arte di scrivere versi e distici. Quindi, anche se vivono in una casa di montagna, non sono persone volgari o rozze; direi che sarebbero adatte per voi tutti. Se voi anziani potete mettere da parte le vostre inibizioni e lasciar crescere di nuovo i capelli, potete subito diventare padroni di questa casa. Non sono le sete e i broccati che indosserete infinitamente migliori della ciotola delle elemosine in porcellana e delle tuniche nere, dei sandali di paglia e dei cappelli di erba?"

Seduto in alto sul seggio d'onore, Tripitaka era come un bambino colpito da un fulmine, una rana colpita dalla pioggia. Con gli occhi sporgenti e che rotolavano verso l'alto, riusciva a malapena a trattenersi dal cadere dalla sedia. Ma Otto Regole, sentendo parlare di tanta ricchezza e tanta bellezza, riusciva a malapena a sopprimere il prurito insopportabile nel suo cuore! Seduto sulla sua sedia, continuava a girarsi e contorcersi come se una spina lo pungesse nel sedere. Alla fine non riuscì più a trattenersi. Avvicinandosi, tirò il suo maestro, dicendo: "Maestro! Come puoi ignorare completamente ciò che la signora ti sta dicendo? Devi cercare di prestare un po' di attenzione." Tirando indietro la testa, il sacerdote emise un grido così ostile che Otto Regole si ritirò in fretta. "Maledetta bestia!" tuonò. "Siamo persone che hanno lasciato la casa. Come possiamo permetterci di essere ancora mossi dalle ricchezze e tentati dalla bellezza?"

Ridacchiando, la donna disse: "Oh caro, caro! Dimmi, cosa c'è di così buono in coloro che lasciano la casa?" "Signora Bodhisattva," disse Tripitaka, "dimmi cosa c'è di così buono in coloro che rimangono a casa?" "Per favore, siediti, anziano," disse la donna, "e lascia che ti racconti i benefici della vita di coloro che rimangono a casa. Se chiedi quali sono, questo poema te li renderà abbondantemente chiari.

Quando in primavera appaiono le mode, indosso nuova seta;
Piacevole osservare i gigli d'estate, cambio in pizzo.
L'autunno porta vino di riso profumato appena fatto.
Nelle stanze riscaldate d'inverno il mio viso brilla di vino.
Posso godere dei frutti di tutti e quattro i climi
E di ogni leccornia di otto stagioni, anche.
Le lenzuola di seta e i piumoni della sera nuziale
Superano la vita del mendicante con i canti buddisti."

Tripitaka disse: "Signora Bodhisattva, voi che rimanete a casa potete godere di ricchezze e gloria; avete cose da mangiare, vestiti da indossare e figli accanto a voi. Questa è indubbiamente una buona vita, ma voi non sapete che ci sono alcuni benefici nella vita di coloro che hanno lasciato la casa. Se chiedete quali sono, questo poema te li renderà abbondantemente chiari.

La volontà di lasciare casa non è cosa comune:
Devi abbattere il vecchio baluardo dell'amore!
Nessuna preoccupazione fuori, la lingua e la bocca sono in pace;
Il tuo corpo dentro ha buon yin e yang.
Quando il merito è compiuto, affronti l'Arco d'Oro
E torni indietro, mente illuminata, alla tua Casa.
Supera la vita della lussuria per la carne di casa:
Marcite con l'età, un sacco puzzolente di carne!"

Quando la donna sentì queste parole, si arrabbiò terribilmente dicendo: "Come osi essere così insolente, monaco sfacciato! Se non avessi avuto riguardo al fatto che sei venuto dalla Terra d'Oriente, ti avrei cacciato subito. Ora, stavo cercando di invitarti, con tutta sincerità, a entrare nella nostra famiglia e condividere la nostra ricchezza, e tu mi insulti invece. Anche se hai ricevuto i comandamenti e fatto il voto di non tornare mai alla vita secolare, almeno uno dei tuoi seguaci potrebbe diventare membro della nostra famiglia. Perché sei così legalista?"

Vedendo quanto fosse arrabbiata, Tripitaka si intimidì e disse: "Wukong, perché non resti qui." Il Pellegrino disse: "Sono stato completamente ignorante in tali questioni fin da quando ero giovane. Lasciamo che Ottotto resti." "Fratello maggiore," disse Ottotto, "non prendere in giro le persone. Parliamo tutti un po' più a lungo." "Se nessuno di voi è disposto," disse Tripitaka, "chiederò a Wujing di rimanere." "Ascolta il modo in cui parla il Maestro!" disse il Sha Monaco. "Da quando sono stato convertito dalla Bodhisattva e ho ricevuto i comandamenti da lei, ti ho aspettato. Sono passati appena due mesi da quando mi hai preso come tuo discepolo e mi hai dato i tuoi insegnamenti, e non ho ancora acquisito nemmeno mezzo pollice di merito. Pensi che oserei cercare tali ricchezze! Viaggerò fino al Cielo Occidentale anche se dovesse costarmi la vita! Non parteciperò mai a tali attività perfide!" Quando la donna vide che rifiutavano di restare, camminò rapidamente dietro lo schermo e sbatté la porta sul retro. Maestro e discepoli furono lasciati fuori, e nessuno uscì più per presentare tè o riso.

Esasperato, Ottotto iniziò a trovare difetti nel Monaco Tang, dicendo: "Maestro, non sai davvero come gestire queste questioni! In realtà, hai rovinato tutte le nostre possibilità con il tuo modo di parlare! Avresti potuto essere più flessibile e darle una risposta vaga così che almeno ci avrebbe dato un pasto. Avremmo almeno goduto di una piacevole serata, e se saremmo stati disposti a rimanere domani o meno sarebbe stato per noi decidere. Ora la porta è chiusa e nessuno verrà fuori. Come faremo a resistere durante la notte in mezzo a queste ceneri vuote e stufe fredde?"

"Secondo fratello," disse Wujing, "perché non rimani qui e diventi suo genero?" Ottotto disse: "Fratello, non prendere in giro le persone. Discutiamo ulteriormente della questione." "C'è qualcosa da discutere?" disse il Pellegrino. "Se sei d'accordo, Maestro e quella donna diventeranno parenti per affinità, e tu sarai il genero che vive nella casa della ragazza. Con tante ricchezze e tesori in questa famiglia, ti verrà sicuramente dato un'enorme dote e un bel banchetto per accogliere i parenti, che tutti noi potremo anche godere. Il tuo ritorno alla vita secolare qui beneficerà infatti entrambe le parti coinvolte." "Puoi dirlo tutto bene," disse Ottotto, "ma per me si tratta di fuggire dalla vita secolare solo per tornare alla vita secolare, di lasciare mia moglie solo per prendere un'altra moglie."

"Allora, il Secondo Fratello ha già una moglie?" disse il Sha Monaco. "Non hai capito," disse il Pellegrino, "che originariamente era il genero del signor Gao del Vecchio Villaggio Gao, nel Regno di Qoco. Dato che l'ho sconfitto, e dato che aveva precedentemente ricevuto i comandamenti dalla Bodhisattva, ha avuto poco da fare se non seguire la vocazione sacerdotale. Questo è il motivo per cui ha abbandonato la sua ex moglie per seguire il Maestro e andare a adorare Buddha nel Cielo Occidentale. Suppongo che abbia sentito profondamente la separazione ed è stato in pensiero per un po' di tempo. Proprio ora, quando è stata menzionato il matrimonio, deve essere stato fortemente tentato. Idiota, perché non diventi il genero di questa famiglia? Assicurati solo di fare qualche inchino in più al vecchio Scimmia, e non sarai ripreso!" "Sciocchezze! Sciocchezze!" disse Idiota. "Ognuno di noi è tentato, ma tu vuoi solo che il vecchio Hog sia imbarazzato. Il proverbio dice: 'Un monaco è il preta della sensualità', e quale di noi può veramente dire di non desiderarlo? Ma devi fare una sceneggiata, e i tuoi atti teatrali hanno rovinato una buona cosa. Ora non possiamo nemmeno ottenere una goccia di tè o acqua, e nessuno sta badando alle lampade o ai fuochi. Possiamo resistere durante la notte, ma dubito che il cavallo possa farcela: domani deve portare qualcuno e camminare di nuovo, sai. Se passa una notte a digiuno, potrebbe ridursi a uno scheletro. Voi state qui, mentre il vecchio Hog va a pascolare il cavallo." Frettolosamente, Idiota sciolse le redini e tirò fuori il cavallo. "Sha Monaco," disse il Pellegrino, "rimani qui e tieni compagnia al Maestro. Io lo seguirò e vedrò dove va a pascolare il cavallo." "Wukong," disse Tripitaka, "puoi andare a vedere dove sta andando, ma non prenderlo in giro." "Lo so," disse il Pellegrino. Il Grande Saggio uscì dalla sala principale e con un'agitazione del corpo si trasformò in una libellula rossa. Volò fuori dal cancello anteriore e raggiunse Ottotto.

Idiota tirò fuori il cavallo dove c'era dell'erba, ma non lo pascolò lì. Gridando e urlando, invece inseguì il cavallo sul retro della casa, dove trovò la donna in piedi fuori dalla porta con tre ragazze, godendosi la vista di alcuni crisantemi. Quando madre e figlie videro Ottotto avvicinarsi, le tre ragazze scivolarono immediatamente dentro casa, ma la donna rimase ferma accanto alla porta e disse: "piccolo anziano, dove stai andando?" Il nostro Idiota gettò via le redini e salì a salutarla con un "Ciao" molto amichevole! Poi disse: "Mamma, sono venuto a pascolare il cavallo." "Il tuo maestro è troppo schizzinoso," disse la donna. "Se prendesse una moglie nella nostra famiglia, sarebbe molto meglio, vero, che essere un mendicante che cammina verso l'Occidente?" "Beh, tutti hanno ricevuto il comando dell'imperatore Tang," disse Ottotto, ridendo, "e non hanno il coraggio di disobbedire al decreto del sovrano. Ecco perché sono riluttanti a fare questa cosa. Proprio ora stavano tutti cercando di prendersi gioco di me nella sala anteriore, e mi sentivo un po' imbarazzato perché temevo che la Mamma trovasse il mio muso lungo e le grandi orecchie troppo offensive." "In realtà non lo faccio," disse la donna. "E poiché non abbiamo un padrone di casa, è meglio prenderne uno che non averne affatto. Ma temo che le mie figlie possano trovarti un po' poco attraente." "Mamma," disse Ottotto, "per favore, istruisci le tue nobili figlie a non scegliere i loro uomini in quel modo. Altri possono essere più belli, ma di solito si rivelano abbastanza inutili. Anche se potessi essere brutto, vivo secondo certi principi." "E quali sono?" chiese la donna. Ottotto rispose,

"Anche se posso essere un po' brutto,
Posso lavorare con grande diligenza.
Mille acri di terra, dici tu?
Non c'è bisogno di buoi per ararla.
La rivestirò una volta con il mio rastrello,

34

E i semi cresceranno nella stagione.
Quando non c'è pioggia posso far piovere.
Quando non c'è vento, chiamerò il vento.
Se la casa non è abbastanza alta,
Ti costruirò qualche storia in più.
Se i terreni non sono spazzati, li spazzerò per te.
Se la grondaia non è drenata, la disegnerò per te.
Tutte le cose grandi e piccole intorno alla casa
Posso farle più facilmente."

"Se puoi lavorare intorno alla casa," disse la donna, "dovresti discutere nuovamente la questione con il tuo maestro. Se non è troppo scomodo, ti prenderemo." "Non c'è bisogno di ulteriori discussioni," disse Ottotto, "perché non è un vero genitore per me. Decidere se voglio fare questo o no è per me da decidere." "Va bene, va bene," disse la donna. "Lasciami parlare prima con le mie ragazze." Lei tornò immediatamente dentro e sbatté la porta sul retro. Ottotto non pascolò nemmeno il cavallo lì, ma lo riportò davanti. Non si rese conto, tuttavia, che il Grande Saggio Sun aveva sentito tutto. Con le ali spiegate, il Grande Saggio volò indietro per vedere il Monaco Tang, ritrasformandosi nella sua forma originale. "Maestro," disse, "Wuneng sta riportando il cavallo qui." "Certo che sta riportando il cavallo," disse il Monaco Tang, "perché se non lo fa, potrebbe scappare in un accesso di malizia." Il Pellegrino iniziò a ridere e diede un resoconto dettagliato di quello che la donna e Ottotto avevano detto, ma Tripitaka non sapeva se credergli o no.

Dopo poco arrivarono Idiota e legarono il cavallo. "L'hai pascolato?" chiese l'anziano. "Non c'è molta erba buona da queste parti," disse Ottotto, "quindi non è proprio il posto per pascolare un cavallo." "Può non essere un posto per pascolare il cavallo," disse il Pellegrino, "ma è un posto per guidare un cavallo?" Quando Idiota sentì questa domanda, capì che il suo segreto era noto. Abbassò la testa e la girò di lato; con le labbra arricciate e le sopracciglia aggrottate, rimase in silenzio per molto tempo. Proprio in quel momento, sentirono la porta laterale aprirsi con un cigolio, e uscirono due lanterne rosse e due brucia-incensi portatili. C'erano nuvole vorticose di profumo e suoni di giada-cintura tintinnante quando la donna uscì portando con sé le sue tre figlie. Zhenzhen, Aiai e Lianlian furono invitate a inchinarsi ai pellegrini delle scritture, e mentre lo facevano, in piedi in fila nella sala principale, sembravano davvero bellissime. Guardale!

Ogni sopracciglio come una farfalla dipinta di blu chiaro:
Ogni viso grazioso risplende con toni primaverili.
Che seducente bellezza, scossa da tutto l'impero!
Che incantevole fascino, che colpo al cuore!
I loro copricapi filigranati ne esaltano la grazia;
Le cinture di seta svolazzano, sembrano del tutto divine.
Come ciliegie mature le labbra si aprono, sorridendo a metà,
Mentre camminano lentamente e diffondono il loro profumo di orchidea.
Le loro teste piene di perle e giada

Su innumerevoli forcine per capelli leggermente tremolanti.
I loro corpi pieni di delicato aroma,
Avvolti da esquisiti abiti di finissimo filo d'oro.
Perché parlare delle belle donne del Sud,
O del bel viso di Xizi?
Assomigliano alle dame fatate che scendono dal Nono Cielo,
O alla Principessa Change che lascia il suo Palazzo Freddo e Vasto.

Quando li vide, Tripitaka abbassò la testa e piegò le mani davanti a sé, mentre il Grande Saggio rimase muto e il Sha Monaco si voltò completamente. Ma guarda Zhu Ottotto! Con gli occhi spalancati, la mente piena di desiderio e la passione che cresceva rapidamente, mormorò rauco: "Che onore avere la presenza di voi signore immortali! Mamma, per favore chiedi a queste care sorelle di andarsene." Le tre ragazze andarono dietro lo schermo, lasciando indietro la coppia di lanterne.

La donna disse: "Hanno deciso voi quattro anziani quale di voi sarà promesso alle mie figlie?" "Abbiamo discusso la questione," disse Wujing, "e abbiamo deciso che chi porta il cognome Zhu entrerà nella vostra famiglia." "Fratello," disse Ottotto, "per favore non giochiamo a giochi con me. Discutiamo ulteriormente la questione." "Cosa c'è da discutere?" disse il Pellegrino. "Hai già fatto tutti i preparativi con lei alla porta sul retro e la chiami anche 'Mamma'. Cosa c'è ancora da discutere? Il Maestro può essere il parente per il promesso sposo mentre questa donna qui darà via la sposa; la vecchia Scimmia sarà il testimone, e Sha l'intermediario. Non c'è nemmeno bisogno di consultare l'almanacco, perché oggi è il giorno più propizio e fortunato. Vieni qui e inchinati al Maestro, poi puoi entrare e diventare il suo genero." "Non fa per me! Non fa per me!" disse Ottotto. "Come posso impegnarmi in questo genere di affari?" "Idiota!" disse il Pellegrino. "Basta con questa falsità! Hai chiamato 'Mamma' per innumerevoli volte! Cosa vuoi dire con 'non fa per me'? Accetta questo subito, così possiamo avere il piacere di gustare un po' di vino al matrimonio." Afferrò Ottotto con una mano e tirò la donna con l'altra, dicendo: "Suocera, porta il tuo genero dentro." Un po' titubante, Idiota iniziò a barcollare verso l'interno, mentre la donna dava istruzioni a un domestico, dicendo: "Porta fuori alcuni tavoli e sedie e puliscili. Prepara una cena vegetariana per servire questi tre parenti nostri. Sto conducendo il nostro nuovo maestro dentro." Diede ulteriori istruzioni al cuoco per iniziare i preparativi per un banchetto di nozze da tenersi la mattina successiva. I domestici uscirono quindi per informare il cuoco. Dopo che i tre pellegrini ebbero consumato il pasto, si ritirarono nelle stanze degli ospiti, e per il momento non ne parleremo più.

Ora vi raccontiamo di Ottotto, che seguì sua suocera e camminò dentro. C'erano fila su fila di porte e camere con soglie alte, che lo facevano inciampare e cadere continuamente. "Mamma," disse Idiota, "per favore cammina più lentamente. Non sono familiare con il percorso qui, quindi devi guidarmi un po'." La donna disse: "Queste sono tutte le stanze, i tesori, le stanze dove si macina la farina. Non abbiamo ancora raggiunto la cucina." "Che casa enorme!" disse Ottotto. Inciampando lungo un percorso tortuoso, camminò a lungo prima di raggiungere finalmente la camera interna della casa. "Genero," disse la donna, "dal momento che tuo fratello ha detto che oggi è un giorno molto propizio e fortunato, ti ho portato dentro. In tutta questa fretta, non abbiamo avuto l'occasione di consultare un astrologo, né siamo stati preparati per il corretto cerimoniale nuziale di adorazione del Cielo e della Terra e di diffusione di grani e frutti sul letto nuziale. Adesso, perché non fai otto inchini verso il cielo?" "Hai ragione, Mamma," disse Ottotto. "Prendi anche tu il posto più alto, e lascia che ti faccia dei riverenti alcune volte. Considereremo ciò come il mio omaggio a Cielo e Terra oltre che come gesto di gratitudine verso di te. Fare entrambe queste cose insieme mi risparmierà un po' di problemi." "Va bene, va bene," disse la suocera, ridendo. "Sei davvero un genero che sa come adempiere ai doveri di casa con il minimo sforzo. Mi siederò, e tu potrai fare i tuoi inchini."

Le candele sui candelabri d'argento brillavano intensamente in tutta la sala mentre Idiota faceva i suoi inchini. Dopo di che disse: "Mamma, quale delle care sorelle pensi di darmi?" "È questo il mio dilemma," disse la suocera. "Stavo per darti mia figlia maggiore, ma avevo paura di offendere mia seconda figlia. Stavo per darti mia seconda figlia, ma avevo poi paura di offendere mia terza figlia. E se dovessi darti mia terza figlia, temo che mia figlia maggiore possa essere offesa. Per questo non riesco a prendere una decisione."

"Mamma," disse Ottotto, "se vuoi evitare le liti, perché non me le dai tutte? In questo modo risparmierai un sacco di polemiche che possono distruggere l'armonia familiare."

"Sciocchezze!" disse la suocera. "Vuoi dire che vuoi prendere tutte e tre le mie figlie?"

"Ascolta cosa stai dicendo, Mamma!" disse Ottotto. "Chi non ha tre o quattro concubine al giorno d'oggi? Anche se hai qualche altra figlia in più, le prenderò volentieri tutte. Quando ero giovane, ho imparato a essere duraturo nelle arti dell'amore. Puoi essere sicura che renderò un servizio soddisfacente a ognuna di loro."

"Non va bene! Non va bene!" disse la donna. "Ho qui un grande fazzoletto, con cui puoi coprirti la testa, bendarti e determinare così il tuo matrimonio destinato. Chiederò alle mie figlie di passarti accanto, e quella che riuscirai a afferrare con le mani sarà promessa a te." Idiota accettò la sua proposta e si coprì la testa con il fazzoletto. Abbiamo una poesia testimoniale che dice:

Il folle non conosce le vere cause delle cose;
La spada della bellezza può ferire segretamente se stessa.
Il Duca di Zhou un tempo aveva fissato i riti.
Ma lo sposo di oggi ancora nasconde la testa!

Dopo che Idiota si fu legato adeguatamente, disse: "Mamma, chiedi alle care sorelle di uscire." "Zhenzhen, Aiai, Lianlian," gridò la suocera, "uscite tutte e determinate il vostro matrimonio destinato, così che una di voi possa essere data a questo uomo."

Con il suono della giada della cintura e il profumo delle orchidee, sembrava che delle dame immortali fossero improvvisamente apparse. Idiota infatti protese le mani cercando di afferrare una delle ragazze, ma sebbene si scagliasse follemente qua e là, non riuscì a mettere le mani su nessuna di loro da nessuna parte. Gli sembrava certo che le ragazze si stessero muovendo in tutti i modi intorno a lui, ma non riusciva ad afferrare nemmeno una di loro. Si precipitò verso est e avvolse le braccia attorno a un pilastro; fece un tuffo verso ovest e sbatté contro una partizione di legno. Crescendo debole per aver corso così dappertutto, iniziò a inciampare e cadere ovunque - inciampando sulla soglia di fronte a lui, sbattendo contro il muro di mattoni dietro di lui! Brancolando e barcollando, fin ì seduto sul pavimento con la testa contusa e la bocca gonfia.

"Mamma," grid ò , ansimando pesantemente, "hai un mucchio di figlie scivolose! Non riesco a prenderne nemmeno una! Cosa devo fare? Cosa devo fare?" Togliendosi la benda agli occhi, la donna disse: "Genero, non è che le mie figlie siano scivolose; è solo che sono tutte molto modeste. Ciascuna deferisce all'altra in modo che possa prenderti."

"Se non vogliono prendere me, Mamma," disse Ottotto, "perché non mi prendi tu invece?"

"Cari genero," disse la donna, "non hai davvero rispetto per l'età o la giovent ù, se desideri anche tua suocera! Le mie tre figlie sono davvero molto talentuose, perché ognuna di loro ha tessuto una sottoveste di seta tempestata di perle. Provali, e quella la cui camicia ti si adatta ti prenderà."

"Va bene! Va bene! Va bene!" disse Ottotto. "Porta fuori tutte e tre le sottovesti e fammi provarle. Se tutte mi vanno bene, le potrò tutte avere." La donna entrò dentro e prese una sottoveste, che consegnò a Ottotto. Togliendosi la camicia di seta blu, Idiota prese il capo e si drappeggiò subito il sottogiacca sul corpo. Prima di riuscire a legare i lacci, però, improvvisamente cadde a terra. Il sottogiacca, vedete, si era trasformato in diversi pezzi di corda che lo tenevano stretto. Mentre giaceva lì con un dolore insopportabile, le donne svanirono.

Ora vi raccontiamo di Tripitaka, Pellegrino e Sha Monaco, che si svegliarono quando cominciò a schiarirsi a est. Mentre aprirono gli occhi, scoprirono che tutte le nobili sale e gli edifici erano scomparsi. Non c'erano né travi scolpite né pilastri dorati, perché la verità della questione era che avevano tutti dormito in un bosco di pini e cedri. In preda al panico, l'anziano cominciò a chiamare il Pellegrino, e anche Sha Monaco gridò: "Fratello maggiore, siamo finiti! Abbiamo incontrato dei fantasmi!" Il Grande Saggio Sole, però, si rese conto pienamente di ciò che era accaduto. Sorridendo dolcemente, disse: "Di che state parlando?"

"Guardate dove abbiamo dormito!" gridò l'anziano.

"È piacevole abbastanza in questo bosco di pini," disse il Pellegrino, "ma mi chiedo dove stia passando la sua prova quell'Idiota."

"Chi sta passando una prova?" chiese l'anziano.

Il Pellegrino rispose ridendo. "Le donne di quella casa erano delle bodhisattva da qualche parte, che ci avevano aspettato per insegnarci una lezione. Devono essere partite durante la notte, ma sfortunatamente Zhu Ottotto deve soffrire." Quando Tripitaka sentì questo, piegò rapidamente le mani per fare un inchino. Poi videro un foglietto appeso a un vecchio albero di cedro, svolazzante nel vento. Sha Monaco lo prese rapidamente giù per farlo leggere al suo maestro. Su di esso era scritto il seguente poema di otto versi:

Anche se la vecchia Signora di Li Shan non aveva desideri,

Guanyin l'invitò a lasciare il monte.

Mañjuśri e Viśvabhadra, anche loro ospiti,

Che presero nel bosco la forma di belle fanciulle.

Il monaco sacro è virtuoso e veramente casto,

Ma Ottotto è profano, amante delle cose mondane.

D'ora in poi deve pentirsi con cuore tranquillo,

Perché se è pigro, la strada sarà dura.

Mentre l'anziano, il Pellegrino e Sha Monaco recitavano questo poema ad alta voce, sentirono una forte chiamata dal profondo del bosco: "Maestro, le corde mi stanno uccidendo! Salvatemi, per favore! Non oserò mai più farlo!"

"Wukong," disse Tripitaka, "è Wuneng che ci sta chiamando?"

"Sì," disse Sha Monaco. "Fratello," disse il Pellegrino, "non preoccuparti di lui. Andiamo via ora."

"Sebbene l'Idiota sia stupido e birichino," disse Tripitaka, " è almeno abbastanza onesto e ha le braccia abbastanza forti per portare i bagagli. Abbiamo un po' di considerazione per l'intenzione precedente della Bodhisattva, salviamolo così che possa continuare a seguirci. Dubito che osi mai rifarlo." Sha Monaco arrotolò quindi le coperte e mise in ordine i bagagli, dopodiché il Grande Saggio Sole sciolse il cavallo per condurre il Monaco Tang nel bosco a vedere cosa fosse successo. Ah! Così è

Che bisogna fare attenzione nella ricerca della verità

A purificare i desideri, e così entrerai nel Reale.

Non sappiamo quale sorta di bene o male fosse in serbo per l'Idiota; ascoltiamo spiegazioni nel prossimo capitolo.

CAPITOLO 24

Sulla Montagna della Lunga Vita, il Grande Immortale trattiene il suo vecchio amico;
Nell'Abbazia delle Cinque Villaggi, il Pellegrino ruba il frutto del ginseng.

Vi parleremo di loro tre, che, entrando nel bosco, trovarono l'Idiota legato a un albero. Urlava continuamente per il dolore insopportabile. Il Pellegrino si avvicinò e gli disse, ridendo: "Caro genero! Sta facendo abbastanza tardi e tu non hai ancora compiuto la cerimonia appropriata per ringraziare i tuoi genitori o annunciare il tuo matrimonio al Maestro. Stai ancora giocando qui allegramente! Ehi! Dov'è tua mamma? Dov'è tua moglie? Che caro genero, tutto legato e malconcio!" Quando l'Idiota sentì tali beffe, fu così mortificato che si morse le labbra cercando di sopportare il dolore senza fare più rumore. Sha Monaco, tuttavia, non riusciva a guardarlo; posò i bagagli e si avvicinò per sciogliere le corde. Liberato, l'Idiota poté solo gettarsi in ginocchio e kowtow verso il cielo, tanto era pieno di vergogna. Per lui abbiamo come testimonianza questa lirica sulla melodia di "Moon Over West River":

Eros è una spada dannosa:
Vivi con essa e sarai ucciso.
La signora così bella e amabile a sedici anni
È più viziosa di un yakṣa!
Hai solo un capitale principale;
Non puoi aggiungere profitto alla tua borsa.
Custodisci e conserva bene il tuo prezioso capitale,
Che non devi sperperare e sciupare.

Raccogliendo un po' di terra e spargendola come incenso, Otto Regole si inchinò al cielo. "Hai riconosciuto quei bodhisattva?" chiese il Pellegrino. "Ero in uno stupore, sul punto di svenire," rispose Otto Regole. "Come avrei potuto riconoscerli?" Poi il Pellegrino gli porse il pezzo di carta. Quando Otto Regole vide la gāthā, fu più imbarazzato che mai. "Il Secondo Fratello ha davvero tutta la fortuna," disse Sha Monaco ridendo, "perché hai attirato qui queste quattro bodhisattva per diventare tue mogli!" "Fratello," disse Otto Regole, "non menzioniamolo mai più! È blasfemia! Da ora in poi non oserei mai fare cose così sciocche. Anche se mi spezzasse le ossa, porterò il bastone e i bagagli per seguire il Maestro verso ovest." "Finalmente parli con buon senso," disse Tripitaka.

Poi il Pellegrino condusse il suo maestro lungo la strada principale e, dopo un lungo viaggio, giunsero improvvisamente a una montagna alta. Tirando le redini, Tripitaka disse: "Discepoli, procediamo con cautela lungo questa montagna di fronte a noi, potrebbero esserci mostri che cercano di farci del male." "Prima del tuo cavallo ci siamo noi tre," disse il Pellegrino. "Perché temere i mostri?" Rassicurato da queste parole, l'anziano procedette. Quella montagna è veramente magnifica:

Una montagna alta e scoscesa,

La sua forma sia alta che grandiosa.
La sua radice si unisce alle catene di Kunlun;
La sua cima raggiunge il cielo.
Le gru bianche vengono spesso ad appollaiarsi sui ginepri;
Le scimmie nere pendono frequentemente dalle viti.
Quando il sole illumina la foresta,
Filamenti di nebbia rossa stanno girando in circolo;
Quando il vento si alza dalle gole oscure,
Diecimila pezzi di nuvole rosa si innalzano e volano.
Uccelli nascosti cantano forsennatamente nei bambù verdi;
Fagiani combattono tra i fiori selvatici.
Vedi quella Vetta del Millennio,
Quella Vetta delle Cinque Benedizioni,
E la Vetta dell'Ibisco -
Tutte brillano e splendono in modo impressionante;
Quella Rocca Senza Età,
Quella Rocca Dente di Tigre,
E quella Rocca dei Tre Cieli -
Dove l'aria propizia si leva senza fine.
Sotto la scogliera, erba delicata;
Sulla cresta, prugna profumata.
Le spine e i rovi sono fitti;
Le orchidee sono pallide e pure.
Il bosco profondo del fènix raduna mille uccelli;
Un unicorno di una vecchia grotta governa innumerevoli bestie.
Anche il ruscello sembra premuroso:
Si torce e si gira come se guardasse indietro.
Le vette sono continue:
Fila dopo fila che circondano tutto intorno.
Vedi anche quegli alberi di robinia verdi,
Quei bambù screziati,
E quei pini verdi -
Rivali sempre freschi nella loro densa opulenza;
Quelle pere bianco latte,
Quelle pesche rosse,
E quei salici verdi -
Tutti competono nei loro toni triplo-primaverili.
I draghi cantano e le tigri ruggiscono;
Le gru danzano e le scimmie lamentano;
I cervi muschiati dai fiori camminano fuori;
La fenice piange di fronte al sole.
È una montagna divina, terra di benedizioni vere,
La stessa di Penglai, terra delle meraviglie fatate.
Guarda quei fiori che sbocciano e muoiono - questa scena montana,
Dove le nuvole si avvicinano o lasciano le vette che si librano.
Con grande gioia, Tripitaka disse mentre cavalca lungo, "Discepoli, da quando
ho iniziato questo viaggio verso ovest, ho attraversato molte regioni, tutte

piuttosto insidiose e difficili da attraversare. Nessuno degli altri posti ha un paesaggio come questa montagna, che è straordinariamente bella. Forse non siamo lontani dal Tuono, e se è così, dovremmo prepararci in modo dignitoso e solenne per incontrare l'Onorato del Mondo."

"È presto, troppo presto!" disse il Pellegrino, ridendo. "Non siamo nemmeno vicini!"

"Fratello anziano," disse Sha Monaco, "quanto dista per noi raggiungere il Tuono?"

"Cento otto mila miglia," disse il Pellegrino, "e non abbiamo nemmeno coperto un decimo della distanza."

"Fratello anziano," disse Otto Regole, "quanti anni ci vorranno prima di arrivarci?"

"Se stessimo parlando di voi due, miei cari fratelli," disse il Pellegrino, "questo viaggio richiederebbe una decina di giorni. Se stessimo parlando di me, potrei probabilmente fare circa cinquanta viaggi di andata e ritorno in un giorno e ci sarebbe ancora la luce del sole. Ma se stiamo parlando del Maestro, allora non ci pensate nemmeno!" "Wukong," disse il Monaco Tang, "dicci quando saremo in grado di raggiungere la nostra destinazione."

Il Pellegrino disse: "Puoi camminare dal momento della tua giovinezza fino al momento in cui invecchi, e dopo quello, fino a quando diventi di nuovo giovane; e anche dopo aver attraversato un ciclo simile mille volte, potresti ancora trovare difficile raggiungere il luogo in cui vuoi andare. Ma quando percepisci, per la risolutezza della tua volontà, la natura di Buddha in tutte le cose, e quando ogni tuo pensiero torna alla sua fonte stessa nella tua memoria, sarà il momento in cui arriverai alla Montagna dello Spirito."

"Fratello anziano," disse Sha Monaco, "anche se questa non è la regione del Tuono, un luogo di così splendida bellezza deve essere la residenza di un uomo buono." "È un'osservazione appropriata," disse il Pellegrino, "per questo difficilmente può essere un luogo per demoni o goblin; piuttosto, deve essere la casa di un monaco santo o un immortale. Possiamo camminare tranquillamente e goderci il paesaggio." Non parleremo più di loro per il momento.

Ora vi racconteriamo di questa montagna, che aveva il nome di Montagna della Lunga Vita. Nella montagna c'era un'Abbazia Taoista chiamata Abbazia delle Cinque Villaggi; era l'abitazione di un immortale il cui stile Taoista era Maestro Zhenyuan e il cui soprannome era Signore, Uguale alla Terra. C'era, inoltre, un strano tesoro cresciuto in questo tempio, una radice spirituale che si era formata subito dopo che il caos era stato separato e la nebulosa era stata stabilita prima della divisione di Cielo e Terra. In tutto il mondo dei quattro grandi continenti, poteva essere trovato solo nell'Abbazia delle Cinque Villaggi nel Continente di West Aparagodānīya. Questo tesoro era chiamato erba del cinabro invertito, o il frutto del ginseng. Ci volevano tre mila anni perché la pianta fiorisse, altri tre mila anni per dare frutto, e ancora altri tre mila anni prima che maturassero. In totale, sarebbero stati quasi diecimila anni prima che potessero essere mangiati, e anche dopo così tanto tempo, ci sarebbero stati solo trenta di questi frutti. La forma del frutto era esattamente quella di un neonato di appena tre giorni, completo di quattro arti e cinque sensi. Se un uomo aveva la fortuna persino di annusare il frutto, avrebbe vissuto per trecentosessanta anni; se ne avesse mangiato uno, avrebbe raggiunto il suo quarantasettesimo millennio.

Quel giorno, il Grande Immortale Zhenyuan aveva appena ricevuto una lettera dal Celeste Degno dell'Inizio Originale, che lo invitava al Palazzo Miluo nel Cielo della Chiarezza Suprema per ascoltare il discorso sulla "Frutta Taoista dell'Origine Caotica". Questo Grande Immortale, si sapeva, aveva già istruito innumerevoli discepoli a diventare immortali; al momento aveva con sé quarantotto discepoli, tutti Taoisti dell'Ordine Quanzhen che avevano raggiunto la Via. Quel giorno, quando salì nella regione superiore per ascoltare la lezione, portò con sé quarantasei discepoli, lasciandone due dei più giovani a prendersi cura del tempio. Uno si chiamava Breez che chiareggia, e l'altro si chiamava Luna brillante. Breez chiareggia aveva solo mille duecentoventi anni, mentre Luna brillante aveva appena compiuto il suo millesimo secondo compleanno. Prima della partenza, il Maestro Zhenyuan diede istruzioni ai due giovani, dicendo: "Non posso rifiutare l'invito del Grande Divino Onorato e sto partendo per il Palazzo Miluo per assistere a una conferenza. Voi due dovete essere vigili, perché un mio vecchio amico passerà da qui in qualsiasi momento. Non mancate di trattarlo gentilmente: potreste, infatti, cogliere dall'albero due dei frutti del ginseng per farlo mangiare come segno della nostra passata amicizia." "Chi è questo tuo amico, Maestro?" chiese uno dei ragazzi. "Diteci, così possiamo prenderci cura di lui." "È un monaco santo che serve l'Imperatore Tang nella terra dell'Est," disse il Grande Immortale, "e il suo nome religioso è Tripitaka. Ora è sulla via del Cielo Occidentale per acquisire scritture dal Buddha." "Secondo Confucio," disse uno dei ragazzi, ridendo, " 'Non si consulta chi segue una Via diversa'. Noi apparteniamo alla Piegatura Misteriosa del Grande Monad. Perché dovremmo associarci a un monaco buddhista?" "Dovreste sapere," disse il Grande Immortale, "che quel monaco è proprio il Cicada d'Oro incarnato, il secondo discepolo del Tathāgata, il Saggio Anziano dell'Occidente. Cinquecento anni fa, lo conobbi durante la Festa della Ciotola Ullambana, quando mi presentò il tè con le sue stesse mani mentre i vari figli del Buddha mi resero omaggio. Ecco perché lo considero un vecchio amico." Quando i due ragazzi immortali sentirono queste parole, le accettarono come istruzioni del loro maestro. Mentre il Grande Immortale stava per partire, li mise nuovamente in guardia, dicendo: "I miei frutti sono tutti numerati. Potete dargliene due, ma non di più." "Quando il giardino fu aperto al pubblico," disse Breez, "abbiamo condiviso e mangiato due dei frutti; dovrebbero essercene ancora ventotto sull'albero. Non penseremmo di usarne più di quelli che ci hai detto." Il Grande Immortale disse: "Anche se Tripitaka Tang è un vecchio amico, i suoi discepoli, temo, potrebbero essere un po' scapestrati. È meglio non far loro sapere dei frutti." Dopo aver terminato di dare queste istruzioni ai due ragazzi, il Grande Immortale salì nella regione del Cielo con tutti i suoi discepoli.

Ora vi raccontiamo del Monaco Tang e dei suoi tre compagni, che stavano facendo un giro per la montagna. Guardando in alto, scoprirono improvvisamente diversi edifici alti da un gruppo di pini e bambù. "Wukong," disse il Monaco Tang,

"che tipo di luogo pensi che sia laggiù?" Dopo averlo guardato, Pellegrino disse:
"È o un monastero taoista o un monastero buddhista. Muoviamoci, e ne sapremo
di più quando ci arriveremo." Presto arrivarono al cancello e videro

Una collinetta di pino fresca e serena;

Un sentiero di bambù oscuro e appartato;

Le gru bianche arrivano e partono con nuvole in sospeso;

E le scimmie salgono su e giù per consegnare frutti.

Davanti al cancello, lo stagno è ampio e gli alberi proiettano lunghe ombre;

Le rocce si crepano, rompendo la crescita del muschio.

Sale regali buie e alte come il cielo viola;

E torri in alto da cui scendono rosse nebbie luminose.

Veramente una regione benedetta, un luogo spirituale

Come la caverna nuvolosa di Penglai:

Tranquillo, intoccato dagli affari degli uomini;

Tranquillo, adatto a nutrire la mente del Dao.

A volte gli uccelli blu possono portare una nota della Regina Madre;

Un fenice arriva spesso con un rotolo di Laozi.

Non c'è fine alla vista di questa nobile scena taoista:

È la spaziosa dimora degli immortali davvero!

Quando il Monaco Tang scese, vide sulla sinistra una enorme stele di pietra,
sulla quale era scritta in grandi caratteri l'iscrizione seguente:

La Terra Benedetta della Montagna della Lunga Vita.

La Caverna del Cielo dell'Abbazia delle Cinque Villaggi.

"Discepoli," disse l'Anziano, "è davvero un'abbazia taoista." "Maestro," disse
Sha Monaco, "con un tale splendido panorama, deve vivere in questo tempio un
uomo buono. Entriamo e diamo un'occhiata. Quando torneremo a Est dopo aver
completato i nostri meriti, questo potrebbe essere il luogo per un altro visita a
causa del suo meraviglioso panorama." "Ben detto," disse Pellegrino, e tutti
entrarono. Su entrambi i lati del secondo cancello videro questo coppale di
Capodanno:

Lunga vita e sempre giovane, questa casa immortale.

Della stessa età di Heaven, questa casa taoista.

Pellegrino disse con un risolino: "Questo taoista sta pronunciando grandi
parole solo per intimidire la gente! Quando io, vecchia Scimmia, ho causato
disturbo nel Palazzo Celeste cinquecento anni fa, non ho incontrato tali parole
neanche sulla porta di Laozi!" "Non importa!" disse Otto Regole. "Andiamo
dentro! Andiamo dentro! Non si sa mai, forse questo taoista possiede qualche
realizzazione virtuosa."

Quando passarono attraverso il secondo cancello, furono accolti da due
giovani ragazzi che uscivano di corsa. Guarda come appaiono:

Sani in osso e spirito con viso chiaro,

Sui loro capi erano ciuffi di capelli raccolti corti.

I loro abiti taoisti, liberi cadenti, sembravano avvolti nella nebbia;

Le loro vesti piumate, più strane, per le maniche sospese dal vento.

I capi drago avevano le cinture annodate strette;

I cordini di seta legavano leggermente i loro sandali di paglia.

Tali aspetti non comuni non erano nati nel mondo;
Erano Breez chiaro e Luna brillante, due ragazzi divini.

I due giovani ragazzi vennero a incontrarli, inchinandosi e dicendo: "Vecchio Maestro, perdonaci per non essere venuti incontro a te. Per favore, prendi posto." Deliziato, l'anziano seguì i due ragazzi nella sala principale per guardarsi intorno. C'erano in tutto cinque grandi camere rivolte a sud, separate da finestre a lunghezza di pavimento con vetri intagliati e traslucidi nella parte superiore e solidi nella parte inferiore. Spingendo una di queste, i due ragazzi immortali invitarono il Monaco Tang nella stanza centrale, con un pannello appeso alla parete centrale su cui erano ricamate in due grandi caratteri - "Cielo, Terra" - in cinque colori. Sotto il pannello c'era un tavolo d'incenso laccato di cinabro rosso, su cui c'era un'urna d'oro giallo. Posizionato comodamente accanto all'urna c'erano diversi bastoncini d'incenso.

Il Monaco Tang si avvicinò e con la sua mano sinistra prese un po' d'incenso da mettere nell'urna. Poi si prosternò tre volte davanti al tavolo, dopodiché si voltò e disse: "Ragazzi immortali, la vostra Abbazia delle Cinque Villaggi è veramente una regione divina dell'Ovest. Ma perché non adorate i Tre Puri, gli Arcangeli delle Quattro Quarti, o i molti Signori dell'Alto Cielo? Perché vi limitate a mettere su queste due parole di Cielo e Terra per ricevere l'obolo di fuoco e incenso?" Sorridendo, uno dei ragazzi disse: "Per dirti la verità, Maestro, mettere su queste due parole è un atto di lusinga da parte del nostro insegnante, perché di queste due parole, quella in alto, merita il nostro rispetto, ma quella sotto è a malapena degna del nostro fuoco e incenso." "Cosa intendi per un atto di lusinga?" chiese Tripitaka. Il ragazzo rispose: "I Tre Puri sono amici del nostro insegnante; i Quattro Arcangeli, suoi vecchi conoscenti; le Nove Luminarie, suoi colleghi junior; e il Dio del Nuovo Anno, il suo ospite indesiderato!"

Quando Pellegrino sentì questa osservazione, rise così forte che a malapena riuscì a stare in piedi. "Fratello maggiore," disse Otto Regole, "perché stai ridendo?" "Parla dei dispetti della vecchia Scimmia!" disse Pellegrino. "Ascolta solo le sciocchezze di questo ragazzino taoista!" "Dove è il vostro onorato insegnante?" chiese Tripitaka. "Il nostro insegnante," disse il ragazzo, "era stato invitato dall'Onorabile Divino dell'Origine per assistere a una conferenza sulla 'Frutta Taoista dell'Origine Caotica' al Palazzo Miluo nel Cielo della Chiarezza Suprema. Non è a casa."

Non più in grado di trattenersi dopo aver sentito queste parole, Pellegrino gridò: "Voi maledetti giovani taoisti! Non sapete nemmeno riconoscere le persone! Chi state cercando di imbrogliare? Che tipo di chiacchierata è questa? Chi è quell'Immortale Celeste nel Palazzo Miluo che ha voluto invitare questa vostra bugia sfacciata? E che tipo di conferenza sta per tenere?" Quando Tripitaka vide quanto fosse agitato Pellegrino, temeva che i ragazzi potessero dare qualche risposta che avrebbe portato a guai veri. Così disse: "Wukong, smettila di essere litigioso. Se lasciamo questo posto subito dopo il nostro arrivo, non è certo un gesto amichevole. Il proverbio dice: 'Gli aironi non divorano la carne dell'airone'. Se il loro insegnante non è qui, perché disturbarli? Vai a pascolare il cavallo fuori dal cancello del tempio; lascia che Sha Monaco si occupi del bagaglio e Otto Regole porti un po' di grano dalle nostre borse. Prendiamo in prestito le loro padelle e il fornello per preparare un pasto per noi stessi. Quando avremo finito, possiamo pagare loro qualche soldo per la legna da ardere e la questione sarà chiusa. Ognuno si occupi dei propri affari, e lasciate che io riposi qui per un po'. Dopo il pasto, partiremo." I tre fecero il loro dovere.

Chiara Brezza e Chiara Luna, pieni di ammirazione, si dissero a bassa voce: "Che monaco! Davvero l'incarnazione di un amabile saggio dell'Occidente, la cui vera origine non è affatto oscura! Bene, il nostro maestro ci ha detto di prenderci cura del Monaco Tang e di servirgli alcuni frutti di ginseng come segno di vecchia amicizia. Ci ha anche avvertito riguardo alla turbolenza dei suoi discepoli, e non avrebbe potuto essere più preciso. È una buona cosa che quei tre, così fieri nei loro aspetti e così maleducati nei loro modi, siano stati allontanati. Se fossero rimasti, avrebbero certamente dovuto vedere i frutti di ginseng." Allora Chiara Brezza disse: "Fratello, non siamo ancora del tutto certi se quel monaco sia davvero un vecchio conoscente del Maestro. Faremo meglio a chiederglielo e non commettere errori." I due ragazzi quindi avanzarono di nuovo e dissero: "Possiamo chiedere al vecchio maestro se è Tripitaka Tang del Grande Impero Tang, che sta andando a prendere le scritture dal Paradiso Occidentale?" Restituendo i loro inchini, l'anziano disse: "Sì, sono proprio io. Com'è che i giovani immortali conoscono il mio volgare nome?" "Prima della partenza del nostro maestro," disse uno di loro, "ci ha dato istruzioni di andare a incontrarti a una certa distanza. Non ci aspettavamo il tuo arrivo così presto, e così abbiamo mancato nella corretta etichetta di accoglierti. Per favore, siediti, Maestro, e permettici di servirti del tè." "Non merito tanto," disse Tripitaka, ma Chiara Luna tornò rapidamente nella sua stanza e portò una tazza di tè fragrante da offrire all'anziano. Dopo che Tripitaka ebbe bevuto il tè, Chiara Brezza disse: "Fratello, non dobbiamo disobbedire all'ordine del nostro maestro. Andiamo a prendere il frutto."

I due ragazzi si congedarono da Tripitaka e tornarono nella loro stanza, dove uno di loro prese un maglio d'oro e l'altro un vassoio di legno per trasportare l'elisir. Stesero anche diversi fazzoletti di seta sul vassoio prima di andare al Giardino del Ginseng. Chiara Brezza allora salì sull'albero per colpire i frutti con il maglio, mentre Chiara Luna aspettava sotto, tenendo il vassoio. In un attimo, due frutti caddero e finirono sul vassoio. I giovani tornarono alla sala principale e presentarono i frutti al Monaco Tang, dicendo: "Maestro Tang, la nostra Abbazia delle Cinque Villaggi è situata in mezzo a una campagna selvaggia e desolata. Non abbiamo molto da offrirti se non questi due frutti, i nostri prodotti locali. Per favore, usali per alleviare la tua sete." Quando l'anziano vide i frutti, tremò tutto e si ritrasse di tre piedi, dicendo: "Misericordia! Misericordia! Il raccolto sembra essere abbondante quest'anno! Ma perché questa abbazia è così povera che devono praticare il cannibalismo qui? Questi sono neonati che non hanno ancora tre giorni! Come potete servirmeli per alleviare la mia sete?"

"Questo monaco," disse Chiara Brezza a bassa voce tra sé, "è stato così corrotto dai campi di bocche e lingue, dal mare di lotta e invidia, che tutto ciò che possiede sono solo due occhi carnali e una mente mondana. È per questo che non riesce a riconoscere i tesori strani della nostra dimora divina!" Chiara Luna allora si avvicinò e disse: "Maestro, questa cosa si chiama frutto di ginseng. Va benissimo per te mangiarne uno." "Sciocchezze! Sciocchezze!" disse Tripitaka. "I loro genitori hanno passato chissà quanto sofferenza prima di portarli alla luce! Come potete servirli come frutti quando non hanno ancora tre giorni?" Chiara Brezza disse: "Onestamente, sono formati su un albero." "Fandonie! Fandonie!" disse l'anziano. "Come possono crescere le persone sugli alberi? Portateli via! Questa è blasfemia!" Quando i giovani videro che si rifiutava assolutamente di mangiarli, non ebbero altra scelta che riportare il vassoio nella loro stanza. Vedi, il frutto è particolare: se viene conservato troppo a lungo, diventerà rigido e immangiabile. Così, quando i due arrivarono nella loro stanza, ciascuno prese uno dei frutti e iniziò a mangiarlo, seduto sul bordo del loro letto.

Ahimè, ora questo è quello che deve succedere! Quella loro stanza, vedi, era immediatamente adiacente alla cucina; in effetti, erano unite da un muro comune. Anche le parole sussurrate in una stanza potevano essere udite nell'altra, e Otto Regole era impegnato a cucinare riso in cucina. Tutto quel discorso, poco prima, riguardo a prendere il maglio d'oro e il vassoio dell'elisir aveva già catturato la sua attenzione. Poi, quando sentì come il Monaco Tang non riusciva a riconoscere i frutti di ginseng che gli erano stati serviti, e come dovettero essere mangiati dai giovani nella loro stanza, non poté trattenere l'acquolina in bocca e si disse: "Come posso provarne uno anch'io?" Poiché lui stesso era riluttante a fare qualcosa, decise di aspettare l'arrivo del Pellegrino per pianificare qualcosa insieme. Completamente distratto dal tendere il fuoco nella stufa, continuava a sporgere la testa fuori dalla porta per aspettare il Pellegrino. Dopo un po', vide il Pellegrino arrivare, guidando il cavallo. Avendo legato il cavallo a un albero di locusta, il Pellegrino iniziò a camminare verso il retro, quando l'Idiota gli fece cenno freneticamente con le mani, gridando: "Vieni da questa parte! Vieni da questa parte!" Il Pellegrino si girò e andò alla porta della cucina, dicendo: "Idiota, perché stai urlando? Forse non c'è abbastanza riso? Lascia che il vecchio monaco si sazi prima, e possiamo chiedere più riso a qualche grande famiglia lungo il nostro cammino."

"Entra," disse Otto Regole. "Questo non ha niente a che fare con la quantità di riso che abbiamo. C'è un tesoro in questo tempio taoista. Lo sapevi?"

"Che tipo di tesoro?" chiese il Pellegrino.

"Posso dirtelo," disse Otto Regole con una risata, "ma non l'hai mai visto; posso metterlo davanti a te, ma non lo riconoscerai." "Devi scherzare, Idiota," disse il Pellegrino. "Cinque cento anni fa, quando io, vecchia Scimmia, cercavo la Via dell'Immortalità, sono andato fino all'angolo dell'oceano e al limite del cielo. Cosa può esserci che non abbia mai visto?"

"Fratello Maggiore," disse Otto Regole, "hai mai visto il frutto di ginseng?" Un po' sorpreso, il Pellegrino disse: "Quello non l'ho mai visto davvero! Ma ho sentito dire che il frutto di ginseng è l'erba del cinabro invertito. Quando un uomo lo mangia, la sua vita sarà prolungata. Ma dove si può ottenere?" "Ce l'hanno qui," disse Otto Regole. "I due ragazzi hanno portato due di questi frutti per il Maestro da mangiare, ma quel vecchio monaco non riusciva a riconoscerli per quello che erano. Disse che erano neonati che non avevano ancora tre giorni e non osò mangiarli. I ragazzi stessi sono stati piuttosto sgarbati; se il Maestro non voleva mangiarli, avrebbero dovuto darceli. Invece, li hanno nascosti da noi. Poco fa nella stanza accanto, ciascuno ha preso un frutto e l'ha finito con grande piacere. Mi sono eccitato così tanto che stavo sbavando, chiedendomi come potevo assaggiare questo frutto. So che sei piuttosto astuto. Che ne dici di andare nel loro giardino e rubarne un po' per assaggiarli?"

"È facile," disse il Pellegrino. "La vecchia Scimmia andrà, e saranno alla sua portata!" Si voltò rapidamente e iniziò a camminare verso il fronte. Otto Regole lo afferrò e disse: "Fratello Maggiore, ho sentito parlare nella stanza, e hanno menzionato qualcosa riguardo all'uso di un maglio d'oro per abbattere i frutti. Devi farlo correttamente, e senza essere scoperto." "Lo so! Lo so!" esclamò il Pellegrino.

Il nostro Grande Saggio usò la magia dell'invisibilità e si intrufolò nella camera taoista. I due ragazzi taoisti, vedi, non erano nella stanza, perché erano tornati alla sala principale per parlare con il Monaco Tang dopo aver finito di mangiare i frutti. Il Pellegrino cercò dappertutto il maglio d'oro e scoprì un bastone di oro rosso appeso sul telaio della finestra: era lungo circa due piedi e spesso come un dito. All'estremità inferiore c'era un pomello grande quanto uno spicchio d'aglio, mentre l'estremità superiore aveva un foro attraverso il quale era fissato un filo di lana verde. Si disse: "Questo deve essere il maglio d'oro." Prendendolo, lasciò la camera taoista, andò al retro, e spinse una porta a doppia anta per dare un'occhiata. Ah, era un giardino! Vedi

Recinzioni di vermiglione e balaustre scolpite;
Colline artificiali costruite con robustezza.
Strani fiori rivaleggiano con il sole in luminosità;
I bambù si abbinano bene con il cielo limpido in azzurrità.
Oltre il padiglione del calice fluente,
Una banda curva di salici come mists outspread;
Davanti alla terrazza che guarda la luna,
Bande di pini scelti come indaco versato.
Splendenti rosse,
Melagrane con sacchi simili a broccato;
Fresche, verdi tenere,
Erba vicino agli sgabelli ornamentali;
Lussureggiante blu,
Orchidee di sabbia come giada;
Limpida e liscia,

L'acqua nel ruscello.
La cassia splende con il wutong vicino al pozzo d'oro;
Gli alberi di locusta si ergono vicino alle recinzioni rosse e ai gradini di marmo.
Alcuni rossi e alcuni bianchi: pesche con mille foglie;
Alcuni fragranti e alcuni gialli: crisantemi di fine autunno.
I fiori di giunco supportano
Il padiglione della peonia;
La terrazza dell'ibisco
Si collega con il campo di peonie.
Ci sono innumerevoli bambù nobili che sfidano il gelo,
E pini nobili che sfidano la neve.
Ci sono, inoltre, abitazioni di gru e case di cervi,
La piscina quadrata e lo stagno rotondo.
Il ruscello versa schegge di giada;
Il terreno germoglia cumuli d'oro.
Il vento invernale spacca e sbianca i fiori di prugna;
Un tocco di primavera apre il rosso della begonia.
Davvero può essere chiamato il miglior regno delle fate sulla Terra,
Il miglior sito floreale dell'Occidente.
Il Pellegrino non poteva staccare gli occhi da questo luogo meraviglioso. Capit
ò su un'altra porta che spinse e trovò dentro un orto,
Piantato con le erbe di tutte e quattro le stagioni:
Spinaci, sedano, coda di cavallo, barbabietola, zenzero e alghe marine;
Germoglio di bambù, melone, zucca e crescione d'acqua;
Erba cipollina, aglio, coriandolo, porro e scalogno;
Loto d'acqua cavo, sedano giovane e su amaro;
La zucca e la melanzana che devono essere potate;
Ravanello verde, ravanello bianco e taro profondamente nella terra;
Spinaci rossi, cavoli verdi e pianta di senape viola.
Il Pellegrino sorrise tra sé e sé e disse: "Quindi è un taoista che mangia il cibo che coltiva a casa sua!" Passò oltre l'orto e trovò un'altra porta, che spinse anche lui. Ah! C'era un albero enorme proprio nel mezzo del giardino, con lunghe e robuste branche e lussureggianti foglie verdi che assomigliavano un po' a quelle del banano. L'albero si innalzava dritto per più di mille piedi, e la sua base doveva misurare sessanta o settanta piedi di circonferenza. Appoggiandosi all'albero, il Pellegrino guardò in alto e trovò un frutto di ginseng che spuntava su uno dei rami rivolti a sud. Aveva certamente l'aspetto di un neonato con un peduncolo simile a una coda. Guardalo penzolare dall'estremità del ramo, con le membra che si muovono selvaggiamente e la testa che oscilla pazzamente! Sembrava emettere suoni mentre ondeggiava nella brezza. Pieno di ammirazione e gioia, il Pellegrino disse tra sé e sé: "Che cosa meravigliosa! È raro vederlo! È raro vederlo!" Con un sibilo, si lanciò sull'albero.

Vedi, la scimmia era un'esperta nell'arrampicarsi sugli alberi e nel rubare frutti. Prese il maglio d'oro e colpì leggermente il frutto, che cadde subito dal ramo. Il Pellegrino saltò giù dopo di esso, ma il frutto era sparito. Anche se lo cercò dappertutto sull'erba, non ne trovò traccia. "Strano! Strano!" disse il Pellegrino. "Suppongo che potrebbe camminare con le sue gambe, ma anche cos ì , difficilmente potrebbe aver saltato oltre il muro. Lo so! Deve essere lo spirito locale di questo giardino che non mi permette di rubare il frutto; deve averlo preso lui." Facendo il segno magico e recitando un incantesimo che iniziava con la lettera om, evocò lo spirito locale del giardino, che venne inchinandosi al Pellegrino e disse: "Grande Saggio, che tipo di istruzioni hai per questa umile divinità?"

"Non lo sai," disse il Pellegrino, "che il vecchio Scimmia è il ladro più famoso del mondo? Quando ho rubato le pesche immortali, il vino imperiale e le pillole efficaci quell'anno, non c'era nessuno abbastanza coraggioso da condividere il bottino con me. Come mai, quindi, quando oggi rubo solo uno dei loro frutti, hai il coraggio di strapparmi via la parte migliore? Poiché questi frutti si formano su un albero, suppongo che anche gli uccelli dell'aria possano mangiarli. Che c'è di male se ne mangio uno? Come osi prenderlo il momento in cui lo faccio cadere?" "Grande Saggio," disse lo spirito locale, "hai commesso un errore nel biasimarmi. Questo tesoro appartiene a un immortale legato alla terra, mentre io sono solo un immortale fantasma. Avrei osato prenderlo? Non ho nemmeno la fortuna di annusarlo!"

"Se non l'hai preso tu," disse il Pellegrino, "perché è sparito il momento in cui è caduto?" "Puoi sapere solo del suo potere di prolungare la vita, Grande Saggio," disse lo spirito locale, "ma non conosci il suo background."

"Cosa intendi per background?" disse il Pellegrino. "Questo tesoro," disse lo spirito locale, "fiorirà solo una volta ogni tremila anni; darà frutto dopo altri tremila anni; e il frutto non maturerà per altri tremila anni. In tutto, bisogna aspettare quasi diecimila anni prima che ci siano trenta di questi frutti. Una persona abbastanza fortunata da annusarlo una volta vivrà per trecentosessanta anni; se ne mangia uno, vivrà per quarantasettemila anni. Tuttavia, il frutto è resistente ai Cinque Fasi."

"Cosa intendi per resistente ai Cinque Fasi?" chiese il Pellegrino. Lo spirito locale rispose: "Questo frutto cadrà quando incontra l'oro; appassirà quando incontra il legno; si scioglierà quando incontra l'acqua; si seccherà se incontra il fuoco; e sarà assimilato se incontra la terra. Ecco perché bisogna usare uno strumento d'oro per farlo cadere, ma quando cade, deve essere tenuto da un vassoio imbottito con fazzoletti di seta. Il momento in cui tocca il legno, appassir à e non prolungherà la vita anche se è mangiato. Quando viene mangiato, deve essere tenuto in un contenitore di porcellana e deve essere sciolto con acqua. Ancora, il fuoco lo seccherà e sarà inutile. Infine, ciò che si intende per la sua assimilazione nella terra può essere illustrato da ciò che è accaduto poco fa, perch é quando l'hai fatto cadere, si è subito infilato nel terreno. Questa parte del giardino durerà almeno quarantasettemila anni. Anche un piccone d'acciaio non sarà in grado di perforarla, poiché è tre o quattro volte più dura del ferro grezzo. Ecco perché un uomo vivrà a lungo se mangia uno dei frutti. Se non mi credi, Grande Saggio, colpisci il terreno e vedrai da solo."

Tirando fuori il suo bastone dorato, il Pellegrino diede al terreno un terribile colpo. Il bastone rimbalzò subito, ma non c'era nemmeno il minimo segno sul terreno. "Davvero! Davvero!" disse il Pellegrino. "Questo mio bastone può ridurre una roccia in polvere; lascerà il segno anche sul ferro grezzo. Com'è che non c'è nemmeno un graffio sul terreno? Beh, in tal caso, ho commesso un errore nel biasimarti. Puoi tornare." Lo spirito locale tornò così al suo santuario.

Il Grande Saggio, tuttavia, aveva un suo piano: dopo essere salito sull'albero, tenne il maglio d'oro in una mano e, con l'altra, tirò su la parte anteriore della sua camicia di seta per fare una piccola sacca. Dividendo le foglie e i rami, fece cadere tre dei frutti nella sacca. Saltò giù dall'albero e corse direttamente alla cucina. "Fratello Maggiore," disse Otto Regole sorridendo, "li hai presi?" "Non sono questi?" disse il Pellegrino. "Ho raggiunto e preso, tutto qui! Ma non dovremmo far perdere a Sha Monaco l'occasione di assaggiare questo frutto. Chiamalo tu." Otto Regole agitò le mani e gridò: "Wujing, vieni!" Posando i bagagli, Sha Monaco corse in cucina e disse: "Fratello Maggiore, perché mi hai chiamato?" Aprendo la sacca, il Pellegrino disse: "Fratello, guarda. Cosa sono questi?" Quando Sha Monaco li vide, disse: "Frutti di ginseng." "Bene!" disse il Pellegrino. "Quindi, li riconosci! Dove li hai assaggiati prima?" "Non ho mai assaggiato il frutto prima," disse Sha Monaco. "Ma quando ero il Capitano Sollevatore di Cortine, assistevo al Trono per partecipare al Festival delle Pesche Immortali, e una volta vidi molti immortali d'oltremare presentare questo frutto alla Regina Madre come regalo di compleanno. Quindi l'ho visto, ma non l'ho mai assaggiato. Fratello Maggiore, mi permetti di provarne un po'?" "Non c'è bisogno di dire altro," disse il Pellegrino. "Ce n'è uno per ciascuno di noi fratelli."

I tre presero i frutti e iniziarono a gustarli. Quell'Otto Regole, naturalmente, aveva un enorme appetito e una bocca enorme. Quando aveva sentito la conversazione dei giovani poco prima, aveva già sentito un'enorme fame. Nel momento in cui vide il frutto, quindi, lo afferrò e, con un sol boccone, lo inghiottì intero. Poi alzò gli occhi e disse in modo malizioso al Pellegrino e a Sha Monaco: "Cosa state mangiando voi due?" "Frutto di ginseng," disse Sha Monaco. "Che sapore ha?" chiese Otto Regole. "Wujing," disse il Pellegrino, "non ascoltarlo. L'ha mangiato per primo. Perché tutte queste domande ora?" "Fratello Maggiore," disse Otto Regole, "l'ho mangiato un po' troppo in fretta, non come voi due che lo state tagliando e masticando poco a poco per scoprirne il sapore. L'ho inghiottito senza nemmeno sapere se avesse un nocciolo o no! Fratello Maggiore, se stai aiutando qualcuno, aiutalo fino in fondo. Hai risvegliato i vermi nel mio stomaco! Per favore, portami un altro frutto così posso prenderlo con calma e gustarlo." "Fratello," disse il Pellegrino, "davvero non sai quando fermarti! Questa cosa qui non è come riso o spaghetti, cibo per riempirti. Ci sono solo trenta di questi frutti in diecimila anni! È la nostra grande fortuna averne già mangiato uno, e non dovresti prendere la cosa alla leggera. Fermati ora! È abbastanza." Si stirò e lanciò il maglio d'oro nella stanza adiacente attraverso un piccolo foro sulla carta della finestra senza dire altro a Otto Regole.

L'Idiota, tuttavia, continuava a borbottare e mormorare tra sé. Quando i due giovani taoisti tornarono inaspettatamente nella stanza per prendere un po' di tè per il Monaco Tang, sentirono Otto Regole lamentarsi di "non aver goduto del mio frutto di ginseng," e dire che sarebbe stato molto meglio se avesse potuto assaggiarne un altro. Sentendo questo, Brezza Chiara divenne sospettosa e disse: "Luna Splendente, ascolta quel monaco con il lungo muso; ha detto che voleva mangiare un altro frutto di ginseng. Prima della partenza del nostro maestro, ci aveva detto di stare attenti alle loro malefatte. Potrebbe essere che abbiano rubato i nostri tesori?" Girandosi, Luna Splendente disse: "Fratello Maggiore, sembra brutto, molto brutto! Perché il maglio d'oro è caduto a terra? Andiamo nel giardino a dare un'occhiata." Corrsero frettolosamente verso il retro e trovarono la porta del giardino dei fiori aperta. "Ho chiuso questa porta io stesso," disse Brezza Chiara. "Perché è aperta?" Corsero oltre il giardino dei fiori e videro che la porta dell'orto era anch'essa aperta. Si precipitarono nel giardino del ginseng; correndo verso l'albero, iniziarono a contare, guardando in alto. Avanti e indietro contarono, ma trovarono solo ventidue dei frutti. "Sai fare i conti?" chiese Luna Splendente. "Sì," disse Brezza Chiara, "dammi le cifre!" "Originariamente c'erano trenta frutti," disse Luna Splendente. "Quando il Maestro aprì il giardino al pubblico, ne divise due per tutti noi, così che ne rimasero ventotto. Poco fa ne abbiamo fatti cadere altri due per il Monaco Tang, lasciandone ventisei. Ora ne abbiamo solo ventidue. Non significa forse che ne mancano quattro? Non c'è bisogno di ulteriori spiegazioni; devono essere stati rubati da quella banda di mascalzoni. Andiamo a rimproverare il Monaco Tang."

I due uscirono dal cancello del giardino e tornarono direttamente alla sala principale. Puntando il dito contro il Monaco Tang, lo rimproverarono con ogni sorta di linguaggio volgare e offensivo, accusandolo di essere un calvo ladro e un topo ladro. Continuarono così per molto tempo, finché il Monaco Tang non poté più sopportarlo. "Divini giovani," disse, "perché fate tutto questo baccano? State calmi un momento. Se avete qualcosa da dire, ditelo lentamente, ma non usate un linguaggio così insensato." "Sei sordo?" chiese Brezza Chiara. "Sto forse parlando in una lingua barbara che non puoi capire? Hai rubato e mangiato i nostri frutti di ginseng. Adesso mi proibisci di dirlo?" "Che cos'è un frutto di ginseng?" chiese il Monaco Tang. "Come un neonato," disse Luna Splendente, "come hai detto quando te ne abbiamo portati due da mangiare poco fa."

"Amitābha Buddha!" esclamò il Monaco Tang. "Mi è bastato dare un' occhiata a quella cosa per tremare dappertutto! Pensate che avrei il coraggio di rubarne uno e mangiarlo? Anche se avessi una crisi di bulimia, non oserei indulgere in un simile furto. Non incolpate la persona sbagliata." "Potresti non averli mangiati tu," disse Brezza Chiara, "ma i tuoi seguaci volevano rubarli e mangiarli." "Forse hai ragione," disse Tripitaka, "ma non c' è bisogno che urli. Lasciami chiedere a loro. Se li hanno rubati, chiederò loro di ripagarvi."

"Ripagarci!" disse Luna Splendente. "Non potresti comprare questi frutti nemmeno se avessi i soldi!"

"Se non possono comprarli con i soldi," disse Tripitaka, "possono almeno offrirvi delle scuse, perché come dice il proverbio, 'La giustizia vale mille pezzi d' oro.' Dovrebbe essere sufficiente. Inoltre, non siamo ancora sicuri se siano stati i miei discepoli a prendere i vostri frutti." "Cosa intendi con non sicuri?" disse Luna Splendente. "Stavano discutendo tra loro, dicendo qualcosa riguardo alle porzioni non equamente divise."

"Discepoli," gridò Tripitaka, "venite, tutti voi." Quando Sha Monaco sentì questo, disse, "È terribile! Siamo stati scoperti! Il vecchio maestro ci sta chiamando e i giovani taoisti stanno facendo tutto questo baccano. Devono aver scoperto!" "È estremamente imbarazzante!" disse il Pellegrino. "Si tratta solo di cibo e bevande. Ma se lo ammettiamo, significa che stiamo rubando per le nostre bocche! Non ammettiamolo." "Sì! Sì!" disse Otto Regole.

"Neghiamolo!" Tuttavia, i tre non ebbero altra scelta che lasciare la cucina per la sala principale. Ahimè, non sappiamo come riusciranno a negare le accuse; ascoltiamo la spiegazione nel prossimo capitolo.

CAPITOLO 25

L'Immortale Zhenyuan dà la caccia al monaco delle scritture;
Il Pellegrino Sun disturba grandemente l'Abbazia dei Cinque Villaggi.

Vi stavamo raccontando dei tre fratelli, che andarono nella sala principale e dissero al loro maestro, "Il riso è quasi pronto. Perché ci hai chiamato?" "Discepoli," disse Tripitaka, "non volevo chiedervi del riso. In questa Abbazia hanno qualcosa chiamato frutto di ginseng, che sembra un neonato. Chi di voi lo ha rubato e mangiato?" "Onestamente," disse Otto Regole, "non so nulla a riguardo, e non l'ho mai visto." "È quello che sta ridendo! È quello che sta ridendo!" disse Brezza Chiara. "Sono nato con una faccia sorridente!" ribatté il Pellegrino. "Non pensare che perché hai perso una sorta di frutto puoi impedirmi di ridere!" "Discepolo, non arrabbiarti," disse Tripitaka. "Coloro che hanno lasciato la famiglia non dovrebbero mentire, né dovrebbero godere di cibo rubato. Se davvero l'hai mangiato, devi delle scuse. Perché negarlo così vehementemente?" Quando il Pellegrino percepì quanto fosse ragionevole questo consiglio del suo maestro, disse sinceramente, "Maestro, non è colpa mia. È stato Otto Regole a sentire quei due giovani taoisti parlare di un frutto di ginseng. Voleva provarne uno per vedere che sapore avesse e mi disse di abbattere tre dei frutti; ciascuno di noi fratelli ne aveva uno. È vero che li abbiamo mangiati. Cosa si può fare a riguardo?" "Ha rubato quattro dei frutti," disse Luna Splendente, "e ancora questo monaco potrebbe affermare di non essere un ladro!" "Amitābha Buddha!" disse Otto Regole. "Se hai rubato quattro di loro, perché ne hai portati solo tre per dividerci tra di noi? Non hai già sottratto qualcosa?" Così dicendo, l'Idiota iniziò a fare di nuovo un gran baccano.

Quando i giovani immortali scoprirono la verità, diventarono ancora più offensivi nel loro linguaggio; il Grande Saggio si infuriò così tanto che digrignò i denti d'acciaio in modo udibile e spalancò i suoi occhi di fuoco. Stringeva la sua asta d'oro più e più volte, lottando per trattenersi e dicendo a sé stesso, "Questi giovani maligni! Sanno certamente come dare una frustata con le loro lingue! Va bene, devo sopportare tali insulti da loro. Lasciate che gli offra in cambio 'un piano per eliminare la posterità,' e nessuno di loro avrà più frutti da mangiare!" Caro Pellegrino! Si strappò un ciuffo di capelli dietro la testa e soffiò su di esso con il suo alito magico, gridando "Cambia!" Si trasformò subito in un falso Pellegrino, in piedi accanto al Monaco Tang, Wujing e Wuneng per ricevere le rimproverate dei giovani taoisti. Il suo vero spirito si levò nelle nuvole, e con un solo balzo arrivò al giardino di ginseng. Sguainando la sua asta d'oro, diede all'albero un colpo terribile, dopo di che usò la sua forza divina che sposta montagne per dargli una spinta poderosa. Ahimè,

Foglie caddero, rami si spezzarono, e radici si esposero;

I taoisti persero la loro erba di cinabro invertito.

Dopo che il Grande Saggio ebbe abbattuto l'albero, cercò i frutti sui rami, ma non riuscì a trovare nemmeno mezzo frutto. Il tesoro, vedete, cadeva quando incontrava l'oro, e entrambe le estremità della sua asta erano avvolte in oro. Inoltre, il ferro è anche uno dei cinque elementi metallici. Il colpo dell'asta, quindi, fece cadere tutti i frutti dall'albero, e quando caddero, si assimilarono alla terra una volta toccato il suolo, così che non rimase neanche un frutto sull'albero. "Bene! Bene!" disse. "Ora possiamo tutti andarcene!" Ripose la sua asta di ferro e tornò davanti. Con una scrollata del corpo recuperò i suoi capelli, ma il resto delle persone, come quelli con occhi di carne e stock mortale, non potevano percepire ciò che era accaduto.

Ora vi raccontiamo dei due giovani immortali, che inveirono contro i pellegrini per molto tempo. Brezza Chiara disse, "Luna Splendente, questi monaci accettano abbastanza bene il nostro rimprovero. Li abbiamo sgridati come se fossero polli tutto questo tempo, ma non una volta hanno tentato di risponderci. Potrebbe essere che non abbiano davvero rubato i frutti? Con l'albero così alto e le foglie così dense, potremmo aver commesso un errore nel nostro conteggio, e potremmo averli sgridati ingiustamente. Dovremmo andare a investigare ulteriormente." "Hai ragione," disse Luna Splendente, e i due tornarono quindi al giardino. Ma quello che videro fu solo un albero a terra con rami spezzati e foglie cadute, senza nemmeno un singolo frutto. Brezza Chiara fu così sconvolto che le gambe gli cedettero e cadde a terra; Luna Splendente tremava così violentemente che riusciva a malapena a stare in piedi. Entrambi erano spaventati a morte! Abbiamo, come testimonianza, questa poesia:

Tripitaka andò verso ovest fino al Monte della Lunga Vita;
Wukong tagliò l'erba di cinabro invertito.
Rami spezzati e foglie cadute, la radice divina esposta:
Brezza Chiara e Luna Splendente erano inorriditi!

I due giacevano a terra, a malapena capaci di parlare coerentemente. Potevano solo balbettare, "Cosa faremo? Cosa faremo? La radice magica della nostra Abbazia dei Cinque Villaggi è recisa! Il seme di questa casa divina è tagliato! Quando il nostro maestro tornerà, cosa gli diremo?" Poi Luna Splendente disse, "Fratello maggiore, smettila di urlare! Raccogliamoci e non allarmiamo quei monaci. Non c'è nessun altro qui; deve essere quel tipo con la faccia pelosa e un becco di dio del tuono che ha usato la magia invisibile per rovinare il nostro tesoro. Se proviamo a parlargli, probabilmente lo negherà, e ulteriori discussioni potrebbero ben presto portare al combattimento reale. In caso di lotta, come pensi che noi due potremmo resistere a loro quattro? Sarebbe meglio se li ingannassimo ora dicendo loro che i frutti non mancavano, e che poiché abbiamo commesso un errore nel nostro conteggio, stavamo offrendo loro le nostre scuse. Il loro riso è quasi pronto. Quando mangiano, dovremmo persino presentargli alcuni contorni. Quando ognuno di loro avrà una ciotola in mano, tu stai sulla sinistra della porta e io starò sulla destra, e chiuderemo la porta insieme. La chiuderemo a chiave insieme a tutte le altre porte di questa Abbazia, così che non potranno scappare. Possiamo quindi aspettare che il Maestro torni e faccia loro ciò che vuole. Dal momento che il Monaco Tang è un vecchio conoscente del Maestro, potrebbe decidere di perdonarli, e quello sarebbe il suo atto di gentilezza. Se decidesse diversamente, tuttavia, almeno avremmo catturato i ladri, per i quali potremmo essere noi stessi perdonati." Quando sentì queste parole, Brezza Chiara disse, "Hai ragione! Hai ragione!"

I due si forzarono a sembrare allegri mentre tornavano alla sala principale dal giardino posteriore. Inchinandosi al Monaco Tang, dissero, "Maestro, il nostro linguaggio grossolano e volgare poco fa deve avervi offeso. Per favore, perdonateci!" "Cosa state dicendo?" chiese Tripitaka. "I frutti non mancavano," disse Brezza Chiara, "ma non riuscivamo a vederli chiaramente a causa della folta vegetazione. Siamo tornati indietro per darci un secondo sguardo e abbiamo trovato il numero originale."

Sentendo questo, Otto Regole intervenne subito. "Ragazzi, siete giovani e impulsivi, pronti a condannare prima ancora di conoscere la verità della questione. Lanciate le vostre castigazioni a caso, e ci avete accusato ingiustamente. È blasfemia!" Pellegrino, tuttavia, capì cosa stava succedendo; anche se non disse nulla, pensò tra sé e sé, "È una bugia! È una bugia! I frutti sono finiti! Perché dicono queste cose? Potrebbe essere che abbiano il potere di rivitalizzazione?" Nel frattempo, Tripitaka disse ai suoi discepoli, "In tal caso, portateci del riso. Mangeremo e partiremo."

Otto Regole andò subito a prendere il riso, mentre Sha Monaco apparecchiava il tavolo e le sedie. I due giovani portarono fuori sette o otto contorni, tra cui sottaceti, melanzane sottaceto, ravanelli in salsa di vino, fagiolini in aceto, radici di loto salate e foglie di senape sbollentate, per il maestro e i discepoli da mangiare con il loro riso. Portarono anche una pentola di tè pregiato e due tazze, e si posero uno per parte del tavolo per servirli. Appena i quattro ebbero preso le loro ciotole, però, i giovani, uno per lato, presero la porta e la sbatterono strettamente chiusa. Poi la chiusero a chiave con un lucchetto a doppia catena. "Avete fatto un errore," disse Otto Regole con una risata, "o la vostra usanza qui è piuttosto strana. Perch é chiudete la porta prima di mangiare?" "In effetti!" disse Luna Splendente. "Per il bene o per il male, non apriremo la porta finché non avremo mangiato." Poi Brezza Chiara li assalì, dicendo, "Voi ladri calvi, bulimici e golosi! Avete rubato e mangiato i nostri frutti divini, e già eravate colpevoli di mangiare il prodotto del giardino di qualcuno senza permesso. Ora avete anche rovesciato il nostro albero divino e distrutto questa radice immortale della nostra Abbazia dei Cinque Villaggi. E ancora osate parlare con noi con defianza? Se pensate di poter raggiungere il Cielo Occidentale per contemplare il volto di Buddha, dovete girare la Ruota della Trasmigrazione e farlo nella prossima incarnazione!" Quando Tripitaka sentì queste parole, lasciò cadere la sua ciotola di riso e rimase seduto l ì, oppresso come se avesse un enorme macigno sul cuore. I giovani andarono quindi a chiudere sia il cancello anteriore che il secondo cancello prima di tornare alla sala principale per inveire di nuovo contro di loro con il linguaggio più offensivo. Chiamandoli ladri ancora e ancora, i due giovani li assalirono fino a tarda notte, quando poi uscirono per mangiare. Dopo il pasto, i giovani tornarono nella loro stanza.

Il Monaco Tang iniziò a lamentarsi con il Pellegrino, dicendo, "Tu scimmia dispettosa! Ogni volta sei tu che crei problemi! Se avessi rubato e mangiato i loro frutti, avresti dovuto essere più paziente con il loro rimprovero. Perché dovevi abbattere anche il loro albero? Se fossi portato in tribunale, anche se il tuo vecchio fosse il giudice, non saresti in grado di difenderti quando ti comporti così!"

"Non rimproverarmi, Maestro," disse il Pellegrino. "Se quei ragazzi sono andati a dormire, lasciali dormire. Partiremo stasera." "Fratello maggiore," disse Sha Monaco, "tutte le porte sono state chiuse a chiave in modo sicuro. Come possiamo uscire?" Il Pellegrino disse ridendo, "Non importa! Non importa! La vecchia Scimmia troverà un modo!" "Hai un modo, certamente!" disse Otto Regole. "Tutto ciò che devi fare è trasformarti in qualche tipo di insetto, e potrai volare fuori da un buco o una crepa nella finestra. Ma che dire di quelli di noi che non sanno trasformarsi in queste cose piccole? Dobbiamo restare e prendere la colpa per te." "Se fa qualcosa del genere," disse il Monaco Tang, "e ci lascia indietro, reciterò quel Sutra dell'Antico Tempo e vedrò se lo può sopportare!" Quando sentì questo, Otto Regole non sapeva se ridere o no. "Maestro," disse, "cosa stai dicendo? Ho sentito solo il Sutra Šuraṅgama, il Sutra del Loto, il Sutra del Pavone, il Sutra di Guanyin e il Sutra del Diamante nel Buddismo, ma non ho mai sentito parlare di qualcosa chiamata Sutra dell'Antico Tempo."

"Non ne sai nulla, fratello," disse il Pellegrino. "Questo filo che porto sulla testa è stato dato al Maestro dal Bodhisattva Guanyin. Il Maestro mi ha ingannato a metterlo, ed è attecchito, per così dire, sulla mia testa in modo che non potesse mai essere rimosso. C'è, inoltre, l'Incantesimo della Fascia Stretta o il Sutra della Fascia Stretta. Nel momento in cui lo recita, avrò un terribile mal di testa, perché è il trucco magico progettato per darmi un brutto momento. Maestro, non recitarlo. Non ti tradirò. Qualunque cosa accada, tutti noi partiremo insieme."

Mentre parlavano, diventava buio e la luna sorgeva a Est. Il Pellegrino disse, "Quando tutto è silenzioso e l'orbe di cristallo è luminoso, questo è il momento per noi di svanire." "Fratello maggiore," disse Otto Regole, "smettila con queste balle. Tutte le porte sono chiuse a chiave. Dove andremo?" "Guarda la mia potenza!" disse il Pellegrino. Afferrò la sua mazza dorata a cerchio e esercitò la magia di apertura delle serrature; puntò la mazza alla porta e tutte le serrature caddero con un forte scoppio mentre le varie porte si aprirono immediatamente.

"Che talento!" disse Otto Regole, ridendo. "Anche se un piccolo fabbro usasse un grimaldello, non sarebbe in grado di farlo così agilmente." Il Pellegrino disse, "Questa porta è niente! Anche il cancello del Cielo Meridionale volerebbe immediatamente aperto se puntassi questo su di esso!" Chiesero al loro maestro di uscire e montare a cavallo; Otto Regole manovrò i bagagli e Sha Monaco fece da guida verso l'Ovest. "Camminate lentamente, tutti voi," disse il Pellegrino. "Lasciatemi andare a vedere che i ragazzi Taoisti dormiranno per un mese." "Discepolo," disse Tripitaka, "non far loro del male, o sarai colpevole di omicidio oltre che di furto." "Non farò loro del male," disse il Pellegrino.

Rientrato nella stanza, si avvicinò alla porta dove i ragazzi dormivano. Attorno alla vita portava ancora alcuni insetti soporiferi, che aveva vinto dal Devarāja Vir ūpākṣa quando avevano giocato a indovinare con le dita alla porta dell'Est del Cielo. Prendendo due di questi insetti, li scagliò attraverso un buco nella finestra. Si diressero dritti verso i volti dei ragazzi, che caddero subito in un sonno così profondo che sembrava nulla potesse svegliarli. Poi, Pellegrino si voltò e raggiunse il Tang Monaco, e tutti fuggirono, seguendo la strada principale verso ovest.

Per tutta quella notte, il cavallo non si fermò a riposare e viaggiarono fino a quasi l'alba. "Scimmia," disse il Tang Monaco, "mi hai quasi ucciso! A causa della tua bocca, ho dovuto passare una notte insonne." "Basta con queste lamentele!" disse Pellegrino. "È già l'alba, e potresti anche riposarti un po' qui nella foresta lungo la strada. Dopo aver ripreso un po' di forze, continueremo." Tutto ciò che il vecchio poté fare fu smontare e usare una radice di pino come suo letto. Appena posò il bagaglio, Sha Monaco si addormentò, mentre Otto Regole si addormentò con una roccia come cuscino. Il Grande Saggio Sole, tuttavia, aveva altri interessi. Guardatelo! Scalare gli alberi e saltare da un ramo all'altro, si divertiva molto. Li lasciamo riposare e non ne parliamo più ora.

Ora vi raccontiamo del Grande Immortale, che lasciò il Palazzo Tushita con i minori immortali dopo che la lezione fu terminata. Scendendo dal Cielo Verde Giada e scendendo dalle nuvole auspicabili, arrivarono davanti all'Abbazia delle Cinque Villaggi sulla Montagna della Lunga Vita, dove trovarono le porte spalancate e il terreno ordinato e pulito. "Beh," disse il Grande Immortale, "Clear Breeze e Bright Moon non sono così inutili dopo tutto! Di solito non si muovono nemmeno quando il sole è alto, ma oggi, mentre siamo assenti, sono disposti ad alzarsi presto per aprire le porte e spazzare il terreno." Tutti i minori immortali erano contenti, ma quando arrivarono alla sala principale, scoprirono né fuoco né incenso né alcuna traccia di persona umana. Clear Breeze e Bright Moon non si vedevano da nessuna parte!

"A causa della nostra assenza, i due devono essere scappati con le nostre cose," dissero gli altri immortali. "Sciocchezze!" disse il Grande Immortale. "Come oserebbero coloro che cercano la via dell'immortalità impegnarsi in una tale malvagità? Devono aver dimenticato di chiudere le porte la scorsa notte e sono andati a dormire. Probabilmente non sono ancora svegli questa mattina." Quando tutti arrivarono alla porta dei ragazzi taoisti, trovarono la porta saldamente chiusa e sentirono pesanti russare dall'interno. Bussarono alla porta e cercarono di svegliarli, ma i ragazzi non potevano essere svegliati da tutto quel clamore. Alla fine, gli immortali riuscirono ad aprire la porta e tirarono fuori i ragazzi dai loro letti; anche allora non si svegliarono. "Carissimi ragazzi immortali!" disse il Grande

Immortale, ridendo. "Coloro che hanno raggiunto l'immortalità non dovrebbero essere così desiderosi di dormire, poiché i loro spiriti sono pieni. Perché sono così affaticati? Potrebbe essere che qualcuno abbia giocato loro un brutto scherzo? Presto, portatemi dell'acqua!" Uno dei ragazzi portò mezza tazza d'acqua al Grande Immortale, che recitò un incantesimo prima di sputare un boccone d'acqua sul viso dei ragazzi. Il Demone del Sonno fu così esorcizzato.

Entrambi i ragazzi si svegliarono e mentre aprivano gli occhi e si asciugavano il viso, videro improvvisamente tutte le facce familiari del loro maestro, del Signore, dell'Uguale alla Terra e degli altri immortali. Clear Breeze e Bright Moon furono così sorpresi che si inginocchiarono subito e fecero kowtow, dicendo: "Maestro, i vostri vecchi amici, i monaci venuti dall'Est, erano un gruppo di ladri malvagi!" "Non abbiate paura!" disse il Grande Immortale, sorridendo. "Prendetevi il vostro tempo e raccontatemi di loro."

"Maestro," disse Clear Breeze, "Poco dopo che siete partiti quel giorno, un monaco Tang dalla Terra dell'Est arrivò davvero con altri tre monaci e un cavallo. In obbedienza al vostro comando, i vostri discepoli, avendo appurato la loro origine, presero due dei frutti di ginseng e li servirono. Quel vecchio, tuttavia, aveva occhi mondani e una mente sciocca, perché non riusciva a riconoscere i tesori della nostra casa immortale. Insisteva sul fatto che fossero neonati non ancora di tre giorni e rifiutava assolutamente di mangiarli. Per questo motivo, ognuno di noi ha mangiato uno dei frutti al posto suo. Non ci aspettavamo, però, che uno dei suoi tre discepoli, un tipo il cui cognome era Sun e il nome era Wukong Pellegrino, avrebbe rubato e mangiato quattro dei frutti. Quando abbiamo scoperto il furto, abbiamo cercato di ragionare con lui, parlando piuttosto apertamente a quel monaco. Ma lui ha rifiutato di ascoltarci e invece ha usato la magia dello spirito che lascia il corpo per—oh, questo è doloroso!" Quando i due ragazzi arrivarono a questo punto nel loro discorso, non riuscirono a trattenere le lacrime. "Questo monaco vi ha colpito?" chiesero gli altri immortali. "Non ci ha colpito," disse Bright Moon, "ma ha abbattuto il nostro albero di ginseng."

Quando il Grande Immortale sentì questo, non si arrabbiò. Invece, disse: "Non piangere! Non piangere! Quello che non sapete è che il tipo di nome Sun è anche un piccolo immortale del Grande Monad; ha grande potere magico e ha causato molti disturbi in Cielo. Se il nostro albero del tesoro è stato abbattuto, tutto ciò che voglio sapere è se sarete in grado di riconoscere questi monaci se li rivedete." "Certamente," disse Clear Breeze. "In tal caso," disse il Grande Immortale, "seguitemi. Gli altri vostri discepoli possono preparare gli strumenti di punizione. Quando tornerò, saranno frustati."

I vari immortali presero quest'istruzione, mentre il Grande Immortale montò la luminosità auspicabile con Clear Breeze e Bright Moon per dare la caccia a Tripitaka. In un attimo avevano coperto mille miglia, ma quando il Grande Immortale guardò verso ovest alla punta della nuvola, non vide il Tang Monaco da nessuna parte. Quando si voltò e guardò verso est invece, scoprì di aver superato i pellegrini di circa novecento miglia, perché quel vecchio, anche con il suo cavallo che galoppava senza sosta tutta la notte, era riuscito a viaggiare solo centoventi miglia. Invertendo la direzione della sua nuvola, il Grande Immortale fece il viaggio di ritorno in un istante. "Maestro," disse uno dei ragazzi, "quel è il Tang Monaco seduto sotto un albero lungo la strada." "Lo vedo," disse il Grande Immortale. "Tu due tornate indietro e preparate le corde. Lasciate che li catturi da solo." Clear Breeze e Bright Moon tornarono subito all'abbazia.

Scendendo dalle nuvole, il Grande Immortale si trasformò in un taoista mendicante con uno scuotimento del suo corpo. "Come era vestito?" chiedete voi.

Una veste da sacerdote rattoppata cento volte
E una cintura nello stile del signor Lü.
Le sue mani agitavano una coda di yak
E leggermente batteva un tamburo di pesce.
I suoi sandali di paglia con tre anelli calzavano i suoi piedi;
Una turbante sinuosa avvolgeva la sua testa.
Con maniche gonfie di vento tutto tremolante,
Cantava della luna che sorgeva.

Veniva dritto all'albero e disse a voce alta al Tang Monaco: "Vecchio, questo povero taoista alza le mani!" Tornando prontamente il saluto, il vecchio disse: "Scusate per non avervi pagato prima di rispettare voi." "Da dove è venuto il vecchio," chiese il Grande Immortale, "e perché è seduto in meditazione qui accanto alla strada?" Tripitaka disse: "Sono un cercatore di testi inviato dal Grande Tang della Terra dell'Est verso l'Occidente." Fingendo sorpresa, il Grande Immortale disse: "Quando sei venuto dall'Est, sei passato per il mio umile rifugio di montagna?" "Quale montagna preziosa è l'abitazione del venerabile immortale?" chiese il vecchio. Il Grande Immortale disse: "L'Abbazia delle Cinque Villaggi sulla Montagna della Lunga Vita è dove risiedo."

Al momento dell'ascolto, Pellegrino, con qualcosa di molto in mente, rispose: "No! No! Siamo venuti da un'altra strada lassù." Indicando con un dito fermamente lui, il Grande Immortale disse con un sorriso: "Scimmia sfacciata! Chi stai cercando di ingannare? Hai abbattuto il mio albero di frutti di ginseng nella mia Abbazia e poi sei fuggito qui nella notte. Osi negarlo? Perché cercare di coprire? Non fuggire! Vai subito e riportami un altro albero!" Quando Pellegrino sentì questo, si arrabbiò e tirò fuori la sua mazza di ferro; senza aspettare ulteriori discussioni, colpì la testa del Grande Immortale. Schivando il colpo, il Grande Immortale calpestò la luminosità auspicabile e si alzò in aria, seguito da vicino da Pellegrino, che montava anche le nuvole. Il Grande Immortale tornò alla sua vera forma a mezz'aria, ed ecco come apparve:

Indossava un cappello di oro viola,
E una veste spensierata rifinita con piume di gru.
Aveva ai piedi un paio di scarpe;
Una cintura di seta era legata intorno alla sua vita.
Il suo corpo sembrava quello di un ragazzo
Il suo viso, quello di una bella signora,
Ma con baffi e barba fluenti.
Alcune piume di corvo adornavano i suoi capelli.

Affrontò Pellegrino ma senza armi,
Tranne una coda di yak di giada che girava nella sua mano.

Sopra e sotto, Pellegrino colpì selvaggiamente con la sua mazza, solo per essere parato di nuovo e di nuovo dal Grande Immortale che brandiva la sua coda di yak di giada. Dopo due o tre round di combattimento, il Grande Immortale mostrò la sua magia del cosmo nella manica. In piedi sulla punta di una nuvola e affrontando il vento, aprì delicatamente la larga manica della sua veste e la inviò verso la terra con un movimento di spazzata. Tutti e quattro i monaci e il cavallo furono subito raccolti nella manica. "Questo è terribile!" disse Otto Regole. "Siamo stati messi in un sacco di vestiti!" "Non è un sacco di vestiti, Idiota!" disse Pellegrino. "Siamo stati raccolti nella sua manica." "In tal caso," disse Otto Regole, "non dovrebbe essere troppo difficile! Lasciami usare il mio rastrello e fare un buco nella sua veste. Quando fuggiamo, possiamo sostenere che è stato negligente e non ci ha tenuti saldamente, in modo che siamo caduti dalla sua manica." L'Idiota cominciò a scavare freneticamente nel tessuto con il suo rastrello, ma tutto a vuoto: anche se il materiale era morbido al tatto, era più duro dell'acciaio quando entrava in contatto con il rastrello.

Cambiando direzione con la sua nube auspicabile, il Grande Immortale tornò all'Abbazia delle Cinque Villaggi e si sedette, ordinando ai suoi discepoli di portare delle corde. Mentre i piccoli immortali si occupavano dei loro affari, estrasse i pellegrini uno per uno come burattini dalla sua manica: prima tirò fuori il Monaco Tang e lo fece legare a uno dei grandi pilastri nella sala principale. Poi tirò fuori i tre discepoli e li fece legare agli altri tre pilastri. Infine tirò fuori il cavallo e lo fece legare nel cortile; gli fu dato del fieno mentre il bagaglio veniva gettato in uno dei corridoi. "Discepoli," disse il Grande Immortale, "questi monaci sono persone che hanno lasciato la casa, e non dovrebbero essere danneggiati da coltelli, lance, accette o asce da guerra. Portatemi invece il mio frustino di cuoio e date loro una bastonata ― come atto di vendetta per i miei frutti di ginseng!" Alcuni degli immortali corsero prontamente a prendere il frustino ― non il tipo fatto di pelle di mucca, pecora, camoscio o bufalo. Era invece un frustino di sette lacci fatto di pelle di drago. Dopo averlo lasciato in ammollo nell'acqua per un po', uno dei piccoli immortali più robusti lo prese e chiese: "Maestro, chi dobbiamo frustare per primo?" Il Grande Immortale rispose: "Tripitaka Tang è il membro più anziano e indegno del suo gruppo. Frustatelo per primo."

Quando Pellegrino sentì ciò che disse, pensò tra sé: "Il mio vecchio monaco non può sopportare una tale bastonata. Se fosse distrutto dal frustino, non sarebbe questa la mia colpa?" Incapace di rimanere in silenzio più a lungo, disse: "Signore, vi state sbagliando! Sono stato io a rubare i frutti, sono stato io a mangiarli. Inoltre, sono stato io a far cadere l'albero. Perché non frustarmi per primo? Perché dovete frustarlo?" "Questa scimmia sfacciata," disse il Grande Immortale ridendo, "sa davvero parlare con coraggio! Va bene, frustiamolo per primo." "Quante frustate?" chiese il piccolo immortale. "Tante quanti erano i frutti originali," disse il Grande Immortale. "Trenta frustate." Alzando in alto il frustino, il piccolo immortale stava per colpire. Temendo che quest'arma di casa immortale potesse essere formidabile, Pellegrino spalancò gli occhi per vedere dove sarebbe stato colpito e vide che il piccolo immortale stava per frustargli le gambe. Con un movimento del torso, Pellegrino disse: "Cambia!" e le sue due gambe diventarono dure come l'acciaio, pronte ad essere frustate. Con colpi misurati, il piccolo immortale gli diede trenta frustate prima di posare il frustino.

Era già quasi mezzogiorno quando il Grande Immortale disse di nuovo: "Dovremmo ora frustare Tripitaka, dato che non sapeva disciplinare i suoi discepoli discoli e permetteva loro di comportarsi in modo indisciplinato." Mentre l'immortale prendeva di nuovo il frustino, Pellegrino disse: "Vi state di nuovo sbagliando, signore. Quando i frutti furono rubati, il mio maestro stava conversando in questa sala con i due ragazzi; non aveva assolutamente conoscenza di quanto noi fratelli avessimo perpetrato. Anche se potrebbe essere colpevole di non essere abbastanza severo nella sua disciplina nei nostri confronti, noi suoi discepoli dovremmo ricevere la punizione al suo posto. Frustatemi di nuovo." "Questa scimmia senza legge!" disse il Grande Immortale. "Sebbene sia astuto e subdolo, ha qualche sentimento filiale! In tal caso, frustiamolo di nuovo." Il piccolo immortale gli diede di nuovo trenta frustate. Quando Pellegrino abbassò la testa per dare un'occhiata, vide che le sue due gambe erano state battute fino a brillare come specchi, anche se non provava alcuna sensazione, né di dolore né di prurito. A questo punto era già tardi, e il Grande Immortale disse: "Mettete il frustino in ammollo. Aspettiamo fino a domani, e poi li puniremo di nuovo." I piccoli immortali recuperarono il frustino e lo misero in acqua, dopodiché ognuno si ritirò nella propria stanza. Dopo aver finito la cena serale, tutti andarono a dormire, e non ne parleremo più ora.

Con le lacrime agli occhi, l'anziano cominciò a lamentarsi amaramente con i suoi tre discepoli, dicendo: "Voi tutti avete causato questo guaio, ma devo soffrire con voi in questo luogo. Cosa pensate di fare al riguardo?" "Basta con questi lamenti," disse Pellegrino. "Mi hanno frustato per primo, e voi nemmeno l'avete provata ancora. Perché dovete brontolare così?" "Anche se non sono stato frustato," disse il Monaco Tang, "questa corda mi sta facendo male dappertutto." "Maestro," disse il Sha Monaco, "ci sono altri qui che sono tuoi compagni nella schiavitù!" "Basta con questo baccano, tutti quanti!" disse Pellegrino. "Tra poco, saremo di nuovo in cammino."

"Elder Brother," disse Otto Regole, "stai raccontando bugie di nuovo. Siamo ora stretti con delle corde di canapa spruzzate d'acqua. Non sono come le serrature di quelle porte che hai aperto così facilmente con la tua magia!"

"Non è un'esagerazione," disse Pellegrino, "ma non ho paura di una corda di canapa tripla spruzzata d'acqua. Anche se fosse un cordone di cocco spesso come una piccola ciotola, lo considererei tanto insostanziale quanto il vento d'autunno!" Appena ebbe finito di parlare, ovunque divenne completamente silenzioso. Caro Pellegrino! Contrasse il corpo e si liberò subito dalle corde, dicendo: "Andiamo, Maestro!"

"Elder Brother," disse un sorpreso Sha Monaco, "salvaci anche noi!" "Parlate piano! Parlate piano!" disse Pellegrino. Slegò Tripitaka, il Sha Monaco e Otto Regole; si vestirono, sellarono il cavallo e presero il bagaglio dal corridoio. Mentre uscivano dalla porta dell'Abbazia, Pellegrino disse a Otto Regole: "Vai fino al bordo della scogliera laggiù e riporta quattro alberi di salice." "Perché li vuoi?" chiese Otto Regole. "Ho bisogno di loro. Portali subito."

L'Idiota possedeva una certa forza brutale. Fece come gli era stato detto e con un solo spintone del suo muso abbatté uno dei salici. Abbattendo altri tre, li raccolse in un fascio e li portò indietro. Pellegrino tolse i rami dai tronchi, e i due li portarono dentro, dove li legarono ai pilastri con le corde con cui erano stati precedentemente legati loro stessi. Poi il Grande Saggio recitò un incantesimo; mordendosi la punta della lingua, sputò un po' di sangue sugli alberi e gridò: "Cambia!" Uno di loro cambiò nell'anziano, un altro cambiò in una figura simile a lui, e gli altri due alberi cambiarono in Sha Monaco ed Otto Regole. Sembravano tutti identici; quando venivano interrogati, sapevano rispondere; quando chiamavano i loro nomi, sapevano rispondere. Solo allora i due corsero fuori e raggiunsero il loro maestro. Come prima, il cavallo non si fermò a riposare per tutta quella notte mentre fuggivano dall'Abbazia delle Cinque Villaggi. Quando arrivò il mattino, però, l'anziano stava ciondolando sul cavallo, a malapena in grado di rimanere in sella. Quando Pellegrino lo vide così, gridò: "Maestro, sei terribilmente debole! Come è possibile che una persona come te, che ha lasciato la casa, abbia così poca resistenza? Se io, vecchia Scimmia, andassi senza dormire anche per mille notti, non provarei comunque fatica. Beh, è meglio che scendi dal cavallo, così che i viaggiatori non vedano la tua condizione e non ridano di te. Troviamo un riparo temporaneo sotto il pendio della montagna e riposiamo un po' prima di riprendere il cammino."

Non vi diremo altro ora del maestro e dei discepoli che riposano per strada; vi diremo invece del Grande Immortale, che si alzò all'alba e uscì subito nella sala principale dopo aver fatto la sua colazione. Disse: "Portate il frustino. Oggi è il turno di Tripitaka di essere frustato." Il piccolo immortale brandì il frustino e disse al Monaco Tang: "Ti sto per picchiare." "Fallo pure," disse l'albero di salice, e gli furono date trenta frustate. Cambiando direzione con il suo frustino, il piccolo immortale disse ad Otto Regole: "Ti sto per frustare." "Fallo pure," disse l'altro albero di salice, e quello che era stato cambiato nella forma del Sha Monaco diede la stessa risposta quando fu il suo turno. Quando arrivarono a Pellegrino, il vero Pellegrino, che riposava di fianco alla strada, fu improvvisamente preso da un violento brivido. "Qualcosa non va!" esclamò. "Cosa intendi?" chiese Tripitaka. Pellegrino disse: "Ho trasformato quattro alberi di salice in noi quattro, pensando che poiché mi avevano frustato due volte ieri, non mi avrebbero battuto di nuovo oggi. Ma stanno dando una bastonata al mio corpo trasformato, ed è per questo che il mio vero corpo sta rabbrividendo. Meglio sospendere la magia in fretta." Frettolosamente, Pellegrino recitò un incantesimo per sospendere la magia.

Guardate quei timidi ragazzi taoisti! Colui che stava frustando gettò via la frusta e corse a riferire, dicendo: "Maestro, all'inizio stavo picchiando il Grande Monaco Tang, ma ora sto colpendo solo alcune radici di salice!" Quando il Grande Immortale sentì queste parole, rise amaramente, dicendo: "Pellegrino Sun! Davvero un meraviglioso Re Scimmia! Si diceva che quando causò grande disturbo in Paradiso, nemmeno le reti cosmiche che gli dei avevano allestito potessero trattenerlo. Suppongo che ci debba essere del vero in ciò! Quindi, sei scappato! Ma perché hai dovuto legare qui questi alberi di salice per impersonarti insieme ai tuoi compagni? Non ti risparmierò! Ti perseguiterò!" Detto questo, il Grande Immortale si alzò subito tra le nuvole; guardò verso Ovest e vide i monaci fuggire, spingendo il carico di bagagli e cavalcando il cavallo. Il Grande Immortale scese dalle nuvole, gridando: "Pellegrino Sun! Dove stai correndo? Rendimi il mio albero di ginseng!" Sentendo ciò, Otto Regole disse: "Siamo finiti! Il nostro nemico è di nuovo qui!" "Maestro," disse Pellegrino, "mettiamo da parte quel piccolo termine 'gentilezza'. Permettici di indulgere un po' di violenza e finirlo affinché possiamo fuggire." Quando il Monaco Tang sentì queste parole, tremò tutto, a malapena in grado di rispondere. Senza nemmeno aspettare la sua risposta, però, il Sha Monaco sollevò il suo bastone prezioso, Otto Regole portò fuori il suo rastrello e il Grande Saggio impugnò la sua clava di ferro. Tutti si precipitarono per circondare il Grande Immortale in mezzo all'aria e iniziarono a colpirlo furiosamente. Per questa feroce battaglia, abbiamo il seguente poema come testimonianza:

> Wukong non sapeva che l'Immortale Zhenyuan—
> Signore, Uguale alla Terra—era meraviglioso e strano.
> Anche se tre armi divine mostravano la loro potenza,
> Una coda di yak volò su con naturale facilità
> Per parare i colpi da sinistra e destra,
> Per bloccare i colpi inferti da fronte e retro.
> Passò la notte, venne il giorno, ma non riuscirono a sfuggire!
> Quanto tempo ci vorrebbe per raggiungere l'Occidente?

I tre fratelli alzarono tutti i loro armi divine e attaccarono l'immortale insieme, ma il Grande Immortale aveva solo la spazzola per mosche con cui affrontare i suoi avversari. Tuttavia, la battaglia non durò nemmeno mezz'ora quando il Grande Immortale spalancò la sua manica e con un colpo riacchiappò i quattro monaci, il cavallo e i loro bagagli. Invertendo la direzione della sua nuvola, tornò alla sua Abbazia, dove fu accolto dagli altri immortali. Il Maestro Immortale prese posto nella sala principale e estrasse di nuovo i pellegrini uno per uno dalla sua manica. Il Monaco Tang fu legato a un breve albero di locusta nel cortile, mentre il Sha Monaco e Otto Regole furono legati a due altri alberi, uno per parte. Pellegrino, invece, fu strettamente legato ma lasciato a terra. "Suppongo," pensò Pellegrino tra sé, "che mi stiano per interrogare." Dopo che gli immortali ebbero finito di legare i prigionieri, furono invitati a portare fuori dieci grossi fardelli di stoffa. "Otto Regole," disse Pellegrino ridendo, "questo signore deve avere l'intenzione di farci dei vestiti! Potrebbe anche essere più economico e tagliarci solo alcune campane da monaco!" Dopo che i piccoli immortali ebbero portato fuori la stoffa di casa, il Grande Immortale disse: "Avvolgete completamente Tripitaka Tang, Zhu Otto Regole e il Sha Monaco nella stoffa." I piccoli immortali obbedirono e li avvolsero completamente. "Bene! Bene! Bene!" disse Pellegrino ridendo. "Siamo pronti a essere sepolti vivi!" Dopo che furono avvolti, i Daoisti portarono fuori del lacca che avevano fatto loro stessi, e il Grande Immortale diede l'ordine che i pellegrini fossero completamente rivestiti di vernice. Solo i loro volti rimasero scoperti. "Signore," disse Otto Regole, "sono a posto sopra, ma lasciami un buco sotto così posso liberarmi!"

Il Grande Immortale diede poi l'ordine di portare fuori una enorme padella. "Otto Regole, siamo fortunati!" disse Pellegrino ridendo. "Se stanno tirando fuori una padella, devono voler cucinare del riso per noi da mangiare." "Va bene anche per me," disse Otto Regole. "Se ci permettono di mangiare del riso, saremo fantasmi ben nutriti anche se moriremo!" I vari immortali portarono diligentemente fuori una grossa padella, che posero davanti ai gradini della sala principale. Dopo aver dato l'ordine di accendere un grosso fuoco con abbondante legna secca, il Grande Immortale disse: "Riempite la padella con olio chiaro. Quando bolle, buttate Pellegrino Sun nella padella e friggetelo! Questo sarà il suo pagamento per il mio albero di ginseng!"

Quando Pellegrino sentì questo, fu segretamente contento, dicendosi tra sé: "È esattamente ciò che voglio! Non faccio il bagno da un po' e la mia pelle è così secca che sta iniziando a prudere. Per il bene o per il male, godrò di un po' di scottatura e ne sarò molto grato." In un attimo l'olio stava per bollire. Tuttavia, il Grande Saggio era piuttosto cauto; temendo che questo potesse essere qualche forma di magia divina formidabile che sarebbe stata difficile da gestire una volta che fosse stato nella padella, guardò intorno velocemente. A est vide una piccola terrazza con un quadrante solare in cima, ma a ovest scoprì una leone di pietra. Con un balzo, Pellegrino si rotolò verso ovest; mordendosi la punta della lingua, sputò in bocca un po' di sangue sul leone di pietra, gridando: "Cambia!" Si trasformò in una figura proprio come lui, tutta legata in un fagotto. Il suo vero spirito si alzò tra le nuvole, da dove abbassò la testa per fissare i Daoisti.

Proprio in quel momento, uno dei piccoli immortali diede questo rapporto: "Maestro, l'olio sta friggendo nella padella." "Raccogliete Pellegrino Sun e buttatelo dentro!" disse il Grande Immortale. Quattro dei ragazzi divini andarono a prenderlo, ma non riuscirono a sollevarlo; altri otto si unirono a loro, ma non ebbero successo. Aggiunsero altri quattro, e ancora non riuscirono nemmeno a smuoverlo. "Questo scimmione ama così tanto la terra che non può essere mosso!" disse uno degli immortali. "Anche se può essere piuttosto piccolo, è piuttosto resistente!" Alla fine, venti piccoli immortali riuscirono a sollevarlo e a lanciarlo nella padella; ci fu un forte splash, grandi gocce di olio bollente volarono in ogni direzione, e i volti di quei piccoli Daoisti furono coperti di vesciche. Poi sentirono il ragazzo che stava attizzando il fuoco gridare: "La padella sta perdendo! La padella sta perdendo!" Appena ebbe pronunciato queste parole, tutto l'olio era sparito. Quello che vedevano nella padella con il fondo bucato era un leone di pietra.

Indignato, il Grande Immortale disse: "Quell'ape miserabile! È veramente malvagia! E io l'ho lasciata fare sfoggio proprio davanti al mio naso! Quindi voleva scappare, ma perché doveva rovinarmi la padella? Suppongo che sia estremamente difficile catturare quella scimmia miserabile, e anche se uno lo cattura, cercare di trattenerlo è come cercare di afferrare la sabbia o maneggiare il mercurio, catturare un'ombra o afferrare il vento! Va bene! Va bene! Lasciatelo andare. Slegate Tripitaka Tang e portate fuori una nuova padella. Lo friggeremo invece per vendicare il mio albero di ginseng." I vari piccoli immortali procedettero quindi a slegare il lacca, ma Pellegrino, che udì chiaramente tutto questo nell'aria, pensò tra sé: "Il Maestro è completamente impotente! Se arriva nella padella, la prima bolla che bolle lo ucciderà e la seconda lo brucerà; al momento in cui l'olio sfrigola tre o quattro volte, sarà un monaco disastroso! È meglio che vada a salvarlo!" Caro Grande Saggio! Abbassò la direzione della sua nuvola e tornò nella sala principale. Con le mani sui fianchi, disse: "Non slegare l'impacchettamento di lacca per friggere il mio maestro. Lasciate che vada io nella padella di olio bollente al suo posto."

"Tu scimmione miserabile!" gridò un Grande Immortale un po' sorpreso. "Come osi mostrare tali trucchi per rovinare il mio fornello?" "Se hai la sfortuna di incontrarmi," disse Pellegrino ridendo, "il tuo fornello merita di essere ribaltato! Perché incolparmi? Proprio ora stavo per ricevere la tua gentile ospitalità sotto forma di zuppa oleosa, ma ho improvvisamente sentito il bisogno di darmi sollievo. Se mi fossi aperto proprio nella padella, temevo che avrei potuto rovinare il tuo olio caldo in modo che non potesse essere usato per cucinare. Ora che sono completamente sollevato, mi sento abbastanza bene nel andare nella padella. Non friggere il mio maestro; friggimi invece." Quando il Grande Immortale udì queste parole, rise minacciosamente e corse fuori dalla sala per afferrare Pellegrino. Non sappiamo quali cose ha da dirgli, o se Pellegrino riesce a scappare di nuovo. Ascoltiamo l'esposizione nel prossimo capitolo.

CAPITOLO 26

Tra le Tre Isole Sun Wukong cerca una cura;
Con dolce rugiada Guanshiyin rianima un albero.

Tieni saldo nella vita la "spada" sopra il "cuore".
Ricorda il "lungo" accanto al "dolore".
Il proverbio dice che la spada è la legge della vita,
Ma pensa tre volte per controllare sia la rabbia che l'orgoglio.
"Il più nobile" è pacifico—è insegnato da tempo;
"Il saggio ama la virtù"—una verità per tutti i tempi.
L'uomo forte incontrerà qualcuno ancora più forte:
Alla fine andrà in rovina sicuramente!

Stavamo raccontando del Grande Immortale Zhenyuan, che afferrò il Pellegrino e disse: "Conosco le tue abilità, e ho sentito della tua reputazione. Ma questa volta sei stato molto ingannevole e senza scrupoli. Puoi indulgere in ogni sorta di stregoneria, ma non puoi sfuggire dalle mie mani. Discuterò con te fino al Paradiso Occidentale per vedere quel Patriarca Buddhista tuo, ma non sfuggirai dal dovermi restituire l'Albero del Frutto di Ginseng. Quindi smetti di giocare con la tua magia!" "Caro signore!" disse il Pellegrino ridendo. "Quanto sei meschino! Se vuoi che l'albero sia rianimato, non c'è problema. Se l'avessi detto subito, ci saremmo risparmiati questo conflitto." "Nessun conflitto!" disse il Grande Immortale. "Pensi che ti lascerei farla franca con quello che hai fatto?" "Sciogli il mio maestro," disse il Pellegrino, "e ti restituirò un albero vivo. Che ne dici?" "Se possiedi davvero il potere," disse il Grande Immortale, "di far rivivere l'albero, farò la cerimonia corretta degli 'Otto Inchini' con te e diventerò tuo fratello di legame." "Rilassati!" disse il Pellegrino. "Lasciali andare, e puoi essere certo che il vecchio Scimmia ti restituirà un albero vivo."

Il Grande Immortale pensò che non potevano scappare; diede quindi l'ordine di liberare Tripitaka, Otto Regole e Sha Monaco. "Maestro," disse Sha Monaco, "mi chiedo quale trucco stia usando questa volta il Fratello Anziano." "Che tipo di trucco?" chiese Otto Regole. "Questo si chiama trucco di 'Tirarti la Lana sugli Occhi'. L'albero è morto! Pensi che possa essere curato e rianimato? Sta solo proponendo una formula vuota per farsi vedere. Con il pretesto di andare a trovare la medicina per curare l'albero, fuggirà e si metterà in viaggio da solo. Pensi che si preoccupi per noi?" "Non oserà lasciarci indietro," disse Tripitaka. "Chiediamogli dove sta andando a trovare la cura."

Chiamò quindi, "Wukong, come hai fatto a ingannare il Maestro Immortale e a farci liberare?" "Il vecchio Scimmia dice la verità, solo la verità," disse il Pellegrino. "Cosa intendi con ingannarlo?" chiese Tripitaka. "Dove andrai a trovare la cura?"

Il Pellegrino rispose, "Secondo un vecchio proverbio, 'La cura viene dai mari.' Voglio andare ora al Grande Oceano Orientale e fare un tour completo delle Tre

Isole e dei Dieci Isolotti. Voglio visitare tutti gli Immortali e i Saggi Anziani per chiedere un metodo di rianimazione che rianimerà l'albero per lui." "Quanto tempo ti serve per essere via prima di tornare?" disse Tripitaka. "Solo tre giorni." "Va bene," disse Tripitaka. "Come hai detto, ti darò tre giorni. Se torni entro quel tempo, tutto andrà bene. Se non torni dopo tre giorni, inizierò a recitare quel 'Vecchio Sūtra'!" "Ho capito! Ho capito!" disse il Pellegrino.

Guarda come raddrizzò rapidamente il suo gonnellino di pelle di tigre. Mentre usciva dalla porta, disse al Grande Immortale, "Non preoccuparti, signore. Parto ora, ma tornerò molto presto. Ma devi prenderti cura del mio maestro; assicurati che non gli manchino i tre pasti e i sei tè del giorno. Se i vestiti del mio maestro si sporcano o si sgualciscono, lavali e stirali. Se desidera qualcosa, il vecchio Scimmia regolerà il conto con te quando tornerà. Finirò di bucarti tutte le padelle! Se il volto del mio maestro impallidisce anche solo un po', non lo riprenderò; e se diventa un po' magro, non lascerò questo posto." "Vai, vai," disse il Grande Immortale. "Farò in modo che non muoia di fame!"

Caro Re Scimmia! Salì rapidamente sulla sua nuvola e lasciò l'Abbazia dei Cinque Villaggi, dirigendosi direttamente verso il Grande Oceano Orientale. Muovendosi nell'aria come un fulmine e una meteora, arrivò presto nella regione immortale di Penglai. Abbassò la sua nuvola e diede un'attenta occhiata sotto: era davvero un luogo incantevole, per il quale abbiamo una poesia testimoniale. La poesia dice:

Una grande terra divina, il dominio dei saggi,
Queste isole di Penglai calmano i venti e le onde.
Le torri di giada rinfrescano i cieli con le loro ombre;
Gli alti archi' riflessi luminosi galleggiano sul mare.
Nebbie di cinque colori velano il cielo verde giada;
In alto sulla tartaruga dorata brillano stelle e luna.
La Regina dell'Ovest frequenterebbe questo luogo
Per Tre Immortali con pesche come dono.

Prima di aver finito di guardare questo scenario divino, il Pellegrino era già entrato a Penglai. Mentre camminava, vide tre vecchi uomini che giocavano a scacchi d'incircoletto all'ombra di alcuni pini fuori dalla Grotta delle Nuvole Bianche. Quello che osservava il gioco era la Stella della Longevità, mentre i due che giocavano erano la Stella della Benedizione e la Stella della Ricchezza. Il Pellegrino si avvicinò a loro, gridando, "Vecchi fratelli, ricevete il mio inchino!" Quando le Tre Stelle lo videro, spinsero via la scacchiera e ricambiarono il saluto. "Grande Saggio, perché sei venuto qui?" chiesero. "Sono venuto appositamente per divertirmi con tutti voi," disse il Pellegrino. "Ho sentito che il Grande Saggio, che ha abbandonato il Taoismo per seguire il Buddhismo," disse la Stella della Longevità, "aveva riconquistato la sua libertà per proteggere il Monaco Tang nel suo viaggio per cercare le scritture nel Paradiso Occidentale. Deve viaggiare su strade accidentate ogni giorno. Dove troverebbe il tempo per divertirsi con noi?" Il Pellegrino disse, "Per dirvi tutta la verità, il vecchio Scimmia ha incontrato un piccolo ostacolo a metà del viaggio verso l'Occidente. Ecco perché sono venuto a chiedere un aiuto, ma non so se siete disposti ad aiutarmi o no." "In quale luogo?" chiese la Stella della Benedizione. "Che tipo di ostacolo? Dicci chiaramente in modo che possiamo decidere." "Siamo stati fermati mentre passavamo l'Abbazia dei Cinque Villaggi alla Montagna della Lunga Vita." "L'Abbazia dei Cinque Villaggi è la residenza divina del Grande Immortale Zhenyuan," disse uno dei tre vecchi uomini, che rimasero stupiti. "Potrebbe essere che hai rubato e mangiato i suoi frutti di ginseng?" "Così ho rubato e mangiato," disse il Pellegrino ridendo. "Quanto potrebbero valere?"

"Scimmia!" disse uno dei tre vecchi uomini. "Sei stupido! Un uomo che prende una sola boccata di quel frutto vivrà fino a trecentosessanta anni; ne mangia uno e durerà quarantasettemila anni. Ecco perché porta il nome di 'L'Erba della Lunga Vita del Cinabro Rovesciato.' Il livello di coltivazione nel Dao di quel Grande Immortale supera di gran lunga il nostro! Con una cosa del genere in suo possesso, può facilmente avere la stessa età del Cielo, mentre noi dobbiamo ancora nutrire la nostra essenza spermatica, coltivare i nostri respiri, fortificare i nostri spiriti, armonizzare la tigre e il drago, catturare il kan per riempire il li—in breve, dobbiamo passare molto tempo e sforzi solo per raggiungere l'immortalità. Come potresti dire, 'Quanto potrebbero valere?' In tutto il mondo, quello è l'unico tipo di radice spirituale che c'è." "Radice spirituale! Radice spirituale!" disse il Pellegrino. "L'ho già sradicata!"

"Cosa intendi per 'sradicata'?" chiesero i tre vecchi uomini, molto allarmati. Il Pellegrino disse, "Quando siamo andati all'Abbazia l'altro giorno, il Grande Immortale non era a casa, e solo due ragazzi ricevettero il mio maestro. Gli servirono due frutti di ginseng, ma il mio maestro non si rese conto che fossero frutti. Pensando che fossero neonati non ancora di tre giorni, si rifiutò assolutamente di mangiarli. I ragazzi li portarono via e li mangiarono senza preoccuparsi nemmeno di condividerli con noi. Così, il vecchio Scimmia andò a rubare tre dei frutti per noi tre fratelli da mangiare, ma quei due ragazzi, senza alcun senso di proprietà, continuarono a chiamarci ladri. Il vecchio Scimmia si arrabbiò e diede all'albero un colpo con la sua verga. Quando cadde a terra, i frutti su di esso scomparvero, i rami si spezzarono, le foglie caddero, e morì con tutte le sue radici esposte. I ragazzi cercarono di imprigionarci, ma il vecchio Scimmia ruppe il loro lucchetto e se ne andò. La mattina seguente, il loro maestro tornò e ci inseguì; avemmo qualche scambio brusco con lui che alla fine portò a una lotta. In un lampo, aprì quella manica e ci catturò tutti. Fummo legati e incatenati, interrogati e frustati per tutto il giorno, ma riuscimmo a fuggire di nuovo quella notte. Ci raggiunse ancora una volta e ci prese prigionieri. Tieni presente che non aveva un centimetro di acciaio su di sé! Aveva solo quella coda di yak per parare i nostri colpi, ma nessuna delle tre armi di noi fratelli riusciva nemmeno a toccarlo. E così ci diede più dello stesso trattamento, avvolgendo il mio maestro e i miei due fratelli minori in panni ricoperti di vernice ma mettendomi in una padella di olio bollente. Mostrai quindi il mio talento speciale per la fuga, ma non prima di aver bucato la sua padella. Quando vide che non poteva tenermi prigioniero, si sentì un po' intimidito, ed è stato allora che lo addolcii con la promessa che avrei rianimato il suo albero per lui. Ecco come siamo arrivati a una tregua temporanea. Quando ricordai il detto, 'La cura viene dai mari,' decisi di fare visita a voi tre vecchi Fratelli in questo bel posto. Se avete qualche formula per curare l'albero, per favore trasmettetemela subito in modo che possa salvare il Monaco Tang dalla sua prova."

Quando le Tre Stelle udirono queste parole, si sentirono anche loro angosciate. Uno di loro disse, "Scimmia, sei completamente ignorante delle persone! Quel Maestro Zhenyuan è il patriarca degli immortali terreni, mentre noi apparteniamo alla linea degli immortali divini. Potresti avere una sorta di posizione in Cielo, ma sei solo un numero irregolare nel clan del Grande Monad, e devi ancora raggiungere un rango autentico. Come potresti aspettarti di sfuggirgli? Se avessi ucciso qualche bestia o uccello, qualche insetto o creatura squamosa, tutto ciò di cui avresti bisogno è un solo granello del mio elisir di miglio e sarebbe rianimato. Il frutto di ginseng, tuttavia, è la radice stessa di tutti gli alberi divini. Come potrebbe essere curato? Non c'è cura per esso!" Quando il Pellegrino sentì che non c'era nessuna cura disponibile, il suo sopracciglio si increspò completamente.

"Grande Saggio," disse la Stella della Benedizione, "anche se non c'è cura qui, potrebbe essercene una in un altro luogo. Perché sei così abbattuto?" Il Pellegrino rispose, "Certo, non mi dispiace andare in un altro luogo a cercare una cura. Sarebbe stata una piccola cosa, anche se avessi dovuto viaggiare fino ai confini dei mari o fare un giro completo dei trentasei Cieli. Ma quell'Anziano Tang mio, che non è né tollerante né magnanimo, mi ha dato un limite di tre giorni. Se non ritorno con qualcosa dopo tre giorni, inizierà a recitare l'Incantesimo della Fascia Stretta." "Bene! Bene! Bene!" dissero ridendo le Tre Stelle. "Se non fosse stato per questo piccolo mezzo di controllo, saresti di nuovo dappertutto in Cielo!" Allora la Stella della Longevità disse, "Rilassati, Grande Saggio. Non preoccuparti. Anche se quel Grande Immortale è nostro anziano, ci conosce. Poiché non lo abbiamo visitato per molto tempo, e poiché è per il bene del Grande Saggio, noi tre andremo subito a fargli visita. Esprimeremo la tua preoccupazione al Monaco Tang e gli diremo di non recitare l'Incantesimo della Fascia Stretta. Tre giorni, quattro giorni—che differenza fa? Non li lasceremo finché non tornerai con la cura." "Grazie! Grazie!" disse il Pellegrino. "Per favore, mettetevi subito in viaggio, vecchi Fratelli. Io vado." Così il Grande Saggio prese congedo da loro, e non diremo più nulla di questo.

Ora vi raccontiamo delle Stelle, che montarono sulla luminosità propizia e andarono direttamente all'Abbazia dei Cinque Villaggi. La folla all'Abbazia era in fermento quando improvvisamente si udirono i gridi delle gru nel cielo ad annunciare l'arrivo dei tre anziani. Si poteva vedere:

Un cielo illuminato da bagliori di luce propizia,
Mentre un dolce, incessante profumo riempiva l'aria.
Nebbia colorata—mille fili—velava le vesti piumate;
Nuvole soffici come petali sorreggevano i piedi degli Immortali.
Le loro maniche mandavano una brezza profumata a spazzare la terra;
I loro bastoni, come draghi sospesi, portavano allegra risata;

Le loro barbe ondeggiavano davanti a loro come medaglie di giada.

Le loro caratteristiche giovanili e gioiose non mostravano dolore o preoccupazione;

Le loro forti, sane figure erano quelle dei benedetti.

Portavano tallies di stelle

Per riempire le dimore del mare;

Dalle loro cinture pendevano zucche e rotoli preziosi.

Diecimila decenni—così grande era la loro età.

Sulle Tre Isole e Dieci Isole vivevano liberamente.

Venivano spesso in questo mondo per concedere i loro doni

E aumentare le benedizioni dell'uomo di cento volte.

L'intero, vasto mondo

Brillava di gloria e ricchezza!

Per avere ora benedizione infinita e vita infinita!

Tre anziani cavalcavano su aloni e vedevano il Grande Immortale:

Che pace e benedizione senza limiti riempivano la sala!

Quando un giovane immortale vide questo, corse a fare il rapporto, "Maestro, le Tre Stelle dal mare sono arrivate." Il Maestro Zhenyuan stava chiacchierando con il Monaco Tang e i suoi discepoli. Sentendo l'annuncio, scese i gradini nel cortile per ricevere i visitatori. Quando Otto Regole vide la Stella della Longevità, lo afferrò e disse ridendo, "Vecchio tarchiato! Non ti vedevo da molto tempo, e sembri ancora così affascinante! Perché, non hai nemmeno portato un cappello!" Togliendosi il proprio cappuccio da monaco, lo posò sulla testa della Stella, batté le mani e scoppiò a ridere. "Bene! Bene! Bene!" gridò. "Come si dice, 'Indossa il cappello per aumentare le ricchezze!'" Gettando via il cappello, la Stella della Longevità rispose, "Stupido facchino! Non hai assolutamente buone maniere!" "Non sono un facchino," disse Otto Regole, "ma voi siete tutti furfanti." "Sei davvero un facchino stupido," disse la Stella della Benedizione, "e osi anche chiamare le persone furfanti?" "Se non siete i furfanti di qualche famiglia," disse ancora ridendo Otto Regole, "come è che portate i nomi 'Aumenta Età,' 'Aumenta Benedizione,' e 'Aumenta Ricchezza'?"

In quel momento, Tripitaka ordinò a Otto Regole di fare un passo indietro mentre si raddrizzava rapidamente i vestiti per salutare le Tre Stelle, che a loro volta salutarono il Grande Immortale come un collega anziano prima di osare sedersi. Dopo essersi seduti, la Stella della Ricchezza disse, "Ci scusiamo per non essere venuti a rendere omaggio per così tanto tempo. Siamo venuti ora appositamente per vederti poiché abbiamo saputo che il Grande Saggio Sun aveva causato qualche disturbo qui." "Il Pellegrino Sun è già stato a Penglai?" chiese il Grande Immortale. "Sì," disse la Stella della Longevità. "Poiché aveva danneggiato l'albero di cinabro del Grande Immortale, venne da noi a cercare una cura. Quando scoprì che non ne avevamo nessuna, andò altrove a cercarla. Temeva, tuttavia, di superare il limite di tre giorni fissato dal santo monaco e provocarlo a recitare l'Incantesimo della Fascia Stretta. Ecco perché siamo venuti a trovarti e a chiederti una proroga del limite." Quando Tripitaka sentì questo, disse ripetutamente, "Non lo reciterò! Non lo reciterò!"

Mentre parlavano, Otto Regole tornò correndo dentro a tirare la Stella della Benedizione. Chiedendo che gli fossero dati dei frutti da mangiare, iniziò a perquisire completamente la Stella, frugando nelle sue maniche, frugando alla sua vita, e persino sollevando l'orlo della sua veste. "Che cattive maniere sono queste, Otto Regole?" chiese ridendo Tripitaka. "Non sono maleducato," disse Otto Regole. "Questo si chiama 'Ogni Svolta è una Benedizione.'" Tripitaka gli ordinò di nuovo di andarsene. Mentre si trascinava verso la porta, Idiota si voltò e fissò con rabbia la Stella della Benedizione. "Stupido facchino!" disse la Stella. "Come ti ho offeso affinché tu sia così arrabbiato con me?" "Non sono arrabbiato con te," disse Otto Regole. "Sto solo facendo quello che chiamano 'Voltarsi per Cercare la Benedizione'!" Quando Idiota uscì dalla porta, incontrò un giovane che teneva quattro cucchiaini mentre cercava nella sala le tazze con cui poter presentare il tè. Otto Regole afferrò i cucchiaini e corse nella sala principale; prendendo una pietra sonora, iniziò a colpirla selvaggiamente con i cucchiaini mentre ballava allegramente. "Questo monaco," disse il Grande Immortale, "sta diventando sempre più indecoroso!" "Non sono indecoroso," disse Otto Regole, ridendo. "Questo si chiama 'Festività Gioiose delle Quattro Stagioni.'"

Ora smetteremo di raccontarvi degli scherzi di Otto Regole e parleremo invece del Pellegrino, che montò le nuvole propizie per lasciare Penglai e arrivò presto al Monte Fangzhang. Era davvero una montagna incantevole, per la quale abbiamo il seguente poema testimoniale.

Il Fangzhang che svetta, un Cielo stesso,
Il palazzo primordiale dove gli immortali si incontrano:
Torri porpora illuminano i tre sentieri puri;
Il profumo dei fiori fluttua con le nebbie a cinque colori.
I fenici dorati si fermano spesso sull'arco perlaceo.
Chi inonda con crema di giada i campi di agarico?
Pesche rosa e prugne porpora appena maturate
Annunciano il cambiamento di un eone tra gli dei.

Il Pellegrino abbassò la sua nuvola, ma non era dell'umore per godersi il paesaggio. Mentre procedeva, fu accolto da una dolce brezza profumata e dai suoni delle gru nere. Poi vide in lontananza un immortale, dal quale:

Diecimila raggi multicolori illuminavano il cielo;
Nebbie colorate s'innalzavano in infiniti fasci di luce.
La bocca rossa della fenice teneva fiori freschi;
La sua fenice verde volava con canti melodiosi.
Con fortuna come il mare e età come un monte,
Sembrava un ragazzo di sana e forte costituzione.
Il suo vaso conteneva il farmaco senza età del cielo della caverna;
Un sigillo antico come il sole pendeva dalla sua vita.
Portava benedizioni all'umanità singolarmente
E salvava il mondo alcune volte dalla calamità.

Il Re Wu lo convocava per aggiungere anni alla sua età.
Partecipava sempre al Festival della Pesca.
Insegnava ai monaci a rompere i loro legami mondani,
Rivelando come un lampo una grande via per loro.
Attraversava i mari per augurare lunga vita a un uomo,
E vedeva spesso il Buddha al Monte dello Spirito.
Il suo titolo santo: Gran Tearcha dell'Est,
Primo degli immortali tra fumo e nebbia.

Un po' imbarazzato, il Pellegrino Sun lo incontrò e disse, "Gran Tearcha, alzo le mani!" Il Gran Tearcha si affrettò a ricambiare il saluto, dicendo, "Grande Saggio, perdonami per non essere venuto a incontrarti. Per favore, vieni da me e lascia che ti offra del tè." Poi prese le mani del Pellegrino e lo condusse dentro. Era veramente un palazzo divino, dove c'erano innumerevoli archi incastonati di conchiglie di perle, piscine di diaspro e terrazze di giada. Mentre si sedevano ad aspettare il tè, un giovane uscì da dietro lo schermo di giada. "Come era vestito?" chiedete.

Il suo corpo indossava un abito taoista di colori luminosi;
Una cintura di seta brillante era legata alla vita;
Calpestava il Carro con un turbante di seta;
I suoi piedi calzavano sandali di paglia per visitare i luoghi fatati.
Raffinando il vero incontaminato
Abbandonò il suo guscio originale.
Merito raggiunto, poteva fare ciò che voleva.
Conosceva la fonte dello spirito, dello sperma e del respiro
Come un maestro saprebbe senza errore.
Fuggiva dalla fama, ora possedendo vita eterna—
I mesi, le stagioni non avevano presa su di lui.
Percorrendo corridoi tortuosi
Per salire torri reali,
Rubava dai cieli le pesche degli dei tre volte.
Nella nebbia colorata lasciava gli schermi di piume di martin pescatore,
Questo umile immortale chiamato Dongfang Shuo.

Quando il Pellegrino lo vide, rise e disse: "Quindi, questo piccolo furfante è qui! Ma non c'è nessuna pesca a casa del Gran Teacha da rubare e mangiare." Dongfang Shuo si inchinò a lui e rispose: "Vecchio ladro! Perché sei venuto? Non c'è nessun elisir divino a casa del mio maestro da rubare e mangiare."

"Smettila di blaterare, Manqian," gridò il Gran Teacha. "Portaci del tè." Manqian, vedete, era il nome religioso di Dongfang Shuo. Si affrettò a entrare per prendere due tazze di tè. Dopo aver finito di bere, il Pellegrino disse: "Il Vecchio Scimmione è venuto qui per chiederti un favore. Me lo concederai?" "Che favore?" disse il Gran Teacha. "Per favore, dimmi."

"Recentemente sono diventato il guardiano del Monaco Tang nel suo viaggio verso ovest," disse il Pellegrino. "Stavamo passando per l'Abbazia dei Cinque Villaggi sul Monte della Lunga Vita, dove siamo stati insultati da due giovani ragazzi. La mia ira del momento mi fece abbattere il loro Albero del Frutto del Ginseng, il che portò il Monaco Tang a essere trattenuto per il momento. Ecco perché sono venuto a chiederti una cura. Spero che sarai generoso a riguardo."

"Scimmia," disse il Gran Teacha. "Non ti importa di niente tranne che causare guai ovunque. Il Maestro Zhenyuan dell'Abbazia dei Cinque Villaggi, con il titolo sacro di 'Signore, Uguale alla Terra,' è il patriarca degli immortali terrestri. Come hai fatto a offendere qualcuno come lui? Quell'Albero del Frutto del Ginseng, sai, è l'erba del cinabro invertito. Se lo avessi rubato e mangiato, saresti già colpevole. Ora sei arrivato al punto di abbattere l'albero. Pensi che ti lascerà scappare con questo?"

"Esattamente," disse il Pellegrino. "Siamo scappati, ma lui ci ha raggiunti e ci ha presi nella sua manica come se fossimo fazzoletti. È una faccenda complicata: poiché non potevo prevalere, ho dovuto promettergli che l'albero sarebbe stato curato. Ecco perché sono venuto a implorarti."

Il Gran Teacha disse: "Ho un granello del Grande Elixir Monad delle Nove Ritorni. Può curare tutte le creature senzienti del mondo, ma non può curare gli alberi. Gli alberi sono gli spiriti della terra e del legno, nutriti dal Cielo e dalla Terra. Inoltre, l'Albero del Frutto del Ginseng non è un albero del mondo mortale; se lo fosse, potresti trovare una cura per esso. Ma il Monte della Lunga Vita è una regione Celeste, e l'Abbazia dei Cinque Villaggi è una caverna-cielo del Continente Aparagodānīya Occidentale. E l'Albero del Frutto del Ginseng che lì cresce è una radice spirituale nata al tempo della creazione. Come potrebbe essere guarito? Non ho nessuna cura, nessuna!"

"Se non hai nessuna cura, il vecchio Scimmione se ne andrà," disse il Pellegrino. Il Gran Teacha avrebbe voluto offrirgli una tazza di nettare di giada, ma il Pellegrino disse: "Questa è una questione urgente; non oso indugiare."
Poi salì sulle nuvole per procedere verso l'isola di Yingzhou. Anche questo era un posto incantevole, di cui abbiamo una poesia testimoniale. La poesia dice:
L'elegante albero di perle splende tra le nebbie viola;
Gli archi e le torri di Yingzhou toccano il cielo;
Colline verdi, acque azzurre e belle fioriture coralline;
Nettare di giada, acciaio rosso e la dura pietra di ferro.
Il gallo dai cinque colori canta all'alba del mare;
La fenice rossa, senza età, respira nelle nebbie scarlatte.
Invano i mortali cercherebbero questa scena racchiusa in una zucca,
Una primavera senza fine oltre il mondo delle forme.
Il nostro Grande Saggio arrivò a Yingzhou, dove davanti alle scogliere rosse e sotto gli alberi di perle sedevano diverse figure con capelli e barbe bianche e luminosi, immortali di aspetto giovanile. Stavano giocando a scacchi e bevendo vino, raccontando barzellette e cantando canzoni. Veramente c'erano
Nubi sacre tutte piene di luce;
Nebbie auspiciose con fragranza galleggiante;
Fenici colorate che chiamano all'ingresso della caverna;
Gru scure che danzano in cima alla montagna.

Radici di loto simili a giada e pesche si sposavano bene con il vino;
Pere magiche e datteri di fuoco prolungavano gli anni.
Nessuno di loro aveva bisogno di rispettare un comando reale,
Anche se il registro divino conteneva ognuno dei loro nomi.
Completamente a loro agio, potevano vagare e giocare;
Senza lavoro o preoccupazioni, potevano fare come volevano.
I mesi, gli anni non avevano presa sulle loro vite;
In tutto il grande mondo erano completamente liberi.
Quanto erano graziosi i macachi neri
Che venivano a coppie, inchinandosi, a presentare i frutti!
Quanto erano amichevoli i cervi bianchi
Che si sdraiavano a coppie con fiori in bocca!

Quei vecchi si stavano divertendo quando il nostro Pellegrino si avvicinò a loro e gridò: "Che ne dite di farmi divertire anche me?" Quando gli immortali lo videro, si alzarono in fretta per salutarlo. Abbiamo una poesia come testimonianza, e la poesia dice:

Le radici spirituali dell'Albero del Frutto del Ginseng spezzate;
Il Grande Saggio chiamò gli dei per una cura meravigliosa.
Mentre la luce scarlatta fluiva dal bosco divino,
Fu accolto dai Nove Anziani di Yingzhou.

Riconoscendo i Nove Anziani, il Pellegrino disse ridendo: "Vecchi Fratelli, quanto siete contenti!" "Se il Grande Saggio negli anni passati avesse perseverato nella verità," dissero i Nove Anziani, "e non avesse disturbato il Cielo, sarebbe ancora più contento di noi. Ma ora va tutto bene. Abbiamo sentito che sei tornato alla verità per cercare il Buddha in Occidente. Dove trovi tanto tempo libero per venire qui?" Il Pellegrino raccontò poi con dovizia di particolari i suoi sforzi per trovare una cura per l'albero. Stupiti, i Nove Anziani dissero: "Causi troppi problemi! Troppi problemi. Onestamente, non abbiamo nessuna cura." "Se non ne avete," disse il Pellegrino, "mi congedo da voi."

I Nove Anziani gli chiesero di restare a bere un po' di nettare di giada e mangiare una radice di loto. Il Pellegrino non si sedette ma, in piedi, bevve un bicchiere di nettare e mangiò un pezzo di loto. Poi lasciò Yingzhou rapidamente e si diresse direttamente verso il Grande Oceano Orientale. Presto la Montagna Potalaka apparve in vista. Scendendo dalle nuvole, andò direttamente in cima alla montagna, dove vide il Bodhisattva Guanyin tenere una lezione ai vari guardiani celesti, donne-drago e Mokṣa nel boschetto di bambù viola. Come testimonianza, abbiamo una poesia che dice:

La città della signora del mare è alta con aria sacra e densa.
Qui vedi innumerevoli cose meravigliose.
Sappi che le mille forme vaghe e variate
Si trovano tutte in una foglia silenziosa di un libro.
Quattro Nobili Verità conferite daranno frutto giusto:
Sei Stadi, ascoltati, ti renderanno libero.
Questo giovane boschetto ha piaceri speciali e veri:
Alberi pieni di frutti rossi e fiori fragranti.

Il Bodhisattva fu il primo a notare l'arrivo del Pellegrino, e chiese al Grande Guardiano della Montagna di andare a incontrarlo. Quando uscì dal boschetto, il guardiano gridò: "Sun Wukong, dove stai andando?" Alzando la testa, il Pellegrino gridò: "Orso mascalzone! È questo il nome che puoi usare invano? Se il vecchio Scimmione non ti avesse risparmiato allora, saresti stato un cadavere sulla Montagna del Vento Nero. Oggi sei un seguace del Bodhisattva, poiché hai ricevuto il frutto virtuoso e sei stato fatto residente di questa montagna immortale in modo da poter ascoltare frequentemente gli insegnamenti del dharma. Ora, con tutti questi benefici, non puoi chiamarmi 'Padre Venerabile'?" Quel Orso Nero, vedete, aveva effettivamente raggiunto il frutto giusto, ma il fatto che fosse stato fatto guardiano della Potalaka e gli fosse stato dato il titolo di "Grande Guardiano" era qualcosa che doveva al Pellegrino. Così non poteva fare altro che sorridere e dire: "Grande Saggio, gli antichi dicevano: 'L'uomo principesco non si sofferma sugli antichi difetti.' Perché menzionare il mio passato? Il Bodhisattva mi ha chiesto di venire a incontrarti." Il nostro Pellegrino diventò subito solenne e serio mentre seguiva il Grande Guardiano per inchinarsi davanti al Bodhisattva nel boschetto di bambù viola.

"Wukong," disse il Bodhisattva, "dove è arrivato il Monaco Tang nel suo viaggio?" "Alla Montagna della Lunga Vita, nel Continente Aparagodānīya Occidentale," disse il Pellegrino. "In quella Montagna della Lunga Vita," disse il Bodhisattva, "c'è un'Abbazia dei Cinque Villaggi, che è la casa del Grande Immortale Zhenyuan. Lo hai incontrato?"

Sbattendo la testa a terra, il Pellegrino disse: "Tutto è stato a causa del tuo discepolo, che non conosceva il Grande Immortale Zhenyuan a quell'Abbazia dei Cinque Villaggi. L'ho offeso danneggiando il suo albero, e lui a sua volta ha trattenuto il mio maestro, impedendogli di progredire nel suo viaggio."

"Scimmia maliziosa!" rimproverò il Bodhisattva, che già conosceva tutta la faccenda. "Non sai niente! Quell'Albero del Frutto del Ginseng è la radice spirituale piantata dal Cielo e nutrita dalla Terra. Anche il Maestro Zhenyuan è il patriarca degli immortali terrestri, e anche io devo essere un po' deferente nei suoi confronti. Perché hai danneggiato il suo albero?"

Inchinandosi di nuovo, il Pellegrino disse: "Il tuo discepolo era veramente ignorante. Il giorno in cui arrivammo all'Abbazia, il Maestro Zhenyuan non era a casa, e c'erano solo due ragazzi immortali a riceverci. Fu Zhu Wuneng a scoprire che avevano questi frutti, e voleva provarne uno. Il tuo discepolo rubò tre di questi frutti, che noi tre fratelli dividemmo tra noi. Quando i ragazzi lo scoprirono, continuarono a rimproverarci finché non mi arrabbiai tanto da abbattere l'albero. Il loro maestro tornò il giorno seguente e ci raggiunse; dopo averci presi con la sua manica, ci legò e ci frustò, interrogandoci e torturandoci per un giorno intero. Scappammo quella notte, ma ci raggiunse di nuovo e ci prese prigionieri come prima. Due o tre volte andò avanti così, e quando mi convinsi che era impossibile per noi fuggire, gli promisi che avrei curato l'albero. Ho appena fatto un giro completo delle Tre Isole cercando una cura dal mare, ma nessuno degli immortali è stato in grado di darmene una. Ecco perché il tuo discepolo è venuto a inchinarsi davanti a te con tutta sincerità. Supplico il Bodhisattva nella sua compassione di concedermi una cura, così che il Monaco Tang possa presto proseguire il suo viaggio verso l'Occidente."

"Perché non sei venuto da me prima?" chiese il Bodhisattva. "Perché hai cercato invece sulle isole?" Quando il Pellegrino sentì queste parole, fu segretamente contento e disse a se stesso: "Che fortuna! Che fortuna! Il Bodhisattva deve avere una cura!" Si fece avanti di nuovo per implorare un po' di più, e il Bodhisattva disse: "La dolce rugiada nel mio vaso immacolato può guarire alberi divini o radici spirituali." "L'hai mai provata prima?" chiese il Pellegrino. "Certo," disse il Bodhisattva. "Quando?" chiese il Pellegrino.

Il Bodhisattva disse: "Alcuni anni fa Laozi fece una scommessa con me: prese il mio ramoscello di salice e lo mise nel suo braciere per la raffinazione dell'elisir finché non fu completamente secco e carbonizzato. Poi me lo restituì, e io lo infilai nel mio vaso. Dopo un giorno e una notte, avevo di nuovo il mio ramoscello verde e le foglie, bello come prima." Ridendo, il Pellegrino disse: "Sono fortunato! Veramente fortunato! Se un salice carbonizzato poteva essere rianimato, cosa c'è di così difficile in un albero abbattuto?" Il Bodhisattva allora diede questo ordine al resto dei suoi seguaci: "Mantenete la vigilanza nel boschetto. Tornerò presto." Se ne andò, bilanciando il vaso immacolato nella mano; il pappagallo bianco volava davanti a lei, mentre il Grande Saggio Sun la seguiva da dietro. Abbiamo una poesia testimoniale, e la poesia dice:

Il mondo non può dipingere questa forma dorata dalle sopracciglia di giada:
Un Dio che ha pietà e ci salva dalle sventure.
Come Buddha senza macchia incontrò kalpa passati.
Ha ora raggiunto un sé che può fare.
Calma le onde della passione in molte vite;
La sua natura morale è completamente incontaminata.
La dolce rugiada, da lungo tempo caricata di vera meravigliosa potenza,
Porterà all'albero prezioso la vita eterna.

Ora vi raccontiamo del Grande Immortale, che stava avendo conversazioni elevate con i Tre Anziani quando all'improvviso videro il Grande Saggio Sun scendere dalle nuvole e gridare: "Il Bodhisattva è arrivato. Venite a incontrarla rapidamente! Venite a incontrarla rapidamente!" Le Tre Stelle, il Maestro Zhenyuan, Tripitaka e i suoi discepoli si precipitarono tutti fuori dalla sala principale. Fermando la sua sacra nuvola, il Bodhisattva scambiò prima i saluti con il Maestro Zhenyuan, poi si inchinò alle Tre Stelle. Dopo la cerimonia, prese il posto d'onore mentre il Pellegrino guidava il monaco Tang, Otto Regole e il Sha Monaco a inchinarsi davanti a lei. Dopodiché, anche i vari immortali nell'Abbazia vennero a salutarla. "Grande Immortale," disse il Pellegrino, "non c'è bisogno di ulteriori ritardi. Potresti benissimo preparare subito il tavolo dell'incenso e chiedere al Bodhisattva di curare il tuo albero da frutto." Inchinandosi profondamente per ringraziare il Bodhisattva, il Grande Immortale disse: "Perch é è la questione banale di questo plebeo dovrebbe essere una preoccupazione per il Bodhisattva al punto da prendersi il disturbo di venire qui?" "Il Monaco Tang è il mio discepolo," disse il Bodhisattva. "Se Sun Wukong ti ha offeso, è giusto che lui faccia ammenda e ti restituisca il prezioso albero." "In tal caso," dissero le Tre Stelle, "non c'è più bisogno di ulteriori chiacchiere. Possiamo chiedere al Bodhisattva di andare al giardino e vedere cosa si può fare?"

Il Grande Immortale diede l'ordine di preparare un tavolo per l'incenso e di spazzare il terreno nel giardino posteriore. Il Bodhisattva fu invitato a guidare il gruppo, seguito dai Tre Anziani, Tripitaka, i suoi discepoli e i vari immortali dell'Abbazia. Quando arrivarono al giardino, videro l'albero giacere a terra, con il terreno attorno sollevato, le radici esposte, le foglie cadute e i rami secchi. "Wukong," gridò il Bodhisattva, "stendi la mano." Il Pellegrino stese la mano sinistra. Immergendo il ramoscello di salice nella dolce rugiada del suo vaso, il Bodhisattva lo usò come un pennello e disegnò sul palmo del Pellegrino un incantesimo con potere rivitalizzante. Gli disse di mettere la mano alla base dell'albero e di osservare il segno dell'acqua che zampilla. Con la mano stretta, il Pellegrino andò alla base dell'albero e posò il pugno sulle radici. Dopo poco, una sorgente limpida sgorgò dal terreno. Il Bodhisattva disse: "Quell'acqua non può essere toccata da alcuno strumento che contenga uno dei Cinque Elementi. Deve essere raccolta con un mestolo di giada. Spingete l'albero di nuovo in posizione verticale; versate l'acqua dall'alto verso il basso. La corteccia e le radici torneranno a unirsi; le foglie spunteranno, i rami diventeranno verdi e appariranno i frutti."

"Piccoli taoisti," disse il Pellegrino, "portatemi un mestolo di giada, rapidamente." "Il tuo umile taoista vive in una zona rurale," disse il Maestro Zhenyuan, "e non c'è alcun mestolo di giada disponibile. Abbiamo solo tazze da tè di giada e calici di vino di giada. Possono essere usati?" "Finché sono fatti di giada," disse il Bodhisattva, "e in grado di raccogliere acqua, andranno bene. Portateli qui." Il Grande Immortale chiese ai ragazzi di prendere una trentina di tazze da tè di giada e una cinquantina di calici di vino con cui raccogliere l'acqua limpida. Il Pellegrino, Otto Regole e il Sha Monaco rialzarono l'albero in posizione verticale e coprirono la base con terra di superficie. Poi passarono le tazze di giada una ad una al Bodhisattva, che spruzzò il liquido dolce sull'albero con il suo ramoscello di salice mentre recitava un incantesimo. Dopo poco, smise di spruzzare, e l'albero divenne verde tutto in una volta con foglie e rami folti. Ventitr é frutti di ginseng potevano essere visti in cima. Chiara Brezza e Luminosa Luna, i due ragazzi, dissero: "Quando abbiamo scoperto la nostra perdita il giorno prima, siamo arrivati a contare solo ventidue frutti anche dopo averli contati più volte. Perché oggi ce n'è uno in più dopo che è stato rianimato?" "Il tempo rivelerà la vera intenzione dell'uomo," disse il Pellegrino. "Vecchia Scimmia prese solo tre l'altro giorno; il quarto cadde a terra e scomparve, poiché come lo spirito locale mi disse, questo tesoro si sarebbe assimilato una volta toccata la terra. Otto Regole continuava a gridare sul fatto che avevo rubato qualcosa, ed è così che il mio atto fu scoperto. Solo oggi tutta questa confusione è stata chiarita. ”

Il Bodhisattva disse: “ Ecco perché non ho usato alcuno strumento contenente i Cinque Elementi poco fa, perché so che questa cosa e i Cinque Elementi sono reciprocamente resistenti. ” Molto soddisfatto, il Grande Immortale chiese subito il martello d'oro e fece abbattere dieci dei frutti. Invitò poi il Bodhisattva e i Tre Anziani a tornare nella sala principale, dove si sarebbe tenuto un Festival dei Frutti di Ginseng in loro onore. I piccoli immortali prepararono diligentemente i tavoli e tirarono fuori i vassoi di cinabro, mentre il Bodhisattva fu invitato a prendere il posto d'onore al centro. I Tre Anziani erano seduti al tavolo a sinistra, il Monaco Tang era posto a destra, e il Maestro Zhenyuan come ospite prese il posto in basso. Abbiamo una poesia testimoniale che dice:

Nella caverna del Monte della Lunga Vita di antichi tempi,
I frutti di ginseng maturano ogni novemila anni.
La radice dello spirito esposta, ferendo ramoscelli e germogli;
La dolce rugiada rivitalizza, frutti e foglie tornati interi.
I Tre Anziani incontrano con gioia tutti questi vecchi amici;
I quattro monaci trovano per fortuna amici predestinati.
Ora hanno imparato a mangiare i frutti di ginseng;
Saranno tutti immortali che non invecchiano mai.

Attualmente il Bodhisattva e i Tre Anziani mangiarono ciascuno un frutto. Finalmente convinto che questo fosse un tesoro degli immortali, anche il Monaco Tang ne mangiò uno. Ciascuno dei tre discepoli ne mangiò uno, e il Maestro Zhenyuan stesso ne prese uno per tenere compagnia ai suoi ospiti. L'ultimo dei frutti fu diviso tra gli altri residenti dell'Abbazia. Il Pellegrino ringraziò il Bodhisattva e le Tre Stelle, che tornarono rispettivamente al Monte Potalaka e all'Isola di Penglai. Il Maestro Zhenyuan preparò anche del vino vegetariano per un banchetto, durante il quale lui e il Pellegrino divennero fratelli di legame. Come dice il proverbio,

Senza combattere non si conoscevano;
Ma ora le due parti sono diventate una famiglia.

Felici, il maestro e i discepoli trascorsero lì una notte tranquilla. Così fu con quell'Anziano, che fu

Fortunato ad aver assaggiato l'erba del cinabro invertito;
La sua lunga vita avrebbe sopportato le prove degli orchi.

Non sappiamo come si separeranno il giorno seguente; ascoltiamo la spiegazione nel prossimo capitolo.

CAPITOLO 27

Il demone cadavere deride tre volte Tripitaka Tang;
Il santo monaco per dispetto bandisce il Re Scimmia Bello.

Vi stavamo raccontando di Tripitaka e dei suoi discepoli, che fecero preparativi per partire la mattina successiva. Il nostro Maestro Zhenyuan, tuttavia, era diventato un amico così stretto del Pellegrino da quando i due erano diventati fratelli di legame che si rifiutò di lasciarli partire. Diede ordine invece che fossero festeggiati per cinque o sei giorni. Da quando aveva preso l'erba del cinabro invertito, lo spirito dell'anziano era stato rafforzato e il suo corpo reso più sano; si sentiva come se l'intera sua struttura fisica fosse stata rinnovata. Poiché era determinato ad acquisire le scritture, rifiutò di rimanere, e così partirono.

Dopo aver preso congedo, il maestro e i discepoli si misero in cammino e presto giunsero a una montagna alta. "Discepoli," disse Tripitaka, "la montagna davanti sembra essere impervia e ripida, e temo che il cavallo possa non riuscire a procedere facilmente. Ognuno di voi dovrebbe fare attenzione."

"Non temere, Maestro," disse il Pellegrino. "Sappiamo come occuparci di tutto." Caro Re Scimmia! Guidò la strada; portando il suo bastone orizzontalmente sulle spalle, aprì un sentiero di montagna e li guidò fino a una alta scogliera. Videro

Cime e vette in fila;
Torrenti e canyon tortuosi;
Tigri e lupi che corrono in branchi;
Cervi e daini che camminano in greggi;
Innumerevoli moschi e cinghiali ammassati insieme;
Una montagna brulicante di volpi e lepri.
Il grande pitone di mille piedi;
Il lungo serpente di diecimila piedi;
Il grande pitone soffiava terribili nebbie;
Il lungo serpente esalava aria spaventosa.
Lungo la strada, spine e rovi si estendevano senza fine;
Sulla vetta pini e cedri crescevano splendenti.
Canapi selvatici e rampicanti riempivano i loro occhi;
Piante profumate raggiungevano il cielo.
La luce discendeva dal polo nord;
Le nuvole si aprivano alla stella del polo sud.
Diecimila braccia di montagna trattenevano il vecchio respiro primordiale;
Mille vette si ergevano augustamente nella fredda luce del sole.

L'anziano sul cavallo divenne timoroso, ma il nostro Grande Saggio Sun era pronto a mostrare le sue abilità. Impugnando il bastone di ferro, emise un grido così spaventoso che lupi e serpenti si ritirarono, che tigri e leopardi presero il volo. Maestro e discepoli procedettero così verso la montagna. Arrivati alla vetta, Tripitaka disse: "Wukong, abbiamo viaggiato per quasi un giorno e sto cominciando ad avere fame. Vai da qualche parte e chiedi del cibo vegetariano per me." "Maestro, non sei molto furbo!" disse il Pellegrino, cercando di placarlo con un sorriso. "Siamo nel bel mezzo di una montagna, senza villaggio in vista né locanda alle spalle. Anche se avessimo denaro, non c'è posto dove potremmo comprare qualcosa. Dove vuoi che vada a trovare cibo vegetariano?" Irritato, Tripitaka cominciò a rimproverare il suo discepolo. "Scimmia!" gridò. "Non ti ricordi in che condizioni eri alla Montagna delle Due Frontiere? Bloccato da Tath āgata in quella scatola di pietra, potevi muovere la bocca ma non i piedi, e mi dovevi per aver salvato la tua vita. Ora che sei diventato mio discepolo toccandoti la testa e ricevendo i comandamenti, perché non sei disposto a sforzarti un po' di più? Perché sei sempre così pigro?" "Il tuo discepolo," disse il Pellegrino, "è stato piuttosto diligente. Da quando sono stato pigro?" "Se sei così diligente," disse Tripitaka, "perché non vai a chiedermi del cibo vegetariano? Come posso continuare il viaggio se ho fame? Inoltre, questa montagna è piena di vapori pestilenziali, e se mi ammalo, come posso sperare di raggiungere il Tuono Scoppiettante?" "Maestro," disse il Pellegrino, "ti prego di non arrabbiarti. Non dire altro. So che hai un carattere orgoglioso e altero. Un piccolo oltraggio e reciterai quel piccolo incantesimo! Scendi e riposati un po'. Lascia che io scopra se c'è qualche famiglia da cui chiedere del cibo vegetariano."

Con un balzo, il Pellegrino saltò fino al bordo delle nuvole. Usando la mano per proteggere gli occhi, guardò tutto intorno. Ahimè! Il viaggio verso l'Ovest era un viaggio solitario, senza villaggi né casolari. C'erano alberi e arbusti abbondanti, ma non c'era segno di abitazioni umane. Dopo aver guardato in giro per un po', il Pellegrino vide verso sud una montagna alta, dove sul versante orientale sembravano esserci piccole macchie rosse. Abbassando la nuvola, il Pellegrino disse: "Maestro, c'è qualcosa da mangiare." L'anziano chiese cosa fosse, e il Pellegrino disse: "Non c'è nessuna famiglia qui da cui chiedere del riso. Ma c'è un tratto di rosso su una montagna a sud di qui, e suppongo che debbano essere peschi di montagna maturi. Lascia che vada a raccoglierne qualcuno per te." Deliziáto, Tripitaka disse: "Per una persona che ha lasciato la famiglia avere delle pesche è già la più alta benedizione!" Il Pellegrino prese la ciotola degli elemosini e montò la luminosità auspicabile. Guarda quel brillante salto mortale, con il vapore freddo che si trascina! In un istante, si dirigeva dritto verso le pesche sulla montagna a sud, e non ne parleremo più per il momento.

Ora, il proverbio dice:

Una montagna alta avrà sempre mostri;

Un picco scosceso produrrà sempre demoni.

In questa montagna c'era davvero uno spirito-mostro, che fu disturbato dalla partenza del Grande Saggio Sun. Calpestando il vento oscuro, venne attraverso le nuvole e trovò l'anziano seduto per terra. "Che fortuna! Che fortuna!" disse, incapace di contenere la sua gioia. "Per diversi anni i miei parenti parlavano di un monaco Tang dalla Terra dell'Est che andava a prendere il Grande Veicolo. È proprio l'incarnazione della Cicala d'Oro, e ha il corpo originale che ha attraversato il processo di auto-coltivazione durante dieci esistenze precedenti. Se un uomo mangia un pezzo della sua carne, la sua età sarà prolungata in modo immeasurabile. Quindi, questo monaco è finalmente arrivato oggi!" Il mostro stava per scendere per afferrare Tripitaka quando vide due grandi guerrieri in guardia ai lati dell'anziano, e questo la fermò dall'avvicinarsi. Ora, chi potrebbero essere questi guerrieri, chiederai? Erano, naturalmente, Otto Prese e il Sha Monaco. Otto Prese e il Sha Monaco, vedi, potrebbero non avere grandi abilità, ma dopotutto Otto Prese era il Maresciallo delle Canne Celesti e il Sha Monaco era il Gran Capitano che Solleva la Tenda. La loro autorità non era completamente erosa, ed è per questo che il mostro non osò avvicinarsi. Invece, il mostro disse tra sé: "Lasciami prendere in giro un po', e vedere cosa succede."

Caro mostro! Abbassò il suo vento oscuro nel campo della montagna e, con un agitare del suo corpo, si trasformò in una ragazza con un viso come la luna e lineamenti come fiori. Non si può iniziare a descrivere gli occhi luminosi e le sopracciglia eleganti, i denti bianchi e le labbra rosse. Tenendo nella mano sinistra un vaso di pietra arenaria blu e nella destra un vaso di porcellana verde, camminava da ovest a est, dirigendosi dritta verso il Monaco Tang.

Il saggio monaco che riposa il suo cavallo sulla scogliera
Vide tutto d'un tratto una giovane ragazza avvicinarsi:
Mani snelle abbracciate da verdi maniche lievemente ondulate;
Piccoli piedi esposti sotto una gonna di seta di Hunan.
La sua fronte sudata sembrava rugiada sui fiori;
La polvere sfiorava le sue sopracciglia come salici tenuti dalla nebbia.
E mentre la guardava intensamente con i suoi occhi,
Sembrava che stesse camminando proprio al suo fianco.

Quando Tripitaka la vide, chiamò: "Otto Prese, Sha Monaco, poco fa Wukong ha detto che questa è una regione desolata. Ma non è quella una persona che sta camminando laggiù?" "Maestro," disse Otto Prese, "tu siediti qui con il Sha Monaco. Lascia che il vecchio Porco vada a dare un'occhiata." Depose il suo rastrello e tirò giù la sua camicia, il nostro Idiota cercò di assumere le arie di un gentiluomo e andò ad incontrarla faccia a faccia. Bene, era come dice il proverbio:

Non puoi determinare la verità da lontano.
Puoi vedere chiaramente quando ti avvicini.
L'aspetto della ragazza era qualcosa da ammirare!
Pelle di ghiaccio bianco nasconde ossa di giada;
Il suo colletto rivela un seno latteo bianco.
Sopracciglia di salice raccolgono tonalità verde scuro;
Occhi di mandorla brillano come stelle d'argento.
I suoi lineamenti come la luna sono schivi;
La sua disposizione naturale è pura.
Il suo corpo è come l'uccello rondine nascosto tra i salici;
La sua voce è come l'oriole che canta nei boschi.
Un haitong appena aperto accarezzato dal sole del mattino.
Una peonia appena sbocciata che mostra il suo fascino.
Quando l'Idiota vide quanto fosse carina, la sua mente mondana fu stimolata

e non poté trattenersi dal balbettare. "Bodhisattva Signora!" gridò. "Dove stai andando? Cos'hai in mano?" Era chiaramente un demone, ma non riusciva a riconoscerla! La ragazza rispose immediatamente, dicendo: "Vecchio, quello che ho nel vaso blu è riso fragrante fatto da torte di vino, e c'è glutine di frumento fritto nel vaso verde. Sono venuta qui senza alcun altro motivo se non per riscattare il mio voto di nutrire i monaci." Quando Otto Prese sentì queste parole, fu molto contento. Girandosi intorno, corse come un maiale impazzito dalla peste per riferire a Tripitaka, gridando: "Maestro! 'Il buon uomo avrà la ricompensa del cielo!' Perché sei affamato, chiedi a Fratello Maggiore di andare a chiedere del cibo vegetariano. Ma non sappiamo davvero dove sia andata quella scimmia a raccogliere le sue pesche e divertirsi! Se mangi troppe pesche, sei incline a sentirti un po' gonfio e gassoso comunque! Dai un'occhiata invece. Non è che qualcuno viene a nutrire i monaci?" "Porco, stai solo scherzando!" disse un Tang Monaco incredulo. "Abbiamo viaggiato tutto questo tempo e non abbiamo nemmeno incontrato una persona in salute! Dove è questa persona che viene a nutrire i monaci?" "Maestro," disse Otto Prese, "non è questa?" Quando Tripitaka vide la ragazza, saltò in piedi e piegò le mani. "Bodhisattva Signora," disse, "dove è la tua casa? Che tipo di famiglia è la tua? Che tipo di voto hai fatto che devi venire qui a nutrire i monaci?" Era chiaramente un demone, ma il nostro anziano non riusciva a riconoscerla nemmeno! Quando quel mostro sentì che il Monaco Tang chiedeva del suo background, ricorse subito alla menzogna. Con parole astute e speciose, cercò di ingannare il suo interrogatore, dicendo: "Maestro, questa montagna, che respinge serpenti e spaventa bestie selvatiche, porta il nome di Tigre Bianco. La mia casa è situata a ovest di qui. I miei genitori, ancora vivi, sono frequenti lettori di sūtra e appassionati di fare opere buone. Hanno generosamente nutrito i monaci che vengono da noi da vicino e da lontano. Poiché i miei genitori non avevano figli maschi, hanno pregato gli dei e sono nata. Avrebbero voluto sposarmi con una famiglia nobile, ma, preoccupati dell'impotenza nella loro vecchiaia, hanno preso un genero al loro posto, in modo che sarebbero stati curati nella vita e nella morte." Sentendo questo, Tripitaka disse: "Bodhisattva Signora, il tuo discorso è piuttosto improprio! Il saggio classico dice: 'Mentre padre e madre sono vivi, uno non viaggia all'estero; o se lo fa, va solo in una destinazione adeguata.' Se i tuoi genitori sono ancora vivi e se hanno preso un marito per te, allora il tuo uomo avrebbe dovuto essere quello mandato a riscattare il tuo voto. Perché giri per la montagna da sola? Non hai nemmeno un servitore che ti accompagni. Non è molto dignitoso per una donna!" Sorridendo ampiamente, la ragazza cercò rapidamente di placarlo con altre parole astute. "Maestro," disse, "mio marito è nella piega settentrionale di questa montagna, guidando alcuni lavoratori per arare i campi. Questo capita di essere il pranzo che ho preparato per loro da mangiare. Poiché ora è la stagione intensa del lavoro agricolo, non abbiamo servitori; e poiché i miei genitori stanno invecchiando, devo fare io stesso l'incarico. Incontrare voi tre viaggiatori lontani è pura casualità, ma quando penso all'inclinazione dei miei genitori a fare buone azioni, mi piacerebbe molto usare questo riso come cibo per i monaci. Se non consideri questo sgradevole per te, accetta questo modesto dono."

"Mio Dio! Mio Dio!" disse Tripitaka. "Ho un discepolo che è andato a raccogliere alcune frutta, ed è previsto il suo ritorno da un momento all'altro. Non oso mangiare. Perché se io, un monaco, mangiassi il tuo riso, tuo marito ti sgriderebbe quando lo scoprirà. Non sarà poi colpa di questo povero monaco?" Quando quella ragazza vide che il Monaco Tang rifiutava di prendere il cibo, sorrise ancora più seduttivamente e disse: "Oh Maestro! I miei genitori, che amano nutrire i monaci, non sono nemmeno così zelanti come mio marito. Per tutta la sua vita è dedicato alla costruzione di ponti e alla riparazione delle strade, in riverenza per gli anziani e pietà per i poveri. Se sentisse che il riso è stato dato per nutrire il Maestro, il suo affetto per me, sua moglie, aumenterebbe molteplici volte." Tuttavia, Tripitaka semplicemente rifiutò di mangiare, e Otto Prese da una parte diventò completamente esasperato. Pizzicando, il nostro Idiota brontolò tra sé e sé: "Ci sono innumerevoli sacerdoti nel mondo, ma nessuno è più incerto di questo vecchio sacerdote di noi! Ecco il riso già pronto, e tre porzioni in più! Ma lui non lo mangerà. Deve aspettare il ritorno di quella scimmia e il riso diviso in quattro porzioni prima che lo mangi." Senza permettere ulteriori discussioni, spostò il pentolone con uno spintone del suo muso e stava per iniziare.

Guarda il nostro Pellegrino! Dopo aver raccolto diverse pesche dalla cima della montagna a sud, tornò di corsa con un solo capriola, tenendo la ciotola delle elemosine in mano. Quando aprì i suoi occhi infuocati e le pupille di diamante per dare un'occhiata, riconobbe che la ragazza era un mostro. Depose la ciotola, tirò fuori il suo bastone di ferro e stava per colpire con forza la testa del mostro. L'anziano era così sbalordito che tirò indietro il suo discepolo con le mani. "Wukong," gridò, "chi sei venuto a colpire?"

"Maestro," disse Pellegrino, "non considerare questa ragazza davanti a te come una brava persona. È un mostro, e è venuta per ingannarti."

"Scimmia," disse Tripitaka, "una volta possedevi una certa misura di vero discernimento. Come mai oggi parli senza senso? Questa Signora Bodhisattva è così gentile che vuole nutrirmi con il suo riso. Perché dici che è un mostro?"

"Maestro," disse Pellegrino ridendo, "come potresti saperlo? Quando ero un mostro nella Grotta del Sipario d'Acqua, mi comportavo così se volevo mangiare carne umana. Mi trasformavo in oro o argento, un edificio solitario, un ubriaco innocuo o una bella donna. Chiunque fosse abbastanza debole di mente da essere attratto da me lo attiravo nella grotta. Lì mi godevo a piacere, cucinandolo a vapore o bollendolo. Se non riuscivo a finirlo in un solo pasto, lasciavo gli avanzi ad essiccare al sole per conservarli per i giorni di pioggia. Maestro, se fossi tornato un po' più tardi, saresti caduto nella sua trappola e saresti stato danneggiato da lei." Tuttavia, il Monaco Tang si rifiutava semplicemente di credere a queste parole; continuava invece a dire che la donna era una brava persona.

"Maestro," disse Pellegrino, "penso di sapere cosa sta succedendo. La tua mente mondana deve essersi risvegliata alla vista della bellezza di questa donna. Se davvero hai il desiderio, perché non chiedi a Otto Regole di tagliare un po' di

legna e a Sha Monaco di trovare un po' di erba? Io farò il carpentiere e ti costruir
ò una piccola capanna proprio qui dove potrai consumare la relazione con lei.
Ognuno di noi andrà per la sua strada poi. Non sarebbe meglio così? Perché
intraprendere un viaggio così lungo per ottenere le scritture?" L'anziano, come
vedete, era una persona piuttosto mansueta e gentile. Era così imbarazzato da
queste poche parole che la sua testa calva diventò rossa da un orecchio all'altro.

Mentre Tripitaka rimaneva senza parole per la vergogna, la rabbia di Pellegrino
si riaccese. Brandendo il suo bastone di ferro, lo indirizzò verso il volto del mostro
e sferrò un colpo tremendo. Tuttavia, il demone aveva qualche trucco in serbo.
Conosceva la magia del Liberare il Cadavere. Quando vide il bastone di Pellegrino
avvicinarsi, risvegliò il suo spirito e se ne andò, lasciando dietro di sé il cadavere
del suo corpo morto a terra. Tremando di orrore, l'anziano mormorò, "Questa
scimmia è così indisciplinata, così ostinata! Nonostante le mie ripetute suppliche,
continua a togliere la vita umana senza motivo." "Non offenderti, Maestro," disse
Pellegrino, "vieni solo a vedere cosa c'è nel pentolone." Sha Monaco portò
l'anziano vicino per dare un'occhiata. Il riso fragrante fatto di torte di vino non si
trovava da nessuna parte; c'era invece un pentolone pieno di larve grosse con
lunghe code. Non c'era neanche glutine di frumento fritto, ma alcune rane e brutti
rospi saltavano dappertutto. L'anziano stava per pensare che ci fosse una certa
verità nelle parole di Pellegrino, ma Otto Regole non permetteva che il suo
risentimento si placasse. Iniziò a gettare ombre sul suo compagno, dicendo,
"Maestro, questa donna, ripensandoci, capita di essere una ragazza di campagna
di questa zona. Poiché doveva portare il pranzo ai campi, ci ha incontrato per
strada. Come potrebbe essere considerata un mostro? Quel bastone di Fratello
Maggiore è piuttosto pesante, lo sai. È tornato e voleva provare la sua mano su di
lei, non anticipando che un solo colpo l'avrebbe uccisa. Ha paura che tu possa
recitare quel cosiddetto Incantesimo del Filo Stretto, ed è per questo che sta
usando una sorta di magia per ingannarti. È lui che ha causato la comparsa di
queste cose, solo per confonderti in modo che tu non reciti l'incantesimo."

Questa singola affermazione di Otto Regole, ahimè, portò disastro a Tripitaka!
Credendo alla calunnia del nostro Idiota, fece il segno magico con la mano e recit
ò l'incantesimo. Immediatamente Pellegrino iniziò a urlare, "La mia testa! La mia
testa! Smettila di recitare! Smettila di recitare! Se hai qualcosa da dire, dillo." "Cosa
ho da dire?" chiese il Monaco Tang. "Coloro che hanno lasciato la famiglia devono
deferire alle persone ogni volta, devono coltivare la gentilezza in ogni pensiero.
Devono

Tenere le formiche lontane dal danno quando spazzano il pavimento,

E mettere coperture sulle lampade per amore delle falene.

E tu, pratichi la violenza a ogni passo! Poiché hai ucciso questo comune
innocente, a cosa servirebbe anche se tu andassi a prendere le scritture? Potresti
anche tornare indietro." "Maestro," disse Pellegrino, "dove vuoi che io torni?" Il
Monaco Tang disse, "Non ti voglio come mio discepolo." "Se non mi vuoi come
tuo discepolo," disse Pellegrino, "temo che tu possa non farcela nel tuo viaggio
verso il Paradiso Occidentale." "La mia vita è nelle mani del Cielo," disse il

Monaco Tang. "Se è stabilito che io debba essere cibo per il mostro, anche se dovessi essere cotto a vapore o bollito, va bene per me. Inoltre, pensi davvero di avere il potere di liberarmi dal grande limite? Torna indietro velocemente!" "Maestro," disse Pellegrino, "va bene per me tornare indietro, ma non ho ancora ripagato la tua gentilezza." "Quale gentilezza ti ho mostrato?" chiese il Monaco Tang. Quando il Grande Saggio udì questo, si inginocchiò immediatamente e si prostrò, dicendo, "Poiché il vecchio Scimmia portò grande sconvolgimento al Palazzo Celeste, si procurò per sé l'ordeale fatale di essere imprigionato dal Buddha sotto la Montagna dei Due Confini. Ero in debito con il Bodhisattva Guanyin che mi diede i comandamenti, e con il Maestro che mi diede la libertà. Se non vado fino al Paradiso Occidentale con te, significherà che

Conoscendo la gentilezza senza ripagare non sono un uomo di princìpi.

Il mio nome sarà per sempre infame."

Ora, il Monaco Tang, dopo tutto, è un monaco santo compassionevole. Quando vide Pellegrino implorarlo così pietosamente, cambiò idea e disse, "In tal caso, ti perdonerò questa volta. Non osare più essere indisciplinato. Se praticherai la violenza ancora una volta come prima, reciterò questo incantesimo venti volte di seguito." "Puoi recitarlo trenta volte," disse Pellegrino, "ma non colpirò più nessuno." Aiutando il Monaco Tang a montare il cavallo, poi presentò le pesche che aveva raccolto. Il Monaco Tang infatti mangiò alcune delle pesche sul cavallo per alleviare momentaneamente la sua fame.

Ora vi racconteremo del mostro che scappò salendo in cielo. Quel colpo di bastone di Pellegrino, vedete, non la uccise, poiché fuggì liberando il suo spirito. Stando in cima alle nuvole, digrignava i denti contro Pellegrino, dicendo con rancore a se stessa, "Negli ultimi anni ho sentito solo persone parlare delle sue abilità, ma ho scoperto oggi che la sua non è una falsa reputazione. Già ingannato da me, il Monaco Tang stava per mangiare il riso. Se avesse solo abbassato la testa e annusato, l'avrei afferrato e sarebbe stato tutto mio. Poco mi aspettavo che questo altro tizio tornasse e rovinasse i miei affari. Inoltre, quasi ricevetti un colpo dal suo bastone. Se avessi lasciato scappare questo monaco, avrei lavorato invano. Sto tornando laggiù per prenderlo ancora una volta in giro."

Caro mostro! Abbassando la direzione della sua nube oscura, cadde nella piega della montagna più avanti e si trasformò con una scossa del suo corpo in una donna di ottant'anni, tenendo in mano un bastone di bambù con un manico ricurvo. Si diresse verso i pellegrini, piangendo ad ogni passo. Quando Otto Regole la vide, rimase terrorizzato. "Maestro," disse, "è terribile! Quella vecchia Mamma che si avvicina a noi sta cercando qualcuno." "Chi sta cercando?" chiese il Monaco Tang. Otto Regole disse, "La ragazza uccisa da Fratello Maggiore deve essere la figlia. Questa deve essere la madre che la sta cercando." "Smettila di dire sciocchezze, Fratello," disse Pellegrino. "Quella ragazza aveva circa diciotto anni, ma questa donna ha almeno ottanta. Come poteva ancora avere figli quando aveva sessant'anni e più? È un falso! Lascia che il vecchio Scimmia vada a dare un'occhiata." Caro Pellegrino! A grandi passi si avvicinò per guardare il mostro, che

Si trasformò falsamente in una vecchia dama,
Con le tempie bianche come neve.
Camminava molto lentamente
Con passi piccoli e pigri.
Il suo corpo fragile era molto snello;
Il suo viso, una foglia secca e appassita.
Le sue ossa delle guance sporgevano verso l'alto;
Le sue labbra si arricciavano verso il basso e verso l'esterno.
La vecchiaia non è proprio come il tempo della giovinezza:
L'intero viso è rugoso come foglie di loto.

Riconoscendo il mostro, Pellegrino non si prese nemmeno la briga di aspettare alcuna discussione; sollevò il bastone e colpì immediatamente la testa. Quando il mostro vide il bastone sollevato, esercitò di nuovo la sua magia e il suo spirito salì in aria, lasciando ancora una volta il cadavere del suo corpo morto accanto alla strada. La vista spaventò così tanto il Monaco Tang che cadde dal cavallo. Disteso sulla strada, non disse un'altra parola se non recitare l'Incantesimo del Filo Stretto avanti e indietro esattamente venti volte. Ahimè, la povera testa di Pellegrino fu ridotta a una zucca a forma di clessidra! Poiché il dolore era veramente insopportabile, dovette rotolare fino al Monaco Tang e implorare, "Maestro, per favore non recitare più. Di' cosa hai da dire."

"Cosa c'è da dire?" chiese il Monaco Tang. "Coloro che hanno lasciato la famiglia ascolteranno le parole di virtù per evitare di cadere nell'Inferno. Ho fatto del mio meglio per illuminarti con ammonimenti. Perché persisti nel fare violenza? Hai ucciso uno dopo l'altro i comuni. Come spieghi questo?"

"È un mostro," disse Pellegrino. Il Monaco Tang disse, "Questa scimmia sta parlando senza senso. Mi dici che ci sono così tanti mostri! Sei una persona priva di qualsiasi volontà di fare del bene, uno che è solo incline al male. Faresti meglio ad andare."

"Maestro," disse Pellegrino, "mi stai mandando via di nuovo? Va bene, tornerò indietro. Ma c'è qualcosa che trovo sgradevole." "Cosa trovi sgradevole?" chiese il Monaco Tang. "Maestro," disse Otto Regole, "vuole che tu divida i bagagli con lui! Pensi che voglia tornare indietro a mani vuote dopo averti seguito come monaco per tutto questo tempo? Perché non vedi se hai qualche vecchia camicia o cappello logoro nel tuo fagotto e dagliene un paio di pezzi."

Quando Pellegrino udì queste parole, si infuriò così tanto che iniziò a saltare su e giù, gridando: "Tu chiassoso coolie sovraccarico! Da quando il vecchio Scimmia ha abbracciato gli insegnamenti della completa povertà, non ha mai mostrato il minimo segno di invidia o avidità. Di cosa stai parlando, dividere i bagagli?"

"Se non mostri né invidia né avidità," disse il Monaco Tang, "perché non te ne vai?" "A dire la verità, Maestro," disse Pellegrino, "quando il vecchio Scimmia viveva nella Grotta della Tenda d'Acqua del Monte Fiore-Frutto cinquecento anni fa, era abbastanza eroe da ricevere la sottomissione dei demoni di settantadue caverne e comandare quarantasettemila piccoli demoni. All'epoca ero un uomo di gran calibro—indossavo un berretto d'oro porpora sulla testa, una tunica rossa e gialla sul corpo, una cintura di giada intorno alla vita, scarpe che camminavano sulle nuvole ai piedi, e tenevo nelle mani l'asta d'oro con il cerchio conforme. Ma da quando il Nirvāṇa mi ha liberato dai miei peccati, quando con i capelli rasati ho preso il voto di completa povertà e ti ho seguito come tuo discepolo, ho avuto questo filatterio d'oro bloccato sulla testa. Se torno indietro così, non posso affrontare la mia gente a casa. Se il Maestro non mi vuole più, per favore recita l'Incantesimo del Filatterio Sciolto così che io possa liberarmi di questa cosa dalla testa e restituirla a te. Lo troverò molto piacevole e gradito allora. Dopo tutto, ti ho seguito per tutto questo tempo; certamente non mi negherai questo piccolo gesto di gentilezza umana!"

Grande fu lo stupore del Monaco Tang, che disse, "Wukong, ho ricevuto solo l'Incantesimo del Filatterio Stretto in segreto dal Bodhisattva. Non c'era alcun Incantesimo del Filatterio Sciolto." "Se non c'era l'Incantesimo del Filatterio Sciolto," disse Pellegrino, "allora è meglio che continui a portarmi con te." L'anziano non ebbe altra scelta che dire, "È meglio che ti alzi. Ti perdonerò un'altra volta, ma non devi fare più violenza." "Non oserò farlo," disse Pellegrino, "non oserò farlo." Aiutò il suo maestro a rimontare in sella e poi guidò la via avanti.

Ora ti racconto di quel mostro che, vedi, non era stato ucciso nemmeno dal secondo colpo di Pellegrino. In aria, il demone non poteva fare a meno di lodare il suo avversario, dicendo, "Meraviglioso Re Scimmia! Che percezione! Ha potuto riconoscermi anche quando mi ero trasformato in quella forma! Questi monaci si stanno muovendo piuttosto velocemente; altri quaranta miglia a ovest oltre la montagna e lasceranno il mio dominio. Se qualche demone o diavolo di un'altra regione li prende, la gente riderebbe fino a spaccarsi la bocca, e io mi mangerò il cuore! Scenderò giù e li prenderò in giro un'altra volta." Caro Mostro! Abbassando di nuovo il vento oscuro nella piega della montagna, scosse il corpo e si trasformò in un vecchio. Davvero aveva

Capelli bianchi come quelli di Pengzu,
E barba più gelida di quella della Stella dell'Età.
Una pietra di giada suonava nelle sue orecchie,
E stelle d'oro brillavano nei suoi occhi.
Tenendo un bastone con testa di drago curva,
Indossava un leggero mantello di piume di gru.
Tenendo in mano alcune perle,
Recitava un sūtra buddista.

Quando il Monaco Tang sul suo cavallo vide questo vecchio, fu molto contento. "Amitābha!" gridò. "L'Ovest è veramente una regione benedetta! Questo caro vecchio a malapena può camminare, ma vuole ancora recitare i sūtra!" "Maestro," disse Otto Regole, "smetti di lodarlo. È la radice del disastro!" "Cosa intendi per radice del disastro?" disse il Monaco Tang. Otto Regole disse, "Il Fratello Maggiore ha ucciso sua figlia così come sua moglie, e ora vedi questo vecchio che si avvicina. Se ci imbattiamo in lui, Maestro, pagherai con la vita poiché sei colpevole di morte. Il Vecchio Maiale è il tuo seguace, quindi sarà bandito per servire nell'esercito; il Sha Monaco esegue i tuoi ordini, quindi sarà condannato ai lavori forzati. Ma il nostro Fratello Maggiore, naturalmente, userà qualche tipo di magia per scappare. Ora, non lascerà i tre di noi qui a prenderci la colpa per lui?"

Sentendo questo, Pellegrino disse, "Questa radice di idiozia! Questo tipo di assurdità non allarma forse il nostro maestro? Lascia che il vecchio Scimmia vada a dare un'altra occhiata." Mise via il bastone e andò avanti per incontrare il demone. "Vecchio Signore," chiamò, "dove stai andando? Perché stai camminando e recitando un sūtra allo stesso tempo?" Il nostro mostro questa volta in qualche modo fraintese, per così dire, l'equilibrio della bilancia, e pensò che il Grande Saggio Sun fosse dopotutto un uomo comune. Quindi disse, "Anziano, questo vecchio ha vissuto qui per generazioni. La mia vita intera è dedicata a fare del bene e nutrire i monaci, a leggere scritture e recitare sūtra. Il destino non mi ha dato un figlio, e avevo solo una figlia, per la quale ho accolto un genero. Questa mattina è andata a portare riso nei campi, e temiamo che possa essere stata fatta cibo per la tigre. La mia vecchia moglie è andata a cercarla, ma anche lei non è tornata. In realtà, non ho assolutamente idea di cosa sia successo a loro. Ecco perché questo vecchio è venuto a cercare di vedere se sono stati danneggiati in qualche modo. Se così fosse, non ho altra scelta che prendere le loro ossa e seppellirle adeguatamente sul nostro sito ancestrale."

"Io sono l'antenato degli scherzi!" disse Pellegrino, ridendo. "Come osi avvicinarti di soppiatto a me e cercare di ingannarmi con qualcosa nascosto? Non puoi ingannarmi. Vedo che sei un mostro." Il mostro fu così spaventato che non riuscì a pronunciare un'altra parola. Brandendo il suo bastone, Pellegrino stava per colpire, ma disse a se stesso: "Se non la colpisco, tirerà di nuovo fuori qualche trucco, ma se la colpisco, temo che il Maestro reciterà di nuovo quell'incantesimo." Pensò a se stesso ancora un po': "Ma se non la uccido, lei può afferrare il Maestro appena ne avrà l'opportunità, e poi dovrò fare tutti quegli sforzi per salvarlo. È meglio che la colpisca! Un colpo la ucciderà, ma il Maestro reciterà sicuramente quell'incantesimo. Beh, il proverbio dice: 'Anche la tigre feroce non divorerà i propri.' Dovrò usare la mia eloquenza, la mia lingua abile, per convincerlo, tutto qui." Caro Grande Saggio! Recitò un incantesimo lui stesso e convocò lo spirito locale e il dio della montagna, dicendo loro, "Questo mostro ha preso in giro il mio maestro tre volte. Questa volta farò in modo di ucciderla, ma voi dovete stare di guardia nell'aria. Non lasciate che scappi." Quando le divinità udirono questo comando, nessuna osò disobbedirlo, e entrambe stettero di guardia ai bordi delle nuvole. Il nostro Grande Saggio sollevò il bastone e colpì il demone, la cui luce spirituale fu estinta solo allora.

Il monaco Tang a cavallo rimase di nuovo così terrorizzato da ciò che vide che non riuscì nemmeno a pronunciare una parola, ma Ottoregole a un lato rise e disse: "Caro Pellegrino! Il suo delirio sta colpendo di nuovo! È stato in viaggio solo per mezza giornata e ha massacrato tre persone!" Il monaco Tang stava per recitare l'incantesimo quando Pellegrino corse fino al cavallo, gridando: "Maestro!

Non reciti! Non reciti! Vieni solo a vedere come appare ora." Davanti a loro c'era un mucchio di ossa scheletriche bianco farina. "Wukong," disse il monaco Tang, profondamente scosso, "questa persona è appena morta. Come potrebbe cambiare così improvvisamente in uno scheletro?" Pellegrino disse: "È un cadavere demoniaco e pernicioso, pronto a sedurre e ferire la gente. Quando l'ho uccisa, ha rivelato la sua vera forma. Puoi vedere tu stesso che c'è una fila di caratteri sulla sua spina dorsale; si chiama 'Signora Ossa Bianche'."

Quando il monaco Tang sentì ciò che diceva, stava per credergli, ma Ottoregole non avrebbe smesso di diffamare. "Maestro," disse, "la sua mano è pesante e il suo bastone è malvagio. Ha picchiato a morte qualcuno, ma, temendo il tuo incantesimo, ha deliberatamente cambiato lei in qualcosa del genere solo per confonderti." Davvero una persona indecisa, il monaco Tang credette ancora una volta a Ottoregole e iniziò la sua recitazione. Incapace di sopportare il dolore, Pellegrino poteva solo inginocchiarsi accanto alla strada e gridare: "Non reciti! Non reciti! Se hai qualcosa da dire, dì lo subito." "Testa di scimmia!" disse il monaco Tang. "Cosa c'è da dire? Le opere virtuose di chi ha lasciato la famiglia dovrebbero essere come l'erba in un giardino di primavera: anche se la loro crescita è invisibile, moltiplicano quotidianamente. Ma chi pratica il male è come una pietra da affilare: anche se il suo rovino è invisibile, diminuisce quotidianamente. Riesci a scappare anche dopo aver picchiato a morte tre persone solo perché qui non c'è nessuno che ti opponga, che ti prenda di mira in queste terre desolate. Ma supponiamo di arrivare in una città affollata e tu improvvisamente inizi a colpire le persone senza distinzione di bene o male con quel tuo bastone funebre, come potrei liberarmi da quel tipo di grande sfortuna causata da te? Meglio che tu torni indietro."

"Maestro," disse Pellegrino, "mi hai davvero ingiustamente accusato. Questo è indubbiamente uno spirito mostruoso, intenzionato a farti del male. Ti ho aiutato a respingere il pericolo uccidendola, ma tu non puoi vederlo. Credi invece a quei commenti sarcastici e diffamatori di Idiota a tal punto da cercare di sbarazzarti di me più volte. Il proverbio dice: 'Nulla può accadere tre volte'! Se non ti lascio, sarò un tipo vile e senza vergogna. Me ne vado! Me ne vado! In realtà, è una cosa da nulla per me partire, ma poi non avrai un uomo per servirti." Irritato, il monaco Tang disse: "Questa scimmia sfacciata sta diventando ancora più sfrontata. Quindi pensi di essere l'unico uomo qui intorno? Wuneng e Wujing, non sono uomini?"

Quando il Grande Saggio sentì questa dichiarazione sugli altri due discepoli, fu così profondamente ferito che non poté fare a meno di dire al monaco Tang: "Oh miseria! Pensate al tempo in cui Liu Boqin era il vostro compagno mentre lasciavate Chang'an. Dopo avermi liberato dalla Montagna dei Due Confini e avermi fatto vostro discepolo, ho penetrato grotte antiche e invaso foreste remote per catturare demoni e sconfiggere mostri. Sono stato io a, avendo sperimentato innumerevoli difficoltà, sottomettere Ottoregole e acquisire Sha Monaco. Oggi, 'bandendo la Saggezza solo per corteggiare la Follia', vuoi che torni indietro. Ecco come è:

Quando gli uccelli scompaiono,
L'arco è nascosto;
Quando le lepri periscono,
I cani sono mangiati.

Va bene! Va bene! C'è solo una cosa che ci rimane da sistemare, ed è l'Incantesimo della Fascia Stretta." Il monaco Tang disse: "Non lo reciterò di nuovo."

"È difficile dirlo," disse Pellegrino. "Per quando arriverà il momento in cui affronterai quei demoni traditori e le amare prove, e quando tu, perché Ottoregole e Sha Monaco non possono salvarti, penserai a me e non potrai impedirti di recitarlo, avrò mal di testa anche se sarò a centomila miglia di distanza. Dovrò tornare indietro per vederti, quindi perché non lasci cadere questa faccenda ora."

Quando il monaco Tang vide che Pellegrino era così verboso, si arrabbiò più che mai. Rotolando giù dal suo cavallo, disse a Sha Monaco di tirare fuori carta e pennello da uno degli avvolgimenti. Prendendo dell'acqua da un ruscello vicino e strofinando dell'inchiostro con un pezzo di roccia, scrisse immediatamente una lettera di esilio. Consegnandola a Pellegrino, disse: "Testa di scimmia! Prendi questo come un certificato. Non ti vorrò mai più come discepolo. Se mai acconsentirò a rivederti, lasciami cadere nell'Inferno Avīci!" Prenendo la lettera di esilio, Pellegrino disse rapidamente: "Maestro, non c'è bisogno di giurare. Vecchia Scimmia se ne andrà." Piegò la lettera e la mise nella sua manica. Tentando ancora una volta di placare il monaco Tang, disse: "Maestro, dopotutto, ti ho seguito per tutto questo tempo a causa delle istruzioni del Bodhisattva. Oggi devo smettere a metà viaggio e non sono in grado di ottenere il frutto meritorio. Per favore, siediti e permettimi di inchinarmi a te, così posso partire in pace." Il monaco Tang voltò le spalle e rifiutò di rispondere, mormorando solo: "Sono un buon sacerdote e non accetterò il saluto di un uomo malvagio come te!" Quando il Grande Saggio vide che il monaco Tang rifiutava semplicemente di cambiare idea, non ebbe altra scelta che di andarsene. Guardatelo!

Con le lacrime si prostrò per separarsi dal sacerdote;
Nel dolore si preoccupò di istruire Sha Monaco.
Usò la testa per scavare l'erba del prato
E entrambi i piedi per calpestare il rattan del terreno.
Come una ruota che gira entrò nel Cielo e sulla Terra,
Più capace di saltare montagne e mari.
Tutto d'un tratto sparì completamente;
In pochissimo tempo se ne andò per la strada da cui era venuto.

Guardatelo! Sopprimeva la sua rabbia e prendeva congedo dal suo maestro montando il salto della nuvola per dirigersi dritto verso la Grotta del Cuscino d'Acqua della Montagna del Fiore-Frutto. Mentre viaggiava, solo e abbattuto, sentì improvvisamente il ruggito dell'acqua. Il Grande Saggio si fermò in aria per guardare e scoprì che era la marea alta del Grande Oceano Orientale. Nel momento in cui vide questo, pensò al monaco Tang e non riuscì a trattenere le lacrime che gli scorrevano sulle guance. Fermò la sua nuvola e rimase lì per molto tempo prima di procedere. Non sappiamo cosa gli accadrà mentre se ne va; ascoltiamo spiegazioni nel capitolo successivo.

CAPITOLO 28

Al Monte dei Fiori-Frutto una schiera di demoni si raduna;
Nella Foresta dei Pini Neri Tripitaka incontra demoni.

Vi stavamo raccontando del Grande Saggio, che, benché fosse stato bandito dal Monaco Tang, era tuttavia pieno di rimpianti e nostalgia quando vide il Grande Oceano Orientale. Disse a sé stesso: "Non sono passato da queste parti da cinquecento anni!" Questo è ciò che vide mentre guardava l'oceano:
Vasti flussi nebbiosi;
Enormi onde che si estendono lontano —
Vasti flussi nebbiosi che si uniscono alla Via Lattea;
Enormi onde che toccano il polso della Terra.
La marea si alza in raffiche;
L'acqua inghiotte le baie —
La marea si alza in raffiche
Come il tuono nel triplo fonte;
L'acqua inghiotte le baie
Come venti violenti che soffiano alla fine dell'estate.
I vecchi e benedetti domatori di draghi
Viaggerebbero senza dubbio con la fronte corrugata;
I giovani cavalieri di gru immortali
Passerebbero sicuramente ansiosi e tesi.
Nessun villaggio appare vicino alla riva;
Pochi pescherecci solcano le acque.
Le onde rotolano come neve di mille anni;
Il vento ulula come se fosse autunno in giugno.
Gli uccelli selvatici possono entrare e uscire a loro piacimento;
I volatili possono restare in superficie o tuffarsi.
Non c'è pescatore davanti ai tuoi occhi;
Le tue orecchie sentono solo i gabbiani.
Nel profondo del mare i pesci giocano;
Attraverso il cielo le oche selvatiche languono.
Con un balzo, il nostro Pellegrino attraversò il Grande Oceano Orientale e presto arrivò al Monte dei Fiori-Frutto. Abbassando la direzione della sua nuvola, guardò tutto intorno. Ahimè, quel monte non aveva né fiori né piante, mentre la nebbia e il fumo sembravano completamente estinti: le falesie e i pianori erano crollati e gli alberi erano secchi e appassiti. Come era diventato tutto così, chiedi. Quando Pellegrino disturbò il Cielo e fu catturato nella Regione Sopra, questo monte fu bruciato completamente dallo Splendido Saggio, Dio Erlang, che guidava i Sette Fratelli di Monte Prugna. Il nostro Grande Saggio divenne più addolorato che mai, e compose la seguente lunga poesia in stile antico come testimonianza. La poesia dice:
Guardo questo monte divino e le lacrime cadono;

Lo affronto e le mie tristezze si moltiplicano.
Il monte, pensavo allora, non sarebbe stato danneggiato;
Oggi so che questo luogo ha subito perdite.
Odiavo quello Erlang che mi sconfisse,
Quel malvagio Piccolo Saggio che mi oppresse.
Con violenza scavò le tombe dei miei genitori;
Senza motivo ha distrutto le mie tombe ancestrali.
Tutte le nebbie e le foschie del Cielo sono ora disperse;
Tutto il vento e le nuvole della terra si dissipano.
Nessuno può sentire il ruggito di una tigre sulle vette orientali;
Chi vede una scimmia bianca urlare sulle pendici occidentali?
La gola settentrionale non ha traccia di volpe o lepre;
Tutti i cervi sono scomparsi dalla valle meridionale.
Le rocce verdi sono bruciate per formare mille mattoni;
La sabbia luminosa è cambiata in un cumulo di terra.
I pini alti fuori dalla grotta sono caduti;
I cedri verdi davanti alla scogliera sono scarsi e rari.
Chun, shan, huai, kui, li e tan sono tutti bruciati;
Pesca, pera, prugna, susina, mandorla e dattero sono scomparsi.
Come potrebbero i bachi da seta essere nutriti senza il gelso?
Tra pochi bambù e salici gli uccelli non possono vivere.
Rocce ben formate sulla cima si sono trasformate in polvere;
L'acqua del ruscello si è prosciugata—tutto è erba.
Nessuna orchidea cresce sulla terra arida sotto la scogliera;
I rampicanti si diffondono sul fango marrone per la strada.
In quale regione sono volati gli uccelli dei tempi passati?
A quale montagna si sono ritirati le bestie antiche?
Questo posto sventrato che serpenti e leopardi detestano!
Questo luogo devastato che gru e serpenti evitano!
Deve essere per le azioni malvage dei tempi passati
Che devo soffrire così tanto oggi.

Mentre il Grande Saggio esprimeva così il suo dolore, sette o otto piccole scimmie saltarono improvvisamente con un grido tra l'erba alta e i cespugli sul pendio. Corsero avanti per circondarlo e fare kowtow, gridando: "Padre Grande Saggio! Sei tornato oggi a casa?" "Perché non state tutti a divertirvi un po'?" chiese il Re delle Scimmie Belli. "Perché tutti si nascondono? Sono tornato da un bel po' di tempo e non ho visto nemmeno l'ombra di uno di voi! Perché?" Quando le varie scimmie sentirono queste parole, ognuna di loro cominciò a piangere. "Da quando il Grande Saggio è stato portato in cattività nella Regione Sopra," dissero, "abbiamo sofferto per mano dei cacciatori, veramente una sofferenza insopportabile. Come potremmo sopportare quelle frecce affilate e quei forti archi, quei falchi gialli e quei cani malvagi, quelle reti insidiose e quei lance a forma di falce! Per conservare le nostre vite, nessuno di noi osa uscire a giocare; invece, ci nascondiamo profondamente nella caverna o ci rifugiamo in qualche covo lontano. Solo nella fame andiamo a rubare un po' di erba sul prato per cibo, e nella sete beviamo il liquido chiaro a valle. Proprio ora abbiamo sentito la voce del nostro

Padre Grande Saggio, ed ecco perché siamo venuti a riceverti. Ti preghiamo di prenderti cura di noi."

Quando il Grande Saggio sentì queste parole, divenne più angosciato. Chiese quindi: "Quanti di voi ci sono ancora in questa montagna?" "Giovani e vecchi," dissero le scimmie, "in tutto non più di mille." Il Grande Saggio disse: "In tempi passati, avevo quarantasettemila piccoli mostri qui. Dove sono andati?" Le scimmie dissero: "Quando Padre se ne andò, questa montagna fu bruciata dal Bodhisattva Erlang, e più della metà di loro furono uccisi dal fuoco. Alcuni di noi riuscirono a salvare la vita accovacciandosi nei pozzi, tuffandosi nel ruscello o nascondendosi sotto il ponte di lamiera. Quando il fuoco fu spento e il fumo si diradò, uscimmo per scoprire che fiori e frutti non erano più disponibili per il cibo. La difficoltà nel trovare sostentamento spinse un'altra metà delle scimmie via, lasciando coloro di noi a soffrire qui nella montagna. In questi due anni il nostro numero è diminuito ancora di più di oltre la metà quando i cacciatori venivano a rapirci."

"A che scopo?" chiese Pellegrino. "Parla di quei cacciatori," dissero le scimmie, "sono veramente abominevoli! Quelli di noi che sono stati colpiti da frecce, trafitti da lance o bastonati a morte ci hanno portato via per il cibo da servire con il riso. Le scimmie morte sarebbero state spellate e disossate, cucinate con salsa e

cotte a vapore con aceto, fritte con olio e saltate con sale. Quelli di noi che sono stati presi dalla rete o dalla trappola sarebbero stati portati via vivi; sarebbero stati insegnati a saltare la corda, a recitare, a fare capriole e a fare caroselli. Avrebbero dovuto battere il tamburo e il gong per le strade e eseguire ogni sorta di trucco per divertire gli umani."

Quando il Grande Saggio sentì queste parole, divenne terribilmente arrabbiato. "Chi è responsabile nella caverna adesso?" chiese. "Abbiamo ancora Ma e Liu, i due marescialli," dissero i piccoli demoni, "Peng e Ba, i due generali: loro sono responsabili." "Riportate loro subito," disse il Grande Saggio, "e dite che sono tornato." Quei piccoli demoni si precipitarono dentro la caverna e gridarono: "Padre Grande Saggio è tornato a casa!" Quando Ma, Liu, Peng e Ba sentirono il rapporto, uscirono di corsa dalla porta per fare kowtow e riceverlo dentro la caverna. Il Grande Saggio prese posto al centro mentre i vari demoni si allinearono tutti davanti a lui per omaggiarlo. "Padre Grande Saggio," dissero, "abbiamo sentito di recente che avevi riconquistato la vita in modo che potessi proteggere il Monaco Tang nel suo viaggio verso l'Occidente per acquisire scritture. Perché non ti stai dirigendo verso l'Occidente? Perché torni su questa montagna?"

"Piccoli," disse il Grande Saggio, "non avete idea che il Monaco Tang è completamente ignorante su chi sia degno e chi sia sciocco. Per lui, ho catturato demoni e ho sconfitto demoni lungo il viaggio, usando tutte le mie capacità. Diverse volte ho ucciso un mostro, ma, accusandomi di fare male e violenza, mi ha rinnegato come suo discepolo e mi ha bandito indietro qui. Mi ha anche scritto una lettera formale di esilio come prova che non vorrebbe mai più usarmi."

Battendo le mani e ridendo a crepapelle, le scimmie dissero: "Fortunato! Fortunato! Perché vuoi essere un monaco? Torna a casa e puoi guidarci per divertirci un paio d'anni. Presto! Portiamo fuori il vino di cocco per l'accoglienza del Padre." "Non beviamo vino proprio ora," disse il Grande Saggio. "Lasciami chiederti, con quale frequenza vengono quei cacciatori sulla nostra montagna?" "Grande Saggio," dissero Ma e Liu, "non si può dire del tempo. Sono qui ogni giorno a creare problemi." Il Grande Saggio chiese: "Perché non sono qui oggi?" Ma e Liu risposero: "Aspetta e vedrai che arriveranno."

Il Grande Saggio diede questo ordine: "Piccoli, salite sulla montagna e portatemi i sassi che sono stati bruciati in piccoli pezzi. Accumulateli qui in pile di trenta o sessanta pezzi. Ne ho bisogno." Quelle piccole scimmie erano come una nuvola di api; brulicavano su tutta la montagna e portavano indietro i pezzi di roccia e li accumulavano insieme. Quando il Grande Saggio vide quello, disse: "Piccoli, nascondetevi nella caverna. Lasciate che la vecchia Scimmia eserciti la sua magia." Il nostro Grande Saggio salì dritto alla vetta per guardarsi intorno, e vide più di mille uomini e cavalli che si avvicinavano dalla metà meridionale della montagna. Picchiando tamburi e colpendo gong, tenevano lance e spade, guidando falchi e cani. Quando il Re delle Scimmie li guardò attentamente, sembravano davvero i più feroci. Cari uomini! Davvero feroce! Ha visto

Le pelli di volpe coprivano le loro teste e le loro spalle;
Broccati di seta avvolgevano i loro torsioni;
Faretre piene di frecce di denti di lupo;
E archi intagliati appesi alle loro cosce.
Gli uomini sembravano tigri che si arrampicavano sulla montagna;
I cavalli, come draghi che saltavano sui ruscelli.
Tutto il gruppo di uomini guidava i loro cani,
Come falchi appollaiati su tutte le loro spalle.
Trainavano cannoni da fuoco in ceste.
Hanno anche aquile molto feroci,
E centinaia di pali con colla per uccelli,
E migliaia di forchette per catturare conigli;
Reti da pesca come quelle usate dai testuggini,
E lacci lanciati dal Re Yama.
Urlavano e urlavano tutti insieme,
Causando confusione da lontano e da vicino.

Quando il Grande Saggio vide quegli uomini invadere la sua montagna, si infuriò terribilmente. Facendo il segno magico con le dita e recitando un incantesimo, inspirò voltandosi verso sud-ovest e soffiò fuori. Subito si levò un vento violento. Meraviglioso vento!

Sollevò polvere e sparpagliò terra;
Abbatté alberi e tagliò foreste.
Le onde dell'oceano si innalzarono come montagne;
Si infransero ripiegate su ripiegate sulla riva.
Il cosmo si fece cupo e scurì;
Il sole e la luna persero la loro luce.
I pini, una volta scossi, ruggirono come tigri;
I bambù, colpiti improvvisamente, cantarono come draghi.
Tutte le pori del Cielo rilasciarono il loro respiro di rabbia

Mentre rocce e sabbia volavano, ferendo tutti.

Il Grande Saggio evocò questo vento potente che sollevò e sparse quei pezzi di roccia in ogni direzione. Poveri quei mille cacciatori e cavalli! Questo fu ciò che accadde a ognuno di loro:

Le rocce spezzarono le loro teste scure in pezzi;
La sabbia volante ferì tutti i cavalli alati.
Signori e nobili confusi davanti al picco,
Il sangue macchiò come cinabro la terra.
Padri e figli non poterono tornare a casa.
Potevano gli uomini nobili tornare alle loro case?
I cadaveri caddero nella polvere e giacquero sulla montagna,
Mentre le signore alla moda a casa aspettavano.

Il poema dice:

Uomini uccisi, cavalli morti—come potrebbero tornare a casa?
Anime perdute e solitarie annegarono come canapa aggrovigliata.
Poveri quegli uomini forti e virili da combattimento,
Il cui sangue, sia buono che cattivo, macchiò la sabbia!

Abbassando la direzione della sua nuvola, il Grande Saggio batté le mani e rise a crepapelle, dicendo: "Fortunato! Fortunato! Da quando mi sono sottomesso al Monaco Tang e sono diventato un sacerdote, mi ha dato questo consiglio:

'Fai del bene per mille giorni,
Ma il bene è ancora insufficiente;
Fai del male per un giorno,
E quel male è già eccessivo.'

Un po' di verità davvero! Quando lo seguivo e uccidevo alcuni mostri, lui mi biasimava per perpetrare violenza. Oggi sono tornato a casa ed è stato un gioco da ragazzi finire tutti questi cacciatori."

Poi gridò: "Piccoli, uscite!" Quando quei scimmie videro che il vento violento era passato e sentirono il Grande Saggio chiamare, tutti saltarono fuori. "Andate sul lato sud della montagna", disse il Grande Saggio, "e spogliate i cacciatori morti dei loro vestiti. Portateli a casa, lavate via le macchie di sangue e indossateli per proteggervi dal freddo. I cadaveri li potete spingere nel lago profondo della montagna laggiù. Riportate qui anche i cavalli uccisi; le loro pelli possono essere usate per fare stivali, e la loro carne può esser conservata per il nostro piacere lento. Raccogliete archi e frecce, spade e lance, e potrete usarli di nuovo per esercitazioni militari. E infine, portatemi quelle bandiere dai colori vari; ne ho bisogno."

Ciascuna delle scimmie obbedì a queste istruzioni. Tirando giù le bandiere e lavandole pulite, il Grande Saggio le cucì insieme in una grande bandiera dai molti colori, sulla quale scrisse le seguenti parole in lettere grandi: "Ricostruita la Montagna dei Fiori e dei Frutti, Restaurata la Grotta della Cortina d'Acqua— Grande Saggio, Uguale al Cielo". Fu eretto un pennone fuori dalla grotta per appendere la bandiera. Da allora in poi, raccoglieva sempre più demoni e bestie ogni giorno, accumulando ogni tipo di provviste. La parola "monaco" non fu mai più menzionata. Godendo di amicizie ampie e grande potere, non ebbe problemi a chiedere prestito un po' di dolce, divina acqua ai Re dei Draghi dei Quattro Oceani per lavare la sua montagna e farla tornare verde. Poi piantò olmi e salici davanti, pini e cedri dietro; peschi, pere, datteri e prugne—li ebbe tutti. Si stabilì quindi per godersi la vita senza preoccupazioni, e per ora non ne parleremo più.

Ora vi raccontiamo del Monaco Tang, che ascoltò la Natura Astuta e bandì la Scimmia della Mente. Montò il suo cavallo per dirigere verso Occidente mentre Otto Regole guidavano davanti, mentre il Sha Monaco trainava i bagagli dietro. Dopo aver superato il Colle della Tigre Bianca, giunsero in una grande foresta, piena di viti e rampicanti, pini verdi e cedri. "Discepoli," disse Tripitaka, "la strada di montagna è già aspra e difficile da percorrere. E ora abbiamo anche una fitta e oscura foresta di pini. State attenti. Temo che possiamo incontrare dei demoni o bestie mostruose." Ma guarda lo Stupido! Risvegliando le sue energie, disse al Sha Monaco di prendere il controllo del cavallo, mentre lui stesso usò il suo rastrello per aprire un sentiero davanti e guidò il Monaco Tang direttamente nella foresta di pini. Mentre viaggiavano, l'anziano fermò il cavallo e disse: "Otto Regole, oggi ho veramente fame. Dove puoi trovare del cibo vegetariano per me?" "Scendi, Maestro," disse Otto Regole, "e lascia che il vecchio Maiale vada a cercarlo per te." L'anziano discese dal suo cavallo. Il Sha Monaco posò il suo carico e estrasse la ciotola delle elemosine per darla ad Otto Regole. Otto Regole disse: "Me ne vado!" "Dove?" chiese l'anziano. "Non importa," disse Otto Regole. "Una volta che vado, forerò il ghiaccio per trovare il fuoco per il tuo magro,

E presserò la neve per l'olio per chiedere il tuo riso."

Guardalo! Lasciò la foresta di pini e camminò verso Occidente per oltre dieci miglia, ma non trovò neanche una casa. Era veramente un luogo più abitato da tigri e lupi che da esseri umani. Quando lo Stupido si stancò di camminare, pensò tra sé e sé: "Quando Pellegrino era qui, tutto ciò che quel vecchio sacerdote voleva lo otteneva. Oggi è il mio turno di servire, ed è come dice il proverbio:

Si conosce il costo di riso e legna da ardere quando si gestisce una casa;
Si realizza la gentilezza dei propri genitori quando si alleva un figlio!

Dove nel mondo posso andare a chiedere cibo?" Camminò ancora un po' e divenne piuttosto assonnato. Pensò tra sé, "Se torno adesso e dico a quel vecchio sacerdote che non c'è posto qui per me per chiedere cibo vegetariano anche dopo aver viaggiato per tutta questa distanza, non mi crederà. Devo trovare qualche mezzo per passare un'altra ora o giù di lì prima di tornare da lui. Beh, beh! Facciamo un pisolino qui nell'erba." Lo Stupido infatti mise la testa nell'erba e si sdraiò. In quel momento, pensava che avrebbe dormicchiato un po' e poi si sarebbe alzato, ma non si rese conto di quanto fosse stanco dopo tutto quel cammino. Appena posò la testa, cadde in un profondo sonno ronfante.

Per il momento, non parleremo più di Otto Regole addormentato in questo luogo. Vi raccontiamo invece dell'anziano nella foresta, che diventò così agitato e ansioso che le sue orecchie si arrossarono e i suoi occhi cominciarono a strizzare. Si voltò rapidamente e disse al Sha Monaco, "Perché Wuneng non è ancora tornato dal suo viaggio per chiedere cibo?" "Maestro," disse il Sha Monaco, "non capisci? Quando vedrà quanti sono le famiglie in questa regione dell'Occidente che amano sfamare i monaci, non si preoccuperà di te, specialmente quando ha un così grosso stomaco! Non tornerà indietro finché non sarà completamente sazio!" "Hai ragione," disse Tripitaka. "Ma se sta sostando in qualche posto solo per soddisfare il suo desiderio di cibo, come faremo a incontrarlo? Sta facendo tardi, e questo non è un posto per vivere. Dovremmo trovare un alloggio." "Non preoccuparti, Maestro," disse il Sha Monaco, "tu resta qui e lascia che lo vada a cercare." "Sì, sì," disse Tripitaka, "non importa se c'è cibo o meno. Ma è importante per noi trovare un posto dove stare." Afferrando il suo prezioso bastone, il Sha Monaco lasciò la foresta di pini per cercare Otto Regole.

L'anziano, seduto da solo nella foresta, divenne così stanco e affaticato che dovette sforzarsi di raccogliere abbastanza energia per alzarsi. Mettendo insieme i bagagli in un mucchio e legando il cavallo a un albero, si tolse il largo cappello di paglia, infisse il suo bastone sacerdotale nel terreno e allisciò la sua veste clericale per fare una passeggiata in questa foresta isolata solo per liberarsi della sua tristezza. Guardò tutto l'erba selvaggia e i fiori trascurati, ma non sentì alcun chiacchiericcio di uccelli diretti verso casa. La foresta, vedete, era un luogo di alta erba e piccoli sentieri. Poiché era piuttosto confuso, presto perse la strada. Aveva, certo, voluto dissipare la sua noia in primo luogo e trovare poi Otto Regole e il Sha Monaco. Non si rese conto che essi procedevano verso ovest, mentre lui stesso, dopo aver girato in cerchio per un po', si stava dirigendo a sud. Quando uscì dalla foresta di pini, alzò la testa e vide improvvisamente bagliori di luce dorata e nebbie colorate davanti a lui. Guardò più attentamente e scoprì che si trattava di una pagoda ingioiellata, il cui cupolone dorato brillava ai raggi del sole al tramonto. "Questo discepolo non ha davvero affinità!" disse tra sé. "Quando ho lasciato la Terra dell'Est, ho fatto voto di bruciare incenso in ogni tempio, di adorare il Buddha quando avessi visto un'immagine del Buddha e di spazzare una pagoda se mi fossi imbattuto in una pagoda. Non è quella una pagoda dorata così splendente laggiù? Perché non ho preso questa strada prima? Sotto la pagoda deve esserci un tempio, all'interno del quale ci deve essere anche un monastero. Andiamo là. Va bene, suppongo, lasciare qui il cavallo bianco e i bagagli visto che non passa nessuno. Se c'è spazio lì, aspetterò il ritorno dei miei discepoli e potremo chiedere tutti un alloggio per la notte."

Ahimè, è giunto il momento della sfortuna di quell'anziano! Guardatelo! Avanzò e si avvicinò al lato della pagoda. Lì vide

Massi alti diecimila piedi;
Un grande dirupo che toccava il cielo verde:
Le sue radici si univano alla terra spessa,
Le sue vette si infilavano in Cielo.
Diverse migliaia di alberi di ogni tipo su entrambi i lati;
Centinaia di miglia di rampicanti intrecciati avanti e indietro.
Fiori luminosi sulle punte dell'erba, il vento aveva le sue ombre.
Nelle nuvole divise dell'acqua fluente la luna non aveva radice.

Tronchi caduti riposavano in ruscelli profondi;
Tentacoli secchi si intrecciavano sulle cime spoglie.
Sotto un ponte di pietra
Fluiva un ruscello chiaro e gorgogliante;
In cima a una terrazza
Crescevano fiori bianchi come farina.
Visto da lontano sembrava il Paradiso delle Tre Isole;
Quando ci si avvicinava sembrava il bellissimo Penglai.
Bambù viola e pini profumati circondavano il ruscello di montagna;
Cornacchie, gazze e scimmie tagliavano il burrone roccioso.
Fuori da una caverna
C'erano branchi di bestie selvatiche che entravano e uscivano;
Nel bosco
C'erano stormi di uccelli che partivano o tornavano.
In un verde incantevole prosperavano le piante aromatiche;
Radiosamente fiorivano i fiori selvatici.
Questa regione, tuttavia, era un luogo malvagio.
Era la sfortuna dell'anziano essere arrivato in questo luogo!

L'anziano si avvicinò alla porta della pagoda e trovò appesa all'interno una tenda di bambù macchiata. Entrando dalla porta, sollevò la tenda per procedere oltre quando improvvisamente vide di fronte a sé un mostro addormentato su un divano di pietra. "Com'è fatto?" chiederete voi.

Faccia indaco,
Lunghi denti bianchi,
E una grande bocca spalancata!
Capelli arruffati sui due lati della testa
Sembrava fossero stati tinti di rosso dal rossetto.
Alcuni ciuffi di barba viola scuro
Avevano l'aspetto di litchi germoglianti.
Un naso curvo come il becco di un pappagallo,
E occhi che brillavano come le stelle del mattino.
I suoi due enormi pugni
Avevano la forma della ciotola delle elemosine di un monaco.
Due piedi bluvenati
Si biforcavano come rami che penzolavano da una scogliera.
Mezzo coperto da una veste giallo pallido,
Meglio del saio di broccato di seta,
Teneva ancora stretto un scimitarra
Che brillava e luccicava.
Dormiva su una lastra di pietra
Sia immacolata che liscia.
Aveva guidato giovani demoni a formare come formiche,
E vecchi demoni a governare con ordine come api.
Guarda la sua imponente portata,
Quando tutti i suoi sudditi
Alzavano il grido, "Sire!"
Aveva fatto della luna il suo terzo amico mentre sorseggiava il suo vino;

Aveva sentito il vento crescere sotto le sue braccia mentre veniva versato il t
è.

Guarda la sua vasta potenza magica!
In un battito di ciglia
Poteva visitare tutti i Cieli.
Nei suoi boschi selvaggi strillavano uccelli e pollame;
Nei suoi rifugi dormivano draghi e serpenti.
Gli Immortali coltivavano i suoi campi per far crescere il giada bianco;
I Taoisti placavano il suo fuoco per elevare il cinabro.
Una porta di una piccola grotta
Non conduceva, naturalmente, all'Inferno, Avī ci;
Ma un mostro così brutto
Sembrava veramente uno yakṣa testardo!

Quando l'anziano vide quel tipo di apparizione, si ritrasse spaventato mentre il suo corpo si intorpidiva e le sue gambe diventavano flaccide. Provò a girarsi e fuggire, ma appena uscì dalla porta, il mostro, che era una creatura piuttosto vigile, aprì i suoi occhi demoniaci con pupille d'oro e gridò, "Piccoli, andate a vedere chi è fuori dalla nostra porta!" Un piccolo demonio sporse la testa dalla porta e vide che era un anziano calvo. Corse rapidamente dentro e riferì, "Gran Re! Fuori c'è un sacerdote. Ha una testa rotonda e un grande viso, con due orecchie che pendono fino alle spalle. Ha un corpo pieno di carne tenera e pelle molto delicata. È un sacerdote dall'aspetto gradevole!" Quando il mostro sentì queste parole, rise a crepapelle, dicendo, "Questo è come dice il proverbio:

Mosche sulla testa di un serpente—
Il cibo presentato da solo!

Voi, piccoli, inseguite e riportatelo qui. Ho grandi ricompense per voi." Quei piccoli demoni corsero fuori dalla porta come uno sciame d'api.

Quando Tripitaka li vide, la sua mente voleva muoversi come una freccia e i suoi piedi volevano volare; ma tremava e si agitava, e i suoi piedi erano intorpiditi e flaccidi. Inoltre, la strada di montagna era accidentata, la foresta era buia e stava facendo tardi. Come poteva muoversi abbastanza velocemente? I piccoli demoni lo presero e lo trascinarono indietro. Davvero, è come

Il drago in acque basse provocato dai gamberetti,
La tigre su terreno livellato presa in giro dai cani.

Una nobil causa può avere molti intoppi.

Chi è come il Monaco Tang quando si confronta con l'Occidente?

Guarda quei piccoli demoni! Dopo aver portato indietro l'anziano e averlo deposto fuori dalla tenda di bambù, corsero felici a fare il resoconto: "Gran Re, abbiamo catturato il monaco e l'abbiamo riportato qui." Il vecchio mostro rubò uno sguardo a Tripitaka e vide che aveva la testa alta e un viso bellissimo. Era davvero un bel sacerdote. Il mostro pensò tra sé: "Un sacerdote così bello deve essere qualcuno di una nazione nobile. Non posso trattarlo alla leggera. Se non gli mostrassi chi comanda qui, si sottometterebbe volontariamente a me?" Come una volpe che affetta l'autorità di una tigre, improvvisamente si drizzò i capelli e i baffi

101

rossi mentre spalancava gli occhi. "Portate dentro quel monaco!" urlò. "Sì, signore!" risposero i vari demoni, spingendo Tripitaka all'interno. Come dice il proverbio,

Sotto i tetti a bassa pendenza,
Come potrebbe uno non abbassare la testa?

Tripitaka non ebbe altra scelta che unire le mani e salutarlo.

"Di che regione sei, monaco?" domandò il mostro. "Da dove vieni? Dove stai andando? Diccelo subito!" "Sono un monaco della corte Tang," disse Tripitaka. "Avendo ricevuto il decreto imperiale del Grande Imperatore Tang di cercare i testi nell'Occidente, sono passato per la vostra nobile montagna e ho deciso di chiedere udienza con il saggio sotto questa pagoda. Non ho intenzione di disturbare la Vostra Eminenza. Per favore, perdonami. Quando tornerò nella Terra dell'Est dopo aver acquisito i testi dall'Occidente, il vostro illustre nome sarà registrato con gratitudine per le generazioni future."

Quando il mostro sentì queste parole, rise a crepapelle, dicendo: "Mi dicevo che venissi da una nazione nobile. E così è! Sei esattamente la persona che voglio mangiare! È meraviglioso che ti sia presentato qui. Altrimenti, avrei potuto mancarti. Sei destinato a essere il cibo della mia bocca. Dato che sei entrato qui tutto da solo, non potrei lasciarti andare anche se volessi. E tu non potresti scappare nemmeno se volessi!" Poi ordinò ai piccoli demoni: "Legate quel monaco." I piccoli demoni si precipitarono avanti e legarono saldamente l'anziano con delle corde al Pilastro che Lenisce lo Spirito.

Afferrando il suo scimitarra, il vecchio mostro chiese di nuovo: "Monaco, quanti compagni hai? Non dirmi che osi salire fino all'Occidente Heaven tutto da solo!" Quando Tripitaka lo vide prendere lo scimitarra, disse candidamente: "Gran Re, ho due discepoli di nome Otto Regole e Sha Monaco. Sono tutti usciti dalla foresta di pini per andare a chiedere cibo. Ho, inoltre, un carico di bagagli e un cavallo bianco, che ho lasciato nella foresta." "E' ancora più fortunato!" disse il vecchio mostro. "Due discepoli oltre a te fanno tre, e ci sono davvero quattro di voi se contiamo il cavallo. Questo basta per un pasto!"

"Andiamo a prenderli anche loro," dissero i piccoli demoni. "Non uscite," disse il vecchio mostro, "ma chiudete invece la porta. Dopo aver chiesto il cibo, quei discepoli lo porteranno al loro maestro; quando non lo troveranno, verranno sicuramente a cercarlo fino alla nostra porta. Il proverbio dice: 'Gli affari alla propria porta sono più facili da fare'. Prendiamoci il nostro tempo e li prenderemo poi." I piccoli demoni infatti chiusero la porta d'ingresso.

Non parleremo più di Tripitaka che incontrò il disastro; vi parleremo invece di Sha Monaco, che lasciò la foresta di pini alla ricerca di Otto Regole. Camminò per oltre dieci miglia ma non vide neanche un villaggio o un casale. Salì su un colle per guardarsi intorno quando improvvisamente sentì qualcuno parlare tra l'erba più in basso. Spalancando di corsa l'erba alta con il suo bastone, trovò lo Stupido dentro che parlava nel sonno. Sha Monaco diede un forte strattone a una delle sue enormi orecchie e gridò: "Caro Stupido! Il Maestro ti ha detto di chiedere cibo. Ti ha dato il permesso di dormire qui?" Lo Stupido si svegliò di soprassalto, mormorando: "Fratello, che ora è?" "Svegliati, presto!" disse Sha Monaco. "Il

Maestro ha detto che non importa se c'è cibo o meno. Ci ha detto di provare a trovare un posto dove stare invece."

Raccogliendo la ciotola delle elemosine e portando il suo rastrello, lo Stupido tornò stupidamente indietro con Sha Monaco. Quando arrivarono alla foresta, il loro maestro non era da nessuna parte. Sha Monaco cominciò a rimproverarlo, dicendo: "È colpa tua, Stupido, per aver impiegato così tanto tempo a trovare del cibo. Il Maestro deve essere stato catturato da un mostro." "Fratello," disse Otto Regole, ridendo, "non dire sciocchezze. Questa foresta è un luogo puro e incantevole e non può assolutamente ospitare un mostro. Deve essere che quel vecchio sacerdote non riesce a stare fermo e si è andato a fare un giro turistico da qualche parte. Andiamo a trovarlo." I due presero il cappello e il bastone sacerdotale prima di lasciare la foresta di pini, conducendo il cavallo e trainando i bagagli mentre cercavano il loro maestro.

Capitò che il Monaco Tang in quel momento non era ancora destinato a morire. Dopo averlo cercato per un po' senza successo, i suoi due discepoli videro dei raggi di luce dorata provenire dal sud. "Fratello," disse Otto Regole, "i beati riceveranno solo più benedizioni! Il Maestro, vedi, deve essere andato a quella pagoda ingioiellata laggiù che sta emettendo quella luce. Chi oserebbe essere inospitale in un luogo del genere? Devono insistere nel preparare cibo vegetariano e nel farlo rimanere a gustarlo. Perché non ci muoviamo? Dovremmo arrivarci e anche noi prendere qualcosa." "Fratello maggiore," disse Sha Monaco, "non puoi dire se è un buon posto o meno. Andiamo a dare un'occhiata prima." I due camminarono audacemente fino alla porta dell'edificio e trovarono che era chiusa. Sopra la porta c'era una lastra di giada bianca su cui erano scritte a grandi lettere le seguenti parole: Monte Casseruola, Grotta Corrente-Luna.

"Fratello maggiore," disse Sha Monaco, "questo non è un monastero. È una caverna di un mostro. Anche se il Maestro fosse qui, dubito che potremmo vederlo."

"Non ti preoccupare, fratello," disse Otto Regole. "Lega il cavallo e stai a guardia dei nostri bagagli. Lascia che lo interroghi io." Tenendo in alto il suo rastrello, lo Stupido si avvicinò e gridò: "Apri la porta! Apri la porta!" Il piccolo demone che faceva da guardia dentro aprì la porta. Quando vide i due, corse velocemente a riferire: "Gran Re, gli affari sono qui." "Che tipo di affari?" chiese il vecchio mostro. "C'è un monaco con le orecchie grandi e la bocca lunga fuori dalla nostra caverna," rispose il piccolo demone, "e c'è anche un altro monaco dall'aspetto cupo. Sono venuti a bussare alla nostra porta." Molto soddisfatto, il vecchio mostro disse: "Devono essere Zhu Otto Regole e Sha Monaco! Oh-oh! Sanno dove guardare bene! Come hanno fatto a trovare così rapidamente la nostra porta? Beh, se appaiono così audaci, non trattiamoli alla leggera. Portami la mia armatura!" Il piccolo demone la portò fuori e lo aiutò a indossarla. Afferrando lo scimitarra, il vecchio mostro uscì dalla porta.

Otto Regole e Sha Monaco stavano aspettando fuori dalla porta quando videro questo feroce mostro emergere. "Come appariva?" chiedi.

Faccia verde, barba rossa e capelli rossi scarmigliati.

La sua corazza d'oro giallo scintillava e brillava.
Una cintura incrostata di conchiglie a coste avvolgeva la sua vita;
Una sash di seta avvolgeva saldamente il suo petto corazzato.
Il vento ululava quando stava in piedi in modo idly sul monte;
Le onde schiumavano quando vagava cupamente per i mari.
Un paio di mani con vene sia marroni che blu
Stringeva saldamente lo scimitarra che rapiva l'anima.
Se vuoi imparare il nome dato a questa creatura,
Ricorda Giallo Robe, due parole famose.

Quel Vecchio Mostro Giallo Robe uscì dalla porta e chiese subito: "Da dove vieni, monaco, che osi causare questo trambusto davanti alla mia porta?" "Figlio mio," disse Otto Regole, "non mi riconosci? Sono il tuo venerabile padre! Sono uno mandato dal Grande Tang per andare al Cielo dell'Occidente, perché il mio maestro è proprio il fratello reale, Tipitaka. Se è nella tua casa, mandalo fuori subito. Mi risparmierà di doverla livellare con il mio rastrello!" "Sì, sì," disse il mostro con una risata, "c'è un Monaco Tang nella mia casa, e non gli ho negato alcuna ospitalità. Stavo proprio preparando dei panini riempiti di carne umana per farglieli gustare. Voi due potete entrare e ne prendete uno anche voi. Che ne dite?"

Idiota avrebbe davvero potuto entrare immediatamente se Sha Monaco non lo avesse tirato indietro, dicendo: "Fratello maggiore, ti sta ingannando. Da quando hai ricominciato a mangiare carne umana?" Solo allora Idiota si rese conto del suo errore. Alzando il suo rastrello, lo abbatté duramente sul viso del mostro. Il mostro si mosse di lato per schivare il colpo e poi si voltò per affrontarlo con lo scimitarra alzato. I due, evocando i loro poteri magici, montarono sulle nuvole per combattere in aria. Sha Monaco abbandonò i bagagli e il cavallo bianco; impugnando il suo prezioso bastone, si unì anche alla mischia. In quel momento, due monaci feroci e un audace mostro iniziarono una battaglia selvaggia sul limitare delle nuvole. Così fu che

Il bastone si alzò alto, incontrato dallo scimitarra;
Il rastrello venne giù, bloccato dallo scimitarra.
Un guerriero demone usò il suo potere;
Due monaci divini mostrarono la loro potenza.
Il rastrello a nove punte, davvero eroico!
Il bastone che sconfiggeva i demoni, ferocemente!
I loro colpi cadevano a sinistra e a destra, davanti e dietro,
Ma il signore Giallo Robe non mostrava alcuna paura.
Guarda il suo scimitarra d'acciaio che brilla come argento!
E, in verità, il suo potere magico era grande.
Combatterono finché tutto il cielo
Fu avvolto dalla nebbia e dalle nuvole;
E a mezza montagna
Le pietre si crepavano e i versanti delle scogliere crollavano.
Uno per la sua fama,
Come avrebbe potuto arrendersi?
L'altro per il bene del suo maestro

Di sicuro non avrebbe mostrato paura.

I tre si avvicinarono di nuovo e di nuovo in aria decine di volte, ma una decisione non poteva essere presa. Anche se ognuno di loro si preoccupava per la propria vita, nessuno di loro stava per essere separato. Non sappiamo come i discepoli siano riusciti a salvare il Monaco Tang; ascoltiamo l'esplicazione nel prossimo capitolo.

CAPITOLO 29

Liberato dal pericolo, River Float giunge nel regno;
Ricevendo favore, Otto Regole invade la foresta.

Il poema dice:
I pensieri vani non possono essere uccisi con la forza.
Perché devi cercare il Talità?
Raffina prima il tuo sé-esistente davanti a Buddha—
Non sono illusione e illuminazione la stessa cosa?
Illuminato, raggiungi istantaneamente il Destro;
Ingannato, affondi in diecimila kalpa.
Se puoi coltivare un solo pensiero con la Verità,
I peccati vasti come le sabbie del Gange sono cancellati.

Vi stavamo raccontando di Otto Regole e Sha Monaco, che combatterono con quel mostro per oltre trenta round ma non si poteva giungere a una decisione. Perché, chiederete voi. Se fosse stato una questione di capacità, non avreste bisogno di parlare di due monaci. Anche se ci fossero stati venti monaci, non avrebbero comunque potuto resistere a quel mostro. È stato solo perché il Monaco Tang non era ancora destinato a morire che i suoi seguaci potevano contare sull'aiuto di certe divinità. Otto Regole e Sha Monaco, quindi, furono assistiti segretamente in aria dai Sei Dei della Luce e dai Sei Dei dell'Oscurità, dai Guardiani delle Cinque Direzioni, dai Quattro Sentinel e dai Diciotto Spiriti Guardiani dei monasteri.

Per il momento non parleremo più della battaglia tra loro tre. Vi racontiamo invece dell'anziano, che piangeva pietosamente nella grotta e pensava ai suoi discepoli. Mentre le lacrime gli scorrevano dagli occhi, si disse: "Wuneng, non so in quale villaggio tu abbia incontrato un amico della verità e stia godendo di essere nutrito. Oh, Wujing! Dove sei andato a cercarlo, e come farai a incontrarlo? Voi due vi renderete conto che ho incontrato un demone, che sto soffrendo qui? Quando vi rivedrò entrambi? Quando riuscirò a sfuggire a questa grande prova per poter raggiungere presto la Montagna dello Spirito?" Mentre stava dando voce al suo dolore in questo modo, vide improvvisamente una donna uscire dalla grotta. Tenendosi al Pilastro Calmante degli Spiriti, disse: "Anziano, da dove vieni? Perch é sei legato qui da lui?"

Quando l'anziano sentì questo, volse i suoi occhi lacrimosi per rubare uno sguardo a lei e scoprì che aveva circa trent'anni. "Lady Bodhisattva," disse, "non c'è bisogno di altre domande. Devo essere destinato a morire quando sono entrato nella tua porta. Se vuoi divorarmi, fallo pure. Perché disturbarti a interrogarmi?" La donna disse: "Non mangio le persone! A circa trecento miglia a ovest di qui è la mia casa, una città chiamata Regno dell'Immagine Preziosa. Sono la terza principessa del suo re, e il mio nome da bambina è Vergogna dei Cento Fiori. Tredici anni fa, nella vigilia del quindicesimo giorno dell'ottavo mese, stavo

godendo della vista della luna quando questo spirito-mostruoso mi rapì e mi port
ò qui in un vento violento. Sono stata costretta a diventare sua moglie per tutti
questi tredici anni e a partorire i suoi figli. È stato impossibile, naturalmente,
mandare alcuna notizia alla Corte, e non ho potuto vedere i miei genitori anche se
pensavo a loro frequentemente. Ma tu da dove vieni, e come ti ha preso?"

"Questo povero monaco," disse il Monaco Tang, "è qualcuno mandato a
acquisire scritture nel Cielo Occidentale. Stavo facendo una passeggiata quando
sono incappato in questo posto. Ora vuole catturare anche i miei due discepoli in
modo che tutti noi siamo cotti e mangiati insieme." "Anziano, per favore non
preoccuparti," disse la principessa con un sorriso. "Se sei un pellegrino delle
scritture, posso salvarti, perché il Regno dell'Immagine Preziosa è proprio sulla
tua strada principale per l'Occidente. Tutto ciò che ti chiedo è di consegnare una
lettera ai miei genitori e chiederò a mio marito di lasciarti andare." Annuiendo con
la testa, il Monaco Tang disse: "Lady Bodhisattva, se puoi salvare la vita di questo
povero monaco, sarò lieto di servire come tuo messaggero."

Correndo rapidamente all'interno, la principessa scrisse una lettera e la fece
sigillare correttamente. Poi tornò al pilastro e lo liberò prima di consegnargli la
lettera. Dopo essere stato liberato, il Monaco Tang tenne la lettera tra le mani e
disse: "Lady Bodhisattva, grazie per avermi salvato la vita. Quando questo povero
monaco arriverà nel tuo regno, consegnerà certamente la lettera al re. Temo, per
ò, che una separazione così lunga renderà difficile ai tuoi genitori riconoscere
qualcosa da te. Cosa dovrei fare allora? Non mi accuseranno di mentire, vero?"
"Non preoccuparti," disse la principessa. "I miei genitori non hanno figlio; tutto
ci ò che hanno sono noi tre sorelle. Quando vedranno questa lettera, si
prenderanno cura di te." Infilandosi la lettera nel profondo della sua manica,
Tripitaka ringraziò nuovamente la principessa e cominciò a camminare verso
l'uscita. "Non puoi uscire dalla porta principale!" disse la principessa, tirandolo
per la manica. "Tutti gli spiriti-mostri, grandi e piccoli, sono fuori lì sventolando
le bandiere e suonando i tamburi e i gong per aiutare il Grande Re, che in questo
momento sta combattendo con i tuoi discepoli. È meglio che tu esca dalla porta
posteriore. Se il Grande Re ti cattura, almeno ti interrogherà. Ma se i piccoli spiriti
ti prendono, potrebbero ucciderti sul posto senza ulteriori indugi. Lascia che io
vada invece davanti e dica una parola a tuo favore. Se il Grande Re è disposto a
lasciarti andare, i tuoi discepoli potranno considerarlo un favore e partire con te."
Quando Tripitaka sentì queste parole, si prostrò davanti alla principessa prima di
congedarsi da lei. Uscito dalla porta posteriore, non osò procedere; invece, si
nascose tra alcuni cespugli e attese.

Vi raccontiamo ora della principessa, che aveva escogitato un piano astuto.
Corse fuori dalla porta principale e si fece strada tra la vasta folla di mostri. Tutto
ciò che poteva sentire era il tintinnio delle armi, perché Otto Regole e Sha Monaco
stavano ancora combattendo in aria con quel mostro. La principessa grid ò:
"Signor Giallo Robe!" Quando il re mostro sentì il grido della principessa,
abbandonò Otto Regole e Sha Monaco e scese dalle nuvole. Tenendo il suo
scimitarra con una mano, prese la mano della principessa con l'altra e disse:

"Signora, di cosa hai bisogno?" "Marito," disse la principessa, "stavo dormendo poco fa tra le tende di seta, e ho visto nel mio sogno un dio dorato in armatura." "Quel dio dorato in armatura," disse il demone, "cosa vuole alla mia porta?" La principessa disse: "Durante la mia giovinezza quando vivevo nel palazzo, ho fatto un voto segreto che se avessi trovato un buon marito, avrei ascendere le montagne famose, visitare le dimore immortali e nutrire i monaci. Da quando ti ho sposato, è stato un tale grande felicità che non ho mai avuto l'opportunità di dirtelo. Proprio ora quel dio dorato in armatura è venuto a chiedermi di adempiere al mio voto; mi stava urlando così vehementemente che mi sono svegliata di colpo. Anche se tutto era un sogno, mi sono affrettata a venire a dirtelo. Poi ho visto un monaco tutto legato su quel pilastro. Ti prego, marito, per amore mio sii compassionevole e risparmia quel monaco. Considera la questione come se fosse il mio nutrire i monaci per riscattare il mio voto. Sei disposto?"

"Signora," disse il mostro, "sei così ingenua! Pensavo fosse qualcosa di importante! Va bene! Se volessi mangiare esseri umani, potrei catturarne alcuni ovunque. Questo monaco, che importanza ha? Lo lascerò andare." "Marito," disse la principessa, "lascialo uscire dalla porta posteriore." Il mostro disse: "Che fastidio! Lascialo andare semplicemente. Perché preoccuparsi della porta posteriore o della porta principale?" Prese il suo scimitarra d'acciaio e gridò: "Tu, Zhu Otto Regole! Vieni qui! Non ho paura di te, ma non lotterò più con te; per amore di mia moglie, risparmierò il tuo maestro. Vai rapidamente alla nostra porta posteriore e trovagli in modo che possiate partire per l'Occidente. Se mai oltrepasserai di nuovo il nostro territorio, non ti risparmierò."

Quando Otto Regole e Sha Monaco sentirono queste parole, si sentirono come se fossero stati liberati dal cancello dell'Inferno! Conducendo il cavallo e spingendo i bagagli, sfrecciarono come roditori davanti alla grotta Current-Moon. Quando arrivarono alla porta posteriore, gridarono: "Maestro!" L'anziano riconobbe le loro voci e rispose dai cespugli spinosi. Sha Monaco aprì l'erba e sollevò il suo maestro, che montò frettolosamente sul cavallo. Così,

Quasi danneggiato dallo spirito viscido dalla faccia blu,
Ha incontrato per fortuna lo zelo di Vergogna dei Cento Fiori.
Il scorpaenide si è liberato dall'amo dorato:
Scuote la testa e la coda per nuotare tra le onde.

Otto Regole guidava davanti mentre Sha Monaco chiudeva la marcia. Uscirono dalla foresta di pini e procedettero lungo la strada principale. Guardate quei due! Ancora litigavano e brontolavano, cercando di scaricare le colpe l'uno sull'altro, e Tripitaka doveva passare tutto il tempo cercando di pacificarli. Di notte cercarono un luogo dove riposare; quando il gallo cantò, guardarono il cielo. Tappa dopo tappa, viaggiarono per circa duecentonovantanove miglia. Un giorno alzarono la testa e videro una splendida città. Era il Regno dell'Immagine Preziosa, un posto davvero meraviglioso!

Quanto sono infinite le nuvole!
Quanto vasto è il viaggio!
Anche se la terra è a mille miglia di distanza,
La sua condizione non è meno prospera.

Nuvole e fumo auspiciosi la circondano;
La luna brillante e il vento chiaro le fanno compagnia.
Verdi, imponenti montagne lontane
Si estendono come un rotolo dipinto;
Il ruscello che scorre, ribollente e schiumoso,
Lancia pezzi di giada bianca.
Campi coltivabili, uniti da strade e sentieri;
Dignitosi alimenti, dense colture di riso germogliante;
Incurvati dal pescatore, tre tortuosi ruscelli di poche case;
Raccolti dal boscaiolo, un carico di legno di pepe da due colline.
Ogni corridoio e ogni bastione
Sono fatti forti come se fossero di metallo e liquido;
Ogni casa e ogni dimora
Si contendono l'un l'altro la felicità.
Torri a nove piani si alzano come sale di palazzo;
Terrazze stratificate si innalzano come segnali.
Ci sono anche il Grande Palazzo Ultimo,
Il Palazzo della Copertura Brillante,
Il Palazzo Bruciare Incenso,
Il Palazzo della Visione Testuale,
Il Palazzo del Proclamare la Politica,
E il Palazzo dell'Impegnare il Talento—
Ogni sala con soglia di giada e scalini d'oro,
Con funzionari civili e militari.
Ci sono anche il Grande Palazzo della Luce,
Il Palazzo del Sole Brillante,
Il Palazzo del Piacere Duraturo,
Il Palazzo del Chiaro Brillante,
Il Palazzo dell'Erettare il Monumento,
E il Palazzo del Non-Interrompere—
Ogni palazzo, con le sue campane, tamburi, flauti e flauti verticali,
Libera i suoi affanni da boudoir e le sue tristezze di primavera.
Nel cortile proibito
Giovani volti freschi come fiori rugiadosi;
Sul fossato del palazzo
Vite snelle come salici danzanti nel vento.
Sul largo boulevard
Potrebbe esserci uno che è cappellato e cinturato,
Che, vestito con cura,
Monta un carro a cinque cavalli.
In un posto appartato
Potrebbe esserci uno che tiene arco e frecce
Che, spingendo attraverso nebbia e nuvole,
Trafiggerebbe una coppia di falchi.
Viali di fiori e salici;
Torri di tubi e corde:
Qui la brezza primaverile non è più leggera che al Ponte di Luoyang!

Il nostro anziano alla ricerca delle scritture
Ricorda la corte Tang e le sue budella quasi scoppiate;
I nostri discepoli, fiancheggiando il loro maestro,
Riposano in una locanda e perdono le loro anime nei sogni.

Non c'era fine alla vista di tanta bellezza nel Regno dell'Immagine Preziosa. Maestro e discepoli, tutti e tre, portarono i bagagli e il cavallo in una locanda e riposarono.

In seguito, il Monaco Tang si diresse verso il cancello del tribunale e disse all'ufficiale del cancello: "Un sacerdote della corte Tang è arrivato per chiedere udienza al trono e per certificare il mio rescritto di viaggio. Per favore, trasmetti questa richiesta per me." Il Custode del Cancello Giallo si affrettò all'interno e si presentò davanti ai gradini di giada bianca per dire: "Vostra Maestà, c'è un illustre monaco della corte Tang, che desidera avere un'udienza con voi per certificare il suo rescritto di viaggio." Quando il re sentì che un illustre monaco era arrivato da una così grande nazione come la Tang, fu molto lieto e acconsentì subito. "Chiamatelo a entrare," disse. Quando Tripitaka fu convocato davanti ai gradini dorati, eseguì un elaborato cerimoniale di corte per rendere omaggio al sovrano. Nessuno degli ufficiali civili e militari schierati su entrambi i lati della corte poté trattenersi dal dire: "Davvero un uomo di una nobile nazione! Che modi squisiti!" Il re disse: "Anziano, perché sei venuto nel nostro regno?" "Questo umile monaco," disse Tripitaka, "è un buddista della corte Tang. Ho ricevuto il decreto del mio imperatore di andare a acquisire scritture in Occidente. Il rescritto di viaggio che ho ricevuto originariamente dovrebbe essere certificato una volta che arrivo nel regno di Vostra Maestà. Questo è il motivo per cui oserei intrudermi nella tua presenza di drago." "Se hai il rescritto dalla Corte Celeste della Tang," disse il re, "portamelo qui per guardarlo." Presentandolo con entrambe le mani, Tripitaka mise il documento sulla scrivania imperiale e lo srotolò. Il rescritto dice:

Il rescritto di viaggio della Corte Celeste della Tang, che succede sotto la guida del Cielo al trono dell'Impero della Grande Tang nel continente di Jambūdvīpa del Sud. Sebbene riconosciamo umilmente il nostro scarso display di virtù, siamo i discendenti legittimi di un grande patrimonio. Nel servizio agli dei e al governo degli uomini, cerchiamo di essere vigili notte e giorno, come se ci avvicinassimo a un abisso profondo o camminassimo su ghiaccio sottile. Qualche tempo fa, non siamo riusciti a salvare la vita del Vecchio Drago del Fiume Jing, per il quale siamo stati castigati dal Most High August One. La nostra anima e il nostro spirito, alla deriva nella Regione delle Tenebre, erano già diventati ospiti dell'impermanenza. Poiché la nostra età assegnata non era ancora esaurita, tuttavia, eravamo indebitati con il Sovrano delle Tenebre, che ci ha rilasciato e ci ha restituito alla vita. Da allora, abbiamo convocato una grande massa e abbiamo stabilito il campo rituale per i morti. È stato anche in questo momento che Colei che salva dagli afflizioni, il Bodhisattva Guanshiyin, ci ha rivelato la sua forma dorata e ci ha illuminato con la conoscenza che l'Occidente aveva sia Buddha che scritture, in grado di redimere i morti e liberare gli spiriti orfani. Per questo ora incarichiamo Xuanzang, maestro della legge, di attraversare mille montagne per acquisire tali scritture. Quando raggiungerà le numerose nazioni dell'Occidente, speriamo che non estinguano l'affinità benevola e gli permettano di passare a causa di questo rescritto. Questo è un documento necessario da inviare. Un giorno fortunato nell'autunno del tredicesimo anno, nel periodo Zhenguan della Grande Tang. Un documento imperiale.

Quando il re lo lesse, prese il sigillo di giada della sua nazione e lo timbrò prima di restituirlo a Tripitaka.

Dopo aver ringraziato il re e messo via il rescritto di viaggio, Tripitaka disse: "Questo umile sacerdote è venuto prima di tutto per far certificare il documento e, in secondo luogo, per presentare a Vostra Maestà una lettera di famiglia." Deliziato, il re disse: "Che tipo di lettera di famiglia?" "Vostra Maestà," disse Tripitaka, "la terza principessa è stata rapita dal Mostro della Tunica Gialla della Grotta della Luna Corrente presso la Montagna della Casseruola. Questo umile monaco l'ha incontrata per caso ed è stata lei a chiedermi di inviarti questa lettera."

Quando il re sentì questo, gli occhi gli si riempirono di lacrime. "Tredici anni fa," disse, "abbiamo perso la nostra principessa. Per questo abbiamo bandito innumerevoli ufficiali, sia civili che militari, e non sapevamo quanti eunuchi e ancelle avevamo bastonato a morte in tutto il palazzo. Perché pensavamo che fosse uscita dal palazzo e avesse perso la strada. Dal momento che non sapevamo dove cercare, abbiamo interrogato innumerevoli famiglie della città, ma non c'era traccia di lei. Come avremmo potuto sapere che un mostro l'aveva rapita? Quando ricevo questa notizia oggi, non posso trattenere il mio dolore o le lacrime." A questo punto Tripitaka tirò fuori la lettera dal suo manicotto e la presentò. Quando il re la prese e vide l'indirizzo sulla busta, le sue mani divennero deboli e non riuscirono ad aprire la lettera. Perciò diede l'ordine di far venire il Gran Segretario dell'Accademia Hanlin davanti al trono e di leggere la lettera. Il Gran Segretario salì i gradini mentre tutti gli ufficiali civili e militari davanti alla corte e tutte le concubine imperiali e le dame di corte dietro alla corte ascoltavano attentamente. Aprendo la lettera, il Gran Segretario cominciò a leggere:

La figlia disubbidiente, Vergogna dei Cento Fiori, tocca la testa al suolo cento volte di fronte al Palazzo Drago-Fenice per onorare Padre Re della più alta virtù. Lunga vita a lui! Mi inchino anche di fronte al Palazzo Sole Brillante alla mia Regina Madre, Regina dei Tre Palazzi, e a tutti i ministri degni, civili e militari, dell'intera corte. Fin dal mio buon fortuna di essere nata nel palazzo della regina, vi sono indebitato per i numerosi atti di grave lavoro che avete intrapreso per mio conto. Mi dispiace di non aver fatto il massimo per piacervi, né ho scaricato con tutta la mia forza i miei doveri filiali. Fu nel quindicesimo giorno dell'ottavo mese tredici anni fa che Padre Re, in quella bella serata e occasione auspicata, diede il suo comandamento gentile per preparare banchetti nei vari palazzi in modo che potessimo godere della luce della luna e celebrare la gloriosa Festa dei Cieli Immacolati. Durante il momento di festa, una improvvisa folata di vento profumato fece avanzare un re demone con pupille d'oro, viso indaco e capelli verdi che prese mia figlia. Montando la luminosità auspicata, mi portò via direttamente in una regione disabitata a metà montagna e mi proibì assolutamente di partire. Ha sfruttato il suo potere demoniaco e mi ha costretto a diventare sua moglie; non ho avuto altra scelta se non soffrire tale ignominia per questi tredici anni. Due figli mostro mi sono nati, tutti semi di questo mostro. Parlare di questo, infatti, è corrompere le grandi relazioni umane e pervertire la nostra morale. Non dovrei, quindi, mandarti una lettera così offensiva e insultante, ma temo che non ci sarebbe spiegazione se tua figlia dovesse morire. Mentre pensavo ai miei genitori con profondo dolore, ho saputo che anche un santo monaco della corte Tang è stato preso prigioniero dal re demone. Fu allora che tua figlia scrisse questa lettera in lacrime e fece audacemente ottenere il rilascio per il sacerdote, in modo che potesse consegnare questo piccolo documento come espressione del mio cuore. Imploro Padre Re nella sua compassione di inviare i suoi nobili generali rapidamente per catturare il Mostro della Tunica Gialla presso la Grotta della Luna Corrente della Montagna della Casseruola e riportare tua figlia alla corte. Il tuo sarà il favore più profondo per me. Per favore, perdona il mio disprezzo nel scrivere questa lettera di fretta, e tutto ciò che non è stato detto spero di dirtelo di persona. Tua figlia disobbediente, Vergogna dei Cento Fiori, kowtows di nuovo e di nuovo.

Quando il Gran Segretario finì di leggere la lettera, il re scoppiò in un pianto forte; tutti e tre i palazzi versarono lacrime e anche i vari ufficiali furono sopraffatti dal dolore. Dopo che il re ebbe pianto per lungo tempo, chiese ai due ranghi di ufficiali civili e militari: "Chi osa guidare le truppe e i capitani per catturare il mostro per noi e salvare la nostra principessa dei Cento Fiori?" Ripeté la domanda più volte, ma non c'era nessuno abbastanza coraggioso da rispondere. Come generali scolpiti nel legno e ministri plasmati con l'argilla, tutti rimasero muti! Profondamente angosciato, il re pianse finché le lacrime gli scorrevano sul viso, momento in cui molti ufficiali si prostrarono e memorializzarono, dicendo: "Maestà, vi supplichiamo di desistere dal vostro dolore. La principessa è stata perduta, e per tredici anni non abbiamo avuto notizie da lei. Anche se ha incontrato per caso il santo monaco della corte Tang così che potesse inviarci questa lettera, non siamo ancora pienamente informati sulla sua situazione. Inoltre, i vostri sudditi sono solo creature mortali. Abbiamo studiato i manuali militari e le tattiche, naturalmente, ma la nostra conoscenza è limitata a schierare truppe in formazioni e a stabilire accampamenti per proteggere i confini della nostra nazione da eventuali invasioni. Lo spirito-mostro, invece, è qualcuno che viene con la nebbia e va con le nuvole. A meno che non possiamo incontrarlo faccia a faccia, come potremmo attaccarlo e salvare la principessa? Il pellegrino delle scritture dalla Terra dell'Est è, crediamo, un monaco sacro di una nobile nazione. Come sacerdote

La cui vasta potenza doma draghi e tigri,

La cui grande virtù atterrisce demoni e dei,

deve conoscere l'arte di sottomettere mostri. Come dice il proverbio,

Chi viene e racconta qualche affare

È egli stesso coinvolto in quell'affare.

Chiediamo a questo anziano di sottomettere il mostro e di salvare la nostra principessa; questa è la nostra politica più sicura."

Quando il re sentì queste parole, si rivolse rapidamente a Tripitaka e disse:

"Anziano, se hai la capacità di rilasciare il tuo potere dharma e catturare il mostro in modo che mia figlia possa tornare alla corte, non è necessario che tu vada a venerare Buddha nell'Occidente. Potresti lasciar crescere di nuovo i tuoi capelli, perché diventeremo fratelli giurati con te. Potresti sederti sul trono del drago con noi e godere insieme delle nostre ricchezze. Che ne dici?" "Questo povero monaco," disse Tripitaka affrettatamente, "sa un po' di come recitare il nome di Buddha, ma veramente non sa come sottomettere mostri." "Se non lo fai," disse il re, "come osi andare a cercare Buddha nel Cielo Occidentale?" Non più in grado di nascondere la verità, l'anziano dovette menzionare i suoi due discepoli. "Maestà," disse, "il vostro povero monaco troverebbe molto difficile venire qui se fosse tutto da solo. Ho, però, due discepoli, capaci di aprire un passaggio tra le montagne e costruire ponti quando incontriamo i fiumi. Mi hanno accompagnato fin qui."

"Siete un monaco insensibile," disse il re, rimproverandolo. "Se hai dei discepoli, perché non li hai portati anche a vederci? Quando entrano nella mia corte, anche se non avevamo intenzione di ricompensarli, potremmo almeno fornire loro qualche cibo." Tripitaka disse: "I discepoli di questo povero monaco sono piuttosto brutti nel loro aspetto, e non osano entrare in corte senza permesso. Perché temo che potrebbero causare un grande shock a Vostra Maestà."

"Guarda come parla questo monaco," disse il re con una risata. "Pensi davvero che avremmo paura di loro?" "È difficile dirlo," disse Tripitaka. "Il mio anziano discepolo ha il cognome di Zhu, e i suoi nomi dati sono Wuneng e Otto Regole. Ha un muso lungo e denti simili a zanne, setole dure sulla parte posteriore della testa e orecchie enormi a forma di ventaglio. È rude e robusto, e fa persino alzare il vento quando cammina. Il mio secondo discepolo ha il cognome di Sha, e i suoi nomi religiosi sono Wujing e Monaco. È alto dodici piedi e tre spanne di larghezza tra le spalle. Il suo viso è come indaco, la sua bocca, una ciotola del macellaio; i suoi occhi brillano e i suoi denti sembrano una fila di chiodi. Con un aspetto del genere, come oserebbero entrare in corte senza permesso?" "Poiché ora li hai descritti accuratamente," disse il re, "non avremo paura di loro. Chiamateli dentro." Ordinò quindi che un'invitazione con una targa dorata fosse inviata immediatamente alla locanda.

Quando Idiota vide l'invito, disse a Sha Monaco: "Fratello, dicevi prima che forse non avremmo dovuto consegnare quella lettera. Ora puoi vedere quali benefici può portare la consegna di quella lettera. Deve essere che, dopo che il Maestro ha consegnato la lettera, il re ha detto che un messaggero non dovrebbe essere trattato alla leggera e ha insistito per organizzare un banchetto per lui. Non ha nessun interesse per quel genere di cose, ma almeno è stato considerato nei nostri confronti menzionando i nostri nomi. È per questo che una placca dorata è stata inviata per invitarci. Andiamo a fare un buon pasto allora, e possiamo partire domani." "Fratello maggiore," disse Sha Monaco, "non sappiamo ancora la vera ragione di questo. Andiamo a scoprirlo." Affidarono quindi i bagagli e il cavallo alle cure del padrone della locanda. Portando con sé le loro armi, seguirono la placca dorata in corte e si presentarono davanti ai gradini di giada bianca. Stando in piedi a sinistra e a destra, fecero un inchino e poi rimasero eretti senza muoversi più. Ogni membro di quegli ufficiali civili e militari fu profondamente scosso. "Questi due monaci," dissero, "non sono solo brutti, sono addirittura rozzi! Come possono vedere il nostro re e non prostrarsi? Dopo un inchino, stanno lì e rimangono eretti. È assurdo! È assurdo!" Otto Regole sentì questo e disse: "Non lamentatevi, tutti voi. Siamo fatti così! A prima vista possiamo sembrare brutti, ma dopo un po', vi abituerete a noi."

Quando il re vide quanto erano orribili, si spaventò immediatamente. Quando sentì cosa aveva detto Idiota, tremava così tanto che cadde dal suo trono di drago. Fortunatamente, c'erano degli attendenti nelle vicinanze che lo presero e lo aiutarono a rialzarsi. Il Monaco Tang era così terrorizzato che si inginocchiò davanti alla corte e si prostrò senza sosta, dicendo: "Maestà, questo monaco merita diecimila morti, diecimila morti! Ho detto che i miei discepoli erano brutti e che non dovrebbero essere ammessi all'udienza perché potrebbe danneggiare il vostro corpo di drago. Ora, hanno davvero allarmato il Trono." Tremando ancora, il re si avvicinò per sollevare il sacerdote, dicendo: "Anziano, è una buona cosa che tu mi abbia parlato di loro prima. Se non lo avessi fatto, la loro vista improvvisa mi avrebbe spaventato a morte!"

Dopo essersi calmato, il re disse: "Anziano Zhu e Anziano Sha, chi di voi è bravo a sottomettere i mostri?" Stoltamente Idiota rispose: "Il Vecchio Porco lo sa fare." "In che modo?" chiese il re. "Io sono il Maresciallo delle Canne Celesti," disse Otto Regole. "Poiché ho trasgredito al decreto del Cielo, sono caduto nella Regione Inferiore dove fortunatamente ho potuto abbracciare la verità e diventare un monaco. Da quando siamo partiti dalla Terra dell'Est, sono stato io il più capace di sottomettere i mostri." Il re disse: "Se sei un guerriero celeste sceso sulla Terra, devi conoscere molto bene la magia della trasformazione."

"Non dovrei vantarmi," disse Otto Regole, "ma conosco alcuni piccoli trucchi." "Prova a trasformarti in qualcosa per farmelo vedere," disse il re. Otto Regole disse: "Dammi un soggetto, e mi trasformerò nella sua forma." Il re disse: "Trasformati in qualcosa di grande, allora."

Quel Otto Regole conosceva trenta e sei tipi di trasformazione. Si mise davanti ai gradini e mostrò la sua abilità; facendo il segno magico con le dita e recitando un incantesimo, gridò: "Cresci!" Raddrizzò il torso e subito raggiunse un'altezza di ottanta o novanta piedi, proprio come una divinità che trova la via. Le due file di ufficiali civili e militari tremarono nei loro stivali; il sovrano e i sudditi di tutto il regno furono terrorizzati. Uno dei generali guardiani del palazzo riuscì a chiedere: "Anziano, quando smetterai di crescere? C'è un limite alla tua altezza?" Idiota non poté fare a meno di dire parole idiote. "Dipende dal vento," disse. "Va bene se soffia il vento dell'est, e anche il vento dell'ovest va bene. Ma se si alza il vento del sud, farò un grande buco nel cielo azzurro!" Inorridito, il re disse: "Riprendi la tua magia. Conosco il tuo potere di trasformazione." Accovacciandosi, Otto Regole tornò subito alla sua forma originale e si mise davanti ai gradini. "Anziano," chiese ancora il re, "che tipo di armi intendi portare con te per combattere in questa spedizione?" Otto Regole tirò fuori il suo rastrello e disse: "Quello che usa il Vecchio Porco è un rastrello a denti." "È vergognoso!" disse il re con una risata. "Qui abbiamo fruste, mazze, bastoni dorati, martelli, scimitarre, lance, alabarde con lame a mezzaluna, asce da battaglia, spade, alabarde, lance e falci da battaglia. Puoi scegliere ciò che preferisci e portarlo con te. Come puoi considerare quel tuo rastrello un'arma?" "Non avete idea di questo, Maestà," disse Otto Regole. "Questo rastrello può sembrare uno strumento piuttosto grezzo, ma è uno che mi ha accompagnato sin dalla giovinezza. Quando comandavo circa ottantamila marinai nel dipartimento navale del Fiume Celeste, mi affidavo solo alla forza di questo rastrello. Ora che sono sceso in questo mondo mortale per accompagnare il mio maestro, quello che

Scava tra le tane montane di tigri e lupi
E rovescia le dimore acquatiche di draghi e serpenti
è tutto opera di questo rastrello!"

Il re, molto lieto e rassicurato da ciò che aveva sentito, si rivolse a alcune delle sue dame di corte, dicendo: "Portatemi il mio vino speciale. Prendete l'intera bottiglia, infatti, così che possiamo salutare adeguatamente l'anziano." Versò quindi un calice e lo presentò a Otto Regole, dicendo: "Anziano, questo calice di vino è per il lavoro che stai per intraprendere. Aspetta di catturare il mostro e riportare la nostra bambina. Avremo un grande banchetto e mille pezzi d'oro per ringraziarti." Idiota prese il calice nelle sue mani; anche se era una persona rozza e chiassosa, poteva comportarsi cortesemente quando voleva. Inchinandosi profondamente a Tripitaka, disse: "Maestro, dovresti essere il primo a bere questo vino. Ma poiché è il re a donarmelo, non oso rifiutare. Per favore, permetti al Vecchio Porco di bere questo vino per primo. Dovrebbe aiutarmi a catturare il mostro." Idiota svuotò il calice in un sorso prima di riempirlo di nuovo per consegnarlo al suo maestro. Tripitaka disse: "Non bevo. Voi fratelli potete prenderlo." Sha Monaco si avvicinò per ricevere il calice, mentre le nuvole spuntavano sotto i piedi di Otto Regole e lo sollevavano direttamente in aria. Quando il re vide questo, disse: "Quindi l'anziano Zhu conosce anche l'arte del volo tra le nuvole!"

Idiota partì, e dopo aver svuotato il calice anche con un sorso, Sha Monaco disse: "Maestro, quando quel Demone della Veste Gialla ti catturò, noi due potevamo solo combatterlo alla pari. Se ora Secondo Fratello va da solo, temo che potrebbe non essere in grado di resistergli." "Hai ragione, discepolo," disse Tripitaka. "Puoi andare a dargli una mano." Sentendo questo, Sha Monaco balzò in piedi e partì volando sulle nuvole. Il re si allarmò e afferrò il Monaco Tang, dicendo: "Anziano, per favore siediti con noi per un po'. Non andartene anche tu, volando sulle nuvole." Il Monaco Tang disse: "Peccato! Peccato! Non posso nemmeno muovermi di mezzo passo in quel modo!" In quel momento, i due chiacchieravano nel palazzo, e non parleremo più di loro.

Vi raccontiamo ora di Sha Monaco, che raggiunse Otto Regole, dicendo: "Fratello maggiore, sono qui." Otto Regole disse: "Fratello, perché sei venuto?" "Il maestro mi ha detto di venire ad aiutarti," disse Sha Monaco. Molto contento, Otto Regole disse: "Ben detto, e benvenuto! Uniti nelle nostre menti e nei nostri sforzi, noi due possiamo andare a catturare quel mostro. Non sarà molto, ma diffonderemo un po' della nostra fama in questo regno." Guardali:

Avvolti in luce sacra passarono il confine del regno;
Portati da aria propizia lasciarono la capitale.
Andarono per decreto del re alla caverna montana
Per catturare con diligenza lo spirito mostruoso.

In poco tempo, i due arrivarono alla bocca della caverna e abbassarono la direzione delle loro nuvole. Sollevando il suo rastrello, Otto Regole colpì con tutta la sua forza la porta della Grotta della Luna Corrente: immediatamente apparve un buco grande quanto un barile nella porta di pietra. I piccoli demoni di guardia all'ingresso furono così spaventati che aprirono immediatamente la porta e scoprirono che erano i due monaci. Corsero dentro a riferire, gridando: "Grande Re, è terribile! Il monaco con un lungo muso e orecchie enormi e il monaco con il volto più cupo sono tornati e hanno sfondato la nostra porta."

Sorprendentemente, il mostro disse: "Questi due devono essere Zhu Otto Regole e Sha Monaco. Ho già risparmiato il loro maestro. Come osano tornare e distruggere la mia porta!" Un piccolo demone disse: "Devono aver lasciato qualcosa e sono tornati per prenderlo." "Sciocchezze!" gridò il vecchio demone. "Lasci qualcosa e poi vai a distruggere la porta di qualcuno? Deve esserci un'altra ragione." Indossò rapidamente la sua armatura, afferrò la sua scimitarra e uscì. "Monaci," chiese, "ho già risparmiato il vostro maestro. Per quale motivo osate tornare e distruggere la mia porta?"

Otto Regole disse: "Mostro senza legge, hai davvero fatto qualcosa di giusto!" "Cosa?" chiese il vecchio demone. "Hai rapito la terza principessa del Regno dell'Immagine Preziosa in questa caverna e l'hai costretta a diventare tua moglie," disse Otto Regole. "Sono passati tredici anni, è ora che la lasci andare. Ho ricevuto l'ordine speciale del re di catturarti. Vai dentro rapidamente e vieni fuori di nuovo dopo esserti legato. Questo risparmierà al Vecchio Porco di dover alzare le mani." Quando il vecchio mostro sentì queste parole, si infuriò. Guardalo!

Rumorosamente, digrignava i denti;
Rotondamente, i suoi occhi scintillavano;
In furia, sollevò la sua scimitarra;
Con pensieri sanguinari, tagliò la testa.

Otto Regole si spostò di lato per schivare il colpo e ne restituì uno con il suo rastrello a nove denti. Immediatamente, Sha Monaco brandì il suo prezioso bastone e si precipitò avanti per unirsi alla battaglia. Questo conflitto sulla cima era diverso da quello precedente. Davvero,

Parole sbagliate e discorsi fastidiosi suscitano l'ira;

Malizia e rancore fanno crescere la rabbia.
La scimitarra di questo grande re demone
Fende la testa;
Il rastrello a nove denti di Otto Regole
Lo affronta in faccia.
Sha Wujing libera il prezioso bastone;
Il re demone para questa arma divina.
Un demone selvaggio
E due monaci simili a dei
Si muovono avanti e indietro, prendendosi il loro tempo per combattere!
Uno dice: "Tu inganni una nazione e meriti la morte!"
L'altro dice: "Sei ingiustamente indignato per gli affari altrui!"
Uno dice: "Hai violentato una principessa e portato vergogna al suo paese!"
L'altro dice: "Non sono affari tuoi, quindi smettila di immischiarti!"
È tutto a causa di una lettera inviata
Che sia i monaci che il demone non trovano pace.

Combatterono per otto o nove round davanti alla montagna, e Otto Regole cominciò a indebolirsi costantemente; riusciva a malapena a sollevare il rastrello e stava rapidamente perdendo forza. Perché non riusciva a prevalere contro il mostro, chiedi? Vedi, quando combatterono in precedenza, c'erano le divinità protettrici del dharma che davano ai discepoli assistenza segreta a causa della presenza del Monaco Tang nella caverna. Per questo combatterono alla pari. In questo momento, però, tutti gli dei erano andati al Regno dell'Immagine Preziosa per proteggere il Monaco Tang, e i due discepoli da soli non potevano resistere al loro avversario. L'Idiota disse: "Sha Monaco, vieni e combatti con lui per un po'. Lascia che il vecchio Porco vada a fare i suoi bisogni!" Senza mostrare il minimo interesse per Sha Monaco, si tuffò direttamente in un cespuglio di rovi; senza curarsi del bene o del male, senza preoccuparsi che le spine gli pungessero il viso e gli strappassero il cuoio capelluto, si rotolò all'interno e si sdraiò, rifiutandosi completamente di uscire. Lasciò fuori solo metà dell'orecchio, così da poter sentire il rumore e capire come stava andando la battaglia.

Quando il mostro vide che Otto Regole era scappato, andò dietro a Sha Monaco. Completamente sconcertato, Sha Monaco non ebbe nemmeno il tempo di tentare la fuga e fu catturato dal mostro e trascinato di nuovo nella caverna, dove fu legato mani e piedi dietro la schiena dai piccoli demoni. Non sappiamo cosa accadrà alla sua vita; ascoltiamo la spiegazione nel prossimo capitolo.

CAPITOLO 30

Un demone deviante attacca il vero Dharma;
Il Cavallo della Volontà richiama la Scimmia della Mente.

Vi stavamo raccontando del demone che, dopo aver legato saldamente il Sha Monaco, non procedette a ucciderlo o picchiarlo. In realtà, non proferì nemmeno una parola offensiva al suo prigioniero. Tenendo in mano la sua scimitarra, pensò invece tra sé, "Il Monaco Tang è un uomo di una nazione nobile, che deve conoscere il significato della proprietà e della rettitudine. Come potrebbe mai mandare i suoi discepoli a cercare di catturarmi, quando sono stato io a risparmiargli la vita in primo luogo? Aha! Deve essere qualche sorta di lettera inviata da quella mia moglie al suo regno, ed è così che la notizia è trapelata! Lasciami andare a chiederglielo." Diventando improvvisamente feroce, il mostro voleva uccidere la principessa.

La principessa, ahimè, era ancora all'oscuro di tutta la faccenda. Dopo essersi truccata, stava camminando quando vide il demone avvicinarsi con occhi sporgenti e sopracciglia corrugate, digrignando i denti con ferocia. Sorridendo ampiamente, gli disse, "Marito, cosa ti preoccupa così tanto?" "Tu lurida puttana!" gridò il demone. "Non hai alcun rispetto per le relazioni umane! Quando ti ho portato qui per la prima volta, non hai pronunciato mezza parola di protesta. Avevi seta da indossare e oro da mettere; qualunque cosa tu avessi bisogno, io andavo a procurarla. Hai goduto dei beni di tutte e quattro le stagioni e del mio profondo affetto ogni giorno. Perché pensi ancora solo ai tuoi genitori, senza alcuna cura per il nostro matrimonio?" Quando la principessa sentì ciò che diceva, fu così terrorizzata che si inginocchiò subito a terra. "Marito," disse, "perché oggi parli con parole di separazione?" "Non so se sei tu o io a volerci separare!" disse il demone. "Ho catturato il Monaco Tang e desideravo tanto godermelo. Perché gli hai promesso la libertà prima ancora di consultarmi? La verità deve essere che hai scritto una lettera in segreto e gli hai chiesto di consegnarla per te. Se non fosse così, perché quei due monaci sono tornati a combattere alla mia porta e hanno chiesto il tuo ritorno? Non hai fatto tutto questo?" "Marito, mi accusi ingiustamente," disse la principessa. "Da quando ho mandato una lettera?" "Ancora cerchi di negarlo, eh?" disse il demone. "Ho catturato qualcuno qui che sarà un testimone." "Chi è?" chiese la principessa. Il vecchio demone disse, "Sha Monaco, il secondo discepolo del Monaco Tang."

Ora, nessun essere umano è disposto ad accettare la morte volontariamente anche se la morte è vicina. Decisa a negare tutto, la principessa disse, "Marito, calmati e andiamo a interrogarlo. Se ci fosse una lettera, sarei felice di lasciarti battermi a morte. Ma se non ci fosse tale lettera, non mi avresti forse uccisa ingiustamente?" Quando il demone sentì queste parole, non aspettò ulteriori discussioni. Allungando la sua mano indaco, delle dimensioni e della forma di un vaglio, afferrò la principessa per quei diecimila capelli lunghi e belli e la trascinò fino al fronte. La gettò a terra e poi avanzò, scimitarra in mano, per interrogare il prigioniero. "Sha Monaco," urlò, "dal momento che voi due avete osato combattere fino alla nostra porta, ti chiedo questo: è stato perché questa ragazza ha mandato una lettera al suo paese che il re vi ha detto di venire?"

Quando il legato Sha Monaco vide quanto era furioso il mostro, scagliando la principessa a terra e minacciando di ucciderla con la scimitarra, pensò tra sé, "Certo che ha mandato una lettera. Ma ha anche salvato il mio maestro, e questo è stato un favore incomparabilmente grande. Se lo ammettessi apertamente, ucciderebbe la principessa sul posto e questo significherebbe ripagare la gentilezza con l'inimicizia. Va bene! Va bene! Il vecchio Sand, dopotutto, ha seguito il Maestro per tutto questo tempo e non ha ottenuto il minimo merito. Oggi, sono già un prigioniero qui; tanto vale offrire la mia vita per ripagare la gentilezza del mio maestro." Gridò quindi, "Mostro, non osare essere ribelle! Che tipo di lettera ha mandato che ti ha fatto accusarla e volerla uccidere? C'era un altro motivo per cui siamo venuti a chiederti la principessa. Poiché hai imprigionato il mio maestro nella caverna, ha avuto la possibilità di intravedere la principessa, i suoi modi e i suoi gesti. Quando siamo arrivati al Regno dell'Immagine Preziosa e abbiamo fatto certificare il nostro lasciapassare di viaggio, il re faceva ogni sorta di domande sul luogo in cui si trovava sua figlia con un ritratto dipinto di lei. Ha mostrato quel ritratto al mio maestro e ci ha chiesto se l'avessimo vista lungo la strada. Quando il mio maestro ha descritto la dama che ha visto in questo luogo, il re ha capito che era sua figlia. Ci ha dato il suo stesso vino imperiale e ci ha comandato di venire qui a catturarti e riportare la sua principessa al palazzo. Questa è la verità. Da quando c'è stata una lettera? Se vuoi uccidere qualcuno, puoi uccidere il vecchio Sand! Ma non danneggiare uno spettatore innocente e non aumentare i tuoi peccati!"

Quando il demone sentì quanto eroicamente aveva parlato il Sha Monaco, gettò via la scimitarra e sollevò la principessa con entrambe le mani, dicendo, "Sono stato piuttosto rude con te poco fa, e devo averti offeso profondamente. Per favore, perdonami!" Le aiutò a sistemare di nuovo i capelli e a rimettere a posto i gioielli con grande tenerezza e amabilità, abbracciandola e scherzando con lei mentre rientravano. Le chiese poi di sedersi al centro della stanza e si scusò ancora. La principessa, dopotutto, era una donna piuttosto volubile; quando vide quanto si era pentito, anche lei ebbe un cambiamento di cuore. "Marito," disse, "se hai riguardo per il nostro amore, per favore allenta un po' le corde sul Sha Monaco." Quando il vecchio demone sentì ciò, ordinò ai piccoli di slegare il Sha Monaco e di rinchiuderlo invece. Dopo essere stato liberato e rinchiuso, il Sha Monaco si alzò, segretamente compiaciuto e pensando tra sé, "Gli antichi dicevano, 'Gentilezza verso gli altri è davvero gentilezza verso se stessi.' Se non fossi stato gentile con lei, non lo avrebbe fatto slegarmi, vero?"

Il vecchio demone, nel frattempo, chiese anche che venissero serviti vino e cibo come mezzo per fare ulteriori ammende con la principessa e calmarla. Dopo aver bevuto fino a essere mezzo ubriachi, il vecchio demone improvvisamente cambiò in una veste dai colori vivaci e si cinse una spada alla vita. "Padrona," disse, accarezzando la principessa con la mano, "rimani a casa e bevi ancora un po'. Guarda i nostri due figli e non lasciare che il Sha Monaco scappi. Mentre il Monaco Tang è ancora nel regno, vado lì a fare la conoscenza dei miei parenti."

"Fare la conoscenza di quali parenti?" chiese la principessa. "Tuo Padre Re," disse il vecchio demone. "Sono suo genero imperiale e lui è mio suocero. Perch é non dovrei andare a fare la conoscenza?"

La principessa disse, "Non puoi andare." "Perché no?" disse il vecchio demone. La principessa disse, "Mio Padre Re non ha conquistato il suo impero con la forza a cavallo; lo ha ereditato dai suoi antenati. Da quando è salito al trono in giovane età, non ha mai lasciato neppure il cancello della città. Non abbiamo uomini violenti con un aspetto così selvaggio e raccapricciante come il tuo. Se lo incontri, potresti spaventarlo e non sarebbe una cosa buona. È meglio che non vai a fare la conoscenza." "Se la metti così," disse il vecchio demone, "lasciami cambiare in un tipo affascinante e andare lì." "Cambia e lascia che ti guardi prima," disse la principessa.

Caro mostro! Proprio davanti al tavolo da pranzo, scosse il corpo una volta e si trasformò in una persona molto affascinante. Davvero aveva:

Caratteristiche molto eleganti
E un fisico robusto.
Parlava come un mandarino
E si muoveva con la grazia della gioventù.
Dotato come Zijian poteva rimare con facilità;
Sembrava Pan An quando gli lanciavano i frutti.
Indossava sulla testa un berretto a coda di corvo,
I capelli raccolti in modo ordinato;
E indossava sul corpo una veste di seta bianca foderata
Con ampie maniche svolazzanti.
Ai piedi portava stivali neri decorati;
Intorno alla vita brillava la cintura a cinque colori.
Aveva il vero portamento di un uomo affascinante:
Bello, alto, dignitoso e pieno di forza.

La principessa fu molto contenta di ciò che vide. "Padrona," disse quel demone ridendo, "è una buona trasformazione?" "Meraviglioso! Meraviglioso!" disse la principessa. "Ricorda solo questo: una volta che entri a corte, molti ufficiali, sia civili che militari, senza dubbio ti inviteranno a banchetti, poiché è politica di mio Padre Re non rifiutare mai nessun parente. Devi essere estremamente attento quando bevi a non rivelare il tuo aspetto originale. Una volta che mostri il tuo vero aspetto, non sembri così civilizzato." "Non c'è bisogno di tutte queste istruzioni," disse il vecchio demone. "So cosa fare."

Guardalo. Montò sulle nuvole e presto arrivò al Regno dell'Immagine Preziosa.

Abbassando la loro direzione, si recò davanti alla corte e disse al guardiano del cancello, " Il terzo genero imperiale è venuto appositamente per chiedere un'udienza al Trono. Per favore, riferiscilo per me. " Il Custode della Porta Gialla si recò davanti ai gradini di giada bianca e fece la segnalazione, dicendo, "Maest à, il terzo genero imperiale è venuto a chiedere un'udienza al Trono. È fuori dal cancello della corte e attende la vostra convocazione." Il re stava conversando con il Monaco Tang; quando sentì parlare del terzo genero imperiale, chiese ai suoi ministri, "Abbiamo solo due generi. Come mai c'è un terzo?" "Il terzo genero imperiale," dissero diversi dei ministri, "deve essere quel mostro." "Dovremmo convocarlo?" chiese il re. Già preoccupato, l'anziano disse, "Maestà, è uno spirito demoniaco! Se non fosse uno spirito, non sarebbe intelligente. Deve conoscere il futuro e il passato, perché è in grado di montare sulle nuvole e cavalcare le nebbie. Verrà quando lo convocherete, ma anche se non lo fareste, verrebbe comunque. Tanto vale convocarlo per evitare qualsiasi tipo di problema."

Il re acconsentì e ordinò che il demonio fosse convocato davanti ai gradini dorati. Anche lui fece un' elaborata esibizione del rituale di corte per rendere omaggio al re. Quando tutti i funzionari videro quanto fosse affascinante, non osarono considerarlo un mostro-spirito; essendo di occhi carnali e di stirpe mortale, lo consideravano invece un brav' uomo. Quando il re vide quanto fosse nobile e dignitoso il suo aspetto, pensò anche lui che fosse un uomo di notevoli capacità, adatto a governare il mondo. "Genero," disse, "dove si trova la tua casa? Da quale regione vieni? Quando hai sposato la nostra principessa? Perché hai aspettato fino ad oggi per essere riconosciuto come nostro parente?"

"Mio signore," disse il vecchio demonio, inginocchiandosi, "il tuo suddito proviene da una casa a est di questa città, nella Grotta della Luna Corrente del Monte Casseruola." Il re chiese, "Quanto dista il tuo monte da qui?" "Non molto," rispose il vecchio demonio, "solo circa trecento miglia." "Trecento miglia," disse il re. "Come ha fatto la nostra principessa a raggiungerti per sposarti?"

Con parole astute e l' intento di ingannare, il mostro-spirito rispose, "Mio signore, il tuo suddito è sempre stato appassionato di tiro con l' arco e equitazione fin dalla giovinezza, poiché guadagno da vivere cacciando. Tredici anni fa, ho guidato decine di garzoni su per la montagna, e stavamo appena liberando i nostri falchi e segugi quando abbiamo visto una grande tigre striata. Stava scendendo il pendio della montagna portando una giovane ragazza. Fu il tuo suddito a scoccare una freccia e uccidere la tigre, portando la ragazza al nostro villaggio, dove fu rianimata con qualche bevanda calda. Quando le chiesi della sua casa dopo averle salvato la vita, non menzionò mai la parola 'principessa.' Se avesse dichiarato di essere la terza principessa di vostra Maestà, oserei forse essere così insolente da sposarla senza il vostro consenso? Avrei cercato di entrare nel palazzo dorato e ottenere qualche tipo di incarico, per quanto umile, per essere degno di lei. Poiché però affermava di essere una ragazza di qualche famiglia contadina, il tuo suddito le chiese di rimanere nel mio villaggio. Sembravamo perfettamente adatti l' uno all' altra, ed eravamo entrambi disposti; ecco perch é siamo sposati da tredici anni. Dopo il nostro matrimonio, stavo per macellare la tigre e usarla per festeggiare i parenti. La principessa, però, mi chiese di non farlo e mise la sua ragione in questi versi poetici:

Il Cielo e la Terra ci hanno fatto marito e moglie;
Senza mediatore o testimone ci siamo sposati.
Fili rossi hanno legato i nostri piedi nelle vite passate:
Ecco perché la tigre è il nostro intermediario.

A causa di ciò che disse, il tuo suddito slegò la tigre e le risparmiò la vita. Con gli artigli che agitava e la coda che sventolava, scappò ancora portando la ferita della freccia. Non mi aspettavo che dopo alcuni anni, la tigre così risparmiata riuscisse a diventare uno spirito nella montagna attraverso l' auto-coltivazione, intenzionata a sedurre e fare del male alle persone. Alcuni anni fa, il tuo suddito aveva sentito parlare di diversi pellegrini delle scritture, tutti sacerdoti inviati dal Grande Tang. La tigre, penso, deve aver preso le loro vite; probabilmente si impossessò dei documenti di viaggio e si trasformò in una delle loro forme per venire qui a ingannare il mio signore. Mio signore, la persona seduta su quel cuscino ricamato laggiù non è altro che la tigre che portò via la principessa tredici anni fa. Non è un vero pellegrino delle scritture."

Guarda quel capriccioso sovrano! I suoi sciocchi occhi di carne indiscernente non potevano riconoscere il mostro-spirito; invece, considerò tutta quella speciosa retorica come verità. "Degno genero," disse, "come hai potuto dire che questo monaco è una tigre, quella che ha portato via nostra principessa?" "Mio signore," disse il demonio, "ciò di cui il tuo suddito si nutre sulla montagna sono le tigri; ciò che indossa sono anche tigri. Io dormo con loro e mi alzo con loro. Come potrei non riconoscerle?" "In tal caso," disse il re, "fallo apparire nella sua vera forma." La creatura demoniaca disse, "Per favore, dammi mezza tazza d' acqua pulita, e il tuo suddito lo farà apparire nella sua vera forma." Il re ordinò a un funzionario di portare l' acqua per il genero imperiale. Prendendo la tazza in mano, il demonio si alzò e si avvicinò per esercitare la Magia degli Occhi Soffusi e del Corpo Immoto. Recitò un incantesimo e sputò un boccone d' acqua sul Tang Monaco, gridando, "Cambia!" Il vero corpo del vecchio divenne subito invisibile; ciò che tutti videro nel palazzo fu invece una feroce tigre striata. Agli occhi mondani del re e dei suoi sudditi, la tigre aveva davvero

Una fronte bianca e una testa rotonda,
Un corpo striato e occhi lampeggianti.
Le sue quattro enormi zampe
Erano diritte e robuste;
Le sue venti unghie
Eran uncinate e affilate.
I denti simili a seghe riempivano la sua bocca;
Le orecchie appuntite si univano alle sopracciglia.

Feroce, aveva la forma di un grande felino;
Furiosa, aveva la forma di un toro bruno.
Peli d' acciaio si ergevano rigidi come strisce d' argento;
Una lingua rossa, a forma di pugnale, soffiava un' aria sgradevole.
Era davvero una cosa striata e feroce,
Che sbalordiva il palazzo con i suoi terribili soffi.

Quando il re la vide, la sua anima si sciolse e il suo spirito fuggì, mentre molti dei suoi sudditi si spaventarono e si nascosero. Alcuni coraggiosi ufficiali militari guidarono i capitani e le guardie a correre avanti e iniziarono a colpire con le loro armi. Se non fosse stato per il fatto che il Tang Monaco questa volta non era ancora destinato a morire, anche venti monaci sarebbero stati ridotti a carne tritata. Fortunatamente, in quel momento aveva la protezione segreta della Luce e dell' Oscurità, dei Guardiani, dei Sentinel e dei Protettori della Fede nell' aria. Per questo motivo, le armi di quelle persone non potevano fargli alcun male. Il caos nel palazzo durò fino alla sera, quando gli ufficiali decisero di catturare la tigre viva e di legarla con catene prima di metterla in una gabbia di ferro. Fu quindi custodita in una delle stanze del palazzo.

Il re emise quindi il decreto affinché la Corte degli Spettacoli Imperiali preparasse un enorme banchetto per ringraziare il genero imperiale per averlo salvato dal monaco. Dopo il ritiro degli ufficiali dalla corte, il demone entrò quella sera nella Sala della Pace d'Argento, dove diciotto giovani dame di corte lo attendevano; loro cantarono, ballarono e gli versarono il vino. Seduto tutto solo al tavolo principale, aveva su entrambi i lati tutte quelle bellezze incantevoli. Guardatelo bere e godere! Verso l'ora della seconda guardia, si ubriacò e non poté più trattenersi dal fare il birichino. Saltando su improvvisamente, rise istericamente per un momento e tornò alla sua forma originale. Diventò violento e afferrò una delle ragazze che suonava il pipa con quella grande mano a forma di ventaglio. Con un morso, le mozzò la testa. Le altre diciassette ragazze del palazzo furono così terrorizzate che si precipitarono disperatamente per nascondersi e cercare riparo. Guardatele:

Le dame di palazzo entrarono nel panico;
Le damigelle d'onore presero spavento—
Le dame di palazzo entrarono nel panico
Come ibisco colpito dalla pioggia notturna.
Le damigelle d'onore presero spavento
Come peonia danzante nel vento primaverile.
Distrussero i loro pipa, desiderose di vivere;
Spezzarono i loro cetera, fuggendo per la vita.
Corsero fuori dalle porte, senza sapere dove andare!
Abbandonarono la sala principale, fuggendo sia a est che a ovest!
Si graffiarono i loro tratti simili a giada;
Si ferirono i loro volti incantevoli.
Ognuna lottava per la sua vita;
Ognuna cercava rifugio.

Fuggirono tutte, ma non osarono urlare o gridare per paura di disturbare il

Trono così tardi di notte. Tremanti e agitati, cercarono di nascondersi sotto le grondaie del basso muro del palazzo e non ne parleremo più.

Mi permetto di proseguire con il racconto di quella creatura demoniaca che sedeva nella sala, versando vino e bevendo tutto da solo. Dopo aver svuotato un bicchiere, si trascinava il cadavere sanguinante vicino e ne dava qualche morso. Mentre così si dilettava all'interno, fuori dal palazzo la gente iniziò a diffondere la voce che il Monaco Tang fosse uno spirito-mostro. Tutto quel trambusto raggiunse presto la locanda Golden Lodge. A quel tempo, alla locanda non c'era nessuno tranne il cavallo bianco, che stava consumando fieno e mangime nella stalla. Ricordate, era originariamente il principe dragone dell'Oceano Occidentale, ma a causa di un passato offensivo contro il Cielo, aveva avuto le corna segate e le scaglie rasate. Fu trasformato nel cavallo bianco per poter portare il Monaco Tang a acquisire scritture a Ovest. Quando sentì improvvisamente la gente dire che il Monaco Tang era uno spirito-tigre, pensò tra sé: "Il mio padrone è sicuramente un uomo vero. Doveva essere quel demonio che lo ha trasformato in uno spirito-tigre per nuocergli. Cosa fare? Cosa fare? Il Fratello Maggiore è da tempo andato, e non c'è notizia né di Sha Monaco né di Otto Regole." Aspettò fino all'ora della seconda guardia, e poi disse tra sé: "Se non cerco ora di salvare il Monaco Tang, questo merito sarà annullato. Finito!" Non riuscendo più a trattenersi, morse le redini e si liberò della sella; all'improvviso si trasformò di nuovo in un drago e montò sulle nuvole oscure per elevarsi in cielo. Abbiamo una poesia commemorativa per lui, e la poesia dice:

Il monaco va ad Ovest per cercare il Onorato del Mondo,
Anche se vapori impuri e demoniaci ostruiscono la via.

Questa notte è una tigre, che disperazione!
Il cavallo bianco abbandona le redini per salvare il suo padrone.

In mezzo all'aria il giovane principe dragone vide che la Sala della Pace d'Argento era illuminata da luci, perché c'erano otto grandi candelabri all'interno con tutte le loro candele accese. Mentre abbassava la direzione delle sue nuvole, guardò attentamente e vide il mostro seduto da solo al tavolo principale e darsi alla pazza gioia con vino e carne umana. "Che individuo spregevole!" disse il drago ridendo. "Ha mostrato la sua mano! Si è rivelato! Non è molto intelligente, vero, mangiare la gente! Poiché non so dove sia il Maestro e ho solo questo demone senza legge davanti a me, potrei anche scendere laggiù e divertirmi un po' con lui. Se riesco, potrei essere in grado di catturare prima lo spirito-mostro e poi salvare il mio padrone."

Caro principe drago! Con un solo scuotimento del corpo, si trasformò in una cameriera di palazzo, veramente snella e seducente nell'aspetto. Camminò rapidamente all'interno e si inchinò al demone, dicendo: "Genero imperiale, per favore non farmi del male. Sono venuta a versarti del vino." "Allora versa," disse il mostro. Prendendo la brocca del vino, il piccolo drago iniziò a versare fino a quando il vino non fu alto circa mezzo pollice sopra il bordo del calice, ma il vino non si versò. Questo era in realtà la Magia della Restrizione dell'Acqua usata dal piccolo drago, anche se il demone non lo sapeva neppure quando lo vide. "Che abilità strana hai," disse, molto contento. Il piccolo drago disse: "Posso versare e farlo alzare ancora di più." "Versa ancora! Versa ancora!" gridò il demone. Il piccolo drago prese la brocca e continuò a versare, finché il vino non si elevò come una pagoda di tredici strati con un tetto appuntito; non cadde nemmeno una goccia. La creatura demoniaca sporse la bocca e finì tutto il calice prima di prendere la carcassa e fare un altro morso. Poi disse: "Sai cantare?" "Un po'," disse il piccolo drago, che scelse una melodia e la cantò prima di presentare un altro calice di vino al demone. "Sai ballare?" disse il mostro. Il piccolo drago disse: "Un po' anche io, ma sono a mani vuote, e la danza non sarà attraente." Sollevando la veste, il demone slacciò la spada che portava in vita e tirò fuori la lama. Il piccolo drago gli prese la spada e iniziò a ballare davanti al tavolo da pranzo; maneggiando la spada su e giù, a sinistra e a destra, creò intricati schemi di movimento.

Aspettando finché il demone fu completamente abbagliato dalla danza, il piccolo drago spezzò improvvisamente i passi e lo colpì con la spada. Caro mostro! Si schivò lateralmente e il colpo lo mancò di poco; il prossimo colpo del drago fu fermato da un candelabro di ferro battuto e pesante circa ottanta o novanta libbre, che il mostro raccolse di corsa. I due lasciarono la Sala della Pace d'Argento mentre il piccolo drago tornò alla sua forma originale per combattere con il demone in mezzo all'aria. Questa battaglia nel buio fu qualcosa! "Com'è stato?" chiedi tu.

Questo qui era un mostro nato e formato sul Monte Casseruola;
Quello là era un vero drago punito dell'Oceano Occidentale.
Questo qui emetteva una luce brillante
Come fulmini bianchi;
Quello là eruttava un'aria potente
Come nuvola rossa scoppiante.
Questo qui sembrava un elefante dai denti bianchi liberato tra gli umani;
Quello là sembrava un gatto selvaggio dalle zampe d'oro sceso sulla terra.
Questo qui era una colonna di giada che sosteneva il Cielo;
Quello là era una trave d'oro che attraversava i mari.
Il drago d'argento volò e danzò;
Il demone giallo saltò e si dibatté.
La spada preziosa, su e giù, non rallentava;
Il candelabro, avanti e indietro, continuava.

Dopo che i due si erano combattuti sul bordo delle nuvole per circa otto o nove round, la mano del piccolo drago si indebolì e le sue membra si intorpidirono. Il vecchio demone, dopo tutto, era forte e potente; quando il piccolo drago si accorse che non poteva più reggere il confronto con il suo avversario, puntò la spada verso il mostro e la lanciò contro di lui. Il mostro, tuttavia, non era impreparato per questa mossa disperata; con una mano afferrò la lama e con l'altra scagliò il candelabro contro il piccolo drago. Sconvolto, il drago non si chinò abbastanza velocemente e una delle sue zampe posteriori fu colpita. Frettolosamente si lasciò cadere dalle nuvole, e fu fortunato che il fossato imperiale fosse lì a salvarlo. Inseguito dal demone, il piccolo drago si tuffò testa in giù nell'acqua e all'improvviso divenne invisibile. A quel punto il demone prese la spada e raccolse il candelabro per tornare alla Sala della Pace d'Argento; lì bevve come prima fino a quando non si addormentò, e per ora non ne parleremo più.

Invece vi raccontiamo del piccolo drago, che si nascose sul fondo del fossato. Quando non sentì alcun rumore dopo mezz'ora, si morse le labbra per sopportare il dolore alla gamba e saltò su. Pestando le nuvole scure, tornò alla locanda dove si trasformò di nuovo in un cavallo e si sdraiò nella stalla. Sembrava davvero pietoso—completamente bagnato e ferito alla gamba! In quel momento,

Il Cavallo della Volontà e la Scimmia della Mente sono tutti dispersi;

Il Squire del Metallo e la Madre del Legno sono entrambi dispersi;

La Dama Gialla è ferita, da tutti divorziata;

Con ragione e diritto così divisi, cosa si può realizzare?

Non diciamo altro su come Tripitaka incontrò il disastro e il piccolo drago sub ì la sconfitta. Invece vi raccontiamo di quel Zhu Otto Regole, che, dopo aver abbandonato Sha Monaco, infilò la testa nei cespugli e si sdraiò lì come un maiale che sonnecchia in una pozzanghera di fango. Il sonnellino, infatti, durò fino a mezzanotte, e solo a quel punto si svegliò. Quando riprese conoscenza, non sapeva nemmeno dove fosse inizialmente; solo dopo essersi strofinato gli occhi e aver raccolto un po' i suoi pensieri riuscì a drizzare le orecchie per ascoltare cosa stesse succedendo. Beh, quello che successe fu che

Questa montagna profonda non aveva abbaiare di cane;

Questi vasti selvaggi mancavano persino di canto di gallo.

Guardando le stelle, calcolò che fosse circa l'ora della terza guardia e pensò tra sé: "Vorrei provare a salvare Sha Monaco, ma

Un filo di seta non è un filo;

Una mano sola non può applaudire!

Va bene! Va bene! Andiamo a vedere prima il Maestro. Se riesco a convincere il re a darmi qualche altro aiuto, vecchio Porco tornerà domani per salvare Sha Monaco."

L'Idiota montò velocemente sulle nuvole e tornò in città; in poco tempo raggiunse la locanda. La luna splendeva e la gente si era tranquillizzata a quell'ora, ma cercò invano nei corridoi per trovare qualche traccia del suo maestro. Vide solo il cavallo bianco sdraiato lì: tutto il corpo era bagnato e su una delle sue zampe posteriori c'era il segno di un livido grande quanto una padella. "Questa è una sfortuna raddoppiata!" disse Otto Regole, molto sorpreso. "Questo perdente non ha viaggiato. Perché sua maestà suda così, e con un livido alla gamba? Deve essere che alcuni uomini malvagi hanno rapito il nostro maestro, ferendo il cavallo nel processo."

Il cavallo bianco riconobbe Otto Regole; assumendo improvvisamente il linguaggio umano, chiamò: "Fratello maggiore!" L'Idiota fu così scosso che cadde a terra. Rialzandosi, stava per scappare fuori quando il cavallo bianco afferrò la tonaca del monaco con i denti, dicendo di nuovo: "Fratello maggiore, non aver paura di me."

"Fratello," disse Otto Regole, ancora scosso, "perché parli oggi? Quando parli così, deve significare che ci sta per accadere una grande disgrazia." Il piccolo drago disse: "Sai che il Maestro è stato colpito da un terribile orrore?" "No, non lo sapevo," disse Otto Regole.

Il piccolo drago disse: "Naturalmente, non lo sapevi! Tu e Frate Sha stavate sfoggiando le vostre abilità davanti al re, pensando di poter catturare il demone e ottenere ricompense per il vostro merito. Non vi aspettavate che il demone fosse così potente e che foste voi a essere battuti. Almeno uno di voi avrebbe potuto tornare a darci notizie, ma non è stato detto nulla da nessuno dei due. Quel demone si era trasformato in un bello studioso e si era introdotto nella corte presentandosi al re come parente imperiale. Il nostro maestro è stato trasformato da lui in una feroce tigre striata, che è stata poi catturata dagli ufficiali e rinchiusa in una gabbia di ferro in una delle stanze del palazzo. Quando ho sentito come il Maestro ha sofferto, il mio cuore è stato trafitto come da una spada. Ma voi siete stati via per quasi due giorni, e temevo che qualsiasi ulteriore ritardo potesse significare la morte del Maestro. Così non ho avuto altra scelta che tornare alla mia forma di drago per cercare di salvarlo. Quando sono arrivato alla corte, non ho trovato il Maestro, ma ho incontrato il demone nel Palazzo della Pace d'Argento. Mi sono trasformato in una cameriera di palazzo cercando di ingannarlo. Mi ha chiesto di fare una danza con la spada, durante la quale ho cercato di colpirlo. Lui è riuscito a sfuggire al mio colpo e invece mi ha sconfitto con un candelabro. Ho cercato disperatamente di colpirlo quando gli ho lanciato la spada, ma lui l'ha afferrata e mi ha colpito sulla gamba posteriore con quel candelabro. Ho tuffato nel fossato imperiale e salvato la mia vita; il livido sulla mia gamba è stato causato dal candelabro."

Quando Otto Regole sentì queste parole, disse: "È tutto vero?" "Pensi che ti stia ingannando?" disse il piccolo drago. Otto Regole chiese: "Cosa faremo? Cosa faremo? Puoi muoverti?" "Se posso," disse il piccolo drago, "e poi?" "Se puoi muoverti," disse Otto Regole, "allora muoviti nell'oceano. Il vecchio Porco rimetterà indietro i bagagli al Villaggio di Vecchio Gao per riprendere di nuovo mia moglie." Quando il piccolo drago sentì questo, si aggrappò alla camicia di Otto Regole e rifiutò di lasciarlo andare. Mentre le lacrime cadevano dai suoi occhi, disse: "Fratello maggiore, non devi diventare indolente." "Perché no?" disse Otto Regole. "Fratello Sha è già stato catturato da lui, e io non posso batterlo. Se non ci disperdiamo ora, che cosa stiamo aspettando?" Il piccolo drago pensò per un po' prima di parlare di nuovo, con le lacrime che gli scorrevano sulle guance. "Fratello maggiore, non menzionare la parola disperdersi. Se vuoi salvare il Maestro, devi andare a chiedere a una persona di venire qui." "Chi è quella persona?" chiese Otto Regole. Il piccolo drago disse: "È meglio che ti affretti e monti sulle nuvole per andare alla Montagna dei Fiori-Frutta, in modo da poter invitare il nostro Grande Fratello, il Pellegrino Sun, a tornare. Certamente ha il potere del dharma abbastanza grande da sottomettere questo demonio e salvare il Maestro, vendicando allo stesso tempo la vergogna della nostra sconfitta."

Otto Regole disse: "Fratello, lasciami chiedere a qualcun altro. Quel scimmione e io non siamo proprio nei migliori rapporti, sai. Quando ha ucciso quella Signora Osso Bianco laggiù sulla Cresta della Tigre Bianca, era già arrabbiato con me per aver persuaso il Maestro a recitare il Sortilegio di Stretto-Filato. Ero solo frivolo, e non pensavo che il vecchio sacerdote lo avrebbe davvero recitato e persino bandito. Non so quanto mi odi ora, e sono anche certo che non tornerà. Supponiamo di avere una piccola discussione allora: quel bastone funebre che ha è piuttosto pesante, sai. Se non sa nulla di meglio in quel momento e mi dà qualche colpo, pensi che riuscirò a vivere?" Il piccolo drago disse: "Non ti colpirà, perché è un Re Scimmia gentile e giusto. Quando lo vedi, non dire che il Maestro è in pericolo; digli solo che il Maestro sta pensando a lui e ingannalo a venire. Quando arriva qui e vede cosa sta succedendo, non si arrabbierà. Certamente vorrà avere a che fare con il demone al posto suo. Allora il demone sarà sicuramente catturato e il Maestro sarà salvato." "Va bene, va bene!" disse Otto Regole. "Sei così dedicato. Se non vado, significherà che non sono dedicato. Andrò, e se davvero il Pellegrino acconsente a venire, tornerò con lui. Ma se non è disposto, allora non aspettarti me, perché non tornerò neanche io." "Vai! Vai!" disse il piccolo drago. "Verrà sicuramente."

L'Idiota mise via la sua zappa e si raddrizzò la camicia. Saltò su e montò sulle nuvole, dirigendosi dritto verso Est. Capitò che il Monaco Tang non era ancora destinato a morire. Il vento soffiava nella giusta direzione; tutto ciò che l'Idiota doveva fare era alzare le sue enormi orecchie, e attraversò l'Oceano Orientale come se avesse le vele issate. Il sole stava appena sorgendo quando scese dalle nuvole per trovare la sua strada sulla montagna. Mentre camminava, sentì qualcuno parlare. Fece un altro attento esame e trovò Pellegrino seduto su un enorme masso in una valle di montagna. Davanti a lui c'erano circa mille duecento scimmie allineate in fila, tutte gridando: "Viva il nostro Padre, il Grande Saggio!" Otto Regole disse: "Che piaceri! Che piaceri! Non c'è da meravigliarsi che non voglia essere un monaco e voglia solo tornare a casa! Guarda tutte queste prelibatezze! Una casa così grande, e così tante piccole scimmie per servirlo! Se il vecchio Porco ha una grande fattoria come questa, io non sarò un monaco nemmeno io. Da quando sono arrivato, che devo fare? Suppongo che dovrò vederlo."

Ma l'Idiota aveva davvero paura di Pellegrino, e non osava mostrarsi apertamente. Scivolando giù per il prato erboso, strisciò furtivamente in mezzo a quelle mille e più scimmie e cominciò a inchinarsi anche lui insieme a loro. Non aveva idea di quanto alto sedesse il Grande Saggio e di quanto fosse acuta la sua vista. Aver visto tutto in una volta, il Re Scimmia chiese: "Chi è quel barbaro tra le fila che si inchina in modo così confuso? Da dove viene? Portatelo qui!" Appena ebbe finito di parlare, le piccole scimmie, come uno sciame di api, spinsero Otto Regole in prima fila e lo schiacciarono a terra. Pellegrino disse: "Barbaro, da dove vieni?" "Non oserei accettare l'onore di essere interrogato da te," disse Otto Regole, con la testa bassa. "Non sono un barbaro, sono un conoscente."

Pellegrino disse: "Tutte le scimmie sotto il comando del Grande Saggio qui hanno tratti simili, non come quella faccia goffa tua. Devi essere qualche demone malvagio da un'altra regione. Se è così, e se vuoi essere un mio suddito, avresti dovuto prima presentarci il tuo nome e i particolari della tua età e antecedenti su una carta in modo che io possa prendere il tuo ruolo quando sei assegnato ai nostri ranghi qui. Ma non hai nemmeno fatto quello, e osi inginocchiarti qui per inchinarti a me?" Con la testa e il muso abbassati, Otto Regole disse: "Oh, per la vergogna! Ti mostrerò il mio viso! Sono stato tuo fratello per alcuni anni, e tu ancora affermi di non riconoscermi, chiamandomi qualche tipo di barbaro!" "Alza la testa e fammi vedere," disse Pellegrino ridendo. Alzando il muso in su, l'Idiota disse: "Guarda! Anche se non mi riconosci, almeno puoi riconoscere questo muso mio!" Pellegrino non poté trattenersi dal ridere e disse: "Zhu Otto Regole." Appena sentì questo, saltò su, gridando: "Sì! Sì! Sono Zhu Otto Regole." Pensò anche tra sé: "Se mi riconosce, allora è più facile parlare."

Pellegrino disse: "Perché non stai accompagnando il Monaco Tang per andare a prendere i testi? Perché sei qui? Potrebbe essere che anche tu hai offeso il Maestro e ti ha bandito? Hai qualche lettera di bandizione? Fammi vedere." "Non l'ho offeso," disse Otto Regole, "e non mi ha dato nessuna lettera di bandizione. E non mi ha congedato." "Se non c'è nessuna lettera e non ti ha congedato, perché sei qui?" chiese Pellegrino. Otto Regole rispose: "Il Maestro sta pensando a te; mi ha detto di venire e invitarti a tornare."

"Non ha pensato a me, né mi ha invitato," disse Pellegrino. "Ha giurato al cielo quel giorno e ha scritto lui stesso la lettera di bandizione. Come potrebbe pensare a me e chiedermi di tornare? Non tornerò sicuramente indietro." Otto Regole mentì comodamente, dicendo: "Lui ha davvero pensato a te! Lui ha davvero pensato a te!" "Cosa lo ha fatto pensare a me?" chiese Pellegrino. Otto Regole disse: "Mentre il Maestro stava cavalcando il cavallo, ha chiamato a un certo punto, 'Discepolo'. Non l'ho sentito, e Frate Sha ha dichiarato che era un po' sordo! Il Maestro ha subito pensato a te, dicendo che eravamo senza valore e che solo tu eri abbastanza intelligente e sveglio da rispondere una volta chiamato, per dare dieci risposte a una domanda. Così ha pensato a te, e mi ha mandato appositamente per chiederti di tornare. Per favore fallo, almeno per la sua aspettativa e per il fatto che ho viaggiato per tutta questa distanza."

Quando Pellegrino sentì queste parole, saltò giù dal masso. Prendendo per mano Otto Regole, disse: "Fratello degno, mi dispiace che tu debba viaggiare per una così grande distanza per venire. Andiamo io e te a divertirci un po'." "Fratello maggiore," disse Otto Regole, "questo posto è abbastanza lontano, e temo che il Maestro possa essere tenuto in attesa. Non voglio giocare." Pellegrino disse: "Dopotutto, questa è la tua prima volta qui. Guarda almeno il paesaggio della mia montagna." L'Idiota non osava persistere nel suo rifiuto e dovette camminare via con lui.

I due procedettero mano nella mano, mentre i piccoli mostri li seguivano dietro per salire fino al punto più alto della Montagna dei Fiori-Frutta.

Meravigliosa montagna! Sin dal ritorno del Grande Saggio, era stata completamente rinnovata dal suo lavoro in questi pochi giorni. Vedi la montagna
Verde come giada scolpita,
Alta come un grattacielo di nuvole.
Dappertutto tigri accovacciate e draghi avvolti;
Su quattro lati sono frequenti richiami di scimmie e gru.
All'alba le nuvole bloccano la vetta;
Al tramonto il sole è in posizione sopra la foresta.
Il ruscello scorre mormorando come giada cintura-tingente;
Il ruscello suona goccia a goccia una nota di salterio.
Davanti alla montagna ci sono creste e alte falesie;
Dietro la montagna ci sono fiori e boschi densi.
Tocca la ciotola per lavare i capelli della ragazza di giada sopra;
Si unisce a un ramo del Fiume Celeste giù in basso.
Questa bellezza formata dal cosmo supera Penglai,
Una vera dimora cavernosa nata da respiri primordiali.
Anche i maestri artisti trovano difficile disegnarla,
Né gli immortali saggi possono rappresentarla completamente.
Come opere aperte scolpite finemente rocce fantastiche
In colori fantastici si ergono in cima.
Il sole si muove in mille raggi viola;
L'aria di buon auspicio forma innumerevoli filamenti di nebbia rossa.
Una caverna-celeste, un luogo benedetto tra gli uomini:
Una montagna piena di fiori freschi e alberi freschi.
Deliziati dall'infinita splendore del paesaggio, Otto Regole disse: "Fratello maggiore, che posto incantevole! Veramente la montagna numero uno in tutto il mondo!" "Degno fratello," disse Pellegrino, "pensi di poter passare il tempo qui?" "Guarda come parla il fratello maggiore!" rise Otto Regole. "Questa preziosa montagna è una caverna-celeste, una terra di benedizione. Come potresti dire 'passare il tempo'?" I due chiacchierarono amichevolmente per lungo tempo prima di scendere dalla cima. Lungo la strada incontrarono diversi piccoli scimmie, tutti con uva viola, pere profumate, nespole dorate brillanti e fragole rosso scuro. Ginocchioni lungo la strada, gridavano: "Padre Grande Saggio, per favore prendi la colazione." "Mio fratello Zhu," disse Pellegrino, ridendo, "ha un grande appetito e non prende frutta per la colazione. Tuttavia, per favore, non offenderti per tali bagatelle; usale come snack e prendine alcuni." Otto Regole disse: "Anche se ho un grande appetito, faccio come fanno i nativi ovunque. Sì, portali su qui. Ne proverò alcuni per il gusto."

I due mangiarono la frutta, e il sole stava rapidamente salendo alto. Temendo che non ci fosse abbastanza tempo per salvare il Monaco Tang, l'Idiota cercò di sollecitare il compagno a partire, dicendo: "Fratello maggiore, il Maestro ci sta aspettando. Per favore sbrigati e vai." "Degno fratello," disse Pellegrino, "ti invito a divertirti con me alla Caverna della Cortina d'Acqua." Otto Regole declinò immediatamente, dicendo: "Apprezzo i tuoi pensieri gentili, Vecchio Fratello, ma il Maestro ha già aspettato a lungo. Non c'è davvero bisogno per noi di entrare nella caverna." "In tal caso," disse Pellegrino, "non oserei trattenerti. Ti dirò addio qui." "Fratello maggiore," disse Otto Regole, "non vieni con me?" Pellegrino disse: "Andare dove? Questo mio posto non è né governato dal Cielo né controllato dalla Terra. Sono completamente libero qui. Perché non dovrei godermelo? Perch é dovrei tornare ad essere un monaco? Non andrò. Devi tornare da solo. E per favore digli al Monaco Tang che una volta che mi ha congedato, non pensi mai pi ù a me." Quando l'Idiota sentì queste parole, non osò insistere ulteriormente, perch é temeva che il temperamento di Pellegrino potesse infiammarsi e riceverebbe allora un paio di colpi dal bastone. Non aveva altra alternativa che salutare umilmente e trovare la via del ritorno.

Quando Pellegrino lo vide partire, ordinò a due agili scimiette di seguirlo e di scoprire cosa stesse per dire. Infatti, quando quel Idiota scese dalla montagna, non coprì più di tre o quattro miglia prima di voltarsi e puntare il dito nella direzione di Pellegrino. "Scimmia," gridò, "non vuoi essere un prete! Preferisci essere un mostro invece. Che scimmia! Sono venuto qui con buone intenzioni per chiedergli di tornare, ma ha rifiutato. Va bene! Se non vuoi andare, non devi!" Fece alcuni passi e iniziò di nuovo le sue castighi. Le due piccole scimmie corsero indietro per riferire: "Padre Grande Saggio, quel Zhu Otto Regole è piuttosto subdolo! Ti sta sgridando mentre se ne va." Pellegrino si arrabbiò e gridò: "Afferratelo!" Tutte le piccole scimmie corsero dietro Otto Regole e lo spinsero a terra. Agganciando la sua criniera e tirando le sue orecchie, tirando la sua coda e afferrando i suoi capelli, lo trasportarono fisicamente dentro la caverna. Non sappiamo come sarà trattato o cosa gli accadrà; ascoltiamo spiegazioni nel prossimo capitolo.

CAPITOLO 31

Zhu Otto Regole provoca il Re Scimmia alla cavalleria;
Pellegrino Sun con saggezza sconfigge il mostro.

Giustizia unita ai sentimenti fraterni,
Il dharma torna alla sua natura:
Metallo docile e Legno gentile porteranno frutti giusti.
La Scimmia Mentale e la Madre Legno si fondono con l'elixir sorgente—
Entrambi ascendono al mondo della beatitudine ultima,
Entrambi arrivano al cancello della verità indivisa.
I Sutra sono la strada principale dell'autocoltivazione;
Il Buddha dovrebbe unirsi con il proprio spirito.
Fratelli, maggiori e minori, fanno la parentela delle tre;
Le forme di mostri e demoni corrispondono ai Cinque Elementi.
Estingui il Sentiero Esadeco
E raggiungerai il Grande Tuono.

Vi stavamo raccontando di Idiota, che fu catturato da quei monaci; tirandolo e strappandogli, gli strapparono la camicia mentre lo portavano via. Più e più volte, mormorava tra sé: "Finito! Sono finito! Questa volta, sarò bastonato a morte!" In un batter d'occhio, arrivarono all'entrata della caverna, dove il Grande Saggio era seduto di nuovo sulla cima del masso. "Gran fannullone sovraffollato!" gridò. "Dovevi solo andartene. Perché mi hai insultato?" Ginocchioni a terra, Otto Regole disse: "Fratello maggiore, non ti ho insultato. Se l'avessi fatto, mi sarei morsicato questa lingua! Ho solo detto che se tu non avessi voluto andare, sarei tornato da Maestro a dire che sarebbe stato tutto qui. Come avrei osato insultarti?"

"Come potevi ingannarmi?" chiese Pellegrino. "Se sollevo quest'orecchio sinistro, posso scoprire chi parla nel Trentatreesimo Cielo; se abbasso questo orecchio destro, posso scoprire come i Dieci Re dell'Inferno stanno risolvendo i casi con i giudici. Mi calunniavi mentre te ne andavi, e pensavi che non potessi sentirti?"

Otto Regole disse: "Fratello maggiore, ora capisco. Sei un po' un truffatore e un estorsore! Devi esserti trasformato in qualche creatura e mi hai seguito. Ecco come hai scoperto."

"Piccoli," gridò Pellegrino, "sceglietemi una grande canna! Dategli venti colpi sulle gambe come saluto; poi altri venti sulla schiena. Dopodiché userò il mio bastone di ferro per mandarlo per la sua strada!" Otto Regole fu così spaventato che si prostrò subito, dicendo: "Fratello maggiore, ti prego di risparmiarmi per amore di Maestro."

"Oh, Maestro è così giusto e gentile!" disse Pellegrino.

"Fratello maggiore," disse di nuovo Otto Regole, "se non per amore di Maestro, almeno per amore del Bodhisattva, per favore perdonami."

Quando Pellegrino lo sentì menzionare il Bodhisattva, si rassegnò un po', dicendo: "Fratello, se lo dici così, per ora non ti colpirò. Ma devi essere onesto con me e non cercare di ingannarmi. Dove si trova quel Monaco Tang che affronta una prova che ti ha portato a chiamarmi?"

"Fratello maggiore," disse Otto Regole, "non c'è alcuna prova. Sta davvero pensando a te."

"Fannullone, devi amare essere bastonato!" gridò Pellegrino. "Perché stai ancora cercando di ingannarmi? Sebbene il corpo del vecchio Scimmia sia tornato alla Caverna della Cortina d'Acqua, il suo cuore segue il monaco delle scritture. Il nostro maestro affronta una prova ad ogni passo del cammino; è destinato a soffrire in ogni luogo. Meglio che tu mi dica subito, o sarai frustato!"

Quando Otto Regole sentì tali parole, si prostrò e disse: "Fratello maggiore, ho chiaramente cercato di ingannarti per farti venire, ma non avevo idea di quanto tu fossi furbo. Per favore, risparmiami una bastonata e lascia che te lo dica stando in piedi."

"Va bene," disse Pellegrino, "alzati e parla." Le scimmie tolsero le loro mani e l'Idiota, saltando su subito, cominciò a guardare selvaggiamente a sinistra e a destra. Pellegrino disse: "Cosa stai facendo?" "Per vedere quale strada è larga e liscia così che possa correre," disse Otto Regole. "Verso dove?" chiese Pellegrino. "Ti darò tre giorni di vantaggio, e il vecchio Scimmia ha ancora la capacità di inseguirti. Meglio che tu parli! Se mi fai arrabbiare di nuovo, questa volta non ti risparmierò."

Otto Regole disse: "Per dirti la verità, fratello maggiore, da quando ci hai lasciati, il Sha Monaco e io abbiamo accompagnato Maestro per andare avanti e siamo arrivati in una foresta di pini neri. Maestro è sceso e mi ha detto di andare a cercare cibo vegetariano. Poiché non ho trovato nemmeno una singola casa dopo aver camminato a lungo, mi sono un po' stancato e ho fatto un pisolino nell'erba. Sha Monaco, non me ne sono accorto, ha anche lasciato Maestro per cercare me. Sai che Maestro non poteva stare fermo, e ha fatto una passeggiata da solo nella foresta per godersi il paesaggio. Quando è uscito dalla foresta, ha visto una pagoda gioiello luminescente d'oro giallo, che pensava fosse una specie di monastero. Non sapeva che sotto la pagoda c'era uno spirito-mostro, che aveva il nome di Veste Gialla, ed è stato catturato dal demonio. In seguito, quando Sha Monaco e io siamo tornati a cercarlo, abbiamo visto solo il cavallo bianco e i bagagli, ma non abbiamo visto Maestro. Abbiamo cercato fino ad arrivare alla porta della caverna, dove abbiamo combattuto con il mostro. Nel frattempo, Maestro ha incontrato una stella salvifica all'interno, che si è rivelata essere la terza principessa del Regno dell'Immagine Preziosa, rapita qualche tempo fa da quel mostro. Ha scritto una lettera alla sua famiglia e voleva che Maestro la mandasse per lei; questo è il motivo per cui ha persuaso il mostro a lasciar andare Maestro. Quando siamo arrivati al regno, abbiamo presentato la lettera, a cui il re ha chiesto a Maestro di sottomettere il mostro. Fratello maggiore, dovresti sapere. Come poteva quel vecchio sacerdote sottomettere qualsiasi mostro? Dovevamo essere di nuovo noi due a tornare per combattere, ma il potere magico del demonio era enorme e ha afferrato Sha Monaco invece. Sono riuscito a scappare nascondendomi nell'erba. In seguito, il mostro si è trasformato in uno studente bello per ottenere il riconoscimento della corte e dell'impero. Maestro, d'altra parte, è stato cambiato da lui in una tigre. Quella sera, è stato fortunato che il drago bianco si è rivelato per cercare Maestro; non l'ha trovato, ma ha visto il mostro bere nel Palazzo della Pace Argentata. Trasformandosi in una cameriera del palazzo, il drago gli ha versato del vino, ha fatto una danza con la spada, ed era pronto a usare quell'opportunità per cercare di uccidere il mostro. È stato ferito invece da lui con un candelabro, ed è stato il drago che mi ha detto di venire a prenderti. Ha detto che Fratello maggiore era un signore giusto e benevolo, uno che non sarebbe rimasto sui vecchi torti e sarebbe stato disposto a andare a salvare Maestro. Ti prego, fratello maggiore, ricorda la verità di 'Una volta un insegnante, sempre un padre', e cerca di salvarlo."

"Idiota!" disse Pellegrino. "Al momento della mia partenza, ti ho detto più e più volte che se Maestro fosse stato catturato da un mostro-demonio, avresti dovuto dirgli che il vecchio Scimmia era il suo primo discepolo. Perché non l'hai detto?"

Otto Regole pensò tra sé e sé: "Chiedere a un guerriero non è efficace quanto provocare un guerriero. Lascia che lo provochi un po'." Disse quindi: "Fratello maggiore, sarebbe stato meglio se non ti avessi menzionato. Una volta che ho detto qualcosa su di te, il mostro è diventato ancora più impudente."

"Cosa intendi?" chiese Pellegrino.

Otto Regole rispose: "Ho detto: 'Mostro, non osare essere insolente, e non osare nuocere al mio maestro. Ho ancora un fratello maggiore, che si chiama Pellegrino Sun. La sua magia è grande ed è particolarmente capace di sottomettere mostri. Quando arriva, ti farà morire senza scegliere un posto per la sepoltura.' Quando quel demonio ha sentito le mie parole, è diventato più eccitato, gridando: 'Chi è questo Pellegrino Sun di cui dovrei aver paura? Se si presenta, lo scuoierò vivo, gli strapperò i tendini, lo priverò delle ossa e gli divorerò il cuore. Potrebbe essere magro, questa scimmia, ma lo taglierò comunque a pezzi e lo friggerò nell'olio.'" Quando Pellegrino sentì queste parole, divenne così furioso che saltò su e giù, grattandosi furiosamente le guance e tirandosi le orecchie. "Chi è che osa insultarmi così?" gridò. Otto Regole disse: "Fratello maggiore, calmati. È il Mostro Veste Gialla che ti sta insultando così. Stavo solo facendoti una prova di ciò che ha detto."

"Degno fratello," disse Pellegrino, "alzati. Devo andare. Se quel mostro-spirito osasse insultarmi così, sarebbe impossibile per me non sottometterlo. Andrò con te. Quando il vecchio Scimmia ha causato grande disturbo nel Palazzo Celeste cinquecento anni fa, tutti i guerrieri divini del Cielo si sarebbero piegati e inchinati a lui quando lo vedevano. Ognuno di loro mi chiamava il Grande Saggio. Questo demone è veramente impudente. Osa insultarmi alle spalle! Andrò, lo prenderò e lo frantumerò in pezzi per vendicarmi di essere stato così insultato. Quando l'avrò fatto, tornerò."

"Esattamente, fratello maggiore," disse Otto Regole. "Vai e prendi prima il mostro, e quando ti sei vendicato, puoi decidere se vuoi tornare o no."

Saltando subito giù dal masso, il Grande Saggio si precipitò nella grotta e si tolse il mantello da mostro. Infila la camicia di seta dentro i pantaloni e si allacciò stretto il kilt di pelle di tigre, poi uscì dalla porta tenendo stretta la sua asta di ferro. Stupiti, i vari scimmioni sbarrarono la strada e chiesero: "Padre Grande Saggio, dove vai? Non è meglio che tu ci prenda cura e ti diverta con noi per ancora qualche anno?" Pellegrino disse: "Piccoli, guardate quello che dite. La mia accompagnatura al Monaco Tang non è una questione privata, perché il Cielo e la Terra sanno che Sun Wukong è il suo discepolo. Non mi ha bandito qui; mi ha detto di tornare a casa e di rilassarmi un po' prima di unirmi di nuovo a lui. È questo il senso di tutta la faccenda. Voi dovete prendervi cura dei nostri beni e non mancate di piantare i salici e i pini nelle stagioni appropriate. Aspettate che io finisca di accompagnare il Monaco Tang e di portare indietro le sacre scritture nella Terra dell'Est. Dopo aver ottenuto il merito, tornerò per godermi le gioie della natura con voi." Ogni scimmia obbedì agli ordini.

Il Grande Saggio montò quindi sulle nuvole con Otto Regole per lasciare la grotta e attraversare il grande Oceano Orientale. Quando raggiunsero la riva occidentale, fermò la luminosità delle nuvole dicendo: "Fratello, ti prego di fermarti un attimo e lasciarmi scendere nell'oceano per pulire il mio corpo." "Abbiamo fretta," disse Otto Regole. "Perché devi pulire il tuo corpo?" Pellegrino disse: "Non hai idea che i pochi giorni trascorsi da quando sono tornato mi hanno fatto prendere un po' di odore da mostro. Il Maestro ama la pulizia e temo che potrebbe esserne disgustato." Solo allora Otto Regole capì appieno che Pellegrino era sinceramente preoccupato. In un attimo il Grande Saggio finì di fare il bagno e montò di nuovo sulle nuvole per procedere verso ovest. Presto videro la pagoda dorata luminosa, a cui Otto Regole indicò dicendo: "Non è quella la casa del Mostro Vestito Giallo? Il Sha Monaco è ancora dentro." "Stai in aria," disse Pellegrino, "e lascia che vada alla sua porta per vedere cosa posso fare combattendo con il mostro." Otto Regole disse: "Non andare, il mostro non è a casa." "Lo so," disse Pellegrino. Caro Re Scimmia! Abbassando la sua luminosità auspicabile, si diresse direttamente all'ingresso della grotta, di fronte alla quale trovò due ragazzi che giocavano a hockey sul prato. Uno aveva circa otto o nove anni, l'altro aveva più di dieci anni. Mentre giocavano, Pellegrino si precipitò avanti e, senza preoccuparsi di quale famiglia appartenessero, li afferrò per i ciuffi dei capelli e li sollevò. Terrorizzati, i ragazzi cominciarono a litigare e a gridare così forte che i piccoli demoni nella grotta della Luna Corrente corsero a riferire alla principessa, dicendo: "Signora, una persona sconosciuta ha portato via i due giovani principi." I due ragazzi, vedete, erano i figli della principessa e del mostro.

Quando la principessa sentì ciò, corse fuori dalla grotta, dove vide Pellegrino che teneva i due ragazzi. In piedi sulla cima di una scogliera, stava per precipitarli giù nel terreno sottostante. "Ehi, tu!" gridò spaventata la principessa. "Non ho nulla contro di te. Perché li hai portati via? Il loro vecchio è piuttosto meschino, e se succede loro qualcosa, non ti lascerà scappare." "Non mi riconosci?" disse Pellegrino. "Sono Pellegrino Sun Wukong, il primo discepolo del Monaco Tang. Mio fratello minore, Sha Monaco, è nella tua grotta. Vai e liberamelo, e ti restituir

ò questi ragazzi; due per uno, stai già facendo un affare." Quando la principessa
sentì ciò che disse, corse rapidamente dentro e disse ai pochi piccoli mostri che
stavano facendo la guardia alla porta di farsi da parte. Con le sue stesse mani,
sciolse Sha Monaco. "Principessa, meglio non sciogliermi," disse Sha Monaco.
"Quando il tuo mostro torna a casa e ti chiede il prigioniero, temo che tu prenda
di nuovo la colpa." La principessa disse: "Vecchio, sei il mio benefattore; non solo
hai mandato una lettera a casa mia per me, ma hai anche salvato la mia vita. Stavo
pensando a un modo per liberarti quando tuo fratello maggiore Sun Wukong è
comparso alla porta della nostra grotta. Mi ha detto di liberarti." Holla! Quando
Sha Monaco sentì il nome di Sun Wukong, sentì come se la testa gli fosse stata
ungere di vino dolce, come se il suo cuore fosse stato inumidito dalla rugiada dolce.
La gioia inondò il suo volto; tutto il suo viso si illuminò di primavera. Non si
comportò come qualcuno che sentiva l'annuncio dell'arrivo di una persona, ma
piuttosto come qualcuno che aveva appena scoperto un blocco d'oro o di giada.
Guardatelo! Agitando le mani per spazzare via la polvere dai suoi vestiti, corse
fuori dalla porta e si inchinò a Pellegrino, dicendo: "Fratello maggiore, sei
veramente disceso dal Cielo! Salvami, ti supplico." "Oh, tu monaco di Sabbia!"
disse Pellegrino con un sorriso. "Quando il Maestro recitò l'incantesimo della
stretta di tiglio, eri disposto a dire una parola per me? Eri altrettanto un fanfarone!
Perché non stai accompagnando il Maestro a andare verso l'Occidente? Perché
stai accovacciato qui?" "Fratello maggiore," disse Sha Monaco, "non c'è bisogno
di parlare così. Un gentiluomo perdona e dimentica. Siamo comandanti di un
esercito sconfitto, a malapena degni di parlare di coraggio. Per favore salvaci."
Pellegrino disse: "Vieni su," e Sha Monaco saltò sulla scogliera.

Quando Otto Regole, che stava in mezzo all'aria, vide Sha Monaco uscire dalla
grotta, scese dalle nuvole, gridando: "Fratello Sha! Hai passato un brutto
momento!" Vedendolo, Sha Monaco disse: "Secondo fratello maggiore, da dove
vieni?" Otto Regole disse: "Dopo essere stato sconfitto ieri, sono entrato in città
di notte dove ho appreso dal cavallo bianco che il Maestro era in grande difficolt
à. Era stato trasformato in tigre dalla magia di Vestito Giallo. Il cavallo bianco mi
ha suggerito di chiedere a Fratello Maggiore di tornare." "Idiota," disse Pellegrino,
"non perdiamo tempo a chiacchierare. Ciascuno di voi prenda uno di questi
ragazzi e vada nella città dell'Immagine Preziosa per provocare il mostro a venire
qui, così che io possa ucciderlo." "Fratello maggiore," disse Sha Monaco, "come
vuoi che lo provochiamo?" Pellegrino disse: "I due di voi dovrebbero montare
sulle nuvole e stare sopra il Palazzo dei Campanelli d'Oro. Non vi preoccupate
delle conseguenze: semplicemente gettate i ragazzi a terra davanti ai gradini di
giada bianca. Se qualcuno vi chiede di chi sono figli, dite solo che sono i figli del
mostro Vestito Giallo catturati da voi due. Quando il mostro sentirà questo,
certamente vorrà tornare qui. Non voglio combattere con lui dentro la città perch
é la nostra battaglia scatterà nubi e nebbie, solleverà polvere e sporco. Gli ufficiali
della corte e l'intera popolazione della città ne saranno disturbati."

"Fratello maggiore," disse Otto Regole con un risolino, "appena fai qualcosa,
inizi a imbrogliarci." "Cosa intendi?" chiese Pellegrino. Otto Regole rispose:

"Questi due ragazzi, dopo essere stati presi da te così, sono già sconvolti oltre ogni cura. Hanno appena pianto fino a diventare senza voce; dopo un po', moriranno di sicuro. Se li gettiamo a terra dall'aria, diventeranno polpette di carne. Pensi che il mostro ci lascerà andare una volta che ci raggiungerà? Sicuramente ci farà pagare con la nostra vita, mentre tu te ne andrai impunito. Non c'è nemmeno un testimone contro di te! Non ci stai ingannando?" "Se lui si scontra con voi due," disse Pellegrino, "attiratelo qui. Abbiamo un campo di battaglia liscio e ampio in questo luogo, e io lo starò aspettando." "Esatto, esatto," disse Sha Monaco. "Il Grande Fratello ha ragione. Andiamo." Cavalcati sul potere e sull'assicurazione di Pellegrino, i due presero i ragazzi e se ne andarono.

Pellegrino saltò giù dal masso e andò davanti alla porta della pagoda. "Ehi, monaca," disse la principessa, "sei completamente non affidabile. Hai detto che mi avresti restituito i miei ragazzi una volta che tuo fratello minore fosse stato rilasciato. Ora che lo è, stai ancora trattenendo i miei ragazzi. Cosa stai facendo qui invece?" Pellegrino le sorrise e disse: "Non ti offendere, principessa. Sei stata qui per molto tempo, e ho pensato che dovremmo portare i tuoi figli a presentarli al loro nonno materno." La principessa disse: "Monaco, meglio che ti comporti! Mio marito, Vestito Giallo, non è una persona comune. Se hai spaventato i miei ragazzi, dovresti cercare di confortarli prima." "Principessa," disse Pellegrino con un sorriso, "sai qual è considerato un crimine per un essere umano che vive in questo mondo?" "Lo so," disse la principessa. Pellegrino disse: "Sei una donna! Cosa ne sai?" "Fin dall'epoca della mia giovinezza nel palazzo," disse la principessa, "sono stata istruita dai miei genitori. Ricordo che un antico libro diceva: 'Contro le Cinque Punizioni ci sono circa tremila crimini, ma nessuno è più grande di un atto di filialità non compiuto.'" Pellegrino disse: "Tu sei precisamente una persona non filiale. Ricorda:

O mio padre, che mi hai generato!
O mia madre, che mi avevi nutrito! . . .
Pietà per mio padre e mia madre,
Quanto si sono impegnati per generarmi!

Pertanto, la pietà filiale è la base di cento atti virtuosi, la fonte di tutta la moralità. Come hai potuto affittare il tuo corpo per essere il compagno di uno spirito-mostro e non pensare affatto ai tuoi genitori? Non hai commesso il crimine di un atto non filiale?" Quando la principessa sentì queste parole di rettitudine, fu così imbarazzata che arrossì a lungo prima di sbottare in risposta, dicendo: "Le parole del maggiore sono le più giuste. Come potrei non pensare ai miei genitori? Ma tutti i miei guai sono iniziati quando il mostro mi ha rapito qui. I suoi ordini sono molto rigorosi, e non posso viaggiare affatto. La distanza, inoltre, è grande e non c'è nessuno in grado di mandare un messaggio per me. Volevo suicidarmi, ma avevo paura che i miei genitori sospettassero che fossi scappata con qualcuno, e tutta la faccenda non si sarebbe chiarita. Non avevo quindi altra scelta che prolungare la mia esistenza fragile. In effetti, sono una grande criminale in tutto questo vasto mondo!" Quando ebbe finito di parlare, le lacrime le scorrevano giù per il viso.

Pellegrino disse: "Principessa, non c'è bisogno che tu sia afflitta. Zhu Otto Regole mi ha detto che hai scritto una lettera e hai salvato la vita del mio maestro. Hai espresso i tuoi sentimenti per i tuoi genitori nella lettera. Ora che il vecchio Scimmiotto è arrivato, puoi essere sicura che catturerà il mostro per te e lo porterà alla corte per vedere il Trono. Potrai quindi trovare un compagno degno e prenderti cura dei tuoi genitori nella loro vecchiaia. Che ne dici?"

"Monaco," disse la principessa, "non cercare la morte certa. I tuoi due fratelli minori erano abbastanza robusti, ma non sono riusciti a sconfiggere mio marito, Vestito Giallo, durante la lotta di ieri. Ora guarda te! Sembri un fantasma, con più tendini che ossa! Sembri un granchio o uno scheletro ambulante! Che capacità hai tu che osi parlare di catturare il mostro?"

Ridendo, Pellegrino disse: "Non hai davvero molto giudizio e non sai discriminare tra le persone. Come dice il proverbio comune,
Una vescica per l'urina, sebbene grande, non ha peso;
Un pesetto, sebbene piccolo, supera le mille libbre.

Possono sembrare grandi, ma sono inutili: creano resistenza al vento quando camminano e sprecano tessuto quando indossano vestiti. Possono essere grandi come una montagna ma sono vuoti dentro; le loro teste possono toccare le porte ma sono svogliati di torsioni; e possono mangiare molto ma il cibo non fa loro bene. Io, vecchio Scimmiotto, sono piccolo, va bene, ma resistente."

"Hai davvero le capacità?" chiese la principessa.

"Niente di ciò che hai mai visto," disse Pellegrino, "ma sono specializzato nel soggiogare mostri e addomesticare demoni."

"È meglio che non mi metti nei guai," disse la principessa.

"Sicuramente no," disse Pellegrino. "Se sei in grado di soggiogare mostri e addomesticare demoni," disse la principessa, "come farai a catturarlo?"

Pellegrino disse: "È meglio che tu resti nascosta, altrimenti non potrò davvero muovermi quando arriva. Ho paura che tu abbia ancora molti sentimenti per lui e non riesca a rinunciarvi."

"Cosa intendi con non rinunciare?" disse la principessa. "Il mio rimanere qui non è una mia scelta!"

"Se siete stati marito e moglie per tredici anni," disse Pellegrino, "non potete essere completamente privi di affetto. Ma quando lo vedrò, non starò a scherzare: un colpo di bastone sarà un colpo, e un pugno sarà un pugno. Devo ucciderlo prima di poterti riportare alla corte per vedere il Trono."

La principessa seguì effettivamente il consiglio di Pellegrino e andò in un luogo appartato. Il suo matrimonio con il mostro, inoltre, era destinato a finire, ed ecco perché il Grande Saggio fece la sua apparizione. Dopo che ebbe nascosto la principessa, il Re Scimmiotto scosse il suo corpo una volta e si trasformò nella forma della principessa per entrare nella grotta e aspettare il mostro.

Vi diciamo ora di Otto Regole e Sha Monaco, che portarono i due ragazzi nel Regno dell'Immagine Preziosa e li gettarono a terra davanti ai gradini di giada bianca. Ahimè! Furono ridotti a due polpette di carne; le loro ossa furono completamente frantumate e il sangue spruzzato ovunque.

"Orribile! Orribile!" gridarono gli ufficiali in corte. "Due persone sono state gettate giù dal cielo!"

"I ragazzi," gridò Otto Regole dall'alto, "sono i figli del mostro, Vestito Giallo. Sono stati catturati dal vecchio Hog e dal fratello Sha."

Ancora sotto l'effetto del vino, il demone stava dormendo nel Palazzo della Pace d'Argento quando sentì qualcuno gridare il suo nome. Si girò e guardò in su: c'erano Zhu Otto Regole e Sha Monaco in piedi sul bordo delle nuvole, urlando. Il mostro pensò tra sé: "Se fosse stato solo Zhu Otto Regole, potrei capirlo, ma Sha Monaco era legato nella mia casa. Come ha fatto ad arrivare qui? Perché mia moglie lo avrebbe lasciato andare? Come possono i miei ragazzi finire nelle loro mani? Potrebbe essere che Zhu Otto Regole, temendo la mia riluttanza a combattere con lui, stia usando questo per ingannarmi? Posso abboccare e andare a combattere con lui. Eh! Sono ancora ubriaco. Se mi dà una mazzata con il suo rastrello, perderò tutta la mia credibilità. Lasciatemi tornare a casa prima e vedere se sono davvero i miei figli o no. Poi posso parlare con questi monaci."

Caro demone! Senza congedarsi dal re, si diresse dritto verso la sua grotta nella foresta di montagna per indagare. Nel frattempo, la gente di corte sapeva benissimo che era davvero un mostro. Perché, vedete, aveva mangiato una delle cameriere del palazzo durante la notte, ma le altre diciassette che erano fuggite avevano fatto un rapporto dettagliato al re dopo l'ora della quinta guardia. Visto che se ne era andato così improvvisamente, sapevano ancora di più che era senza dubbio un mostro. Tutto ciò che il re poteva fare era ordinare ai numerosi funzionari di custodire la speciosa tigre, e non ne parleremo più per il momento.

Ora vi raccontiamo del demone, che tornò nella sua grotta. Quando Pellegrino lo vide arrivare, ideò immediatamente un piano di inganno. Pestò un po' i piedi, si batté il petto e chiamò i ragazzi tutto il tempo, gridando rumorosamente nella grotta. Un incontro così improvviso impedì al demone di capire che questa non era sua moglie. Si avvicinò invece e abbracciò Pellegrino, dicendo: "Signora, perché sei così sconvolta?" Con abile invenzione, con una favola immaginativa, il Grande Saggio disse lacrimosamente: "Caro marito! Come dice il proverbio,

Se un uomo non ha moglie, la sua ricchezza non ha padrone;

Se una ragazza non ha compagno, è completamente perduta!

Dopo che sei entrato in corte ieri per presentarti ai parenti, perché non sei tornato? Questa mattina Zhu Otto Regole è tornato e ci ha rubato Sha Monaco. Inoltre, hanno portato via con la forza anche i nostri due ragazzi nonostante le mie suppliche disperate. Hanno detto che avrebbero anche portato i ragazzi in corte per presentarli al nonno materno. È già passata mezza giornata e non c'è traccia dei nostri ragazzi o neanche notizie se siano vivi o morti. E tu non sei tornato fino ad ora. Come avrei potuto separarmi dai miei bambini? Ecco perché sono così distrutto." Quando il demone sentì quelle parole, si arrabbiò molto, dicendo: "È davvero successo così ai miei figli?" "Sì," disse Pellegrino, "e sono stati portati via da Zhu Otto Regole."

Il demone fu così infuriato che saltò agitatamente, gridando: "Fallito! Fallito! I miei figli sono stati uccisi da lui! Non possono essere riportati in vita! L'unica cosa che resta è catturare quel monaco e fargli pagare con la vita. Signora, non piangere. Come ti senti ora? Prendiamoci cura di te prima." "Sto bene," disse Pellegrino, "ma mi mancano così tanto i miei bambini, e tutto quel pianto mi ha fatto male al cuore." "Non preoccuparti," disse il demone. "Alzati prima. Ho un tesoro qui; tutto ciò che devi fare è strofinarlo sul punto dolorante e non ti farà più male. Ma devi fare attenzione a non sfiorare il tuo pollice sul tesoro, perché se lo fai, rivelerò la mia vera forma." Quando Pellegrino sentì questo, disse sorridendo tra sé: "Questa creatura sfacciata! È abbastanza onesto; anche senza tortura ha già fatto una confessione. Aspetta che tirerà fuori il suo tesoro. Andrò a colpirlo con il mio pollice e vedrò che tipo di mostro è." Guidando Pellegrino, il demone portò il suo compagno nella profondità oscura della grotta prima di sputare dalla bocca un tesoro grande come un uovo di gallina. Era un elisir interno, formato cristallino bianco come una śarīra. Segretamente deliziato, Pellegrino disse tra sé: "Cosa meravigliosa! Dio sa quante esercitazioni sedentarie erano state eseguite, quanti anni di prove e sofferenze erano passati, quante volte l'unione delle forze maschili e femminili si era verificata prima che questa śarīra di elisir interno si formasse. Quanto grande affinità ha oggi che dovrebbe incontrare il vecchio Scimmia!"

La scimmia lo prese. Naturalmente, non aveva alcun dolore, ma lo strofinò deliberatamente su qualche parte del suo corpo prima di sfiorarlo col pollice. Allarmato, il demone immediatamente stese la mano per cercare di strapparlo via. Pensateci! Questa scimmia è proprio troppo scivolosa e scaltro! Ingoiò il tesoro in un sol boccone. Il demone alzò il pugno e gli diede un pugno, solo per essere parato dal braccio di Pellegrino. Con l'altro mano, Pellegrino si pulì una volta il viso e tornò alla sua forma originale, gridando: "Mostro, non essere insolente! Guarda! Chi sono io?"

Quando il demone vide ciò che vide, fu molto scosso, dicendo "Accidenti, Signora! Come hai fatto a tirar fuori una faccia del genere?" "Tu impudente!" rimproverò Pellegrino. "Chi è la tua padrona? Non riesci nemmeno a riconoscere il tuo antenato!" Comprendendo improvvisamente, il demone disse: "Penso di conoscerti." Pellegrino disse: "Non ti colpirò subito, guardati di nuovo." Il demone disse: "Anche se mi sembri familiare, al momento non riesco a pensare al tuo nome. Chi sei davvero? Da dove vieni? Dove hai portato mia moglie? Come osi venire nella mia casa per ingannarmi del mio tesoro? Questo è assolutamente riprovevole!" "Allora non mi riconosci," disse Pellegrino. "Sono il primo discepolo del monaco Tang, e il mio nome è Pellegrino Sun Wukong. Sono anche il tuo vecchio antenato di cinquecento anni fa!" Il demone disse: "Niente del genere! Niente del genere! Quando ho catturato il monaco Tang, ho scoperto che aveva solo due discepoli chiamati Zhu Otto Regole e Sha Monaco. Nessuno ha mai menzionato che c'era qualcuno di nome Sun. Devi essere un demone da qualche parte che è venuto qui per ingannarmi." "Il motivo per cui non ho accompagnato i due," disse Pellegrino, "era perché il mio abituale sterminio di mostri aveva offeso il mio maestro. Una persona gentile e compassionevole, mi ha cacciato quando ho ucciso uno di troppo. Ecco perché non viaggiavo con lui. Sei ancora ignorante del nome del tuo antenato?" "Che incosciente sei!" disse il demone. "Se fossi stato bandito dal tuo maestro, come avresti potuto avere il coraggio di affrontare le persone qui?" Pellegrino disse: "Tu creatura impudente! Non capiresti il sentimento di 'Una volta un maestro, sempre un padre,' né sapresti che 'Tra padre e figlio, non c'è inimicizia notturna.' Se hai intenzione di nuocere al mio maestro, pensi che non verrei a salvarlo? E non ti sei fermato a questo; mi hai persino insultato alle spalle. Cosa hai da dire a riguardo?"

"Dal momento che ti ho insultato?" chiese il demone. Pellegrino rispose: "Zhu Otto Regole ha detto che lo hai fatto." "Non credergli," disse il demone. "Quel Zhu Otto Regole, con il suo muso appuntito, ha una lingua come quella di una vecchia zitella! Perché gli credi?" "Non c'è bisogno di tanto chiacchiericcio," disse Pellegrino. "Dirò solo che durante la visita del vecchio Scimmia alla tua casa oggi, non hai mostrato al tuo ospite remoto sufficiente ospitalità. Anche se potresti non avere cibo e vino per intrattenere il tuo visitatore, hai una testa. Mettila qui velocemente e lascia che il vecchio Scimmia la batta una volta con la clava. Lo considererò come se stessi prendendo il tè." Quando il demone sentì questo, rise a crepapelle, dicendo: "Pellegrino Sun, hai calcolato male! Se volevi combattere, non avresti dovuto seguirmi qui. Gli imps vari sotto il mio comando, giovani e vecchi, sono centinaia. Anche se hai braccia su tutto il corpo, non sarai in grado di uscirne fuori." Pellegrino disse: "Non dire sciocchezze! E non menzionare qualche centinaio! Anche se ne hai centinaia di migliaia, chiamali uno per uno e li abbatterò. Ogni colpo della mia clava troverà il suo bersaglio. Garantisco che saranno distrutti! Estinti!"

Quando il mostro sentì queste parole, diede rapidamente l'ordine e chiamò tutti i mostri davanti e dietro la montagna, tutte le fiere dentro e fuori dalla grotta. Ciascuno tenendo armi, si schierarono fitto fitto e barricarono completamente le diverse porte all'interno della caverna. Quando Pellegrino vide questo, fu felice. Tenendo saldamente la sua clava con entrambe le mani, gridò "Cambia!" e si trasformò immediatamente in una persona con tre teste e sei braccia. Con un movimento della clava dorata a cerchio, questa si trasformò in tre clava dorate a cerchio. Guardatelo! Con sei braccia che maneggiavano le tre clava, si tuffò nella folla—come una tigre che sbrana un branco di pecore, come un'aquila che si posa sui pollai. Pietà di quei piccoli demoni! Un tocco e le teste si frantumarono in pezzi! Un colpetto e il sangue sgorgò come acqua! Si lanciava avanti e indietro, come se avesse invaso una regione disabitata. Quando ebbe finito, rimase solo un vecchio mostro, che lo inseguì fuori dalla porta, gridando: "Tu scimmia sfacciata! Sei ripugnante e nocivo! Osasti opprimere la gente proprio alla loro porta!" Girandosi, Pellegrino gli fece cenno con la mano, gridando: "Vieni! Vieni! Non è merito finché non ti abbatterò." Alzando il suo scimitarra, il mostro puntò alla testa del suo avversario e cominciò a menare, mentre il caro Pellegrino brandiva la clava di ferro per affrontarlo. Questa volta combatterono sulla cima della montagna, a metà strada tra la nebbia e le nuvole.

Il Grande Saggio aveva grande potere magico;

Il demone aveva vasta abilità.
Questo colpiva di lato con la clava di ferro grezzo;
Quello alzava inclinato lo scimitarra d'acciaio.
Lo scimitarra si alzava dolcemente, e la luce della nebbia brillava;
La clava parava leggera, e le nuvole colorate volavano.
Avanti e indietro girava per proteggere la testa;
Girava in tondo per difendere il corpo.
Uno seguiva il vento per cambiare il suo aspetto;
Uno scuoteva il corpo stando in piedi per terra.
Questo allargava gli occhi infuocati e allungava le braccia simili a scimmia;
Quello fiammeggiava gli occhi dorati e piegava la vita simile a tigre.
Andando e venendo, lottarono in tondo—
Clava e scimitarra dandosi colpo su colpo.
La clava del Re Scimmia si adattava all'arte della battaglia;
Lo scimitarra del demone seguiva le regole della guerra.
Uno aveva sempre usato le sue abilità per essere signore dei demoni;
Uno aveva usato la sua vasta potenza per proteggere il monaco Tang.
Il feroce Re Scimmia divenne più feroce;
Il violento mostro divenne più violento.
Senza curarsi della vita o della morte, combatterono in aria,
Tutto per la ricerca del monaco Tang per il Buddha da lontano.

I due combatterono per oltre cinquanta round, ma non si raggiunse una decisione. Segretamente soddisfatto, Pellegrino pensò tra sé: "Lo scimitarra di questo mostro sfacciato è davvero all'altezza della clava del vecchio Scimmia! Facciamo finta di sbagliare e vediamo se lo può rilevare." Caro Re Scimmia! Alzò la clava sopra la testa con entrambe le mani, usando lo stile di "Test Alto del Cavallo". Il demone non si accorse che era un trucco. Quando vide che c'era una possibilità, brandì lo scimitarra e tagliò il terzo inferiore del corpo di Pellegrino. Pellegrino impiegò rapidamente il "Grande Livello Medio" per respingere lo scimitarra, dopo di che seguì con lo stile di "Rubare Pesche sotto le Foglie" e abbatté con forza la clava sulla testa del mostro. Questo colpo fece sparire completamente il mostro. Recuperò la sua clava per guardarsi intorno, ma lo spirito del mostro non si vedeva da nessuna parte. Molto sorpreso, Pellegrino disse: "O mio figlio! Non sopporti molto le botte! Un colpo, e sei morto! Ma anche se fosti battuto a morte, doveva esserci un po' di sangue o pus lasciato. Perché non c'è traccia di te? Devi essere scappato, suppongo." Saltando rapidamente sul bordo delle nuvole, guardò in tutte e quattro le direzioni, ma non c'era il minimo movimento da nessuna parte. "Questi due occhi del vecchio Scimmia," disse, "possono vedere tutto ovunque. Come potrebbe scomparire così all'improvviso? Ah, lo so! Quel demone ha detto che mi riconosceva in parte, e questo significava che non poteva essere un demone ordinario di questo mondo. Molto probabilmente era uno spirito dal Cielo."

Non riuscendo a reprimere la sua rabbia, il Grande Saggio fece un salto mortale tutto in una volta e saltò fino alla Porta Celeste del Sud, brandendo la sua clava di ferro. Pang, Liu, Gou, Bi, Zhang, Tao, Deng, Xin e gli altri capitani celesti furono così sorpresi che si inchinarono da entrambi i lati della porta e non osarono fermarlo. Si aprì la strada combattendo ed arrivò davanti alla Sala della Luce Perfetta. Zhang, Ge, Xu e Qiu, i Maestri Celesti, gli chiesero: "Perché è venuto qui il Grande Saggio?" "Perché ho accompagnato il monaco Tang fino al Regno dell'Immagine Preziosa," disse Pellegrino, "dove c'era un demone che aveva sedotto la principessa e cercava di nuocere al mio maestro. Il vecchio Scimmia ha combattuto con lui, ma mentre stavamo combattendo l'ho improvvisamente perso. Non credo che sia un demone ordinario della Terra; deve essere uno spirito dal Cielo. Sono venuto appositamente per indagare se qualche divinità mostro ha lasciato le fila." Quando i Maestri Celesti sentirono questo, entrarono nella Sala delle Nebbie Divine per fare il rapporto, e immediatamente fu emesso un ordine per fare il contegno tra le Nove Luminarie, le Dodici Branche, i Cinque Pianeti delle Cinque Quartieri, i numerosi dei della Via Lattea, gli Dei delle Cinque Montagne e dei Quattro Fiumi. Ogni una delle divinità Celesti era presente, poiché nessuno osava lasciare il proprio posto. L'indagine fu poi estesa oltre il Palazzo della Grande Carro, e il conteggio, avanti e indietro tra le Ventotto Costellazioni, aveva fatto emergero solo ventisette membri. Revatī, la Stella del Lupo di Legno, era scomparsa.

I Preceptor furono mandati a riferire al Trono, dicendo "Revatī, la Stella del Lupo di Legno, è partita per la Regione Sotto." L'Imperatore di Giada disse: "Per quanto tempo è stato assente dal Cielo?" "È stato assente per quattro convocazioni," dissero i Preceptor. "Il conteggio si fa una volta ogni tre giorni, quindi oggi è il tredicesimo giorno." "Il tredicesimo giorno in Cielo," disse l'Imperatore di Giada, "è il tredicesimo anno sulla Terra." Così diede l'ordine che il dipartimento della Stella richiamasse il ritorno in Cielo.

Dopo aver ricevuto il decreto, le Ventisette Costellazioni uscirono dalla Porta Celeste e ciascuna di esse recitò un incantesimo, che risvegliò Revatī. "Dove si nascondeva?" chiederai. La Stella, in realtà, era stata un guerriero celeste che era stato terrorizzato quando il Grande Saggio aveva causato grande disturbo in Cielo in precedenza. Proprio ora, la Stella si era nascosta in un corso d'acqua di montagna, e il vapore d'acqua aveva coperto la sua nube mostro. Ecco perché non poteva essere visto. Solo quando sentì i suoi stessi colleghi recitare i loro incantesimi osò emergere e seguire la folla per tornare nella Regione Sopra. Fu incontrato dal Grande Saggio alla porta, che voleva colpirlo, ma fortunatamente le altre Stelle riuscirono a fermarlo. Fu quindi portato a vedere l'Imperatore di Giada. Togliendosi la targa d'oro dalla sua vita, il demone si inginocchiò sotto i gradini della sala e fece kowtow, ammettendo la sua colpa.

"Revatī, la Stella del Lupo di Legno," disse l'Imperatore di Giada, "c'è una bellezza infinita nella Regione Sopra. Invece di goderti questo, hai scelto di visitare segretamente un'altra regione. Perché?"

"Majestà," disse Revatī la Stella, facendo kowtow, "per favore perdonate l'offesa mortale del vostro suddito. La principessa del Regno dell'Immagine Preziosa non è una mortale ordinaria; è in realtà la ragazza di giada responsabile dell'incenso nella Sala della Diffusione dell'Incenso. Voleva avere una relazione con il vostro suddito, che però temeva che questo atto potesse contaminare la nobile regione del Palazzo Celeste. Desiderando il mondo, è andata prima alla Regione Sotto dove ha assunto forma umana nel palazzo imperiale. Il vostro suddito, non volendo deluderle lei, si è trasformato in un demone. Dopo aver occupato una montagna famosa, l'ho rapita nella mia grotta dove siamo diventati marito e moglie per tredici anni. Così 'neppure un sorso o un boccone non è predeterminato,' ed è destinato che il Grande Saggio Sun compia il suo merito in questo momento." Quando l'Imperatore di Giada sentì queste parole, ordinò che la targa d'oro della Stella gli fosse tolta; fu quindi esiliato nel Palazzo di Tushita per essere un custode del fuoco pagato per Laozi, con la clausola che sarebbe stato ripristinato nel suo rango se avesse fatto merito, e che sarebbe stato ulteriormente punito se non l'avesse fatto.

Quando Pellegrino vide come l'Imperatore di Giada aveva risolto la questione, fu così contento che si inchinò profondamente al Trono. Poi disse alle altre divinità, "Grazie per il disturbo." "Questo scimmione," disse uno dei Maestri, ridendo, "è ancora così rozzo! Abbiamo catturato per lui il dio-mostro, e invece di mostrare adeguatamente la sua gratitudine alla Grazia Celeste, se ne va dopo aver fatto solo un inchino." L'Imperatore di Giada disse: "Contiamo già la nostra fortuna se non inizia problemi e lascia il Cielo in pace."

Abbassando la direzione della sua luminosità fortunata, il Grande Saggio tornò direttamente alla Grotta della Luna Attuale della Montagna della Ciotola, dove trovò la principessa. Mentre stava raccontandole tutto ciò che era successo prima, sentirono Otto Regole e il Sha Monaco gridare in aria: "Fratello maggiore, salva alcuni spiriti-mostro per noi da battere, anche." "Sono tutti finiti," disse Pellegrino. "In tal caso," disse Sha Monaco, "nulla dovrebbe trattenervi qui. Riportiamo la principessa a corte. Fratelli, facciamo la magia di Accorciare il Terreno."

Tutto ciò che udì la principessa fu il sibilo del vento e, in un attimo, si trovarono di nuovo nella città. Insieme portarono la principessa al Palazzo dei Campanelli d'Oro, dove si inchinò reverente ai suoi genitori e incontrò di nuovo le sue sorelle. Dopodiché, tutti gli ufficiali vennero a rendere omaggio. "Siamo davvero grati al Vecchio Sun," disse la principessa al Trono, "la cui potenza dharma senza limiti ha sottomesso il Mostro dal Robe Gialla e mi ha riportato nel nostro regno." "Che tipo di mostro è questo Robe Gialla?" chiese il re. Pellegrino disse, "Il genero di Vostra Maestà è proprio la Stella Revatī dalla Regione Sopra, e vostra figlia era la fanciulla di giada responsabile dell'incenso. A causa del suo desiderio per il mondo, entrambi sono discesi sulla Terra assumendo forme umane. Non è stata una cosa da poco che abbiano consumato un matrimonio contratto nelle loro vite precedenti. Quando il vecchio Scimmia andò al Palazzo Celeste per riferire all'Imperatore di Giada, si scoprì che il mostro non aveva risposto al richiamo per quattro volte. Questo significava che aveva lasciato il Cielo per tredici giorni, e corrispondentemente tredici anni erano passati sulla Terra, poiché un giorno in Cielo equivale a un anno qui giù. L'Imperatore di Giada ordinò alle Costellazioni del suo dipartimento di richiamarlo nella Regione Sopra, dove fu poi esiliato per lavorare per ulteriore merito nel Palazzo Tushita. Il vecchio Scimmia fu quindi in grado di riportare vostra figlia." Dopo che il re ebbe ringraziato Pellegrino per la sua gentilezza, disse: "Andiamo a dare un'occhiata al vostro maestro."

I tre discepoli seguirono il re e scesero dalla sala dei tesori per entrare in una delle stanze della corte, dove gli ufficiali portarono fuori la gabbia di ferro e allentarono le catene sulla tigre apparente. Tutti videro ancora la tigre come una tigre, ma solo Pellegrino lo vide come un uomo. Il maestro, si vedeva, era imprigionato da una magia diabolica; sebbene capisse tutto, non poteva né camminare né aprire gli occhi o la bocca. "Maestro," disse Pellegrino, ridendo, "sei un buon monaco. Come sei riuscito a finire con un aspetto spaventoso del genere? Mi hai biasimato per lavorare nel male e nella violenza e mi hai esiliato. Hai dichiarato che volevi praticare la virtù con dedizione. Come hai acquisito tali tratti tutto d'un colpo?"

"Fratello maggiore," disse Otto Regole, "per favore salvatelo. Non deriderlo solo." "Mi prendi in giro su tutto," disse Pellegrino, "e tu sei il suo discepolo preferito. Perché non lo salvi tu? Perché chiedi vecchio Scimmia invece? Ricorda ciò che ho detto originariamente, che dopo aver sottomesso il mostro per vendicarmi dei suoi abusi, sarei tornato." Sha Monaco si avvicinò e si inginocchiò, dicendo: "Fratello maggiore, gli antichi dicevano: 'Se non rispetti il sacerdote, rispetta almeno il Buddha.' Se sei qui, ti prego di salvarlo. Se potessimo farlo, non avremmo viaggiato così tanto per supplicarti." Sollevandolo con le mani, Pellegrino disse: "Come potrei accontentarmi di non salvarlo? Portatemi dell'acqua, subito!" Otto Regole corse di nuovo alla locanda e prese fuori dalla valigia la ciotola d'oro viola. Tornò e consegnò a Pellegrino la ciotola a metà piena d'acqua. Mentre teneva l'acqua in mano, Pellegrino recitò un incantesimo magico e sputò un boccone d'acqua sulla tigre. Subito la magia diabolica fu dissolta e l'illusione tigresca si ruppe.

Dopo che l'anziano era riapparso nel suo corpo originale, si riprese sufficientemente per aprire gli occhi e riconoscere Pellegrino, che prese subito tra le mani. "Wukong," gridò, "da dove vieni?" Standogli accanto, Sha Monaco diede un resoconto dettagliato di quanto era accaduto, e Tripitaka fu colmo di gratitudine, dicendo: "Degno discepolo, ti devo tutto! Ti devo tutto! Speriamo di raggiungere presto l'Ovest. Quando torneremo nella Terra dell'Est, riferirò all'imperatore Tang che il tuo è il merito più alto." "Non ne parliamo! Non ne parliamo!" disse Pellegrino ridendo. "Solo non recitare quel piccolo qualcosa, e il tuo vivere bene sarà molto apprezzato." Quando il re sentì questo, anche lui ringraziò tutti e quattro prima di preparare un grande banchetto vegetariano per loro nel Palazzo Orientale. Dopo aver goduto di questi favori reali, maestro e discepoli presero congedo dal re e si diressero verso l'Ovest. Il re condusse tutti i suoi ministri attraverso lunghe distanze per congedarli. Così fu che

Il re tornò al palazzo, il suo impero sicuro;

Il monaco andò a venerare il Buddha al Thunderclap.

Non sappiamo cosa accadde dopo o quando avrebbero raggiunto l'Ovest Celeste; ascoltiamo la spiegazione nel prossimo capitolo.

CAPITOLO 32

Sulla Montagna del Vertice il sentinello porta un messaggio;
Nella Grotta del Fiore di Loto la Madre del Legno incontra il disastro.

Vi stavamo raccontando del Monaco Tang, che riottenne l'aiuto di Pellegrino Sun; maestro e discepoli si imbarcarono quindi sulla strada per l'Ovest, uniti di nuovo nel cuore e nella mente. Dopo aver salvato la principessa del Regno dell'Immagine Preziosa e essere stati congedati dal suo re e dagli ufficiali, viaggiarono senza sosta, mangiando e bevendo quando affamati e assetati, riposando di notte e viaggiando di giorno. Presto fu di nuovo il tempo della Tripla Primavera, stagione in cui

Leggere brezze soffiano sul verde salice come seta,
Un incantevole scenario degno di versi.
I tempi accelerano i canti degli uccelli;
Il calore accende i fiori,
Fiori fragranti ovunque.
Una coppia di rondini arriva nel cortile delle mele,
Proprio in tempo per godersi la primavera:
Polvere rossa sui sentieri viola,
Corde, flauti e gli abiti di seta,
Giochi e passaggio delle coppe di vino.

Mentre maestro e discepoli camminavano e godevano del panorama, trovarono un'altra montagna che sbarrava loro la strada. "Discepoli," disse il Monaco Tang, "state attenti. Abbiamo davanti a noi una montagna alta, e temo che tigri e lupi possano essere qui per ostacolarci." "Maestro," disse Pellegrino, "un uomo che ha lasciato la famiglia non dovrebbe parlare come chi resta in famiglia. Non ricordi le parole del Sutra del Cuore che ti furono date da quel Sacerdote del Nido di Corvo: 'Nessun ostacolo, e quindi nessun terrore o paura; è lontano dall'errore e dall'illusione'? Devi solo

Scuotere via la sporcizia dalla tua mente,
E sciacquare via la polvere dalle tue orecchie.
Senza assaporare il più doloroso dei dolori,
Non sarai mai un uomo tra gli uomini.

Non devi preoccuparti, perché se hai il vecchio Scimmia, tutto andrà bene anche se il cielo crolla. Non aver paura di nessuna tigre o lupo!" Tirando le redini del suo cavallo, l'anziano disse: "Da quando

Partii da Chang'an quell'anno per decreto,
Il mio unico pensiero fisso è stato il Buddha a Ovest—
Quell'immagine dorata brillante nella Terra delle Reliquie,
Quelle sopracciglia bianco giada nella pagoda benedetta.
Ho cercato nelle acque di questo mondo senza nome;
Ho scalato tutte le montagne che nessun uomo ha scalato.
Pieghe su pieghe le nebbie e le onde si estendono,
Quando potrò io stesso godere di vero riposo?"

146

Quando Pellegrino sentì ciò che disse, rise a crepapelle, dicendo: "Se il Maestro vuole un vero riposo, non è così difficile! Quando raggiungerai il tuo merito, allora tutti i nidāna cesseranno e tutte le forme saranno solo vuote. In quel momento, il riposo ti verrà più naturalmente." Sentendo queste parole, l'anziano dovette accontentarsi di mettere da parte la sua ansia e spingere il cavallo avanti. Maestro e discepoli iniziarono ad ascendere la montagna, che era veramente impervia e insidiosa. Meravigliosa montagna!

L'alta, aspra vetta;
Il nitido, appuntito vertice.
Nel profondo ruscello sinuoso—
Accanto al solitario, aspro dirupo—
Nel profondo ruscello
Senti l'acqua schizzare rumorosamente come un serpente che si volge;
Accanto al solitario, aspro dirupo
Vedi la grande tigre di montagna che agita la coda.
Guarda sopra:
Le vette sporgenti trafiggono il cielo verde.
Volgi lo sguardo:
Il canyon è profondo e scuro come l'empireo.
Inizia a salire:
È come una scala, una gradinata.
Cammina laggiù:
È come un fossato, una trincea.
È davvero una gamma strana, anfiteatrale;
È davvero un precipizio a ripidi argini.
Sulla cima della gamma anfiteatrale
L'erbaiolo è cauto nel camminare;
Davanti al precipizio
Il boscaiolo trova difficile muoversi di un millimetro!
Capre selvatiche e cavalli selvaggi corrono follemente;
Lepri astute e tori di montagna sembrano formare ranghi.
L'altezza della montagna nasconde sole e stelle;
Ci si imbatte spesso in strane creature e lupi bianchi.
Attraverso il denso sentiero erboso il cavallo difficilmente può passare.
Come potrebbe uno vedere il Buddha al Thunderclap?

Mentre l'anziano tirava indietro il suo cavallo per esaminare questa montagna, così difficile da salire, vide un boscaiolo in piedi sul pendio verde sopra. "Come era vestito?" chiedete.

Sulla sua testa portava un vecchio cappello da pioggia di feltro blu;
Indossava una tunica monastica di lana nera.
Il vecchio cappello da pioggia di feltro blu:
Davvero una cosa rara per difendersi dal sole e dalle nebbie;
La tunica monastica di lana nera:
Segno di una contentezza totale raramente vista.
Teneva in mano un'ascia d'acciaio lucidata profondamente;
Aveva legato saldamente il suo legname da fuoco tagliato con il machete.

Le tinte primaverili alle estremità del suo palo
Traboccavano silenziosamente in tutte e quattro le stagioni;
La sua vita spensierata da recluso
Era sempre stata benedetta dalle Tre Stelle.
Si rassegnò a invecchiare nel suo destino.
Che gloria o vergogna potrebbe invadere il suo mondo?
Quel boscaiolo
Stava proprio tagliando legna da ardere davanti al pendio,
Quando l'anziano arrivò improvvisamente da Est.
Fermò la sua ascia per uscire dal bosco
E camminò a grandi passi lungo la rocciosa cornice.

Con voce severa, gridò all'anziano: "L'anziano che va verso Occidente, per favore si fermi per un momento. Ho qualcosa da dirle. In questa montagna ci sono un mucchio di demoni viziosi e mostri crudeli che si nutrono dei viaggiatori che vengono da Est e vanno verso Occidente."

Quando l'anziano sentì ciò che disse, lo spirito lo abbandonò e l'anima fugg ì. Tremava cos ì violentemente che a malapena riusciva a sedersi in sella. Girandosi rapidamente, gridò ai suoi discepoli: "Avete sentito ciò che il boscaiolo ha detto sui demoni viziosi e sui mostri crudeli? Chi di voi osa andare e chiedergli maggiori dettagli?"

"Maestro, rilassati!" disse Pellegrino. "Il vecchio Scimmia andr à e lo interrogherà a fondo."

Caro Pellegrino! Sal ì la montagna e si rivolse al boscaiolo chiamandolo "Grande Fratello" prima di inchinarsi a lui con le mani giunte. Il boscaiolo ricambi ò il saluto, dicendo: "Vecchio, perché siete venuti qui?" "Per dirvi la verità, Grande Fratello," disse Pellegrino, "siamo stati mandati dalla Terra dell'Est per acquisire scritture nel Cielo Occidentale. Quello lì sul cavallo è il mio maestro. È piuttosto timido; quando ha appena sentito ciò che hai detto sui demoni viziosi e sui mostri crudeli, mi ha chiesto di interrogarti. Da quanti anni ci sono demoni e mostri? Sono veri professionisti, o sono solo dilettanti? Per favore, Grande Fratello, prenditi la briga di dirmelo, cos ì che io possa ordinare al dio della montagna e allo spirito locale di mandarli via sotto custodia." Quando il boscaiolo sentì queste parole, guardò il cielo e rise a crepapelle, dicendo: "Quindi, sei davvero un monaco pazzo!" "Non sono pazzo," disse Pellegrino, "e questa è la pura verità." "Se sei onesto," disse il boscaiolo, "come osi parlare di mandarli via sotto custodia?" Pellegrino disse: "Il modo in cui magnifichi il loro potere, il modo in cui ci hai fermato con la tua notizia sciocca e il tuo rapporto ridicolo, potrebbe essere che sei in qualche modo collegato a questi mostri? Se non sei un parente, devi essere un vicino; se non un vicino, devi essere un amico."

"Monaco pazzo e impudente!" disse il boscaiolo, ridendo. "Sei cos ì irragionevole! Le mie intenzioni erano buone ed è per questo che mi sono sforzato di portarti questo messaggio, così che tu potessi prendere precauzioni in ogni momento del tuo viaggio. Ora mi stai additando invece. Non diciamo ancora che non so niente sull'origine di quei mostri. Ma supponi che tu l'abbia scoperto, come li smaltiresti? Dove li manderesti via sotto custodia?"

"Se sono demoni dal Cielo," disse Pellegrino, "li manderò a vedere l'Imperatore di Giada. Se sono demoni della Terra, li manderò al Palazzo della Terra. Quelli dell'Ovest saranno restituiti al Buddha; quelli dell'Est saranno restituiti ai saggi; quelli del Nord saranno restituiti a Zhenwu; quelli del Sud saranno restituiti a Marte. Se sono spiriti di draghi, saranno mandati ai Signori degli Oceani; se sono fantasmi e orchi, saranno mandati al Re Yama. Ogni classe ha il suo posto e la sua direzione, e il vecchio Scimmia è familiare con tutti loro. Tutto ciò che devo fare è emettere un ordine del tribunale, e saranno mandati via di corsa. Anche di notte!"

Il boscaiolo non riusciva a trattenere il suo riso sprezzante, dicendo: "Monaco folle e impudente! Devi aver fatto un pellegrinaggio da qualche parte e aver imparato qualche misera magia per tracciare sigilli e lanciare incantesimi con l'acqua. Puoi essere in grado di scacciare demoni e sopprimere fantasmi, ma non hai mai incontrato mostri così vili e crudeli."

"In che senso sono vili e crudeli?" chiese Pellegrino.

Il boscaiolo disse: "La lunghezza di questa catena montuosa è di circa seicento miglia, e si chiama Montagna della Cima Livellata. Nella montagna c'è una caverna chiamata Caverna del Fiore di Loto. Nella caverna ci sono due vecchi demoni che hanno fatto fare dei ritratti con l'intenzione di catturare i sacerdoti, e che hanno scritto nomi e cognomi perché insistono nel mangiare il Monaco Tang. Se vieni da un'altra regione, potresti cavartela, ma se sei in qualche modo associato alla parola 'Tang', qui non passerai mai."

"Noi siamo proprio quelli che vengono dalla corte Tang," disse Pellegrino.

Il boscaiolo disse: "E loro vogliono specificamente divorarti."

"Fortuna! Fortuna!" disse Pellegrino. "Come vorrebbero mangiarci?"

"Perché lo chiedi?" disse il boscaiolo.

"Se vogliono mangiarmi dalla testa," disse Pellegrino, "è ancora gestibile, ma se vogliono mangiarmi dai piedi, sarà più fastidioso."

Il boscaiolo chiese: "Qual è la differenza tra mangiarti dalla testa e dai piedi?"

"Non hai mai provato questo," rispose Pellegrino. "Se mi mangia dalla testa, un morso mi ucciderà, naturalmente. Anche se mi friggesse, soffriggesse, brasasse o bollisse dopo, non provo dolore. Ma se mi mangia dai piedi, può cominciare a masticarmi le caviglie e poi passare a rosicchiare le cosce. Può divorarmi fino alle ossa del bacino, e potrei ancora non morire subito. Non dovrò soffrire pezzo per pezzo? Ecco perché è fastidioso."

"Monaco," disse il boscaiolo, "non spenderà tutto quel tempo su di te. Vuole solo catturarti e legarti in un grande vapore. Una volta cotto, ti mangerà intero!"

"È ancora meglio! È ancora meglio!" disse Pellegrino, ridendo. "Non ci sarà dolore; devo sopportare solo un po' di soffocamento, tutto qui."

"Non essere così sfacciato, monaco," disse il boscaiolo, "perché quei mostri hanno con sé cinque tesori che possiedono poteri magici tremendi. Anche se fossi il pilastro di giada che sostiene il cielo, o il ponte d'oro che attraversa l'oceano, se vuoi proteggere il sacerdote della corte Tang e passare questo luogo in sicurezza, dovrai diventare un po' pazzo."

"Per quante volte?" chiese Pellegrino.

"Almeno tre o quattro volte," rispose il boscaiolo.

Pellegrino disse: "Non è niente! Durante un anno, dobbiamo esserci impazziti sette o ottocento volte. Questi tre o quattro... che cosa sono per noi? Un po' di follia e siamo a posto."

Caro Grande Saggio! Non aveva affatto paura. Desideroso solo di accompagnare il Monaco Tang, abbandonò il boscaiolo e tornò a grandi passi dove il cavallo stava sostando di fronte alla pendice della montagna.

"Maestro, non è nulla di serio," disse. "Ci sono un paio di spiriti mostro deboli, certo, ma la gente di queste parti è piuttosto timida e iperpreoccupata. Hai me con te, quindi perché preoccuparti? Andiamo! Andiamo!"

Quando l'anziano sentì ciò che diceva, non ebbe altra scelta che procedere. Mentre camminavano, il boscaiolo scomparve.

"L'hai portato per caso?" disse Pellegrino.

"Loro fortuna deve essere abbastanza povera," disse Otto Regole, "abbiamo incontrato un fantasma in pieno giorno."

"Deve essersi strisciato nel bosco per cercare legna da ardere," disse Pellegrino. "Lascia che dia un'occhiata."

Caro Grande Saggio! Spalancò i suoi occhi infuocati e le pupille di diamante per scrutare la montagna lontano e vicino, ma non c'era traccia del boscaiolo. Alzò la testa e vide improvvisamente il Sentinella del Giorno sul margine delle nuvole. Montando le nuvole, diede immediatamente la caccia, gridando più volte: "Diavolo goffo!"

Quando raggiunse la divinità, disse: "Se avevi qualcosa da dire, perché non ti sei presentato e hai parlato chiaramente? Perché dovevi fare tutta quella trasformazione per prendere in giro il vecchio Scimmia?"

Il sentinella fu così spaventato che si inchinò prima di dire: "Grande Saggio, per favore non prendere a male la mia tardanza nel portarti la notizia. Quei demoni hanno grandi poteri magici e conoscono molti modi di trasformazione. Sta a te usare tutta la tua astuzia, esercitare tutta la tua intelligenza divina per custodire il tuo maestro attentamente. Se sei anche solo un po' negligente, non potrai superare questa strada per raggiungere l'Occidente Celeste."

Quando Pellegrino sentì questo, scacciò il sentinella, sebbene le parole le tenesse ben salde nella mente. Abbassando la direzione della sua nuvola, tornò alla montagna. Vedendo l'anziano proseguire con Otto Regole e Sha Monaco, pensò tra sé: "Se racconto onestamente a Maestro ciò che il sentinella ha detto, piangerà sicuramente. È così debole! Se non gli dico la verità, posso ingannarlo e portarlo avanti. Ma come dice il proverbio, 'Entrando improvvisamente in una palude, non puoi dire se è profonda o superficiale'. Se davvero Maestro fosse preso dai mostri, non verrebbe chiesto a vecchio Scimmia di esaurire di nuovo la sua energia? Prendiamo cura di Otto Regole invece. Farò in modo che vada e combatta con quei mostri prima e vediamo cosa succede; se vince, considereremo che sia merito suo. Se le sue capacità non sono buone e viene catturato dai mostri, ci sarà ancora tempo per vecchio Scimmia andarlo a salvare. Posso mostrare i miei poteri e diffondere ulteriormente la mia fama."

Usando la mente per interrogare la mente, stava così deliberando con se stesso: "Temo che Otto Regole sia così pigro che rifiuterà di offrire il suo servizio. Il Maestro, inoltre, è così protettivo nei suoi confronti. Dovrò usare qualche trucco."

Caro Grande Saggio! Guarda la scaltrezza a cui sta ricorrendo! Dopo aver sfregato gli occhi per un po', riuscì a spremere alcune lacrime mentre tornava verso il suo maestro. Quando Otto Regole vide ciò, gridò subito: "Sha Monaco, posa il tuo bastone. Porta qui il bagaglio e noi due lo divideremo."

"Secondo Fratello," disse Sha Monaco, "perché dividerlo?"

"Dividilo!" disse Otto Regole. "Puoi poi tornare al Fiume di Sabbia Fluttuante e diventare di nuovo un mostro. Il Vecchio Maiale tornerà al Vecchio Villaggio di Gao per vedere come sta mia moglie; possiamo vendere il cavallo bianco e comprare una bara per Maestro in preparazione della sua vecchiaia. Tutti noi possiamo disperderci. Perché preoccuparsi di andare all'Occidente Celeste?"

Quando l'anziano sentì questo dal cavallo, disse: "Questo operaio! Siamo ancora in viaggio. Di che stiamo parlando?"

"Parla solo tuo figlio!" disse Otto Regole. "Non vedi che Pellegrino Sun sta piangendo laggiù mentre cammina verso di noi? È un valoroso guerriero che non ha paura di essere accoltellato dall'ascia, bruciato dal fuoco o persino da una pentola di olio bollente, uno che può penetrare nel cielo e perforare la Terra. Ora si è messo un cappello di tristezza ed è arrivato versando lacrime. Deve essere che la montagna è scoscesa e che i mostri sono veramente vili. Come ti aspetti quindi che debolezze come noi procediamo?"

L'anziano disse: "Basta con questa sciocchezza! Lascia che lo interroghi e vediamo cosa dice."

Chiese quindi: "Wukong, se hai qualcosa da dire, discutiamone faccia a faccia. Perché sei così angosciato da solo? Stai cercando di spaventarmi con quella faccia lacrimosa?"

"Maestro," disse Pellegrino, "proprio ora quello che ci ha portato il messaggio è stato il Sentinella del Giorno. Ha detto che gli spiriti mostro erano i più vili, rendendo questo posto difficile da attraversare. È davvero una strada insidiosa attraverso una montagna alta. Non penso che possiamo andarci ora; potremmo anche aspettare un'altra volta."

Quando l'anziano sentì queste parole, fu molto scosso. Tirò per la veste di tigre di Pellegrino, dicendo: "Discepolo, abbiamo coperto quasi metà del viaggio. Perché stai dicendo parole così scoraggianti?"

"Non sono devoto alla nostra causa," disse Pellegrino, "ma temo che i demoni siano molti e la mia forza sia limitata se non ho aiuto. Come dice il detto, 'Anche se è un pezzo di ferro nella fornace, quante chiodi puoi batterci fuori?'"

"Discepolo," disse l'anziano, "hai ragione. È difficile per una sola persona gestire questa questione, perché come dice il libro militare, 'I pochi non possono resistere ai molti'. Ma ho Otto Regole e Sha Monaco qui, entrambi miei discepoli.

Ti permetto di comandare e usarli come desideri, in modo che possano servirti da aiutanti, qualcuno per proteggere il tuo fianco. Solo voi dovreste lavorare insieme per sgombrare un sentiero e condurmi attraverso questa montagna. Non raggiungeremo quindi il frutto giusto?"

Tutta quella lealtà di Pellegrino, vedi, mirava a ottenere dall'anziano queste poche parole. Si asciugò le lacrime, dicendo: "Maestro, se vuoi attraversare questa montagna, Zhu Otto Regole deve acconsentire a fare due cose per me. Solo allora avremo circa un terzo di possibilità di farcela. Se non accetta di aiutarmi, potresti anche dimenticare tutta la questione."

"Fratello Maggiore," disse Otto Regole, "se non possiamo farlo, lasciamo che ci disperdiamo. Non trascinarmi giù."

"Discepolo," disse l'anziano, "chiediamo prima al tuo Fratello Maggiore e vediamo cosa vuole che tu faccia."

Idiota disse a Pellegrino: "Fratello Maggiore, cosa vuoi che io faccia?"

"La prima cosa è prendersi cura del Maestro," disse Pellegrino, "e la seconda è pattugliare la montagna."

Otto Regole disse: "Prendersi cura del Maestro significa sedersi qui, mentre pattugliare la montagna significa fare una passeggiata da qualche parte. Vuoi che mi sieda un po' e cammini un po'? Come posso fare due cose contemporaneamente?"

"Non ti sto dicendo di fare due cose contemporaneamente," disse Pellegrino, "ma di selezionarne una sola."

"È più facile decidere," disse Otto Regole, ridendo, "ma non so cosa comporti prendersi cura del Maestro o pattugliare la montagna. Dimmi qualcosa dei miei doveri e potrò quindi adempirli di conseguenza."

"Prendersi cura del Maestro," disse Pellegrino, "significa che se vuole evacuare, lo aspetti; se vuole viaggiare, lo aiuti; se vuole mangiare, vai a chiedere cibo vegetariano. Se soffre la fame anche solo leggermente, sarai picchiato; se diventa pallido, sarai picchiato; se perde un po' di peso, sarai picchiato."

Orripilato, Otto Regole disse: "Questa è terribilmente difficile! Terribilmente difficile! Aspettarlo o aiutarlo a camminare, non è nulla, e anche se devo portarlo fisicamente, è ancora una questione facile. Ma se vuole mandarmi a chiedere cibo, temo che su questa strada per l'Occidente ci siano quelli che non riconosceranno che sono un monaco in cerca di scritture. Potrebbero pensare che sia un maiale sano che sta raggiungendo la maturità e farmi circondare da molte persone con scope, rastrelli, forconi e altro ancora. Mi porteranno nelle loro case, mi macelleranno e mi conserveranno per il Capodanno. Non sarebbe come incontrare la peste?"

"Allora vai a pattugliare la montagna," disse Pellegrino.

"Che cosa comporta questo?" chiese Otto Regole.

Pellegrino rispose: "Entra nella montagna e scopri quanti mostri ci sono, che tipo di montagna è questa e che tipo di grotta c'è. Possiamo quindi fare piani per passare."

"È una cosa da nulla," disse Otto Regole. "Il Vecchio Maiale andrà a pattugliare la montagna." Sollevando subito la sua veste, l'Idiota tenne alto il suo rastrello e si avviò energicamente lungo la strada che portava alla montagna.

Mentre guardava Otto Regole allontanarsi, Pellegrino non riuscì a trattenere le risatine. "Tu scimmia impudente!" rimproverò l'anziano. "Come fratello, non hai mostrato il minimo di simpatia o gentilezza. Vi siete costantemente invidiati l'un l'altro. Con tutta quella malizia di base, tutte quelle 'parole astute e un'apparenza ingratiante', sei riuscito a ingannarlo già con il cosiddetto pattugliare la montagna. Ora lo stai persino deridendo con la tua risata!"

"Non lo sto deridendo," disse Pellegrino, "perché nella mia risata c'è un altro significato. Vedi che Otto Regole se ne è andato, ma non andrà a pattugliare la montagna, né oserebbe affrontare i mostri. Andrà invece da qualche parte a nascondersi per un po' e poi tornerà a ingannarci con qualche storia che si sarà inventato."

"Come fai a saperlo di lui?" chiese l'anziano.

Pellegrino rispose: "Sospetto che si comporterà così. Se non mi credi, lascia che lo segua e lo scopra. Posso anche aiutarlo a sottomettere i mostri e vedere allo stesso tempo se è sincero nel cercare il Buddha."

"Va bene! Va bene! Va bene!" disse l'anziano, "ma non devi giocare brutti scherzi con lui."

Pellegrino acconsentì e corse lungo la salita della montagna. Scuotendo il corpo una volta, si trasformò in una minuscola grillotalpa, davvero una trasformazione delicata e leggera. Vedi

Le ali sottili danzano nel vento senza sforzo;
Una piccola vita affilata come un ago.
Si tuffa tra le canne e le ombre floreali
Più veloce persino di una cometa.
Occhi luminosi;
Una voce morbida e flebile.
Tra gli insetti è uno dei più piccoli:
Snello, elegante e furbo.
Qualche volta si riposa inerte nei boschi appartati -
Il suo intero corpo fuori dalla vista,
Perso per mille occhi.

Spiegando le sue ali, volò con un ronzio lassù, raggiunse Otto Regole e si posò sul suo collo sotto le setole dietro l'orecchio. L'Idiota era intento a viaggiare; come avrebbe potuto sapere che qualcuno era atterrato sul suo corpo? Dopo aver camminato per sette o otto miglia, lasciò cadere il rastrello, si voltò e affrontò la direzione del Monaco Tang. Gesticolando con veemenza con mani e piedi, cominciò a scatenare una serie di insulti. "Vecchio prete decrepito!" disse. "Tu senza scrupoli BanHorsePlague! Tu Sha Monaco fifone! Tutti voi vi state divertendo, ma ingannate il vecchio maiale a inciampare sulla strada. Tutti noi in cerca delle scritture speriamo di ottenere il frutto giusto, ma tu devi farmi fare questo cosiddetto pattugliare la montagna. Ah, ah, ah! Se ci sono mostri noti in questo posto, avremmo dovuto prendere copertura e cercare di passare indisturbati. Ma questo non è sufficiente per te; devi farmi invece andare a cercarli!

Beh, è sfortuna tua! Io vado a trovare un posto e faccio un riposino. Quando avr
ò finito di dormire, tornerò indietro e ti darò una storia vaga su aver pattugliato la
montagna, e così sarà."

Fu la buona fortuna del momento per l'Idiota. Mentre camminava più avanti,
portando il suo rastrello, scoprì un ciuffo di erba rossa nel piega della montagna.
Ci strisciò dentro subito e usò il suo rastrello per crearsi una sorta di tappetino.
Sdraiandosi e allungandosi, disse: "Oh gioia! Neanche quel BanHorsePlague è cos
ì comodo come lo sono ora io!" Ma Pellegrino, vedi, che si era posizionato dietro
l'orecchio, sentì ogni parola. Non potendo più contenere se stesso, Pellegrino vol
ò su e decise di importunarlo un po'. Con uno scuotimento del corpo si trasformò
di nuovo in un piccolo picchio verde. Vedi

Un becco fine di ferro duro e lucido rosso
E una luminosa piumatura a pattern.
Possedendo un paio di artigli d'acciaio affilati come chiodi,
Affamato non teme i boschi silenziosi.
Ama soprattutto i tronchi secchi marciti dai vermi;
Si preoccupa anche per l'albero vecchio e solitario.
Con gli occhi rotondi, la coda a ventaglio, è molto pimpante -
I suoi picchietti valgono la pena di essere ascoltati!

Questo animale non era né troppo grande né troppo piccolo, pesando forse
solo diverse once. Armato di un becco di bronzo rosso duro e artigli di ferro nero,
si precipit ò dritto gi ù dall'aria. Otto Regole stava appena dormendo
profondamente con la testa rivolta quando ricevette un morso terrificante sul naso.
Così spaventato, l'Idiota balzò su subito, urlando follemente: "Un mostro! Un
mostro! Mi ha pugnalato con la lancia! Oh, la mia bocca è dolorante!" Si massaggi
ò con le mani e il sangue sprizzò fuori. "È strano!" disse, "Non sono coinvolto in
nessun evento felice. Perché la mia bocca è stata dipinta di rosso?" Guardò le sue
mani insanguinate, mormorando confuso tra sé, ma non riusciva a rilevare il
minimo segno di movimento intorno a lui. Disse: "Non c'è nessun mostro. Allora
perché sono stato pugnalato da una lancia?" Alzò la testa per guardare in alto e
improvvisamente scoprì un piccolo picchio volare nell'aria. Serrando i denti,
l'Idiota gridò: "Tu misero reietto! Non è sufficiente che BanHorsePlague mi
debba opprimere? Perché anche tu devi opprimere me? Ah, lo so! Non deve aver
riconosciuto che sono un umano, pensando invece che il mio naso sia un tronco
d'albero carbonizzato e marcio con vermi dentro. Sta cercando i vermi da
mangiare ed è per questo che mi dà un morso. Lasciami nascondere il mio naso
nel mio petto."

Rotolando per terra, l'Idiota si sdraiò di nuovo per dormire. Pellegrino volò di
nuovo giù e gli diede un altro morso alla base dell'orecchio. Allarmato, l'Idiota salt
ò su, dicendo: "Questo misero reietto! Mi sta davvero tormentando! Deve essere
qui che ha il suo nido, e teme che io abbia preso i suoi uova o i suoi piccoli. Ecco
perché mi sta tormentando. Va bene! Va bene! Va bene! Non vado più a dormire."
Piantando il suo rastrello, lasciò il prato d'erba rossa e riprese la strada. Nel

frattempo, Pellegrino Sun quasi scoppiò dal divertimento, il Re Scimmia Bella quasi collassò dalle risate. "Questo manovale!" disse. "Neanche quegli occhi spalancati potevano riconoscere uno dei suoi!"

Caro Grande Saggio! Scuotendo il corpo e trasformandosi di nuovo in una grillotalpa, si attaccò saldamente all'orecchio di Idiota una volta di più. Dopo aver camminato quattro o cinque miglia nel profondo della montagna, l'Idiota si imbatte in una valle con tre lastre quadrate di roccia verde, ognuna grande quanto un tavolo. Abbassando il suo rastrello, l'Idiota fece profondi inchini alle rocce. Ridendo silenziosamente tra sé, Pellegrino disse: "Questo Idiota! Le rocce non sono umane; non sanno né come parlare né come restituire il suo saluto. Perché inchinarsi a loro? È veramente un omaggio cieco!" Ma l'Idiota, vedi, fingeva che le rocce fossero il Monaco Tang, il Sha Monaco e Pellegrino. Voltandosi verso di loro, l'Idiota stava provando ciò che avrebbe detto. Disse: "Questa volta quando tornerò da Maestro, dirò che ci sono mostri, se mi chiederanno. E se mi chiederanno che tipo di montagna è questa, dirò che è modellata di argilla, fatta di fango, forgiata di stagno, forgiata di rame, cotta con farina, intonacata con carta e dipinta con il pennello. Se dicono che sto parlando parole idiote, ne dirò altre. Dirò che questa è una montagna rocciosa. Se mi chiedono che tipo di grotta c'è, dirò che c'è una grotta rocciosa. Se mi chiedono che tipo di porte ci sono, dirò che ci sono porte di lamiera ferrata chiodate. Se mi chiedono quanto è profonda la grotta dentro, dirò che ci sono circa tre sezioni nell'abitazione. Se insistono nel cercare di sapere tutto, come ad esempio quanti chiodi ci sono sulla porta, dirò solo che il vecchio Maiale è troppo occupato per ricordare il numero esatto. Beh, ora che ho tutto inventato, tornerò a imbrogliare quel BanHorsePlague." Avendo inventato la sua storia, l'Idiota trascinò il suo rastrello per ritrarre i suoi passi. Non sapeva, però, che Pellegrino aveva sentito tutto dietro il suo orecchio. Quando Pellegrino lo vide voltarsi, stese le ali e volò indietro per primo, tornando alla sua forma originale per vedere il suo maestro. "Wukong, sei tornato," disse il maestro. "Perché non vediamo anche Wuneng?"

"Sta solo inventando delle bugie," disse Pellegrino, ridendo. "Verrà qui presto."

L'anziano disse: "Una persona come lui che ha gli occhi coperti dalle orecchie deve essere un tipo stupido. Che tipo di bugie può inventare? Deve essere un altro dei tuoi trucchetti, cercando di scaricare la colpa su di lui."

"Maestro," disse Pellegrino, "tu copri sempre i suoi difetti. Quello che devo dirti, però, è basato su prove." Egli narrò quindi dettagliatamente come l'Idiota si fosse infilato nel ciuffo d'erba per dormire e fosse stato morso dal picchio, e come avesse fatto inchini alle rocce e inventato la storia sugli spiriti-mostro nella montagna rocciosa, nella grotta rocciosa con porte di lamiera ferrata. Quando terminò, l'Idiota tornò a camminare poco dopo. Temendo di dimenticare quello che aveva inventato, continuava a recitarlo con la testa china quando Pellegrino gli gridò: "Idiota, cosa stai recitando?" Alzando le orecchie per sbirciare intorno, Otto Regole disse: "Sono tornato alla vecchia tenuta!" Andò avanti e si inginocchi ò, ma l'anziano lo rialzò, dicendo: "Discepolo, devi essere stanco!" "Sì," disse Otto Regole, "chi cammina o scala montagne è quello più stanco."

"Ci sono mostri?" chiese l'anziano. Otto Regole disse: "Sì, sì! Ce ne sono un sacco!" "Come ti hanno trattato?" chiese l'anziano. Otto Regole disse: "Mi hanno chiamato Anziano Maiale e Nonno Maiale; mi hanno anche preparato del cibo vegetariano e noodle di zuppa per mangiare, dicendo che avrebbero organizzato una grande parata per portarci attraverso questa montagna." "Potrebbe essere che stai parlando nel sonno, dopo esserti addormentato nell'erba?" chiese Pellegrino. Quando l'Idiota sentì la domanda, fu così sbalordito che quasi perse due pollici di altezza, dicendo: "O Padre! Come può sapere del mio sonno?"

Pellegrino andò avanti e lo afferrò, dicendo: "Vieni qui! Lascia che ti chieda!" L'Idiota si spaventò ancora di più; tremando tutto, disse: "Puoi chiedermi qualsiasi cosa. Perché devi afferrarmi così?" "Che tipo di montagna è quella?" chiese Pellegrino. Otto Regole disse: "È una montagna rocciosa." "Che tipo di grotta?" "È una grotta rocciosa," disse. "Che tipo di porte ci sono?" chiese Pellegrino. "Ci sono porte di lamiera ferrata chiodate," disse. "Quanto è profonda la grotta dentro?" "Ci sono tre sezioni dentro," disse. "Non c'è bisogno che tu dica altro," disse Pellegrino. "Ricordo abbastanza chiaramente l'ultima parte, ma perché temo che il Maestro non mi creda ancora, la dirò per te." "Che traditore!" disse Otto Regole. "Non sei nemmeno venuto con me! Cosa sai che puoi dire per me?" "Quanti chiodi ci sono sulle porte?" disse Pellegrino, ridendo, "Dici solo che il vecchio Maiale è troppo preoccupato per ricordare chiaramente. Non è così?" L'Idiota fu così spaventato che cadde immediatamente in ginocchio. Pellegrino disse: "Hai fatto inchini alle rocce e hai iniziato a parlare con loro come se fossimo noi tre. Non è vero? Hai anche detto: 'Lascia che inventi questa storia in modo da poter ingannare quel BanHorsePlague.' Anche questo è vero?" "Fratello maggiore," disse l'Idiota, continuando a inchinarsi, "potrebbe essere che tu mi abbia accompagnato quando sono andato a pattugliare la montagna?" "Te, giallo, te," rimproverò Pellegrino. "Questo è un'area importante. Ti abbiamo chiesto di pattugliare la montagna, e tu hai dormito invece. Se il picchio non ti avesse pizzicato, saresti ancora lì a dormire. Dopo essere stato svegliato, hai persino inventato una bugia così grande. Potresti rovinare completamente la nostra impresa importante, vero? Sporgi subito le gambe e riceverai cinque colpi di verga come ricordo."

Orripilato, Otto Regole disse: "Quel bastone funebre è molto pesante: un piccolo tocco e la mia pelle collasserà, un piccolo spazzolino e i miei tendini si spezzeranno. Cinque colpi significano la morte certa per me." Pellegrino disse: "Se hai paura di essere picchiato, perché menti?" "Fratello maggiore," disse Otto Regole, "è solo questa volta. Non oserei mai farlo di nuovo." "Va bene," disse Pellegrino, "questa volta ti darò solo tre colpi." "O Padre!" disse Otto Regole. "Non posso sopportare neanche mezzo colpo!" Senza alternative, l'Idiota afferrò il maestro e disse: "Devi parlare per me."

L'anziano disse: "Quando Wukong mi disse che stavate inventando questa bugia, non gli credetti. Ora che è proprio così, meriti certamente di essere picchiato. Ma stiamo cercando di attraversare questa montagna in questo momento e abbiamo bisogno di tutti quelli che possiamo usare. Quindi, Wukong, per ora potresti risparmiarlo. Attraversiamo prima la montagna, e poi potrai picchiarlo." Pellegrino disse: "Gli antichi dicevano: 'Obbedire ai sentimenti dei propri genitori è compiere un grande atto filiale'. Se il Maestro mi dice di non picchiarti, ti risparmierò per ora. Devi tornare a pattugliare la montagna di nuovo. Se cominci a mentire e a combinare pasticci ancora una volta, non ti risparmierò nemmeno un colpo!"

L'Idiota non ebbe altra scelta che scappare e partire sulla strada principale. Guardalo! Mentre camminava questa volta, era tormentato dal sospetto, supponendo ad ogni passo che il Pellegrino trasformato lo stesse seguendo. Appena si imbatteva in un oggetto o una cosa, sospettava immediatamente che fosse Pellegrino. Dopo aver percorso circa sette o otto miglia, vide una tigre correre lungo il pendio. Senza paura, alzò il suo rastrello e disse: "Fratello maggiore, sei venuto di nuovo ad ascoltare le mie bugie? Ti ho detto che non lo avrei più fatto." Continuando a camminare, una raffica violenta di montagna abbatté un albero morto che rotolò verso di lui. Picchiandosi il petto e pestando i piedi, gridò: "Fratello maggiore! Perché hai fatto questo? Ti ho detto che non avrei più cercato di ingannarti. Perché hai dovuto trasformarti in un albero per colpirmi?" Proseguì ancora più avanti e vide nell'aria un vecchio corvo dal collo bianco, che gracchiò diverse volte sopra la testa. Disse di nuovo: "Fratello maggiore, non ti vergogni? Ti ho detto che non avrei più mentito. Perché hai ancora cambiato forma in un vecchio corvo? Stai cercando di spiarmi di nuovo?" Ma questa volta Pellegrino, vedete, non lo seguì; era semplicemente tormentato dal sospetto e dalle congetture, e non ne parleremo più per il momento.

Ora vi parliamo della montagna, che si chiamava Montagna del Piano-Top, in cui c'era una grotta chiamata Grotta del Fiore di Loto. C'erano due demoni nella grotta: uno aveva il nome del Gran Re Corno d'Oro e l'altro del Gran Re Corno d'Argento. Mentre sedevano nella grotta quel giorno, Corno d'Oro disse a Corno d'Argento: "Fratello, quanto tempo è passato da quando abbiamo pattugliato la montagna?" Corno d'Argento disse: "È passata mezzo mese." "Fratello," disse Corno d'Oro, "vai e pattugliala oggi." Corno d'Argento disse: "Perché oggi?" "Non sai cosa ho sentito di recente," disse Corno d'Oro, "che l'imperatore Tang nella Terra dell'Est ha mandato suo fratello reale, il Monaco Tang, a venerare Buddha nell'Ovest. Ha tre altri compagni di nome Pellegrino Sun, Zhu Otto Regole e Sha Monaco; includendo il cavallo, sono in cinque. Va' a vedere dove sono e catturali per me." Corno d'Argento disse: "Se vogliamo mangiare persone, possiamo prenderne alcune ovunque. Dove possono essere questi monaci? Lasciamoli passare." Corno d'Oro disse: "Non sai di questo. L'anno in cui ho lasciato la Regione Celeste, ho sentito dire che il Monaco Tang è l'incarnazione della Vecchia Cicala d'Oro, un uomo che ha praticato la religione per dieci esistenze e che non ha permesso che la sua energia yang si dissipasse. Se qualcuno può assaggiare la sua carne, la sua età sarà enormemente prolungata." "Se mangiare la sua carne," disse Corno d'Argento, "può prolungare la nostra età e prolungare la nostra vita, a cosa serve praticare la meditazione seduta, raggiungere certe realizzazioni, coltivare il drago e la tigre o raggiungere l'unione del maschio e della femmina? Dovremmo solo mangiarlo. Lasciami andare e prenderlo subito."

Corno d'Oro disse: "Fratello, sei piuttosto impulsivo. Non affrettiamoci. Se esci da questa porta e afferrare qualsiasi monaco che passa, stai rompendo la legge inutilmente se non fosse il Monaco Tang. Ricordo ancora come realmente appare il Monaco Tang. Facciamo fare dei ritratti del maestro e dei suoi discepoli che puoi portare con te. Quando vedi alcuni monaci, puoi controllare se sono quelli veri." Fece quindi fare dei ritratti e il nome di ogni persona fu scritto accanto all'immagine. Prendendo gli schizzi con sé, Corno d'Argento lasciò la grotta dopo aver chiamato trenta piccoli demoni a seguirlo per pattugliare la montagna.

Ora vi raccontiamo di Otto Regole, la cui fortuna stava per prendere una svolta per il peggio. Mentre camminava, si imbatté nei vari demoni che gli sbarrarono la strada e chiesero: "Chi è che si avvicina?" Alzando la testa e spingendo le orecchie da parte, l'Idiota vide che erano demoni e divenne molto spaventato. Disse a se stesso: "Se dico che sono un monaco che va a cercare le scritture, potrebbero volermi prendere. Meglio dire che sono solo un viaggiatore." I piccoli demoni riferirono al loro padrone, dicendo: "Gran Re, è un viaggiatore." Tra quei trenta piccoli demoni, c'erano alcuni che non riconoscevano Otto Regole. C'erano però alcuni che trovavano il suo volto un po' familiare, e indicandolo, dissero: "Gran Re, questo monaco assomiglia al ritratto di Zhu Otto Regole." Il vecchio demone ordinò loro subito di appendere il quadro in modo che potessero esaminarlo più da vicino. Quando Otto Regole lo vide, fu profondamente scosso, mormorando tra sé: "Non mi meraviglio se mi sento un po' demoralizzato ultimamente! Hanno catturato il mio spirito in questo ritratto!" Mentre i piccoli demoni tenevano in alto il ritratto con le loro lance, Corno d'Argento indicò con la mano, dicendo: "Questo che cavalca il cavallo bianco è il Monaco Tang, e questo con la faccia pelosa è Pellegrino Sun." Sentendo questo, Otto Regole disse: "Guardiano della città, va bene se non sono incluso! Ti presenterò tre teste di maiale, ventiquattro porzioni di libagioni pure..." Mormorando ripetutamente tra sé, continuava a fare tutti i tipi di promesse.

Il demone, nel frattempo, continuò dicendo: "Questo alto e scuro è Sha Monaco, e questo con un muso lungo e orecchie enormi è Zhu Otto Regole." Quando l'Idiota sentì ciò che disse, fu così sorpreso che abbassò il muso verso il petto e cercò di nasconderlo. "Monaco, sporgi la tua bocca," gridò il demone. "È un difetto di nascita," disse Otto Regole. "Non posso sporgere." Il demone disse agli imps di tirarlo fuori con ganci, e Otto Regole fu così allarmato che sporse subito il muso, dicendo: "Non è altro che una caratteristica non bella! Eccola qui! Se vuoi guardarla, guardala. Perché vuoi usare ganci?"

Riconoscendo che era Otto Regole, il demone estrasse la sua preziosa lama e attaccò. L'Idiota parò il colpo con il suo rastrello, dicendo: "Figlio mio, non essere sfacciato! Guarda il mio rastrello!" Il demone disse con una risata: "Quest'uomo è diventato monaco a metà della vita." "Caro figlio!" disse Otto Regole. "Hai un po' di intelligenza! Come fai a sapere subito che tuo padre è diventato monaco a metà della vita?" "Se sai usare il rastrello," disse il demone, "devi averlo rubato dopo aver zappato i campi o i giardini di qualche casa." Otto Regole disse: "Figlio mio, non riconoscerai il rastrello di tuo padre, perché non è come un normale rastrello per zappare il terreno. Abbiamo qui

Enormi denti fatti a forma di artigli di drago,
Adornati d'oro e simili a una tigre formata.
Quando usato in battaglia tira giù vento freddo;
Quando portato al combattimento emette brillanti fiamme.
Può per il Monaco Tang rimuovere ogni barriera,
Cogliere tutti i mostri su questa strada verso l'Ovest.
Quando viene maneggiato, le nebbie nascondono sole e luna;
Quando tenuto alto, le nuvole oscurano le stelle polari.
Butta giù il Monte Tai e i tigri entrano in panico;
Capovolge oceani e draghi si nascondono.
Anche se tu, mostro, possiedi molte abilità,
Un rastrello farà nove buchi sanguinosi!"

Il demone sentì le parole, ma non era pronto a scansarsi. Brandendo la sua spada di sette stelle, caricò Otto Regole e si scontrarono di nuovo e ancora nella montagna. Anche dopo una ventina di round, nessuno sembrava essere il più forte. Crescendo sempre più feroce, Otto Regole cominciò a combattere come se non avesse alcun rispetto per la sua vita. Quando il demone vide come il suo avversario sbatteva le orecchie enormi e sputava saliva, urlando tutto il tempo, divenne un po' spaventato. Perciò si voltò a chiamare tutti i suoi piccoli demoni per combattere. Ora, se fosse stato un combattimento uno contro uno, sarebbe stato gestibile per Otto Regole. Ma quando vide tutti quei piccoli demoni avvicinarsi, entrò in panico e si voltò per fuggire. La strada, però, non era molto liscia e subito inciampò in alcune viti e rampicanti secchi lungo il cammino. Mentre lottava per correre, uno dei piccoli demoni fece un tackle volante alle sue gambe e lui colpì il terreno a testa in giù come un cane che mangia merda! Gli altri lo assediarono, premendolo a terra, tirando la sua criniera e le sue orecchie, afferrando le sue gambe e tirando la sua coda. Lo sollevarono fisicamente per riportarlo nella grotta. Ahimè! Così è che

Un corpo intero pieno di demoni è difficile da distruggere;
Mille guai sorgono, sono duri da rimuovere.

Non sappiamo cosa accadrà alla vita di Zhu Otto Regole; ascoltiamo la spiegazione nel prossimo capitolo.

CAPITOLO 33

L'eresia inganna la Vera Natura;
Lo Spirito Primordiale aiuta la Mente Nativa.

Stavamo raccontando di quel demonio che trascinò Otto Regole nella grotta, gridando: "Fratello Maggiore, ne abbiamo preso uno!" Deliziato, il vecchio demone disse: "Portatelo qui per un'occhiata." "Non è lui quello?" disse il secondo demone. "Fratello," disse il vecchio demone, "hai preso il tipo sbagliato. Questo monaco è inutile." Otto Regole colse subito questa opportunità e disse: "Gran Re, per favore lascia libero un monaco inutile e lascialo andare. È un crimine!" "Fratello Maggiore," disse il secondo demone, "non liberarlo. Anche se è inutile, fa parte del gruppo del Monaco Tang e si chiama Zhu Otto Regole. Soffochiamolo completamente nella pozza d'acqua pura sul retro; quando le setole sono strappate e la pelle è spellata dopo l'ammollo, possiamo marinare con sale e farlo seccare al sole. Sarà un buon antipasto con il vino in una giornata nuvolosa." Quando Otto Regole sentì queste parole, disse: "Che sfortuna! Sono incappato in un mostro che traffica in cibo marinato!" I piccoli demoni trascinarono Otto Regole dentro e lo gettarono nell'acqua, e non ne parleremo più.

Ora vi raccontiamo di Tripitaka seduto davanti alla collina; le sue orecchie diventarono rosse e il suo cuore cominciò a battere forte. Diventato molto agitato, chiamò: "Wukong, perché Wuneng sta impiegando così tanto tempo a pattugliare la montagna questa volta e non è ancora tornato?" Pellegrino disse: "Maestro, ancora non capisce come funziona la sua mente!" "Come funziona?" chiese Tripitaka. "Maestro," disse Pellegrino, "se questa montagna ha veramente dei mostri, sarà difficile avanzare anche di mezzo passo. Invece, tornerà indietro a riferirci con ogni sorta di esagerazioni. Suppongo, però, che non ci siano mostri, e deve aver proseguito direttamente quando ha trovato la strada tranquilla e sicura." "Se è davvero andato avanti," disse Tripitaka, "dove lo incontreremo? Questa è una regione selvaggia e montuosa, non come un villaggio o una città." Pellegrino disse: "Non preoccuparti, Maestro, sali in sella. Quell'Idiota è piuttosto pigro, e senza dubbio si muove molto lentamente. Sprona un po' il tuo cavallo e lo raggiungeremo sicuramente per procedere insieme di nuovo." Il Monaco Tang salì davvero sul suo cavallo; mentre il Sha Monaco trasportava il bagaglio, Pellegrino aprì la strada davanti per salire la montagna.

Ora vi raccontiamo invece del vecchio demone, che disse al secondo demone: "Fratello, se hai preso Otto Regole, il Monaco Tang deve essere da qualche parte. Vai e pattuglia di nuovo la montagna, e assicurati di non mancarlo." "Subito! Subito!" disse il secondo demone, che chiamò immediatamente una cinquantina di piccoli demoni per andare a pattugliare la montagna con lui. Durante il loro viaggio, videro nuvole propizie ed etere luminoso che circolava. Il secondo demone disse: "Ecco che arriva il Monaco Tang!" "Dove è?" chiesero i vari piccoli demoni. Il secondo demone disse: "Le nuvole propizie si poseranno sulla testa di un uomo virtuoso, mentre l'etere nero emesso dalla testa di un uomo malvagio salirà fino al cielo. Quel Monaco Tang è in realtà l'incarnazione del Vecchio Cicala d'Oro, un uomo virtuoso che ha praticato austerità per dieci esistenze. Ecco perch é è circondato da queste nuvole propizie." Tuttavia, quei piccoli demoni ancora non riuscivano a percepire dove fosse il monaco. Indicando con il dito, il secondo demone disse: "Non è lui?" Immediatamente, Tripitaka sul cavallo trem ò violentemente; il demone indicò di nuovo, e Tripitaka tremò di nuovo. Questo continuò per tre volte, e Tripitaka divenne molto ansioso, dicendo: "Discepoli, perché sto tremando così?" "Devi avere mal di stomaco," disse Sha Monaco, "ed è per questo che senti freddo." "Sciocchezze!" disse Pellegrino. "Il passare per questa alta montagna e per la scogliera accidentata deve aver fatto diventare il Maestro piuttosto apprensivo, tutto qui. Non temere! Non temere! Lascia che il vecchio Scimmione ti faccia vedere con la mia asta per calmare un po' le tue paure." Caro Pellegrino! Tirando fuori la sua asta, iniziò a eseguire una serie di movimenti con l'asta mentre camminava davanti al cavallo: su e giù, a sinistra e a destra, le stoccate e le parate erano fatte in perfetta conformità con i manuali delle arti marziali. Ciò che l'anziano vide dal cavallo fu uno spettacolo incomparabile in tutto il mondo!

Mentre Pellegrino apriva la strada verso Ovest, il mostro, che osservava dall'alto della montagna, quasi cadde dalla paura. Spaventato a morte, il mostro scoppiò: "Ho sentito parlare di Pellegrino Sun per diversi anni, ma oggi so che questo non è una falsa voce." Avvicinandosi a lui, i vari demoni dissero: "Gran Re, perché 'magnifichi la determinazione degli altri per diminuire la tua stessa autorità'? Di chi stai vantando?" "Pellegrino Sun," disse il secondo demone, "possiede veramente grandi poteri magici. Non riusciremo a mangiare il Monaco Tang." "Gran Re," dissero i demoni, "se non hai le capacità, lascia che qualcuno di noi vada a riferire al Gran, Gran Re. Chiedigli di chiamare tutti i combattenti, giovani e vecchi, della nostra grotta, e ci uniremo tutti per formare un fronte di battaglia solido. Hai paura che lui possa scappare così?" "Non vedete tutti quella sua asta di ferro?" chiese il secondo demone. "È abbastanza potente da sconfiggere diecimila nemici. Abbiamo solo quattro o cinquecento soldati nella grotta, e non saranno in grado di sopportare nemmeno un colpo della sua asta!" I demoni dissero: "Se la metti in quel modo, il Monaco Tang certamente non sarà il nostro cibo. Non significa forse che abbiamo anche commesso un errore nel prendere Zhu Otto Regole? Riempiamolo ai monaci."

"Non abbiamo commesso esattamente un errore," disse il secondo demone, "né dovremmo restituirlo così facilmente. Alla fine, siamo determinati a divorare il Monaco Tang, ma non possiamo farlo ancora." "Se la metti in quel modo," dissero i demoni, "dovremmo aspettare ancora qualche anno?" Il secondo demone disse: "Non c'è bisogno di altri anni. Percepire ora che quel Monaco Tang deve essere cercato con virtù e non deve essere preso con la violenza. Se vogliamo usare la forza per prenderlo, non saremo in grado di sentire neanche un fiato di lui. L'unico modo per muoverlo è fingere virtù, in modo che la sua mente si fonder à con le nostre menti, nel processo del quale trameremo contro di lui, sfruttando proprio la sua virtù." I demoni dissero: "Se il Gran Re vuole escogitare un piano per prenderlo, vuoi che usiamo noi?" "Ognuno di voi può tornare nel nostro accampamento," disse il secondo demone, "ma non vi è permesso di riferirlo al Gran Re. Se lo disturbate e fate trapelare la notizia, il mio piano potrebbe essere rovinato. Ho il mio potere di trasformazione, e posso prenderlo."

I vari mostri si dispersero; il demone da solo saltò giù dalla montagna. Scuotendo il corpo per la strada, si trasformò in un Daoista anziano. "Come era vestito?" chiedete. Vedete

Un cappello stellato lucente,
E capelli bianchi arruffati;
Una veste piumata avvolta in una cintura di seta,
E sandali legati con coir giallo;
Belle caratteristiche e occhi luminosi come un uomo divino,
Un corpo leggero e sano come l'età della stella.
Perché parlare del Daoista Buffalo Blu?
È forte come il Maestro Tavoletta Bianca—
Una forma speciosa mascherata come la vera forma,
La menzogna fingendo di essere la verità onesta!

Ai lati della strada principale, si mascherò come un Daoista con una gamba rotta e sanguinante, singhiozzando costantemente e gridando: "Salvatemi! Salvatemi!"

Stavamo raccontando di Tripitaka, che, confidando sulla forza del Grande Saggio Sole e del Sha Monaco, procedeva felicemente quando sentirono ripetutamente il grido: "Maestro, salvami!" Quando questo raggiunse le orecchie di Tripitaka, disse: "Dio mio! Dio mio! Non c'è un solo villaggio nei dintorni della solitudine di questa montagna. Chi potrebbe essere che chiama? Deve essere, suppongo, qualcuno terrorizzato dalla tigre o dal leopardo." Fermando il suo bel cavallo, il vecchio gridò: "Chi è la persona che affronta questa prova? Mostrati, per favore." Il demone strisciò fuori dai cespugli e subito sbatté la testa a terra senza sosta, di fronte al cavallo del vecchio. Quando Tripitaka vide che era un Daoista, e uno anziano per di più, provò compassione per lui. Scendendo subito, cercò di afferrarlo con le mani, dicendo: "Per favore alzati! Per favore alzati!" Il demone disse: "Fa male! Fa male!" Quando Tripitaka lasciò la presa, scoprì che la gamba dell'uomo stava sanguinando. "O Maestro," disse il sorpreso Tripitaka, "da dove vieni? Come mai la tua gamba è ferita?"

Con parola astuta e lingua speciosa, il demone rispose falsamente, dicendo: "Maestro, a ovest di questa montagna c'è un tempio pulito e appartato, di cui sono un Daoista." Tripitaka disse: "Perché non stai curando l'incenso e i fuochi o recitando le scritture e i rituali nel tempio? Perché stai girando qui?" "Un patrono nella parte meridionale di questa montagna," disse il demone, "ha invitato i Daoisti a pregare le stelle e distribuire le benedizioni l'altro giorno. La notte scorsa io e il mio discepolo stavamo tornando a casa quando ci siamo imbattuti in una feroce tigre a strisce in un profondo canyon. Ha afferrato il mio discepolo e lo ha trascinato via in bocca, mentre il vostro terrorizzato Daoista, cercando follemente di fuggire, si è rotto una gamba quando è caduto su un cumulo di rocce. Non riuscivo nemmeno a trovare la mia strada di ritorno. Ma deve essere una grande affinità Celeste che mi ha fatto incontrare il Maestro oggi, e vi supplico nella vostra grande compassione di salvare la mia vita. Quando arrivo al nostro tempio, ripagherò la vostra profonda gentilezza anche se significa vendermi come schiavo!"

Quando Tripitaka sentì queste parole, credette fossero vere e disse a lui: "O Maestro, noi due apparteniamo alla stessa chiamata—io sono un monaco e tu sei un Daoista. Sebbene il nostro abbigliamento possa differire, i principi nella coltivazione, nella pratica dell'austerità, sono gli stessi. Se non ti salvo, non dovrei essere considerato tra coloro che hanno lasciato la famiglia. Ma se intendo salvarti, vedo che non puoi camminare." "Non posso neanche stare in piedi," disse il demone, "come posso camminare?" "Va bene, va bene!" disse Tripitaka. "Posso ancora camminare. Ti lascerò prendere il mio cavallo per questa distanza. Quando arrivi al tuo tempio, puoi restituirmi il cavallo." Il demone disse: "Maestro, sono grato per la tua profonda gentilezza, ma il mio coscio interno è ferito. Non posso cavalcare." Tripitaka disse: "Capisco," e disse al Sha Monaco: "Metti i bagagli sul mio cavallo, e tu portalo." "Lo porterò io," disse Sha Monaco.

Rubando uno sguardo furtivo a Sha Monaco, il demone disse: "O Maestro, ero così terrorizzato da quella feroce tigre. Ora che vedo questo sacerdote con una così cupa espressione, sono ancora più spaventato. Non oserei fargli portare me." "Wukong," disse Tripitaka, "allora lo porterai tu." Il Monaco Pellegrino rispose immediatamente: "Lo porterò io. Lo porterò io." Avendo stabilito che fosse Pellegrino a portarlo, il mostro divenne molto amabile e non disse più niente. "Vecchio Daoista strabico!" disse Sha Monaco, ridendo. "Non pensi che sia meglio che lo porti io, e tu preferisci lui. Quando non è alla vista del Maestro, spezzerà persino i tuoi tendini su una roccia affilata!"

Nel frattempo, Pellegrino aveva accettato di mettere il mostro sulla sua schiena, ma disse ridendo: "Tu sfacciato demone, come osi venire a provocarmi! Avresti dovuto fare qualche indagine su quanti anni ha Scimmia! La tua bugia può ingannare il monaco Tang, ma pensi davvero di potermi ingannare? Posso capire che sei un mostro di questa montagna che vuole mangiare il mio maestro, suppongo. Ma il mio maestro è una persona comune, qualcuno che puoi mangiare? E anche se vuoi divorarlo, avresti almeno dovuto dare una parte più grande al vecchio Scimmia!"

Quando il demone sentì Pellegrino mormorare così, disse: "Maestro, sono discendente di una buona famiglia che è diventato un Daoista. È sfortuna mia di oggi aver incontrato questa avversità della tigre. Non sono un mostro." "Se temi la tigre e il lupo," disse Pellegrino, "perché non reciti lo Script della Grande Carro?" Quando Tripitaka sentì queste parole mentre stava montando, biasimò: "Questo scimmione capriccioso! 'Salvare una vita è meglio che erigere una pagoda a sette piani'. Non è sufficiente che tu lo porti? Perché parlare dello Script della Grande Carro o dello Script della Piccola Carro?"

Quando Pellegrino lo sentì, disse: "Per fortuna per questo tipo! Il mio maestro è proprio qualcuno incline alla compassione e alla virtù, ma anche qualcuno che preferisce l'apparenza esterna più dell'eccellenza interiore. Se non lo porto, mi biasimerà, quindi lo porterò, va bene. Ma devo farti capire: se vuoi pisciare o cagare, dimmelo prima. Perché se lo versi sulla mia schiena, non posso sopportare il puzzo, e non c'è nessuno in giro per lavare e stirare i miei vestiti quando sono sporchi." "Guarda la mia età," disse il demone, "pensi che non capisca quello che hai detto?" Solo allora Pellegrino lo sollevò e lo mise sulla sua schiena prima di mettersi in cammino sulla strada principale verso ovest con il vecchio e Sha Monaco. Quando arrivarono in un punto della montagna dove la strada diventava sconnessa, intrecciandosi su e giù, Pellegrino si affrettò a camminare più lentamente, permettendo al monaco Tang di procedere prima. Prima che avessero percorso quattro o cinque miglia, il maestro e Sha Monaco scesero in una piega della montagna e scomparvero completamente dalla vista. Sempre più irritato, Pellegrino pensò tra sé: "Il maestro è così stupido anche se è adulto! Viaggiando per questa grande distanza, ci si stanca anche se si fosse a mani vuote—e lui mi dice invece di portare questo mostro! Non diciamo che è un mostro; anche se fosse un bravo uomo, dovrebbe morire senza rimpianti per aver vissuto così a lungo. Potrei anche buttarlo a terra e ucciderlo. Perché portarlo ancora più avanti?"

Mentre il Grande Saggio stava per fare ciò, il mostro conobbe istantaneamente il suo piano. Sapendo come evocare le montagne, ricorse alla magia di Spostamento di Montagne e Versamento di Oceani. Sulla schiena di Pellegrino fece il segno magico con le dita e recitò un incantesimo, mandando la Montagna Sumeru in aria e facendola scendere direttamente sulla testa di Pellegrino. Un po' sorpreso, il Grande Saggio piegò la testa da un lato e la montagna si posò sulla sua spalla sinistra. Ridendo, disse: "Figlio mio, che tipo di magia di pressione corporea stai usando per fermare il vecchio Scimmia? Va bene così, ma un bastone storto è piuttosto difficile da trasportare."

Il demone disse tra sé: "Una montagna non può tenerlo giù." Recitò nuovamente un incantesimo e evocò la Montagna Emei in aria. Pellegrino di nuovo girò la testa e la montagna si posò sulla sua spalla destra. Guardalo! Portando due montagne, cominciò a inseguire il suo maestro con la velocità di una meteora! La vista di lui fece sudare tutto il vecchio demone, mormorando tra sé: "Sicuramente sa come usare le montagne!" Esercitando ancora di più il suo spirito, recitò un altro incantesimo e fece salire la Montagna Tai per premere sulla testa di Pellegrino. Con questa magia della Pressione della Testa della Montagna Tai, il Grande Saggio fu sopraffatto mentre la sua forza svaniva e i suoi tendini si intorpidivano; il peso era così grande che gli spiriti dei Tre Vermi dentro il suo corpo esplosero e il sangue sprizzò dalle sue sette aperture.

Caro mostro! Dopo aver usato il suo potere magico per immobilizzare Pellegrino, lui stesso montò rapidamente un soffio di vento violento per raggiungere il monaco Tang. Dal bordo delle nuvole, allungò la mano per cercare di afferrare il cavaliere del cavallo. Sha Monaco fu così spaventato che gettò via i bagagli e sguainò il suo bastone per bloccare il tentativo. Impugnando la spada delle sette stelle, il demone lo affrontò frontalmente ed ebbe luogo una grande battaglia!

La spada delle sette stelle,
Il bastone per respingere i demoni,
Tutti lampeggiavano raggi dorati come brillanti lampi.
Questo, occhi torvi, sembrava il dio nero della morte;
Quello, dal viso di ferro, era il vero Capitano Sventolio di Tenda.
Il demone davanti alla montagna mostrava il suo potere,
Solennemente determinato a catturare Tripitaka Tang.
Quest'uomo, guardando con impegno il vero monaco,
Non avrebbe lasciato andare neanche minacciato di morte.
I due sbuffarono nebbia e nuvola per raggiungere il Palazzo del Cielo;
Spruzzarono sporco e polvere per coprire le stelle.
Lottarono fino a quando il sole rosso diventò fioco e perse la sua luce—
La grande terra, il cosmo, si oscurò completamente.
Avanti e indietro si scambiarono colpi per otto, nove round:
Fu una rapida sconfitta a cui Sha Monaco era destinato!

Il demone era estremamente feroce; i colpi e i fendenti della sua spada cadde sul suo avversario come piogge di meteoriti. Diventando sempre più debole ogni momento, Sha Monaco non poteva più sopportarlo e si voltò per fuggire, quando il prezioso bastone fu spinto da parte e fu afferrato da una mano gigantesca. Incastrando Sha Monaco sotto il suo braccio sinistro, il demone tirò giù Tripitaka dal cavallo con la sua mano destra; con la punta dei piedi agganciata ai bagagli e la bocca che tirava la criniera del cavallo, usò la magia di rimozione e li portò tutti nella Grotta del Fiore di Loto in un soffio di vento. Urlando a squarciagola, gridò: "Fratello maggiore, tutti i monaci sono stati catturati e portati qui!"

Quando il vecchio demone sentì queste parole, fu molto felice, dicendo: "Portateli qui per farmi dare un'occhiata." "Non sono questi quelli?" chiese il secondo demone. "Fratello degno," disse il vecchio demone, "hai preso i più sbagliati di nuovo." "Ma mi hai detto di prendere il monaco Tang," disse il secondo demone. Il vecchio demone disse: "Era il monaco Tang, giusto, ma non sei riuscito a prendere l'abile Pellegrino Sun. Dobbiamo prenderlo prima che possiamo gustare il monaco Tang. Se non l'abbiamo preso, assicurati di non toccare nessuno dei suoi compagni. Quel Re Scimmia, vedi, ha vasti poteri magici e conosce molti modi di trasformazione. Se divoriamo il suo maestro, pensi che lui accetterà? Verrà certamente a litigare con noi alla nostra porta e non potremo mai vivere in pace." "Fratello maggiore," disse il secondo demone con una risata, "sai solo come esaltare gli altri! Secondo le tue parole, quella scimmia è unica sulla Terra, e rara persino in Paradiso. Ma come lo vedo io, è così così, con poche abilità." "L'hai preso, allora?" chiese il vecchio demone. "È già stato schiacciato da tre grandi montagne che ho evocato," disse il secondo demone, "e non può muoversi nemmeno di un pollice. Ecco come sono riuscito a trasportare il monaco Tang, Sha Monaco, il cavallo bianco e persino i bagagli qui." Quando il vecchio demone sentì queste parole, fu pieno di gioia, dicendo: "Che fortuna! Che fortuna! Solo dopo aver catturato questo individuo, il monaco Tang può essere cibo nelle nostre bocche." Disse quindi ai piccoli demoni: "Preparate subito del vino. Offriamo al nostro Secondo Grande Re la coppa del merito." Il secondo demone disse: "Fratello maggiore, non beviamo ancora vino. Ordiniamo piuttosto ai piccoli di prendere Zhu Otto Regole dall'acqua e appenderlo." Otto Regole fu così appeso sul lato est della grotta, Sha Monaco sul lato ovest e il monaco Tang al centro. Il cavallo bianco fu messo in una stalla mentre i bagagli furono portati dentro la grotta.

Sorridendo, il vecchio demone disse: "Fratello degno, che meravigliosa abilità! Sei uscito due volte e hai catturato tre monaci. Anche se Pellegrino Sun, però, è stato schiacciato sotto le montagne, dobbiamo trovare un modo per portarlo qui in modo che possa essere cotto insieme agli altri." Il secondo demone disse: "Se il fratello maggiore vuole portare Pellegrino Sun qui, non c'è bisogno che ci muoviamo. Prendi pure posto. Abbiamo solo bisogno di ordinare ai due piccoli mostri di metterlo in due dei nostri tesori e portarlo qui." "Quali tesori dovrebbero portare con loro?" chiese il vecchio demone. Il secondo demone disse: "Prendi la mia zucca rossa di oro viola e il tuo vaso di giada pura di montone." Tirando fuori i tesori, il vecchio demone disse: "A chi dovremmo mandare?" Il secondo demone disse: "Mandiamo Sly Devil e Wily Worm, i due di loro."

Diede quindi le istruzioni ai due, dicendo: "Prendete questi tesori e andate alla vetta più alta delle tre montagne. Giratene una sottosopra in modo che la sua bocca sia rivolta verso il suolo e il fondo verso il cielo. Chiamate il nome, 'Pellegrino Sun', e se risponde, verrà immediatamente risucchiato all'interno. Sigillerete quindi il contenitore con il nastro che reca le parole, 'Che Laozi Agisca Rapidamente Secondo Questo Comando.' In un'ora e tre quarti, sarà ridotto a pus." I due piccoli demoni fecero un kowtow prima di partire per prendere Pellegrino, e non parleremo più di loro per il momento.

Ora vi parliamo del Grande Saggio, che era schiacciato sotto le montagne dalla magia del demone. Soffrendo, pensava a Tripitaka; nell'avversità, ricordava il santo monaco. Gridò con voce forte, "O Maestro! Ricordo come sei andato alla Montagna delle Due Frontiere per sollevare il nastro che mi teneva schiacciato, e fu allora che il vecchio Scimmione scappò dalla sua grande prova per abbracciare il voto di povertà completa. Grazie al Bodhisattva, mi è stato dato il decreto del dharma così che tu e io potessimo stare insieme e praticare la religione insieme, in modo da essere portati sotto la stessa affinità e raggiungere la stessa illuminazione e conoscenza. Come potevo aspettarmi che ci saremmo imbattuti in un tale ostacolo demoniaco qui, e che sarei stato di nuovo schiacciato dalle sue montagne? O pietà di tutto questo! Tu potresti essere destinato a morire, ma abbi pietà di Sha Monaco, Otto Regole, e del piccolo drago che ha fatto tutto quel sacrificio per trasformarsi in un cavallo. Veramente come dice il proverbio,

Un albero alto richiama il vento, il vento scuoterà l'albero;

Un uomo vive per il suo nome, il nome distruggerà l'uomo."

Quando finì questo lamento, le lacrime scesero a pioggia dalle sue guance.

Tutto quel rumore, tuttavia, disturbò immediatamente il dio della montagna, lo spirito locale, e i Guardiani dei Cinque Quarti, che vennero insieme con il Guardiano dalla Testa d'Oro. L'ultimo disse, "Di chi sono queste montagne?" "Nostre," disse lo spirito locale. "Sapete chi è che avete schiacciato sotto le montagne?" "No, non lo sappiamo," disse lo spirito locale. "Quindi, non lo sapete," disse il Guardiano, "ma si dà il caso che sia il Grande Saggio, Pari al Cielo, il Pellegrino Sun Wukong che causò un tremendo disturbo in Paradiso cinquecento anni fa. Ora ha abbracciato il frutto giusto per seguire il Monaco Tang come suo discepolo. Come potevate permettere al demone di prendere in prestito queste montagne per schiacciarlo? Siete morti! Se mai trovasse il rilascio e uscisse, pensate che vi risparmierà? Anche se vi lasciasse andare leggermente, lo spirito locale verrà retrocesso a un attendente in una stazione di posta, il dio della montagna sarà bandito al servizio militare, e anche noi saremo posti sotto un terribile obbligo." Solo allora il dio della montagna e lo spirito locale si spaventarono; dissero, "Non lo sapevamo davvero. Tutto ciò che abbiamo sentito era l'incantesimo per spostare le montagne recitato dal demone e abbiamo trasferito le montagne qui. Come potevamo sapere che si trattava del Grande Saggio Sun?"

Il Guardiano disse, "Non abbiate paura ora. La Legge dice, 'Gli ignoranti non saranno considerati colpevoli.' Possiamo discutere la questione e vedere come possiamo liberarlo senza farci picchiare." "Questo sta diventando piuttosto ridicolo," disse lo spirito locale. "Ci picchierà anche dopo che lo avremo liberato?" "Non avete idea," disse il Guardiano, "che possiede un bastone d'oro con cerchio di conformità, un'arma davvero potente. Un colpo di esso significa morte; un tocco, una grave ferita! Un piccolo colpo e i tendini si spezzano, un lieve tocco e la pelle collassa!"

Sempre più allarmati, il dio della montagna e lo spirito locale ebbero una discussione con i Guardiani dei Cinque Quarti prima di andare davanti alle tre montagne e gridare, "Grande Saggio, il dio della montagna, lo spirito locale e i Guardiani dei Cinque Quarti sono venuti a vederti." Caro Pellegrino! Anche se in quel momento poteva sembrare un tigre magra, la sua potenza rimaneva. Quando sentì l'annuncio, rispose subito risolutamente con voce forte, "Perché volete vedermi?" Lo spirito locale disse, "Permettimi di riferire questo al Grande Saggio. Chiedo il tuo permesso di spostare le montagne così che il Grande Saggio possa uscire e perdonare il crimine di irrispetto commesso inconsapevolmente da questa umile divinità." Pellegrino disse, "Spostate le montagne. Non vi colpirò." Quando disse questo, era come se fosse stato annunciato un perdono ufficiale! Le varie divinità iniziarono a recitare i loro incantesimi e le montagne furono rimandate alle loro posizioni originali.

Una volta liberato, Pellegrino saltò in piedi; scrollandosi di dosso la terra e stringendo la gonna, tirò fuori il suo bastone da dietro l'orecchio e disse al dio della montagna e allo spirito locale: "Mostrate le vostre gambe. Ognuno di voi riceverà due colpi così che il vecchio Scimmione possa trovare un po' di sollievo per la sua miseria!" Terrorizzati, i due dei dissero, "Proprio ora il Grande Saggio ha promesso di perdonarci. Come puoi cambiare parola, ora che sei uscito, e vuoi colpirci?" "Caro spirito locale! Caro dio della montagna!" disse Pellegrino. "Non avete paura del vecchio Scimmione, avete paura dei mostri invece!" Lo spirito locale disse, "Quei demoni hanno vasti poteri magici. Con i loro incantesimi e le loro magie, ci chiamerebbero nella loro grotta e dovremmo fare a turno per essere di guardia."

Quando Pellegrino sentì queste due parole "di guardia," anche lui fu piuttosto scosso. Alzando la testa verso il cielo, gridò con voce forte, "O Cielo Azzurro! Dalla divisione del caos e dalla creazione del Cielo e della Terra, e da quando la Montagna del Fiore e del Frutto mi ha dato alla luce, ho cercato dappertutto l'insegnante illuminato per trasmettermi la formula segreta per la longevità. Pensaci, posso cambiare con il vento, domare la tigre e sottomettere il drago; ho persino causato grande disturbo nel Palazzo Celeste e acquisito il nome di Grande Saggio. Ma non ho mai osato essere così insolente da ordinare a un dio della montagna o a uno spirito locale. Questi demoni oggi sono davvero senza legge! Come possono essere così arroganti da fare del dio della montagna e dello spirito locale i loro servi, costringendoli a fare a turno per essere di guardia? O Cielo, se hai dato alla luce il vecchio Scimmione, perché hai dato alla luce anche queste creature?"

Mentre il Grande Saggio sospirava così, vide in lontananza fasci di luce che si alzavano da una valle di montagna. "Dio della montagna, spirito locale," disse Pellegrino, "poiché siete stati di guardia nella grotta, dovete sapere quali oggetti sono quelli che emettono la luce." "Devono essere i tesori luminescenti dei demoni," disse lo spirito locale. "Suppongo che alcuni spiriti mostruosi stiano arrivando con i tesori per sottometterti." Pellegrino disse, "Questo è molto più divertente! Fatemi chiedere rapidamente, chi socializzerebbe con loro nella grotta?" Lo spirito locale disse, "Coloro che amano sono persone che riscaldano il cinabro e raffinano le erbe; coloro di cui si dilettano sono i Daoisti Quanzhen." "Non c'è da meravigliarsi che si sia trasformato in un vecchio Daoista per attirare il mio maestro," disse Pellegrino. "Dato che è così, il vostro battito sarà rimandato per il momento. Potete andare, lasciate che il vecchio Scimmione li catturi da solo." Le varie divinità si alzarono in aria e se ne andarono.

Questo Grande Saggio scosse il corpo una volta e si trasformò in un vecchio adepto. "Come era vestito?" chiederete.

La sua testa aveva due chignon di capelli;

Indossava una tunica clericale;

La sua mano colpiva un pesce di bambù;

Una cintura di Maestro Lü cingeva la sua vita.

Reclinato accanto alla strada principale,

Aspettava i piccoli demoni.

Dopo un po' arrivarono i demoni;

Il Re delle Scimmie rilasciò i suoi trucchi.

In poco tempo, i due piccoli demoni arrivarono davanti a lui e Pellegrino tirò fuori il suo bastone con cerchio d'oro. Non preparato a questo, uno dei piccoli demoni inciampò su di esso e cadde; solo quando si rialzò vide Pellegrino. "Vilania!

Vilania!" cominciò a gridare. "Se i nostri Grandi Re non avessero una particolare predilezione per il tuo tipo di persone, mi scontrerei con te." "Cosa c'è da scontrarsi?" disse Pellegrino, sorridendo amichevolmente. "Un Daoista che incontra un Daoista, siamo tutti nella stessa famiglia!" "Perché ti sei sdraiato qui," disse il demone, "e mi hai fatto inciampare?" Pellegrino disse, "Un giovane Daoista come te, quando incontri un vecchio Daoista come me, devi fare una caduta—è una sorta di sostituto per presentare un dono introduttivo." Il demone disse, "I nostri Grandi Re richiedono solo pochi once d'argento come doni introduttivi. Perché insisti su qualcuno che fa una caduta? Questo deve essere l'usanza di un'altra regione, e non puoi essere un Daoista di queste parti." "Infatti, non lo sono," disse Pellegrino, "perché vengo dalla Montagna Penglai." Il demone disse, "Ma Penglai è un'isola nel territorio degli immortali." "Se non sono un immortale," disse Pellegrino, "chi è un immortale?" Passando all'improvviso dall'ira alla gioia, il demone si avvicinò a lui e disse, "Vecchio Immortale, Vecchio Immortale! Siamo di occhi di carne e di stirpe mortale, ecco perché non possiamo riconoscerti. Le nostre parole ti hanno offeso. Perdonaci per favore." "Non vi biasimerò," disse Pellegrino, "perché come dice il proverbio, 'Il corpo immortale non calpesta il terreno profano.' Come potevate sapere? Il motivo per cui sono atterrato sulla vostra montagna oggi è che voglio illuminare un buon uomo affinch é diventi un immortale, per comprendere il Dao. Chi di voi è disposto a seguirmi?" Sly Devil disse, "Maestro, ti seguirò," mentre Wily Worm disse anche lui, "Maestro, ti seguirò."

Anche se conosceva già la ragione, Pellegrino chiese comunque: "Da dove venite voi due?" "Dalla Grotta del Fiore di Loto," rispose uno dei demoni. "Dove state andando?"

"I nostri Grandi Re ci hanno ordinato," disse il demone, "di catturare Pellegrino Sun." "Catturare chi?" chiese Pellegrino. "Catturare Pellegrino Sun," disse di nuovo il demone. Pellegrino disse, "Potrebbe essere Pellegrino Sun, quello che segue il Monaco Tang in cerca delle scritture?" "Esattamente, esattamente," disse il demone. "Lo conosci anche tu?"

"Quella scimmia è piuttosto scortese," disse Pellegrino. "Lo conosco bene, e sono un po' arrabbiato con lui. Andrò con voi a catturarlo; considereremo questo come il mio aiuto per farvi guadagnare merito."

"Maestro," disse il demone, "non c'è bisogno che tu ci aiuti a guadagnare merito. Il nostro Secondo Grande Re ha notevoli poteri magici: ha evocato tre enormi montagne e ha schiacciato quella scimmia, rendendola incapace di muoversi di un solo pollice. Poi ci ha detto di venire con i tesori per imprigionarlo."

"Che tipo di tesori?" chiese Pellegrino. Diavolo Astuto disse, "Il mio è una zucca rossa, mentre il suo è un vaso di giada pura." "Come pensate di imprigionarlo?" chiese Pellegrino. Il piccolo demone rispose, "Capovolgerò il mio tesoro in modo che la sua bocca sia rivolta verso la terra e il fondo verso il cielo. Poi lo chiamerò una volta, e se risponderà, sarà subito risucchiato dentro. Sigiller ò poi il tesoro con un nastro con le parole, 'Che Laozi Agisca Rapidamente

Secondo Questo Comando.' In un'ora e tre quarti, sarà ridotto a pus."

Quando Pellegrino sentì questo, disse a se stesso con allarme segreto, "Formidabile! Formidabile! Precedentemente il Sentinella del Giorno disse che avevano cinque tesori, e questi devono essere due di essi. Mi chiedo che tipo di cose siano gli altri tre?" Sorrise e disse ai due, "Potreste permettermi di dare un'occhiata ai tesori?" Completamente inconsapevoli, i piccoli demoni tirarono fuori subito dalle loro maniche i due tesori e li presentarono a Pellegrino con due mani. Quando Pellegrino li vide, fu felice, dicendo a se stesso, "Cose meravigliose! Cose meravigliose! Potrei scuotere la coda una volta e saltare via da qui, portando via i tesori come se mi fossero stati presentati come doni." Poi pensò a se stesso, "Non va bene! Posso derubarli di queste cose, ma la reputazione del vecchio Scimmia sarà rovinata. Questo è solo commettere un furto in pieno giorno." Restituì quindi i tesori ai demoni, dicendo, "Non avete ancora visto il mio tesoro." Uno dei demoni disse, "Che tipo di tesoro ha il Maestro? Ci permetteresti, gente profana, di dare un'occhiata, per evitare calamità, forse?"

Caro Pellegrino! Stendendo la mano, strappò un pezzo di pelo dalla sua coda e lo strinse, gridando "Cambia!" Si trasformò subito in una grande zucca rossa di oro viola, alta circa diciassette pollici. La tirò fuori dalla sua vita, dicendo, "Volete vedere la mia zucca?" Avendola ricevuta nelle sue mani ed esaminata, Verme Astuto disse, "Maestro, la tua zucca è grande e ha una bella forma. È bella da vedere, ma temo che non sia buona da usare." "Cosa intendi con 'non buona da usare'?" chiese Pellegrino. Il demone disse, "Ciascuno dei nostri tesori può contenere fino a mille persone." "Quindi," disse Pellegrino, "la tua può contenere persone. Che rarità c'è in questo? Questa mia zucca può persino contenere il Cielo!"

"Può davvero?" disse il demone. "Infatti," disse Pellegrino. "Temo che tu stia mentendo," disse il demone. "Conservala per noi e ti crederemo; altrimenti, non ti crederemo mai." "Se il Cielo mi irrita," disse Pellegrino, "di solito lo conservo sette o otto volte in un solo mese. Se non mi dà fastidio, non lo conservo per almeno mezzo anno." "Fratello Maggiore," disse Verme Astuto, "un tesoro che può contenere il Cielo! Scambiamolo con il suo." Diavolo Astuto disse, "Come sarebbe disposto a scambiare il suo con il nostro, che può solo contenere persone?" "Se non è disposto," disse Verme Astuto, "lo compenseremo anche con il nostro vaso." Segretamente deliziato, Pellegrino pensò a se stesso:

Una zucca ripaga una zucca,
Aggiungiamo un vaso di giada.
Due cose scambiate per una:
Questo lo chiamo un commercio equo!

Avanzò quindi e afferrò Verme Astuto, dicendo, "Se conservo il Cielo, scambierete con me?" "Se lo fai, sì," disse il demone. "Se non lo faccio, sarò tuo figlio!" "Va bene! Va bene!" disse Pellegrino. "Lo conserverò per voi."

Caro Grande Saggio! Inchinandosi e facendo il segno magico, recitò un incantesimo che gli portò il Dio del Pattugliamento diurno, il Dio del Pattugliamento notturno e i Guardiani delle Cinque Direzioni, ai quali diede il seguente ordine: "Riferite subito per me all'Imperatore di Giada e dite che il vecchio Scimmia ha abbracciato il giusto frutto per accompagnare il Monaco Tang a acquisire le scritture nel Cielo Occidentale. Il nostro cammino è stato bloccato su una montagna alta, dove il mio maestro incontra gravi calamità. Vorrei attirare certi demoni, che possiedono alcuni tesori, a scambiarli con me. Pertanto, imploro Sua Maestà con dovuto rispetto di permettere al vecchio Scimmia di prendere in prestito il Cielo per essere conservato per mezz'ora affinché possa portare a termine il mio compito. Se solo pronuncerà metà di un 'No,' salirò alla Sala delle Nebbie Divine e inizierò una guerra!"

Le divinità passarono la Porta del Cielo del Sud e si fermarono sotto la Sala delle Nebbie Divine per riferire all'Imperatore di Giada. "Questo scimmione impudente!" disse l'Imperatore di Giada. "Parla ancora in modo così sregolato. Tempo fa, quando Guanyin venne a informarci che era stato rilasciato per accompagnare il Monaco Tang, gli mandammo persino i Guardiani delle Cinque Direzioni e i Quattro Sentinelle per alternarsi nell'assisterlo. Ora vuole persino prendere in prestito il Cielo per essere conservato! Come potrebbe essere conservato il Cielo?" Non aveva ancora finito di parlare quando il Terzo Principe Naṭa avanzò dalle fila e memorializzò, dicendo, "Vostra Maestà, anche il Cielo pu ò essere conservato."

"Come?" chiese l'Imperatore di Giada.

Naṭa disse, "Quando il Caos si divise per la prima volta, ciò che era puro e leggero divenne Cielo, e ciò che era pesante e torbido divenne Terra. Il Cielo, quindi, è una massa rotonda di etere chiaro che tuttavia sostiene il Palazzo di Giada e le fortificazioni celesti. In linea di principio, quindi, il Cielo non può essere conservato. Tuttavia, il fatto che Pellegrino Sun accompagni il Monaco Tang nel suo viaggio verso ovest per acquisire le scritture è di per sé una fonte di benedizioni grandi quanto il Monte Tai e profonde come il mare. Oggi dovremmo aiutarlo a riuscire."

L'Imperatore di Giada disse, "Come aiuterebbe il nostro degno ministro?"

"Lasciate che Sua Maestà emani un decreto," disse Nata, "e chieda a Zhenwu, il Signore del Nord alla Porta del Cielo del Nord, di prestarci il suo stendardo di piume nere, che dovrebbe poi essere dispiegato attraverso la Porta del Cielo del Sud. Il sole, la luna e le stelle saranno coperte, e sarà così buio sulla Terra che le persone non potranno vedersi nemmeno se si trovano faccia a faccia. I demoni saranno ingannati nel pensare che il Cielo è stato conservato, e così potremo aiutare Pellegrino a riuscire." L'Imperatore di Giada acconsentì a questa proposta, e il principe ricevette il comando di andare alla Porta del Cielo del Nord, dove raccontò il fatto a Zhenwu. Il patriarca consegnò subito lo stendardo al principe.

Nel frattempo, il Dio del Pattugliamento diurno torn ò rapidamente dal Grande Saggio e gli sussurrò all'orecchio, "Il Principe Naṭa è venuto per aiutarti." Guardando in su, Pellegrino vide nuvole auspiciose levarsi: infatti una divinità si stava avvicinando. Si voltò verso i piccoli demoni, dicendo, "Sto per conservare il Cielo." "Vai avanti," disse uno di loro. "Perché continuare a tirarla per le lunghe?" "Stavo solo esercitando il mio spirito e recitando un incantesimo," disse Pellegrino.

I due piccoli demoni stettero lì con gli occhi spalancati e determinati a scoprire come avrebbe conservato il Cielo. Pellegrino diede alla falsa zucca un potente lancio e la gettò in aria. Pensateci: quella zucca era cambiata da un pezzo di pelo. Quanto poteva essere pesante? Sollevata dal vento della montagna, vagò qua e là per almeno mezz'ora prima di cadere giù. Nel frattempo, il Principe Naṭa alla Porta del Cielo del Sud spiegò ampiamente lo stendardo nero e in un istante copr ì il sole, la luna e tutti i pianeti. Davvero

L'universo sembrava tinto d'inchiostro,
Il mondo era diventato indaco.

Stupiti, i piccoli demoni dissero, "Erano circa mezzogiorno quando stavamo parlando. Com'è che è già il crepuscolo?" "Il Cielo è stato conservato," disse Pellegrino. "Non sai leggere l'orologio! Come potrebbe non essere il crepuscolo?" "Perché è così buio?" gridarono. Pellegrino disse, "Il sole, la luna e le stelle sono tutti contenuti all'interno. Non c'è luce all'esterno. Come potrebbe non essere buio?" "Maestro," disse uno dei piccoli demoni, "dove stai parlando?" "Non sono di fronte a voi?" chiese Pellegrino. Il piccolo demone allungò la mano per cercare di toccarlo, dicendo, "Posso sentirti, ma non vedo la tua faccia. Maestro, dove siamo?" Per ingannarli ulteriormente, Pellegrino disse, "Non muovetevi. Questa è la riva del Golfo di Zhili. Se inciampate e cadete in mare, non raggiungerete il fondo nemmeno dopo sette o otto giorni." "Fermati! Fermati! Fermati!" gridarono i demoni terrorizzati. "Rilascia il Cielo, per favore! Ora sappiamo come è conservato. Se continuiamo a giocare e cadiamo in mare, non torneremo mai più a casa."

Caro Pellegrino! Quando vide che i demoni credevano a tutta la faccenda, recit ò di nuovo l'incantesimo per avvisare il principe, che arrotolò lo stendardo e la luce del sole di mezzogiorno si vide di nuovo. "Meraviglioso! Meraviglioso!" gridarono i piccoli demoni, ridendo. "Un tale tesoro fantastico, se non lo scambiamo, non siamo certo meglio di bastardi!" Diavolo Astuto tirò subito fuori la zucca e Verme Furbo il vaso puro; entrambi consegnarono i tesori a Pellegrino. In cambio, Pellegrino diede loro la falsa zucca. Dopo lo scambio, Pellegrino voleva assicurarsi che l'accordo fosse definitivo. Staccando un pezzo di pelo da sotto il ventre, ci soffiò sopra e si trasformò in un soldo di rame. "Giovane," disse, "prendi questo soldo e compraci un pezzo di carta." "Per cosa?" chiese il piccolo demone. "Così posso redigere un contratto con voi," disse Pellegrino. "Voi due avete usato i vostri tesori che conservano gli uomini per scambiarli con me per un unico tesoro che conserva il Cielo. Temo che potreste non considerare l'accordo del tutto equo e che dopo qualche anno potreste pentirvi del nostro affare. Ecco perch é voglio un contratto per tutti noi." "Non abbiamo né pennello né inchiostro qui," disse uno dei demoni. "Perch é preoccuparsi di scrivere un documento? Facciamo invece uno scambio di voti." "Che tipo di voto?" chiese Pellegrino. I due piccoli demoni dissero, "Abbiamo dato due tesori che conservano gli uomini a te in cambio di un tesoro che conserva il Cielo. Se mai dovessimo pentirci della nostra decisione, possiamo essere colpiti dalla peste in tutte le quattro stagioni." "Non mi pentir ò mai del mio," disse Pellegrino, sorridendo. "Se lo faccio, che anch'io sia colpito come voi." Dopo aver fatto questo voto, saltò in alto e con un colpo di coda arrivò davanti alla Porta del Cielo del Sud, dove ringraziò il Principe Naṭa per aver dispiegato lo stendardo e per avergli prestato assistenza. Il principe tornò poi al palazzo per riferire all'Imperatore di Giada e per restituire la bandiera a Zhenwu. Pellegrino, nel frattempo, stava in aria e guardava quei piccoli demoni. Non sappiamo cosa succede dopo; ascoltiamo la spiegazione nel prossimo capitolo.

CAPITOLO 34

La trama del re demone intrappola la Scimmia Mente;
Il Grande Saggio, sempre abile, manovra i tesori.

Vi stavamo raccontando di quei due piccoli demoni che presero in mano la falsa zucca e, per un po', litigarono per esaminarla. Alzando la testa, scoprirono improvvisamente che Pellegrino era scomparso. "Fratello maggiore," disse Verme Furbo, "anche un immortale mentirebbe. Ha detto che dopo aver scambiato i nostri tesori ci avrebbe illuminato per diventare immortali. Perché è andato via senza nemmeno dirci nulla?" Diavolo Astuto disse: "Quando fai i conti, siamo noi quelli che abbiamo guadagnato di più. Perché preoccuparsi del suo allontanamento? Dammi la zucca. Lasciami accumulare il Cielo, solo per esercitarmi!" Infatti lanciò la zucca in aria, ma essa ricadde immediatamente. "Perché non funziona?" chiese un Verme Furbo stupito. "Potrebbe essere che Pellegrino Sun si fosse trasformato in un falso immortale e avesse usato una falsa zucca per scambiare la nostra vera?" "Non dire sciocchezze!" disse Diavolo Astuto. "Pellegrino Sun è schiacciato da quelle tre montagne. Come potrebbe uscire? Dammi di nuovo la zucca. Lasciami recitare quelle poche parole dell'incantesimo che ha detto e vediamo se accumulerò il Cielo." Ancora una volta il demone lanciò la zucca in aria, gridando: "Se c'è anche solo mezzo 'No', ascenderemo alla Sala delle Nebbie Divine e inizieremo una guerra." Prima ancora di finire di dire questo, la cosa ricadde di nuovo. "Non funziona! Non funziona!" urlarono i piccoli demoni. "Deve essere una finta!"

Mentre clamoreggiavano così, il Grande Saggio Sun vide e udì tutto a mezz'aria. Temendo che potessero scoprire la verità se giocavano troppo a lungo con la cosa, scosse il corpo e recuperò il pezzo di pelo che era stato trasformato nella zucca. I due demoni rimasero con quattro mani vuote. "Fratello," disse Diavolo Astuto, "dammi la zucca." "La tenevi tu," disse Verme Furbo. "Dio mio! Come mai è scomparsa?" Cercarono freneticamente a terra e tra i cespugli; infilarono le mani nelle maniche e si colpirono i fianchi. Ma non trovarono nulla. Stupefatti, i due demoni mormorarono: "Cosa faremo? Cosa faremo? Il Grande Re al tempo ci diede i tesori e ci disse di catturare Pellegrino Sun. Non solo non abbiamo catturato Pellegrino Sun, ma abbiamo anche perso i tesori ora. Come osiamo tornare a fare il rapporto? Saremo semplicemente battuti a morte. Cosa faremo? Cosa faremo?"

Dopo un po', Verme Furbo disse: "È meglio che andiamo." "Dove?" chiese Diavolo Astuto. "Non importa dove," disse Verme Furbo. "Se torniamo indietro e diciamo che non abbiamo tesori, perderemo sicuramente la vita." Diavolo Astuto disse: "Non scappare, torniamo invece. Il Secondo Grande Re di solito è piuttosto buono con te; ti metterò un po' di colpa. Se è disposto ad essere un po' clemente, le nostre vite potrebbero essere risparmiate; se no, almeno saremo battuti a morte a casa ma non saremo lasciati a penzolare qui. Andiamo. Andiamo." Dopo aver discusso la questione, i demoni iniziarono a camminare verso la loro montagna.

Quando Pellegrino a mezz'aria li vide partire, scosse di nuovo il corpo e si trasformò in una mosca per seguirli. Se si trasformò in una mosca, potreste chiedere, dove mise quei tesori? Se li lasciasse lungo la strada, o anche se li nascondesse nell'erba, qualcuno potrebbe raccoglierli se li vedesse, e tutti i suoi sforzi sarebbero stati vani. No, doveva portarli con sé, portando i tesori sul suo corpo. Ma una mosca non è più grande di un pisello. Come poteva portarli? I tesori, vedete, erano proprio come la sua asta d'oro; erano anche chiamati tesori Buddha conformi. Si sarebbero trasformati a seconda delle dimensioni del corpo: potevano diventare grandi o piccoli, ecco perché anche un corpo minuscolo come una mosca poteva contenerli. Con un ronzio, Pellegrino volò così giù e seguì costantemente i demoni fino a raggiungere in breve tempo la caverna.

I due demoni principali erano seduti lì a bere vino quando i piccoli demoni si misero di fronte a loro e si inginocchiarono. Pellegrino si posò sul telaio della porta e ascoltò. "Grandi Re," dissero i piccoli demoni. "Siete tornati?" disse il secondo demone, posando la coppa. "Sì," dissero i piccoli demoni. "Avete catturato Pellegrino Sun?" chiese di nuovo. I piccoli demoni cominciarono a prostrarsi, non osando emettere un suono. Il vecchio demone chiese di nuovo, ma non osarono rispondere; tutto ciò che fecero fu prostrarsi. Interrogati ripetutamente, finalmente si prosternarono a terra e dissero: "Per favore, perdonate i vostri piccoli per il crimine di diecimila morti! Per favore, perdonate i vostri piccoli per il crimine di diecimila morti! Quando abbiamo preso i tesori e raggiunto il centro della montagna, abbiamo incontrato un immortale del Monte Penglai. Ci ha chiesto dove stavamo andando e gli abbiamo detto che stavamo andando a catturare Pellegrino Sun. Quando l'immortale lo sentì, disse che anche lui era arrabbiato con Pellegrino Sun e voleva darci assistenza. Gli abbiamo detto che non c'era bisogno della sua assistenza e gli abbiamo spiegato come i nostri tesori potessero conservare gli uomini. Quell'immortale aveva anche una zucca molto capace di conservare il Cielo. Mossi da vane speranze e desideri illeciti, pensammo di scambiare i nostri tesori, che potevano solo conservare persone, con il suo, che poteva conservare il Cielo. Inizialmente, volevamo scambiare zucca per zucca, ma Verme Furbo decise di concludere l'affare aggiungendo il vaso puro. Non avevamo idea che il suo oggetto immortale non potesse essere toccato dalle mani dei profani. Proprio mentre stavamo sperimentando con esso, scomparve completamente con l'uomo. Vi imploriamo di perdonare il nostro crimine mortale."

Quando il vecchio demone lo sentì, si infuriò a tal punto che ruggì tuonando: "Finiti! Finiti! Questo deve essere stato Pellegrino Sun che si è mascherato da immortale per ingannarli. Quella scimmia ha grandi poteri magici e vaste conoscenze. Non so quale divinità maldestra lo abbia liberato, e ha manovrato i nostri tesori."

Il secondo demone disse: "Non essere così arrabbiato, Fratello Maggiore. Non mi aspettavo che quella testa di scimmia fosse così insolente. Se ha la capacità, può scappare e va bene. Perché doveva manovrare i nostri tesori? Se non lo catturo, non sarò mai un mostro su questa strada verso l'Ovest!" "Come lo catturerai?" chiese il vecchio demone. Il secondo demone disse: "Abbiamo cinque tesori; due sono andati ma ne abbiamo ancora altri tre. Dobbiamo essere certi che Pellegrino Sun sarà catturato da uno di questi." "Quali tre abbiamo ora?" chiese il vecchio demone. "Ho ancora con me la spada delle sette stelle e il ventaglio di foglie di palma," disse il secondo demone, "ma la corda d'oro giallo è custodita nella Grotta Schiaccia-Drago del Monte Schiaccia-Drago, il luogo di nostra madre anziana. Ora dovremmo mandare due piccoli demoni a invitare la madre a venire a banchettare con la carne del Monaco Tang, e dirle allo stesso tempo di portare quella corda d'oro giallo per catturare Pellegrino Sun." Il vecchio demone disse: "Chi dovremmo mandare?" "Non queste creature inutili," disse il secondo demone, e poi gridò loro: "Alzatevi!" "Fortunati! Fortunati!" dissero i due di loro. "Non siamo stati né picchiati né rimproverati. Siamo lasciati andare così!"

Il demone disse: "Chiedete a Tigre Zampa-di-Collina e Drago Che-Guarda-al-Mare, che spesso mi accompagnano, di venire qui." I due piccoli demoni arrivarono e si inginocchiarono. "Dovete essere prudenti," istruì il secondo demone. "Saremo prudenti," risposero. "Dovete essere cauti." "Sì, saremo cauti," risposero. "Sapete dove si trova la casa della Vecchia Signora?" chiese di nuovo il secondo demone. "Sì, lo sappiamo," risposero. "Se lo sapete, andateci rapidamente, e quando raggiungete la sua casa, informate la reverentemente che è invitata a venire qui a banchettare con la carne del Monaco Tang. Ditele anche di portare con sé la corda d'oro giallo affinché possiamo catturare Pellegrino Sun."

I due piccoli demoni obbedirono e corsero fuori dalla caverna; non sapevano che Pellegrino da una parte aveva sentito tutto chiaramente. Allungando le ali, volò fuori dalla caverna, raggiunse Tigre Zampa-di-Collina e atterrò sul suo corpo. Dopo aver camminato per due o tre miglia, stava per ucciderli quando pensò a se stesso: "Ucciderli è abbastanza facile, ma quella Vecchia Signora loro ha la corda d'oro giallo, e non so dove vive. Lasciatemi interrogarli un po' prima di massacrarli." Caro Pellegrino! Volò via con un ronzio e permise ai piccoli demoni di camminare avanti di circa cento passi. Poi, con un colpo di corpo, si trasformò anche lui in un piccolo mostro con un berretto di pelle di volpe e una gonna di pelle di tigre sollevata fino alla vita. Correndo verso di loro, disse: "Voi sulla strada, aspettatemi."

Girandosi, il Drago Che-Guarda-al-Mare chiese: "Da dove vieni?" "Caro fratello," disse Pellegrino, "non riesci nemmeno a riconoscere qualcuno dello stesso clan?" "Non sei nel nostro clan," disse il piccolo demone. "Cosa intendi dire?" disse Pellegrino. "Dai un'altra occhiata." "Non sembri affatto familiare," disse il piccolo demone. "Non ci siamo mai incontrati prima." "Infatti," disse Pellegrino, "non mi hai mai visto. Appartengo alla divisione esterna." Il piccolo demone disse: "Non ho mai incontrato nessun ufficiale della divisione esterna. Dove stai andando?" Pellegrino disse: "Il Grande Re ha detto a voi due di invitare la Vecchia Signora a banchettare con la carne del Monaco Tang e di portare con voi la corda d'oro giallo per catturare Pellegrino Sun. Ma teme che voi due non camminerete abbastanza velocemente, e che il vostro amore per il gioco ritarderà questa importante impresa. Per questo motivo mi ha mandato insieme a voi per dirvi di sbrigarvi." Quando i piccoli demoni videro che le sue parole andavano direttamente al cuore della verità, non sospettarono nulla, pensando invece che Pellegrino fosse davvero un membro dello stesso clan. In fretta, corsero avanti per otto o nove miglia.

"Abbiamo corso troppo velocemente," disse Pellegrino. "Quanto abbiamo percorso da quando siamo partiti?" "Circa sedici miglia," disse il piccolo demone. Pellegrino disse: "Quanto manca ancora?" Indicando con il dito, il Drago Che-Guarda-al-Mare disse: "Dentro la foresta oscura davanti a noi—è lì." Pellegrino alzò la testa e vide una grande foresta oscura non lontano, e capì che il vecchio demone doveva trovarsi in quella zona. Rimase fermo, permettendo agli altri due piccoli demoni di procedere; poi li raggiunse e diede loro un colpo con la barra di ferro. Ahimè, non erano affatto all'altezza della barra e furono ridotti immediatamente a due polpette! Pellegrino li raccolse e li nascose tra alcuni cespugli lungo la strada. Tirando fuori un pezzo di pelo, soffiò su di esso un soffio magico, gridando "Cambia!" Si trasformò subito in Tigre Zampa-di-Collina, mentre lui stesso si trasformò in Drago Che-Guarda-al-Mare. I due mostri apparenti si diressero quindi direttamente alla Caverna Che-Schiaccia-il-Drago per invitare la vecchia signora. Questo è ciò che chiamiamo

Settantadue trasformazioni—che magia potente!

Sempre abile con le cose—che grande capacità!

Con quattro, cinque salti, si lanciò nella foresta. Mentre guardava intorno, vide due porte di pietra semiaperte nelle vicinanze. Non osando entrare bruscamente, dovette gridare, "Apri la porta, apri la porta." Un mostro femmina che stava di guardia all'interno aprì la porta e chiese: "Da dove vieni?" Pellegrino disse: "Sono venuto dalla Caverna del Fiore di Loto della Montagna Cima di Livello con un invito per la Vecchia Signora." "Entra," disse il mostro femmina. Quando Pellegrino raggiunse la seconda porta, infilò la testa dentro per dare un'occhiata e trovò una vecchia seduta al centro. "Come appariva?" chiedi. Vedi

Capelli bianchi tutti arruffati,

E occhi simili a stelle tutti luminosi.

Il suo viso, sebbene rubicondo, ha molte rughe;

È piena di spirito anche se pochi denti rimangono.

Affascinante—come il crisantemo brinato;

Rugosa—come un vecchio pino dopo la pioggia.

Un fazzoletto di seta bianca finemente filata le avvolge la testa,

E anelli d'oro bejeweled pendono dalle sue orecchie.

Dopo averla vista, il Grande Saggio Sun non entrò subito. Invece, rimase abbattuto fuori dalla seconda porta e iniziò a piangere silenziosamente. "Perché piangeva?" chiedi. Potrebbe essere che aveva paura di lei? Anche se fosse stato, difficilmente avrebbe pianto. Inoltre, era abbastanza coraggioso da aver ingannato i mostri delle loro ricchezze e ucciso i piccoli demoni. Perché allora piangeva? In passato, avrebbe potuto entrare in un grande tripode di olio bollente, e anche se fosse stato fritto per sette o otto giorni, non avrebbe versato nemmeno una lacrima. Tuttavia, era il pensiero della miseria inflittagli a causa del viaggio del Monaco Tang per acquisire le scritture che lo commosse alle lacrime. Pensò tra s é, "Se il vecchio Scimmia avesse mostrato la sua abilità e si fosse trasformato in un piccolo demone per invitare questo mostro anziano, non ci sarebbe assolutamente alcun motivo per lui di parlare in piedi. Devo fare un inchino quando la vedo! Un eroe per tutta la mia vita, ho inchinato solo a tre persone: ho fatto un inchino al Buddha del Cielo Occidentale, a Guanyin del Mare del Sud, e quattro volte al Maestro quando mi ha salvato alla Montagna dei Due Fronti. Per lui ho usato persino le mie viscere e il mio intestino! Ah, quanto potrebbe valere un rotolo di scrittura? Eppure, oggi sono costretto a prostrarmi davanti a questo demone. Se non lo faccio, sarò sicuramente scoperto. Oh miseria! In ultima analisi, il Maestro è in gravi difficoltà ed è per questo che devo sopportare tale umiliazione." Quando arrivò a quel punto nei suoi pensieri, non ebbe altra scelta che correre dentro e inginocchiarsi, rivolto verso di lei. "Signora," disse, "per favore ricevi il mio inchino."

Il demone disse, "Figlio mio, alzati." "Bene! Bene! Bene!" disse Pellegrino tra sé. "È un indirizzo onesto!" "Da dove vieni?" chiese il vecchio demone. "Dalla Caverna del Fiore di Loto della Montagna Cima di Livello," disse Pellegrino. "Ho ricevuto l'ordine dei due Grandi Re di invitare la Signora a venire a banchettare con la carne del Monaco Tang. Ti è stato anche chiesto di portare con te la corda d'oro giallo per catturare Pellegrino Sun." Estremamente soddisfatta, il vecchio demone disse, "Che figli devoti!" Chiamò subito la sua sedia portatile. "Oh mio figlio!" disse Pellegrino tra sé. "Anche i mostri viaggiano in sedia portatile!" Da dietro, due mostri femmina portarono fuori una sedia portatile fatta di rattan profumato, su cui appesero tende di seta blu. Il vecchio demone uscì dalla caverna e si sedette sulla sedia, seguita da diversi piccoli mostri femmina che portavano scatole da toilette, specchi montati, asciugamani e una scatola di profumi. "Perch é siete tutti usciti?" chiese il vecchio demone. "Sto andando a casa mia, e pensate che non ci sarà nessuno lì a servirmi? Non abbiamo bisogno delle vostre grandi bocche lì. Tornate indietro! Chiudete le porte e badate alla casa!" Quei pochi piccoli mostri infatti tornarono indietro, e solo due rimasero a portare la sedia portatile. "Quali sono i nomi dei due che sono stati mandati qui?" chiese il vecchio demone. "Lui si chiama Tigre Zampa-di-Collina," disse Pellegrino rapidamente, "e io mi chiamo Drago Che-Guarda-al-Mare." Il vecchio demone disse, "Camminate davanti, voi due. Gridate e liberate la strada per me." "Questo doveva essere il mio destino!" pensò Pellegrino. "Non abbiamo ancora acquisito le scritture, ma devo essere il suo schiavo in questo momento!" Non osò rifiutare; camminando avanti, gridò per liberare la strada.

Dopo aver percorso cinque o sei miglia, si sedette su una lastra di pietra ad aspettare i due che portavano la sedia portatile. Quando arrivarono, Pellegrino disse, "Che ne dite di riposare un po'? Le vostre spalle devono essere indolenzite." I piccoli demoni non sospettarono nulla, naturalmente, e posarono la sedia portatile. Camminando dietro di essa, Pellegrino tirò fuori un pezzo di pelo dal petto e lo trasformò in un grande biscotto, che tenne e iniziò a sgranocchiare. "Ufficiale," disse uno dei portatori della sedia, "cosa stai mangiando?" "Mi vergogno a dirlo," disse Pellegrino, "ma abbiamo percorso tutta questa distanza per invitare la Vecchia Signora, e lei non ci ha dato nessuna ricompensa. Sto iniziando ad avere fame, ed è per questo che sto mangiando un po' dei nostri cibi secchi prima di muoverci di nuovo." "Per favore, dacci un po' anche a noi," dissero i portatori. Pellegrino disse, "Venite. Apparteniamo tutti alla stessa famiglia. Perché chiedete?" Non sapendo di meglio, i piccoli demoni circondarono Pellegrino per dividere il cibo secco. Tirando fuori la sua barra di ferro, Pellegrino diede loro un colpo terribile alla testa: quello colpito direttamente fu subito ridotto a poltiglia, mentre l'altro che fu sfiorato dalla barra non morì immediatamente e stava ancora gemendo. Quando il vecchio demone sentì qualcuno gemere e tirò fuori la testa per guardare, Pellegrino saltò davanti alla sedia portatile e abbatté la barra sulla sua testa. Il cervello esplose e il sangue schizzò in ogni direzione dal buco spalancato. Pellegrino la trascinò fuori dalla sedia portatile e scoprì che era una volpe a nove code. "Bestia maledetta!" disse Pellegrino, ridendo. "Chi sei tu per essere chiamata Vecchia Signora? Se sei chiamata Vecchia Signora, dovresti chiamare il vecchio Scimmia come tuo grande, grande antenato!" Caro Re Scimmia! Cercò e trovò la corda d'oro giallo, che infilò nella propria manica, dicendo felicemente, "Quei demoni senza legge possono essere potenti, ma tre tesori ora appartengono a colui il cui nome è Sun." Strappò due pezzi di pelo, e altri due. Lui stesso si trasformò nella forma della vecchia e si sedette sulla sedia portatile. Poi partirono di nuovo sulla strada principale.

In poco tempo, raggiunsero l'ingresso della Caverna del Fiore di Loto. Quei piccoli demoni che erano stati trasformati dai peli gridarono davanti, "Apri la porta! Apri la porta!" I piccoli demoni all'interno che stavano di guardia alla porta la aprirono e dissero, "Tigre Zampa-di-Collina e Drago Che-Guarda-al-Mare, siete tornati?" "Sì," dissero i pezzi di pelo. "Dov'è la Vecchia Signora che dovevate invitare?" "Non è lì dentro la sedia portatile?" dissero i pezzi di pelo, indicando. "Restate qui," disse uno dei piccoli demoni. "Lasciatemi andare a riferire." Quando i due capi demoni sentirono l'annuncio, "Grande Re, la Vecchia Signora è arrivata," ordinarono subito che fosse preparato un tavolo d'incenso per riceverla. Quando Pellegrino sentì questo, fu deliziato, dicendo a sé stesso, "Che fortuna! Ora è il mio turno di essere qualcuno! Quando mi sono trasformato per la prima volta in un piccolo demone per andare a invitare quel vecchio mostro, mi sono inchinato una volta. Ma ora che mi sono trasformato nel vecchio mostro, che dovrebbe essere la loro madre, devono fare la cerimonia di quattro inchini. Può non sembrare molto, ma sto raccogliendo il profitto di due teste che si inchinano a me!"

Caro Grande Saggio! Egli scese dalla sedia a portantina e, scrollandosi la polvere dai vestiti, rimise i quattro pezzi di pelo sul suo corpo. I piccoli demoni che stavano di guardia alla porta portarono dentro la sedia a portantina vuota, e lui li seguì lentamente da dietro, zoppicando tutto il tempo per imitare il passo del vecchio demone. Quando entrarono, tutto il gruppo di mostri, giovani e vecchi, venne a riceverlo, mentre tamburi e flauti suonavano armoniosamente e ricci di fumo profumato salivano dall'urna di Boshan. Egli arrivò nella sala principale e si sedette, voltandosi a sud; i due demoni capo si inginocchiarono davanti a lui e fecero kowtow, dicendo: "Madre, i tuoi figli si inchinano." "Miei figli," disse

Pellegrino, "vi prego di alzarvi."

Ora vi raccontiamo di Zhu Ottoregole, che, appeso lì alla trave, improvvisamente scoppiò a ridere. "Secondo Fratello," disse il Sha Monaco, "questo è davvero meraviglioso! Ti appendono finché non ridi a crepapelle!" "Fratello," disse Ottoregole, "ho una ragione per ridere." Il Sha Monaco chiese: "Qual è la ragione?" "Avevamo paura," disse Ottoregole, "che quando Madam fosse arrivata, saremmo stati cotti al vapore e mangiati. Ora vedo che non è Madam; è la cara vecchia cosa." "Che cara vecchia cosa?" chiese il Sha Monaco. "La Peste del Cavallo è qui," disse Ottoregole ridendo. Il Sha Monaco disse: "Come hai fatto a riconoscerlo?" "Quando ha piegato la schiena per salutarli, dicendo 'Miei figli, vi prego di alzarvi,'" disse Ottoregole, "quella sua coda di scimmia spuntò da dietro. Sono appeso più in alto di te, ed è per questo che posso vedere più chiaramente." Il Sha Monaco disse: "Non parliamo, ascoltiamo cosa ha da dire." "Esattamente, esattamente," disse Ottoregole.

Seduto in mezzo, il Grande Saggio Sun chiese: "Miei figli, perché mi avete invitato qui?" "Cara Madre," disse uno dei demoni, "i tuoi figli per giorni non hanno avuto l'opportunità di adempiere ai nostri doveri filiali. Questa mattina siamo riusciti a catturare il Monaco Tang dal Paese dell'Est, ma non abbiamo osato mangiarlo tutto da soli. Abbiamo quindi invitato Madre a venire in modo che possa essere presentato vivo a te, e poi sarà cotto a vapore come tuo cibo per prolungare la tua vita." "Miei figli," disse Pellegrino, "non sono affatto entusiasta di mangiare la carne del Monaco Tang, ma ho sentito dire che le orecchie di uno Zhu Ottoregole sono davvero meravigliose. Perché non le tagliate e le sistemate come antipasti per il mio vino?" Stupito da ciò che sentiva, Ottoregole disse: "Sia maledetto! Sei venuto qui per tagliarmi le orecchie? Se annuncio ad alta voce chi sei, non suonerà molto bene!"

Ahimè! Questa sola affermazione negligente di Idiota svelò subito la trasformazione del Re Scimmia. Proprio in quel momento, alcuni piccoli demoni che erano andati a pattugliare la montagna e alcuni altri che stavano di guardia alla porta irrompono tutti, dicendo: "Gran Re, disastro! Pellegrino Sun ha ucciso a bastonate la Vecchia Madam, e si è travestito per venire qui." Quando il capo demone sentì queste parole, non attese ulteriori segnalazioni; estrasse la sua spada delle sette stelle e colpì il viso di Pellegrino. Caro Grande Saggio! Scosse il corpo una volta sola, e una brillante luce rossa riempì la caverna mentre fuggiva. Tali abilità rendevano tutta la vicenda divertimento e giochi per lui. Infatti, aveva padroneggiato questo segreto: unendo prendeva forma, ma separandosi diventava etere. Così scossi erano gli abitanti della caverna che lo spirito del vecchio demone lo abbandonò, e i vari mostri si mordevano le dita e scuotevano la testa.

"Fratello," disse il vecchio demone, "prendi il Monaco Tang, il Sha Monaco, Ottoregole, il cavallo bianco e i bagagli—prendi tutto e restituiscili a Pellegrino Sun. Chiudiamo la porta al conflitto." "Cosa stai dicendo, Fratello Maggiore?" disse il secondo demone. "Non hai idea di quanto sforzo ho fatto nel concepire questo piano per riportare indietro tutti quei monaci. E ora, intimidito dall'astuzia di Pellegrino Sun, vuoi restituirli a lui incondizionatamente. Sei diventato, in effetti, una persona che teme il coltello e schiva la spada. È questa la virilità? Siediti e non aver paura. Ho sentito che hai detto che Pellegrino Sun ha vasti poteri magici; anche se l'ho incontrato, devo ancora confrontarmi con lui. Portami la mia armatura. Lasciami combattere tre round con lui: se non riesce a battermi in quei tre round, il Monaco Tang rimane comunque il nostro cibo. Se non riesco a prevalere su di lui in quei tre round, c'è ancora tempo per restituire il Monaco Tang a lui." Il vecchio demone disse: "Hai ragione, Fratello Degno." Ordinò immediatamente di portare fuori l'armatura.

Dopo che i vari demoni avevano tirato fuori la sua armatura, il secondo demone si equipaggiò adeguatamente e uscì dalla porta, tenendo in mano la spada del tesoro. "Pellegrino Sun," gridò, "dove sei andato?" Nel frattempo, vedete, il Grande Saggio aveva già raggiunto il bordo delle nuvole. Quando sentì chiamare il suo nome, si voltò rapidamente e vide che era il secondo demone. "Come è vestito?" chiederete voi.

Indossa un elmo fenice più bianco della neve
E un'armatura fatta di brillante acciaio persiano.
La cintura in vita è di tendine di drago.
Gli gambali a forma di fiore di prugna coprono i suoi stivali di pelle di capra.
Sembra il Signore vivente del Torrente Libatorio;
Non sembra diverso dal Potente Spirito.
Tiene nelle sue mani la spada delle sette stelle,
Severa e imponente in una rabbia torreggiante.

"Pellegrino Sun," gridò il secondo demone, "rimettici subito la nostra madre e i nostri tesori. Ti permetterò di andare con il Monaco Tang a acquisire i testi sacri." Non riuscendo più a trattenersi, il Grande Saggio ruggì: "Questo mostro impudente! Hai commesso un errore pensando che tuo nonno Sun ti lascerebbe andare così facilmente! Rendici subito il mio maestro, i miei fratelli minori, il cavallo bianco e i nostri bagagli, e dacci, inoltre, qualche soldo per il viaggio verso l'Ovest. Se anche metà di un 'No' esce dalle tue labbra, tanto vale che ti appendi con la corda. Così risparmierai a tuo nonno il dover alzare le mani." Quando il secondo demone sentì queste parole, saltò in alto sulle nuvole e colpì con la spada. Pellegrino lo affrontò faccia a faccia con la mazza di ferro alzata, e fu una battaglia tra i due in aria.

Il maestro degli scacchi trova il suo equivalente,
Il generale incontra un buon guerriero—
Trova il suo equivalente il maestro degli scacchi non può reprimere la sua gioia;
Incontrando un buon guerriero il generale deve applicarsi.
Quando quei due combattenti divini si incontrano,
Sembra tigri che combattono sulla Montagna del Sud
O draghi che lottano nel Mar del Nord.
Come i draghi lottano,
Le loro scaglie scintillano;
Quando le tigri combattono,
Denti e artigli colpiscono furiosamente.

Denti e artigli colpiscono furiosamente come uncini d'argento,
E le scaglie scintillanti si rovesciano come foglie di ferro.
Questo in definitiva
Usa mille modi per attaccare;
Quello avanti e indietro
Non lascia per mezzo momento.
La mazza dorata a cerchi
È solo a tre decimi di pollice dalla testa.
La spada delle sette stelle,
Minaccia il cuore, ha bisogno solo di una spinta.
L'aria imponente di questo raffredda il Grande Carro;
I respiri arrabbiati di quello minacciano come tuoni.

I due combatterono per trenta round ma non fu presa nessuna decisione.

Segretamente felice, Pellegrino disse a se stesso: "Questo mostro senza legge riesce a resistere alla mazza di ferro della vecchia Scimmia. Ma ho già acquisito tre dei suoi tesori. Se continuo a combattere amaramente con lui, non ritarderà solo quello che voglio fare? Forse dovrei usare la zucca o il vaso puro per catturarlo." Poi pensò ancora: "Non buono! Non buono! Il proverbio dice: 'Ogni cosa ha il suo padrone.' Se lo chiamo e non risponde, sconfiggerà solo il mio scopo. Usiamo il cordone d'oro per lassare la sua testa." Caro Grande Saggio! Usò una mano per maneggiare la sua mazza di ferro mentre l'altra mano estrasse il cordone e lassò la testa del demone. Il demone, però, conosceva un Incantesimo del Cordone Stretto e un Incantesimo del Cordone Largo. Se il cordone avesse legato un'altra persona, avrebbe recitato l'Incantesimo del Cordone Stretto e quella persona non avrebbe potuto scappare. Ma se il cordone fosse stato fissato a uno dei suoi, avrebbe recitato l'Incantesimo del Cordone Largo e nessun danno sarebbe venuto a quella persona. Quando vide, quindi, che era il suo proprio tesoro, recitò subito l'Incantesimo del Cordone Largo; il cordone si allentò e lui uscì dalla cinghia. Prendendo il cordone, lo gettò invece a Pellegrino e catturò istantaneamente il Grande Saggio. Il Grande Saggio stava per esercitare la sua magia di assottigliare il corpo quando il demone recitò l'Incantesimo del Cordone Stretto e lo aveva fermamente legato. Era impossibile per lui scappare, perché quando il cordone veniva tirato giù fino al collo, una delle estremità si trasformava in un anello d'oro che lo stringeva saldamente. Il demone tirò quindi il cordone e tirò giù Pellegrino prima di colpire quella testa calva sette o otto volte con la spada. La pelle sulla testa di Pellegrino non arrossì affatto.

"Questa scimmia," disse il demone, "ha una testa abbastanza dura! Non ti taglierò più. Lasciami portarti di nuovo nella caverna prima di colpirti di nuovo. Ma è meglio che restituisci subito i miei altri due tesori." "Quali tesori ti ho preso?" chiese Pellegrino, "che tu debba chiedermeli?" Il demone cercò attentamente Pellegrino e trovò sia la zucca che il vaso. Usando il cordone come guinzaglio, riportò Pellegrino nella caverna, dicendo: "Fratello Maggiore, l'ho preso." Il vecchio demone disse: "Chi hai preso?" "Pellegrino Sun!" disse il secondo demone. "Vieni a guardare! Vieni a guardare!" Il vecchio demone guardò un attimo e riconobbe che era davvero Pellegrino. Sorrise felice e disse: "È lui! È lui! Legatelo con una lunga corda al pilastro solo per divertimento." Legarono davvero Pellegrino a un pilastro, dopodiché i due demoni andarono nella sala sul retro a bere.

Mentre il Grande Saggio strisciava sotto il pilastro, fu visto da Ottoregole. Appeso alla trave, Idiota rise forte, dicendo: "Fratello Maggiore, non riesci proprio a mangiare le mie orecchie!" "Idiota," disse Pellegrino, "sei comodo lassù? Uscirò subito, e puoi star certo che salverò tutti voi." "Non ti vergogni?" chiese Ottoregole. "Non riesci nemmeno a scappare da solo e vuoi salvare gli altri. Oh, lascia perdere, lascia perdere! Maestro e discepoli potrebbero morire insieme così potremmo chiedere la via nella Regione delle Tenebre." Pellegrino disse: "Smettila di blaterare! Guarda come esco di qui." "Vedrò come esci di qui," disse Ottoregole.

Sebbene il Grande Saggio stesse parlando con Ottoregole, i suoi occhi erano fissi su quei due demoni. Vide che stavano bevendo dentro e alcuni piccoli demoni correvano impazziti avanti e indietro per portare i piatti e versare il vino. Quando la loro guardia vacillò per un attimo e nessuno era vicino al Grande Saggio, esercitò immediatamente i suoi poteri divini. Estrasse la sua verga, soffiò su di essa dicendo: "Cambia!" e all'istante cambiò in un filetto di acciaio puro. Agganciando l'anello d'oro al collo, lo tagliò con quattro o cinque colpi e si liberò tirando a parte l'anello. Strappando un ciuffo di capelli, ordinò che si trasformasse in una forma ingannevole di sé stesso legato al pilastro; il suo vero sé, tuttavia, si trasformò con uno scuotimento del corpo in un piccolo mostro e si mise da una parte.

"Brutte notizie! Brutte notizie!" gridò ancora Ottoregole sulla trave. "Quello legato è un falso. Quello appeso è genuino."

Lasciando cadere la sua tazza, il vecchio demone chiese: "Di che sta gridando Zhu Ottoregole?" Pellegrino, che si era trasformato in un piccolo mostro, si avvicinò per dire: "Zhu Ottoregole sta cercando di persuadere Pellegrino Sun a scappare tramite la trasformazione, ma Sun non è disposto. Ecco perché Zhu sta urlando." "E diciamo che Zhu Ottoregole è senza inganno!" disse il secondo demone. "Ora vedo che tipo di vigliacco è! Dovrebbe ricevere venti colpi sulla bocca." Pellegrino andò davvero a prendere una canna per la punizione. "Meglio che mi colpisci leggermente," disse Ottoregole. "Se i colpi sono anche solo leggermente pesanti, griderò di nuovo che ti riconosco." Pellegrino disse: "È per il bene di tutti voi che la vecchia Scimmia ha subito la trasformazione. Perché dovevi lasciar trapelare la verità? Tutti gli spiriti mostro di questa caverna non possono riconoscermi. Perché dovevi essere tu a riconoscermi?" "Anche se hai cambiato i tuoi tratti," disse Ottoregole, "il tuo sedere non è stato cambiato! Non ci sono ancora due macchie rosse sulle tue natiche? Ecco perché posso riconoscerti." Pellegrino si affrettò in cucina e si pulì con fuliggine le pentole per rendere neri i suoi glutei prima di tornare avanti. Quando Ottoregole lo vide, disse ridendo: "Questa scimmia deve essere andata da qualche parte a fare casino, quindi è tornata con un sedere nero!"

Pellegrino rimase lì per rubare i loro tesori. In effetti, persona intelligente, si avvicinò alla sala e mezzo inginocchiato davanti al demone, dicendo: "Gran Re, guarda come quel Pellegrino Sun striscia dappertutto intorno al pilastro. Il cordone giallo-oro, temo, potrebbe essere rovinato da tutto quel strofinamento e allungamento. Dovremmo prendere qualcosa di più spesso per legarlo." "Hai ragione," disse il vecchio demone, e si tolse una cintura con fibbia di leone dalla sua vita per darla a Pellegrino. Prendendo la cintura, Pellegrino legò la sua falsa forma al pilastro, ma il cordone lo nascose subito nella sua manica. Poi tirò via un altro ciuffo di capelli, che con un soffio trasformò in un falso cordone giallo-oro, e che presentò con entrambe le mani al demone. Ansioso solo per il suo vino, il demone non si preoccupò di esaminarlo prima di riporlo. Questo è ciò che intendiamo per Il Grande Saggio, sempre versatile, mostra le sue abilità: il capello ora è scambiato con il cordone dorato.

Appena ebbe acquisito questo tesoro, saltò fuori dalla porta e tornò alla sua vera forma. "Mostro!" gridò. Un piccolo demone di guardia alla porta chiese: "Chi sei tu, che osi gridare qui?" "Entra rapidamente," disse Pellegrino, "e riferisci a quei demoni senza legge che un Grimpil Sun è qui." Il piccolo demone fece davvero la segnalazione come gli era stato detto.

Altamente sorpreso, il vecchio demone disse: "Abbiamo già catturato Pellegrino Sun! Come mai c'è un Grimpil Sun?" "Fratello Maggiore," disse il secondo demone, "Perché averne paura? I tesori sono tutti nelle nostre mani. Lasciami prendere la zucca e farlo conservare." "Fratello," disse il vecchio demone, "fai attenzione." Il secondo demone tirò fuori la zucca e uscì dalla porta, dove incontrò qualcuno che sembrava essere un'immagine esatta di Pellegrino Sun ma solo un po' più corto. "Da dove vieni?" chiese. Pellegrino disse: "Sono il fratello di Pellegrino Sun. Quando ho sentito che avevi catturato mio fratello maggiore, sono venuto a saldare il conto con te." "Sì, l'ho catturato tutto bene," disse il secondo demone, "e è rinchiuso nella caverna. Ora che sei arrivato, vuoi combattere con me, suppongo, ma non mi scontrerò con te. Lascia che chiami il tuo nome una volta. Osasti rispondere?" "Anche se mi chiami mille volte, non avrò paura," disse Pellegrino. "Ti risponderò diecimila volte!"

Saltando in aria con il suo tesoro tenuto a testa in giù, il demone gridò: "Grimpil Sun!"

Pellegrino non osò rispondere, pensando tra sé, "Se gli rispondo, sarò risucchiato dentro."

"Perché non mi rispondi?" disse il demone.

"I miei orecchi sono un po' tappati," disse Pellegrino, "e non posso sentirti. Grida più forte." Il demone gridò davvero, "Grimpil Sun!"

Schiacciando le dita insieme per fare alcune calcolazioni giù, Pellegrino pensò tra sé, "Il mio vero nome è Pellegrino Sun, ma questo Grimpil Sun è un nome falso che ho inventato. Con il vero nome potrei essere risucchiato, ma come potrebbe funzionare con un nome falso?" Non poteva trattenersi dal rispondere, e immediatamente fu risucchiato nella zucca, che fu quindi sigillata con il nastro.

Quel tesoro, vedete, non faceva distinzione tra il nome chiamato vero o falso: se anche solo si respirava una risposta, si sarebbe stati risucchiati istantaneamente.

Quando il Grande Saggio arrivò dentro la zucca, trovò solo totale oscurità. Provò a spingere con la testa ma senza alcun risultato, perché qualunque cosa stesse bloccando la bocca della zucca era estremamente stretta. Crescendo l'ansia, pensò tra sé, "Quei due piccoli demoni che ho incontrato sulla montagna mi hanno detto che se un uomo veniva risucchiato nella zucca o nel vaso, sarebbe stato ridotto a pus in un'ora e tre quarti. Potrei essere dissolto così?" Pensò ancora tra sé, "Non è niente. Non posso essere dissolto! Quando la vecchia Scimmia ha causato un grande disturbo nel Palazzo Celeste cinquecento anni fa e fu raffinato per quarantanove giorni nel braciere a otto trigrammi di Laozi, il processo mi ha dato in effetti un cuore forte come l'oro e viscere resistenti come l'argento, una testa di bronzo e un dorso di ferro, occhi infuocati e pupille di diamante. Come potrei essere ridotto a pus in un'ora e tre quarti? Lasciatemi seguirlo dentro e vedere cosa fa."

Il secondo demone entrò con la zucca, dicendo: "Fratello Maggiore, l'ho catturato." "Catturato chi?" chiese il vecchio demone. Il secondo demone disse: "Grimpil Sun è stato conservato nella zucca da me." Felice, il vecchio demone disse: "Degno Fratello, prendi pure posto. Non muovere la zucca. La scuoteremo dopo un po' e solleveremo il sigillo solo se fa il balzo." Sentendo questo, Pellegrino pensò tra sé, "Se il mio corpo rimane così, come potrebbe balzare? Devo essere ridotto a liquido prima che la zucca possa balzare quando scossa. Lasciatemi lasciare un po' di urina qui; quando la scuote e balza, solleverà sicuramente il sigillo e potrò scappare!" Ma poi ripensò, "Niente male! Niente male! L'urina può fare il rumore, ma la mia camicia sarà sporca. Aspetterò finché non scuote la zucca, e poi sputerò un sacco di saliva. Tutto quel pasticcio gocciolante lo ingannerà a sollevare il sigillo, e la vecchia Scimmia potrà quindi scappare." Il Grande Saggio fece questa preparazione, ma il demone era occupato a bere e non cercò affatto di scuotere la zucca. Pensando a un altro piano per ingannarli, il Grande Saggio gridò improvvisamente, "Cielo! Le mie cosce si sono dissolte!" I demoni non scossero la zucca, e il Grande Saggio gridò di nuovo, "Oh Madre! Anche le mie ossa pelviche sono sparite!" "Quando la sua vita è andata," disse il vecchio demone, "è quasi finito. Solleva il sigillo e dai un'occhiata."

Quando il Grande Saggio sentì questo, strappò un ciuffo di capelli, gridando "Cambia!" Si trasformò in mezzo corpo bloccato sul fondo della zucca, mentre il suo vero io si trasformò in un piccolo insetto attaccato alla sua bocca. Appena il secondo demone sollevò il sigillo, il Grande Saggio volò fuori subito e con un rotolamento si trasformò immediatamente di nuovo nella forma di Drago di Mare, quel piccolo demone che fu mandato in precedenza a prendere la Vecchia Signora. Si fermò da un lato, mentre il vecchio demone prese la zucca e guardò dentro. Mezzo corpo si contorceva giù, e non aspettò di determinare se fosse genuino o no prima di gridare, "Fratello, coprilo, coprilo! Non è ancora completamente dissolto." Il secondo demone rimise il sigillo, senza rendersi conto che il Grande

Saggio a un lato stava ridacchiando tra sé, dicendo: "Non sai che la vecchia Scimmia è proprio qui!"

Prendendo la caraffa di vino, il vecchio demone versò una coppa piena di vino e la presentò con entrambe le mani al secondo demone, dicendo: "Degno Fratello, lascia che ti faccia un brindisi con questa coppa." Il secondo demone disse: "Fratello Maggiore, abbiamo già bevuto vino per un bel po'. Perché vuoi brindare con me proprio ora?" "Forse non è una grande cosa che tu abbia catturato il Monaco Tang, Otto Regole e il Sha Monaco," disse il vecchio demone, "ma sei riuscito persino a legare Pellegrino Sun e a rinchiudere Grimpil Sun. Per aver compiuto un merito così grande, dovresti essere brindato con molte altre coppe." Quando il secondo demone vide come il suo fratello maggiore cercava di onorarlo, non osò rifiutare, ma non osò accettare la coppa con una mano sola neppure, poiché stava tenendo la zucca con l'altra. Passando rapidamente la zucca al Drago del Mare, ricevette poi la coppa con entrambe le mani. Poco si rendeva conto, ovviamente, che il Drago del Mare era in realtà il trasformato Pellegrino Sun. Guardalo! Serviva i demoni con grande attenzione. Dopo che il secondo demone prese il vino e lo bevve, volle restituire il brindisi. "Non c'è bisogno di brindare con me," disse il vecchio demone. "Ecco, berrò una coppa con te." I due continuarono a scambiarsi cortesie del genere per un po', mentre Pellegrino, tenendo la zucca, fissava i suoi occhi su di loro. Quando li vide passarsi la coppa di vino avanti e indietro senza il minimo riguardo per quello che stava facendo, infilò la zucca nella manica e usò un altro pezzo di capelli per formare una zucca fittizia esattamente uguale a quella genuina. Il demone, dopo aver presentato il vino per un po', prese la zucca dalle mani di Pellegrino senza preoccuparsi di esaminarla. Si sedettero di nuovo ai loro tavoli e continuarono a bere come prima. Avendo riacquistato il tesoro, il Grande Saggio si voltò e se ne andò, molto felice e dicendo tra sé,

"Anche se questo demone ha la sua magia,
la zucca appartiene ancora alla famiglia Sun!"

Non sappiamo cosa dovette fare dopo per sterminare i demoni e salvare il suo maestro; ascoltiamo la spiegazione nel prossimo capitolo.

CAPITOLO 35

L' eresia usa il potere per opprimere la vera Natura;
Il Mind Scimmia, raccogliendo tesori, conquista demoni deviati.

La sua natura è perfetta: così conosce la Via.
Girandosi, salta libero dalla rete e dalla trappola.
Imparare la trasformazione non è cosa facile,
Né è comune raggiungere la lunga vita.
La fortuna lo trasforma in cose pure e impure;
Libero dai kalpa destinati si muove a suo piacimento.
Per innumerevoli eoni è spensierato—
Un raggio divino fissato sempre sul vuoto.

Il significato di questa poesia, vedi, corrisponde sottilmente alle meraviglie del Dao raggiunte dal Grande Saggio Sun. Poiché aveva acquisito il vero tesoro da quel demone, lo nascose nella manica, dicendo felicemente a sé stesso: "Anche se quel demone senza legge cerca così duramente di catturarmi, i suoi sforzi non sono migliori del tentativo di pescare la luna dall' acqua. Ma quando il vecchio Scimmia vuole catturarlo, è semplice come sciogliere il ghiaccio sul fuoco!" Nascondendo la zucca, scivolò fuori dalla porta e tornò alla sua forma originale.

"Spiriti mostruosi," gridò, "aprite la porta!" Un piccolo demone disse: "Chi sei tu che osi fare rumore qui?" Pellegrino rispose: "Riferisci subito a quei vecchi demoni senza legge che un Sun Pellegrino è arrivato."

Il piccolo demone corse dentro a fare il rapporto, dicendo: "Grande Re, c'è un cosiddetto Sun Pellegrino che si presenta fuori dalla nostra porta." "Degno Fratello," disse il vecchio demone, profondamente scosso, "questo è male! Abbiamo suscitato un intero nido di pestilenze! Guarda! La corda giallo-oro ha catturato un Pellegrino Sun, mentre la zucca ha conservato un Grimpil Sun. Come può essere che ci sia un altro Sun Pellegrino? Devono avere diversi fratelli e sono arrivati tutti." "Rilassati, Fratello Maggiore," disse il secondo demone. "Questa nostra zucca può contenere fino a mille persone, e abbiamo solo un Grimpil Sun dentro. Perché preoccuparsi di un altro Sun Pellegrino? Lascia che vada fuori a dare un'occhiata. Lo conserverò anch' io." "Fai attenzione, Fratello," disse il vecchio demone.

Guarda quel secondo demone! Tenendo la zucca fittizia, uscì dalla porta con la stessa risolutezza e fiducia di prima. "Chi sei tu," gridò, "che osi fare rumore da queste parti?" Pellegrino disse: "Quindi, non mi riconosci!
Vivevo alla Montagna dei Fiori e Frutti.
La mia casa: la Grotta della Cortina d' Acqua.
Per aver disturbato il Palazzo del Cielo
Smettei di lottare per molto tempo.
Fortunato di essere liberato dai miei guai,

187

Abbandonai il Dao e seguii un monaco
Per raggiungere, obbediente, il Tuono,
Per cercare scritture e giusta conoscenza.
Quando incontro demoni selvaggi e senza legge,
Lavoro con la mia potente magia.
Restituiscimi il monaco del Grande Tang
Affinché andiamo a Ovest a vedere Buddha.
Il nostro conflitto finirà,
E ognuno potrà godersi la sua pace.
Non suscitare l'ira del vecchio Scimmia,
O la tua vita stantia finirà!"

"Vieni qui un momento," disse il demone, "ma non combatterò con te. Sto per chiamare il tuo nome una volta. Osi rispondermi?" "Se mi chiami," disse Pellegrino, ridacchiando, "ti risponderò. Ma se io chiamo te, risponderai?" "Ti chiamo," disse quel demone, "solo perché ho una zucca che può contenere persone. Cosa hai tu che ti fa voler chiamarmi?" Pellegrino disse: "Anch'io ho una piccola zucca." "Se ce l'hai," disse il demone, "tirala fuori per farmela vedere." Pellegrino tirò fuori la zucca dalla manica, dicendo: "Demone senza legge, guarda!" La agitò una volta e la infilò immediatamente di nuovo nella manica, poiché temeva che il demone volesse prenderla.

Quando il demone vide la zucca, fu molto scosso, dicendo: "Da dove viene quella sua zucca? Com'è che è esattamente come la mia? Anche se crescesse dallo stesso ramo, dovrebbero esserci delle differenze di dimensione o forma. Come potrebbero essere esattamente uguali?" Con completa serietà, disse: "Sun Pellegrino, da dove viene la tua zucca?" Pellegrino, naturalmente, non conosceva la storia della zucca, ma girò la domanda e chiese invece: "Da dove viene la tua?"

Non rendendosi conto che era un trucco, il demone pensò che fosse una domanda onesta e procedette a dare un resoconto completo della sua origine, dicendo: "Questa mia zucca è nata quando il caos si è diviso e sono stati creati il Cielo e la Terra. C'era allora un Supremo Patriarca Primordiale, che attraverso la morte si trasformò in Nüwa e prese il suo nome. Sciolse le pietre per riparare i cieli e salvare il mondo mondano. Quando raggiunse una crepa nella regione nord-occidentale alla base del Monte Kunlun, scoprì un filamento di rampicante immortale su cui si formò questa zucca rossa di oro viola. È, quindi, qualcosa tramandata da Laozi fino ad ora." Quando il Grande Saggio ascoltò questa storia, la usò immediatamente come modello per il suo resoconto, dicendo: "Anche la mia zucca viene dallo stesso posto." "Come così?" chiese il demone. "Dalla divisione del puro e del torbido," disse il Grande Saggio, "il Cielo era incompleto nell'angolo nord-ovest, e la Terra era incompleta nell'angolo sud-est. Il Supremo Patriarca Daoista Primordiale attraverso la morte si trasformò in Nü wa. Dopo aver riparato i cieli, si recò alla base del Monte Kunlun, dove c'era un filamento di rampicante immortale su cui si erano formate due zucche. Quella che ho è un maschio, mentre la tua è una femmina." Il demone disse: "Non c'è bisogno di distinguere i sessi; se può contenere persone, è un buon tesoro."

"Hai ragione," disse il Grande Saggio, "ti lascerò provare per primo."

Molto contento, il demone saltò in aria, tenne in alto la zucca e gridò: "Sun Pellegrino!" Quando udì il richiamo, il Grande Saggio rispose in un unico respiro otto o nove volte senza fermarsi, ma non gli successe nulla. Scendendo dall'aria, il demone si batté il petto e pestò i piedi, gridando: "Cieli! E diciamo che solo la vita umana non è cambiata nel mondo! Anche un tesoro come questo ha paura del suo compagno: quando la femmina incontra il maschio, cessa di essere efficace!"

"Perché non metti via la tua," disse Pellegrino, ridendo, "perché è il turno del vecchio Scimmia di chiamarti." Rapidamente facendo una capriola in aria, girò la zucca sottosopra e prese la mira al demone, gridando: "Grande Re Cornod' Argento!" Non osando chiudere la bocca, il demone rispose, e immediatamente fu risucchiato nella zucca, che fu poi sigillata da Pellegrino con il nastro recante le parole: "Che Laozi Agisca Rapidamente Secondo Questo Comando." Segretamente contento, Pellegrino disse: "Figlio mio, stai per provare qualcosa di nuovo oggi!"

Discese dalla nuvola, tenendo la zucca, e si diresse direttamente verso la Grotta del Fiore di Loto, con ogni pensiero rivolto a salvare il suo maestro. La strada su quella montagna, vedi, era piena di buchi, e lui, inoltre, era un po' arcuato. Mentre correva, la zucca veniva scossa ripetutamente, e presto da dentro provenne un rumore di sciabordio continuo. "Com'è che sciaborda già?" chiedi. Il Grande Saggio, vedi, aveva un corpo che era stato così completamente raffinato che non poteva essere dissolto rapidamente. D'altra parte, il demone poteva conoscere qualche magia di poco conto come montare le nuvole e cavalcare la nebbia, ma non era stato completamente liberato dalla sua costituzione mortale. Nel momento in cui fu risucchiato nel tesoro, si dissolse. Pellegrino, tuttavia, non credeva affatto che fosse stato così. "O mio figlio," disse, ridendo, "non so se stai pisciando o facendo gargarismi! Ma questo genere di cose è molto familiare al vecchio Scimmia. Non fino a dopo sette o otto giorni, quando sarai diventato liquido sottile, solleverò il coperchio per guardare. Perché avere fretta? Cos'è la fretta? Quando penso a quanto facilmente sono uscito, non ti spierei per mille anni!" Mentre teneva la zucca e parlava a sé stesso così, presto arrivò all'ingresso della grotta. Scosse la cosa nella sua mano costantemente mentre recitava: "Il Classico del Cambiamento di Re Wen, Grande Saggio Confucio, Maestro Zhou della Signora Fior di Pesco, Maestro Valle dei Fantasmi."

Quando i piccoli demoni nella grotta videro ciò, gridarono: "Grande Re, disastro! Sun Pellegrino ha conservato il nostro Secondo Grande Re nella zucca e ora la sta usando per la divinazione." Quando il vecchio demone udì queste parole, fu così inorridito che il suo spirito lo abbandonò e la sua anima fuggì, le sue ossa si indebolirono e i suoi tendini diventarono insensibili. Cadde a terra e iniziò a lamentarsi, gridando: "O Degno Fratello! Quando tu ed io abbiamo lasciato di nascosto la Regione Superiore e trovato le nostre vite in questo mondo mortale, la nostra speranza era di goderci insieme ricchezze e gloria come signori permanenti di questa grotta montana. Come potevo sapere che, a causa di questo monaco, la tua vita sarebbe stata tolta e il nostro legame fraterno sarebbe stato spezzato?" I vari demoni dell'intera grotta iniziarono tutti a lamentarsi ad alta voce.

Quando Zhu Otto Regole, appeso lì alla trave, udì i lamenti di tutta la famiglia, non poté fare a meno di chiamare: "Mostro, non piangere! Lascia che il vecchio Maiale ti dica una cosa. Il Pellegrino Sun che è arrivato per primo, il Grimpil Sun che è venuto dopo e, infine, il Sun Pellegrino che è arrivato per ultimo, in realtà sono tutti la stessa persona, il mio fratello maggiore. È molto versatile e conosce settantadue modi di trasformazione. È stato lui a rubare il tuo tesoro e a far conservare tuo fratello. Ora che tuo fratello è morto, non c'è bisogno che tu pianga così. Dovresti pulire rapidamente pentole e padelle e preparare alcuni funghi secchi, funghi freschi, germogli di soia, germogli di bambù, torte di soia, glutine di frumento, funghi neri e verdure. Invita noi maestri e discepoli a un pasto e saremo lieti di recitare per te una volta il Sūtra per Ricevere la Vita."

Infuriato da ciò che aveva sentito, il vecchio demone disse: "Pensavo che Zhu Otto Regole fosse una persona ingenua, ma in realtà è molto sfacciato. Osa prendermi in giro in questo momento! Piccoli, smettetela di lamentarvi. Slegate Zhu Otto Regole e cuocetelo a vapore finché non sarà morbido e tenero. Prima mi riempirò la pancia e poi andrò a catturare il Pellegrino Sun per vendicare mio fratello." Rivolgendosi a Otto Regole, Sha Monaca lo rimproverò dicendo: "Non è carino? Ti avevo detto di non parlare tanto! Ora il tuo parlare significa che sarai cotto a vapore e mangiato." L'Idiota stesso si preoccupò un po', ma un piccolo demone poi disse: "Grande Re, non è bene cuocere a vapore Zhu Otto Regole." "Amitābha Buddha!" disse Otto Regole. "Quale fratello maggiore sta cercando di accumulare meriti segreti? In effetti, non valgo nulla se vengo cotto a vapore." Un altro demone disse: "Dopo che sarà spellato, sarà poi buono da cuocere a vapore." Inorridito, Otto Regole disse: "Va bene! Va bene! Anche se le mie ossa e la mia pelle sono grossolane, sarò tenero non appena l'acqua bolle."

Mentre parlavano, un altro piccolo demone arrivò dalla porta principale per riferire: "Il Pellegrino Sun ci sta insultando alla nostra porta!" "Questo tizio," disse un vecchio demone sorpreso, "ci insulta perché pensa che non ci sia nessuno qui." Poi diede l'ordine: "Piccoli, appendete Zhu Otto Regole come prima e scoprite quanti tesori ci sono ancora in casa." Un piccolo demone, che era il maggiordomo, disse: "Ci sono ancora tre tesori nella caverna." "Quali tre?" chiese il vecchio demone. "La spada delle sette stelle," disse il maggiordomo, "il ventaglio di foglie di palma e il vaso di giada pura." "Quel vaso è inutile!" disse il vecchio demone. "Doveva contenere chiunque rispondesse quando veniva chiamato per nome, ma la formula è stata in qualche modo trasmessa a quel Pellegrino Sun e ora il nostro stesso fratello è stato messo da parte. Non userò il vaso; lascialo qui a casa. Portami la spada e il ventaglio, rapidamente." Il maggiordomo consegnò i due tesori al vecchio demone, che infilò il ventaglio nel colletto dietro il collo e tenne la spada in mano. Poi chiamò circa trecento mostri, giovani e vecchi, e disse a tutti di armarsi con lance, mazze, corde e coltelli. Il vecchio demone indossò anche un elmo e una corazza, coperti con un mantello di seta rossa fiammeggiante. Mentre i mostri uscivano di corsa dalla porta, si allinearono in formazione di battaglia, con l'intento di catturare il Grande Saggio Sun. Sapendo ormai che il secondo demone era stato dissolto nella zucca, il Grande Saggio fissò la zucca alla cintura intorno alla vita mentre le sue mani tenevano in alto il bastone dorato per prepararsi al combattimento. Mentre le bandiere rosse si srotolavano, il vecchio demone saltò fuori dalla porta.

Come era vestito?
Il pennacchio dell'elmo brillava sulla sua testa,
E dalla sua cintura sorgevano colori freschi e radianti.
Indossava una corazza intrecciata come scaglie di drago,
Sormontata da un lungo mantello rosso come fiamme crepitanti.
I suoi occhi rotondi si aprivano e lampeggiavano;
I baffi ispidi si sollevavano come fumi torbidi.
La sua mano teneva leggermente la spada delle sette stelle,
La sua spalla semi-nascosta dal ventaglio di foglie di palma.
Si muoveva come nuvole che passano sopra le cime dell'oceano;
Come tuono la sua voce scuoteva montagne e torrenti.
Un formidabile guerriero che sfidava il Cielo,
Guidando molti mostri, uscì dalla caverna con impeto.

Dopo aver ordinato ai piccoli demoni di prendere le loro postazioni di battaglia, il vecchio demone gridò: "Scimmia! Sei completamente spregevole! Hai ucciso mio fratello e spezzato il nostro legame fraterno. Sei davvero detestabile!"

"Mostro, sei tu che cerchi la morte!" rispose il Pellegrino, "Vuoi dirmi che una vita di uno spirito mostro vale più di quelle di quattro creature come il mio maestro, i miei fratelli minori e il cavallo bianco? Pensi che possa sopportare l'idea che siano appesi nella caverna in questo momento? Che sia d'accordo con ciò? Portali fuori subito e restituiscimeli. Puoi aggiungere anche qualche spesa di viaggio e mandare via amichevolmente il vecchio Scimmione. Allora potrei risparmiare questa tua vita da cane!" Il demone, ovviamente, non permise ulteriori scambi; alzando la sua spada del tesoro, colpì la testa del Grande Saggio, che lo affrontò con il bastone di ferro sollevato. Fu una grande battaglia fuori dall'entrata della caverna. Ah!

La spada delle sette stelle e il bastone dorato
Si scontrarono e le scintille brillavano come fulmini luminosi;
L'aria fredda diffusa portava un freddo opprimente
Mentre vaste nuvole scure coprivano le cime e le scogliere.
Questo a causa del suo legame fraterno
Non mollava un po'.
Quello per conto del monaco delle scritture
Non rallentava di un briciolo.
Ognuno odiava con lo stesso tipo di odio;
Entrambe le parti nutrivano tale ostilità.
Combatterono fino a quando il Cielo e la Terra si oscurarono, spaventando d

èi e fantasmi;

Il sole si oscurò, il fumo si addensò, mentre draghi e tigri tremavano.
Questo digrignava i denti come limando unghie di giada;
Quello diventava così arrabbiato che le fiamme gli uscivano dagli occhi!
Andavano avanti e indietro mostrando il loro valore eroico,
E continuavano a brandire sia la spada che il bastone.

Il vecchio demone combatté con il Grande Saggio per venti round, ma nessuno dei due riuscì a prevalere. Puntando con la spada, il vecchio demone gridò: "Piccoli demoni, venite tutti insieme!" Quei trecento spiriti mostruosi si precipitarono tutti insieme e circondarono completamente il Pellegrino. Oh, caro Grande Saggio! Non temendo minimamente, brandì il suo bastone e si lanciò a sinistra e a destra, attaccando con esso davanti e proteggendosi dietro. Tuttavia, quei piccoli demoni avevano tutti alcune abilità; più combattevano, più diventavano feroci, come la lana di cotone che si attacca al corpo, si aggrappavano alla vita del Pellegrino e gli tiravano le gambe, rifiutandosi di essere respinti. Allarmato, il Grande Saggio ricorse alla magia del Corpo oltre il Corpo. Staccò un ciuffo di peli da sotto il braccio sinistro, li masticò a pezzi e li sputò, gridando: "Cambia!" Ogni pezzo di pelo si trasformò in un Pellegrino. Guardali tutti! I più alti brandivano bastoni, i più bassi boxavano con i pugni, e i più piccoli afferravano gli stinchi dei mostri e cominciavano a morderli. Combatterono finché tutti i demoni si dispersero in ogni direzione, gridando: "Grande Re, siamo finiti! Non possiamo più combattere! La montagna è piena di Pellegrini Sun!" La magia del Corpo oltre il Corpo mandò così in una rapida ritirata la folla di mostri: rimase solo un vecchio demone nel mezzo, circondato da ogni lato, sotto pressione ma senza possibilità di fuga.

Terribilmente spaventato, il demone cambiò la spada del tesoro nella mano sinistra; con la destra, si raggiunse dietro il collo e tirò fuori il ventaglio di foglie di palma. Rivolgendosi verso sud, fece un movimento di spazzamento con il ventaglio da sinistra e ventilò il terreno una volta. Le fiamme saltarono istantaneamente dal suolo. Il tesoro, vedi, poteva produrre fuoco proprio così. Una persona implacabile, il demone ventilò il terreno per sette o otto volte di più, e un fuoco feroce divampò ovunque. Fuoco meraviglioso!

Il fuoco non era né il fuoco del Cielo
Né il fuoco di un braciere;
Né il fuoco selvaggio sui prati
Né il fuoco dentro un forno.
Era una scintilla di luce spirituale presa naturalmente dalle Cinque Fasi.
Il ventaglio inoltre non era una cosa comune nel mondo mortale,
Né era fatto da alcuna abilità umana.
Era un vero tesoro formato sin dai tempi del caos.
Quando il ventaglio veniva usato per accendere questo fuoco,
Luminoso e brillante,
Era come i fulmini rossi;

Chiaro e ardente,
Sembrava nebbie iridescenti.
Non c'era nemmeno un filo di fumo blu,
Solo una montagna piena di fiamme scarlatte.
Bruciava finché i pini della vetta diventavano alberi di fuoco,
E i cedri si trasformavano in lanterne davanti alla scogliera.
Le bestie delle caverne, desiderose di vivere,
Si precipitavano a est e a ovest;
Gli uccelli dei boschi, zelanti per le loro piume,
Volavano in alto e si ritiravano ampiamente.
Questo divino, olistico olocausto

Bruciava finché le rocce si rompevano, i fiumi si asciugavano e tutto il terreno diventava rosso!

Quando il Grande Saggio vide quanto fosse feroce il fuoco, anche lui si scosse un po', gridando: "È male! Posso sopportarlo da solo, ma i miei peli non sono buoni. Una volta che cadono nel fuoco, saranno bruciati." Scuotendo il corpo una volta, recuperò tutti i suoi peli tranne uno, che usò per trasformarsi in una forma speciosa di sé stesso, fingendo di fuggire dal fuoco. Il suo vero corpo, facendo il segno di resistenza al fuoco con le dita, fece una capriola nell'aria e saltò fuori dalla fiamma. Poi si diresse dritto verso la Caverna del Fiore di Loto con l'intento di salvare il suo maestro. Mentre si avvicinava all'entrata della caverna e abbassava la direzione della sua nuvola, vide un centinaio di piccoli demoni fuori dalla porta, ognuno di loro con ferite alla testa o gambe rotte, con lesioni e contusioni. Erano quelli feriti dalla sua magia del Corpo oltre il Corpo, tutti lì in piedi piagnucolando e soffrendo. Quando il Grande Saggio li vide, non poté sopprimere la ferocia nella sua natura; sollevando il bastone di ferro, combatté fino all'interno. Quanto era pietoso che dovesse portare immediatamente a nulla

I frutti dell'esercizio amaro per acquisire forme umane!
Diventarono di nuovo tutti vecchi pezzi di pelo e pelle!

Dopo che il Grande Saggio ebbe eliminato tutti i piccoli demoni, corse nella caverna con l'intento di slegare il suo maestro. Proprio allora vide di nuovo un bagliore infuocato all'interno, e si agitò terribilmente, gridando: "È finita! È finita! Se questo fuoco sta ricominciando anche alla porta di servizio, sarà difficile per il vecchio Scimmiotto salvare il Maestro." Mentre era così allarmato, guardò di nuovo con più attenzione. Ah! Non era il bagliore del fuoco, ma in realtà un raggio di luce dorata. Rasserenandosi, entrò per dare un'altra occhiata e scoprì che la fonte del bagliore era il vaso di giada pura. Pieno di gioia, disse tra sé: "Che meraviglioso tesoro! Questo vaso brillava anche quando i piccoli demoni lo portarono su per la montagna. Poi il vecchio Scimmiotto lo prese, solo per farlo riprendere di nuovo dal mostro. È nascosto qui e oggi brilla ancora." Guardalo! Rubò subito il vaso e si girò rapidamente per uscire dalla caverna, senza nemmeno preoccuparsi di tentare di salvare il suo maestro. Appena uscito dalla porta, si scontrò con il demone che tornava da sud, tenendo la spada del tesoro e il ventaglio. Il Grande Saggio non ebbe il tempo di nascondersi, e il demone alzò immediatamente la spada per colpirgli la testa. Montando sulla sua nuvola capriola, il Grande Saggio balzò su e scomparve immediatamente.

Quando il demone arrivò alla sua porta, vide cadaveri ovunque, tutti gli spiriti mostruosi sotto il suo comando. Era così sconvolto che alzò il viso verso il Cielo e sospirò rumorosamente prima di scoppiare in lacrime, gridando: "Oh miseria! Oh che amarezza!" Per lui abbiamo un poema di testimonianza, e il poema dice:

Odiati sono la scimmia astuta e il cavallo ribelle!
I semi divini che vennero nel mondo di polvere,
Per un solo pensiero errato di lasciare il Cielo,
Caddero su questa montagna e si distrussero.
Che dolore amaro quando stormi di uccelli si disperdono!
Come scorrono le lacrime quando le truppe di mostri sono spazzate via!
Quando finirà la calamità, cesserà il castigo,
Che possano tornare alle loro forme primordiali?

Sopraffatto dal dolore, il vecchio demone si lamentava passo dopo passo nella caverna; vide che i mobili e altri oggetti erano rimasti, ma non c'era nemmeno una singola persona in vista. In questo silenzio totale, divenne più triste che mai: mentre sedeva tutto solo nella caverna, posò la testa su un tavolo di pietra, appoggiò la spada contro il tavolo e il ventaglio lo infilò di nuovo nel colletto. Presto cadde in un sonno profondo, proprio come dice il proverbio:

Il tuo spirito è pieno quando sei felice;
Una volta abbattuto tendi a essere assonnato!

Il Grande Saggio Sun, dopo aver cambiato la direzione del suo saltello di nuvola, si fermò davanti alla montagna, pensando di nuovo di tentare di salvare il suo maestro. Legando saldamente il vaso alla sua cintura, tornò all'entrata della caverna per vedere cosa stesse succedendo. Trovò le due porte spalancate, ma non si sentiva alcun rumore. Con passi leggeri e furtivi si infilò dentro e scoprì il demone che dormiva profondamente, appoggiato sul tavolo di pietra. Il ventaglio di foglia di palma sporgeva dal suo colletto, coprendo a metà la parte posteriore della testa, mentre la spada delle sette stelle era appoggiata contro il tavolo. Si avvicinò furtivamente al demone, tirò fuori il ventaglio e si voltò subito per fuggire all'esterno. Tuttavia, il ventaglio graffiò i capelli del demone quando venne tirato fuori, svegliandolo dal sonno. Alzando la testa per vedere e trovando che il suo ventaglio era stato rubato da Pellegrino Sun, il demone si diede subito alla caccia con la spada. Il Grande Saggio saltò fuori dalla porta e, avendo infilato il ventaglio nella sua vita, affrontò il demone con entrambe le mani impugnando la sua asta di ferro. Fu una battaglia meravigliosa!

Il re demone infuriato,
Con la sua corona sollevata dal pelo arruffato,
Voleva ingoiare il nemico con un solo sorso—
Ma neppure quello fu un sollievo!
Così biasimò la scimmia:
"Mi hai preso in giro troppo!
Hai preso molte vite.
Rubando ora il mio tesoro.

Questa volta non ti risparmierò,
Vedrò che tu sia morto!"
Il Grande Saggio replicò al demone:
"Non sai quello che ti conviene!
Uno studente vuole combattere la vecchia Scimmia?
Come potrebbe un uovo sfondare una roccia?"
La spada del tesoro venne brandita,
L'asta di ferro si mosse:
I due non avrebbero più coltivato la gentilezza.
Ancora e ancora si contendevano;
Ancora e ancora usavano la loro abilità marziale.
A causa del monaco delle scritture
Che cercava sulla Montagna dello Spirito un luogo,
Portando discordia tra Metallo e Fuoco,
I Cinque Fasi, confuse, persero la loro pace.
Mostrarono il loro potere magico impressionante;
Sollevarono polvere e pietre per ostentare la loro potenza.
Combatterono finché il sole stava per tramontare:
Il demone si indebolì e si ritirò per primo.

Il demone combatté con il Grande Saggio per più di trenta round; quando il cielo si scurì, il demone fuggì sconfitto e si diresse verso sud-ovest, nella direzione della Caverna del Drago Schiacciato. Non ne parleremo più per il momento.

Abbassando la direzione della sua nuvola, il Grande Saggio si precipitò nella Caverna del Fiore di Loto e sciolse il Monaco Tang, Otto Regole e il Sha Monaco. Dopo che furono liberati, ringraziarono Pellegrino chiedendo: "Dove sono andati i demoni?" "Il secondo demone è stato rinchiuso nella zucca", disse Pellegrino, "e deve essere completamente sciolto ora. Il vecchio demone è stato sconfitto da me proprio ora e è fuggito verso la Caverna del Drago Schiacciato a sud-ovest. Più della metà dei piccoli demoni della caverna sono stati uccisi dalla magia della divisione del corpo della vecchia Scimmia, e quelli sconfitti sono stati anche eliminati da me. Solo dopo questo sono potuto venire qui per liberarvi tutti." Profondamente riconoscente, il Monaco Tang disse: "Discepolo, devi aver lavorato terribilmente duro!" "Infatti," disse Pellegrino ridendo, "anche se tutti voi avete dovuto sopportare il dolore di essere appesi, la vecchia Scimmia non è riuscita nemmeno a riposarsi le gambe! Dovevo essere in movimento ancora più frequentemente di un corriere postale: entrando ed uscendo, non c'era un attimo di pausa. Solo dopo essere riuscito a rubare i suoi tesori potevo sconfiggere i demoni." "Fratello Maggiore," disse Zhu Otto Regole, "prendi fuori la zucca e facciamoci un'occhiata dentro. Il secondo demone, immagino, deve essere stato sciolto ormai." Il Grande Saggio prima sciolse il vaso puro; poi prese la corda d'oro e il ventaglio prima di tenere la zucca tra le mani. Poi disse: "Non guardate! Non guardate! Proprio ora aveva la vecchia Scimmia rinchiusa, e solo dopo averlo ingannato ad aprire il coperchio fingendo un qualche rumore di gorgogliante sono riuscito a scappare. Non dobbiamo quindi sollevare il coperchio, perché potrebbe ancora tirare fuori qualche trucco e fuggire." Dopo di che maestro e discepoli cercarono felici nella caverna e trovarono del riso, noodles e verdure dei mostri; dopo aver riscaldato e lavato alcune pentole e padelle, prepararono un pasto vegetariano e mangiarono a sazietà. Si riposarono nella caverna per la notte e presto fu di nuovo mattina.

Vi raccontiamo ora di quel vecchio demone, che si diresse dritto verso la Montagna del Drago Schiacciato e radunò tutte le femmine dei demoni, a cui diede un resoconto dettagliato di come sua madre fosse stata picchiata a morte, come suo fratello fosse stato risucchiato nella zucca, come i suoi soldati mostro fossero stati annientati e come i suoi tesori fossero stati rubati. Tutte le femmine dei demoni scoppiarono in lacrime, lamentandosi a lungo. Poi il vecchio demone disse: "Smettete di piangere, tutte voi. Ho ancora con me la spada delle sette stelle, e ho intenzione di andare con tutte voi, soldatesse, sul retro di questa Montagna del Drago Schiacciato per chiedere in prestito delle truppe dal mio parente materno. Sono determinato a catturare quel Pellegrino Sun per vendicarmi."

Prima ancora che avesse finito di parlare, un piccolo demone venne dalla porta per riferire, dicendo: "Gran Re, il Venerabile Zio Materno dal dietro la montagna ha condotto qui le sue truppe." Quando il vecchio demone udì questo, si cambiò rapidamente in abiti da lutto di seta bianca semplice e si inchinò per ricevere il suo visitatore. Il Venerabile Zio Materno, vedete, era il fratello minore della sua madre che si chiamava Grande Re Volpe Numero Sette. Poiché aveva già ricevuto la relazione da alcuni dei suoi soldati mostro in pattuglia che sua sorella maggiore era stata picchiata a morte da Pellegrino Sun, che poi aveva assunto la forma di sua sorella per truffare i tesori dal nipote, e che c'era stata una lotta per diversi giorni sulla Montagna della Cima Livello, aveva chiamato alcune duecento truppe dalla sua grotta per offrire il suo aiuto. Si fermò prima a casa di sua sorella per scoprire se veramente fosse morta. Nel momento in cui entrò dalla porta, però, vide il vecchio demone in abiti da lutto, e entrambi scoppiarono in pianto forte. Dopo un po' di tempo, il vecchio demone si inginocchiò per dare un resoconto completo di ciò che era accaduto. Crescendo molto arrabbiato, il Numero Sette ordinò al vecchio demone di togliersi gli abiti da lutto, di prendere la sua spada del tesoro e di chiamare tutti i mostri femminili. Insieme montarono il vento e la nuvola, dirigendosi verso nord-est.

Il Grande Saggio proprio in quel momento stava dicendo al Sha Monaco di preparare la colazione in modo che potessero viaggiare dopo il pasto, quando improvvisamente sentì il suono del vento. Uscendo dalla porta, trovò una schiera di truppe demoniache che si avvicinavano da sud-ovest. Un po' sorpreso, Pellegrino corse dentro, chiamando Otto Regole: "Fratello, lo spirito demone ha portato nuove truppe per aiutarlo." Quando Tripitaka sentì queste parole, impallidì di paura, dicendo: "Discepolo, che dobbiamo fare?" "Rilassati, rilassati!" disse Pellegrino, ridendo. "Dammi tutti i suoi tesori." Il Grande Saggio legò la zucca e il vaso alla sua vita, infilò la corda d'oro nella sua manica e infilò il ventaglio di foglia di palma nel suo colletto. Impugnando l'asta di ferro con entrambe le mani, disse al Sha Monaco di stare in guardia mentre il loro maestro sedeva nella caverna, mentre lui e Otto Regole tenendo la zappa andarono a incontrare i loro avversari.

Le creature demoniache si schierarono in formazione di battaglia, e quella in prima fila era il Grande Re Numero Sette, che aveva un volto di giada, una lunga barba, sopracciglia sottili e orecchie affilate. Indossava un elmo dorato sulla testa e una corazza maglia sul corpo; le sue mani reggevano un'halberd "cielo quadrato". Con voce alta gridò: "Ardita scimmia senza legge! Come osi opprimere la gente in questo modo! Hai rubato i nostri tesori, massacrato i nostri parenti, ucciso i nostri soldati, e hai persino il coraggio di prendere possesso della nostra dimora nella caverna. Sporgi subito il collo e accetta la morte, così che io possa vendicare l'assassinio di mia sorella!" "Incauto ciuffo peloso!" gridò Pellegrino. "Non sai cosa può fare il tuo nonno Sun! Non scappare! Accetta un colpo dalla mia asta!" Il demone si scansò per evitare il colpo prima di voltarsi di nuovo per incontrarlo con l'halberd. I due combatterono avanti e indietro sulla montagna per tre o quattro round, e il demone già si stava indebolendo. Mentre fuggiva, Pellegrino lo inseguì e incontrò il vecchio demone, che anche lui combatté con lui per tre round. Poi il Numero Sette Volpe si voltò di nuovo e attaccò ancora. Quando Otto Regole da questo lato lo vide, lo fermò rapidamente con la zappa a nove punte; così, ognuno dei pellegrini affrontò un mostro e combatterono a lungo senza raggiungere una decisione. Il vecchio demone gridò per far partecipare anche tutti i soldati mostro alla battaglia.

Vi raccontiamo ora del Monaco Tang, seduto nella caverna quando udì grida che facevano tremare la terra provenire dall'esterno. "Sha Monaco," disse, "vai a vedere come stanno i tuoi fratelli nella battaglia." Sollevando alto il suo bastone per respingere i mostri, il Sha Monaco diede un grido terrificante mentre correva fuori, respingendo subito molti dei mostri. Quando il Numero Sette vide che la marea stava girando contro di loro, si voltò su se stesso e corse, solo per essere raggiunto da Otto Regole, che lo colpì duramente sulla schiena con la zappa.

Un solo colpo causò nove punti di rosso vivo a spruzzare fuori;
Pietà la vera natura di uno spirito che va oltre il mondo.

Quando Otto Regole lo trascinò via e gli tolse i vestiti, scoprì che anche il Grande Re era uno spirito volpe. Quando il vecchio demone vide che suo zio materno era stato ucciso, abbandonò Pellegrino e attaccò Otto Regole con la spada. Otto Regole parò il colpo con la vanghetta; durante la lotta, il Sha Monaco si avvicinò e colpì con il suo bastone. Incapace di resistere a entrambi, il demone montò vento e nuvola per fuggire verso sud, con Otto Regole e il Sha Monaco alle calcagna. Quando il Grande Saggio vide questo, saltò prontamente in aria, sciolse il vaso e prese di mira il vecchio demone, gridando: "Grande Re Corna d'Oro!" Il mostro pensò che fosse uno dei suoi piccoli demoni sconfitti che lo chiamava, e si voltò per rispondere. Fu istantaneamente aspirato anche nel vaso, che Pellegrino sigillò con un nastro recante le parole: "Che Laozi agisca rapidamente secondo questo comando." La spada delle sette stelle cadde a terra sotto di loro e divenne proprietà di Pellegrino. "Fratello maggiore," disse Otto Regole, avvicinandosi a Pellegrino, "hai preso la spada. Ma dov'è il mostro-spirito?" "Finito!" disse Pellegrino ridendo. "È imprigionato nel mio vaso." Quando il Sha Monaco e Otto Regole sentirono questo, furono estremamente felici.

Dopo aver completamente eliminato gli orchi e i mostri, tornarono nella caverna per portare la buona notizia a Tripitaka, dicendo: "La montagna è stata purificata da tutti i mostri. Ora, Maestro, montate affinché possiamo riprendere il nostro viaggio." Tripitaka, molto contento, finì il pasto del mattino con i suoi discepoli, dopodiché prepararono i bagagli e il cavallo e ripresero la strada verso ovest. Mentre camminavano, un uomo cieco apparve improvvisamente dal lato della strada e afferrò il cavallo di Tripitaka, dicendo: "Monaco, dove stai andando? Restituiscimi i miei tesori!" Spaventato, Otto Regole gridò: "Siamo finiti! Ecco un altro vecchio mostro che viene a chiedere i suoi tesori!" Pellegrino guardò attentamente l'uomo e si accorse che era proprio Laozi. Con fretta si avvicinò e si inchinò, dicendo: "Venerabile Signore, dove stai andando?" Il vecchio patriarca montò rapidamente il suo trono di giada, che si alzò e si fermò in aria. "Pellegrino Sun," disse, "restituiscimi i miei tesori." Il Grande Saggio si alzò anche in aria dicendo: "Quali tesori?" "La zucca," disse Laozi, "è ciò che uso per conservare l'elisir, mentre il vaso puro è il mio contenitore d'acqua. La spada del tesoro la uso per sottomettere i demoni, il ventaglio per accudire i miei fuochi e la corda è in realtà una cintura del mio abito. Quei due mostri sono in realtà due giovani taoisti: uno si prende cura del mio braciere d'oro, mentre l'altro del mio braciere d'argento. Stavo proprio cercandoli, perché hanno rubato i tesori e sono fuggiti dalla Regione Superiore. Ora che li hai presi, questo sarà il tuo merito."

Il Grande Saggio disse: "Venerabile Signore, non sei molto onorevole! Il fatto che tu permetta ai tuoi parenti di diventare demoni dovrebbe farti sentire in colpa per la sorveglianza della tua casa." "In realtà non è affar mio," disse Laozi, "quindi non dare la colpa alla persona sbagliata. Questi giovani sono stati richiesti tre volte dal Bodhisattva dal mare; dovevano essere mandati qui e trasformati in demoni, per testare tutti voi e vedere se il maestro e i discepoli sono sinceri nel loro viaggio verso l'ovest."

Quando il Grande Saggio udì queste parole, pensò tra sé: "Che tipo furbo è questo Bodhisattva! Al tempo in cui ha liberato la vecchia Scimmia e mi ha detto di accompagnare il Monaco Tang per procurare le scritture in Occidente, ho detto che il viaggio sarebbe stato difficile. Lei ha promesso persino che sarebbe venuta personalmente a salvarci quando avremmo incontrato difficoltà gravi, ma invece ha mandato qui dei mostri-spiriti per tormentarci. Con il modo in cui parla a due voci, merita di rimanere zitella per il resto della sua vita!" Poi disse a Laozi: "Se il Venerabile Signore non fosse venuto personalmente, non avrei mai restituito queste cose a te. Ma ora che ti sei presentato e mi hai detto la verità, puoi portarle via." Dopo aver ricevuto i cinque tesori, Laozi sollevò i sigilli della zucca e del vaso e versò due masse di etere divino. Con un gesto del suo dito, trasformò di nuovo l'etere in due giovani, che stavano uno a sinistra e l'altro a destra di lui. Diecimila fili di luce propiziativa apparvero mentre

Tutti loro alla reggia di Tushita;

Liberamente andavano dritti verso la cupola del Cielo.

Non sappiamo cosa succederà dopo, come il Grande Sole accompagna il Monaco Tang, o a che ora raggiungono il Cielo Occidentale; ascoltiamo spiegazione nel prossimo capitolo.

CAPITOLO 36

Quando la Scimmia della Mente è rettificata, i nidāna cessano;
Sfonda la porta laterale per vedere la luna luminosa.

Stavamo raccontando di Pellegrino, che abbassò la direzione della sua nuvola e presentò al suo maestro un resoconto completo di come il Bodhisattva avesse richiesto i giovani e di come Laozi avesse ripreso i suoi tesori. Tripitaka era profondamente grato; raddoppiò i suoi sforzi e la determinazione di andare a ovest a tutti i costi. Montò di nuovo a cavallo; mentre Zhu Otto Regole trasportava i bagagli, il Sha Monaco prendeva le redini e Pellegrino Sun prendeva la sua verga di ferro per guidare la strada giù per l'alta montagna. Mentre procedevano, non possiamo raccontare in dettaglio come riposavano vicino all'acqua e cenavano al vento, come erano coperti di brina ed esposti alla rugiada. Maestro e discepoli viaggiarono a lungo e di nuovo trovarono una montagna che bloccava il loro cammino.

"Discepoli," disse Tripitaka a voce alta sul cavallo, "guardate com'è alta e scoscesa quella montagna. Dobbiamo stare molto attenti, perché temo che possano arrivare delle miasme demoniache ad attaccarci." Pellegrino disse, "Smettila di avere pensieri sciocchi, Maestro. Componiti e non lasciare vagare la mente; non ti succederà nulla."

"O Discepolo," disse Tripitaka, "perché è così difficile raggiungere il Cielo Occidentale? Ricordo che da quando abbiamo lasciato la città di Chang'an, la primavera è venuta e passata su questa strada diverse volte, l'autunno è arrivato seguito dall'inverno—devono essere passati almeno quattro o cinque anni. Perché non abbiamo ancora raggiunto la nostra destinazione?"

"È troppo presto! È troppo presto!" disse Pellegrino ridendo fragorosamente. "Non abbiamo nemmeno lasciato la porta principale!" "Smettila di mentire, Fratello Maggiore," disse Otto Regole. "Non esiste una casa così grande in questo mondo." "Fratello," disse Pellegrino, "stiamo solo girando in una delle sale interne." Ridendo, il Sha Monaco disse, "Fratello Maggiore, smettila di parlare così per spaventarci. Dove potresti trovare una casa così grande? Anche se ci fosse, non riusciresti a trovare travi abbastanza lunghe." "Fratello," disse Pellegrino, "dal punto di vista della vecchia Scimmia, questo cielo azzurro è il nostro tetto, il sole e la luna sono le nostre finestre, le cinque montagne sacre sono i nostri pilastri e l'intero Cielo e Terra non è altro che una grande stanza." Quando Otto Regole udì questo, sospirò, "Siamo finiti! Siamo finiti! Va bene, girati ancora un po' e torniamo indietro." "Non c'è bisogno di queste chiacchiere sciocche," disse Pellegrino. "Segui solo la vecchia Scimmia e muoviti."

Caro Grande Saggio! Mettendo la verga di ferro orizzontalmente sulle spalle, guidò il Monaco Tang con fermezza lungo la strada di montagna e andò dritto avanti. Mentre il maestro guardava intorno dal cavallo, vide alcuni splendidi paesaggi montani. Veramente

Le cime scoscese toccano le stelle dell'Orsa,
E le cime degli alberi sembrano unirsi al cielo e alle nuvole.
Dentro cumuli di nebbia blu
Spesso sorgono grida di scimmie dalla valle;
All'ombra del verde tumultuoso
Sentite gru che chiamano sotto i pini.
Gli sprite di montagna ululanti si ergono nei torrenti
Per prendere in giro il boscaiolo;
Vecchi spiriti volpe siedono accanto alla scogliera
Per spaventare il cacciatore.
Meravigliosa montagna!
Guarda com'è ripida su tutti i lati,
Come è precipitoso dappertutto!
Strani pini nodosi con chiome verdi;
Alberi secchi e antichi con liane pendenti.
Il torrente surge,
Il suo freddo pungente gela persino i capelli degli uomini;
La vetta si erge,
Il suo vento limpido e pungente rende inquieti.
Frequentemente sentite i ruggiti dei grandi gatti;
Ogni tanto sentite chiamate di uccelli di montagna.
Branchi di cervi rossi tagliano i rovi,
Saltando qua e là;
Orde di cervi di fiume in cerca di cibo selvatico
Si stampano avanti e indietro.
Stando nel prato,
Non si vede nessun viaggiatore;
Camminando nei canyon
E ci sono lupi da tutti i lati.
Non è un posto per Buddha per meditare,
Interamente dominio di uccelli e bestie che sfrecciano.

Con paura e tremore, il maestro entrò in profondità nella montagna. Diventando sempre più malinconico, fermò il cavallo e disse, "O Wukong! Una volta

Ero deciso a fare quel viaggio in montagna,
Il re non ha aspettato di mandarmi dalla città.
Ho incontrato sulla strada la ciperacea a tre angoli;
Ho spinto forte il mio cavallo adornato con campanelli alle redini.
Per trovare scritture ho cercato pendii ripidi e torrenti;
Per inchinarmi allo spirito di Buddha ho scalato le vette.
Se mi guardo per completare il mio tour,
Quando potrò tornare a casa per inchinarmi alla corte?"

Quando il Grande Saggio udì queste parole, scoppiò in una risata, dicendo, "Maestro, non essere così ansioso e impaziente. Rilassati e vai avanti. A tempo debito, ti assicuro che 'il successo verrà naturalmente quando il merito sarà raggiunto.'" Mentre il maestro e i discepoli godevano del paesaggio montano mentre camminavano, il globo rosso presto affondò verso ovest. Veramente

Nessun viaggiatore camminava per l'arco di dieci miglia,
Ma le stelle apparvero nei nove cieli.
Le barche degli otto fiumi tornarono ai loro moli;
Settemila città e contee chiusero i loro cancelli.
I signori delle sei camere e dei cinque uffici si ritirarono tutti;
Dai quattro mari e tre fiumi si ritirarono le lenze da pesca.
Gong e tamburi suonarono su due alte torri;
Un globo di luna brillante riempì l'universo.

Mentre guardava in lontananza sul dorso del cavallo, il maestro vide nella piega della montagna diversi edifici a più piani. "Discepoli," disse Tripitaka, "sta diventando tardi ora e siamo fortunati a trovare degli edifici laggiù. Penso che debba essere un'abbazia taoista o un monastero buddista. Andiamo lì e chiediamo ospitalità per la notte, e possiamo riprendere il nostro viaggio al mattino." Pellegrino disse, "Maestro, hai ragione. Non affrettiamoci, però; lasciami esaminare il luogo prima." Saltando in aria, il Grande Saggio fissò intensamente e scoprì che era davvero un monastero buddista. Vide

Un muro di mattoni di otto parole dipinto di rosso fangoso;
Porte su due lati borchiate con chiodi d'oro;
File di terrazze a gradini riparate dalla vetta;
Edifici, a più piani, nascosti nella montagna.
L'alcova dei Buddha di fronte alla Sala del Tathāgata;
La Torre del Sole del Mattino che incontrava il Grande Eroe Cancello.
Nuvole riposavano su una pagoda a sette piani,
E la gloria splendeva da tre Buddha onorati.
La piattaforma di Mañjuśrī di fronte alla casa monastica;
La Sala di Maitreya unita alla Stanza della Grande Misericordia.
Luce blu danzava fuori dalla Loggia della Vista del Monte;
Nuvole viola fiorivano sopra la Torre del Camminare nel Vuoto.
Ritiri di pini e cortili di bambù—freschi, belli verdi.
Stanze degli abati e sale Zen—pulite ovunque.
Con grazia, tranquillamente si tenevano i servizi.
Solitari ma gioiosi sacerdoti camminavano per i terreni.
Monaci Chan tenevano lezioni nelle aule Chan,
E strumenti squillavano dalle sale di musica.
Petali di udumbara cadevano dalla Terrazza dell'Altezza Meravigliosa;
Foglie di pattra crescevano sotto la Piattaforma dell'Esposizione della Legge.
Così era che i boschi proteggevano questa terra dei Tre Gioielli,
E le montagne abbracciavano questa casa di un Principe Sanscrito.
Mezza parete di lampade con luci tremolanti e fumo;
Una fila di incenso offuscata da una nebbia fragrante.

Scendendo dalla sua nuvola, il Grande Saggio Sun riferì a Tripitaka, dicendo, "Maestro, è davvero un monastero buddista. Possiamo andare lì a chiedere ospitalità."

Il maestro spronò il cavallo e andò direttamente al cancello principale. "Maestro," disse Pellegrino, "che monastero è questo?" "Gli zoccoli del mio cavallo si sono appena fermati, e le punte dei miei piedi devono ancora lasciare le staffe," disse Tripitaka, "e mi chiedi che monastero è questo? Quanto sei sconsiderato!" Pellegrino disse, "Tu, venerabile, sei stato un monaco fin dalla giovinezza, e devi aver studiato i classici confuciani prima di procedere a tenere lezioni sui sūtra del dharma. Devi aver padroneggiato sia la letteratura che la filosofia prima di ricevere tali favori reali dall'Imperatore Tang. Ci sono grandi parole sulla porta di questo monastero. Perché non riesci a riconoscerle?" "Scimmia impudente!" sbottò l'anziano. "Dici parole così insensate! Stavo guardando verso ovest mentre cavalcavo e i miei occhi erano momentaneamente accecati dal bagliore del sole. Potrebbero esserci parole sulla porta, ma sono coperte di sporcizia e polvere. Per questo non riesco a leggerle." Quando Pellegrino udì queste parole, allungò il torso e subito crebbe fino a oltre venti piedi di altezza. Pulendo via la sporcizia, disse, "Maestro, per favore, dai un'occhiata." C'erano sette parole in grandi caratteri: "Monastero del Bosco Prezioso Costruito per Comando Imperiale." Dopo che Pellegrino tornò alla sua dimensione normale, disse, "Maestro, chi di noi dovrebbe entrare a chiedere ospitalità?" "Entrerò io," disse Tripitaka, "perché tutti voi avete un aspetto brutto, un linguaggio rozzo e un comportamento arrogante. Se offendete accidentalmente i monaci locali, potrebbero rifiutare la nostra richiesta, e non sarebbe una buona cosa." "In tal caso," disse Pellegrino, "lasciamo che il Maestro entri subito. Non c'è bisogno di altre parole."

Abbandonando il suo bastone sacerdotale e sciogliendo il mantello, l'anziano raddrizzò i suoi abiti e camminò all'interno del cancello principale con le mani giunte. Lì trovò, dietro ringhiere laccate di rosso, una coppia di guardiani Vajra, le cui immagini fuse erano davvero spaventose:
Uno ha un viso di ferro e baffi d'acciaio come se fossero vivi;
L'altro ha sopracciglia folte e occhi rotondi che sembrano reali.
A sinistra, le ossa dei pugni sporgono come ferro grezzo;
A destra, i palmi sono irregolari come bronzo grezzo.
Armature a catena dorate di splendido lustro;
Elmi brillanti e fasce di seta mosse dal vento.
Le offerte in Occidente a Buddha sono abbondanti:
Nei tripodi di pietra ardono rossi fuochi d'incenso.

Quando Tripitaka vide questo, annuì e sospirò a lungo, dicendo: "Se nella nostra Terra d'Oriente ci fossero abbastanza persone disposte a modellare tali enormi bodhisattva con l'argilla e ad adorarli con fuochi e incenso, questo discepolo non avrebbe bisogno di andare al Paradiso Occidentale." Mentre diceva questo tra sé e sé, raggiunse il secondo cancello, dove scoprì all'interno le immagini dei Quattro Devarāja: Dhṛtarāṣṭra, Vaiśravaṇa, Virūḍhaka e Virūpākṣa. Ognuno di loro, posizionato secondo la sua posizione a est, nord, sud e ovest, era anche simbolico dei suoi poteri di rendere armoniosi i venti e stagionali le piogge. Dopo essere entrato nel secondo cancello, vide quattro alti pini, ognuno dei quali aveva una cima lussureggiante a forma di ombrello. Alzando la testa, scoprì di essere arrivato davanti alla Sala Preziosa del Grande Eroe. Con le mani giunte in completa riverenza, l'anziano si prostrò e adorò; dopodiché, si alzò e oltrepassò la piattaforma di Buddha per raggiungere il cancello posteriore. Lì trovò l'immagine del Guanyin sdraiato, che offriva liberazione alle creature del Mare del Sud. Sulle pareti c'erano incisioni - tutte realizzate da abili artigiani - di gamberi, pesci, granchi e tartarughe; con le teste sporgenti e le code guizzanti, si divertivano tra le onde e saltavano sui flutti. L'anziano annuì di nuovo quattro o cinque volte, sospirando forte, "Che peccato! Perfino le creature squamose adorerebbero Buddha! Perché gli esseri umani non sono disposti a praticare la religione?"

Mentre parlava così tra sé e sé, un operaio emerse dal terzo cancello. Quando vide le caratteristiche non comuni e attraenti di Tripitaka, si affrettò in avanti e si inchinò, dicendo, "Da dove viene il maestro?" "Questo discepolo," disse Tripitaka, "è stato mandato dal Trono del Grande Tang nella Terra d'Oriente per andare al Paradiso Occidentale e cercare le scritture da Buddha. Era tardi quando siamo arrivati nella vostra onorata regione, e sono venuto a chiedere ospitalità per una notte." "Per favore, non si offenda, Maestro," disse l'operaio, "ma non posso assumermi la responsabilità qui. Sono solo un lavoratore manuale incaricato di spazzare il terreno e suonare la campana. C'è un vecchio maestro dentro che è il capo della casa. Lasci che vada a riferire a lui; se desidera chiedere di farvi restare, uscirò per darvi l'invito; altrimenti, non oso trattenervi." Tripitaka disse, "Scusate per tutto questo disturbo."

L'operaio si affrettò alla camera dell'abate e riferì, "Padre venerabile, c'è qualcuno fuori." Il monaco ufficiale si alzò immediatamente, si cambiò i vestiti, si aggiustò il cappello di Vairocana e indossò una casula prima di andare ad aprire la porta per ricevere il suo visitatore. "Che uomo è arrivato?" chiese all'operaio, che indicò con il dito e rispose, "Non è forse un uomo lì dietro la sala principale?" Calvo, indossando una veste di Bodhidharma che era a brandelli e un paio di sandali fangosi e bagnati, Tripitaka era sdraiato vicino alla porta. Quando il monaco ufficiale lo vide, si infuriò, dicendo, "Operaio, meriti di essere frustato! Non sai che un monaco ufficiale come me uscirebbe solo per ricevere i gentiluomini delle città che vengono qui a offrire incenso? Per questo tipo di monaco, perché mi hai dato un falso rapporto e mi hai chiesto di riceverlo? Guarda la sua faccia! Non può essere un uomo onesto! Deve essere un qualche tipo di mendicante che vuole dormire qui ora che si sta facendo tardi. Pensi che gli permetterò di rovinare la nostra camera dell'abate? Digli di accovacciarsi nel corridoio. Perché disturbarmi?" Si girò e se ne andò immediatamente.

Quando l'anziano sentì queste parole, gli occhi si riempirono di lacrime e disse, "Che pietà! Che pietà! Davvero 'un uomo lontano da casa è a buon mercato!' Questo discepolo lasciò casa da giovane per diventare monaco. Non ho fatto penitenza mangiando carne con gioia malvagia, né ho letto le scritture con rabbia per macchiare la mente di Chan. Né ho gettato tegole e pietre per danneggiare la sala di Buddha, né ho strappato l'oro dal volto di un arhat. Ahimè, che pietà! Non so quale incarnazione abbia offeso il Cielo e la Terra, così che devo incontrare persone scortesi così frequentemente in questa vita. Monaco, se non vuoi darci alloggio, va bene. Ma perché devi dire cose così brutte, dicendoci di andare ad accovacciarsi nei corridoi? È meglio che non ripeta queste parole a Pellegrino, perché se lo facessi, quel monaco verrebbe qui e con pochi colpi del suo bastone di ferro romperebbe tutte le tue gambe. Va bene! Va bene! Il proverbio dice, 'L'uomo deve mettere al primo posto la decenza e la musica.' Lasciatemi entrare e chiedergli ancora una volta e vedere cosa intende davvero fare con noi."

Seguendo le tracce del monaco ufficiale, il maestro si avvicinò alla porta della camera dell'abate, dove trovò il monaco ufficiale che, dopo essersi tolto gli abiti esterni, era seduto all'interno, ancora ansimante di rabbia. Non stava recitando i s ūtra, né stava preparando alcun servizio per una famiglia; tutto ciò che il monaco Tang poteva vedere era una pila di carte su un tavolo accanto a lui. Non osando entrare bruscamente, ma rimanendo invece nel cortile, Tripitaka si inchinò e grid ò, "Vecchio Abate, questo discepolo vi saluta." Un po' infastidito dal fatto che Tripitaka lo avesse seguito dentro, il monaco finse solo di restituire il saluto, dicendo, "Da dove vieni?"

"Questo discepolo," rispose Tripitaka, "è stato mandato dal Trono del Grande Tang nella Terra d'Oriente per andare al Paradiso Occidentale e cercare le scritture dal Buddha Vivente. Sono passato attraverso la vostra onorata regione, si stava facendo tardi, e sono venuto a chiedere ospitalità per una notte. Domani partirò prima dell'alba. Supplico il Vecchio Abate di concedermi questa richiesta." Solo allora il monaco ufficiale si alzò dal suo posto e disse, "Sei quel Tripitaka Tang?" Tripitaka disse, "Sì ." "Se stai andando al Paradiso Occidentale per acquisire scritture," disse il monaco ufficiale, "come mai non conosci nemmeno la strada?" Tripitaka disse, "Il tuo discepolo non è mai passato attraverso la vostra onorata regione e per questo non conosce la strada qui." "A ovest di qui," disse, "circa quattro o cinque miglia c'è un'osteria di Trenta Miglia, in cui c'è anche qualcuno che vende cibo. Sarà conveniente per te stare lì, mentre qui non è conveniente per me ospitare un monaco come te che viene da così lontano."

"Abate," disse Tripitaka con le mani giunte, "gli antichi dichiaravano che 'Un'abbazia taoista o un monastero buddista possono essere considerati un alloggio per un sacerdote, che ha diritto al tre percento del cibo non appena vede il cancello del tempio.' Perché mi rifiuti?" "Tu, monaco mendicante!" gridò il monaco ufficiale arrabbiato. "Tutto quello che sai fare è come blandire e adulare!" Tripitaka disse, "Cosa intendi per blandire e adulare?" Il monaco ufficiale disse, "Ricorda cosa dicevano gli antichi?

Una tigre viene in città;

Ogni casa chiuderà la porta.

Anche se nessuno viene morso,

Il suo nome è già pessimo!"

"Cosa intendi per 'Il suo nome è già pessimo'?" chiese Tripitaka.

"Alcuni anni fa," disse il monaco ufficiale, "c'era un gruppo di mendicanti che arrivò e si sedette davanti al nostro cancello del monastero. Ebbi pietà della loro difficoltà quando vidi quanto erano indigenti, tutti quanti calvi e a piedi nudi, senza scarpe e in stracci. Così li invitai nella camera dell'abate, diedi loro posti d'onore e li nutrì con un pasto vegetariano. Inoltre, diedi a ciascuno di loro un vecchio abito da indossare e chiesi loro di rimanere per alcuni giorni. Come avrei potuto sapere che sarebbero diventati così avidi di cibo e vestiti facili che sarebbero rimasti per sette o otto anni, senza mai pensare di andarsene di nuovo? Non mi importava nemmeno che restassero, ma indulgevano in ogni sorta di attività squallide."

"Che tipo di attività squallide?" chiese Tripitaka. Il monaco ufficiale disse, "Ascolta solo il mio racconto:

Oziosi, lanciavano tegole vicino al palo;
Annoiate, staccavano chiodi dal muro.
In inverno alimentavano i fuochi con i vetri delle finestre strappati,
Lasciando porte sfondate, quando caldo, sulla strada.
Strappavano stendardi per farne calzoni;
Golosamente, rubavano le nostre rape.
Dai vasi di vetro spesso versavano il nostro olio,
Giocando afferrando ciotole e piatti!"

Quando Tripitaka sentì queste parole, disse tra sé e sé, "Che pietà! Sono io quel tipo di monaco senza spina dorsale?" Stava per piangere, ma temeva anche che il vecchio monaco nel monastero ridesse di lui. Ingoiando il suo orgoglio e il suo fastidio mentre asciugava segretamente le lacrime con il suo abito, uscì rapidamente e incontrò i suoi tre discepoli. Quando Pellegrino vide quanto il suo maestro sembrava arrabbiato, si avvicinò per chiedere, "Maestro, i monaci del monastero ti hanno colpito?" "Non l'hanno fatto," disse il monaco Tang. "Devono averlo fatto," disse Otto Regole, "perché se non l'hanno fatto, perché la tua voce si spezza?" "Ti hanno insultato?" chiese Pellegrino. Il monaco Tang disse, "Nemmeno." "Se non ti hanno colpito," disse Pellegrino, "o insultato, perché sei sconvolto? Devi avere nostalgia di casa." "Discepoli," disse il monaco Tang, "dicono che non è conveniente qui." "Devono essere taoisti qui, allora?" disse Pellegrino, ridendo. "Solo un'abbazia taoista ha taoisti," disse il monaco Tang, infuriato. "Ci sono solo monaci in un monastero." Pellegrino disse, "Sei inutile! Se ci sono monaci qui, sono uguali a noi. Il proverbio dice,

Riuniti nell'assemblea di Buddha
Sono tutti uomini di affinità.

Tu siediti qui, e lasciami andare dentro a dare un'occhiata."

Caro Pellegrino! Stringendo il cerchietto sulla testa e serrando la veste intorno alla vita, si diresse direttamente verso la Sala Preziosa del Grande Eroe, tenendo in mano il suo bastone di ferro. Lì, indicò le statue dei tre Buddha e disse: "Siete effettivamente idoli modellati con argilla e adornati con oro. Non possedete nemmeno un briciolo di efficacia all'interno! O forse sì? Il Vecchio Scimmione, che sta accompagnando il Monaco Tang per andare al Paradiso Occidentale e cercare le vere scritture dal Buddha, è venuto qui stasera appositamente per chiedere alloggio. Fareste meglio a sbrigarsi e annunciare il mio arrivo. Se non ci ospitate, il mio bastone distruggerà i corpi dorati e rivelerà le vostre forme

206

originali di fango!"

Mentre il Grande Saggio stava facendo le sue minacce e intimidazioni, un operaio incaricato delle vespri arrivò con diversi bastoncini di incenso acceso da mettere nell'urna davanti alle immagini del Buddha. Un ringhio del Pellegrino lo fece cadere; quando si rialzò e vide il volto, cadde di nuovo. Barcollando dappertutto, fuggì nella camera dell'abate e fece rapporto, dicendo: "Santo Padre, c'è un monaco fuori." "Tutti voi operai meritate di essere frustati!" disse il monaco ufficiale. "Vi ho detto prima che dovrebbero essere mandati ad accovacciarsi nei corridoi davanti. Perché fare un altro annuncio? Un'altra parola e vi darò venti frustate!" "Santo Padre," disse l'operaio, "questo monaco non è lo stesso dell'altro; è cattivo e feroce nell'aspetto." "Com'è fatto?" chiese il monaco ufficiale. L'operaio rispose: "È qualcuno con occhi rotondi, orecchie biforcute, un viso pieno di peli e un becco come quello del dio del tuono. Ha un bastone in mano, digrigna furiosamente i denti cercando qualcuno da picchiare." "Lasciami uscire a dare un'occhiata," disse il monaco ufficiale.

Appena aprì la porta, vide il Pellegrino che si precipitava dentro. Era davvero una vista orribile! Un viso grumoso e squamoso, un paio di occhi gialli, una fronte infossata e lunghe zanne sporgenti: sembrava praticamente un granchio troppo cotto con carne dentro e cartilagine fuori! Il vecchio monaco, preso dal panico, chiuse subito la porta della camera dell'abate. Tuttavia, il Pellegrino si precipitò verso di essa e la fece a pezzi, gridando: "Sbrigatevi a liberare mille stanze! Il Vecchio Scimmione vuole fare un pisolino!"

Mentre cercava di nascondersi nella stanza, il monaco ufficiale disse all'operaio: "Non c'è da meravigliarsi che sia così brutto! Parlare in grande gli ha fatto finire con una faccia così! Il nostro posto qui, comprese le camere dell'abate, le sale dei Buddha, le torri delle campane e dei tamburi, e i due corridoi, ha a malapena trecento stanze. Vuole mille per fare un pisolino. Dove troveremo queste stanze?" "Maestro," disse l'operaio, "sono un uomo il cui fegato è stato spaccato dalla paura. Ti lascio rispondergli come meglio credi." Tremando tutto, il monaco ufficiale disse a gran voce: "L'anziano che vuole alloggio, per favore ascolta. È davvero sconveniente per questo nostro piccolo e umile monastero ospitarti. Per favore, vai altrove a cercare alloggio."

Il Pellegrino trasformò il suo bastone fino a farlo diventare largo quanto la circonferenza di un catino; poi lo piantò dritto nel cortile. "Monaco," disse, "se è scomodo, spostati tu." Il monaco ufficiale disse: "Abbiamo vissuto qui fin dalla nostra gioventù; i nostri grandi maestri hanno passato il posto ai nostri maestri, e loro a loro volta a noi. Vogliamo lasciarlo ai nostri eredi. Che tipo di persona è lui per chiedere così sconsideratamente che ci spostiamo?" "Venerabile Padre," disse l'operaio, "non possiamo cavarcela così. Perché non ci spostiamo? Quel suo bastone sta per arrivare a sfondare!" "Smettila di parlare!" disse il monaco ufficiale. "Qui abbiamo in tutto cinquecento monaci, vecchi e giovani. Dove ci sposteremo? Anche se ci spostassimo, non abbiamo nessun altro posto dove andare." Sentendo questo, il Pellegrino disse: "Monaco, se non avete un posto dove andare, uno di voi deve uscire e farsi bastonare."

Il vecchio monaco disse all'operaio: "Vai tu a prenderti la bastonatura per me."

Terrorizzato, l'operaio disse: "O Padre! Con quel bastone enorme, e tu chiedi a me di prendermi la bastonatura!" Il vecchio monaco disse: "Come dice il proverbio, 'Può volerci mille giorni per nutrire un esercito, ma solo un giorno per usarlo.' Perché non vai tu?" "Non parlare di essere bastonati con quel bastone enorme," disse l'operaio. "Anche solo se ti cadesse addosso, saresti ridotto a una polpetta di carne." "Sì," disse il vecchio monaco, "non parliamo nemmeno di cadere addosso a qualcuno. Se rimane piantato nel cortile, uno potrebbe spaccarsi la testa sbattendoci contro di notte se si dimentica che è lì." "Maestro," disse l'operaio, "se sai che è così pesante, perché chiedi a me di uscire e prendermi la bastonatura per te?" Dopo aver fatto questa domanda, i due cominciarono a litigare tra loro.

Sentendo tutto quel baccano, il Pellegrino pensò tra sé: "Non ce la fanno davvero. Se uccido ognuno di loro con un colpo del mio bastone, il Maestro mi accuserà di nuovo di essere violento. Lasciami trovare qualcosa da colpire e mostrare loro cosa posso fare." Alzò la testa e scoprì un leone di pietra fuori dalla porta della camera dell'abate. Alzando il bastone, lo colpì sul leone e lo ridusse in polvere. Il monaco vide il colpo attraverso un piccolo foro nella finestra e, quasi paralizzato dalla paura, cominciò a strisciare sotto il letto mentre l'operaio cercava disperatamente di infilarsi nell'apertura della cucina, urlando tutto il tempo: "Padre! Il bastone è troppo pesante! Il bastone è troppo pesante! Non ce la faccio! È conveniente! È conveniente!" Il Pellegrino disse: "Monaco, ora non ti colpirò. Ti chiedo, quanti monaci ci sono in questo monastero?" Tremando tutto, il monaco ufficiale disse: "Ci sono duecentottantacinque camere davanti e dietro, e abbiamo in totale cinquecento monaci certificati." "Vai subito e chiama tutti e cinquecento i monaci," disse il Pellegrino. "Di' loro di indossare le loro lunghe vesti e di accogliere il mio maestro qui. Allora non ti colpirò." "Padre," disse il monaco ufficiale, "se non ci colpirai, saremo lieti anche di portarlo dentro." "Vai ora!" disse il Pellegrino. Il monaco ufficiale disse all'operaio: "Non dirmi che il tuo fegato è stato spezzato dalla paura. Anche se il tuo cuore è spezzato, devi comunque andare a chiamare queste persone per accogliere il Santo Padre Tang."

Senza alcuna alternativa, l'operaio dovette rischiare la vita. Non osava, però, uscire dalla porta, ma strisciò invece dal retro attraverso il buco del cane da dove andò alla sala principale davanti. Cominciò a suonare la campana a ovest e a battere il tamburo a est. I suoni di questi due strumenti presto svegliarono tutti i monaci che vivevano nei loro alloggi lungo i due corridoi. Arrivarono alla sala principale e chiesero: "È ancora presto. Perché batti il tamburo e suoni la campana?" "Cambiatevi i vestiti rapidamente," disse l'operaio, "e mettetevi in fila per seguire il Vecchio Maestro fuori dal cancello per accogliere un Santo Padre dalla corte Tang." I vari monaci si organizzarono davvero per uscire dal cancello per l'accoglienza; alcuni di loro indossarono le loro casacche, mentre altri indossarono le loro toghe. Quelli che non avevano né l'una né l'altra indossavano lunghe vesti a campana, mentre i più poveri ripiegavano le loro gonne e le drappeggiavano su entrambe le spalle. Quando il Pellegrino li vide, chiese: "Monaci, che tipo di vestiti indossate?" Quando i monaci videro quanto era feroce e brutto, dissero: "Padre, non ci colpire. Lasciaci spiegare cosa indossiamo. Il tessuto ci è stato donato dalle famiglie della città. Poiché non abbiamo un sarto qui, dobbiamo fare i nostri vestiti. Lo stile si chiama Un Avvolgimento di Disgrazia."

Sorridendo silenziosamente tra sé quando sentì queste parole, il Pellegrino sorvegliò i monaci e si assicurò che ognuno di loro uscisse dal cancello e si inginocchiasse. Dopo aver fatto un inchino, il monaco ufficiale gridò: "Venerabile Padre Tang, per favore vai alla camera dell'abate e prenditi un posto." Quando Otto Regole vide cosa stava succedendo, disse: "Il Maestro è così incompetente! Quando sei entrato poco fa, sei tornato non solo con le lacrime, ma facevi anche il broncio tanto che sembrava che due fiaschi di olio fossero stati appesi alle tue labbra. Ora, che tipo di astuzia ha il Fratello Maggiore per farli inginocchiarsi per riceverci?" "Idiota!" disse Tripitaka. "Non sai cosa sta succedendo! Come dice il proverbio, 'Anche i fantasmi hanno paura delle persone cattive.'"

Quando il Monaco Tang li vide inginocchiarsi, era molto imbarazzato e si avvicinò a loro, dicendo: "Alzatevi, tutti voi." I vari monaci continuarono a inginocchiarsi, dicendo: "Se il Venerabile Padre potesse parlare a nostro favore con il suo discepolo e chiedergli di non colpirci con quel bastone, saremmo disposti a inginocchiarci qui per un intero mese." "Wukong," gridò il Monaco Tang, "non colpirli." "Non l'ho fatto," disse il Pellegrino, "perché se l'avessi fatto, sarebbero stati sterminati." Solo allora quei monaci si alzarono; alcuni andarono a prendere il cavallo mentre altri presero il palo dei bagagli. Sollevarono il Monaco Tang, portarono Otto Regole e presero lo Sha Monaco—tutti si affollarono dentro il cancello del monastero e si diressero verso la camera dell'abate nel retro.

Dopo che i pellegrini presero posto, i monaci tornarono a fare omaggi. "Abate, alzati," disse Tripitaka. "Non c'è bisogno che tu faccia ancora tali cerimonie, o il tuo povero monaco lo troverà troppo gravoso. Tu e io, dopo tutto, siamo tutti discepoli all'interno della porta del Buddha." "Il Venerabile Padre," disse il monaco ufficiale, "è un inviato imperiale di una nazione nobile, e questo umile monaco non ti ha accolto adeguatamente quando sei arrivato sulla nostra desolata montagna. I nostri occhi volgari non potevano riconoscere il tuo stimato volto, anche se è stata una fortuna che ci siamo incontrati. Permettimi di chiedere al Venerabile Padre se stava mangiando carne o cibo vegetariano lungo la strada. Possiamo quindi preparare il tuo pasto." "Cibo vegetariano," disse Tripitaka. "Discepoli," disse il monaco ufficiale, "questo Santo Padre preferisce il cibo vegetariano." Il Pellegrino disse: "Anche noi abbiamo mangiato cibo vegetariano. Abbiamo mantenuto tale dieta, in effetti, anche prima di nascere."

"O Padre!" esclamò quel monaco. "Anche uomini così violenti mangerebbero cibo vegetariano?" Un altro monaco, leggermente più coraggioso, si avvicinò e chiese di nuovo: "Se i Venerabili Padri preferiscono il cibo vegetariano, quanta riso dovremmo cucinare?" "Avaro!" disse Otto Regole. "Perché chiedi? Per la nostra famiglia, cucina un picco di riso." I monaci si spaventarono tutti; andarono subito a strofinare e lavare pentole e padelle e a preparare il pasto. Lampade brillanti furono portate dentro mentre apparecchiavano la tavola per intrattenere il Monaco Tang.

Dopo che maestro e discepoli ebbero mangiato la cena vegetariana, i monaci portarono via i piatti e i mobili. "Vecchio Abate," disse Tripitaka, ringraziandolo, "siamo molto in debito con te e la tua ospitalità." "Per niente, per niente," disse il monaco ufficiale, "non abbiamo fatto nulla per te." Tripitaka chiese: "Dove dovremmo dormire?" "Non essere impaziente, Venerabile Padre," disse il monaco ufficiale. "Questo umile clerico ha tutto pianificato." Poi chiese: "Operaio, hai qualche persona lì che è libera di lavorare?" "Sì, Maestro," disse l'operaio. Il monaco ufficiale li istruì, dicendo: "Due di voi dovrebbero andare a prendere del fieno per nutrire il cavallo del Venerabile Padre Tang. Gli altri possono andare davanti e pulire tre delle sale Chan; preparate letti e zanzariere in modo che i Venerabili Padri possano riposarsi."

Gli operai obbedirono e ciascuno di loro finì la preparazione prima di tornare a invitare il Monaco Tang ad andare a riposare. Maestro e discepoli portarono il cavallo e i bagagli; lasciarono la camera dell'abate e andarono alla porta delle sale Chan, dove videro dentro lampade accese e quattro letti di rattan con letti tutti apparecchiati. Il Pellegrino chiese all'operaio che aveva portato il fieno di trascinarlo dentro le sale Chan, dove legarono anche il cavallo bianco. Agli operai fu poi detto di andarsene. Mentre Tripitaka si sedeva sotto le lampade, due file di monaci—tutti e cinquecento—si schierarono su entrambi i lati e lo attesero, non osando andarsene. Tripitaka si alzò e disse: "Per favore tornate tutti, io. Questo umile clerico può allora riposarsi comodamente." I monaci rifiutarono di ritirarsi, perché il monaco ufficiale aveva dato loro questa istruzione: "Aspettate il Venerabile Padre fino a quando non si ritirerà. Poi potete andarcene." Solo dopo che Tripitaka disse: "Sono tutto accudito, per favore tornate," osarono disperdersi.

Il Monaco Tang uscì dalla porta per soddisfare le sue esigenze e vide una brillante luna alta nel cielo. "Discepoli," chiamò, e il Pellegrino, Otto Regole e lo Sha Monaco uscirono tutti ad aspettarlo. Mossi dalla luminosa e pura luce della luna—un globo rotondo appeso alto per illuminare la grande Terra—e colmi di nostalgia per la patria, Tripitaka compose oralmente una lunga poesia in stile antico. La poesia diceva:
L'anima luminosa, specchio nel cielo sospeso,
La sua radianza pervade l'intero vasto mondo:
La luce pura riempie torri di diaspro e sale di giada;
L'aria frizzante avvolge un vassoio di ghiaccio, una padella d'argento.
Diecimila miglia sono tutte illuminate;
I suoi raggi stasera sono i più luminosi dell'anno—
Come una torta di gelo che lascia il mare blu scuro,
O una ruota di ghiaccio appesa nel cielo verde giada.
Quando un ospite languisce presso i freddi travetti di un'osteria,
O un vecchio dorme in una locanda di montagna,
Lei viene alla corte degli Han per scioccare i capelli grigi
E affretta il trucco tardi, raggiungendo le torri di Qin.
Per lei Yu Liang ha versi per la Storia dei Jin,
E Yuan Hong resta sveglio per navigare sulla sua scialuppa fluviale.
Galleggiante sui bordi delle tazze è un bagliore freddo e debole;

Illuminando il cortile, è brillante come una divinità.
Da ogni finestra si può cantare della neve bianca
E premere in ogni casa le corde ghiacciate.
Ora il suo piacere giunge a un monastero.
Quando verrà con me per tornare a casa?

Quando il Pellegrino udì queste parole, si avvicinò a lui e disse: "Maestro, tutto ciò che sai è che la luce della luna ti riempie di nostalgia per casa, ma non capisci che la luna può simboleggiare le regole e i regolamenti delle molte forme e modalità della natura. Quando la luna raggiunge il trentesimo giorno, il metallo nel suo spirito yang è completamente sciolto, mentre l'acqua della sua anima yin è piena fino all'orlo del globo. Questa è la ragione della designazione di quel giorno con il termine Oscuro, perché la luna è completamente buia e priva di luce. È anche in questo momento che la luna si accoppia con il sole, e durante il tempo del trentesimo giorno e del primo giorno del mese, diventerà incinta dalla luce del sole. Al terzo giorno, uno dei yang apparirà, e due dei yang nasceranno all'ottavo giorno. In quel momento, la luna avrà metà del suo spirito yang nel mezzo della sua anima yin, e la sua metà inferiore è piatta come una corda. Questa è la ragione per cui il tempo del mese è chiamato l'Arco Superiore. Il quindicesimo giorno, tutti e tre i yang saranno pronti, e si raggiungerà l'unione perfetta. Questo è il motivo per cui questo periodo del mese è chiamato Affrontare. Il sedicesimo giorno, uno dei yin nascerà, e il secondo colpo farà la sua comparsa il ventiduesimo giorno. In quel momento, metà dell'anima yin sarà nel mezzo dello spirito yang, e la sua metà superiore è piatta come una corda. Questo è il motivo per cui questo periodo del mese è chiamato Arco Inferiore. Il trentesimo giorno, tutti e tre i yin saranno pronti, e la luna avrà raggiunto di nuovo lo stato di oscurità. Tutto ciò è simbolo del processo di coltivazione praticato dalla natura. Se riusciamo a nutrire i Due Otto fino a raggiungere la perfezione del Nove per Nove volte, allora sarà semplice per noi in quel momento vedere il Buddha, e semplice anche per noi tornare a casa. La poesia dice:

Dopo il Primo Quarto e prima dell'Ultimo:
Medicina ben miscelata, l'aspetto è perfetto.
Ciò che si acquista dalla raccolta, fuso nella stufa—
Il frutto della determinazione è il Cielo Occidentale."

Quando l'anziano udì ciò che disse, fu immediatamente illuminato e comprese completamente queste parole di immortalità realizzata. Pieno di gioia, ringraziò Wukong ripetutamente.

Da una parte, lo Sha Monaco sorrise e disse: "Sebbene Fratello Maggiore abbia parlato più appropriatamente riguardo al fatto che il primo quarto della luna appartiene al yang e l'ultimo quarto appartiene al yin, e come in mezzo al yin e nel mezzo dello yang si può ottenere il metallo dell'acqua, non ha menzionato

Acqua e fuoco mescolati—ciascuno all'altro attirato—
Dipendono dalla Madre Terra per fare questo incontro.

Tre parti così fuse non affrontano guerra o conflitto:
L'acqua è nel Fiume Lungo, la luna è nel cielo."
Quando l'anziano udì questo, la sua mente ottusa si aprì nuovamente. E così fu che
Verità, afferrata dal buco del cuore, chiarisce mille cose.
Una volta risolto l'enigma della non nascita, sei un dio.
Poi Otto Regole si avvicinò all'anziano e lo tirò, dicendo: "Maestro, non ascoltare tutte le loro chiacchiere e ritarda il tuo sonno. Questa luna,
Dopo che cala, presto diventerà di nuovo rotonda.
Come me è nata non troppo perfettamente!
Ai pasti sono dispiaciuto per una bocca troppo grande;
Dicono che sputo troppo sulle ciotole che tengo.
Hanno le loro benedizioni guadagnate attraverso l'ingegno;
Io ho affinità accumulata per stupidità.
Ti dico che
Recuperare le scritture metterà fine ai tuoi tre percorsi karmici.
Scuotendo testa e coda salirai in Paradiso!"
"Va bene, Discepoli," disse Tripitaka, "dovete essere stanchi da tutto questo viaggio. Potete andare a dormire prima, e lasciatemi meditare su questo rotolo di scrittura."
"Maestro, devi sbagliarti," disse il Pellegrino. "Hai lasciato la famiglia nella tua giovinezza per diventare monaco. Come potresti non essere completamente familiare con tutte le scritture che hai studiato quando eri giovane? Poi hai ricevuto l'ordine dall'imperatore Tang di andare al Cielo Occidentale e vedere il Buddha per il vero canone del Mahāyāna. Ma in questo momento, il tuo merito non è stato perfezionato, non hai visto il Buddha, e non hai ancora acquisito le scritture. Su quale rotolo di scrittura vuoi meditare?" Tripitaka disse: "Da quando ho lasciato Chang'an, ho viaggiato giorno e notte, e temo che le scritture che ho imparato nella mia giovinezza possano sfuggirmi. Stasera c'è un po' di tempo, e voglio fare un po' di revisione." "In tal caso," disse il Pellegrino, "andremo a dormire prima." I tre discepoli si sdraiarono davvero su tre dei letti di rattan. Chiudendo la porta della sala Zen e accendendo la lampada, l'anziano aprì il suo rotolo di scrittura e cominciò a leggere e meditare in silenzio. Veramente fu così che
Primo orologio colpito da una torre, l'agognare umano cessò,
Quando i fuochi delle barche da pesca sulle rive selvagge si spensero.
Non sappiamo come quell'anziano partirà dal monastero; ascoltiamo l'esplicazione nel capitolo successivo.

CAPITOLO 37

Il re fantasma visita Tripitaka Tang di notte;
Wukong, attraverso una meravigliosa trasformazione, guida il bambino.

Vi stavamo raccontando di Tripitaka seduto nella sala Chan del monastero della Foresta Preziosa. Meditò per un po' sotto le lampade sulla Litania dell'Acqua del Re Liang, e lesse per un po' il Vero Sutra del Pavone. Non fu fino all'ora della terza vigilia che ripose di nuovo i testi nel suo sacco. Stava per alzarsi e dirigersi verso il letto quando udì il singhiozzo strano di una forte raffica fuori dalla porta. Temendo che potesse spegnere la lampada, cercò in fretta di schermarla con la manica della sua veste. Quando vide la lampada tremolare, cominciò a tremare, ma allo stesso tempo fu sopraffatto dalla stanchezza e presto si addormentò con la testa poggiata sulla scrivania. Anche se gli occhi erano chiusi, sembrava essere ancora semiconsapevole, in grado di sentire continuamente il sibilo continuo del vento oscuro fuori dalla finestra. Che vento! Davvero

Fischio e sibilo—
Si ondeggiava e si disperdeva—
Fischio e sibilo come foglie cadute volavano;
Si ondeggiava e si disperdeva le nuvole galleggianti.
Le stelle e i pianeti del cielo erano tutti oscurati;
Tutta la polvere e la sabbia della Terra erano sparse lontano.
Per un po' fu feroce;
Per un po' fu mite.
Quando era mite, i bambù e i pini battevano le loro pure rime;
Quando era feroce, le onde dei laghi e dei fiumi si sollevavano e si agitavano.
Soffiava fino a quando gli uccelli di montagna diventavano irrequieti, le loro voci strozzate,
E i pesci del mare non avevano pace mentre si agitavano e si rivoltavano.
Finestre e porte cadevano sia nelle sale est che ovest;
Dèi e fantasmi abbaiavano nei corridoi davanti e dietro.
Il vaso dei fiori della Sala del Buddha fu abbattuto a terra;
Il calice dell'olio rovesciato e la lampada della saggezza si affievolirono;
L'incensiere si rovesciò e le ceneri si sparsero;
I candelabri erano inclinati mentre le fiamme diventavano fumo.
Bandiere, sacre baldacchini erano tutti scombinati.
Torri di campane e tamburi furono scosse alle radici!
Nel sogno l'anziano sembrava sentire, dopo che il vento era passato, una voce flebile fuori dalla sala Chan che gridava: "Maestro!" Alzò la testa nel sogno per guardare e scoprì un uomo in piedi fuori dalla porta completamente inzuppato. Con le lacrime che gli scorrevano dagli occhi, continuava a chiamare: "Maestro!" Tripitaka si alzò e disse: "Potresti essere uno goblin o uno spirito, un demone o un mostro, venuto a beffarmi nel profondo della notte? Io non sono né una persona rapace né irata, ma piuttosto un sacerdote onesto e retto. Avendo

ricevuto il decreto imperiale dal grande Tang nella Terra dell'Est, sto facendo il mio cammino verso l'Occidente per cercare i testi dal Buddha. Ho sotto il mio comando tre discepoli, tutti uomini valorosi capaci di domare tigri e sottomettere draghi, eroici guerrieri capaci di respingere demoni ed estirpare mostri. Se ti vedono, sarai ridotto in polvere e cenere. Prendi nota, quindi, del mio intento compassionevole e della mia mente che sa usare mezzi abili. Lascia questo posto, vai da qualche altra parte mentre c'è ancora tempo, e non venire alla porta della nostra sala Chan."

Sdraiato saldamente accanto alla porta della sala, l'uomo disse: "Maestro, non siamo un demone o un mostro, né siamo uno goblin o un bogie." "Se non sei quel tipo di creatura," disse Tripitaka, "perché sei qui così tardi nella notte?" "Aprivi larghi i tuoi occhi, maestro," disse l'uomo, "e guardaci." L'anziano infatti fissò il suo visitatore. Ah!

Aveva sulla testa un cappello che si innalzava fino al cielo;

Una cintura di giada verde si legava intorno alla sua vita.

Indossava un vestito marrone rossastro con fenici danzanti e draghi volanti sul corpo;

I suoi piedi calpestavano un paio di stivali spensierati con motivo di nuvola ricamata;

Teneva in mano un gettone di giada bianca decorato con pianeti e stelle.

Il suo volto sembrava l'immortale Re del Monte Tai;

La sua forma era simile al civilizzato Signore Wenchang.

Quando Tripitaka vide questa figura, impallidì di paura e si chinò rapidamente davanti al suo visitatore, gridando: "A quale dinastia appartieni, Vostra Maestà? Per favore, prendi posto." Poi cercò di afferrare le mani del suo visitatore, ma si accorse di aver preso solo aria. Girandosi intorno, si sedette e guardò: c'era di nuovo l'uomo. L'anziano chiese ancora una volta: "Vostra Maestà, in quale regione sei re? Di quale impero sei sovrano? Potrebbe essere che c'è discordia nel tuo regno e sei così oppresso da ministri traditori che devi fuggire per la tua vita e arrivare qui di notte? Cosa hai da dire? Per favore, dimmelo." Solo allora l'uomo,

Con le lacrime che gli scorrevano sulle guance, descrisse eventi del passato;

Con il dolore che annodava la sua fronte, svelò la causa precedente.

"Maestro," disse, "la nostra casa si trova a ovest di qui, a soli quaranta miglia di distanza, dove c'è una città, il luogo in cui abbiamo fondato il nostro regno." "Qual è il suo nome?" chiese Tripitaka. "Per dirti la verità," disse l'uomo, "quando abbiamo stabilito il nostro regno, gli abbiamo dato il nome di Regno del Gallo Nero."

"Perché vostra Maestà sembra così spaventata," disse Tripitaka, "e per quale motivo sei venuto in questo luogo?" L'uomo rispose: "Oh, Maestro! Cinque anni fa qui c'era una siccità così grave che non poteva crescere nessuna vegetazione e la gente stava morendo di fame. Era terribile." Quando Tripitaka udì queste parole, annuì e sorrise, dicendo: "Vostra Maestà, gli antichi dicevano, 'Quando il regno è retto, anche la Mente del Cielo è concorde.' Non devi aver trattato i tuoi sudditi con compassione. Se c'erano siccità e carestia nella terra, come potevi abbandonare il tuo dominio? Avresti dovuto aprire i tuoi magazzini per portare sollievo alla gente; dovresti pentirti di tutti i peccati che hai commesso e cercare di fare del bene d'ora in poi. Quando avrai liberato e perdonato coloro che sono stati ingiustamente accusati e condannati, allora la Mente del Cielo si placherà e i venti e le piogge diventeranno di nuovo opportuni e propizi."

"I magazzini nel mio regno," disse l'uomo, "erano tutti vuoti e sia la nostra entrata che il nostro cibo erano esauriti. Gli stipendi dei nostri funzionari civili e militari dovevano essere interrotti, e non c'era carne nella nostra dieta reale. Ho cercato di imitare il modo in cui il Re Yu ha sconfitto l'inondazione, soffrendo con il nostro popolo, purificandoci ritualmente, mantenendo una dieta vegetariana e praticando l'astinenza. Notte e giorno offrivamo preghiere e incenso al Cielo. Questo è durato tre anni, ma tutto quello che abbiamo avuto come risultato erano fiumi aridi e pozzi asciutti. Quando abbiamo raggiunto il momento più disperato, è venuto da noi improvvisamente dalla montagna Zhongnan un Taoista dell'Ordine della Verità Completa, che era in grado di evocare il vento e chiamare la pioggia, trasformare la roccia in oro. Si presentò prima ai funzionari civili e militari, e poi incontrò noi. Naturalmente lo invitammo ad ascendere la piattaforma liturgica e offrire preghiere, che furono davvero efficaci. Mentre batteva forte il suo cartello rituale, una pioggia torrenziale scese in un attimo. Pensavamo che tre piedi di pioggia fossero sufficienti, ma disse che poiché la siccità era stata così grave per così tanto tempo, avrebbe chiesto due pollici extra. Quando vedemmo quanto fosse magnanimo, facemmo con lui la cerimonia dei otto archi e diventammo fratelli di legame."

"Questo," disse Tripitaka, "dovrebbe essere stata la più grande gioia per Vostra Maestà." "Che gioia c'era?" chiese l'uomo.

Tripitaka disse: "Se il Taoista avesse quel tipo di abilità, potresti dirgli di far piovere quando vuoi la pioggia, e di fare oro quando vuoi l'oro. Che necessità c'era che ti facesse lasciare la città e venire qui ora?" "In effetti, diventammo così intimi con lui che condividemmo cibo e riposo insieme per due anni," disse l'uomo, "quando arrivò il tempo della primavera di nuovo. Mentre i fiori sbocciavano seduttivamente sui meli e sui peschi, ogni famiglia del regno usciva a godersi il bel paesaggio. Al momento in cui i nostri funzionari si ritiravano nelle loro residenze e le nostre consorelle nelle loro camere, camminammo mano nella mano con il Taoista nel giardino imperiale. Quando arrivammo vicino al nostro pozzo con mura di marmo ottagonali, gettò dentro qualcosa che emetteva miriadi di raggi di luce dorata e ci ingannò avvicinandoci al lato del pozzo per vedere che tipo di tesoro ci fosse dentro. Mosso all'improvviso al tradimento, ci spinse nel pozzo, che poi coprì con una lastra di pietra. Sigillò tutto il pozzo con fango e terra, e trapiantò persino un albero di banano sopra di esso. Ahimè, pietà di noi! Siamo morti ora da tre anni, un fantasma che ha perso la vita nel pozzo e il cui torto deve ancora essere vendicato."

Quando il Monaco Tang sentì che l'uomo era in realtà un fantasma, si raggelò di paura mentre i suoi capelli gli si drizzavano in testa. Non ebbe però altra scelta che interrogare ulteriormente il suo visitatore, dicendo: "Vostra Maestà, c'è qualcosa di irragionevole in ciò che hai appena detto. Se sei in realtà morto da tre anni, come potevano quei funzionari civili e militari, quelle consorelle di tre palazzi, non mancarti e cercarti quando dovevano partecipare alla corte ogni terzo mattino?" L'uomo disse: "Maestro, quando si parla delle abilità del Taoista, sono davvero rare nel mondo. Dal momento che ci ha assassinato, ha scosso il suo corpo una volta nel giardino e si è trasformato in un'immagine esatta di noi. In quel momento ha preso il nostro impero e ha usurpato il nostro regno. Le nostre due divisioni di funzionari civili e militari—circa quattrocento ministri di corte—e le consorelle e le signore di tre palazzi e sei camere ora tutti gli appartengono."

"Vostra Maestà," disse Tripitaka, "sei troppo timoroso." "Perché timoroso?" chiese l'uomo. Tripitaka disse: "Vostra Maestà, quel demonio deve davvero avere qualche potere magico per trasformarsi nella tua forma e usurpare il tuo regno. I funzionari civili e militari potrebbero non riconoscerlo, e le consorelle potrebbero non capire cosa sia successo. Ma tu capisci, anche se sei morto. Perché non lo hai citato davanti al Re Yama nella Regione delle Tenebre? Puoi almeno dare conto delle ingiustizie perpetrate." "I suoi poteri magici sono davvero grandi," disse l'uomo, "ed è intimo con la maggior parte degli ufficiali divini. Il tutelare della città beve con lui frequentemente; i re dei draghi dell'oceano sono suoi parenti; Equal-to-Heaven del Monte Tai è suo caro amico, e i Dieci Re dell'Inferno sono casualmente suoi fratelli di legame. Ecco perché non abbiamo nessun posto dove andare nemmeno per citarlo in giudizio."

Tripitaka disse: "Vostra Maestà, se non potete citarlo nella Regione delle Tenebre, perché venite qui nel Mondo della Luce?"

"O Maestro," disse l'uomo, "pensate che questo povero spirito offeso oserebbe avvicinarsi al vostro portone? Davanti a questo monastero avete vari deva tutelari, i Sei Dei delle Tenebre e i Sei Dei della Luce, i Guardiani dei Cinque Quarti, i Quattro Sentinel e i Diciotto Guardiani della Fede, tutti loro vi osservano da vicino insieme al vostro cavallo. Proprio ora è stato il Dio del Patrullaggio Notturno a condurci qui con una folata di vento divino. Ha detto che la nostra prova dell'acqua di tre anni è ora terminata, e che dovremmo venire a cercare un'udienza con voi. Ci ha detto che sotto il vostro comando c'è un discepolo anziano, il Grande Saggio, Uguale al Cielo, capace di uccidere demoni e sottomettere mostri. Siamo venuti con tutta sincerità a implorare il vostro aiuto. Vi supplichiamo di venire nel nostro regno e catturare il demone, così che il vero e il deviato possano essere giustamente distinti. Per ripagare la vostra gentilezza, imiteremo coloro che esprimono gratitudine intrecciando corde d'erba o tenendo bracciali in bocca."

"Vostra Maestà," disse Tripitaka, "quindi siete venuti qui per chiedere al mio discepolo di liberarvi di quei mostri?"

"Esattamente! Esattamente!" disse l'uomo.

Tripitaka disse: "Il mio discepolo potrebbe non essere bravo in altro, ma se gli chiedete di sottomettere demoni e catturare mostri, il lavoro gli si addice perfettamente. Ma Vostra Maestà, anche se potreste ordinargli di catturare il mostro, temo che potrebbe trovarlo difficile da eseguire."

"Perché dovrebbe essere difficile?" chiese l'uomo.

Tripitaka rispose: "Se quel mostro possiede davvero così grandi poteri magici da essersi trasformato in una vostra immagine esatta, allora significa anche che tutti gli ufficiali civili e militari di corte e tutte le vostre consorti non hanno fatto altro che essere amichevoli e amabili verso di lui. Anche se il mio discepolo potrebbe essere capace, non si lancerebbe alla cieca in guerra. Se fossimo catturati dagli ufficiali, che ci accuserebbero di cospirare contro il regno e ci condannerebbero per tradimento, saremmo imprigionati nella vostra città. I nostri sforzi sarebbero allora come il fallito tentativo di disegnare una tigre o intagliare una garzetta trasformandola in un'altra creatura."

"L'uomo disse: "Ho ancora qualcuno in città." Tripitaka disse: "E' buono, è buono! Deve essere, immagino, un principe ereditario di primo ordine, inviato a un posto di comando da qualche parte." L'uomo disse: "No," disse l'uomo, "ho nel palazzo un principe, un erede del mio proprio essere." Tripitaka chiese: "Il principe è stato esiliato dal demone?" L'uomo disse: "Non ancora," disse l'uomo, "ma gli è stato chiesto di rimanere nella Sala delle Campane d'Oro, o per discutere dei testi classici con uno dei segretari, o per sedersi sul trono con il Daoista. Per questi tre anni, al principe era stato vietato di entrare nel palazzo e incapace di vedere sua madre." Tripitaka chiese: "Per quale motivo?" L'uomo disse: "Questo era un piano di quel demone, perché temeva che se madre e figlio avessero avuto l'opportunità di incontrarsi, le loro conversazioni casuali potrebbero portarli a scoprire la verità."

"Sebbene la vostra prova sia senza dubbio stata preordinata dal Cielo," disse Tripitaka, "è tuttavia simile a ciò che ho dovuto subire. Tempo fa mio padre fu ucciso da un pirata, che prese anche mia madre con la forza. Dopo tre mesi, diede alla luce me, ed io scappai con la mia vita nelle acque. Fu mia buona fortuna che un maestro grazioso al Monastero della Montagna d'Oro mi allevò fino a quando crescetti. A pensarci bene,

Non avevo né padre né madre da giovane,

E il principe in questo luogo ha perso i suoi genitori.

Quanto è veramente pietoso! Ma lasciatemi chiedervi, anche se avete ancora un principe in corte, come potrei mai incontrarlo?"

"Perché no?" chiese l'uomo. Tripitaka disse: "Ora è custodito dal demone, e non può nemmeno vedere sua madre. Sono solo un monaco. Per quale motivo potrei avere un'udienza con lui?"

L'uomo disse: "Ma domani lascerà la corte."

"Per quale motivo?" chiese Tripitaka. L'uomo disse: "Durante l'orario della corte presto domani, il principe pianifica di guidare tremila uomini e cavalli, insieme a falchi e cani, per andare a caccia fuori dalla città. Il Maestro avrà certamente l'opportunità di incontrarlo; quando lo farai e se sarai disposto a dirgli ciò che ti ho detto, ti crederà."

"È di carne e ossa e di stirpe mortale," disse Tripitaka. "Dopo essere stato ingannato dal demone a rimanere nella sala, c'era un giorno in cui non rivolgeva al falso sovrano come re padre? Come potrebbe mai credere alle mie parole?"

"Se hai paura che non ti creda," disse l'uomo, "lascieremo con te un segno per indicare che stai dicendo la verità."

"Che tipo di segno?" chiese Tripitaka.

L'uomo mise giù il gettone di giada bianca incastonato d'oro che aveva tra le mani e disse: "Questa cosa può essere un segno."

"Qual è il significato di questa cosa?" chiese Tripitaka.

L'uomo disse: "Dopo che il Daoista si era trasformato nella nostra forma, tutto ciò di cui mancava era questo tesoro. Quando entrò nel palazzo, disse che il Daoista che faceva piovere gli aveva rubato questo gettone di giada, che per tre anni non era riuscito a recuperare. Se il nostro principe lo vedrà, la vista della cosa gli ricorderà il vero proprietario, e le nostre ingiustizie saranno vendicate."

"Va bene," disse Tripitaka, "datemelo, e chiederò al mio discepolo di prendersi cura di voi. Aspetterete qui?"

"Non osiamo," disse l'uomo. "Pianifichiamo di chiedere al Dio del Patrullaggio Notturno di usare un'altra folata di vento divino e mandarci nel palazzo interno, dove ci appariremo in sogno alla nostra vera regina del palazzo centrale. Vogliamo assicurarci che madre e figlio saranno d'accordo con tutti voi."

Tripitaka annuì in accordo e disse: "Andate pure."

L'anima offesa si inchinò per prendere congedo da Tripitaka, che cercava di uscire per accompagnarlo. In qualche modo inciampò e cadde, e quando Tripitaka si svegliò con un sobbalzo, era tutto un sogno. Mentre affrontava la lampada fioca e tremolante con timore, gridava ripetutamente: "Discepoli! Discepoli!"

"Perché questo chiasso per lo spirito locale?" mormorò Otto Prese, cominciando a muoversi. "Ero solito essere un uomo di potenza dedicato a passare i miei giorni divorando umani, e amavo il gusto del sangue e della carne. Che godimento! Devi lasciare la famiglia e chiederci di proteggerti in un viaggio. Pensavo di essere un monaco, ma in realtà sono uno schiavo! Di giorno devo vogare i bagagli e guidare il cavallo, mentre di notte, devo portare il vaso notturno e sentire i piedi puzzolenti di qualcuno condividendo il letto. E anche a quest'ora, non sei addormentato! Per cosa stai chiamando i discepoli?"

"Discepoli," disse Tripitaka, "ho appena fatto un sogno strano sul tavolo." Saltando tutto a un tratto, il Pellegrino disse: "I sogni sorgono dai tuoi pensieri. Prima di salire su una montagna, avevi già paura dei mostri. Ti preoccupavi della distanza fino a Thunderclap, che non hai ancora raggiunto; pensavi anche a Chang'an e ti chiedevi quando saresti potuto tornare. Quando la tua mente è agitata, hai molti sogni. Ma guarda la vecchia Scimmia! Con vera determinazione cerco di vedere il Buddha ad Ovest, ed è per questo che non ho neanche il più piccolo sogno!"

Tripitaka disse: "Discepolo, questo sogno mio non è un sogno di nostalgia. Quando ho chiuso gli occhi proprio ora, una violenta folata di vento mi ha portato alla vista di un re che stava fuori dalla porta della nostra camera. Diceva di essere il sovrano del Regno del Gallo Nero, ma tutto il suo corpo era fradicio e stava piangendo." Poi continuò a dare un resoconto dettagliato della loro conversazione nel sogno al Pellegrino. "Non c'è bisogno di dire altro," disse il Pellegrino, ridendo.

"Se appare in questo tuo sogno a te, sta chiaramente cercando di occuparsi della vecchia Scimmia dandomi qualche incarico. Dev'esserci un demone lì che cerca di usurpare il trono e prendere il regno. Lasciatemi distinguere il vero dal falso per quelle persone. Quando il mio bastone raggiunge quel luogo, il successo è assicurato."

"Ma discepolo," disse Tripitaka, "ha detto che il demone ha grandi poteri magici." "Non aver paura di qualsiasi grandezza possa avere!" disse il Pellegrino. "Ricordati solo che quando la vecchia Scimmia arriva, non avrà dove scappare." Tripitaka disse: "Mi ricordo anche che ci ha lasciato qualcosa come segno." "Maestro, non scherzare," disse Otto Prese. "È solo un sogno. Perché continuare con questo chiacchiericcio?" Il Sha Monaco disse: "Come dice il proverbio,

Non credere all'onestà dell'onesto;
Guardati dall'insolenza del gentile.

Andiamo a prendere delle torce e apriamo la nostra porta, poi possiamo vedere cosa è successo."

Il Pellegrino aprì davvero la porta, e mentre guardavano insieme, videro nella luce delle stelle e della luna che c'era veramente un gettone di giada bianca incastonato d'oro posto sui gradini. Otto Prese si avvicinò e lo prese, dicendo: "Fratello maggiore, cos'è questo?" "Questo è un tesoro di solito tenuto da un re," disse il Pellegrino, "ed è chiamato un gettone di giada. Maestro, poiché abbiamo davvero una cosa del genere, la questione del tuo sogno deve essere vera. Puoi affidarti interamente alla vecchia Scimmia per catturare il demone domani. Ma voglio che tu affronti tre cose sfortunate."

"Va bene! Va bene! Va bene!" disse Otto Prese. "È sufficiente avere un sogno. Devi anche dirglielo! Da quando costui ha smesso di prendere in giro le persone? Ora vuole che tu affronti tre cose sfortunate." Mentre tornava dentro, Tripitaka chiese: "Quali tre cose?" Il Pellegrino disse: "Domani voglio che tu prenda la colpa, subisca gli insulti e prenda la peste." "Una sola di queste è già abbastanza brutta," disse Otto Prese, ridendo. "Come potrebbe sopportarle tutte e tre?" Il Monaco Tang, dopotutto, era un anziano intelligente. Chiese quindi: "Discepolo, puoi dirmi di più su cosa comportano queste tre cose?" "Non c'è bisogno di dirtelo," disse il Pellegrino, "ma prima lasciami darti questi due oggetti."

Caro Grande Saggio! Strappando uno dei suoi capelli, soffiò su di esso un boccata di alito divino e gridò: "Cambia!" Cambiò istantaneamente in una scatola laccata rossa rivestita d'oro. Dopo aver posto il gettone di giada bianca nella scatola, disse: "Maestro, domattina dovresti tenere questa cosa tra le tue mani e indossare la tua tonaca di broccato. Poi vai a sederti nella sala principale e recita alcuni sūtra. Lascia che vada prima in città a dare un'occhiata; se c'è davvero un demone, lo ucciderò in modo che possiamo ottenere qualche merito in questo luogo. Ma se non c'è un demone, non dovremmo attirare calamità su di noi stessi." "Esattamente! Esattamente!" disse Tripitaka. Il Pellegrino disse: "Se il principe non lascia la città, potrebbe non esserci molto che io possa fare. Ma se esce davvero dalla città in accordo con il tuo sogno, lo porterò certamente qui da te."

"Cosa dovrei dire quando lo vedrò?" chiese Tripitaka. Il Pellegrino rispose: "Quando arriva, lascia che io entri per primo e lo annunci. Tu puoi quindi aprire leggermente il coperchio della scatola, e io mi trasformerò in un piccolo monaco alto circa due pollici, in modo che anch'io possa essere messo nella scatola. Puoi tenere tutto tra le tue mani. Quando il principe entra nel monastero, vorrà certamente rendere omaggio al Buddha. Lascia che si inchini quanto vuole, ma tu non prestarci attenzione. Quando vedrà che nemmeno ti alzi di fronte a lui, sicuramente ti ordinerà di essere arrestato. Lascialo fare — anzi, lascia che ti picchi, ti lega o ti giustizierà." "Ehi!" disse Tripitaka. "È capace di dare un alto ordine militare. Se vuole davvero farmi giustiziare, cosa devo fare?"

"Niente paura, perché io sono qui," disse il Pellegrino. "Quando arriverai al momento cruciale, sarò lì per proteggerti. Se chiede chi sei, puoi identificarti come un monaco inviato per decreto imperiale dalla Terra dell'Est per presentare tesori al Buddha e per acquisire scritture dal Cielo Occidentale. Se chiede che tipo di tesoro hai, puoi parlare della tua tonaca di broccato. Dìgli però che è solo un tesoro di terza classe, e che hai in tuo possesso cose buone appartenenti alle prime e seconde classi. Quando ti chiederà di più, puoi dirgli che c'è un tesoro in questa scatola, che ha conoscenza degli ultimi cinquecento anni, dei cinquecento anni attuali e dei prossimi cinquecento anni. In definitiva, questo tesoro ha una conoscenza completa degli eventi del passato e del futuro per un periodo di millecinquecento anni. Lascia che il vecchio Scimmione esca quindi, e racconterò al principe ciò che hai sentito nel tuo sogno. Se mi crede, andrò a catturare il demone, in modo che suo padre il re possa essere vendicato e la nostra reputazione possa essere stabilita in questo luogo. Se non mi crede, possiamo mostrargli il gettone di giada bianca. Temo che possa essere un po' giovane persino per riconoscere il gettone."

Quando Tripitaka sentì queste parole, fu molto contento, dicendo: "O Discepolo, questo è un piano davvero meraviglioso! Ma parlando di questi tesori, uno sarà chiamato tonaca di broccato e l'altro gettone di giada bianca. Qual sarà il nome di quel tesoro in cui ti trasformerai?"

"Chiamiamolo Cosetta che fa i Re," disse il Pellegrino.

Tripitaka acconsentì e si tenne a mente queste parole. Quella notte intera maestro e discepoli non riuscirono, naturalmente, a dormire. Aspettando impazientemente l'alba, desideravano poter

Facendo un cenno con la testa invocare il sole orientale,

E con un soffio disperdere tutte le stelle del Cielo.

In poco tempo, il cielo orientale si schiarì con la luce. Il Pellegrino diede quindi le seguenti istruzioni a Otto Regole e al Monaco Sabbia: "Non disturbate i monaci, così che non si aggirino nel monastero. Quando avrò fatto ciò che devo fare, ripartiremo." Si congedò da loro e si capovolse subito in aria. Aprendo i suoi occhi infuocati verso ovest, scoprì che c'era davvero una città. "Come poteva vederla così facilmente?" ti chiedi. Il fatto è che la città, come ti abbiamo detto prima, era solo a quaranta miglia di distanza. Così, nel momento in cui il Pellegrino si alzò in aria, la vide immediatamente.

Avvicinandosi alla città e scrutandola attentamente, vide che era avvolta da strati infiniti di nebbie spettrali e colpita da raffiche costanti di vento demoniaco. Sospirando tra sé in aria, il Pellegrino disse:

Se un vero re sale sul suo prezioso trono,
Luce e nuvole propizie avvolgeranno questo luogo.
Poiché un demone ha usurpato il seggio del drago,
La nebbia nera che sale sigilla le porte d'oro.

Mentre parlava tra sé, sentì i forti boati dei cannoni. Mentre il cancello orientale si apriva, apparve una truppa di uomini e cavalli, in effetti un corpo di caccia dall'aspetto molto temibile. Li vedi:

Lasciando la capitale all'alba,
Vanno a caccia nei prati.
Vessilli luminosi si spiegano al sole;
Cavalli bianchi corrono contro il vento.
I tamburi di pelle di lucertola rullano e rullano
Mentre le lance decorate colpiscono in coppia.
I falconieri sono feroci,
E i battitori sono entrambi forti e duri.
I cannoni a fuoco scuotono i cieli
E i pali per il vischio brillano al sole.
Ognuno sostiene le sue frecce;
Ogni uomo porta il suo arco intagliato.
Spargono le reti sotto il pendio,
Tendono le corde nei sentieri.
Al primo schiocco come un tuono,
Mille destrieri caricano leopardi e orsi.
Le lepri astute non possono salvarsi la vita;
I cervi scaltri sono alla fine della loro saggezza;
Le volpi sono destinate a morire;
Le antilopi periscono in mezzo.
Se i fagiani non possono volare per scappare,
Potrebbero gli uccelli selvatici trovare rifugio dal pericolo?
Tutti loro saccheggiano la catena montuosa per catturare bestie selvatiche,
E tagliano la foresta per sparare a cose volanti!

Dopo che quelle persone erano uscite dalla città, si dispersero nella campagna verso est, e in poco tempo raggiunsero i campi di riso sull'altopiano a circa venti miglia di distanza. In mezzo alle truppe c'era un giovane guerriero, che

Indossava un elmo
E una corazza;
Anche una fascia,
Di diciotto strati.

Le sue mani tenevano una spada preziosa d'acciaio blu e cavalcava un cavallo da guerra marrone. Un arco completamente teso era appeso anche alla sua vita. Davvero

Sembrava vagamente un re,
Un sovrano dall'aspetto nobile.
I suoi tratti non erano rozzi:

Si muoveva come un vero drago.

Segretamente contento nell'aria, il Pellegrino disse tra sé, "Quello deve essere il principe ereditario. Lasciami prenderlo un po' in giro." Caro Grande Saggio! Abbassò la sua nuvola e si lanciò dritto nell'esercito del principe. Scuotendo il corpo una volta, si trasformò immediatamente in un piccolo coniglio bianco, saltellando davanti al cavallo del principe. Quando il principe lo vide, non poteva essere più felice. Tirando fuori una freccia, tese il suo arco al massimo e sparò al coniglio centrandolo in pieno.

Il Grande Saggio, ovviamente, aveva fatto in modo che il principe lo colpisse; essendo veloce di mano e di vista, aveva effettivamente afferrato la freccia. Dopo aver lasciato cadere alcune delle piume della freccia a terra, si girò e scappò via. Quando il principe vide che la freccia aveva colpito il bersaglio sul coniglio, spron ò il suo cavallo per inseguirlo da solo. Non si rendeva conto di essere stato deliberatamente condotto lontano: quando il cavallo galoppava, il Pellegrino correva come il vento, ma quando il cavallo rallentava, anche il Pellegrino assumeva un ritmo più lento per rimanere appena davanti a lui. Miglio dopo miglio, continuò così, fino a quando il principe fu attirato fino alla porta del Monastero del Boschetto Prezioso. Tornando alla sua vera forma, il Pellegrino corse dentro urlando al Monaco Tang, "Maestro, è qui, è qui!" Si trasformò di nuovo, questa volta in un piccolo monaco alto circa due pollici, e si infilò subito nella scatola rossa.

Ora ti raccontiamo del principe, che inseguì la sua preda fino alla porta del monastero; non riuscì a trovare il coniglio bianco, ma vide una freccia piumata d'aquila conficcata nel montante della porta. Molto sorpreso e diventando pallido, il principe disse, "Strano! Strano! Ho chiaramente colpito il coniglio bianco con la mia freccia. Come può il coniglio essere sparito, e si vede solo la freccia qui? Deve essere che dopo anni e mesi, il coniglio si è trasformato in uno spirito." Estrasse la freccia e alzò la testa per guardare: lì, in cima alla porta del monastero, erano scritte sette parole in grandi caratteri, "Monastero del Boschetto Prezioso Costruito per Decreto Imperiale." "Ora so," disse il principe. "Ricordo che anni fa mio padre, il re, mandò alcuni funzionari dalla Sala dei Campanelli d'Oro per portare un po' d'oro qui così che i monaci potessero ridipingere le immagini e le sale. Non mi aspettavo che sarei stato qui oggi. Davvero,

Lì, in un sentiero ombreggiato di bambù,
Con un buon monaco caddi a parlare.
Così in questo tedioso giro mortale
Trovai un pomeriggio di pace.
Lasciatemi entrare per una passeggiata."

Saltando giù dal cavallo, il principe stava per entrare nel monastero, quando anche quei tremila uomini e cavalli che lo accompagnavano arrivarono. Mentre si accalcavano nel monastero, i monaci residenti si affrettarono a riceverli con inchini per portarli nella sala principale affinché potessero rendere omaggio alle immagini di Buddha. Successivamente, alzarono gli occhi per guardarsi intorno, con l'intenzione di visitare i corridoi e godersi il paesaggio, quando scoprirono improvvisamente che c'era un monaco seduto proprio al centro della sala. Infuriandosi subito, il principe disse, "Questo monaco è terribilmente scortese! Metà di un trono di questa dinastia è entrata in questo monastero. Anche se non ho emesso un decreto per questa visita così che è stato risparmiato dal venirci incontro a grande distanza, ora dovrebbe almeno alzarsi quando soldati e cavalli sono alla porta. Come osa rimanere seduto lì impassibile? Prendetelo!"

Disse "Prendetelo," e le guardie su entrambi i lati tentarono immediatamente di afferrare il Monaco Tang per legarlo con le corde. Seduto nella scatola, il Pellegrino recitava in silenzio un incantesimo, dicendo, "Voi vari Guardiani della Fede, i Sei Dei delle Tenebre e i Sei Dei della Luce, sto elaborando un piano per sottomettere un demone. Questo principe, ignaro della questione, sta per far legare il mio maestro con le corde. Tutti voi dovete proteggerlo. Se sarà davvero legato, tutti voi sarete giudicati colpevoli." Quando il Grande Saggio diede un tale ordine in segreto, chi oserebbe disobbedirlo! Le divinità infatti protessero Tripitaka in modo tale che quelle persone non poterono nemmeno toccargli la testa calva. Era come se un muro di mattoni si fosse frapposto tra loro, così che non poterono avvicinarsi affatto.

"Da dove vieni, monaco," disse il principe, "che osi usare questa magia di occultamento del corpo per prenderti gioco di me?" Tripitaka si avvicinò a lui invece e lo salutò, dicendo, "Questo povero monaco non conosce alcuna magia di occultamento del corpo. Sono il Monaco Tang della Terra dell'Est, un sacerdote che va a presentare tesori a Buddha e ad acquisire scritture da lui nel Cielo Occidentale." Il principe disse, "Anche se la tua Terra dell'Est è in realtà le pianure centrali, è incomparabilmente povera. Che tipo di tesori hai? Dimmi!" "Il mantello che ho sul corpo," disse Tripitaka, "è un tesoro di terza classe. Ma ho anche quelli di prima e seconda classe, e sono cose ancora migliori." "Quel tuo indumento," disse il principe, "copre solo un lato del tuo corpo, mentre il tuo braccio sporge dall'altro lato. Quanto potrebbe valere che osi chiamarlo un tesoro?" Tripitaka disse, "Anche se questo mantello non copre completamente il corpo, ho alcune linee di una poesia che ne riveleranno l'eccellenza. La poesia dice:

Il manto del Buddha è una mezza veste, non c'è bisogno di dirlo.
Nasconde dentro il Reale, libero dalla polvere mondana.
Innumerevoli fili e punti perfezionano questo frutto giusto;
Otto tesori e nove perle si fondono con l'anima primordiale.
Fanciulle divine lo fecero reverentemente
Per darlo a un monaco per purificare il suo corpo macchiato.
Va bene vederlo ma non salutare il Trono.
Ma tu, con il torto di tuo padre non ricambiato, hai vissuto invano!"

Quando il principe udì queste parole, si arrabbiò molto, dicendo, "Questo sfacciato monaco Chan sta parlando sciocchezze! La tua bocca astuta e la tua lingua scivolosa possono vantarsi quanto vogliono di quel mezzo pezzo di indumento. Ma da quando non ho ricambiato il torto di mio padre? Dimmi."

Facendo un passo avanti, Tripitaka giunse le mani e disse: "Vostra Altezza, quanti favori riceve un uomo mentre vive in questo mondo?" "Quattro favori," rispose il principe. "Quali quattro?" chiese Tripitaka. "Il favore del riparo e del sostegno forniti dal Cielo e dalla Terra," disse il principe, "il favore della luminosa presenza del sole e della luna, il favore delle provviste dal sovrano e dalla sua terra, e il favore dell'allevamento e della cura dei suoi genitori." Sorridendo, Tripitaka disse: "Le parole di Vostra Altezza non sono del tutto corrette. Un uomo ha solo il riparo e il sostegno del Cielo e della Terra, la luminosa presenza del sole e della luna, e le provviste dalla terra del suo re. Da dove proviene l'allevamento e la cura dei suoi genitori?"

"Questo monaco," disse il principe arrabbiato, "è un uomo pigro e ingrato, che si rade i capelli solo per commettere tradimento! Se un uomo non ha l'allevamento e la cura dei genitori, da dove viene il suo corpo?" "Vostra Altezza," disse Tripitaka, "questo umile monaco non conosce la risposta, ma dentro questa scatola rossa c'è un tesoro chiamato Cosa-Che-Fa-Re. Egli ha conoscenza degli eventi degli ultimi cinquecento anni, del presente, e dei futuri cinquecento anni. In totale, conosce completamente gli eventi del passato e del futuro per un periodo di millecinquecento anni, e sa che non esiste tale favore dell'allevamento e della cura dei genitori. È lui che ha ordinato al vostro povero monaco di aspettare qui per voi per molto tempo." Sentendo questo, il principe diede l'ordine: "Portatemelo qui per farmelo vedere." Tripitaka aprì il coperchio della scatola; il Pellegrino saltò fuori e iniziò a zoppicare ovunque. Il principe disse: "Questo piccolo nano! Cosa può sapere?" Quando il Pellegrino udì questo commento sulla sua altezza, ricorse immediatamente alla magia. Raddrizzando il torso, crebbe di circa un metro all'istante. "Se può crescere così rapidamente," dissero i soldati, molto sorpresi, "ci vorranno solo pochi giorni prima che perfori il cielo." Tuttavia, quando il Pellegrino raggiunse la sua altezza normale, smise di crescere. Poi il principe gli chiese: "Cosa-Che-Fa-Re, questo vecchio monaco sostiene che tu abbia la conoscenza del passato e del futuro, del bene e del male. Divini con il guscio di tartaruga, con i gambi delle piante, o usi libri per determinare la fortuna umana?" "Nessuno di questi," disse il Pellegrino, "perché

Mi serve solo la mia lingua di tre pollici,
Quando so tutte le cose completamente."

"Anche questo tizio sta blaterando!" disse il principe. "Sin dall'antichità, il libro, Classico del Mutamento della dinastia Zhou, si è rivelato estremamente meraviglioso nel determinare in tutto il mondo il bene e il male per l'uomo da cercare o evitare. Pertanto, gusci di tartaruga o gambi di piante sono usati per la divinazione. Ma se si fa affidamento solo sulle tue parole, quale prova c'è? Le tue vuote parole sulla fortuna o sfortuna possono solo infastidire le menti delle persone."

Il Pellegrino disse: "Per favore, non siate frettolosi, Vostra Altezza. In realtà siete un principe generato dal Re del Regno del Gallo Nero. Cinque anni fa, avete avuto una grave siccità qui e tutte le persone soffrivano così tanto che il vostro re e i suoi sudditi dovettero offrire ferventi preghiere. Sebbene non cadde una goccia di pioggia, un taoista arrivò dal Monte Zhongnan, esperto nel convocare vento e pioggia e nel trasformare la pietra in oro. Il re lo amava così tanto che divenne suo fratello giurato. È tutto vero?"

"Sì, sì, sì!" disse il principe. "Dì ancora qualcosa." Il Pellegrino disse: "Dopo tre anni, il taoista è scomparso, e chi è ora che usa il 'noi' reale?" Il principe disse: "C'era davvero un taoista, con cui il padre re giurò di essere suo fratello. In realtà, mangiavano insieme e riposavano insieme. Tre anni fa, mentre si godevano le viste del giardino imperiale, il taoista usò una raffica di vento magico e trasportò al Monte Zhongnan il token bianco di giada in oro che il padre re aveva in mano. Anche ora, tuttavia, il padre re lo rimpiange ancora, e a causa della sua assenza, ha chiuso il giardino per tre anni. Ma chi è ora a governare, se non il mio padre re?" Quando il Pellegrino udì queste parole, iniziò a ridacchiare. Il principe gli chiese di nuovo, ma invece di rispondere, continuò solo a ridacchiare ancora di più. "Perché non parli quando dovresti?" disse il principe arrabbiato. "Perché ridacchi così?" "Ho ancora molto da dire," disse il Pellegrino, "ma ci sono così tante persone intorno e non è conveniente per me parlare."

Quando il principe vide che poteva esserci una ragione per tale affermazione, agitò una volta la manica per congedare i soldati. Il capitano delle guardie diede immediatamente l'ordine di avere i tremila uomini e cavalli stanziati fuori dal cancello del monastero. La sala fu così quasi svuotata dalle persone, con solo il principe seduto al centro, l'anziano davanti a lui, e il Pellegrino alla sua sinistra. Dopo che anche i monaci residenti si ritirarono, allora il Pellegrino si fece avanti e disse a lui sobriamente: "Vostra Altezza, colui che se n'è andato con il vento è in realtà il vostro vero padre, ma colui che occupa ora il trono è il taoista che ha fatto la pioggia."

"Fandonie! Fandonie!" disse il principe. "Dalla partenza del taoista, mio padre ha governato così bene che il vento e la pioggia sono stagionali, il paese è prospero, e le persone sono sicure. Ma se quello che dici è vero, allora l'attuale sovrano non è il mio padre re. È una fortuna che io sia giovane e possa essere un po' tollerante. Se mio padre re ascolta tali parole traditrici da te, ti farà catturare e tagliare a pezzi." Licenziò il Pellegrino con un grugnito. Rivolgendosi al Monaco Tang, il Pellegrino disse: "Vedi? Ho detto che non mi avrebbe creduto, e infatti non lo fa. Prendi ora il tesoro e presentalo a lui. Dopo aver certificato il nostro rescritto, possiamo procedere al Cielo Occidentale." Tripitaka consegnò la scatola rossa al Pellegrino, che, avendola ricevuta, scosse il corpo e la scatola scomparve. Era, vedete, in realtà la trasformazione dei suoi capelli che fu recuperata da lui. Con entrambe le mani, il Pellegrino presentò il token bianco di giada al principe.

Quando vide l'oggetto, il principe gridò: "Che monaco! Che monaco! Eri il taoista di cinque anni fa che venne a ingannare la nostra casa di questo tesoro. Ora sei travestito da monaco per restituircelo? Catturatelo!" Quando gridò l'ordine così, l'anziano fu così spaventato che indicò il Pellegrino e disse: "Tu, BanHorsePlague! Hai un talento speciale per causare guai e portare calamità su di me!" "Non gridare!" disse il Pellegrino, camminando verso il principe per fermarlo. "Non lasciare che questa cosa trapeli. Non mi chiamo Cosa-Che-Fa-Re, perché ho un vero nome." "Vieni qui!" disse il principe arrabbiato. "Rispondimi con il tuo vero nome così che possa mandarti all'ufficio di giustizia per condannarti."

Il Pellegrino disse: "Sono il discepolo anziano di questo anziano, e il mio nome è Wukong Pellegrino Sun. Poiché il mio maestro ed io eravamo in viaggio per acquisire scritture nel Cielo Occidentale, siamo arrivati la notte scorsa e abbiamo trovato alloggio qui. Il mio maestro stava leggendo i sūtra di notte, e verso l'ora della terza veglia, sognò che vostro padre gli apparve. Vostro padre affermò di essere stato danneggiato da quel taoista, che lo spinse nel pozzo ottagonale con il muro di marmo nel giardino imperiale. Il taoista cambiò nella forma di vostro padre, e questo non era noto a nessuno dei funzionari di corte né a voi, poiché eravate così giovane. Vi fu vietato entrare nel palazzo interno, e il giardino fu chiuso affinché la verità non potesse essere scoperta, suppongo. Vostro padre re venne specialmente di notte a chiedermi di sottomettere questo demone. All'inizio, avevo paura che l'assassino non fosse un demone, ma quando sorvolai la città in volo, potevo vedere che c'era uno spirito-mostro. Stavo per catturarlo quando usciste dalla città per cacciare. Il coniglio bianco che avete colpito con la vostra freccia era questo vecchio Scimmia, che vi ha condotto qui al monastero per vedere il mio maestro. Ogni parola che vi abbiamo detto è la verità. Se potreste riconoscere questo token bianco di giada, come potreste non pensare alla cura e all'amore di vostro padre e cercare vendetta per lui?"

Quando il principe sentì queste parole, si rattristò, pensando tristemente a se stesso: "Anche se non gli credo, le sue parole sembrano avere almeno il trenta percento di verità. Ma se gli credo, come potrei affrontare il padre re ora nel palazzo?" Questo è ciò che chiamiamo:

Avanzare o ritirarsi è difficile, quindi la mente chiede alla bocca;

Pensare tre volte, avere pazienza—come la bocca chiede alla mente.

Quando il Pellegrino vide quanto fosse perplesso, disse di nuovo: "Vostra Altezza, non c'è bisogno di perplessità. Lasci che Vostra Altezza torni al suo regno e faccia una domanda alla vostra madre regina. Chiedetele se i sentimenti tra lei e suo marito sono gli stessi di tre anni fa. Solo questa domanda rivelerà la verità." Convinto da ciò, il principe disse: "Sì, lasciate che vada a chiedere a mia madre." Saltando in piedi, prese il token bianco di giada e voleva andarsene. Tuttavia, il Pellegrino lo tirò, dicendo: "Se tutti questi uomini e cavalli tornano con voi, qualcuno è destinato a far trapelare informazioni, e sarà difficile per me avere successo. Dovete quindi tornare indietro da soli e non farvi notare. Non passate per la Porta Centrale del Sole, ma entrate nel palazzo attraverso la Porta Posteriore dei Servitori. Quando vedrete vostra madre nel palazzo, ricordatevi di non parlare in modo altisonante o a voce alta; dovete parlare quietamente e in modo sommesso. Temo che il demone abbia grandi poteri magici, e se mai viene a sapere della notizia, sarà difficile preservare le vite vostre e di vostra madre." Il principe obbedì a questa istruzione; uscendo dalla porta, diede questo ordine agli ufficiali: "Restate e accampatevi qui. Non muovetevi. Ho qualcosa da fare. Quando tornerò, torneremo in città insieme." Guardatelo!

Diede alle sue truppe l'ordine di accamparsi,

E corse verso la sua città su un cavallo volante.

Mentre se ne andava, non sappiamo cosa abbiano da dire quando vede sua madre; ascoltiamo la spiegazione nel prossimo

CAPITOLO 38

Il figlio interroga sua madre per conoscere deviazione e verità;
Metallo e Legno, raggiungendo il profondo, vedono il falso e il reale.

Ti incontro per parlare solo della causa della nascita
Che ti renderà uno dell'assemblea del Buddha.
Un pensiero calmo lo vede in questo regno di polvere;
Il mondo intero guarda il dio che doma.
Se vuoi conoscere il vero signore illuminato di oggi,
Devi chiedere a tua madre degli anni passati.
C'è un altro mondo che non hai mai visto,
Perché ogni passo nella vita può portare qualcosa di nuovo.

Stavamo raccontando del principe del Regno del Gallo Nero, che, dopo aver preso congedo dal Grande Saggio, tornò presto nella sua città. Infatti, non si avvicinò alla porta della corte, né osò annunciare il suo arrivo. Andò invece alla Porta Posteriore dei Servitori, trovando che era sorvegliata da diversi eunuchi. Quando videro il principe avvicinarsi, tuttavia, non osarono fermarlo e lo lasciarono passare. Caro principe! Spronando il suo cavallo, galoppò all'interno e si diresse direttamente al Padiglione della Fragranza di Broccato, in cui la regina era seduta, con decine di ancelle del palazzo che agitavano i loro ventagli su entrambi i lati. La regina, tuttavia, era appoggiata sui parapetti scolpiti del padiglione e versava lacrime. Perché versava lacrime, chiedete? Perché all'ora della quarta veglia, vedete, anche lei aveva fatto un sogno, ma poteva ricordarne solo metà. Stava cercando molto duramente di ricordare l'altra metà quando il principe smontò e si inginocchiò sotto il padiglione, dicendo: "Madre!" Forzandosi a sembrare felice, la regina esclamò: "Figlio, che gioia! Che gioia! Per questi due o tre anni, sei rimasto nel palazzo anteriore per studiare con tuo padre re e non sono riuscita a vederti. Quanto ho pensato a te! Come è che oggi hai il tempo libero per venirmi a vedere invece? Questa è davvero la mia più grande gioia, la mia più grande gioia! O figlio, perché sembri così triste? Dopotutto, tuo padre re sta invecchiando. Ci sarà un giorno in cui il drago tornerà al mare verde giada e la fenice tornerà ai cieli scarlatti. Allora erediterai il trono. Cosa potrebbe mai renderti infelice?"

Il principe si prostrò prima di dire: "Madre, permettimi di chiederti: chi è colui che ora è sul trono? Chi è l'uomo che usa il 'noi' reale?" Quando la regina sentì questo, disse: "Questo figlio è impazzito! Colui che governa è tuo padre re. Perch é fai tali domande?" Prostrandosi di nuovo, il principe disse: "Supplico mia madre di concedere il perdono a suo figlio prima. Solo allora oserei fare un'ulteriore domanda. Se non lo fai, non oserei chiedere." "Tra madre e figlio," disse la regina, "come potrebbe esserci qualche reato? Ovviamente ti perdonerò. Parla, presto!" Il principe disse: "Lasciami chiederti questo: i tuoi rapporti con tuo marito sono caldi e intimi come tre anni fa?"

227

Quando la regina sentì questa domanda, il suo spirito la lasciò e la sua anima fuggì. Corse fuori dal padiglione e abbracciò il principe strettamente mentre le lacrime le cadevano dagli occhi. "Figlio mio," disse, "non ti vedo da così tanto tempo. Perché vieni oggi al palazzo e fai questa domanda?" "Madre," disse il principe, irritandosi. "Se hai qualcosa da dire, dillo. Se non parli, potresti mettere a rischio un affare molto importante." Solo allora la regina congedò tutte le sue ancelle e parlò, piangendo silenziosamente, "Questa questione, se tu, figlio, non me l'avessi chiesto, non sarebbe mai venuta alla luce nemmeno quando avessi raggiunto le Nove Sorgenti sottostanti. Poiché me l'hai chiesto, ascolta cosa ho da dire:

Tre anni fa era amorevole e caloroso;
Da tre anni è freddo come il ghiaccio.
Accanto ai cuscini l'ho pressato a lungo e duramente;
Ha detto, 'Sono vecchio, sono fragile, non posso far alzare quella cosa'!"

Quando il principe udì queste parole, si liberò immediatamente e montò di nuovo a cavallo. Aggrappandosi disperatamente a lui, la regina disse: "Figlio, cosa stai facendo? Perché te ne vai prima che finiamo di parlare?" Di nuovo il principe si inginocchiò a terra e disse: "Madre, non oso parlare, anche se devo! Durante il tempo della prima corte questa mattina, sono uscito per decreto imperiale a cacciare con falconi e cani. Per caso ho incontrato un santo monaco inviato dal Trono nel Paese dell'Est per recuperare le scritture. Ha sotto di sé un discepolo anziano di nome Pellegrino Sun, che è esperto nella sottomissione dei demoni. Mi è stato detto che il mio vero padre re era stato assassinato nel giardino imperiale; morì, infatti, nel pozzo con le pareti ottagonali di marmo. Fu il taoista a cambiare falsamente nella forma di padre re e usurpare il suo seggio di drago. La scorsa notte, padre re apparve al monaco in sogno e gli chiese di mandare il suo discepolo in città per catturare questo demone. Tuo figlio non osava credergli completamente ed è per questo che sono venuto appositamente a interrogarti. Ora che madre ha parlato così, so che deve esserci uno spirito-mostro qui."

"O figlio," disse la regina, "come puoi prendere le parole di qualche estraneo fuori come verità?" Il principe disse: "Non l'ho fatto, ma padre re ha lasciato loro un segno." Quando la regina chiese che tipo di segno fosse, il principe prese quel token bianco di giada intarsiato d'oro e glielo consegnò. Riconoscendolo subito come un tesoro che apparteneva al re, la regina non poté trattenere il torrente di lacrime. "Mio signore!" esclamò. "Come potevi non venire a vedermi per primo, se fossi morto da tre anni? Come potevi andare a vedere prima il monaco saggio e poi il principe?" "Madre," disse il principe, "cosa stai dicendo?" La regina disse: "Figlio mio, anche io ho avuto un sogno la scorsa notte intorno all'ora della quarta veglia. Ho sognato che tuo padre re stava davanti a me tutto bagnato, e mi disse personalmente che era morto. Il suo spirito, disse, era andato a supplicare il Monaco Tang di sottomettere il re fasullo e salvare il suo corpo precedente. Ricordo chiaramente queste parole, ma c'è un'altra metà del sogno che non riesco proprio a ricordare. Stavo speculando poco fa da sola quando sei arrivato con le tue domande e questo tesoro. Lasciami mettere via il token di giada per il momento. Dovresti andare a chiedere al monaco saggio di fare ciò che deve fare rapidamente, così che la miasma demoniaca possa essere dissipata e il perverso e il vero possano essere distinti. Questo è il modo in cui puoi ripagare la gentilezza di tuo padre re nel crescere te."

Montando rapidamente il suo cavallo, il principe uscì dalla Porta Posteriore dei Servitori e si allontanò dalla città. Davvero

Trattenendo le lacrime, si prostrò per congedarsi dalla regina;

Nel dolore andò a inchinarsi di nuovo al Monaco Tang.

In poco tempo, uscì dalla porta della città e si diresse verso la porta del Monastero del Bosco Prezioso, dove smontò. Quando i soldati vennero a riceverlo, il sole iniziava a tramontare. Il principe ordinò ai soldati di rimanere nelle loro posizioni. Di nuovo da solo, entrò dopo aver sistemato i suoi abiti per richiedere l'assistenza di Pellegrino.

Proprio in quel momento, il Re Scimmia uscì con passo sicuro dalla sala principale, e il principe si inginocchiò subito, dicendo: "Maestro, sono tornato." Pellegrino avanzò per sollevarlo, dicendo: "Alzati, per favore. Hai chiesto a qualcuno quando sei arrivato in città?" "L'ho fatto," disse il principe, e raccontò per intero la conversazione avuta con sua madre. Sorridendo lievemente, Pellegrino disse: "Se è così freddo, deve essere la trasformazione di qualche tipo di creatura a sangue freddo. Non preoccuparti! Non preoccuparti! Lascia che la vecchia Scimmia se ne occupi per te. Ma si sta facendo tardi ora, e non posso muovermi. Torna prima, e arriverò domattina." Inchinandosi ripetutamente, il principe disse: "Maestro, resterò qui ad aspettarti fino a domani, e poi potrò viaggiare con te." "Non va bene," disse Pellegrino. "Se entriamo in città insieme, il demone diventerebbe sospettoso; invece di un incontro casuale, penserà che tu sia andato da qualche parte apposta per portarmi. L'intera faccenda ti farà dare la colpa, non è vero?" "Anche se torno ora," disse il principe, "mi darà comunque la colpa." "Perché?" chiese Pellegrino. Il principe disse: "Sono stato comandato durante la prima corte a guidare questo numero di uomini e cavalli, di falconi e cani, fuori dalla città. Ma quando torno oggi, non ho selvaggina da presentare al trono. Se mi accusa di essere incapace e mi fa imprigionare a Youli, di chi ti fideresti quando entrerai in città domattina? Dopo tutto, non c'è nessuno nei ranghi che conosca questa storia."

"Non è niente!" disse Pellegrino. "Avresti dovuto dirmelo prima di questo, e avrei trovato della selvaggina." Cara Grande Scimmia! Guarda come si mostra davanti al principe! Con un balzo saltò direttamente sulle nuvole, fece il segno magico e recitò l'incantesimo, Che Oṃ e Ram purifichino il Dharma-realm, che evocò un dio della montagna e uno spirito locale. Arrivarono e si inchinarono a lui a mezz'aria, dicendo: "Grande Saggio, quale è il tuo desiderio quando ci comandi, umili divinità, di apparire?" Pellegrino disse: "La vecchia Scimmia è qui in compagnia del Monaco Tang, e ora intende catturare un demone malvagio. Sfortunatamente, il principe non ha catturato selvaggina durante la caccia e non

osava tornare alla corte. Ti chiedo, quindi, un piccolo favore. Per favore, trovaci
dei cervi selvatici, antilopi, lepri selvatiche e uccelli—qualche esemplare di ciascun
tipo—così da poterlo mandare via." Non osando disobbedire a questo ordine,
il dio della montagna e lo spirito locale chiesero quanti capi di selvaggina fossero
necessari. "Non importa," disse il Grande Saggio, "portatecene solo un po'."
Le due divinità, guidando i soldati demoniaci sotto il loro comando, chiamarono
un forte vento scuro per radunare gli animali selvatici. Catturarono alcune pernici
e fagiani; cervi cornuti e grassi cervi selvatici; volpi, tassi e lepri; tigri, leopardi e
lupi—tutti insieme, diverse centinaia di questi che portarono davanti a Pellegrino.
Pellegrino disse: "La vecchia Scimmia non ha bisogno di questi. Tirate fuori i
loro tendini delle gambe e metteli su entrambi i lati della strada lunga quaranta
miglia che porta alla città. Quelle persone potranno quindi portarli via senza dover
usare falconi e cani, e questo sarà contato come merito per voi." Le divinità
obbedirono; calmando il vento scuro, posizionarono la selvaggina accanto alla
strada.

Pellegrino scese dalle nuvole e disse al principe: "Vostra Altezza, per favore,
torna indietro. C'è selvaggina sulla strada che puoi raccogliere." Dopo aver visto
il tipo di potere che Pellegrino aveva mostrato in cima alle nuvole, il principe non
ebbe alcun dubbio. Si inchinò per congedarsi da Pellegrino prima di uscire dalla
porta del monastero per ordinare ai soldati di tornare in città. Durante il viaggio,
trovarono infatti un gran numero di selvaggina disposta su entrambi i lati della
strada. Senza liberare falconi e cani, i soldati li catturarono semplicemente alzando
le mani. Tutti, quindi, gridarono bravi e fecero i complimenti al principe, dicendo
che era stata la sua grande fortuna a portare loro la selvaggina, ma non sapendo,
naturalmente, che era la forza della vecchia Scimmia. Ascolta i loro canti di trionfo
mentre tornavano in città!

Nel frattempo, Pellegrino tornò a proteggere Tripitaka. Quando quei monaci
del monastero videro quanto i pellegrini fossero diventati intimi con il principe,
come potevano non essere riverenti? Prepararono di nuovo un pasto vegetariano
da servire al Monaco Tang, che poi si riposò ancora una volta nella sala Zen.
All'incirca all'ora della prima veglia, Pellegrino, che aveva qualcosa in mente, non
riusciva a prendere sonno. Rotolando giù dal letto, si precipitò dal Monaco Tang
e gridò: "Maestro." L'anziano in quel momento in realtà non stava ancora
dormendo, ma sapendo che Pellegrino poteva essere piuttosto irrequieto e
frenetico, finse di esserlo e non rispose. Pellegrino gli afferrò la testa calva e inizi
ò a scuoterla violentemente, gridando: "Maestro, come mai sei gi à
addormentato?"

"Sei un monello!" disse il Monaco Tang, diventando arrabbiato. "Non hai
intenzione di dormire a quest'ora? Per cosa stai facendo tutto questo baccano?"

"Maestro," disse Pellegrino, "ho una piccola questione che voglio
discutere con te." "Che questione?" chiese l'anziano.

Pellegrino disse: "Durante il giorno ho vantato al principe che le mie abilità
erano più alte di una montagna e più grandi di un oceano. Per catturare quel

demone-spiritello, ho detto, era facile come prendere qualcosa in tasca—tutto ci
ò che dovevo fare era allungare la mano e prenderlo. Ora non riesco a dormire, e
quando penso alla questione, trovo che c'è qualche difficoltà."

"Se dici che sarà difficile," disse il Monaco Tang, "allora non cerchiamo
di prenderlo." "Dobbiamo ancora farlo," disse Pellegrino, "ma non
possiamo giustificare la nostra azione." Il Monaco Tang disse: "Questo
scimmione sta borbottando di nuovo! Il demone-spiritello ha usurpato il trono di
un sovrano. Cosa intendi dire che non possiamo giustificare la nostra azione?"

Pellegrino disse: "La tua venerabile persona sa solo come recitare sūtra e
adorare Buddha, come sedersi e meditare. Da quando hai mai visto i codici legali
stabiliti da Xiao He? Il proverbio dice, 'Se arresti un ladro, devi prenderlo con la
refurtiva.' Quel demone è stato re per tre anni, ma non ha permesso che il suo
segreto trapelasse in alcun modo. Ha dormito con le donne dei tre palazzi e ha
governato amabilmente con le sue due file di funzionari civili e militari. Anche se
la vecchia Scimmia ha la capacità di arrestarlo, non sarà facile condannarlo per il
suo crimine."

"Perché no?" chiese il Monaco Tang. Pellegrino disse: "Anche se è una
zucca senza bocca, avrà una discussione con te per un po'. Non riesci a sentirlo?
'Sono il re del Regno del Gallo Nero. Quale offesa contro il Cielo ho commesso
che osi venire ad arrestarmi?' Quali prove ho con cui posso discutere con lui?"

"Cosa hai intenzione di fare, allora?" disse il Monaco Tang.

Con un sorriso, Pellegrino disse: "Il piano della vecchia Scimmia è già fatto,
ma un ostacolo che devo affrontare ora è che tu, Caro Signore, hai la tendenza a
viziare le persone." "Cosa intendi dire?" chiese il Monaco Tang. Pellegrino
disse: "Otto Regole è piuttosto stupido, ma tu sei un po' parziale con lui."

"Come sono parziale con lui?" chiese il Monaco Tang. "Se non lo sei," disse
Pellegrino, "allora dovresti cercare di essere più coraggioso e restare qui con Sha
Monaco. Lascia che la vecchia Scimmia e Otto Regole prendano questa occasione
ora per entrare prima nel Regno del Gallo Nero e trovare il giardino imperiale.
Apriremo il pozzo di marmo e pescheremo il cadavere del vero re, che
avvolgeremo nelle nostre borse. Quando entreremo in città domani, non ci
preoccuperemo di far certificare il nostro mandato; appena vedremo il demone,
lo attaccherò con la mia asta. Se ha qualcosa da dire, gli mostreremo lo scheletro
e gli diremo, 'Hai ucciso quest'uomo!' Possiamo dire al principe di uscire e
piangere per suo padre, alla regina di riconoscere suo marito e ai vari funzionari
di vedere il loro vero signore. La vecchia Scimmia e i fratelli, nel frattempo,
possono alzare le mani per combattere. Ora, questo è ciò che chiamo una causa
degna perché c'è qualcosa su cui possiamo basarci!"

Segretamente soddisfatto di ciò che aveva sentito, il Monaco Tang disse
comunque: "Il mio unico timore è che Otto Regole non sia disposto ad andare
con te." "Vedi!" disse Pellegrino, ridendo. "Te l'ho detto che lo vizi! Come
facevi a sapere che non sarebbe stato disposto ad andare? Forse pensi che sarà
come te quando ti ho chiamato poco fa, e dopo mezz'ora, mi sarei arreso. Ma

guardami! Se mi lasci avvicinare a lui, userò solo la mia sana lingua di tre pollici per persuaderlo. Non importa che sia Zhu Otto Regole; anche se fosse Zhu Nove Regole, avrei la capacità di convincerlo ad andare con me." "Va bene," disse il Monaco Tang, "puoi andare a svegliarlo."

Cercando di allontanarsi dal suo maestro, Pellegrino si avvicinò direttamente al letto di Otto Regole e gridò: "Otto Regole! Otto Regole!" Il povero idiota, esausto dal viaggio, appena mise la testa sul cuscino iniziò a russare così forte che nulla poteva svegliarlo. Pellegrino afferrò infine le orecchie e le ciocche di Otto Regole; tirò con forza, sollevando Otto Regole di colpo mentre urlava: "Otto Regole!" L'idiota tremolava ancora quando Pellegrino gridò di nuovo. "Dormiamo! Non scherzare! Dobbiamo viaggiare domani," mormorò Otto Regole. "Non sto scherzando," disse Pellegrino. "C'è una faccenda che tu ed io dobbiamo affrontare."

"Che faccenda?" chiese Otto Regole. Pellegrino disse: "Hai sentito cosa ha detto il principe?" "Non l'ho nemmeno visto," disse Otto Regole. "Non ho sentito cosa avesse da dire." "Il principe mi ha detto," disse Pellegrino, "che quel demone spirituale possiede un tesoro che potrebbe sopraffare diecimila guerrieri. Quando entreremo in città domani, non potremo evitare uno scontro con lui; ma se quel demonio tira fuori il suo tesoro e ci sconfigge, non sarebbe buono. Così ho pensato che se non potessimo sconfiggerlo, dovremmo fare qualcosa prima. Tu ed io, infatti, dovremmo andare a rubargli il tesoro. Non è molto meglio?"

"Fratello maggiore," disse Otto Regole, "stai cercando di persuadermi a diventare un ladro! Beh, conosco questo genere di affari, quindi posso essere il tuo complice. Ma lasciami dire questo chiaramente: quando avremo rubato il tesoro e sottomesso il demone spirituale, non sopporterò questa pratica avara di dividere il bottino. Io terrò il tesoro."

"Perché?" chiese Pellegrino. "Non sono eloquente come voi," disse Otto Regole, "e non è facile per me chiedere cibo. Questo vecchio corpo è pigro, e le mie parole sono banali. Inoltre, non riesco nemmeno a recitare i sutra. Quando arrivo in quei luoghi selvaggi e disabitati, ho la speranza di poter scambiare il tesoro per cibo."

Pellegrino disse: "La Vecchia Scimmia è interessata solo a guadagnare una reputazione, non un tesoro. Naturalmente te lo darò." Quando l'idiota sentì che glielo avrebbero dato, fu felice e si alzò subito. Indossando i suoi vestiti, partì con Pellegrino.

Come si suol dire:
Anche il vino chiaro arrossisce il viso dell'uomo,
E l'oro giallo muove la mente del Dao.

I due aprirono furtivamente la porta e si allontanarono da Tripitaka; montando la luminosità auspicabile, si diressero dritti verso la città.

In poco tempo, arrivarono a destinazione; mentre abbassavano le loro nuvole, sentirono il suono della seconda campana che suonava da una torre. "Fratello," disse Pellegrino, "è la seconda campana." "Proprio così!" disse Otto Regole. "Tutti dormono profondamente dentro." Invece di dirigere verso il Portone

Centrale del Sole, i due si diressero verso il Portone Posteriore dei Servi, dove sentirono anche il suono del rullo battuto dalle guardie in pattuglia. "Fratello," disse Pellegrino, "le porte anteriore e posteriore sono tutte ben sorvegliate. Come possiamo entrare?"

Otto Regole disse: "Hai mai visto un ladro entrare da una porta? Saltiamo semplicemente sopra il muro." Pellegrino acconsentì e saltò immediatamente sul muro del palazzo, seguito da Otto Regole. Entrando furtivamente, i due cercarono il loro cammino verso il giardino imperiale.

Mentre camminavano, trovarono una porta a torre con triplici spioventi e bandiere bianche volanti. Dipinte sulla cima della porta c'erano tre grandi parole che brillavano alla luce delle stelle e della luna: "Il Giardino Imperiale." Quando Pellegrino si avvicinò e vide che la porta era chiusa e sigillata con diverse strisce di carta incrociate, disse a Otto Regole di mettersi al lavoro. L'idiota sollevò la sua rastrelliera di ferro e la abbatté sulla porta con tutta la forza: la porta fu polverizzata subito. Pellegrino aprì la strada per entrare nel giardino, ma non appena mise piede dentro cominciò a saltare su e giù, urlando e ululando. Otto Regole fu così spaventato che corse avanti a tirarlo, dicendo: "Fratello maggiore, mi fai morire dallo spavento! Non ho mai visto un ladro urlare così! Se svegli le persone e ci catturano e ci mandano in tribunale, anche se non venissimo giustiziati saremmo banditi nella nostra provincia natale per il servizio militare."

"Fratello," disse Pellegrino, "potresti chiederti perché sto facendo tutto questo casino. Guarda solo queste:

Ringhiere scolpite e dipinte in rovina;
Capanni e torri incrostati di gemme in rovina;
Banche di giunchi e erbe aromatiche tutte sepolte nella terra;
Peonia e tumi appassiti.
Il profumo di gelsomini e rose è leggero;
Le peonie arboree e i gigli fioriscono invano.
Ibisco, alcune varietà, cedono a cespugli e arbusti;
Fiori e piante rare tutti periscono.
Le montagne di rocce artificiali crollano;
I laghi si prosciugano e i pesci diminuiscono.
Pini verdi, bambù viola, sono come legna secca;
Artemisia e assenzio crescono selvaggi sui sentieri.
Dai cassia e peschi rami si spezzano;
Radici di alberi di pere e prugne sono capovolte.
Muschio verde sul sentiero che porta alla testa del ponte:
Il panorama di questo giardino è desolato!"

"Perché sprecare il respiro in queste lamentele?" disse Otto Regole. "Andiamo a finire presto la nostra faccenda." Anche se Pellegrino era rattristato da quello che vedeva, pensava anche al sogno del Monaco Tang, quando gli fu detto che il pozzo poteva essere trovato solo sotto un albero di platano. Mentre camminavano, videro effettivamente un albero del genere, il cui lussureggiante sviluppo era molto diverso dagli altri alberi.

In verità è:

Una radice spirituale di un genere raro,
Il suo vuoto è donato dal Cielo.
Ogni ramo è sottile come carta;
Ogni foglia si può piegare come un petalo;
Mille fili verdi
Racchiudono un cuore cinabro dentro.
Si addolora quando è triste per la pioggia notturna
E si appesantisce per paura del vento autunnale.
Cresce nella forza primordiale del Cielo;
La sua nutrizione è opera della Creazione.
Una pergamena forma il suo merito straordinario;
Come ventaglio fa rara meraviglia.
Come potrebbero le piume di fenice avvicinarsi a lei?
Potrebbero anche le code di fenice assomigliarle?
Bagnata da gocce di rugiada leggera,
Avvolta in sottili spirali di fumo,
La sua ombra verde avvolge finestre e porte;
La sua ombra verde sale tende e schermi.
Le oche selvatiche non possono posarsi qui,
Né i cavalli possono essere legati a lei.
Un cielo gelido la renderà depresso,
Una notte di luna le colorerà i colori deboli.
Può solo dissipare il caldo intenso
E protegge dal sole cocente.
Vergognosa per mancanza del fascino di pesco e pera,
Lei sta sola a est della bianca parete.

"Otto Regole," disse Pellegrino, "cominciamo. Il tesoro è sepolto sotto l'albero di platano." L'idiota sollevò la sua rastrelliera con entrambe le mani e rovesciò l'albero di platano, dopo di che usò il muso per scavare nel terreno. Dopo aver scavato circa tre o quattro piedi di terra, scoprì una lastra di pietra. Deliziato, l'idiota disse: "Fratello maggiore, siamo fortunati! C'è davvero un tesoro qui, coperto da una lastra di pietra. Mi chiedo se sia contenuto in un vaso o in una scatola."

"Solleva la pietra e dai un'occhiata," disse Pellegrino.

L'idiota usò effettivamente il muso per spingere la lastra di pietra; immediatamente, fulgide saette di luce si sollevarono. Ridendo, Otto Regole disse: "Fortunato! Fortunato! Il tesoro brilla." Andò avanti per dare un'altro attento sguardo e vide che era in realtà il bagliore delle stelle e della luna riflessi nell'acqua di un pozzo. "Fratello maggiore," disse Otto Regole, "quando vuoi fare qualcosa, dovresti andare fino in fondo." "Come?" chiese Pellegrino. Otto Regole disse: "Questo è un pozzo. Se mi avessi detto nel monastero che il tesoro si trovava in un pozzo, avrei portato con me quei due cordini che usiamo per legare le nostre borse. Allora avremmo potuto trovare un modo per far scendere il vecchio Hog laggiù. Ora siamo a mani vuote. Come potremmo scendere laggiù a prendere la cosa?"

"Vuoi scendere laggiù?" chiese Pellegrino. "Certo," disse Otto Regole, "ma non abbiamo cordini." "Togli i tuoi vestiti," disse Pellegrino, "e ti darò il mezzo." Otto Regole disse: "Non ho vestiti buoni! Tutto ciò che ho da fare è sciogliere questa camicia."

Caro Grande Saggio! Estrasse il suo bastone dorato e diede una tirata a entrambe le sue estremità, gridando, "Cresci!" Cresceva fino a circa settanta o ottanta piedi di lunghezza. "Otto Regole," disse, "tu afferra un'estremità, e ti farò scendere nel pozzo." "Fratello maggiore," disse Otto Regole, "tu puoi farlo, ma quando raggiungeremo la superficie dell'acqua, ti fermi." "Lo so," disse Pellegrino. L'idiota si avvolse attorno al bastone ad un'estremità, e senza sforzo Pellegrino lo prese e lo abbassò nel pozzo. In poco tempo, arrivarono al bordo dell'acqua e Otto Regole disse: "Stiamo toccando l'acqua." Quando Pellegrino sentì quello, diede una spinta verso il basso al bastone e con un forte schianto Otto Regole cadde in acqua a testa in giù. Abbandonando il bastone di ferro, cominciò subito a nuotare, mormorando tra sé e sé: "Maledetto lui! Gli ho detto di fermarsi quando raggiungiamo l'acqua, ma mi ha dato invece una spinta." Pellegrino recuperò il suo bastone e disse, ridendo, "Fratello, c'è qualche tesoro?"

"Che tesoro?" disse Otto Regole, "solo un pozzo d'acqua!"

Pellegrino disse, "Il tesoro è affondato profondamente nell'acqua. Perché non vai giù e cerchi di trovarlo?" L'Idiota conosceva bene la natura dell'acqua; immerse la testa sotto la superficie e si tuffò dritto verso il fondo. Ah, il pozzo era estremamente profondo! Fece un secondo tuffo vigoroso prima di aprire gli occhi per guardarsi intorno, e vide immediatamente un edificio con torri, sul quale erano scritte le tre parole, "Palazzo di Cristallo d'Acqua." Molto scosso, Otto Regole disse, "Disastro! Disastro! Ho preso la strada sbagliata. Devo essere caduto nell'oceano, perché solo l'oceano ha un Palazzo di Cristallo d'Acqua. Come potrebbe esserci uno in un pozzo?" Otto Regole, vedete, non sapeva che questo fosse il palazzo del Re Drago del Pozzo.

Mentre Otto Regole parlava a se stesso, uno yakṣa in pattuglia aprì il cancello del palazzo. Quando vide ciò che vide, corse dentro a riferire, dicendo, "Grande Re, disastro! Dal pozzo sopra è caduto un monaco con un lungo muso e grandi orecchie, completamente nudo e senza un filo di vestiti. Non è ancora morto, e sta parlando." Quando il Re Drago del Pozzo sentì questo, fu molto sorpreso. "Questo deve essere il Maresciallo delle Canne Celestiali. La scorsa notte il Dio della Pattuglia Notturna è venuto qui per decreto imperiale dall'alto per prendere l'anima del re del Regno del Gallo Nero per vedere il Monaco Tang. Dovevano chiedere al Grande Saggio, Pari al Cielo, di sottomettere un demone. Questo deve essere il Grande Saggio e il Maresciallo delle Canne Celestiali. Non dovremmo trattarli con maleducazione. Presto, dobbiamo accoglierli."

Sistemando i suoi abiti, il re drago condusse i suoi parenti d'acqua fuori dalla porta e gridò a gran voce, "Maresciallo delle Canne Celestiali, per favore prendi posto all'interno." Otto Regole fu molto contento e disse tra sé e sé, "Allora c'è un amico qui!" Senza riguardo per l'etichetta o il decoro, l'Idiota entrò direttamente nel Palazzo di Cristallo d'Acqua e, ancora completamente nudo, prese il posto d'onore sopra. "Maresciallo," disse il re drago, "ho sentito recentemente che la tua vita è stata risparmiata quando hai abbracciato la fede buddista per accompagnare il Monaco Tang a ottenere le scritture nel Cielo Occidentale. Per quale motivo sei venuto qui?" "Stavo proprio per dirtelo," disse Otto Regole. "Il mio fratello maggiore, Sun Wukong, voleva mandarti i suoi saluti più sinceri. Mi ha detto di venire a chiederti un certo tesoro."

"È un peccato!" disse il re drago. "Dove ho qualche tesoro qui intorno? Non sono come quegli altri re draghi di fiumi così grandi come lo Yangzi, il Fiume Giallo, il Huai e il Ji. Quando possono volare e librarsi nell'aria la maggior parte del tempo per trasformarsi, avranno tesori. Sono rimasto bloccato qui per molto tempo; non riesco nemmeno a vedere il sole e la luna regolarmente. Dove troverei dei tesori?" "Non rifiutarmi," disse Otto Regole. "Se ne hai, portali fuori." "Ho solo un tesoro," disse il re drago, "ma non posso portarlo fuori. Il Maresciallo stesso dovrà andare a dare un'occhiata. Che ne dici?" "Meraviglioso! Meraviglioso! Meraviglioso!" disse Otto Regole. "Andrò a dare un'occhiata."

Il re drago camminava davanti, mentre l'Idiota lo seguiva. Passarono il Palazzo di Cristallo d'Acqua e si imbatterono in un lungo corridoio, all'interno del quale trovarono un cadavere di sei piedi. Indicando con il dito, il re drago disse, "Maresciallo, quello è il tesoro." Otto Regole si avvicinò per guardarlo. Ah, era effettivamente un re morto; indossava ancora un berretto per l'ascesa al Cielo, una tunica rossastra, un paio di stivali comodi, e una cintura di giada, giaceva lì rigido come una tavola. "Duro! Duro! Duro!" disse Otto Regole, ridendo. "Questo non può essere considerato un tesoro! Quando ricordo il tempo in cui il vecchio Hog era un mostro nella montagna, questa cosa veniva frequentemente usata come cibo. Non chiedermi quante di queste cose ho visto—persino per quanto riguarda il mangiare, ne ho consumate un numero incalcolabile. Come potresti chiamare questo un tesoro?"

"Quindi non lo sai, Maresciallo," disse il re drago, "che è in realtà il cadavere del re del Regno del Gallo Nero. Da quando è arrivato al pozzo, l'ho imbalsamato con una perla che preserva i tratti così che non si deteriori. Se sei disposto a portarlo fuori di qui sulla tua schiena per vedere il Grande Saggio, Pari al Cielo, che, tra l'altro, potrebbe avere il desiderio di rianimarlo, non parlare di tesori— puoi avere tutto ciò che vuoi." "In tal caso," disse Otto Regole, "lo porterò fuori sulla mia schiena per te. Ma quanto mi pagherai per il trasporto?" Il re drago disse, "Non ho soldi." "Vuoi usare le persone gratuitamente!" disse Otto Regole. "Se davvero non hai soldi, non lo porterò." "Se non lo fai," disse il re drago, "per favore vattene." Otto Regole se ne andò immediatamente. Tuttavia, il re drago ordinò a due potenti yakṣa di trascinare il cadavere fuori dal cancello del Palazzo di Cristallo d'Acqua. Lo gettarono giù, tolsero la perla repellente all'acqua, e l'acqua cominciò a chiudersi rumorosamente su tutti i lati.

Girandosi rapidamente per guardare, Otto Divieti non riusciva più a vedere il cancello del Palazzo di Cristallo d'Acqua. Quando allungò le mani, tutto ciò che riuscì a toccare fu il cadavere del re, il cui contatto gli fece indebolire le gambe e paralizzare i tendini per la paura. Si precipitò verso la superficie dell'acqua; con le mani aggrappate al muro del pozzo, gridò: "Fratello maggiore, allunga il tuo bastone qui per salvarmi!" "C'è qualche tesoro?" chiese il Pellegrino. Otto Divieti rispose, "Non c'è nessuno! Sotto l'acqua, però, c'è un Re Drago del Pozzo, che mi ha detto di portare un uomo morto sulla schiena. Non l'ho fatto, e lui mi ha mandato fuori dalla porta; è stato allora che anche il suo Palazzo di Cristallo d'Acqua è scomparso. Quando ho sentito quel cadavere, ero così spaventato che le mani mi si sono indebolite e i tendini mi si sono paralizzati; riuscivo a malapena a muovermi. Fratello maggiore, nel bene o nel male per favore salvami."

"Questo è proprio il tesoro," disse il Pellegrino. "Perché non lo porti quassù?" Otto Divieti disse, "Deve essere morto da un bel po'. Perché dovrei portarlo sulla schiena?" "Se non lo farai," disse il Pellegrino, "tornerò indietro."

"Dove?" chiese Otto Divieti.

"Sto tornando al monastero," disse il Pellegrino, "per dormire con il Maestro." "Vuoi dire che non posso venire con te?" disse Otto Divieti.

Il Pellegrino disse, "Se riesci a salire qui, ti porterò indietro con me; se non puoi, beh, è così!" Otto Divieti era terrorizzato, perché come poteva mai scalare il pozzo. "Guarda," gridò. "Anche la muraglia della città era già difficile da scalare, mentre questo pozzo è grande in basso con una piccola bocca in cima. Tutto intorno al muro circolare è dritto su e giù. Inoltre, è passato così tanto tempo da quando qualcuno ha attinto acqua da questo pozzo che è coperto di muschio ovunque. È terribilmente scivoloso. Come potrei mai scalarlo? Fratello maggiore, non roviniamo i nostri sentimenti fraterni, lasciami andare e portarlo sulla schiena." "Esatto," disse il Pellegrino. "Fallo velocemente, e tornerò con te a dormire."

L'idiota mise di nuovo la testa sott'acqua e si tuffò direttamente verso il basso; dopo aver trovato il cadavere, lo tirò sulla schiena e risalì alla superficie. Sostenendosi sul muro del pozzo, gridò, "Fratello maggiore, lo sto portando." Il Pellegrino guardò nel pozzo e vide che il corpo era davvero posizionato sulla schiena di Otto Divieti. Solo allora abbassò il bastone dorato nel pozzo. Un uomo che aveva sofferto molto, l'idiota aprì la bocca e si aggrappò alla punta del bastone di ferro con i denti; fu poi sollevato fuori dal pozzo dal Pellegrino senza alcuno sforzo.

Depositando il cadavere, Otto Divieti afferrò i suoi vestiti e se li mise addosso. Quando il Pellegrino diede un'occhiata, scoprì che le caratteristiche del re morto non erano minimamente alterate—era come se fosse ancora vivo. "Fratello," disse il Pellegrino, "quest'uomo è morto da tre anni. Come mai le sue caratteristiche non sono deteriorate?" "Non hai idea di questo," disse Otto Divieti. "Questo Re del Pozzo mi ha detto che aveva imbalsamato il cadavere con una perla conservatrice delle caratteristiche, ed è per questo che non si è deteriorato." "Fortunato! Fortunato!" disse il Pellegrino. "Questo deve significare che il suo torto non è ancora stato vendicato, e che siamo destinati a riuscire. Fratello, mettilo di nuovo sulla tua schiena rapidamente e ce ne andremo."

"Dove vuoi che lo porti?" chiese Otto Divieti.

"A vedere il Maestro," disse il Pellegrino.

Otto Divieti cominciò a brontolare, dicendo, "Come faccio a vivere con questo? Stavo dormendo bene quando questa scimmia mi ha ingannato con il suo discorso intelligente per fare questo cosiddetto affare con lui. Si scopre che è questo tipo di impresa—portare un uomo morto sulla mia schiena! Quando lo porto, qualche fluido putrido e puzzolente è destinato a gocciolare su di me e sporcare i miei vestiti, e non c'è nessuno pronto a lavarli e stirarli per me. Le poche toppe sul mio indumento potrebbero persino tornare umide quando il cielo è grigio. Come posso indossarli?"

"Guarda, lo porti e basta," disse il Pellegrino, "e quando arriviamo al monastero, scambierò i vestiti con te." "Non ti vergogni di te stesso?" chiese Otto Divieti. "Hai a malapena qualcosa da indossare, e vuoi scambiare i vestiti con me?" Il Pellegrino disse, "Oh, sei così intelligente con la bocca! Non lo porterai?" "No!" disse Otto Divieti. "Stendi le gambe allora," disse il Pellegrino, "e ti darò venti colpi del mio bastone!" Terrorizzato, Otto Divieti disse, "Fratello maggiore, quello è un bastone pesante! Se mi dai venti colpi, sarei come questo re!" "Se hai paura di essere picchiato," disse il Pellegrino, "allora sbrigati a metterlo sulla tua schiena così possiamo andarcene." Otto Divieti aveva davvero paura di essere picchiato; piuttosto svogliato, tirò il cadavere e lo mise sulla sua schiena prima di girarsi per uscire dal giardino.

Oh, grande Saggio! Facendo il segno magico con le dita, recitò un incantesimo e inspirò una boccata d'aria rivolto a terra nel sud-ovest. Quando la soffiò fuori, si alzò immediatamente una raffica violenta che sollevò Otto Divieti fuori dal palazzo. Uscirono subito dalla città; mentre il vento si placava, i due caddero a terra e procedettero lentamente a piedi. Nutrendo la sua rabbia in silenzio, l'idiota pianificò di ripagare il Pellegrino della stessa moneta, dicendo a se stesso, "Questa scimmia mi ha giocato un bel tiro, ma quando arriverò al monastero, ne giocherò uno anche io. Persuaderò il Maestro a insistere nel far tornare in vita il re. Se quella scimmia non ci riesce, farò recitare al Maestro quell'incantesimo della Fascia Stretta finché il cervello di questa scimmia non scoppia. Questo mi darà un po' di sollievo!" Camminava e pensava ulteriormente a se stesso, "Non va bene, non va bene! Se gli fai guarire l'uomo, tutto ciò che deve fare è andare a chiedere l'anima al Re Yama, e l'uomo vivrà di nuovo. Devo stabilire le condizioni in modo che non gli sia permesso di andare nella Regione dell'Oscurità; il re deve essere riportato in vita attraverso qualche mezzo trovato nel Mondo della Luce. Solo un tale piano è buono."

Non aveva quasi finito di parlare a se stesso quando raggiunsero il cancello del monastero. Otto Divieti entrò direttamente e si avvicinò alla porta della sala Chan,

238

dove gettò il cadavere e gridò, "Maestro, alzati e guarda questo." Incapace di dormire, Tripitaka stava chiacchierando con Sha Monaco su come il Pellegrino avesse ingannato Otto Divieti facendolo andare con lui, e su come non fossero tornati dopo così tanto tempo. Quando sentì la chiamata, il monaco Tang si alzò rapidamente e disse, "Discepolo, cosa vuoi che guardi?"

"Il nonno del Pellegrino," disse Otto Divieti, "che il vecchio Porco ha riportato sulla sua schiena." "Sei un idiota guercio!" disse il Pellegrino. "Dove ho un nonno?" "Fratello maggiore," disse Otto Divieti, "se non è il tuo nonno, perché mi hai chiesto di portarlo qui? Non sai quanta energia ho sprecato!"

Il monaco Tang e Sha Monaco aprirono la porta per guardare, e scoprirono che l'aspetto del re non era minimamente alterato. Diventando triste tutto d'un tratto, l'anziano disse, "Vostra Maestà, in quale esistenza precedente avete incassato un nemico che doveva raggiungervi in questa e causare la vostra morte? Ahimè, avete lasciato vostra moglie e vostro figlio, sconosciuti a tutti i funzionari civili e militari! Povera vostra moglie che è ancora all'oscuro! Chi brucerà incenso o verserà tè per voi?" Era così abbattuto che non riusciva più a parlare mentre le lacrime gli rigavano le guance.

"Maestro," disse Otto Divieti, ridendo, "cosa c'entra la sua morte con te? Non è uno dei tuoi antenati. Perché piangere per lui?" "Oh discepolo!" disse il monaco Tang, "il principio fondamentale della vita per coloro che hanno lasciato la famiglia è la compassione. Come puoi essere così senza cuore?"

"Non sono senza cuore," disse Otto Divieti, "perché il Fratello maggiore mi ha detto che poteva riportarlo in vita. Se non potesse, non l'avrei portato qui." Questo anziano, dopo tutto, aveva la testa piena d'acqua! Scosso da queste poche parole dell'idiota, disse subito, "Wukong, se davvero hai la capacità di riportare in vita questo re, avresti realizzato qualcosa di più grande che costruire uno stūpa a sette piani. E anche noi ne avremmo beneficiato come se avessimo adorato il Buddha nella Montagna dello Spirito."

Il Pellegrino disse, "Maestro, come puoi credere alle sciocchezze di questo idiota! Quando un uomo muore, può passare attraverso i periodi di tre volte sette o cinque volte sette; al massimo, può aspettare settecento giorni, quando dopo aver sofferto per tutti i peccati commessi nel Mondo della Luce, procederà alla prossima incarnazione. Quest'uomo qui è morto tre anni fa. Come potrei farlo rivivere?" Quando Tripitaka sentì queste parole, disse, "Oh, va bene!"

Tuttavia, ancora amaramente risentito, Otto Divieti disse, "Maestro, non credergli. È un po' malato di mente! Basta recitare quella tua piccola cosa, e sei sicuro di ottenere un uomo vivo." Il monaco Tang iniziò davvero a recitare l'incantesimo della Fascia Stretta, e la scimmia ebbe un tale mal di testa che gli occhi gli sporgevano. Non sappiamo come sia riuscito a guarire il re morto; ascoltiamo la spiegazione nel prossimo

CAPITOLO 39

Una pillola di elisir di cinabro trovata in Cielo;
Un re, morto da tre anni, torna in vita sulla Terra.

Stavamo parlando del Grande Saggio Sun, che a malapena poteva sopportare il suo mal di testa. "Maestro," implorò pietosamente, "smetti di recitare! Smetti di recitare! Fammi provare a guarirlo." "Come?" chiese l'anziano. Il Pellegrino disse: "Tutto quello che devo fare è andare nella Regione dell' Oscurità e scoprire in quale delle camere dei Dieci Re si trova la sua anima. La recupererò e sarà salvo." "Maestro, non credergli," disse Otto Divieti. "Mi aveva detto che non avrebbe dovuto andare nella Regione dell' Oscurità, che la sua vera abilità non poteva essere vista a meno che non fosse trovata una cura nel Mondo della Luce." Credendo a tali chiacchiere perverse, l'anziano iniziò a recitare nuovamente l'Incantesimo della Fascia Stretta. Il Pellegrino era così terrorizzato che dovette ripetere più volte, "Troverò qualche mezzo nel Mondo della Luce! Troverò qualche mezzo nel Mondo della Luce!" "Non smettere," disse Otto Divieti, "continua a recitare!" "Bestia idiota e maledetta!" rimproverò il Pellegrino. "Stai solo cercando di convincere il Maestro a mettermi quell'incantesimo!" Ridendo fino quasi a collassare, Otto Divieti disse, "O Fratello Maggiore! Sai solo giocare scherzi su di me, ma non ti rendi conto che posso fare lo stesso con te." "Maestro, per favore, smetti," disse il Pellegrino, "e lascia che il vecchio Scimmia trovi una cura nel Mondo della Luce per il re."

"Dove la troveresti nel Mondo della Luce?" chiese Tripitaka. "Con un solo salto mortale tra le nuvole," disse il Pellegrino, "penetrerò la Porta del Sud del Cielo, ma non entrerò nel Palazzo del Grande Carro né nella Sala delle Nebbie Divine. Invece, andrò direttamente al Trentasettesimo Cielo, al Palazzo Tushita del Cielo Senza Dolore. Quando vedrò Laozi lì, gli chiederò una pillola del suo Elisir di Ristoro dell' Anima delle Nove Ritorni, che certamente farà rivivere quest'uomo."

Quando Tripitaka sentì queste parole, fu molto contento e disse: "Vai velocemente e torna." "È circa l'ora della terza veglia in questo momento," disse il Pellegrino, "ma quando tornerò, sarà l'alba. Il problema di questo uomo che dorme qui in questo modo è che tutta l'atmosfera sembra così cupa e senza cuore. Qualcuno qui dovrebbe piangerlo e sarà più appropriato." "Non c'è bisogno di dirlo," disse Otto Divieti, "che questa scimmia vorrebbe che io piangessi il re." "Sì, ma ho paura che tu non lo farai," disse il Pellegrino. "Se non lo farai, non potrò guarirlo neanche io!" "Fratello Maggiore," disse Otto Divieti, "puoi andare. Lo piangerò io." Il Pellegrino disse: "Ci sono diversi modi di piangere: quando apri semplicemente la bocca per fare rumore, si chiama ululare; quando spremi alcune lacrime, si chiama piangere. Quando piangi

con sia lacrime che sentimenti, allora possiamo chiamarlo lamentarsi." "Ti dar
ò un esempio di come posso lamentarmi!" disse Otto Divieti, che tirò fuori un
pezzo di carta da qualche parte e lo arrotolò in una striscia sottile, che si infilò
nelle narici due volte. Guardalo! Dopo aver starnutito un paio di volte, lacrime e
muco cominciarono a uscire e iniziò a lamentarsi, borbottando e mormorando
proteste tutto il tempo come se qualcuno nella sua famiglia fosse effettivamente
morto. Piangeva a squarciagola, e quando la sua passione raggiunse un picco
terrificante, persino l'anziano Tang fu mosso alle lacrime. "Questo è il tipo di
dolore che voglio che tu mostri," disse il Pellegrino ridendo, "e non ti è
permesso smettere. Perché se tu, Idiota, pensi di poter smettere di piangere dopo
che me ne sarò andato, ti sbagli, perché posso ancora sentirti. Starai bene se
continuerai così, ma nel momento in cui scoprirò che la tua voce ha smesso, le
tue gambe riceveranno venti colpi." "Vai!" disse Otto Divieti ridendo. "Una
volta che inizio a piangere, ci vorranno un paio di giorni per finire." Quando il
Sha Monaco sentì quanto severo fosse il rimprovero del Pellegrino a Otto Divieti,
andò ad accendere alcuni bastoncini di incenso da offrire al re morto. "Bene!
Bene! Bene!" disse il Pellegrino ridendo. "Quando tutta la famiglia mostra
rispetto così, il vecchio Scimmia può allora fare i suoi sforzi."

Caro Grande Saggio! A quest'ora di mezzanotte, si congedò dal maestro e
dai discepoli, i tre; montando il salto mortale tra le nuvole, entrò subito nella Porta
del Sud del Cielo. Infatti, non si presentò davanti alla Sala del Tesoro delle Nebbie
Divine, né salì al Palazzo del Grande Carro. Camminando sulla sua luminosità
nuvolosa, andò direttamente al Cielo Senza Dolore, il Palazzo Tushita del
Trentasettesimo Cielo. Nel momento in cui entrò dalla porta, scoprì Laozi seduto
nella camera dell'elisir: nel processo di fare elisir, lui e alcuni giovani divini
stavano alimentando i fuochi con ventagli di piantaggine. Quando vide il
Pellegrino avvicinarsi, istruì immediatamente i giovani con queste parole: "State
attenti, ciascuno di voi. Il ladro che una volta rubò il nostro elisir è qui."
Inchinandosi a lui, il Pellegrino disse ridendo: "Venerabile Signore, non essere
così sciocco! Perché prendere tali precauzioni contro di me? Non faccio più
quelle cose!" "Scimmia," disse Laozi, "quando hai causato grande
sconvolgimento in Cielo cinquecento anni fa, hai rubato e consumato
innumerevoli elisir efficaci miei. E quando abbiamo inviato il Piccolo Saggio
Erlang per arrestarti e portarti nella Regione di Sopra, sei stato inviato a essere
raffinato nel mio braciere dell'elisir per quarantanove giorni e mi hai fatto
sprecare chissà quanto carbone. Sei stato fortunato a riacquistare la tua libertà
quando hai abbracciato il frutto buddista e hai deciso di accompagnare il Monaco
Tang al Cielo Occidentale per acquisire scritture. Ma anche allora, mi davi ancora
del filo da torcere quando ti chiedevo i miei tesori dopo che avevi sottomesso i
demoni qualche tempo fa sulla Montagna del Livello-Top. Cosa stai facendo qui
oggi?" "Non ti ho dato del filo da torcere," disse il Pellegrino. "Il vecchio
Scimmia a quel tempo ti ha restituito i tuoi cinque tesori senza ritardo. Perché sei

ancora così sospettoso?" "Perché non sei in viaggio allora?" chiese Laozi. "Perché ti sei intrufolato nel mio palazzo?"

Il Pellegrino disse: "Dopo che ci siamo separati, siamo proceduti verso l'Ovest fino a quando siamo arrivati al Regno del Gallo Nero. Il re lì era stato assassinato da uno spirito mostruoso che si spacciava per un taoista in grado di evocare vento e pioggia. Il mostro poi si trasformò nella forma del re, e ora siede nella Sala dei Rintocchi Dorati. Quando il mio maestro leggeva i sūtra durante la notte prima dell'ultima nel Monastero del Boschetto Prezioso, lo spirito del re gli apparve e chiese ardentemente al vecchio Scimmia di sottomettere il demone per lui. Poiché il vecchio Scimmia considerava il problema delle prove, andò al giardino imperiale con Otto Divieti per cercare il sito di sepoltura. All'interno di un pozzo di pareti ottagonali di marmo, abbiamo pescato il cadavere del re, così perfettamente conservato che né il suo colore né il suo aspetto erano cambiati. Quando lo abbiamo riportato al mio maestro, è stato mosso dalla compassione e ha voluto che lo rivivessi. La condizione era, tuttavia, che non potevo andare nella Regione dell'Oscurità per recuperare la sua anima, e che dovevo trovare qualche mezzo per farlo rivivere nel Mondo della Luce. Ho concluso che non c'era altro rimedio disponibile, ed è per questo che sono venuto appositamente a trovarti. Imploro il Patriarca del Tao di essere misericordioso e di prestarmi mille compresse del tuo Elisir di Ristoro dell'Anima delle Nove Ritorni, in modo che il vecchio Scimmia possa salvare il re."

"Questo scimmione sta blaterando!" disse Laozi. "Cosa stai dicendo: mille compresse, duemila compresse! Le mangi come riso? Pensi che siano impastate con fango? Così facilmente? No! Vai via velocemente! Non ne ho!" "Va bene," disse il Pellegrino ridendo, "che ne dici di cento compresse?" "Non ne ho," disse Laozi. "Solo dieci compresse, allora," disse il Pellegrino. "Questo scimmione maledetto è un assoluto fastidio!" disse Laozi arrabbiato. "Non ne ho. Esci! Esci!" "Non ne hai davvero?" disse il Pellegrino, ridendo. "Allora andrò da qualche parte a cercare aiuto." "Vai! Vai! Vai!" gridò Laozi. Girandosi, il Grande Saggio uscì immediatamente.

Laozi pensò improvvisamente tra sé e sé, "Questa scimmia è un tale furfante! Quando gli ho detto di andare, se ne è andato, ma temo che possa intrufolarsi di nuovo e iniziare a rubare." Ordinò a un giovane divino di chiamare subito il Pellegrino, dicendo: "Scimmione, hai mani e piedi pruriginosi! Ti darò una compressa del mio Elisir di Ristoro dell'Anima." "Venerabile Signore," disse il Pellegrino, "se conosci il talento del vecchio Scimmia, tirerai fuori subito il tuo elisir d'oro e dividerai equamente ciò che hai con me. Sarà la tua fortuna! Altrimenti, li ruberò tutti per te." Tirando fuori la sua zucca, il patriarca la capovolse e versò una pillola di elisir d'oro. La consegnò al Pellegrino, dicendo: "Questo è tutto ciò che ho. Prendila, prendila! Te la sto dando, sai, e quando quel re sarà rivivificato, sarà considerato come il tuo merito." Il Pellegrino la prese e disse: "Non corriamo! Voglio prima assaggiarla, perché non voglio essere ingannato da qualche pillola falsa!" La infilò in bocca immediatamente. Il vecchio patriarca fu così spaventato che si lanciò in avanti e afferrò la pelle sulla testa del Pellegrino. Alzando il pugno, gridò: "Scimmione maledetto! Se osi ingoiarla, ti ucciderò!" "Vergogna!" disse il Pellegrino, ridendo. "Non essere così meschino! Chi mangerà la tua roba! Quanto potrebbe valere, questa roba fragile? Non è proprio qui?" La scimmia, vedi, aveva una piccola tasca appena sotto la mascella, e lì teneva l'elisir d'oro. Dopo che il patriarca lo sentì con le dita, disse: "Vai via! Non disturbarmi più qui!" Poi il Grande Saggio ringraziò il vecchio patriarca e lasciò il Palazzo del Cielo Tushita. Guardalo!

In innumerevoli raggi sacri lasciò gli archi di giada;
Su innumerevoli nuvole auspiciose andò nel mondo della polvere.

In un attimo, lasciò dietro di sé la Porta del Cielo Meridionale e, mentre il sole sorgeva, scese dalle nuvole e arrivò alla porta del Monastero del Bosco Prezioso. Le lacrime di Otto Comandi si sentivano ancora mentre si avvicinava, piangendo, "Maestro." "Wukong è tornato," disse Tripitaka, deliziato. "Hai dell'elisir o qualche medicina?" "Sì," disse il Pellegrino. "Non poteva non averla!" disse Otto Comandi. "Avrebbe portato qualcosa anche se avesse dovuto rubarla!" "Fratello," disse il Pellegrino ridendo, "puoi spostarti, non ho più bisogno di te. Asciuga le tue lacrime, o puoi andare da qualche parte a piangere. Sha Monaco, per favore portami un po' d'acqua."

Il Sha Monaco si affrettò al pozzo sul retro dove c'era un secchio nelle vicinanze. Raccolse metà di una ciotola di elemosina di acqua e la portò al Pellegrino. Dopo averla presa, il Pellegrino sputò l'elisir e lo mise tra le labbra del re. Poi, con entrambe le mani, gli aprì le mascelle e, usando un sorso di acqua pulita, fece scendere l'elisir dorato nello stomaco del re. Dopo circa mezz'ora, si udirono forti gorgoglii provenire dalla pancia del re, sebbene il suo corpo rimanesse immobile. "Maestro," disse il Pellegrino, "anche il mio elisir dorato sembra incapace di rianimarlo! Potrebbe essere che il vecchio Scimmia sarà finito da un ricatto?" Tripitaka disse, "Sciocchezze! Non c'è motivo per cui non dovrebbe vivere. Come potrebbe inghiottire quell'acqua se fosse stato solo un cadavere morto da molto tempo? Deve essere stata la potenza divina di quell'elisir dorato, che, entrando nel suo stomaco, ora fa ringhiare gli intestini. Quando ciò accade, significa che la circolazione e il polso sono di nuovo in movimento armonioso. Il suo respiro, tuttavia, è ancora fermo e non può fluire liberamente. Ma è normale quando un uomo è stato sommerso in un pozzo per tre anni; dopo tutto, anche il ferro grezzo sarebbe completamente arrugginito. Ecco perché il suo respiro primario è tutto esaurito, e qualcuno dovrebbe dargli la respirazione bocca a bocca."

Otto Comandi si avvicinò e stava per farlo quando fu fermato da Tripitaka. "Non puoi farlo," disse. "Wukong dovrebbe ancora prendere il comando." Quell'anziano aveva davvero presenza di spirito, poiché Zhu Otto Comandi, vedi, era stato un cannibale fin dalla sua giovinezza, e il suo respiro era impuro. Il Pellegrino, invece, aveva praticato l'auto-coltivazione fin dalla nascita, il cibo che lo sosteneva erano vari frutti e noci, e quindi il suo respiro era puro. Il Grande Saggio, quindi, si avvicinò e strinse il suo becco del dio del tuono alle labbra del re: un possente soffio fu soffiato attraverso la sua gola per scendere le torri a più livelli. Invadendo la sala luminosa, raggiunse il campo di cinabro e i punti della sorgente a getto oltre prima di invertire la direzione e viaggiare fino alla camera del fango del coronamento. Con un forte sibilo, il respiro del re si riunì e il suo spirito ritornò; si girò e subito fletteva mani e piedi, gridando, "Maestro!" Poi si inginocchiò e disse, "Ricordo che la mia anima come fantasma ti ha visto ieri sera, ma non mi aspettavo che questa mattina il mio spirito sarebbe tornato nel Mondo della Luce." Tripitaka cercò rapidamente di sollevarlo, dicendo, "Vostra Maestà, non ho fatto nulla. Dovresti ringraziare il mio discepolo."

"Maestro, cosa stai dicendo?" disse il Pellegrino ridendo. "Il proverbio dice, 'Una famiglia non ha due capi.' Dovresti accettare il suo inchino." Tuttavia, molto imbarazzato, Tripitaka sollevò il re con entrambe le mani e insieme andarono nella sala Chan. Il re insistette per salutare il Pellegrino, Otto Comandi, e il Sha Monaco prima di prendere posto. I monaci residenti del monastero avevano appena finito di preparare il pasto mattutino e stavano per presentarlo quando scoprirono un re con indumenti completamente bagnati. Tutti si spaventarono; ciascuno iniziò a speculare. Tuttavia, il Pellegrino Sun saltò in mezzo a loro e disse, "Monaci, non siate così allarmati. Questo è in realtà il re del Regno del Gallo Nero, il vero sovrano di tutti voi. Tre anni fa fu assassinato da un demone, ma il vecchio Scimmia lo ha rianimato ieri sera. Abbiamo intenzione di andare con lui in città per distinguere il perverso dal vero. Se avete del cibo vegetariano preparato, portatelo qui, così possiamo iniziare il nostro viaggio dopo aver mangiato." I monaci allora presentarono anche acqua calda in modo che il re potesse lavarsi e cambiarsi d'abito. L'abito reale rosso brunastro fu scartato, e indossò invece due camicie di stoffa datogli dal monaco-ufficiale. Tolsero la cintura di giada e lo legarono con una fascia di seta gialla; dopo che furono tolti gli stivali spensierati, gli fu dato un paio di sandali vecchi da monaco. Poi fecero la loro colazione vegetariana prima di andare a sellare il cavallo.

"Otto Comandi," disse il Pellegrino, "quanto è pesante il tuo bagaglio?" "L'ho portato ogni giorno," disse Otto Comandi, "e non so davvero quanto sia pesante." Il Pellegrino disse, "Dividi uno e lascia che il re prenda l'altro. Dobbiamo arrivare presto in città per fare il nostro lavoro." Deliziato, Otto Comandi disse, "Fortuna! Fortuna! Quando l'ho portato qui sulla mia schiena, ho usato molta della mia forza. Non avevo idea che potesse essere il mio sostituto dopo essere stato guarito." Ricorrendo subito alla malizia, Idiota divise il bagaglio; portò il carico più leggero con un palo piatto che acquisì dal monastero, mentre il carico più pesante lo diede al re da portare. "Vostra Maestà," disse il Pellegrino con un sorriso, "spero che non vi dispiaccia il nostro trattamento, vestendovi in quel modo e chiedendovi di prendere un palo per seguirci?" Inginocchiandosi immediatamente, il re disse, "Maestro, siete come genitori che mi hanno dato una nuova nascita. Non menzionate nulla riguardo al portare qualche bagaglio. Sono anche disposto a prendere la frusta e tenere le staffe per guardare il Venerabile Padre e seguirlo fino al Paradiso Occidentale."

Il Pellegrino disse, "Non c'è bisogno che lo facciate, ma ho una ragione per farvi fare questo al momento. Potete aiutarci a portare il bagaglio per queste quaranta miglia fino a quando entreremo in città e cattureremo lo spirito mostro. Poi potrete diventare di nuovo un re, e noi andremo a prendere le nostre scritture." Sentendo questo, Otto Comandi disse, "In tal caso, dovrà portare per solo quaranta miglia. Dopo di che, il vecchio Maiale rimarrà come un lavoratore a lungo termine!" "Fratello, niente più sciocchezze!" disse il Pellegrino. "Vai là fuori e guida la strada."

Otto Comandi infatti camminava con il re davanti a guidare la strada, mentre il Sha Monaco aiutava il maestro a montare il cavallo e il Pellegrino prendeva la retroguardia. Disposti in una formazione ordinata, i cinquecento monaci di quel monastero li seguirono fino alla porta, suonando e soffiando i loro strumenti musicali. Sorridendo, il Pellegrino disse, "Non c'è bisogno che voi monaci ci accompagniate ulteriormente. Temo che se qualcosa di questo si diffondesse agli ufficiali, la nostra impresa sarà rovinata. Tornate velocemente! Tornate velocemente! Solo assicuratevi che gli abiti e la cintura del re siano puliti e preparati. Mandateli in città o tardi stanotte o presto domattina. Chiederò una ricompensa per voi." I monaci obbedirono e tornarono ai loro alloggi, mentre il Pellegrino a grandi passi raggiunse il suo maestro per proseguire con lui. Così è che

L'Occidente ha misteri, è bene cercare la verità.
Legno e Metallo in concordia, allora lo spirito può essere raffinato.
La madre dell'elisir ricorda invano un sogno sciocco;
Il figlio deplora profondamente quanto sia impotente.
Devi cercare al fondo di un pozzo il signore illuminato,
E poi inchinarti a Laozi nella Sala del Paradiso.
Ritornare alla tua stessa natura una volta che vedi il vuoto della forma,
Sei così veramente un uomo guidato dal Buddha di affinità.

Non ci vollero nemmeno mezza giornata sulla strada quando videro una città avvicinarsi. "Wukong," disse Tripitaka, "suppongo che quella deve essere il Regno del Gallo Nero davanti a noi." "Esattamente," disse il Pellegrino. "Entriamo rapidamente in città così possiamo fare il nostro lavoro." Dopo essere entrati in città, il maestro e i discepoli trovarono la popolazione ben educata e impegnata in molte attività frenetiche. Mentre camminavano, presto si imbatterono nei padiglioni del fenice e nelle torri del drago, edifici estremamente grandiosi e ornati per i quali abbiamo una poesia testimoniale. La poesia dice:

Questi edifici stranieri sono come lo stato sovrano;
Come quelli del vecchio Tang, le persone cantano e danzano.
I fiori accolgono ventagli tempestati seguiti da nuvole rosate;
Vestiti freschi, illuminati dal sole, brillano in nebbia verde giada.
Schermi di pavone si aprono e ne esce nebbia profumata;
Ombreggiature di perle si arrotolano mentre si srotolano bandiere colorate.
Un quadro di pace degno di lode:
File tranquille di nobili ma nessun memoriale.

"Discepoli," disse Tripitaka mentre smontava, "potremmo anche entrare direttamente in corte per far certificare il nostro rescritto e non essere disturbati da qualche ufficio burocratico." "È ragionevole," disse il Pellegrino. "Noi fratelli entreremo con te; è più facile parlare quando hai più persone dalla tua parte." Il Monaco Tang disse, "Se tutti voi state entrando, non dovete essere rumorosi. Attraversiamo la cerimonia appropriata di saluto a un sovrano prima di fare qualsiasi discorso." "Se vuoi attraversare quella," disse il Pellegrino, "significa che devi prostrarti." "Esattamente," disse il Monaco Tang, "dobbiamo intraprendere la grande cerimonia di cinque inchini e tre prostrazioni."

"Maestro, sei troppo insipido!" disse il Pellegrino con un sorriso. "È così poco saggio da parte tua voler rendere omaggio a quel personaggio! Lasciami entrare prima, perché so cosa sto per fare. Se ha qualcosa da dire a noi, lasciami rispondere. Se mi inchino, potete inchinarvi con me; se mi accovaccio, accovacciatevi anche voi." Guarda quel dispettoso Re Scimmia! Andò dritto alla porta della corte e disse all'ufficiale custode, "Siamo stati inviati dal Trono del Grande Tang nella Terra dell'Est per andare a venerare il Buddha nel Paradiso Occidentale e acquisire scritture da lui. Arrivati in questa regione, vorremmo far certificare il nostro rescritto. Possiamo disturbarvi per riferire questo al re affinché l'atto di frutto virtuoso non sia ritardato." Il Custode della Porta Gialla andò subito alla porta della sala principale e si inginocchiò davanti ai gradini vermigli per commemorare, dicendo, "Ci sono cinque monaci fuori dalla porta della corte, che affermano di essere stati inviati per decreto imperiale dalla nazione Tang nella Terra dell'Est per andare a vedere il Buddha per le scritture nel Paradiso Occidentale. Vorrebbero far certificare il loro rescritto, ma non osano entrare in corte, e attendono la vostra convocazione."

Il re demone diede subito l'ordine di farli entrare. Il Monaco Tang procedette quindi ad entrare nella corte seguito dal re che era stato resuscitato. Mentre camminavano, il re non riuscì a trattenere le lacrime che gli scorrevano sulle guance, pensando tra sé: "Quanto è miserabile! Il mio impero protetto dal bronzo, il mio dominio protetto dal ferro, sono stati segretamente presi da lui."

"Pietà, vostra Maestà," disse il Pellegrino a bassa voce, "non mostrate il vostro dolore in questo momento, potremmo rivelare tutto. La mia bacchetta nell'orecchio sta diventando piuttosto inquieta. Fra un attimo, otterrà un grande merito battendo a morte un demone e bandendo ogni perversità. Il vostro impero vi sarà presto restituito."

Il re non osò disobbedire; sollevò la sua veste per asciugarsi le lacrime e li seguì risolutamente fino alla Sala dei Campanelli d'Oro.

Le file di ufficiali civili e militari, circa quattrocento, stavano lì con grande sobrietà e nobiltà. Il Pellegrino guidò il Monaco Tang fino ai gradini di giada bianca; poi si fermò e rimase in piedi. Tutti quegli ufficiali sotto i gradini furono terrorizzati, dicendo: "Questo monaco è molto sciocco e vile! Quando vede il nostro re, perché non si prostra, né esprime elogi? Non fa nemmeno un inchino! Che audacia e maleducazione!"

Prima che finissero di parlare, il re demone chiese: "Da dove viene questo monaco?" Il Pellegrino rispose con coraggio: "Vengo dalla grande nazione Tang nella terra dell'Est, nel continente di South Jambūdvīpa, inviato con decreto imperiale per cercare il Buddha vivente nel Grande Monastero del Tuono in India, nelle terre occidentali, per ottenere le scritture vere. Arrivato in questa regione, non voglio attraversarla senza far certificare il nostro rescritto di viaggio."

Quando il re demone udì ciò che aveva detto, si arrabbiò, dicendo: "E che importa se venite dalla terra dell'Est? Non paghiamo tributo alla vostra corte, né abbiamo alcun rapporto con la vostra nazione. Come osate trascurare la vostra etichetta e non inchinarvi a noi?" Ridendo, il Pellegrino disse: "Il nostro tribunale celeste nella terra dell'Est fu stabilito nell'antichità, e il nostro era chiamato stato superiore da molto tempo. Il vostro è solo uno stato delle terre interne in una regione inferiore. Non avete forse sentito il detto antico?

Il re dello stato superiore
È padre e sovrano;
Il re dello stato inferiore
È figlio e suddito.

Non mi avete neanche accolto adeguatamente, e osate rimproverarmi per non essermi inchinato a voi?" Infuriato, il re demone urlò agli ufficiali civili e militari, "Arrestate questo monaco selvaggio!" Quando disse "Arrestate", tutti gli ufficiali si avventarono in avanti. Puntando immediatamente con il dito, il Pellegrino gridò: "Fermatevi!" Quello, vedete, era il potere dell'immobilizzazione, che rese gli ufficiali incapaci di muoversi. Davvero

I capitani davanti ai gradini sembravano idoli di legno,
E i marescialli nel palazzo assomigliavano a uomini di argilla.

Quando il re demone vide come il Pellegrino avesse reso immobili tutti gli ufficiali, balzò su dal divano di drago ed era pronto a prendere il Pellegrino stesso. Piacevolmente sorpreso, il Re Scimmia pensò: "Bene! Esattamente quello che voleva vecchio Scimmione! Nel momento in cui ti avvicini, la tua testa, anche se è fatta di ferro crudo, avrà un buco quando la mia bacchetta la troverà." Stava per colpire, quando improvvisamente una stella salvifica apparve da un lato. "Chi era?" chiedete. Non era altro che il principe del Regno del Gallo Nero. Correndo su per tirare il vestito del re demone, il principe si inginocchiò davanti a lui e disse: "Lasci che l'ira del re padre si plachi."

"Cosa vuoi dire, mio figlio?" chiese lo spirito mostruoso.

"Lasciate che riferisca al re padre," disse il principe. "Tre anni fa ho sentito già che c'era un monaco saggio inviato dal Trono dei Tang nella Terra dell'Est per cercare le scritture dal Buddha nel Regno dell'Ovest, ma non mi aspettavo che arrivasse oggi. Conosco la natura potente e feroce del re padre. Ma se arrestate questo monaco e lo fate giustiziare, i grandi Tang potrebbero essere molto arrabbiati se mai dovessero venire a conoscenza di ciò un giorno. Ricordate quel Li Shimin che, da quando ha stabilito il suo trono, è riuscito a unificare il suo impero. Ancora non soddisfatto, ha intrapreso varie spedizioni di conquista in terre straniere. Se scopre che il nostro re ha assassinato il monaco saggio, suo fratello di legame, certamente chiamerà truppe e cavalli per fare guerra con noi. Quando ci renderemo conto di quanto è piccolo il nostro esercito e quanto deboli sono i nostri generali, sarà troppo tardi per i rimpianti. Lasciate che il re padre approvi il memoriale di suo figlio, lasci che faccia un'indagine approfondita sul background di questi quattro monaci. Dobbiamo prima stabilire perché non avrebbero reso omaggio al Trono prima di condannarli."

Tutta questa discussione, vedete, era motivata dalla cautela del principe, che temeva che il Monaco Tang potesse essere ferito ed era per questo che aveva deliberatamente fermato il demone. Il principe, ovviamente, non sapeva che il Pellegrino stava per colpire. Accettando infatti le parole del principe, il re demone si fermò davanti al divano di drago e chiese ad alta voce: "Quando ha lasciato la Terra dell'Est questo monaco? Per quale motivo l'imperatore Tang ti ha chiesto di cercare le scritture?"

Ancora una volta il Pellegrino rispose con coraggio: "Il mio maestro è il fratello di legame dell'imperatore Tang, e il suo nome è Tripitaka. C'è un primo ministro davanti al trono Tang il cui nome è Wei Zheng, e che con decreto del Cielo ha decapitato un vecchio drago del fiume Jing. A causa di ciò, anche l'imperatore della Grande Tang ha dovuto girare per la Regione dell'Oscurità nel suo sogno, e dopo essere stato resuscitato, ha aperto ampiamente il piano della verità dando una Grande Messa di Terra e Acqua per redimere le anime offese e gli spiriti dannati. Mentre il mio maestro recitava e recitava i sūtra per amplificare il potere della compassione, la Bodhisattva Guanshiyin del Mare del Sud gli rivelò improvvisamente che doveva intraprendere il viaggio verso l'Ovest. Facendo una grande promessa, il mio maestro accettò liberamente e con gioia l'incarico di servire la sua nazione, ed è allora che l'imperatore gli conferì il rescritto. Il terzo giorno prima del quindicesimo, durante il nono mese del tredicesimo anno del periodo Zhenguan della Grande Tang, lasciò la Terra dell'Est. Quando raggiunse la Montagna dei Due Confini, mi accettò come suo discepolo. Il mio cognome è Sun, e il mio nome è Wukong Pellegrino. Successivamente, arrivammo al Villaggio della Famiglia Gao del Regno di Qoco, dove il mio maestro fece il suo secondo discepolo; il suo cognome è Zhu, e il suo nome è Wuneng Otto Regole. Al Fiume di Sabbia Fluente, il terzo discepolo si unì alla compagnia; il suo cognome è Sha, e il suo nome è Monaco Wujing. Ieri l'altro al Monastero del Bosco Prezioso costruito su comando imperiale, abbiamo acquisito un nuovo operaio mendicante che ora ci aiuta con il trasporto dei bagagli."

Dopo che il re demone sentì questo discorso, trovò difficile trovare una scusa per esaminare ulteriormente il Monaco Tang, e fu ancora più difficile per lui cercare di sopraffare il Pellegrino con un'interrogazione ingannevole. Fulminandolo con lo sguardo, disse: "Tu, monaco! Quando hai lasciato per la prima volta la Terra dell'Est, eri da solo, ma poi hai accettato questi quattro uomini nella tua compagnia. Quei tre monaci possono andare bene, ma questo operaio sembra molto sospetto. Questo mendicante deve essere stato rapito da qualche parte. Qual è il suo nome? Ha un certificato di ordinazione? Portatelo qui e lasciate che faccia una deposizione." Tremando tutto, il re disse: "O Maestro! Come farò questa deposizione?" Dandogli un pizzico, il Pellegrino disse: "Non avere paura. Lasciami fare per te."

Caro Grande Saggio! Avanzò e disse al demone con voce alta: "Sua Maestà, questo vecchio operaio non è solo muto, ma è anche un po' sordo. L'abbiamo preso perché conosceva la strada per l'Ovest, avendoci già viaggiato da giovane. Conosco tutto di lui—la sua storia, la sua origine, la sua ascesa e caduta. Chiedo scusa a Sua Maestà, ma lascio che io faccia la deposizione per lui." "Fallo rapidamente e con sincerità," disse il re demone, "perché non venga condannato per un reato grave." Il Pellegrino disse,

Di questa deposizione il mendicante è abbastanza vecchio;
Sordo, muto e tonto, è anche povero!
Un uomo il cui paese natale era in questo luogo,
Ha incontrato la sconfitta e la rovina cinque anni fa.
Senza pioggia dal cielo,
La gente è diventata arida e secca.
Re e sudditi tutti digiunarono e si astenevano;
Si lavarono e bruciarono incenso per pregare al Cielo,
Ma non si vide alcuna nuvola per diecimila miglia.
Mentre la gente moriva di fame come se fosse appesa a testa in giù,
Veniva dal Zhongnan un demone della Verità Completa
Che chiamava vento e pioggia per mostrare il suo potere,
E poi prendeva segretamente la vita del re stesso.
La vittima fu spinta giù in un pozzo del giardino;
Il trono del drago fu preso sconosciuto all'uomo.
Fortunatamente sono venuto io.
Il mio merito era grande:
Non fu un problema riportare la vita dalla morte.
Disposto a sottomettersi come mendicante,
Seguirebbe il monaco verso l'Occidente.
Quel re spregiudicato è un Daoista di fatto;
Questo lavoratore è in verità il vero re.

Quando quel re demone sulla Sala delle Campane d'Oro udì questo discorso, divenne così spaventato che il suo cuore batteva come i piedi di un giovane cervo e il suo volto si arrossò di nuvole rosse. Voleva scappare subito, ma non aveva nemmeno un'arma in mano. Girandosi, vide uno dei capitani delle guardie del palazzo, che aveva uno scimitarra alla cintura e che era stato reso muto e stupido dalla magia di immobilizzazione del Pellegrino, là in piedi. Correndo verso di lui, il re demone prese questo scimitarra e subito montò sulle nuvole per volare via nell'aria. Sha Monaco e Zhu Otto Regole furono così infastiditi da questa svolta degli eventi che gridarono al Pellegrino: "Scimmia impaziente! Perché dovevi dire tutte quelle cose in una volta sola? Avresti potuto ingannarlo facendolo rimanere se avessi usato un approccio più lento. Ora che è salito sulle nuvole e scappato, dove andremo a cercarlo?"

"Non gridate così forsennatamente, fratelli," disse il Pellegrino ridendo. "Lasciate che chiami il principe per farlo uscire e inchinarsi al padre e la regina per salutare suo marito prima. Lasciatemi quindi recitare un altro incantesimo per liberare quei ministri dalla mia magia in modo che possano apprendere la verità su ciò che è accaduto e rendere omaggio al vero re. Poi potrò andare a cercarlo." Caro Grande Saggio! Dopo aver disposto tutto ciò che aveva detto di voler fare, disse a Otto Regole e al Sha Monaco: "Prendete cura di proteggere sovrani e sudditi, padre e figlio, marito e moglie, e il nostro maestro. Io me ne vado!" Appena ebbe finito di parlare, sparì completamente dalla vista.

Salendo dritto verso le nuvole del Nono Cielo, il Pellegrino spalancò gli occhi per guardarsi intorno: il re demone, scappato con la vita, fuggiva verso nord-est. Il Pellegrino lo raggiunse in un batter d'occhio, gridando: "Demonio, dove vai? La vecchia Scimmia è qui." Girandosi rapidamente, il re demone estrasse il suo scimitarra e disse a voce alta: "Pellegrino Sun, che furfante sei! Ho preso il trono di un altro uomo, ma non ti riguardava. Perché dovevi essere coinvolto negli affari di qualcun altro e rivelare il mio segreto?"

Ruggendo dalle risate, il Pellegrino disse: "Tu audace, malvagio demonio! Pensi di avere il diritto di essere un re? Se avessi riconosciuto la vecchia Scimmia, avresti dovuto fuggire al più presto nel luogo più lontano. Come osi cercare di dare filo da torcere al mio maestro, chiedendo quella deposizione così detta? Quella deposizione che ti ho dato ora, era accurata o no? Non scappare adesso! Se sei un uomo, assaggia la mia clava!" Il re demone si schivò per evitare il colpo prima di brandire lo scimitarra per affrontare il suo avversario. Il momento in cui le loro armi si incontrarono, fu una battaglia meravigliosa. Davvero

Il Re Scimmia è feroce,
Il re demone è forte—
Clava e scimitarra si sfidano.
Questo giorno le Tre Regioni sono offuscate dalla nebbia,
Tutto per il ripristino di un re nel suo tribunale.

Dopo che i due combatterono per alcuni round, il re demone non poté più sopportare il Re Scimmia e invece fuggì di nuovo nella città per la strada da cui era venuto. Lanciandosi tra le due file di ufficiali civili e militari davanti ai gradini di giada bianca, il re demone diede un'agitata al suo corpo e si trasformò nell'immagine esatta di Tripitaka Tang, entrambi in piedi mano nella mano davanti ai gradini. Il Grande Saggio arrivò e stava per colpire con la clava quando il demonio disse: "Discepolo, non colpirmi! Sono io!" Il Pellegrino girò la clava verso l'altro Monaco Tang che disse anche: "Discepolo, non colpirmi! Sono io!"

C'erano due Monaci Tang esattamente identici e difficilissimi da distinguere. Pensando tra sé, "Se uccido lo spirito del mostro con un solo colpo della clava, sarebbe merito mio, certo; ma cosa farei se quel colpo dovesse uccidere il mio vero maestro?" Il Pellegrino dovette fermarsi e chiese a Otto Regole e al Sha Monaco, "Chi è il demone e chi è il nostro maestro? Indicatemi chi è così posso colpirlo." "Voi due stavate urlando e combattendo in aria," disse Otto Regole, "e quando ho sbattuto gli occhi, ho visto due maestri il momento dopo. Non so chi è reale e chi è falso."

Quando il Pellegrino sentì queste parole, fece il segno magico con le dita e recitò un incantesimo, che richiamò i vari guardiani deva, i Sei Dei dell'Oscurità e i Sei Dei della Luce, i Guardiani delle Cinque Direzioni, i Quattro Sentinel, i Diciotto Guardiani della Fede, lo spirito locale e il dio della montagna di quella regione. Disse loro: "La vecchia Scimmia sta cercando di sottomettere un mostro qui, che si è trasformato nell'immagine del mio maestro. Sia la loro forma che la loro sostanza sembrano esattamente identiche ed è difficile distinguerli. Ma voi potreste essere in grado di distinguerli segretamente; se sì, fate camminare il mio maestro sui gradini nella sala principale così posso catturare questo demone." Il demone, vedete, era abile nella magia; quando sentì queste parole del Pellegrino, saltò rapidamente nella Sala delle Campane d'Oro. Il Pellegrino sollevò la sua clava e la abbatté pesantemente sul Monaco Tang. Ahimè! Se non fosse stato per gli sforzi disperati di quei vari dei convocati in questo luogo, il colpo avrebbe ridotto anche venti Monaci Tang a polpette di carne! Fortunatamente i vari dei riuscirono a bloccare il colpo, dicendo: "Grande Saggio, il demone conosce la sua magia. È salito alla sala per primo." Il Pellegrino diede subito la caccia, e il re demone corse fuori dalla sala per afferrare di nuovo il Monaco Tang nella folla. Dopo questa confusione, di nuovo non potevano essere distinti.

Il Pellegrino era molto infastidito, e quando vide, inoltre, che Otto Regole stava ridendo su un lato, si arrabbiò, dicendo: "Cosa c'è con te, stupido peone? Ora hai due maestri le cui chiamate devi rispondere e a cui devi servire. Sei felice?" Ridendo, Otto Regole disse: "Fratello maggiore, dici che sono stupido; beh, tu sei ancora più stupido! Se non riesci a riconoscere chi è il vero maestro, perché sprecare tutta questa energia? Prova a sopportare un po' di dolore alla testa per un momento e chiedi al Maestro di recitare quel qualcosa. Sha Monaco e io terremo ognuno di loro e ascolteremo: quella persona che non sa recitare l'incantesimo deve essere il mostro. Che c'è di così difficile?"

"Grazie, fratello," disse il Pellegrino. "Hai capito. Quel qualcosa è conosciuto solo da tre persone: nato dalla mente stessa del nostro Buddha Tathāgata, è stato trasmesso al Bodhisattva Guanshiyin, che poi lo ha impartito al mio maestro. Non c'è altra persona che ne abbia conoscenza. Va bene, Maestro, inizia la tua recitazione." In verità il Monaco Tang cominciò a recitare, ma come avrebbe potuto il re demone sapere cosa fare? Tutto ciò che poteva fare era mormorare qualcosa, e Otto Regole disse: "Questo che mormora è il mostro!" Lasciò andare e alzò la sua zappe per colpire il re demone, che saltò su e cercò di fuggire, calpestando le nuvole.

Caro Otto Regole! Con un grido, saltò anche lui sulle nuvole per dargli la caccia. Sha Monaco abbandonò in fretta il Monaco Tang e tirò fuori il suo bastone prezioso per combattere. Solo allora il Monaco Tang smise di recitare il suo incantesimo; il Grande Saggio Sun, sopportando il suo mal di testa, trascinò la sua clava fino a mezz'aria. Ah, guardate questa battaglia! Tre monaci feroci hanno circondato un demone audace!

Il re demone, vedete, fu attaccato da sinistra e da destra da Otto Regole con la sua zappa e da Sha Monaco con il suo bastone. Ridendo tra sé, il Pellegrino disse: "Se vado a attaccarlo faccia a faccia, cercherà di fuggire poiché già ha un po' paura di me. Lasciate che la vecchia Scimmia salga più in alto e mi dia un colpo di pestello dall'alto verso il basso. Questo lo finirà!"

Salendo sull'auspicia luminosità, il Grande Saggio si elevò al Nono Cielo e stava per mostrare la sua mano decisa quando una voce alta venne da un petalo di nuvola colorata a nordest: "Sun Wukong, non farlo!" Quando il Pellegrino si volt ò per guardare, scoprì il Bodhisattva Mañjuśrī. Riponendo rapidamente la sua clava, si avvicinò e si inchinò, dicendo: "Bodhisattva, dove stai andando?" "Sono venuto," disse Mañjuśrī, "per mettere fine a questo demone per te." Il Pellegrino lo ringraziò e disse: "Sono profondamente obbligato." Tirando fuori uno specchio che riflette gli imp, il Bodhisattva lo puntò verso il demone e l'immagine della sua forma originale divenne visibile immediatamente. Il Pellegrino chiamò Otto Regole e Sha Monaco a venire a salutare il Bodhisattva e a guardare nello specchio. Estremamente feroce nell'aspetto, quel re demone aveva

Occhi come grandi calici di vetro;
Una testa come una pentola da cucina;
Un corpo di un verde profondo d'estate;
E quattro zampe come il gelo autunnale;
Due grandi orecchie che pendevano verso il basso;
Una coda lunga come una scopa;
Capelli verdi pieni di ardore combattivo;
Occhi rossi che emettevano raggi d'oro;
File di denti piatti come lastre di giada;
Baffi rotondi che si rizzavano come lance.
La vera forma vista nello specchio
Era il re leone di Mañjuśrī.

"Bodhisattva," disse il Pellegrino, "quindi questo è il leone dai capelli verdi che serve come tuo animale da soma. Come è stato che è stato liberato così da poter diventare uno spirito qui? Non dovresti farlo sottomettere a te?" "Wukong," disse il Bodhisattva, "non è stato liberato. Era stato mandato dal decreto di Buddha per venire qui." Il Pellegrino disse: "Vuol dire che il diventare uno spirito di questo bestiame per usurpare il trono di un re era un decreto di Buddha? Se è così, vecchia Scimmia, che sta accompagnando il Monaco Tang attraverso tutte le sue prove, avrebbe dovuto ricevere diversi documenti imperiali!"

Il Bodhisattva disse: "Non sai che questo re del Regno del Gallo Nero era dedicato alla virtù e all'alimentazione dei monaci all'inizio. Il Buddha mi mandò per condurlo a tornare a Occidente così da poter ottenere il corpo dorato di un arhat. Io non potevo, naturalmente, rivelarmi a lui nella mia vera forma, e così mi trasformai in un semplice monaco mortale per chiedergli un po' di cibo. Durante la nostra conversazione alcune mie parole lo misero in difficoltà; non rendendosi conto che ero un buon uomo dopo tutto, mi legò con una corda e mi mandò nel fossato imperiale. Ci restai immerso per tre giorni e notti prima che i Sei Dei dell'Oscurità mi riportassero indietro a Occidente. Tathāgata quindi mandò questa creatura qui per spingerlo giù nel pozzo e farlo sommergere per tre anni, per vendicarsi della mia avversità dell'acqua di tre giorni. Così 'neanche un sorso o un morso non è predestinato,' e abbiamo dovuto aspettare che tutti voi arrivaste e raggiungeste questo merito."

"Potresti aver ripagato il tuo rancore privato del tuo cosiddetto un sorso o un morso," disse il Pellegrino, "ma chi sa quanti esseri umani quella creatura demoniaca ha danneggiato." "Non ha," disse il Bodhisattva. "In realtà, questi tre anni dopo il suo arrivo hanno visto solo venti e pioggia nella stagione, prosperità per il regno e pace per gli abitanti. Da quando ha danneggiato qualcuno?" "Anche così," disse il Pellegrino, "quelle signore dei tre palazzi dormivano con lui e si alzavano con lui. Il suo corpo ha contaminato molti e violato le grandi relazioni umane innumerevoli volte. E tu dici che non ha danneggiato nessuno?" Il Bodhisattva disse: "Non ha contaminato nessuno, perché è un leone castrato." Quando Otto Regole sentì questo, si avvicinò e diede una pacca alla creatura, dicendo con una risata: "Questo spirito mostro è veramente un 'naso rosso che non beve'! Porta il suo nome invano!"

"Va bene," disse il Pellegrino, "portatelo via. Se il Bodhisattva non fosse venuto qui personalmente, non avrei mai risparmiato la sua vita." Recitando un incantesimo, il Bodhisattva gridò: "Bestia, quanto tempo continuerai ad aspettare prima di sottometterti alla Giustizia?" Il re demone cambiò immediatamente alla sua forma originale, dopo di che il Bodhisattva rilasciò il sedile del fiore di loto da mettere sulla schiena del leone. Poi montò il leone, che calpestò l'auspicia luminosità e partì. Aha!

Andò dritto alla Montagna Wutai;

Per ascoltare i sūtra spiegati davanti al sedile di loto.

Non sappiamo infine come il Monaco Tang e i suoi discepoli lasciarono la città; ascoltiamo la spiegazione nel capitolo successivo.

CAPITOLO 40

Le trasformazioni giocose del bambino confondono la Mente Chan;
Scimmia, Cavallo, Spatola svaniti, anche la Madre di Legno è perduta.

Stavamo raccontando del Grande Saggio Sun e dei suoi due fratelli, che abbassarono le loro nuvole e tornarono alla corte. Furono accolti dal re, dalla regina e dai loro sudditi - tutti allineati in file per inchinarsi e esprimere gratitudine. Il Pellegrino diede quindi un resoconto completo di come il Bodhisattva venne a sottomettere il mostro, e tutti gli ufficiali di corte toccarono con la testa il suolo in adorazione. Mentre erano così gioiosi, il Custode della Porta Gialla arrivò per annunciare: "Mio signore, ci sono altri quattro monaci che sono arrivati alla porta." Un po' preoccupato, Otto Regole disse: "Fratello maggiore, potrebbe essere che lo spirito-demone, avendo usato la magia per mascherarsi da Bodhisattva Mañjuśrī per ingannarci, si sia ora trasformato di nuovo in qualche tipo di monaco per scontrarsi con noi?" "Come potrebbe essere?" disse il Pellegrino, che allora chiese che i monaci fossero fatti entrare dentro.

Dopo che gli ufficiali civili e militari trasmisero l'ordine e i visitatori entrarono, il Pellegrino vide che erano monaci del Monastero del Boschetto Prezioso, che portavano il cappello dell'ascesa al Cielo, la cintura di giada verde, la veste giallo-bruna e gli stivali spensierati. Molto contento, il Pellegrino disse: "È meraviglioso che siate venuti!" Chiese al lavoratore mendicante di avanzare: gli venne tolto il turbante e gli fu messo il cappello dell'ascesa al Cielo sulla testa; il vestito di stoffa fu tolto e al suo posto indossò la veste giallo-bruna; dopo che sciolse la cintura di seta e si tolse i sandali da monaco, si cinghì la cintura di giada verde e calzò gli stivali spensierati. Poi si disse al principe di portare fuori il gettone di giada bianca perché il re potesse tenerlo tra le mani, e gli fu chiesto di salire nella sala principale per essere di nuovo il re. Come diceva il vecchio proverbio, "La corte non dovrebbe essere un giorno senza un sovrano." Ma il re rifiutò categoricamente di sedere sul trono; piangendo abbondantemente, si inginocchiò sui gradini e disse: "Sono morto da tre anni, e sono indebitato col Maestro per avermi fatto tornare in vita. Come oserei assumere un tale onore di nuovo? Che uno di questi maestri sia il sovrano; sarò perfettamente contento di andare con mia moglie e mio figlio fuori città per vivere da comune cittadino." Tripitaka, naturalmente, non ne volle sapere niente di questo, poiché era determinato a andare a venerare Buddha e ad acquisire le scritture. Il re si rivolse quindi al Pellegrino, che gli disse sorridendo: "A dirti la verità, se la vecchia Scimmia avesse voluto essere un re, lo sarebbe stato in tutti i regni del mondo. Ma siamo tutti abituati all'esistenza tranquilla e spensierata dei monaci. Se divento re, dovrò lasciar crescere di nuovo i miei capelli; non potrò ritirarmi quando è buio, né dormire oltre l'ora della quinta guardia. Sarò ansioso quando arriveranno notizie dai confini; avrò preoccupazioni infinite in caso di disastri o carestie. Come potrei vivere con queste cose? Quindi, tanto vale che tu sia il re, e noi continueremo a essere monaci per coltivare il nostro merito." Dopo aver supplicato amaramente senza ottenere alcun risultato, il re non ebbe altra scelta che salire di nuovo nella sala del tesoro per guardare a sud e riprendere l'uso del "noi" reale. Dopo aver concesso un'amnistia generale in tutto il suo impero, concesse anche enormi ricompense ai monaci del Monastero del Boschetto Prezioso prima che partissero. Poi aprì il palazzo orientale per dare un banchetto in onore del Monaco Tang; allo stesso tempo, furono convocati pittori nel palazzo per fare i ritratti dei quattro pellegrini, in modo che potessero essere permanentemente venerati nella Sala delle Campane d'Oro.

Dopo che avevano stabilito saldamente il regno, maestro e discepoli, riluttanti a restare troppo a lungo, stavano per lasciare il trono per affrontare l'Occidente. Il re, la regina, il principe e tutti i loro sudditi estrassero insieme i tesori della corona insieme a oro, argento e seta per presentarli al maestro come segni di gratitudine, ma Tripitaka rifiutò di accettare qualcosa di tutto ciò. Tutto ciò che voleva era far certificare il suo decreto di viaggio in modo che potesse dire a Wukong e ai suoi fratelli di sellare il cavallo e partire. Sentendo molto vivamente di non aver espresso la sua gratitudine in modo adeguato, il re chiamò il suo carro imperiale e invitò il Monaco Tang a sedersi. Le due file di ufficiali civili e militari furono incaricate di precedere, mentre lui, il principe e le signore dei tre palazzi spingevano il carro loro stessi. Solo dopo che ebbero superato la muraglia della città al Monaco Tang fu permesso di scendere dal carro del drago per congedarsi. "O Maestro," disse il re, "quando avrai raggiunto il Cielo Occidentale e farai ritorno con le tue scritture, devi farci visita nella nostra regione." "Il tuo discepolo obbedisce," disse Tripitaka, e il re tornò in città lacrimando con i suoi sudditi. Il Monaco Tang e i suoi tre discepoli ripresero il cammino tortuoso, con la mente intenzionata solo a fare l'inchino alla Montagna dello Spirito. Era ora la stagione di fine autunno e inizio inverno, e vedevano

Il gelo che appassiva i aceri a rendere ogni foresta radiosa,

E il miglio maturato dalla pioggia, abbondante dappertutto.

Scaldati dal sole, i prugni sulle vette diffondevano i loro colori mattutini;

Agitati dal vento, i bambù della montagna facevano sentire il loro lamento freddo.

Dopo aver lasciato il Regno del Gallo Nero, maestro e discepoli viaggiarono di giorno e si riposarono di notte; erano stati sulla strada per più di mezzo mese quando si imbatterono in un'altra alta montagna, veramente toccante il Cielo e ostacolante il sole. Preoccupato sul cavallo, Tripitaka tirò rapidamente le redini per chiamare il Pellegrino. "Cosa vuoi dire, Maestro?" chiese il Pellegrino. "Guarda quella enorme montagna con quei dirupi scoscesi davanti a noi," disse Tripitaka. "Devi fare attenzione e stare in guardia, perché temo che qualche creatura deviata improvvisamente venga a attaccarmi di nuovo." "Continua a muoverti," disse il Pellegrino con un risolino. "Non essere sospettoso. La vecchia Scimmia ha la sua difesa." Il vecchio dovette bandire le sue preoccupazioni e spinse il suo cavallo ad entrare nella montagna, che era veramente scoscesa. Vedete,

Sia alta che no,

La sua cima raggiunge il cielo blu;

Sia profondo che no,

Un ruscello con profondità come l'inferno giù lì.

Davanti alla montagna

Sono spesso visti anelli di nuvole bianche che si ergono
E bolle di nebbia scura;
Prugni rossi e bambù giada simili;
Cedri verdi e pini verdi;
Dietro la montagna
Ci sono scogliere strazianti diecimila iarde profonde,
Dietro le quali si trovano grotte strane, bizzarre e demoniache,
In cui l'acqua gocciola giù dalle rocce goccia a goccia,
Portando a un ruscello tortuoso e serpentino giù sotto.
Vedi anche scimmie che portano frutti che saltano e saltano,
E cervi con corna biforcate e zigzaganti;
Antilopi opache e storditamente stordite;
Tigri che scalano le colline per cercare le loro tane di notte;
Draghi che agitano le onde per lasciare le loro tane all'alba.
Quando i passi all'ingresso della grotta scattano e crepitano,
Gli uccelli si alzano con le ali battendo rumorosamente.
Guarda anche queste bestie che zampettano rumorosamente tra i boschi.
Quando vedi questa folla di uccelli e bestie,
Sarai colpito da una paura che ti farà battere forte il cuore.
La grotta dovuta alla caduta affronta la grotta dovuta alla caduta;
La grotta di fronte alla grotta dovuta alla caduta affronta un dio.
Le rocce verdi sono tinte come mille pezzi di giada;
Il garza blu-verde avvolge diecimila pile di nebbia.

Mentre maestro e discepoli diventavano sempre più apprensivi, videro una nuvola rossa sorgere dal ciglio della montagna davanti a loro; quando raggiunse mezz'aria, si condensò e assunse l'aspetto di una palla di fuoco. Profondamente allarmato, il Pellegrino corse avanti per afferrare una gamba del Monaco Tang e tirarlo giù dal cavallo, gridando: "Fratelli, fermatevi! Un mostro si sta avvicinando!" Otto Regole e il Sha Monaco estrassero rapidamente il loro rastrello e il bastone prezioso e circondarono il Monaco Tang.

Ora vi raccontiamo che c'era davvero uno spirito-demone dentro la palla di luce rossa. Alcuni anni fa aveva sentito dire che il Monaco Tang inviato dalla Terra dell'Est per acquisire le scritture dal Cielo Occidentale era l'incarnazione del vecchio Cicala d'Oro, un uomo buono che aveva praticato austerità per dieci esistenze. Si diceva che chiunque potesse gustare un pezzo della sua carne sarebbe stato in grado di prolungare la sua vita fino a diventare uguale al Cielo e alla Terra. Ogni mattina, quindi, attendeva sulla montagna, e improvvisamente scoprì che il pellegrino era arrivato. Mentre guardava in mezz'aria, vide che il Monaco Tang accanto al cavallo era circondato da tre discepoli, tutti pronti a combattere. Meravigliandosi tra sé e sé, lo spirito disse: "Caro monaco! Questo chierico viso bianco e paffuto che cavalca un cavallo stava appena entrando nella mia vista, quando improvvisamente questi tre monaci brutti l'hanno circondato. Guardali! Tutti stanno risvoltando le maniche, allungando i pugni e brandendo le loro armi - come se stessero per combattere con qualcuno. Ahimè! Uno di loro con un po' di percezione, suppongo, deve avermi riconosciuto. Beh, se sarà così, sarà difficile per chiunque provare a gustare la carne del Monaco Tang." Mentre pensava tra sé, interrogando la sua mente con mente come quella, disse: "Se cerco di sopraffarli, potrei non avvicinarmi nemmeno a loro, ma se cerco di usare il bene per ingannarli, potrei riuscirci. Finché sono in grado di ingannare le loro menti, posso ingannarli anche con il bene. Poi li catturerò sicuramente. Lasciatemi scendere e prendere in giro un po'."

Caro mostro! Fece dispersare la luce rossa e abbassò la sua nuvola verso il ciglio della montagna. Scuotendo il suo corpo, si trasformò immediatamente in un piccolo ragazzo birichino, di circa sette anni e completamente nudo, che era legato da una corda e sospeso dalla cima di un pino. "Aiuto! Aiuto!" gridava senza sosta.

Stavamo appena raccontandovi del Grande Saggio Sun, che alzò la testa e vide che la nuvola rossa si era completamente dissolta e le fiamme erano scomparse. Perciò disse: "Maestro, montate di nuovo per il viaggio." "Ci hai appena detto che c'era un demone che si avvicinava," disse il Monaco Tang. "Ora osiamo procedere?" "Poco fa," disse il Pellegrino, "ho visto una nuvola rossa sorgere dal suolo, e quando ha raggiunto mezz'aria, si è condensata in una palla di fuoco ardente. Doveva essere uno spirito-demone. Ma ora la nuvola rossa si è dissipata, quindi deve essere uno spirito-demone che è di passaggio e non osa nuocere alla gente. Andiamo avanti."

"Anziano fratello è davvero abile con le parole," disse Otto Regole ridendo. "Anche gli spiriti-demone possono essere di passaggio!"

"Come puoi saperlo?" chiese il Pellegrino. "Se qualche re demone di una certa grotta in una certa montagna ha inviato inviti a spiriti di varie montagne e grotte per partecipare a una festa, spiriti-demone da tutti i quartieri - nord, sud, est e ovest - risponderebbero. Forse è solo interessato a andare alla festa e non a nuocere alla gente. Quello è uno spirito-demone di passaggio."

Quando Tripitaka sentì queste parole, fu solo in parte convinto, ma non ebbe altra alternativa che salire in sella per proseguire nel viaggio verso la montagna. Mentre procedevano, udirono improvvisamente ripetuti gridi di "Aiuto!". Profondamente sorpreso, il vecchio disse: "O Discepoli! Chi sta chiamando in mezzo a questa montagna?" Il Pellegrino si avvicinò e disse: "Maestro, continuiamo a muoverci. Non insistere su questioni come carrozza umana, carrozza d'asino, carrozza aperta o carrozza reclinabile. Anche se ci fosse una carrozza in un posto del genere, non ci sarebbe nessuno a portarti." "Non sto parlando di carrozze", disse il Monaco Tang. "Sto parlando di qualcuno che ci sta chiamando." "Lo so", disse il Pellegrino ridendo, "ma fatti i fatti tuoi. Continuiamo."

Tripitaka acconsentì e incitò di nuovo il suo cavallo ad avanzare. Prima che avessero percorso un miglio, udirono di nuovo il grido: "Aiuto!" "Discepolo", disse il vecchio, "il suono di questo grido non può essere quello di un demone o di un folletto, perché se lo fosse, non ci sarebbe eco. Ascoltalo: c'è stato un grido un attimo fa, e ora ce n'è un altro. Deve essere venuto da un uomo in difficoltà estrema. Andiamo ad aiutarlo." Il Pellegrino disse: "Maestro, metti via la tua compassione solo per oggi! Quando avremo attraversato questa montagna, potrai essere compassionevole. Se conosci quelle storie su piante strane e vegetazioni possedute, dovresti sapere che tutto può diventare uno spirito. Nella maggior parte dei casi, potrebbero non essere troppo pericolosi, ma se dovessi imbatterti in qualcosa come un serpente pitone, che è diventato uno spirito maligno dopo lunghe pratiche, saresti nei guai. Uno spirito del genere può persino conoscere il soprannome di una persona. Se dovesse chiamare, nascosto tra i cespugli o nel ciglio della montagna, una persona potrebbe cavarsela se non gli rispondesse, ma se lo facesse, lo spirito potrebbe strappargli l'anima primordiale, o potrebbe seguirlo e prendere la sua vita quella notte. Scappiamo! Scappiamo! Come dicevano gli antichi, 'Se scappi, ringrazia solo gli dei'. Non ascoltare questo richiamo."

Il vecchio non ebbe altra scelta che acconsentire e spronò il suo cavallo ad andare avanti. Il Pellegrino pensò tra sé: "Mi chiedo dove stia urlando questo audace demone. Lascia che la vecchia Scimmia gli faccia provare 'Il Cancro in opposizione a Capricorno' così che i due non si incontrino mai." Caro Grande Saggio! Disse al Sha Monaco: "Tieni stretto il cavallo e cammina lentamente. La vecchia Scimmia sta per fare un bisogno." Guarda lui! Lasciò che il Monaco Tang camminasse leggermente avanti e poi recitò un incantesimo per esercitare la magia di accorciare la terra e spostare la montagna. Puntò la sua verga d'oro all'indietro una volta, e maestro e discepoli passarono immediatamente oltre il picco della montagna, lasciando dietro di sé la creatura demoniaca. A grandi passi, il Grande Saggio raggiunse il Monaco Tang e continuarono. Proprio in quel momento Tripitaka udì di nuovo un grido proveniente dalla montagna alle sue spalle, che gridava "Aiuto!" Il vecchio disse: "O Discepolo! Quella persona in difficoltà veramente non ha affinità, perché non è incappata in nessuno di noi. Dobbiamo averlo superato, perché puoi sentire che sta gridando dalla montagna alle nostre spalle." "O potrebbe ancora essere davanti a noi", disse Otto Regole, "ma forse il vento è cambiato." "Non importa se il vento è cambiato o no", disse il Pellegrino. "Continua a muoverti." Di conseguenza, tutti rimasero in silenzio e si concentrarono nel cercare di attraversare la montagna, e non parleremo più di loro per il momento.

Vi raccontiamo invece di quel demone-spirito nella valle della montagna: gridò per tre o quattro volte ma nessuno apparve. Pensò tra sé: "Quando ho visto il Monaco Tang poco fa, non poteva essere distante più di tre miglia. Ho atteso per lui tutto questo tempo. Perché non è ancora arrivato? Potrebbe essere che abbia preso un'altra strada giù per la montagna?" Scuotendo il suo corpo, allentò immediatamente la corda e montò di nuovo la luce rossa per risalire in aria. Inavvertitamente il Grande Saggio Sun guardava indietro con la testa alzata, e quando vide la luce, seppe che era la creatura demoniaca. Ancora una volta afferrò le gambe del Monaco Tang e lo spinse giù dal cavallo, gridando: "Fratelli, fate attenzione! Fate attenzione! Quel demone-spirito si sta avvicinando di nuovo!" Otto Regole e Sha Monaco furono così allarmati che impugnarono il loro rastrello e il loro bastone per circondare di nuovo il Monaco Tang.

Quando lo spirito vide ciò che accadeva in mezz'aria, non riuscì a smettere di meravigliarsi, dicendo tra sé: "Caro monaco! Ho appena visto quel sacerdote dal viso bianco che cavalca il cavallo. Come mai è di nuovo circondato dai tre di loro? Ora capisco, dopo quello che ho visto, che devo abbattere quello che ha percezione prima di poter afferrare il Monaco Tang. Se no, i miei sforzi sono vani perché non riesco a ottenere la mia cosa; i miei sforzi nonostante tutto, tutto è nulla!" Abbassò la sua nuvola e trasformandosi come prima, si appese alto sopra un albero di pino. Questa volta, però, si posizionò solo a circa mezzo miglio di distanza.

Ora vi raccontiamo del Grande Saggio Sun, che quando alzò la testa e vide che la nuvola rossa si era dissipata, chiese ancora una volta al suo maestro di montare e procedere. "Ci hai appena detto che il demone-spirito si stava avvicinando di nuovo", disse Tripitaka. "Perché mi chiedi di andare avanti?" Il Pellegrino disse: "Questo demone-spirito è di passaggio. Non osa disturbare noi." Il vecchio si arrabbiò e disse: "Tu, scimmia sfacciata! Stai solo giocando con me! Quando c'è un demone, dici che non è niente. Ma quando siamo in questa regione tranquilla, cerchi di spaventarmi, gridando tutto il tempo di un demone-spirito. Ci sono più bugie che verità nelle tue parole, e senza riguardo per il bene o il male, mi afferrasti le gambe e mi buttasti giù dal cavallo. Ora ti inventi un'explicazione su questo demone-spirito che è un cosiddetto passante! Se fossi rimasto ferito dalla caduta, potresti vivere con te stesso? Tu, tu..." "Per favore, non prendertela, Maestro", disse il Pellegrino. "Se le tue mani e i tuoi piedi si fossero feriti dalla caduta, avremmo potuto comunque prenderti cura, ma se fossi stato rapito da un demone-spirito, dove saremmo andati a cercarti?" Infuriato, Tripitaka avrebbe recitato l'Incantesimo della Fetta Stretta se non fosse stato per il disperato appello di Sha Monaco. Alla fine montò di nuovo il suo cavallo e proseguì.

Prima che potesse sedersi correttamente sulla sella udì un altro grido: "Maestro, per favore, aiutami!" Alzando lo sguardo, il vecchio vide che proveniva da un bambino piccolo, completamente nudo, sospeso sopra un albero. Tirò le redini e cominciò a rimproverare il Pellegrino, dicendo: "Tu, maledetta scimmia! Quanto sei malvagio! Non hai nemmeno un briciolo di bontà in te! Ogni tuo pensiero è rivolto a fare dispetti e a commettere violenza! Ti ho detto che era una voce umana che chiedeva aiuto, ma tu hai sprecato innumerevoli parole per sostenere che fosse un mostro. Guarda! Non è una persona quella che è appesa all'albero?" Vedendo come il maestro lo stava incolpando e anche la forma di fronte a lui, il Grande Saggio abbassò la testa e non osò rispondere, perché non c'era nulla che potesse fare al momento e temeva che il maestro avrebbe recitato l'Incantesimo della Fetta Stretta. In realtà, non ebbe altra scelta che permettere al Monaco Tang di avvicinarsi all'albero. Puntando con la frusta, il vecchio chiese: "A quale famiglia appartieni, bambino? Perché sei appeso qui? Dimmelo, così posso salvarti."

Ahimè! Chiaramente questo è uno spirito-demone che si è trasformato in questo modo, ma quel maestro è un uomo di occhi carnali e di stirpe mortali, completamente incapace di riconoscere ciò che vedeva.

Quando quel demone udì la domanda, divenne ancora più audace nella sua frode. Con le lacrime agli occhi, disse: "O Maestro! Ovest di questa montagna c'è un ruscello di pini appassiti, accanto al quale c'è un villaggio dove si trova la mia famiglia. Mio nonno si chiamava Rosso e, poiché ha accumulato una grande fortuna, gli fu dato il nome di Milioni Rossi. È però morto da molto tempo, dopo aver vissuto fino a una vecchiaia avanzata, e il suo patrimonio è stato lasciato a mio padre. Recenti rovesci negli affari hanno gradualmente consumato i nostri beni, e per questo motivo mio padre ha cambiato nome in Migliaia Rosse. Ha fatto amicizia con molti uomini di valore, ai quali ha prestato oro e argento nella speranza di trarne profitto. Purtroppo si è reso conto che erano tutti uomini senza radici intenzionati a truffarlo, e ha perso sia il capitale che gli interessi. Mio padre ha quindi giurato di non prestare più un centesimo, ma quei debitori, dopo aver sperperato quello che avevano, si sono riuniti e hanno saccheggiato la nostra casa alla luce del giorno, brandendo torce accese e bastoni. Non solo ci hanno rubato tutti i nostri soldi e le nostre proprietà, ma hanno ucciso anche mio padre. E quando hanno visto che mia madre era alquanto attraente, hanno deciso di rapirla e portarla con loro per farne una sorta di dama da campo. Non volendo abbandonarmi, mia madre mi ha portato con sé nel suo seno e, piangendo, ha seguito i ladri fino a questa montagna, dove volevano uccidermi anche. Fortunatamente, mia madre ha supplicato loro e io sono stato risparmiato dal coltello; sono stato legato con corde e appeso qui per morire di fame ed esposizione. Non so che tipo di merito ho accumulato in un'altra esistenza che mi porta la fortuna di incontrare qui il Maestro. Se sei disposto ad essere compassionevole e a salvare la mia vita affinché io possa tornare a casa, cercherò di ripagare la tua gentilezza anche se dovessi vendermi. Anche quando la sabbia gialla mi copre il viso, non dimenticherò mai la tua gentilezza."

Quando Tripitaka udì queste parole, pensò che fossero la verità e chiese immediatamente a Otto Regole di allentare le corde e di salvare il bambino. Senza sapere meglio come intervenire, anche Scemo stava per agire quando il Pellegrino non poté più trattenersi. "Tu sfacciato!" gridò. "C'è qualcuno qui che ti riconosce! Non pensare di poter usare la tua mistificazione per ingannare la gente! Se i tuoi beni sono stati rubati, se tuo padre è stato ucciso e tua madre rapita dai ladri, a chi ti affideremmo una volta che ti avremmo salvato? Con cosa ci ringrazieresti? Le tue favole non tornano!"

Quando il demone udì queste parole, si spaventò, rendendosi conto che il Grande Saggio era un uomo abile con cui fare i conti. Tremando tutto, il demone parlò mentre le lacrime scorrevano sul suo viso: "Maestro, anche se i miei genitori sono perduti e andati, e anche se la ricchezza della nostra famiglia è ridotta a nulla, ho ancora un po' di terra e parenti." "Che parenti hai?" chiese il Pellegrino. Il demone disse: "La famiglia della mia madre vive a sud di questa montagna, mentre le mie zie risiedono a nord del picco. Li Quattro alla testa del ruscello è il marito della sorella di mia madre, e Rosso Tre nella foresta è un parente lontano. Ho, inoltre, diversi cugini che vivono qua e là nel villaggio. Se il Venerabile Maestro è disposto a salvarmi e a portarmi a vedere questi parenti nel villaggio, certamente racconterò loro dettagliatamente della vostra gentilezza, e sarete ampiamente ricompensati quando venderemo un po' della nostra terra."

Quando Otto Regole udì ciò che disse, spinse il Pellegrino da parte, dicendo: "Fratello Maggiore, questo è solo un bambino! Perché continuare a interrogarlo? Quello che ci ha detto è che i ladri li avevano derubati dei loro asset liquidi. Non potevano portarsi via le loro case e le terre, vero? Se parlerà ai suoi parenti, potremo avere grandi appetiti, ma non possiamo mangiare il prezzo di dieci acri di terra. Tagliamolo." Scemo, ovviamente, pensava solo al cibo; non aveva più alcun riguardo per il bene o il male, e usando il rasoio rituale, aprì le corde per liberare il demone. Affrontando il Monaco Tang con le lacrime agli occhi, il demone si inginocchiò sotto il cavallo e continuò a kowtowing. Un uomo compassionevole, il vecchio chiamò: "Bambino, monta sul cavallo. Ti porterò lì." "O Maestro," disse il demone, "le mie mani e i miei piedi sono intorpiditi dal pendio, e il mio busto fa male. Inoltre, sono una persona rurale e non sono abituato a cavalcare." Il Monaco Tang chiese immediatamente a Otto Regole di portarlo, ma il demone, dopo aver guardato Scemo, disse: "Maestro, la mia pelle è congelata e non oserei farmi trasportare da questo maestro. Ha una bocca così lunga e orecchie così grandi, e le dure setole dietro la testa possono essere terribilmente pungenti!" "Allora lascia che Sha Monaco ti porti," disse il Monaco Tang. Dopo averlo guardato anche lui, il demone disse: "Maestro, quando quei ladri vennero a saccheggiare la nostra casa, ognuno di loro aveva il viso dipinto; indossavano barbe false e tenevano coltelli e bastoni. Ero terribilmente spaventato da loro, e ora che vedo questo maestro con un tale colorito cupo, sono ancora più intimidito. Non oserei chiedergli di portarmi. Il Tang Monaco disse quindi a Pellegrino Sun di mettere il demone sulla schiena. Ridendo a crepapelle, Pellegrino disse: "Lo porterò! Lo porterò!" Segretamente felice, la creatura demoniaca si diede volentieri a Pellegrino da portare. Quando Pellegrino lo tirò su dal bordo della strada per testare il suo peso, scoprì che il demone pesava non più di tre cattivabie e dieci once. "Tu audace demone!" disse Pellegrino, ridendo. "Mercevi di morire oggi! Come osi tirare fuori trucchi davanti al vecchio Scimmia? Ti riconosco per essere 'quel qualcosa'." "Sono il discendente di una buona famiglia," disse il demone, "ed è la mia sfortuna affrontare questa grande prova. Cosa intendi per 'quel qualcosa'?" "Se sei il discendente di una buona famiglia," disse Pellegrino, "perché le tue ossa sono così leggere?" "Sono piccole," disse il demone. "Quanti anni hai adesso?" disse Pellegrino, e il demone disse: "Ho sette anni." "Anche se metti su solo una cattiva di peso all'anno," disse Pellegrino, "dovresti pesare ora sette cattivi. Come mai non sei neppure un quarto completo di cattivo?" "Non ho preso abbastanza latte da bambino," disse il demone. Pellegrino disse: "Va bene, ti porterò, ma se vuoi pisciare, devi dirmelo." Tripitaka poi camminava avanti con Otto Regole e Sha Monaco, mentre Pellegrino seguiva dietro con il bambino sulla schiena. Mentre procedevano verso l'ovest, abbiamo un poema come testimonianza, e il poema dice: Sebbene la virtù sia elevata, i blocchi demoniaci sono alti. Chan promuove la tranquillità, ma la tranquillità genera demoni. Il Signore della Mente è diritto, prende la via di mezzo; La Madre del Legno è cattiva, cammina per una strada deviata. Il Cavallo della Volontà è silenzioso, nutrendo desideri e avidità; La Signora Gialla è senza parole, sentendo il suo disagio. L'Errore dell'Ospite ha successo ma le sue gioie sono vane — Alla fine, saranno sciolte dalla Destra. Mentre il Grande Saggio Sole portava il demone sulla schiena, cominciò a covare il suo risentimento verso il Monaco Tang, pensando tra sé: "Il Maestro davvero non sa quanto sia difficile attraversare questa montagna accidentata; è già abbastanza difficile farlo a mani vuote, ma lui chiede alla vecchia Scimmia di portare qualcun altro, per non parlare di un compagno che è anche un mostro. Anche se fosse un uomo buono, sarebbe inutile portarlo con noi, dato che aveva già perso entrambi i genitori. A chi lo porteremmo? Potrei anche schiacciarlo morto!" Subito la creatura demoniaca si rese conto di ciò che Pellegrino stava pensando e quindi ricorse alla magia: prendendo quattro profondi respiri dalle quattro direzioni, li soffiò sulla schiena di Pellegrino, e il suo portatore si sentì subito come se avesse un peso di mille libbre su di lui. "Figlio mio," disse Pellegrino, ridendo, "stai usando la magia del corpo pesante per schiacciare il tuo venerabile padre?" Quando il demone udì quelle parole, ebbe paura che il Grande Saggio potesse fargli del male. Si liberò dalla sua morte e la sua anima primordiale si alzò in aria e stette lì, mentre il peso sulla schiena di Pellegrino diventava più pesante. Crescendo arrabbiato, il Re Scimmia afferrò il corpo sulla sua schiena e lo scagliò contro alcune rocce ai lati della strada; il corpo fu ridotto a una polpetta di carne. Temendo che fosse ancora resistente, Pellegrino strappò le quattro arti e le fracassò in pezzi, anche per strada.

Quando il demone vide chiaramente ciò che accadeva in aria, non riuscì a trattenere il fuoco che scoppiò nel suo cuore, dicendo a sé stesso: "Questo monaco scimmia! Che vile! Anche se sono un demone che trama di nuocere al vostro maestro, non ho ancora alzato la mano. Come potresti cercare di infliggermi un tale danno? Per fortuna ho avuto la presenza di spirito di andarmene con il mio spirito; altrimenti avrei perduto la vita inconsapevolmente. Potrei anche approfittare di questa opportunità per catturare il Monaco Tang, perché se ritardo ulteriormente, potrebbe diventare ancora più furbo." Caro mostro! Egli fece subito sorgere in aria un vero e proprio turbine feroce, che sollevò rocce e sollevò polvere. Meraviglioso vento!

Con rabbia sollevò nubi e acque fetide,
Mentre l'etere nero crescente oscurava il sole.
Tutti gli alberi delle cime furono sradicati dalle loro radici;
I prugni selvatici furono completamente livellati insieme ai loro rami.
La sabbia gialla offuscò gli occhi, così gli uomini non potevano camminare.
Strane rocce martellarono la strada, come poteva essere liscia?
Girava e lanciava per oscurare tutte le pianure
Mentre uccelli e bestie ululavano su tutta questa montagna.

Il vento soffiava fino a quando Tripitaka a malapena riusciva a rimanere in sella al cavallo, fino a quando Otto Regole rifiutava di alzare lo sguardo e Sha Monaco abbassava la testa e si copriva il viso. Solo il Grande Saggio Sole sapeva che era un vento mandato dal demone, ma quando corse avanti per cercare di raggiungere gli altri, il demone che cavalcava sulla testa del vento aveva già afferrato il Monaco Tang e l'aveva portato via. Istintivamente scomparvero senza lasciare traccia, tanto che non c'era modo per i discepoli di sapere nemmeno dove cercarli.

In breve, il vento cominciò a placarsi e il sole riapparve. Pellegrino camminò avanti e vide che il cavallo drago bianco tremava ancora e nitiva incontrollabilmente. Il carico dei bagagli era stato gettato per terra, Otto Regole giaceva disteso sotto un cornicione gemendo, e Sha Monaco faceva rumori mentre si accovacciava sul pendio. "Otto Regole!" gridò Pellegrino. Quando Idiota sentì la voce di Pellegrino e si alzò, il vento violento si era calmato. Si arrampicò su e tirò Pellegrino, dicendo: "Oh, Fratello Maggiore, che vento terrificante!" Anche Sha Monaco si avvicinò e disse: "Fratello Maggiore, questo è un turbine." Poi chiese: "Dov'è il Maestro?" Otto Regole disse: "Il vento era così forte che tutti abbiamo nascosto la testa e coperto gli occhi, cercando ognuno un rifugio. Anche il Maestro sembrava aver messo giù la testa sulla sella." "Ma dove è adesso?" chiese Pellegrino. "Deve essere stato fatto di paglia," disse Sha Monaco, "e portato via!"

Pellegrino disse: "Fratelli, è ora che ci separiamo." "Esattamente," disse Otto Regole, "mentre c'è ancora tempo. È meglio che ognuno di noi trovi la sua strada. Il viaggio verso l'Oriente Celeste è senza fine e senza limiti! Quando arriveremo mai lì?" Quando Sha Monaco sentì queste parole, fu così scosso che tutto il suo corpo iniziò a intorpidirsi. "Fratello Maggiore," disse, "come hai potuto dire una cosa del genere? Perché abbiamo commesso crimini nelle nostre vite precedenti, siamo stati fortunati ad essere illuminati dal Bodhisattva Guanshiyin, che ci ha toccato la testa, ci ha dato i comandamenti e cambiato i nomi in modo che potessimo abbracciare il frutto buddhista. Abbiamo accettato volentieri l'incarico di proteggere il Monaco Tang e seguirlo verso l'Oriente Celeste per adorare il Buddha e acquisire le scritture, in modo che i nostri meriti possano cancellare i nostri peccati. Oggi siamo qui e tutto sembra concludersi improvvisamente quando tu parli di ognuno di noi che trova la propria strada, poiché allora dovremmo guastare i buoni frutti del Bodhisattva e distruggere il nostro atto virtuoso. Inoltre, provocheremmo il disprezzo degli altri, dicendo che sappiamo come iniziare ma non come finire."

"Fratello," disse Pellegrino, "ciò che dici è giusto, naturalmente, ma cosa faremo con il Maestro, che rifiuta di ascoltare la gente? Io, vecchia Scimmia, con questi occhi infuocati e le pupille di diamante, posso distinguere il bene dal male. Proprio ora questo vento è stato chiamato da quel bambino appeso all'albero, perché ho potuto capire che era uno spirito demone. Ma voi non sapevate, né il Maestro; tutti voi pensavate che fosse un discendente di qualche buona famiglia e mi avete detto di portarlo con me invece. Vecchia Scimmia stava progettando di prendersi cura di lui quando ha provato a schiacciarmi con la magia del corpo pesante. Poi ho ridotto il suo corpo in pezzi, ma lui ha ricorso alla magia della liberazione del cadavere e ha rapito il Maestro con il turbine. Poiché il Maestro ha frequentemente rifiutato di ascoltare le mie parole, sono diventato terribilmente scoraggiato ed è per questo che ho detto che dovremmo separarci. Ora che tu, degno fratello, hai mostrato tanta fedeltà, vecchia Scimmia trova difficile prendere una decisione. Beh, Otto Regole, cosa esattamente vuoi fare tu?" Otto Regole disse: "Sono stato abbastanza stupido ora a dire qualche parola sciocca, ma non dovremmo davvero separarci. Non abbiamo altra scelta, Fratello Maggiore, se non ascoltare il Fratello Minore Sha e cercare di trovare il mostro e salvare il Maestro." Improvvisamente rallegrandosi tutti, Pellegrino disse: "Fratelli, uniremo le nostre menti per fare ciò che dobbiamo; dopo aver raccolto i bagagli e il cavallo, saliremo questa montagna per trovare il mostro e salvare il Maestro."

Tirando rampicanti e liane, scendendo in gole e attraversando ruscelli, i tre viaggiarono per circa settanta miglia senza trovare nulla. Quella montagna non aveva un solo uccello o bestia, anche se cedri e pini vecchi venivano spesso avvistati. Crescendo sempre più ansioso, il Grande Saggio Sole saltò sulla cima con un balzo e gridò: "Cambia!" Si trasformò in qualcuno con tre teste e sei braccia, proprio come aveva fatto quando aveva causato grande disturbo in Paradiso. Agitando la clava d'oro una volta, la trasformò in tre clava, che impugnò e cominciò a colpire furiosamente in entrambe le direzioni ad est e ad ovest. Quando Otto Regole lo vide, disse: "Sha Monaco, questa è brutta! Fratello Maggiore è così arrabbiato perché non riesce a trovare il Maestro che sta avendo un attacco."

Dopo un po', il combattimento finto di Pellegrino fece uscire un gruppo di divinità indigenti, tutte vestite di stracci; i loro pantaloni non avevano sedili e i pantaloni non avevano risvolti. In ginocchio davanti alla montagna, gridarono: "Grande Saggio, i dei della montagna e gli spiriti locali sono qui per vederti." Pellegrino disse: "Come mai ci sono così tanti dei della montagna e spiriti locali?" Chinandosi, le varie divinità dissero: "Permettici di riferire al Grande Saggio, questa montagna ha il nome di Montagna Ruggente del Picco dell'Aguglia di Seicento Miglia. C'è un dio della montagna e uno spirito locale ogni dieci miglia di distanza; in tutto abbiamo quindi trenta dei della montagna e trenta spiriti locali. Abbiamo sentito già ieri che il Grande Saggio era arrivato, ma poiché non potevamo riunirci tutti in una volta, siamo stati tardivi nella nostra accoglienza e abbiamo causato la rabbia del Grande Saggio. Per favore, perdonaci."

"Vi perdonerò per il momento," disse Pellegrino, "ma lasciatemi chiedere quanti spiriti demoniaci ci sono in questa montagna?" "Oh Padre!" dissero le divinità, "c'è solo uno spirito demone, e ha quasi fatto diventare calvi i nostri capi! È stato un tale flagello che abbiamo poco incenso e nessun denaro di carta, e siamo completamente senza offerte. Ognuno di noi ha a malapena abbastanza vestiti da indossare e cibo per la bocca. Quanti altri spiriti demoniaci potremmo sopportare?" Pellegrino disse: "Dove vive questo spirito demone, davanti o dietro la montagna?" "In nessuno di questi posti," dissero le divinità, "perché in questa montagna c'è un ruscello, che ha il nome di Ruscello del Pino Secco. Lungo il ruscello c'è una caverna, che ha il nome di Grotta della Nube Fiammeggiante. Nella caverna c'è un re demone di grandi poteri magici, che abitualmente ci rapisce noi spiriti locali e dei della montagna per fare per lui compiti servili come custodire il fuoco, sorvegliare la porta, suonare il sonaglio e gridare password di notte. I piccoli demoni sotto di lui ci chiedono frequentemente il pizzo."

"Voi siete gli immortali della Regione dell'Oscurità," disse Pellegrino. "Dove avreste i soldi?" "Esatto," dissero le divinità. "Non abbiamo soldi da dargli, e tutto ciò che possiamo fare è catturare qualche antilope di montagna o cervo selvatico per pagare questa banda di spiriti di tanto in tanto. Se non abbiamo regali per loro, verranno a distruggere i nostri templi e spogliare i nostri vestiti, causandoci un tale tormento che non possiamo condurre una vita pacifica. Pregiamo il Grande Saggio di sterminare questo mostro per noi e di salvare le varie creature viventi su questa montagna." "Se tutti voi siete sotto la sua mano in modo che dobbiate essere frequentemente nella sua caverna," disse Pellegrino, "dovete conoscere il nome di questo spirito demone e da dove viene." "Quando ne parliamo," dissero le divinità, "forse anche il Grande Saggio conosce la sua origine. È il figlio del Re Demone Toro, allevato da Rākṣasī. Dopo che aveva praticato l'autocultura al Montagna della Fiamma Fiammeggiante per trecento anni, ha perfezionato il vero fuoco di Samādhi e i suoi poteri magici erano davvero grandi. Il Re Demone Toro gli ordinò di venire a custodire questa Montagna Ruggente; il suo nome di bambino è Ragazzo Rosso, ma il suo titolo fantasioso è Gran Re Bambino Santo."

Altiamente soddisfatto di ciò che aveva sentito, Pellegrino congedò gli spiriti locali e gli dei della montagna e tornò alla sua forma originale. Saltando giù dalla cima, disse a Otto Regole e a Sha Monaco: "Fratelli, potete rilassarvi. Non c'è più bisogno di preoccuparsi. Il Maestro non sarà danneggiato, perché lo spirito-demone è legato alla vecchia Scimmia." "Fratello Maggiore," disse Otto Regole ridendo, "non mentire! Sei cresciuto nel Continente Pūrvavideha Est, ma questo luogo appartiene al Continente Aparagodānīya Ovest. La distanza è grande, separata da diecimila acque e mille colline, e almeno due oceani. Come potrebbe essere legato a te?" Pellegrino disse: "Proprio ora questo gruppo di divinità che mi è apparso sono gli spiriti locali e gli dei della montagna di questa regione. Quando ho interrogato loro sull'origine del mostro, mi hanno detto che è il figlio del Re Demone Toro allevato da Rākṣasī. Il suo nome è Ragazzo Rosso, e ha anche il titolo fantasioso di Grande Re Bambino Santo. Ricordo che quando la vecchia Scimmia causò grande disturbo in Paradiso cinquecento anni fa, ho fatto un grande tour ai tempi dei famosi monti nel mondo per cercare gli eroi di questa grande Terra. Il Re Demone Toro in un certo momento si unì alla vecchia Scimmia e ad altri per formare un'alleanza fraterna di sette; tra i cinque o sei re demoni di questa alleanza, solo la vecchia Scimmia era abbastanza piccola di statura. Questo è stato il motivo per cui ci rivolgiamo al Re Demone Toro come fratello maggiore. Dato che questo spirito-demone è il figlio del Re Demone Toro, che è un mio conoscente, dovrebbe essere considerato il mio vecchio zio se iniziamo a parlare di parentela. Come oserebbe danneggiare il mio Maestro? Andiamo rapidamente da lui."

Con una risata, Sha Monaco disse: "Oh, Fratello Maggiore! Come dice il proverbio,

Tre anni senza apparire alla porta,

Un parente non lo è più.

Sei stato separato da lui per cinque, forse seicento anni; non hai nemmeno bevuto un bicchiere di vino con lui, né hai scambiato inviti o doni di stagione. Come potrebbe pensare di essere tuo parente?" "Come potresti misurare le persone in questo modo?" disse Pellegrino. "Come dice il proverbio,

Se il loto può fluire verso l'oceano,

Dove le persone non si incontrano mentre vengono e vanno?

Anche se non ammettesse il fatto che siamo parenti, è comunque improbabile che faccia del male al mio Maestro. Se non ci aspettiamo un banchetto da lui, possiamo certamente aspettarci che restituisca il Monaco Tang sano e salvo." Così, i tre fratelli con serietà guidarono il cavallo, che trasportava i bagagli sulla schiena, e trovarono la strada principale per procedere.

Senza fermarsi giorno e notte, arrivarono in una foresta di pini dopo aver viaggiato per oltre cento miglia. All'interno della foresta c'era un ruscello tortuoso in cui scorreva acqua verde chiara. Alla testa del ruscello c'era un ponte di lastroni di pietra, che portava direttamente all'ingresso di una grotta abitativa. "Fratelli," disse Pellegrino, "guardate quella scogliera frastagliata laggiù con tutte quelle rocce. Deve essere la dimora dello spirito-demone. Permettetemi di discutere la questione con voi: chi di voi rimarrà a custodire i bagagli e il cavallo, e chi di voi mi seguirà per sottomettere il demonio?" Otto Regole disse: "Fratello Maggiore, il vecchio Porco non può stare fermo per troppo tempo. Lascia che vada con te." "Va bene! Va bene!" disse Pellegrino. "Sha Monaco, nascondi i bagagli e il cavallo nel profondo della foresta, e custodiscili con attenzione. Noi due saliremo lassù per cercare il Maestro." Sha Monaco acconsentì; Otto Regole seguì quindi Pellegrino per procedere avanti, ciascuno con le proprie armi. In verità

Il fuoco del bambino non è fuso e il fuoco demoniaco trionfa,

Ma Madre Legno e Mente Scimmia hanno supporto reciproco.

Non sappiamo quale sarà l'esito quando entreranno nella caverna; ascoltiamo la spiegazione nel prossimo capitolo.

INFORMAZIONI SULL'AUTORE

Wu Cheng'en (1500-1582) è stato un rinomato scrittore e poeta cinese della dinastia Ming. Nato a Huai'an, nella provincia di Jiangsu, è ampiamente riconosciuto come l'autore di "Il viaggio in Occidente" (西游记), uno dei quattro grandi romanzi classici della letteratura cinese. La sua opera principale è una fusione di mitologia, folclore e buddismo, che narra le avventure del monaco Tang Sanzang e dei suoi tre discepoli. Oltre al suo lavoro letterario, Wu Cheng'en era conosciuto per la sua critica sociale e il suo impegno nel riflettere i problemi del suo tempo attraverso la scrittura. La sua eredità continua a influenzare la letteratura e la cultura popolare sia in Cina che a livello internazionale.

Printed in Great Britain
by Amazon

46924490R00155